河出文庫

# 悲の器

高橋和巳

河出書房新社

目次

# 悲の器

罪人偈を説き閻魔王を恨みて云えらく、何とて悲の心ましまさずや、我は悲の器なり、我に於いて何ぞ御慈悲ましまさずやと。閻魔王答えて曰く、おのれと愛の羂に誑かされ、悪業を作りて、いま悪業の報いを受くるなり。

——源信「往生要集」

# 第一章

一片の新聞記事から、私の動揺がはじまったことは残念ながら事実である。もし何事もあかるみに出ず、営々として構築した名誉や社会的地位が土崩することもなければ、現在もなお私は法曹界における主要メンバーの一員であり、また大学教授としての精神的労作いがいの負担は私の魂には加わらなかったであろう。傷ついた私の名誉は、しかし私が気に病むほどには人は気にしていまい。また、私自身、事態を悲しんでいるわけではない。愛のことどもについて、ほとんど考えてみもしなかった学究生活においても、考えてもなんの結論もえられぬことを知った今も、私は悲哀の感情とは無縁であった。私がかつて最高検察庁検事であり、法学博士であり、いま某大学法学部教授であるゆえに、新聞関係者のセンセイショナリズムがとらえた私の事件も、けっしてそれほど特異なものではなかった。新聞はほぼ次のように報道した。

妻をはやく喉頭癌で失った某大学法学部教授正木典膳（まさきてんぜん）（五十五歳）は、ひさしく家政婦と二人、不自由な暮しをしていたが、このたび友人である最高裁判所判事・岡崎雄二郎氏の媒酌で、某大学名誉教授・名誉市民栗谷文蔵（くりやぶんぞう）文学博士の令嬢・栗谷清子（二十七歳）と再婚するはこびとなった。ところが突然、家政婦米山みき（四十五歳）により、地方裁判所に対し、不法行為による損害賠償請求（慰謝料六十五万円）が提起された。

この記事のあとに、家政婦米山みきの写真と、肉体をふみにじり、女ひとりの運命をもてあそんだ人非人とまで極言した、はげしい憎悪の言葉が掲載されている。すこしく客観的に綴ってゆくなら、人はその三日後の三面記事に、大学教授正木典膳が、逆に家政婦の発言を地方検察庁に名誉毀損罪を構成するものとして告訴したと報道された一文をよみうるだろう。そのまた数日後の学芸欄に、さる漫談家と婦人評論家の対談と、農家の主婦の投書、そしていわゆる進歩的文化人の寸評が、この事件に関してのっている。対談は、私を名誉の鬼、人情味うすい法律家と解して家政婦に同情的であり、農家の婦人は恋愛の自由をのべたのち、裁判所に解決の場をもとめる人間関係の不幸をあわれんでいる。社会評論家は、傲慢にも当事者二人の精神の均衡をうたがっており、私を躊躇なく滅びの道をあゆむ人格と規定している。某作家や、おなじ大学の東洋史科主任教授が、かつて話題を提供した、老いらくの恋の清潔さが感じられぬという論旨である。しかも、某週刊雑誌は、家政婦を娼婦あつかいしたのかという記者の質問に、「いや、おそらく、わたしは米山みきを愛していた。」と答えたその言葉尻をとらえ、私が再婚するはずであった栗谷清子をひきずりだし、私の態度を批評させている。しかし、なによりも私を動揺させたのは、その翌月の綜合雑誌に掲載された私の末弟、都内中央教区某カソリック教会神父正木規典の弾劾文であった。代々、学者を出す正木家のうちで、幼時より孤独な夢想癖をもち、芸術的感受性にめぐまれて一家の異端であった末弟は、その異端ゆえにかえって兄弟の敬慈ふかく、もっともよき私の理解者であった。彼が私の言葉のよき理解者であるばかりでなく、青年のころ画家志望であった彼が、宗教界に捨身する転志についても、長男の私は、鬼神を語らぬ儒者の遺風をついで頑固であった父、漢方医正木典之進へのよき説得者だった。ジャーナリストや局外者の無責任な類推批判や陰口に、「何をいうか。」と思っていた私は、弟による、こうしたいわば内側の疼きを予想していなかった。いやむしろ、このたびの不名誉に関しても、末弟がもっとも物わかりよい同情者たるに相違ないと思いこんでいたのである。社会的事件に対処する方法、それを位置づける価値観などは、つねづねほとんど裏返したように、この法律家と神父は違っていた。しかし、根源的な発想の仕方はその息吹きまで頬に感じられる共通項をもっていたものである。弟は、しかしそれゆえに私の暗黒を予見し、なんの注釈もなく、二人の女性に同時に愛着し、しかもそれを押しとおそうとするエゴイズムを、断じて恕されざる人間の罪悪として述べていた。私は弟になにも説明したおぼえはない。にもかかわらず、家政婦の申したてや婚約者の談話とはまったく無関係に、かつまた世の非難とはまったく異った地平から、私の汚濁を仮借なく糾弾した。率直にいえば、弟の弾劾によって、本当に私がなにを欲していたのかを知らされたようなものである。そして、まさしくそれによって、はてしない私の日々の墜落が始った。私の怒りの対象は、同門でありながら、米山みきをそそのかして対立した弁護士ではなくなった。名誉毀損の告訴の対象は、いつしか明確な輪郭をうしない、私は目に見えぬものと闘いはじめねばならなかった。いまとなって、私が傷つけ私の手許を離れた、まさしく弟の難詰するとおりの複数の愛人を愛惜する未練はない。索寞とした無人の家屋、孤独な書斎に耐えるのは、世人が思うほど困難でもない。しかし、私は暗示にかかった家禽のように、行動の統一性をうしない、自己におびえる人間となった。私は名誉毀損の告訴をとりさげるつもりはない。法に抵触する事実は断じて事実であり、中傷の内容いかんにかかわらず、あきらかに名誉毀損した人物に対して、法律は私の味方である。この人間の現実において、私が最後の拠点とするのも、私の法律家としての名誉にかけて常に法である。姦通罪は法律的に成立しないことはいまやこの日本の現実であり、もしそれを不合理とするなら、訂正するための正当な法律的手続きと合議、決定を必要とする。議会、立法機関の任務であって、私の容喙（ようかい）すべき筋合いではない。かつまた私は姦通者ではない。家政婦米山みきとの交情、婚約者とのあいだの関係も、独身の、それぞれ独立人格者である婦人との合意のうえで結ばれたものである。かたちなき女性の感傷に法律は無縁である。ほかならぬ人間の作りだした人間の法律とその理念は、神の意志がかりに存在するとしても、それよりも尊重されねばならない。革命思想に好意的でない私も、もしまったき人間の合理的意志と行為により遂行されるならば、私はそれを尊重する。私がその変革の日に葬りさられるとしても、私は拍手を惜しみなく贈るであろう。まどわしい法廷論争も、私の勝訴に終ることは間違いない。私はそれによって正しいのであり、なにびとの干渉をも拒絶する権利をもつ。しかしただ一つ、「長兄に与うる弾劾文」が見抜いたように、私が防御できぬ私の論難者がこの世界に存在しうる。それは、米山みきでも栗谷清子でも、今はなき妻でもない。それはほかならぬこの私である。五十五歳、辛苦に困苦を重ね、世界の、いやすくなくとも日本の刑法思想に重大な訂補を加えた正木典膳の、それがみじめな現実である。

家政婦米山みきは、六年以前、亡妻静枝が喉頭癌の診断をうけ、たすからぬ病床に臥せたころ、私のすぐしたの弟である、戦後の学制改革によって昇格した山陰の某大学経済学部教授正木典次の紹介で雇いいれた。むかしその城下町の某女学校の家政科の教諭をしたこともあり、英語の知識もいささかあるゆえ、女中仕事だけでなく、蔵書の整理や書類の分類など、私が必要とする援助にも適任であろうと実弟は薦めた。彼女は支那事変で夫、米山正次郎陸軍大尉をうしない、二人の間の子供を発疹チフスで失ってから、当時はまだ旧制の高等学校であったその大学の事務員になっていた。以後ずっと教務課でもっぱら雑用に従事していたわけだが、典次のもらした家政婦入用の話を聞き、みずからすすんで単身、上京してきた。なぜ、官公庁よりも不安定な個人の雇傭に応じたのかと、最初の面接のおりに言った私の問いに、彼女は、

「女ひとりのアパート住いよりは……。」と語尾を濁して答えた。

「いつまでいていただけるかわかりませんよ。」と私は言ったと思う。

「結構でございます。」

　答えは奇妙に諦念に満ちていた。ひさしく開かれなかった応接室のブラインドを当然のことのように彼女はあげた。家の中はかろうじて片づいていても、庭や生垣にまでは手が廻らなかった。とりわけ貝塚の生垣はほしいままにのびて、部厚く埃を積んでいる。彼女は小さな丸顔をほころばせ、しばらく庭を眺めながらくすくすと笑った。ちょうど、茶を持ってでてきた派出看護婦に彼女をひきあわせ、いっしょに妻の病室に行ってもらった。その夏、私は、日本学術会議の予諾をえ、日本刑法学会が主体となって内々に企画しつつあった、世界刑法学会の日本開催の準備、おもにその準備資金の問題で頭を悩ませていた。戦後の混乱はまだおさまっておらず、海外の諸大学との連絡も不充分だったが、文部省や外務省も、他の学科にさきだって、

世界的学会の日本誘致を計画した刑法学会の意図は一応了承していた。憲法改正にともなう、訴訟法の原則転換、および刑法や民法の急速な改正は――私も最高検察庁側の委員として刑法部門に加わった、改正案起草委員たちの冷汗のでるようなあわただしい会議続きのすえに、一応の形はついていた。とくに刑法は、民法や、新たな労働法の困難に比較すれば、訴訟精神の原則的変更に抵触する部分を削除し、罰金額等をなかば機械的に変更する方針がとられたゆえに、処置は比較的に簡単であったともいえる。しかし、その簡単さは、治安維持法や思想犯保護観察法の撤廃あるいは効力停止が、連合国最高司令官により伝達された「政治警察廃止に関する覚書」によってはじめてなされた事実に象徴される非自律性の連続を意味した。あるいは改訂し、あるいは削除しながら、背後に確立されてあるべき理論がなかったのだ。それゆえに、本来のかたちを転倒した、その理論的裏付けを、早急にまとめあげねばならなかった。事実、各政党や著名人、弁護士会や駐留軍からだされた改正意見書は、ばらばらに食い違っていて、改正の全域にわたって、それを包摂しうる首尾一貫した理念はなかったのである。部分的に鋭い進歩政党の意見書も、全体的な法律学的水準はひくく、未来を考慮するに不得意な日本の知性の悲惨さから抜けだせていなかった。ガリ版ずりの参考資料をもちよって、委員たちが回をかさねた一種情けない会合の記憶は、まことに後味がわるく、その後味のわるさは、法務省も政党も、学者も裁判官も検事も、共通してになわねばならない。法学会は、貪欲に、閉ざされていた海外の知識を吸収する必要があった。その急務ゆえに、人文科学部門のうちでは、当局は法律学研究の予算割当にも好意的だったのである。だが、その意義は充分に認めつつも、破綻なお癒えぬ国庫が、われわれが必要とみとめる諸経費をそのまま計上してくれるとは考え得なかった。

薬学や機械工学や建築学などにある民間会社との接触が法学にまったくないわけではない。たとえば民事法学関係ならば、電力会社は補償問題、船舶会社や貿易業者などは、国際法や諸条約解説などの知識給与の恩恵があるから寄付金をつのるのも困難ではない。しかし、刑法学の世界には検察行政官の政界との個人的関係は別として、学界としては中小出版社いがいに、財閥や法人との利害関係がなかったから、予想される不足資金をあつめることはほとんど絶望的な仕事だったのである。連絡方は渡欧中の憲法専門の国原博士に託し、私および海外の学者の招聘のための準備委員たちは、もっぱら個人的知己関係をたどり、その準備資金の捻出に貴重な研究時間をさいていた。死期のせまっていた妻に対しても、その期間、私はほとんど冷淡だったと記憶する。しかし、それはやむを得ないことであったし、私がなにを配慮しようと、妻は、しょせんたすからず、その病いは私の配慮の外にあったのである。

病室からさがって来た米山みきは、再び応接室の窓辺に立つと、

「奥さまがお可哀そうでございます。」と小声で言った。

私には子供が二人いる。その当時、長男の正木茂は、私の勧告を無視して北海道大学で酵醸学の研究をしていた。大学院に進んだばかりであったが、法律学をどうしてもやろうとしないのである。息子の専攻選択に関して、私は嘴を容れぬようにつとめてきた。彼が経済を選ぼうと文学をなそうと、物理学でも電波工学でもかまわないと思っていたが、酵醸学専攻というのはまったくげせなかった。なにより、情熱を自己の専門分野に全身でそそぎこんでいるという素振りが見られなかった。父の名誉をそこなわぬ程度に、のんびりと生活するという、おそら

く母親に似たのだろう、覇気に乏しい青年だった。また娘の典子は、女学校在学中にさる銀行家にもとめられ、その次男の若い支店長に嫁いで関西に住んでいた。飛びだすような早すぎる結婚は、確定的な診断をくだされる以前から、床に臥せがちで不機嫌な日々を送り、ときには常軌を逸することもあった母親からの逃避であったかもしれない。

「お子さまをお呼びもどしにならないのでございますか。」と米山みきは茶をすすりながら言った。

「勤めていただくことにしようと思うが、家庭のことにはいっさい口出ししないという条件をつけておきたい。」と私は答えた。「あなたの事柄に関しても、履歴書と健康診断書と、弟からの手紙で現在わたしが知った以上のことはたずねませんから。」

「わたくしのことは、別におたずねくださってかまわないんでございますよ。先生のおっしゃいますとおり、わたくしのほうから不要なことを申しあげてお煩わせはすまいと存じますけれど。」

「なにか質問はありますか。」

「いいえ。でも、毎日、一週間の大体の御出勤の御予定と、ご帰宅のお時間をおっしゃってください。」

「その都度、それは言いましょう。ただ、朝は十時前、毎日、学校から自動車が迎えにくる。」

「おそう菜になにかお嫌いなものはございまして?」

「いや別に。」

「お風呂は毎夕おたきしましょうか?」

「隔日でいい。しかし、妻は毎日体を拭いてやってください。経済にそれほど余裕があるわけではないから、あなたが仕事に慣れれば、派出看護婦にはひきとってもらうつもりにしている。」――「家具、その他一切は自由に使ってくださっていい。それもそのうちにわかるでしょう。わたしにそれは聞かれても困る。ただ二階の書斎は、わたしの不在中は入らぬようにしていただきたい。大事なものがあるからではなく、書物やカードの位置を動かされては困るのだ。書斎の掃除は、だから、日曜日の朝だけで結構。煙草盆のちり捨てや、その他整理の要のあるときは呼びますから。」

「かしこまりました。」

「床は、……うちには女中部屋などはないが、さあ、それは妻に聞いてもらおうか。子供たちの居間が空いているが……。」

「奥さまにおたずねします。」

「当分、電話もないだろうが、誰はどういう人ということは、できるだけ早く覚えてほしい。」

「はい。」

事務的な応答のあいだにも、彼女が利発な女性であることは充分に察知できた。最初に受けたいくらか淋しそうな印象以上には、私はほとんど容貌や姿態に特別な注意をはらっていなかったが、暗い翳のあるという人柄ではなかった。それは病人の看護も兼ねてもらわねばならぬ役割に適して、私は満足したと思う。

「給料は……、」と私が言いかけたとき、「いいえ、そんなこと。」と彼女は制した。しかし雇傭である以上は、条件・給与・休暇などは事前にはっきりと契約として取り交わさねばならない。それが私の主義でもある。結局、私の本俸の七分の一と決定した。ちなみに私が大学奉職からうる報酬は、当時、月収四万二千円だった。

私は文学者ではない。事実性と論理性のほかに文章を不必要に飾る刻鏤に対してはあまり好意的ではない。私は事実の証拠とそれを構成する部分としての人的動機——心理ではない——にしか十全の興味をおぼええぬ性格である。長年の職業的訓練が私をそのように鍛えたのであり、みずから作りなしたその性向に対して私に不満はない。いま私はやや不明瞭な動機からこの文章を綴りはじめたが、すくなくとも部分部分に関しては厳格にタートザッヘ・ヴァールハイトをあげておこうと欲する。私の学問的立場からみて、必要だと思われる事件とその経過の記述は細大漏らさずなすであろう。だが逆に不必要は事柄は、その事柄の善悪、美醜にはかかわらずすべてこれを省略する。

米山みきとの交情の発端は、日時を正確には記憶しないが、準備しつつあった学会が条件未熟のまま暫時見送りと決定し、ただ例年の日本刑法学会に二、三の海外専門家を招待することに結着して開催された、その会合終了の日だったと記憶する。会合の成果はかならずしも満足すべきものではなかったが、気軽に招待に応じた海外からの賓客中に、私の短いドイツ遊学時代の旧友を見出しえたことは私個人にとって得難い喜びだったし、資料交換のとだえていた暗い期間の、研究者の消息や学会の動向・成果を忌憚なく語りあえたよろこびも、その会合全体への不満をいくぶん補ってくれた。幹事会では、失敗におわった世界刑法学会開催の志向は、今後も継続さるべきことを再確認しあい、昼餐会ののち、日光見学におもむく海外諸友を駅頭に見送って、ビールの酔いにうとうとしながら家に帰った。開け放ったタクシーの窓から吹きこむ風は、そのときすでに秋だった。裏の丘陵のすばやい黄葉を眺めながら私は風呂に入り、その背中を米山みきが流してくれた。妻は睡眠剤をのんではやくからねていた。秋から冬にかけて、渇水期にはそのころしばしば停電した。翌日の講義準備を幾度その停電にさえぎられたことであろう。参考文献を机上にならべ、さあこれから、というときに、きまって停電する。それゆえ、私の生活は一種奇妙な混乱状態におちいっていた。まず夕食後、十時すぎまで一たん酒か睡眠剤の力をかりて床につき、深夜、講義ノートを作製して、薄明にふたたび就寝するのである。私はその日、軽い夕食後、すぐ二階で寝床に入った。なにか空虚な肌寒さと、やっと責任から解放されたものの、そのさびしい成果と華々しかった予定との落差感から、容易には寝つくことができなかった。もっとも容易にねむれぬ理由が、――自覚したくない別の理由のあることにも、私は気づいていたと思う。

麦茶をもってあがってきた米山みきに、ひさしぶりに寛いだ気分になっていた私は、そのことを冗談にして言った。

米山みきの返答は、そのとき、なぜか私の知らずして過してきた人間の世界、いわば背後の世界を教えるようなニュアンスに富んだものだった。

「最初一カ月ほど、先生を冷たいかたのように思っておりました。」

私は無意味に笑った。

「でも、そのうち、お気の毒なかたに思えはじめました。」

「気の毒？」

「先生はなにもご存知ありませんもの。」

「なにもとは失礼な。」私は煙草をとってもらってそれに火をつけた。

私の実力は、恩師宮地経世博士の特別な推挙がなくとも、早晩、私が現在到達している地位を当然獲得すべきものだった。劣者や敗者が、私の幾分はやかった成功を、恩師の姪と結婚したことに帰して、誹謗し嫉妬する事実のあることを知らぬわけではなかった。しかし、ある幸福を与えられたとき、その幸運を生かしうるか否かは、いつにその人間の実力と努力にかかっている。僥倖の訪れるや否やは、天の命であって私の知るかぎりではないのだから。私は助手から助教授、そしていったん実地に裁判にたずさわり、ふたたび教授に復帰した。その経歴に関して、私は自信をもっている。私の配偶者が誰であろうと、私はそうなっただろう。結婚したとき、妻はすでに処女ではなかったが、そんなことは大したことではないし、いまももちろん大したことと思ってはいない。だが、そのとき、なぜか不意に奇怪な幻覚の世界に私はおちたようだった。私はとりかえしのつかない、奇妙な錯覚をしてきたように思った。

「奥さまをお愛しになっていらっしゃいませんのね、先生は。」

「なにを言う。」

「奥さまのことを何もご存知ありませんのね。」

「最初に条件をつけておいたはずだったと思うが……。」

反射的に私は起きあがっていた。

「申し訳ありません。」

彼女はおびえたように後ずさりして頭をさげた。しりぞいてゆく家政婦にむかって、私はビールを買ってきてくれるよう注文した。

「夫は酒呑みでございました。」と米山みきは酌をしながら言った。私は彼女が注いでくれるままにコップの数を重ねていった。つまみのあられも食べつくし、――そして不意に、私は彼女に肉体を要求した。その言葉は明記することはできないが、暴力を用いたのではなく、言葉で言ったのである。

「男のかたは遊びですみます。けれど、女はきっと泣かねばなりません。」と冷静に彼女は答えた。

「いや、失礼なことを言った。忘れてください。それから、もう下りてやすんでください。」と私は言った。

「水をもってきておきましょう。」

なにごともなかったように米山みきは立ちあがった。私は、水を、いや水を待っていたのだろうか。私はみずから無理じいに起きあがって書物をとりだし、明りを電気スタンドに切換えてそのページを切った。弟子の一人が書いた刑法思想史であったが、残念ながら上出来のものとは言えなかった。語学力はともかく、まだ鳥瞰的な著述をするのに充分な蓄積がなされていない。私は適切と思われる批評の言葉を考え、また私の編集する法学雑誌に論文を書いて不備をおぎなうよう薦めることで、厳しい批評を緩和するのが適当だろうと考えた。だが平生なら、思いたてばすぐ手紙の筆をとる私が、そのとき、妙におっくうで書斎へいく気がしなかった。

米山みきが水さしを捧げ持ってあがってきたとき、私は幽かな香料の香りを嗅いだ。振り仰ぐと、眉のところが濡れており、小さな円顔の、小さな鼻頭に、のびずにかたまった白粉のあとが見えた。私は憐愍の情を隠すことができなかった。人は男性の身勝手と思うだろうが、私は真実、そのとき、彼女を愚かなわが児のようにあわれに思った。そして、敏感にその気配を察したのだろう、彼女は声を抑えて涙を流した。

「悪かったと思う。あなたには、わたしが雇主である以上、わたしの発言は、男女の間という以外の強制力を心理的にもちがちだ。わたしにもあらぬことを言った。なにもなかったことにしていただきたい。あなたは不安定な生活をされてきた。わたしが妙に根にもって、あなたを解雇したりすることは絶対にないから、どうか、下りてやすんでください。」

「そんなことで涙が出たのではございません。」

「互いに話のわからぬ齢ではない。」

「いいえ。」

すでに四十に真近い年齢は争えなかった。米山みきの目尻の皺を伝わって涙はおちた。

「お憐れみになるにしても、憐れまれかたが違っております。」彼女は足もとのほうに廻って、あわせの帯を解いた。今度は強く香水の香りが匂った。

「わたしは法律家だ。」

無意味に私は言った。帯を解いた襦袢の前をあわせながら、米山みきはうつぶせていた私の蒲団の横によこたわった。

「妙にうそうそと寒い。」と私はまたしても無意味に言った。

「虫も鳴きやみました。」

「わたしは……。」

新聞に醜聞として私たちの関係が報道され、また新聞記者が、執拗に再婚の相手のことを尋ねたあげく、米山みきに対する私の感情を問うたとき、私が答えた言葉に偽りはなかった。極度に潔癖な、いくぶん感傷的な文学者のように、いつの場合にも虚偽を語ることを罪悪だとは私は思っていない。自己の生命や基本的権利を守るためには、人は虚偽を言ってよいし、嘘一つ言わぬ人間など、現実には存在しない。だが、「おそらくは愛していた。」という発言が、性急な人にはどんなに曖昧に聞えようとも、私の精神状態を伝えるべきもっとも適切な言葉を選ぶなら、いまも、とっさに言ったその一句を繰り返すことになるだろう。

私には理解できぬ、変節にひとしい性格転換が、のちほど米山みきにあらわれた。しかし、すくなくとも、それ以前は、聡明で直感力に富む、立派な女性であったと信じている。私には欠けているものを、豊富にそなえていた。私になかったもので、彼女にも欠けていたものは、あの〈若さ〉ぐらいのものだった。

翌日、私は講義を二時間すますと、すぐ家に帰った。玄関に迎えた米山みきにカバンを手渡すと、私は妻の病室に入った。いや、その前に風邪ぎみの喉をうがいしに、洗面所へいった。米山みきが、手拭を手籠に入れて、侍るように横に立った。私が病室へむかう廊下を歩みだしたとき、家政婦の伏し目の顔があげられ、一瞬、頼りない少女のように顔を皺くちゃにした。しかし、そのときにも、なぜかまだ私は自信をもっていた。

病室は奥の小庭に面している。しかし、庭は荒れ、部屋には日の光はなかった。光の代りに、その病室に瀰漫しているものがあった。それは癌患者特有の、はなはだしい靡爛臭だった。静枝の吐く息は、いささか下品にすぎる比喩とはいえ、あえて言うなら、悪酒に悪酔いした翌日、宿酔の日の排泄物の臭気に似ていた。

「近ごろ、お元気そうになりましたのね。」嗄れ声で、私が言うべき言葉を妻が先に口にした。

「お顔の色がよろしいようです。」

「お前のほうはどうかね。」

病床全体を視野におさめたとき、枕もとの小輪の花が、意外に鮮明だった。なんという花なのか、植物の知識に乏しい私にはつまびらかではなかった。またしいて尋ねるほどのことでもなかった。私は、自分の健康が、たしかに妻の指摘どおり順調であることを、学会開催の責任と雑務から解放された気安さと関連させて説明した。もっとも、そんなことに静枝が興味をもっていないのは、百も承知のうえだった。妻には一種家禽の躾とでも名付くべき身振りがあり、彼女が健康であったころは、私のするやや専門的な時事問題の解説や、学内の人事異動などに答えて、礼儀正しい返事をしたものだった。それが人の道にかなっておりましょう、とか、いろいろなことがございますのね、とか。妻は私の話などまったく聞いていなかったのだが、傲慢で、また長い教育者生活の中で、教授者たる自分の意見を人はかならず傾聴するものだと思いこんでいたために、そのころの私は、静枝がただ口先きだけであくびを嚙み殺していたことに気づいていなかった。しかし、妻の痼疾の絶望化するにつれて、妻はもう演技をする体力――そう、ちょっとした思いやりにすら、人間には地位や余裕や体力が必要なのだ――を失ったのだった。

　米山みきが、襖の外から、何か用事がございましたら、と声をかけた。足音はしなかったから、もしかすると初めから廊下にたたずんでいたのかもしれない。

「お茶をもってまいりましょうか？」

「米山さん。」と妻が痼を無理におし殺したような声で叫んだ。「香をたててください。お部屋の香がきれたようだから。」

「はい。すぐ入れ換えます。」

　足音が廊下を遠ざかった。

「わたしのためなら別にかまわんさ。」と私は言った。

「わたくしは幾ら香を焚いても、香水をふりかけても、もう鼻がきかなくなりました。膿の臭いもしない代りに、なんの匂いもしません。」

　顔をあらぬ方にそらせるとき、それは能面のように不気味に光り、俯せられれば、はや、それは一箇の死面だった。


　妻の衰弱を克明にたどってゆくことは、私の力にあまる作業である。また、私はまだ読んでいないけれども、妻が毎日書き綴っていた日記にそれは記されているであろう。その遺書の公表が、私の事件の開示に必要であるなら、それが必要と考えられる時期に、それを公開してもよい。人の死の有様、死に近よる蹌踉とした足どりを私は書きとろうとするのではない。妻は不運な女性であったけれども、現代の医学ではまだどうすることもできぬ疾病にとり憑かれた以上は、仕方のないことだった。それよりも、やはり書いておくべきことは、その日二十分ばかりの妻との会話の中に、不意と、すでに妻が私の犯した行為を知っていると思われた節々のあったことである。病人特有の過敏な神経でかんぐっているという印象ではなかった。妙な言い方だが、はっきりと知っていて、それを致し方ない必要悪、いや善悪以前の必然的事態と判断しているらしいことが私に感じられた。

「早う、死にとうございます。」という表現を妻はとった。

「何かしたいことがあれば、何でも言うがいい。」

「昔なら、したいこともございました。」礼儀ただしく妻は答えた。

家政婦が香炉を入れ換えているうちに、私たち夫婦は、硝子の面を両側からひっ掻くようないらだたしい会話を交わした。

「どういうことかね。」

「今はもうなくなりました。」

「今では出来ないことかね。」

「できても、お慈悲ではしていただきたくない人間の誇りというものがございます。」

二人の子供たちからはそれぞれに、ときおり、手紙が届いている様子だったけれども、もっぱら母親宛にくるその手紙を、妻は私にみせようとはしなかった。私たち夫婦の間には、行き詰った会話を打開する共通の話題がなかった。母親にあてて何事かを訴えてくる文面に、別段、子供たちの恥が表われているわけでもなかろう。それを私も共に見て悪いわけはなにもない。しかし、自分だけの領域をもつことが、彼女の精神の安定にいくらかでも寄与することならと、私は看過してきた。私は心理家ではないが、人が支えられるのは究極のところ、連帯意識ではなく、思いたかぶった個我の意識や秘密の感情であるらしいことは、うすうす了解されていた。虚栄するにせよ、権力を意志するにせよ、人は連帯感が欲しくてその愚に踏みこむのではあるまい。妻は黙って体を夜具に横たえ、枕もとのラジオのスイッチを入れた。軋むような提琴の音が流れた。音で匂いが消せるわけではないが、どんな関係にある人間にせよ、なんの媒介もなく面とむかって対峙すれば、かならず衝突する心理や自尊心の葛藤を、さりげなくそらせるだけの効果はもつ。喫茶室に絶えまなく音楽が流れ、商談のための料亭には庭に噴水がふき、郊外の旅館の窓外には展望が開かれてあるのも、人の同じ心の動きの要求からでるのだろう。私は音楽は嫌いだった。音楽は、苦心して凝集した思考の厚みを切りくずすゆえに、美しいものほど私は嫌いだった。妻がそれを知らぬはずはなかったが、私は耐えていた。

しばらくの沈黙の後、不意に妻は、

「出ていってくださいませ。」と言った。

「なにを言う。」

「ひとりにさせてくださいませ。」

「それがわたしにむかっていう言葉か。妻が夫にむかって言うことか。」

襖が細く開いて、米山みきが閾に手をついて頭をさげた。

「奥さまのおっしゃるようにしておあげになって。」

そのときもまた私は、いままで私がまったく無縁に過してきた、そして出来ればそのまま素通りしたほうがよかった、奇妙な翳のような世界のあることを知らされた。誰がことあらためて主張したわけでも、静枝や米山みきの、どの動作が暗示になったというわけでもない。ただ、顔をふせて米山みきが私に懇願し、それを妻が顔をそむけて聞きながし、つぎに沈黙がおとずれた、ただそれだけの事件、供述書に書くならば、三人の存在と氏名と、夫、妻、家政婦と、その関係を示すにとどまるだろう状況の中に、私は厖大な、私の知らなかった世界のうごめきを感じさせられた。それが何であるか、その時にはわからなかった。今はいくらか、私にはわかっているけれども、わかってみたところで、なにが変化し、なにが進捗するというわけでもない。にもかかわらず、わかってしまったある認識は、どんなに努めても二度と白紙にはもどせない。無為に過された時間の呪詛から逃れるのは易い。時間や仕事なら、埋め合わせたり、やりなおしたり、自然に忘却したりすることもできる。だがひとたび触れた、人間の暗黒は、深まりこそすれ、それから解放されることは不可能である。たとえ、いまの私に、それらいっさいの事どもが、どうでもいいものとなったと呟いてみたところで。

## 第二章

最初、新聞がとりあげ、つぎに週刊誌や赤新聞などが、徐々に興味本位なスキャンダルに膨脹させていったプロセスで、私の信頼していた友人たちが示した態度も、私にはげせないもののほうが多かった。人には他人の成功よりも失敗を、より喜ぶ心理的傾向のあることは、一般論として知っている。また、その傾向は、不遇な者により旺盛であろうことも、簡単な推理で証明できることであろう。しかし、私の朋輩といえば、大半が大学教授であり、また法曹界の指導的人物たちだった。しかるに、その反応、および私の耳に伝わってくる反響は、耐えがたく不愉快なものであった。そしてもう一つ、私は恐ろしいことを知らされた。なるほど、教育者としての私は、刑法研究家として、また検事としてそうであったほど一流の者だったとは思わない。しかし、能力の及ぶかぎりそれに尽してきたつもりであったのにもかかわらず、一朝目醒めてみれば、私には信頼できるたった一人の弟子もいなかった。私が指導し訓練し、その方向を示唆してやり、また、就職の世話に奔走し、結婚の媒酌をつとめさせられた者のただ一人も、私が誤解の渦中にいるときの味方ではなかった。いや、二、三の、奥に嘲笑を秘めた流し目では私を見ぬ学生がいることを後に知った。しかし、それらの男たちは、学問的には私の弟子たる資格に欠けるような異端にすぎなかった。

　大学の研究室へ、記事が出てしまってから数日後、私のいわば弁明文をのせないかと学芸部の記者がきたときのことだった。その日、細かい雨が、私の机越しの窓枠をぬらしていた。何年も通いなれ坐りなれておりながら、窓際に公孫樹（いちょう）のあったのにも気づかなかった私は、雨に濡れそぼつ公孫樹の葉の、真珠のような輝きに見とれていた。水曜日、講義は午前中に概論をおえ、定例の教授会のある前の昼食の時間だった。教授会では、最後に、つけたりのように、しかし、じつはそれがいちばん興味ある問題として、私自身の事件があつかわれるはずだった。

「正木先生。」と妹尾助手が呼びかけた。

「なにかね。」

研究室の隅の机に大学院学生が二人、雑誌を読みながら私のほうを窺っていた。

「新聞社の方が、先生にお会いしたいといって来ておられますが。」

私が沈黙していると、押しつけるように、「お会いになりますか。」と妹尾助手が言った。つね日ごろ、助手にはいささか反抗的なところがあり、法学部では珍しく反骨のある男として、私がその将来を約束してやっている男だった。質問もずけずけ言ってきたし、天才的な記憶力にも恵まれている。

「君ならどうするね。」と私は言った。

「さあ。」と助手は首をかしげて薄笑いした。

「会おう。通してくれ。」

助手は表情をおし殺した謹厳さでドアーのほうへ歩いていった。書架のかげで訪問者と二、三の応答がなされているようだった。二人の研究科生は互いに顔を見合わせ、思いきりわるく立ちあがって出ていった。つねづね、そういう習慣はなかったから、助手は席をはずさなかった。また、私にとってもそれは好都合だった。証言をなしうる人物を、人は常にもつよう心がけておかねばならぬ。

「用件を簡単に言ってもらいたい。」

「ああ。」と新聞記者は不作法に椅子に着いた。

「今度のことに関しましてですね、先生の発言がまだどの新聞にも正確に報道されておりません。事件はいくらか一方的に伝えられすぎているといううらみなしとしません。それに関しましてですね、談話でも原稿によってでも結構ですから、先生ご自身、なにかご発表されたい。

もっとも学芸欄記事でありまして、わたしは社会部の者ではありません。したがいまして、一般化、つまり、愛の倫理、現代社会の習慣とありうべき理想の葛藤とか、そういった形でご発言ねがえれば幸せです。新聞は公共のものでありますから……。」

新聞が人にあたえる発言の機会が、おおむね私の場合のような経過を経たのちのことだとは信じたくなかった。戦前、私が初めて著述を公けにしたとき、一度、友人の紹介で新聞社をおとずれたことがあった。出版した書肆が、新興の小資本出版社であったため、その書物の宣伝を兼ねた批評を、著者みずからがおもむいて依頼されたいと慫慂されたからだった。私の考えでは、自分の著述の書物全体としてのまとまりや叙述の方法に、いささか不満の点があるとはいえ、社会の公器を通して紹介される価値のあるものだと思っていた。世間知らずの青年の自負は、新聞社の、薄暗いリノリウム敷きの廊下の片隅で無残にくじけ去ったものだった。内容を説明し、どの点に関して従来の刑法理念を超えているか、超克しようと努力しているかの説明も、あわただしい人の出入りの虚無に放つなしのつぶてだった。当時、すでにジャーナリズムの興味は〈理念〉にはなかったのだった。

「敗戦後、旧来の儒教的な道義は破壊されました。多くの文化人がそれを謳歌したと記憶します。そして、新しい時代の、新しい道義、家庭の倫理や教育の理念の建設が叫ばれておりましたですね。」新聞記者は煙草の煙を私の顔のほうに真向から吹きつけながら言った。「先生もその間……。」

「いや、わたしはそれらのことに関して、なにも発言しなかった。」

「あ、そうですか。しかしですね。」

「もちろん、わたしの内にも、ありうべき人間関係の、専門分野いがいの事柄についても、希望や希望的イメージはある。だが、夢を語ってどうなるというのかね。」

「お茶をいれました。」女事務員が気をきかして卓子の上に茶碗をならべた。

「先生はたいへん懐疑的でいらっしゃる。百の希望的観測よりも確実な一つの事実の明証を尊重される学者の良心はよく理解できます。しかし、大衆は……。」（その大衆なる言葉に不必要な形容詞を新聞記者は付したと記憶する。）「大衆が欲しているものは、大衆が聞きたがっているものは、実証や実証成果の体系ではないでしょう。いや、こんなことをここで先生に言うつもりはなかった。これは釈迦に説法でさあ。はは。ともかく、先生のお考えを公表していただきたい。スペースに限りがございますので、だいたい、原稿用紙三枚程度、千二百字以内にとどめていただけると好都合です。それから、段がわりや副題は適当におまかせ願えますね？」

「まだ承諾したおぼえはありませんぞ。」

　助手がそのとき、もう一つある窓にむかった机で、声をひそめて笑った。

　わずかの休憩時間を、異国の民謡の輪唱に費やす経済学部の学生たちの歌声がしていた。窓際の、雨に濡れる公孫樹のきらめきは、そのとき、血気盛んな青年たちの歌声に応じて揺らぐかのようだった。学園新聞で私の排斥運動を提唱した匿名の学生もそのなかに含まれているのだろうか。彼らの頭脳には、いかなる新しい理念がつまっているのだろうか。いったん目醒めれば、それが万人の信条となる真理が彼らの脳裡に芽ばえつつあるのだろうか。やや黄色味を帯びた公孫樹の葉々は、その一葉一葉を手にとってみたくなる微妙な陰翳にとんでいる。休暇にもめったに帰省せぬ息子のことを、ぼんやりと私は考えた。新聞記者の脈絡のない饒舌を聞き流しながら、いままで誰にもあかされなかった一つの事実――いや事実とはいえぬそれ以前の、一場の影のゆらめきを、私は思いおこした。

栗谷清子が、最初に栗谷博士にともなわれて私の宅をおとずれたとき、それももう数年も以前、用件は結婚などとは無縁な事柄であった。彼女が出身学校の講堂を借りてピアノのリサイタルを催すにつき、私の手によって裁判所関係の趣味のつどいや、私を中心とする法学部卒業生グループの面々に、切符を百枚ばかり売りつけてくれまいかという、ほほえましい俗事だった。栗谷博士は、白髪にしばしば手をやりつつ、てれて令嬢の代弁をつとめられた。

「娘というのは、いったいおやじをどう思っとるんですかね。」

「あらゆる能力をそなえた超人のごとくでありましょう。」と私は冗談を言った。

「実際、私の手で、切符を百枚もさばけるときめてかかっておる。わたしの職業は、英語の知識と、獲得した英米の精神史に関する認識を次代につたえることであって、切符を人に売りつけることではないんですがね。」

「いや、若い連中のなかには、最近なかなか音楽熱が盛んなようだから、ともかく聞いてみておきましょう。場違いなことをやってみるのも、案外、人格の幅を広げる役にたつかもしれません。」

「いや、どうもおしつけがましくて。」

幸福な家庭に育って、人を疑うことを知らぬらしい令嬢は、ときおり、華々しい声で笑った。

笑うときに口を覆わず、おしみなく白い歯を輝かすのも好ましい印象だった。

「将来、音楽のほうで身をたてられるおつもりかな。」と質問すると、「いいえ。」と彼女は直截に答えた。

「わたくしに、そんな才能なんてありゃしませんわ。母だって父だって、そんなこと先刻ご承知なんですのよ。」

「さて。」

「ほんと。でもわたくし嬉しいんです、人々の前でピアノのひけるのが。それ以上のことは望んでおりません。」

「語学は、なにかなさいますか?」

「ええ、フランス語をすこし。でも会話は駄目なんです。『今日は。』とか、『お天気がいいですね。』なんて、喋るのめんどうくさくて。ふふ。」

米山みきがさし出した紅茶を、罪のなさそうな、小さな唇ですする音を聞きながら、私はふと、栗谷嬢を息子の嫁にする想像を楽しんだ。栗谷博士に、他の子息のことをたずねたりしたのも、なかばは無意識な会話のなりゆきからだったが、彼女が一人娘であるのかどうかをたしかめたい欲求もあった。いや栗谷博士が鄭重に令嬢をともなって訪問された目的にも、博士の側にも、表面の俗用とは別に、なにかおもわくがあったのかもしれない。もし、そうした心理があったとすれば、それは、一瞬私が楽しんだ空想と同質のものであったろう。空想は、瞬時、私の胸のうちをかすめ過ぎたにすぎなかった。人には語られず、それはすぐに消えた。息子の嫁について、思惑を廻らすのは世の親の人情というものであろうけれども、私の家庭は、半死人をかかえて、いつまでも想像を楽しんでいられる状態にはなかった。また、書物にむかえば、当然消えてなくなる現実の些事でもあった。

どこへ行くともなく立ちあがったわたしに、「まだお返事をうかがっておりませんが。」と新聞記者が言った。私にはそれが一種の脅迫のように聞えた。

「新聞や週刊誌には、なにも書きたくない。」

私の顔色をうかがいながら、新聞記者はふいに態度を変えた。編集で予定された原稿をとらなければ、彼はその職務においてそれだけみずからの位置を傷つけることになるからだろう。

「少しお待ちになってください。先生は誤解していらっしゃる。御存知のとおり、すくなくとも、われわれの社では興味本位のあつかい方をしなかったはずです。怒りを新聞関係者全部にむけられるのは正しくありません。最初、先生のお弟子さんだという赤新聞の記者が、ネタを売りこみにきたときも、うちの社では受けつけなかった。お調べになればわかります。婚約不履行による損害賠償請求の訴え以前にあったと聞きます、米山みきさんとの家庭裁判所調停に関する記事は、したがってわれわれの新聞にはのっておりません。また調停が破れた後の訴訟提起も、それが事実であるかどうかを、記事を遅らせても確かめようとする努力をしました。たとえ一般化した形ででも、われわれの社だけが、先生の側の弁明をのせようとしている。だから……。」

ふたたび窓の外に視線をそらせたとき、公孫樹の葉にはもう何の輝きもなかった。重そうに葉を垂れ、黝んで見えた。

「いま君のいわれたことは本当か?」

「本当です。」

「その男というのは誰だ。」

「わたしのいったことは間違いありませんが、売りこんだ人物が自称したことの内容は本当かどうかはわかりません。また、本当、嘘は別にして誰であるかはお教えするわけにはいきません。」

「わたしの弟子だったと自称したことは事実なんだな?」

新聞記者は沈黙して答えなかった。

「米山みきが新聞社に手紙を出したのではなかったのか。それなら、これは犯罪だ。家庭裁判所の調停経過もその申し渡しも、……。」

非公開の事柄がなぜ新聞や週刊誌にもれたのかということを、最初に疑うべきだった。だが、感情が、つぎつぎとおこる不愉快な事態を追うことに懸命だった数日間、私はそれを考えてみなかった。家庭裁判所の判事と調停委員、参考人と事実調査員、それに当事者である米山みきと私いがいは知らぬはずの事柄までがなぜ新聞に報道されたのか。燃えあがるような怒りを私は覚えた。

「わたしにはなにも弁明せねばならぬことはない。」語気を強めて私は言った。「言わねばならぬことは、いずれ法廷で述べるだろう。今度のはもちろん公開であるから、そのとき、なおあなたの社がそれを報道しようというのは、拒みはしない。それはあなた方の自由である。」

笑ったとき、前歯にかぶせた金が光る栗谷博士の顔がふいに想い出された。何故、ふいに博士の顔が浮んだのかは解らなかった。しばらく、想像の幕に映じた私の義父となるはずだった老人の像と、私は、私だけの対面をした。不健康にその顔はゆがんでゆき、白髪が亡霊の怨みのように揺れた。栗谷清子のピアノのリサイタルが催された日、音楽嫌いなはずの私が、教会の尖塔の光る女学校の講堂をおとずれたとき、その入口に立っていた栗谷博士が洩らした気味悪い微笑。そうだ。あの微笑だった。独奏はすでに始っていて、曲のもれ出る戸口から、予想以上に集った聴衆の背を振り返って、栗谷博士はその奇妙な微笑を隠そうとつとめた。

「娘の気紛れを許すだけにしては、あまりに御迷惑をかけすぎましたな。なんともおわびの申しようがない。」

おそらく学校関係の書店や楽器店なのだろう、広告まで刷りこんだプログラムを一枚、博士は私に手渡した。苦笑しながらそれを受け取り、私は博士と肩をならべて裏庭の方へ歩いていった。

「博士は音楽にご趣味がおありで?」と私は言った。

「いやもっぱら娘に教育されとるわけです。むかし、夏目漱石が、音痴のくせに小唄かなんかをこっそりやっとったという話ですがね。ま、そんなところですかな。」

「じゃ、お嬢さんの演奏をしばらく拝見して失礼しましょう。」

「聴くのではなくて見るわけですな。」

故意に笑いを作りながら、目的もなく歩き出した、女学校らしい清楚な校庭を、われわれはまたひき返した。

「しかし、特別、ご用事がないなら、一緒に夕食をしてやってくださらんか。娘の言い草ではないが、あなたは最大のパトロンだから。」

相手が栗谷博士でなければ、その口調を強くたしなめねばならぬところだった。私は自分の政治力を誇るために切符を売ったのではない。息子を令嬢と結びつける空想をひとときの夏の日陰のように楽しんだとはいえ、息子にも洩らしたわけでもなく、このことは純粋に好意からしたことだった。彼のほうから依頼しておきながら、しかし結局、彼は私に感謝しておらず、会の盛大すぎるのをむしろ怒っていることを隠そうともしなかった。そのときには、私は博士の正直すぎる表情の動きを理解するのに苦しんだ。だが考えてみれば、博士の態度の変化は、多分、その音楽会の成功、失敗よりも、私の家庭の内情を知ったことからきたものと思われる。確かめてみたわけではないが、多分、博士の側にも娘の嫁ぎさきを種々考慮する気持があり、訪問後、茂の履歴や正木家の血統などを興信所に調べさせたに相違ない。そして、うすうす分ってくる正木家の内情を知って、最初の希望を放棄したのだろう。ところが、私の方は余計な好意から、口実であった依頼の方を真にうけて、結果は、恩恵をおしつけるかたちになった。

事後にする推測はともあれ、私は、博士の態度がげせぬままに、すり硝子に光線のやわらげられた講堂に入った。音楽会といいながら、まるでそこは華やかな衣裳と気配の展覧だった。私が切符の配布を依頼した検察官時代の下僚の姿も見えず、わずかに記憶にあるその妻女だけが二、三の顔見知りだった。忙しい裁判所関係のひとびとが、有閑令嬢の手習いを見物にくるはずもない。だが、切符はまわり廻って本当に音楽の好きな若いひとびとの手におちたのだろう。喜ぶべきことでこそあれ、不満を抱くべき筋合いはないはずだった。私は中座することを予定して、末席について講壇のほうを見た。だが、すぐ黒衣の人物が側に立ち、招待者の席は別にもうけられてあるむねを伝えた。

見あげると、それは私の末弟正木規典だった。

「お前も狩りだされたか。」と私は小声で言った。

「切符を売りつけたのは兄さんですよ。しかし、それがなくても、わたしは日曜にはここに来ております。」

「そういえば、ここはミッションスクールだったな。」

貴賓席は横ざまに据えられたピアノにむかう栗谷清子の背後を、真近に眺める位置にあった。憂鬱なことになったなと私は苦笑した。プログラムをたしかめても、いま流れている曲目が何なのかはわからないのだ。仕方なく、髪を波のように揺らめかせながらキーをたたくその日の主役の後姿を見た。舞台という、特殊な状況がなければ、人の体つきなど仔細に観察する機会などめったにないものだ。白いレースのイヴニングドレス、そこから輝くように緊張した腕がでて、白鍵のうえをすべる。漆黒のピアノの蓋が鏡になって、その表情を映している。

道を歩むときも私の脳裡を離れない、私の現象学的法学理論の建設への執着が、そのとき不意を衝かれて掠めさられた。漫然たるいままでの音楽への嫌悪は、ラジオでも蓄音機でもなく、はじめて聴く肉音の高潮に崩れかけた。なにか足をさらわれるような危険を私は感じた。薄いレースを透して、ほとんど手にとるように感じられる若い肉体の動き、とりわけその腰の部分のかすかな震動、そして、幻影のような楽譜台の映像。私の感覚はひきずられるように、ぐいぐいと沈みこみ、そして、その瞬間、音楽にではなく、横にいる僧形の弟への肉体的な嫌悪感が湧いた。私の横顔を、じっと窺っている肉親への嫌悪が。

「ご自身に対する厳しさよりも、ひとびとの要請をうけたとき、その言葉がきかれたがっているとき、機に応じて必要な発言をすることも大切だと思うんですがね。」

新聞記者はまたもとの崩れた口調にもどった。

「現代のね、誠実の理念ってのは、そうした演技的なもんなんですよ。先生。」

「…………。」

ジャーナリズムの卓越は、人を見て法を説く点にあると言わんばかりだった。だが、思ってみれば、その若い新聞記者の発言のほうが、すくなくとも現実的だったようだった。「帰ってくれたまえ。」と命じたときにも、すでにうすうす感じられたその世間的真理のために、私の声は大きくはならなかった。蓬髪を掻き、ふけを不作法にまき散らしておいて、彼は最後に名刺をさしだした。

「お考えがかわりましたら電話してください。いや、二、三日のうちにこちらからもう一度、おうかがいするかもしれません。」

「君はどこの大学をでているのかね。」と私は言った。

「大学ではあまりものを教わった記憶がありませんのでね。どこの大学の卒業だったか、忘れました。はっは。」

複雑な、一種頽廃的な笑いごえを残して彼はたち去った。助手が素早く名簿をくって、その新聞記者も法学部出身であり、年代からみて、先生の講義をうけていた可能性があると言ったときには、相手の姿はもう戸口から消えていた。また、私の記憶のなかには、その新聞記者の学生時代の姿もなかった。

法学部の事務室は煉瓦建ての学部校舎の正面玄関を入ったとっつきにある。藤原事務室長以下、二十名ばかりの事務官が課ごとに事務をとっており、内ドアーを境にしてその隣りが教官室になっていた。廊下側にも扉はついているが、特別な場合いがいは鍵がかけられていて、一般教官休憩室は事務室を通じてしか入れない。そして、事務室と教官室との狭い間隙に、ときおり、写真現像の暗室につかわれる小部屋があって、その一方の壁のこまかく区切られた戸棚が、また教授たちの私書函にもなっていた。研究室あてにくる公便や文部省通達、その他書籍のカタログなどは、事務員が各研究室にくばるが、私便や部屋をもたぬ時間講師あての書類は、その私書函が利用される。栗谷清子から、その誕生日に夕食の招待があったのが、私の私書函に書信のあった最初だが、それ以後、私はときおりその戸棚を覗きにゆく習慣がついていた。

その隣りの教官室は、複写器やマイクロフィルムの射光機、テープレコーダー等をそなえ、その他、囲碁将棋、新聞や公報など、時間待ちする講師の娯楽設備をも整えて、したしい交わりをむすぶ教官たちの息抜きの場ともなっていたが、このほうは——とくに部長の位置についてからの私にはあまり縁のない存在だった。

その日、つき忘れていた出席簿の印をおし、事務官に出張の車券の購入を命じてから、せまい書棚部屋にわたしは入った。謄写版のローラーを、隅の机で操っていた女事務員がちらりと振り返って礼をした。窓はなく、謄写版の上の電灯だけが細長いその部屋のあかりだった。不愉快な投書を嫌悪し懼れながら、また内心それを待望するアンヴィバランツな心理で、私は自分の戸棚のまえに立った。封書が二通、無造作に入っている。薄暗い電灯のあかりだけでは、手紙の文面はとうてい読みとれそうになかった。文面は教授食堂でも読むとして、私はその封書の裏をかえしてみた。一つは地方検察庁の活字署名があり、ホッチキスで封緘がしてあった。もう一つは裏に署名がなく、表には大学の所在地と学部名のつぎに、正木典膳様親展とだけあった。私の胸はかきたてられた。裏に署名がなくとも、そのさしだし人が誰であるかは字の形でわかった。謄写印刷をすっている女事務員は背中をむけたまま、しかし、私の存在を意識してしゃちこばっていた。私はしばらく躊躇し、結局は手紙を内ポケットにいれてそこを出ようとした。そのとき、私の耳に、幻覚のようにかすかに、冷たい笑いごえが流れた。朝帰りの青年が母親の目を恐れるように、本能的に私は奥の暗がりに身を避けた。声は幻聴ではなく、教官室から聞えるのだった。囲碁をうつ石の音がし、大仰に茶をすする下品な物音がする。賢者は名をして徳に浮(すご)さしめず、華を以て実を傷つけず、と誰かが漢文調の警句を得意になって吐いている。

「新しい理論を導きだす人間が、かならずしも道義的に清廉潔白な人格者であるとはかぎらない。しかし、新しい認識によってよりも、地位や、一般人がその地位に付与するイメージによって人が尊敬されることも事実なんだから、尊敬の代償に、ある程度の犠牲はやむをえないだろうし、すくなくともボロを出さんようにせにゃならんわけでしょう。」

急には思いだせない、しかし、三日とあけず親しく聞いているその声をきいたとき、私は私の事件が話題にのぼっていることをはっきりと知った。いままでおよそ教官室に気軽に出入りしたことのない偏狭さが、そのときも、即座にその場に自分の存在を知らせる障害となった。

故意に咳ばらいしようとして、しかし、背後の気配に私はそれを思いとどまった。インクのしたたるローラーをもったまま、若い女事務員がいまははっきりと振り返って私の方を見ていた。白い事務コートが薄暗い部屋に亡霊のように浮びあがってみえる。大人の秘密を見てしまった乙女のように、一種悲哀の表情で、女事務員は大きな瞳を私のほうにそそいでいた。ふいに襲ってきた疲労感に、背をまるめ、そのままの前こごみの姿勢で、私は、激しく瞬かれる少女の瞳を茫然と見返した。時間の流れが意識に粘着し、それが互いにもつれ合う不愉快な数分がそのまま流れた。

「しかし、家政婦の方は、その後の生活をどうしてるんですかね。もう家政婦にも女中にも雇うところはないだろうし、相当な齢のようだから、会社などもおいそれと採用はすまいだろうしね。」

直接、自己の失敗や破廉恥からおこるのではない羞恥感に私は苦しんだ。恥ずべきなのは蔭口をたたいている側であるにもかかわらず、他者の行為があたかも自己の罪のように、血が逆行するのは何故だろうか。

「惜しいことでさ。次の学長選挙の票は、もう正木法学部長には集らんでしょう。学校行政にとっては、彼が学長の位置につくことは非常に有利なんでしょうがね。なにぶんいろいろと顔の広い人だから。」

その小気味よげな言葉の主は有賀教授のものだった。覆うべくもなく、それは私の協力者の声だった。

「大学は研究機関であって、大学令によっても、別段教授の個人的言動の道義性は問題にはならない。だが、新制大学になってからは教授会内部に学生補導委員ももうけられているぐらいなんだから、教育者として、もうすこし注意もして欲しかったですね。体面ではなくて、文字どおり独居をつつしむ配慮をね……。」

もう一人の声の主は誰だろうかと、私は空しくいらだった。しかし誰であるにせよ、彼が私の家庭の事情の何を知っているというのだろうか。本当には、まだ明らかにされていない事実の、なにを知って批評するのだろうか。

「登りつめた人間はいずれ墜ちてゆく。それは、ま、運命みたいなもんでしょうよ。」

専門領域を離れた学者の会話はおおむね児戯に類する。そこに悪意のない場合は、それも一つの愛嬌かもしれない。だが、その発言にはあきらかにとげがあった。

もし私が過去において、存在の深淵を覗きこむような時代を経験せず、また検事職にもつかずにおれば、たとえ相手の言葉に悪意が秘められていても、それが裏側のものであるかぎり看過したかもしれない。だが、私は計画的な犯罪の悪意を知っており、また私の体系を、すべての違法行為が、語のもっとも正しき意味において確信によるものと見做すべきだという風に完成させていた。組織の偽善と悪の正体が何であるかも私は知っている。反射的に、自分の心の底に眈々と目を光らせて打算するもののあることにも気づいていた。できるだけ避けようとつとめながらも、私は悪意には敏感だった。

「つぎの主任教授の座に誰がつくかが楽しみですな。はっはっは。」

度をすごした冗談の声がした。

「それはそれとして、実際、宮地経世博士の学説の批判など、そろそろおこってもいいんじゃないんですかね。敗戦当時には、戦時中の身の処し方がたくみだったために、公職追放も免がれた。いやむしろ英雄にまつりあげられ、過大な賞讃が追贈された。だが、それは宮地博士の学説の正しさということとは無縁のものだ。直系の弟子が大学にがんばっていては、大ぴらに批判もできなかったわけでしょうが、派閥で学問の是非は代置できないはずだ。」

「たしかに法学部には権威者が多すぎて、批判者がいなさすぎる。また第一、書評したって読みもしない。考えとることは、自分の教科書を学生に売りつけることだけだ。」

「そういえば傑作な話がある。ある私学でのことですがね。毎年毎年、自分のものばかりやるので気がひけていたところへ、本屋が手を打ちましてね。A校の教授にB校の教授のテキストを使用させ、B校の教授がまた何喰わぬ顔をしてA校の教授の本を使うことを提案したんだそうです。一年間、実際にやってみたそうです。ところが、二つの学校の学生数に大変なひらきがありましてね。その間に謝礼問題で争いがおこって、本屋が調停するのに往生したといいます。」

「まさか?」

「出版屋が言っていました。本当なんです。教師の月給が少なすぎるのがいかんのでしょうがね。」

「情けない話だが、着想としてはなかなか面白いものであるな。」

「万事契約ですから、世の中は。講義中に、やたらに自分の著書の参照を要求するよりも正直かもしれない。」

「はっは。」

友の死にあい、おのれの心のなかばを失ったと言ったホラティウスは、いったいどんな交友関係に恵まれていたのだろうか。人生の最大の贅沢は良き友を持つことだと言ったプラトンは何を夢みていたのだったろう。

謄写印刷版のまえで、魚の目のように目を見開き全身を硬直させている女事務員の肩に手をおき、私は足音をひそめてその場をたちさった。

雨に濡れた校庭で、立ちどまって見開いた検察庁からの通達は、事務的な文体で、刑事事件として告訴された名誉毀損訴状は、前後の情状を考慮のうえ、これを不起訴処分とするとあった。なお検察庁へ出頭するならば、貴下の訴状を不起訴処分とする理由は口頭によって説明する、と。私は、緑色に濁った中庭の小池を眺め、すでに食欲を失った目で、教授食堂のある古風な大学の建物を見た。そのとき、はじめて、靄のように広がる不安が、あらがいがたい一つの想念にかたまるのを意識した。〈失脚〉という一つの言葉が、風の音のように私の耳たぶをかすめすぎた。

私は学務を放棄して、そのまま怒りを検察庁になげつけにいこうとした。かつて検事であった私の理論と技術によって、この起訴却下が一人の人間の人権の侵害であることを証明してみせる。しかし、私は疲れていた。その疲れと墜落感が私を平静にさせた。考えてみれば、私個人にとっては重大問題であっても、忙しい検察庁にとっては、これは刑事事件として取りあげるには価しないのだろう。私が検察官であっても、おそらくはこの訴状は棄下するだろう。その棄下する理由を担当官が私にむかって説くよりも、より明瞭詳細に私は私自身にむかって説くこともできる。私は思いなおした。もうほかに方法がないわけではない。検察官の不起訴処分に不服のあるときは、その検察官所属の検察庁を管轄する地方裁判所に、この事件を裁判所の審判に付することを請求することもでき、また同じ訴状を民事事件として裁判所に私訴する道も残されている。私は刑法の専門家であるゆえに刑事犯として米山みきを告訴した。罰金等による賠償よりも、米山みきの行為が犯罪であることの公的証明の方がより重要だったからだ。だがいまは一歩を譲ってもよい。市民としての名誉と権利は民事の法廷においても守ることができる。私は法廷で争い、争いつづけ、そしてみずからの正当性を証明し、みずからを衛るであろう。

## 第三章

自分の現実として承認したくない現実というものも存在する。最近、勤務先へむかうプラタナスの並木道をドライブする途上、あるいは学部長室におけるまどわしい電話の攻撃のあい間などに、私がしきりに昔日のことを回顧する事実も、承認したくない私の現実の一例である。昔日といっても、この事件の発端のころではない。ずっと以前、私がまだ二十代だったころのことなのだ。過去の時間の起伏のうちから、とくにその二十代から三十代にかけての一時期がすくい出されるのは、老いに近づく者の、一般的な青春回顧ではない。それは、私が経験した、もっとも苦渋に満ちた危機の時間だったからのように思われる。思えば、私は常になにものかと闘い、気負い立って自己の説を主張し続けてきておりながら、その壮年期の危機を巧みに避けて通ってよりのちは、私の人生は、本当は平凡なものだった。少くとも法とその科学の範囲から私ははみ出ることはなかった。また出る必要もおこらなかった。

いま私は自分の危機をなつかしむ年齢に達し、自己の危機のみを愛惜する心弱い精神の持主となりつつある。私の不満は、そうした、今となってはどう変容することもできない過去を思う現在の自分にはむかわず、逆にその危機と名付けるにあまりに貧弱だった自分の青春の方にむかっている。私の青壮年期は、ああ、いまにして言い古された表現通りに思う。書物の中にのみ過されすぎた。

私はスポーツの楽しみを知らない。私は囲碁将棋の楽しみも知らない。酒で失敗し、女のことでわめき散らす青春の愚昧も知らない。そしてただ一つ味わった、それを押しとおすなら私の生涯もまったく違ったものになっていただろう、政治の世界からも逃げだした。

私と、そして恩師宮地博士門下の俊英たちが関係していた雑誌「国家」が弾圧を受けたころだった、私の青春にただ一度おとずれた危機の時間は。恩師を主幹として、すでに専任講師の位置にいた私、そしていちばん年齢的に若かった大学院生の並川俊雄君が、その編集実務にあたっていた。思い出す。京都帝国大学の社会科学研究会関係者の大量検挙がはじまってから間もなく、私たちの雑誌も警視庁特別高等課から警告を受けた。昭和の初年、金融恐慌の下でなされた第一回普通選挙、そして生まれたばかりの共産党の弾圧については、種々戦後に公表されたメモや記録によってすでに多くの人々の知るところである。それを語るには、私は適任ではない。だが、その暗風は、戦後の価値転倒の時期に、名誉回復され、あるいは英雄の座にかえり咲いた少数の人々の頭上にのみ吹いたのではなかった。労働農民党、日本労働組合評議会、全日本無産青年同盟、つぎつぎと禁止されては現われた山頂の樹々を根こそぎ吹きたおした風は、また目立たぬ山澗の樹々をも転倒させ、樹が折れたとき、蔦も草もまた共に滅び傷ついたのだった。

季刊であった雑誌の第十号に、国際法に関する論文を書いた、兄弟子にあたる関西の某商科大学の助教授荒川久と、編集の任についたばかりの並川俊雄が、突然検挙された。もちろん、治安維持法や集会結社等に関する政令等を楯にとった、共産主義者やアナーキスト、宗教法人の要人の検挙拘留は一々指を屈して数えることのできぬほど頻々に行われていた。それまでも、私と同年の学究者の中からも、経済や政治の分野で、数人の、筆禍事件によって、公職からほうむり去られた、思想の殉教者がでていた。しかし、どちらかといえば保守的な法学畑、しかも司法研究を中心とする集団にまで暗い手ののびたことは、私にとってももう目をふさぐことのできない戦慄だった。それればかりでなく、その検挙の仕方には、私にとって耐えがたい心理的拷問が含まれていた。

当時の徹底した〈法地獄〉を知らぬ戦後の世代の若者たちに、事柄の詳細を理解される望みを私はもつことができない。何万言の言葉をついやしても、遂に私の表現能力はそれには及ばぬことを私は自覚している。だが、当時の私の右顧左眄のみじめさと共に、その大要をなりとも書いておかねばならぬ。

梅雨のように執拗な雨が降りやまぬ十一月の末、オーバーやレインコートもぬがず、雑誌

「国家」の幹事と編集委員は、第三法学研究室に集った。扉を深く閉ざし、演習中の木札をかかげて。丁度二人が検束された翌々日の午後だった。女事務員は茶をくばりおえると、宮地教授に命ぜられて、書物をとりに教授の自宅までおもむいた。もちろん、それは席をはずさせるための口実にすぎなかった。どうでもいい書物の名を教授は私に書かせ、それを手渡すと、女事務員は、敏感に、

「何時にこの本はお入用なんでしょう。」と言った。

宮地教授は、陰惨に黙りこんでいる出席者をずらりと見渡してから、五時頃までに、と言った。上履きの音が遠慮がちに遠のき、そして、研究室の椅子を大火鉢を中心に集めて一同はむかい合った。法学部長宮地経世博士、法哲学教授日々野久也博士、民事訴訟法の寺内兵衛教授、私より四年先輩の刑法学助教授荻野三郎、文学部のヨーロッパ近世哲学の富岡清博士、東洋史科で中国法制史を講ぜられる小佐井文治教授、雑誌「国家」の経営を担当する出版社文明堂の店主高崎与三郎氏、某新聞社政治部情報局長駒込仙介氏、同賛助員、クリスト教大学政治学部教授岩野虎市氏、急遽上京した商科大学の荒川久の友人、商学部助教授前川国志氏、それに私と、研究室副手富田司君。

「適宜、おのおの、その辺の適当な書物を膝の上にでも開いておいていただきましょうか。」

宮地教授が私に目くばせし、私と富田副手は、あてっぽかに書架から洋書を選んで各位に配った。人々は受け取った原書のページをなんとなくくってみ、数行を習性で読んでみてから背表紙を確かめてみたりした。

「懼れていたことが、とうとう現実になりました。わたしは、今夕六時までに警視庁に出頭せ

ねばなりません。弁護士の遠出君が四時頃きてくれることになっております。関西にいる菊池君にも速達を出しておきました。検挙された二人には、不敬罪にせよ治安維持法にせよ、該当する起訴項目などほとんど考えることもできないくらいであり、身柄、書類ともに早く検事局に廻ったほうがよいと思われますが、法律の専門家であっても、いやそれゆえに、この時代にはかえって、警察拘留期間に、動静を聞きだそうとして苦しめられる可能性も充分あります。」

沈黙が四辺を支配した。

「検事局にいる卒業生の星野検事正には電話をしておきました。警察には思いあたる人物はわたしにはないのだが、姑息な手段のようだが、もし心あたりがおありの方は、どうか事情を話しこんでおいていただきたい。二人の身柄を、手段を問わず、くだらぬことを警察がはじめる前にひき出さねばならぬ。とくに荒川君のことは、前川さんが帰られたら、すぐ菊池弁護士に会っていただいて善後策を講じていただかねばなりません。それが当面の問題であります。それは、この研究室の責任においてなんとか手を打ちたく思っております。もし、ご助力を願えれば、もちろんお願いしたい。しかし、今日、幹事委員にわざわざお集り願いましたことの議題は、やはり、この雑誌『国家』を今後どう運営してゆくかにあります。最悪の予想しかたたぬ場合はしばらく休刊という処置もやむをえないかと思います。」

古風なイギリス製の背広を揺るがせ、独特の貧乏ゆすりをしながら宮地教授はしきりに苛立って、関係のない書類をいじくった。

「そんな必要はありませんでしょう。」

東洋史科の小佐井教授が、鬚をいじりながら落着いた物腰で言った。一様に背をこごめて前に伏せている中で、和服姿の彼だけが昂然としていた。

「というのは？」

「この雑誌はつづけてゆかねばなりますまい。」

「いままでの方針どおりですか。」

「学術雑誌である以上、立場のいかんを問わず、学的水準に達しており、われわれの志向する綜合国家学に寄与する文献ならば、みな掲載すべきでありましょう。」

「鮮明な政治的立場を表明したものでもですね。」念をおすように荻野が言った。ロシヤ語にも練達する荻野は、当時すでにソヴィエト法理論の研究に着手しはじめていた。

「単なる紹介や宣伝は困りますがね。」ヨーロッパの近代の精神諸科学に比して、長い漢学の伝統のうえに立つ小佐井教授の発言は、自信に満ちており、同時に一向はやらぬ学科に従事する者の偏狭な頑固さをも示していた。

「わたしには……。」とその時、逮捕された荒川助教授の友人、新興の商科大学にいて、いささか毛色の異る紳士、前川氏が口をはさんだ。「この雑誌に関しましては、わたしは素朴な一読者にすぎず、こうした雑誌はできるだけ、わが国の学問の進歩のためにも継続して発行していただきたいと思うことしか申せませんが、……ただ、荒川がなぜ検挙されたのか、彼の論文のどこが当局の逆鱗に触れたのか、それをどうしても知っておきたい。大正十年のワシントン軍縮会議における兵力量の決定と天皇の統帥権、つまりは国内法と国際法の準戦時態勢における軋轢という課題、それ自体がタブーだったわけでしょうか。」

「なぜ逮捕されたのか。僕にはまったく理解できない。」と富田副手が言った。「論文削除や発刊停止なら、やむをえないとうなずけもします。しかし、大学院の並川君は、最近、この雑誌の雑務を担当したにすぎない。僕が二カ月まえに胃病で入院して、今回はじめて僕の代りに資料要覧や校正の雑用を代行したにすぎなかった。」

「……過ぎないから、検挙されたのだとも考えられますね。」ヨーロッパ哲学の富岡博士が変におどおどした小声で口添えした。宮地教授の茶をすする音がいらだたしげに響く。

「宮地教授や寺内教授を、わが国の官僚組織の人材供給源である最高学府の主任教授を、そう無闇に幽閉はできませんでしょうからね、まだ。最近、京都学派が見舞われている弾圧は、いずれ地方に飛火し、やがてはお膝下のこの大学にもめぐってきましょうが、いまのところは軍部もそこまでは手がのばせない。だからこそ、地位のない並川君があげられたのだとわたしは考える。他の学科のことはよくわきまえませんが、教育勅語の解説担当者だった井上哲次郎先生の息のかかった教授方がその伝統を守っているわれわれの方よりも、京都学派の方にまず風あたりがきつくなるだろうことは、冷酷な言い草のようだが、充分考えられることでしょうね。」

「たしか文相は宮地教授の後輩なんじゃなかったですかね。彼を動かしたらどうですか。」東洋史学者は酒肌をなでながら言った。

「いや、彼はこの大学の文学部出身のはずです。法相ならわたしの友人ですがね。まだしかしそこまですべき段階じゃないでしょう。」

「並川君は左翼でもなんでもなかった。」ヒステリックに副手が叫んだ。

「落ち着きたまえ。」と私がたしなめた。

「この雑誌を、もしつづけてゆけば、つぎには……。」

「この際、」沈黙がちだった法哲学の日々野博士が重々しい声で言った。「編集事務にたずさわってくれる若い人々の名を、表面から消しておいたほうがよくありませんか。幹事の名だけを奥付けに掲げておいて、責任の所在を示しておきましょう。また幹事の推薦論文も、みな一応は編集委員全員に回覧するということにしましょう。責任問題が起った場合に、特定の方だけが奔走するというのは、少しおかしいようだ。」

「それも一つの方法でしょう。」気乗りのしない宮地博士の返事だった。師はやはり自分の手からこの雑誌を離したくなかったのだろう。彼は出版人の方を振り返って発言を促した。

「そちらへは別段、なんの連絡もありませんか。」

「いまのところは。」と精悍な口調で文明堂の店主は答えた。

「なにか?」今度はその顔を新聞社の駒込仙介氏に教授はむけた。

「特別、この事件について申すことはありませんが……、」とジャーナリストは答えた。「しかし、一般情勢はけっして楽観を許しません。」

「それはわかっている。」

「それに今までの関西の例でみますと、憲兵および内務警察はあきらかに、いままで示さなかった、なにか新しい方法を見習いつつあります。検挙する場合も、心理的拷問をあきらかに計算している。つまり、最先端を真向からつき崩さず、その底辺をまずたたいておいて、一見まったく無計画に見えるような検挙方法を採用しつつある。関西の多くの学芸雑誌や同人雑誌が、それでじつに惨めに内部崩壊しました。なぜ検挙されたのか、つぎは誰なのか、まったく理解も予想もできない、乱脈な、老獪な方法で彼らは圧倒してくる。インテリゲンチャの弱味をよく知ってるんですな。多分、憲兵参謀の中に、頭のさえた奴がいるんでしょう。だから、経済学の河上肇博士の『社会問題研究』でも、それが個人雑誌であったかぎり、相当過激な発言があっても、案外あっさり見逃していました。集団を成し、人間的な結束が生れはじめたとき、気持の上で準備もできず、悲愴感や英雄主義の入りこむ余地のないような、巧妙な手段で弾圧する。相互に疑心暗鬼にならせ、誰かスパイがいるのではないかという恐怖をおこさせる。自分がいま心情をうちあけている相手を信用できないようにさせるのです。そして、一つの集団が烏合の衆にすぎなくなったとき、苛酷な連坐制がしかれる。」

スパイという陰鬱な発音の語は、寒々した研究室に、意外なほどのショックを与えた。

「こうした例があります。クリスト教の同好会雑誌なんですがね。二十人ぐらいの集団にすぎなかった。……ご存知ですか?」駒込氏はクリスト教大学の岩野虎市教授の童顔をのぞきこんだ。さあ、と相手は曖昧に首をふった。

「検挙対象になった文章は、いくぶん懐疑的な、しかし、特別どうというほどのこともない信仰告白にすぎず、国体明徴、軍部の威信を、おびやかすといったものではなかった。突然、しかし、発刊責任者の邦人牧師と、一人参加していた女の人が検束されました。おそらく警察は、この集団を『政治結社』とみとめ、政治結社は届出をせねばならず、さらに、神官神職僧侶其の他の諸宗教師、あるいは官立公立私立学校の教員、学生、生徒、そして女子、未成年は加入できないという治安警察法を適用したんでしょう。……ある意味では、宗教団体はどのような政治結社よりも根強い団結と反抗性をもちうるものでしょう。それは歴史が証明しております。

もっとも日本では、神道や仏教は明治維新後、国家権力と結びつき、それに媚びて、信仰の個人的純粋性をすでに喪失している。しかし、幸か不幸か、クリスト教は、一部の順応策にもかかわらず、特殊なこの国の政体と教義の体系のあり方からして、結局、国家の庇護をうけることはできなかった。だから、ある種の新興宗教同様、いやそれ以上に、二千年の教団の歴史と教義の体系をになって、より強烈な反抗性をもつことが充分考えられる。彼等はその弾圧を、宗教的迫害として、同宗の組織や海外の上部機関に訴えるだろうと、誰しも予想するところでしょう。ところが、二十数日間、その二人が拘留されている間に、その団体はたちまちに解散しました。理由は簡単です。彼らが怒る以前に、恐怖がその団体を支配したからです。なぜ、恐怖のとりこになってしまったか。理由はこれも単純です。牧師はともかく、何もしていなかった女の人が何故まっさきに検束されたのか、それが理解できなかったからです。まずその捕われた女の人の家族がどんな反応をしたか、おわかりでしょう。全く個人的にさし入れに行く。そこでどぎつい嫌味を言われて帰ってくる。そしてその家族は、官憲の不法を怨まず、娘を誘惑したその教団を怨みます。娘を教団に導いたその愛人が家族に指弾されて自信を失う。彼はそれを信者に訴える。ところが、古い信者たちに、牧師とその娘が同じ理由で検束されたとは信じられない。しかも、うろうろしていると何もしていなくても、同じ不運が自分達の頭の上にふりかかってきそうな予感がする。仲間の者が相談にくる。そうするとその後ではかならず訳のわからぬ人物がぬっと入ってくる。一人一人、交友の関係は絶たれ、水臭くなり、こうして内部から彼等の紐帯はきれていった。結局、何かの間違いということで女の人が不起訴になって出てきたとき、もうそこには元の集団は影も形もなかったというわけです。」

「おっしゃることはよく解りました。」と宮地教授が言った。「ただしかし、われわれのこの団体は特定の政治的主張によって運営されるものではなく、汎イデオロギー的立場から綜合的な国家学の推進をはかるものである。それゆえに逆に、いまのところは親しい友人たちだけが、検束された者の釈放を要求するという形をとることが必要だと考える。いままでこの雑誌に原稿を提供してくれた執筆陣に累を及ぼさないためにも、今後の雑誌の運営は釈放運動や抗議書提出とは一応切り離すのが賢明だと考える。具体的な編集委員の組織替えは、あらためて幹事の先生方と相談し、その結果はいずれ報告します。どうでしょう、そういうことで。」

時間は、はずまない雰囲気の中を急速にすぎていった。副手が立って電灯のスイッチを入れた。

「いやな予感がしますね。」クリスト教大学の岩野教授が言った。

本当は、しかし、その時にこそ、全員の胸のうちを、胸倉を絞めあげてでもはっきり訊き正しておくべきだった。学問もまた一つの人生の態度であり、一つの態度の表明にはそれ相応の責任があり、血の色をこそ見ないにしても、戦いを避けることができないということを、はっきりと確認し合うべきだった。客観性、それは多くの場合、夏休暇の宿題を嫌がる学生が課題の解明をぐずぐずと明日にのばすような保留を意味する。全員のあいだに沈黙が支配した。何よりも、その沈黙が惨めな態度保留の明証だった。責任の観念は、各人の志向する未来の像にかかわり、身辺におこった事実との関係の有無にはかかわらない。それゆえにこそ、各人が担う運命と各人の思い浮べる未来像とを、隠蔽することなく提供しあい、とり得る責任の範囲を明確に知り合っておくべきだった。

幸か不幸か、われわれの雑誌「国家」はすでに相当な権威的位置を獲得していた。率直に言ってこの雑誌に数度名をつらねることは、望むならば、商業的雑誌への進出の一つの資格付与ともなり、新進学徒にとってはまた就職のための有利な一つの条件ともなった。無論これは、雑誌発刊がもちえてよい一つの付帯的価値にすぎない。しかし、信仰と儀式との関係のように、その鶏・卵を容易に定めがたい大きな運営の原動力でもあった。誰しもの念頭に真先に浮んだことは、解散するにはあまりに惜しいということだった。その愛惜の情のために、うやむやのうちに相談を打ち切ってしまい、そして事を曖昧にしたその重荷を、宮地研究室の者だけが背負った。編集担当者ばかりが、暗いみずからの心に起伏する恐怖と打算を見つめねばならなかった。

累を他に及ぼさぬことは立派な処置にはちがいない。だが同時に、それは一つの集団が——そして集団のみが備えうる華々しい性格の自己限定となる。綜合国家学は一場の蜃気楼と化し、各人はただ、寄稿する原稿の個人的優越にのみ発表の喜びを認め、賞讃も圧迫も、ただただその個人の身の上にふりかかる運不運に還元されてゆく。かくて学問の栄光はあたかも何の現実的な力もなく、夜空を一瞬幻想的に色どって消えてゆく花火のようなものになったのだ。

恩師宮地教授が弟子を食事に誘うのは珍しいことだった。学問的方法はドイツ解釈法学の移植だったが、生活の原理は淡交に終始する純粋に個人主義的なものであり、なかば公的な、新入生、卒業生の歓迎や歓送いがいには、私どもと酒席を共にするということは稀にしかされなかった。その会合のしばらく後、教授から招待を受けた私はその誘いを不吉な事件の予告のように受取った。すでにその当時から酒はかならずしも嫌いなほうではなかったが、私の心ははずまなかった。共に招待を受けたのは、荻野助教授と私、そして富田副手の三人だった。互いに年齢の接近していたこの三人は、私自身が言うのはいささか口はばったいが、宮地博士の円熟期に教えを受けたその「高弟」だった。荻野は法社会学者としてすでに一家をなしつつあり、当時の私の立場は、歴史主義法学、そして富田はもっとも忠実な師の説の祖述者であった。暗黙のうちに無用な競争を避ける気持もはたらいて、いつしか形成された立場だったが、それぞれの方法は互いの自然な気質にも合っていた。その譲りあう気持のまま進んでゆけば、私の友情の観念ももっと異ったものに生長したかもしれなかったのだが。

会場は西洋料理店だった。明治時代に建てられたまま、蔦が建物のなかばを覆っているその洋館は、没落の気配を宿して深閑としていた。その店は、後に空襲に焼失するのを待たず閉塞されたが、教授とは顔見知りらしい頑固そうな主人が挨拶にきて、しばらく客の質の低下したのを愚痴っていった。年かさのボーイがしきりに出入りする。ビールを飲みながら、四人は、とぼしい世間話の種を披瀝し合った。

「それはそうと、久米教授が今度、教授の下に集る新生会の希望を入れて雑誌を発刊されるそうだ。君たちのところへも挨拶状がきただろう。」視線を窓のほうにそらせて宮地教授が言った。

「挨拶というよりもあれは宣言ですね。」

「立場がたとえ違っていても、政治学・法律学全体の隆盛のために喜ぶべきことかもしれない。しかし、今日ちょっと耳にしたのだが、雑誌の名を、われわれと同じ『国家』とするのはわたしにはげせない。彼らが国家主義者であるからというのはその弁明にはならない。」

「本当ですか、それは。」富田が言った。

「いや、まだ決ったわけではない。しかし、すくなくともそういう意向があるということを人づてに聞いた。」

大学が品位と自信をもって、みずからの客観的立場を主張できる地盤はわずかの間に音を立てて崩れて行った。大学には政治的権力のないのは当然だが、内部に統一的な結束があれば、目に見える部分の譲歩は、目に見えぬ教授者と学生との精神の交流によってある程度はおぎなえる。しかし、法学部だけではなく、経済学部にも文学部にも異った立場の闘争と対立が表面化し激化しつつあった。両極端の政治的ビラが学内掲示板を墨一色に塗りつぶし、学年の変り目の人事には、講師の任命罷免、助手の獲得など、限られた人事異動内での激しいつばぜり合いが行われた。異った立場が互いに公聴会でも開いて討論するなら、あるいはあの弁証法も現実的意味をもつかもしれない。異った雑誌が定例の批評会にお互いを招き合うなら、雑誌の数の多いことが、その専門分野の隆盛を約束する具体的事実と見做しうるかもしれない。だが、一部門に対して国家が扶助する研究費や図書費の額が一定しており、その配分が一定人員の教授会で決定されるかぎり、対立は究極においてはどちらかの集団の活動停止を意味した。頭数がほぼひとしくなったとき、国策の線に沿う主張をもった側が勝つことは自明の理だった。大学院の並川君は宮地教授の尽力によって拘留期間の切れる日に出所はした。しかし、富田の言うように、左翼ではなかった彼は、支える背後の集団もなく、権威もなく、表情を失って人の顔色をうかがう暗い人間になった。すでに有望な一員を雑誌「国家」は失ったわけだった。

「諸君も心配してくれていると思うのだが、本来ならいまごろ雑誌の十二号がでていなければならない。しかるにまだ原稿すら集っていない。腹立たしいことだが新生会のことは、直接われわれがどうすることもできない。だが、逆にずるずるとこちらの雑誌の発刊を遅らせ、休刊という印象を一つの既成事実のようにするのは、かげから久米教授を助けるようなものだと思う。」

「はあ。」

「この前、……もう大分時間が経ってしまったが、……この前集って善後策を講じたとき、日々野教授は幹事全員が編集責任に名をつらねるべきだと主張されたね。それも一法だとは思ったが、結局この研究室の責任編集にしたいとは私は言っておいた。」

「そうでした。」と荻野が言った。

「ところでだが、私が思うには、いま新生会や軍部をむこうにまわして真向から見得を切るようなことは避けたいと思っている。」

「と言われますと、雑誌の方針を変更されるおつもりですか。それとも……。」富田がせきこんで言った。

「いや、そうではない。いままでどおり続けてゆく。それ故にこそ頼まれてもらいたいことがある。」

「私どもにできますことならば。」と私はいった。

「雑誌に対する全面的責任を君たちに負ってもらいたい。そして、今まで発表されたどの論文をも凌駕するような論文を君たちに書いてもらいたい。言うまでもなく学問的に……。そして君たちにはその実力が充分ある。」何故か教授は顔を伏せたまま目をあげなかった。昂奮をおさえる独得の貧乏ゆすりが、テーブルを伝わって響いてくる。

「これは幹事会の意見でもなく、誰の意見でもない。わたしの一存だ。だから気が進まないならはっきり断ってくださっていい。わたし自身、長い間考えたすえ、君たちに頼もうと思った。他に依頼する人はいない。あるいは、大学院の並川君にふりかかった不運が君たちの運命になるかもしれない。諸君も知ってのとおり、教授方の中には相当激しい思想の持主もいられる。しかも情勢は悪化するばかりだ。だから……。」

激しい思想か。うまい言い方だな、と私は思った。

「わたくしたち三人が名前をつらねるわけですか。」

「いや、そうでなくてもいい。誰か一人でもいい。」

「おやすいことです。そんなに取越し苦労したりすることはありゃしませんよ。先生。わたしがやります。」と富田が言った。隠微な葛藤が私の内部でおこった。私も参加しましょうと、私は言おうとした。

「お飲物はもうよろしゅうございますか。」

ボーイが入ってきて教授の斜め後に立った。

「ああ、そろそろ食事にしたい。スープは、そうだな。あれがいい。何と言うのだったかな。」

「いいえ。スープはいま一種類しかできません。」

私は黙りこんだ。考えることなど別段ありそうにもなかった。だが頻りに不吉な予感がし、それを払いのけようとする人知れぬ努力を私は繰り返した。

「僭越ながらつぎの号の巻頭論文はわたしに書かさせていただきます。」自信に満ちた態度で荻野が言った。宮地教授が初めて頭をあげて、その時、荻野をではなく私の顔を見た。珍しく気弱に瞬いて微笑し、それから不意に荻野の方を見た。

「それがいい。」

何をそんなに不吉に感じたのか確かめてみる暇はなかった。また、何故ともなく、私は自分を主張し、自分の担当分野を明確にするきっかけを失った。

「じゃ、この話はもうやめにしよう。当分、君たちにやってもらうこととする。博士論文の準備もあって忙しいだろうが、正木君も協力してやってくれたまえ。一つの雑誌を出すための雑用も馬鹿にならないから。」

できるだけ早く話をきりあげようとする性急な口調に、三人は沈黙をしいられて、ほんの数分の簡単な会話が訂正されることもなく未来の約束となった。そして、それが事実上、人の言う、宮地門下三高弟の運命の分岐点だったのである。

## 第四章

宮地経世教授の宅の庭には、一株、ひときわ高い黄楊の木が植わっていた。呼び出しをうけて縁側の籐椅子で待つ間、その黄楊はしきりに不安げに動揺した。生垣は杉だったが刈り込まれて低く、暮れ悩む夕陽に身をひそめて見えた。生温い微風が吹き、庭の樹蔭の部分から晩節の花の香りが流れてきた。しかし、いらだった私の目に花の姿は見えなかった。富田副手がふいに辞表を提出して不可解な失踪をなし、荻野助教授がその巻頭論文による筆禍で検挙された年の秋、出身校の講師を兼ねつつ某大学の助教授になっていた私は、ある日、宮地教授からの召喚を受けた。

老婦人にみちびかれて珍しく奥の間に通された私は、その縁側の籐椅子にもたれて、ぼんやり庭の方を眺めていた。

その時、玉縁（たまぶち）を廻って勝手口の方から庭にでる人の気配がした。しばらくつづいていた雨で水量のゆたかな堀池に影を落しつつ、人影は灯籠石の傍の犬小屋に近よった。番犬が小屋から出たり入ったりしている。今にも吠えだしそうに前肢をふんばっておいて、またその人の脚もとに体をすり寄せてじゃれついた。犬は痩せて穢れていた。

縁側からぼんやり眺めている私にむかって、

「そうそう、伯父は少しお待ちくださいとのことでした。今どなたかと二階で会ってますので。」とその人は言った。

周囲に煙草盆が見あたらないので、私は硝子戸を開けて、灰を石畳にすてるより仕方がなかった。

その時、大空全体が紅葉してみえた。日脚は彼方から扇のように末広がりに四散し、中空を極彩色に染めている。振り仰いでいる彼女の視線を追うと、しかし、夕焼けした西の空にもすでに暗雲の姿があった。やがて空の一角から色彩のすべてが崩壊しはじめるだろう。巨大な、自然を揺り動かす、しかし人には聴えぬ轟音をたてながら。秋の微風が風鈴に触れる音は平和だった。しかし、たしかにその夕暮れには、空一面で崩壊の物音がしていたように思われる。

「家全体が監視されるなんてことがございますんですかしら。」

庭の菊を摘みながら彼女のほうから話しかけた。

「はあ？　何か。」

「いいえ、近ごろね、家の前の道に変な足音が絶えないんですのよ。伯父はまだ気づいていないんですけれど、たしかにときおり、生垣の外を門まで近よってくる足音がしますんですよ。ステップは五段ばかりでございましょう。だから、とんとんと音がすれば、当然そのつぎにはベルが鳴るはずなんです。聞きなれた足音のようでもあり、不吉な足音みたいにも聞えますの。ところが、炊事場のほうから玄関に廻りますと、格子戸には誰の姿も見えませんの。それで錯覚かなと思って炊事場にもどりますでしょう。そしたら、別に急ぐ様子でもなく靴音がして家の前をやりすごすんです。前の道は日本画家の藤堂さんと、製菓会社の重役さんのお宅と、ほんの数軒でゆきどまりでしょう。そんなにこの横丁に人の出入りのあるはずはないんですのに。」

「いつごろからですか、それは。」

「さあ、よくは覚えませんけれど、最近のことです。……ああそれより、まだお茶もくんでませんでしたのね。」

他にもなにか話を残す身振りで、淡い微笑をもらして彼女は台所のほうへ姿を消した。後年の妻静枝との出会いの、それが発端であったが、私の注意はそこにはなかった。

当時、父が脳溢血と心臓病で倒れ、いくらかの遺産はありながらも、私は長男として兄弟の多い一家を支える方途に思い惑い、さらにみずからの亡霊におびえるように、つき進めてゆけば当然つきあたる法の論理の壁を前にして、不可能を知りつつ、歩むべき道を考えなおさねばならぬ位置に到達していたからだった。わずか一、二年のうちに、追われるようにして、友人たちは法の陥穽にみずからはまりこんでいった。制度的には、大学は当時、過去の文理科大学的システムを清算し、現在みられるような、法学部・経済学部・文学部がおのおの完全独立し、各部内の専門科別も完備し、それぞれの専門科ごとに主任教授、助教授、助手、副手の陣容がととのえられた。政治学科および公法、私法という法学部の三部門別も当時に完成したものだ。だが、その形式にもられた内容は目まぐるしく変転した。ひととき、法哲学の日々野教授、刑法の宮地教授の直系の弟子で占められつつあった大学は、政治学科の主任久米教授を領袖とする全体主義的な法学者、政治学者の一群に、急速にその地図をぬりかえられつつあった。

一人の教授、一人の助教授が筆禍によって拘留され、あるいは休職を命ぜられれば、つぎの年にはその講座は別な人材によって埋められねばならない。また、そのことがなくとも講座は毎年のように膨脹した。だが有能な人材は、彼が真に有能であるゆえに、その座を追われ、新たな座につくことを拒まれた時代だった。

法の研究者として、最もアカデミックな立場に立っていた富田すら、この国の立法が、原理としては進歩であるはずの、応報主義から保護主義、保護主義から規範主義への近代化を、見事に悪用し、その結果が身辺に及びはじめるや、逆に、もっとも過激な「法の消滅」を説くアナーキストと化して、大学から離れていった。さきに荻野助教授を筆禍事件によって失った公法学科は、いままた、副手から助手、助手から助教授へと、当然に昇進し、宮地刑法学を発展さすべき人材を失ったのである。富田がその失踪の前に、熱にうかされたように書いた一連の論文は、従来の論文体からははなはだしく逸脱した、ほとんど文学的なアフォリズムの集積であったために、（もちろん、他にも理由があって）雑誌「国家」には掲載されなかったけれども、それは前人未踏の領域をすくなくとも一歩きり開こうとしたものだった。だが、彼は筆禍を待たずしてみずから姿を消した。このままゆけば、つぎは私であり、そして、リベラリスト宮地経世博士が、ともかくも移植し根をはやさせた純粋法学は絶学の運命にあわねばならなかった。

「君も知ってのとおり、」待たされていた奥の間に姿をあらわすや否や、宮地教授は言った。

「昨日、日々野教授門下の内藤助教授が特別高等警察の家宅捜索をうけた。いまは任意出頭の形になっている。荻野君が検挙され、休職処分に付せられたとき、ことさらにわたしの直系の者でない方を推挙してもらって講座を担当してもらった。内藤君はラードヴルッフをよく読んでいて相対主義法学の立場からの刑法学にくわしいということだったし、たしかに良心的な学者だった。だが、それにしてもこの有様だ。今度の場合は内藤君の学問というよりは、その交友関係からの疑惑であるらしいが、それにしても、つぎにどうなるかは目にみえている。総長も最初、配属将校が配置されてきたときには、強い態度で学園の自治と自由の気風を主張された。赤化教授追放運動のやかましい中で、ともかくも最後の良識は通そうとされている。だが、最近は一歩後退、二歩後退、じりじりと軟化され、前総長の時代からの射撃班乗馬班問題も、大学はみずからを守る必要があり、一朝ことあるときにそれは役立つだろうという詭弁で容認された。だが、それをとやかく批判はできない。なぜなら、総長はともかくも自治は守られたのであり、その自治形式の内部で時勢に迎合する勢力が優位を占めてしまったからなのだ。」

「久米教授の演習には、カール・シュミットをとりあげられているというのは本当ですか。」

「本当だ。それに定期的に日本精神研究会というのをやっているそうだ。そして、そこには多くの学生が出席している。むりもないがね。自然法を復活させる逆コースが最大の善であるような時代だ。だが、学生たちには自然法の観念など興味はないだろうからね。」

「多分、先生の申されるとおりなのでしょう。」

奥の座敷の机にむかいあったとき、はればったい教授の目が、必要以上に腫れて、上瞼が毒きのこのように垂れさがっているのを私はみた。大島の着物を着た博士の肩幅は意外にせまく、その正坐も不安定だった。教授は孤立しかけている、と私は感じた。そして宮地博士にとって当面の問題は、国家学いかんのことではなく、その孤立ではないだろうかと、ふと私は邪推した。大学の教授会内部での勢力関係云々はしばらくさておいても、宮地門下の少壮の学者たちが、その地位を奪われ、その学問的生命を絶たれていったのは、師の説を祖述することによってではなく、いわば師の説に背き、その微温的な実定法尊重の範囲を抜けだしていったためだった。荒川が検挙され、並川が脱落し、荻野が追放され、富田が失踪したのも、宮地理論に依拠したためにそうなったのではなかった。ある者はその枠をはみだし、ある者はそれとは無縁に現実の坩堝に身を投じたのだった。弟子が厄災に会いつつ、それゆえに師は無事だった。師の宅が何ものかに見張られているとしても、それは、訪れるだろう誰かが監視されているのであって、師が監視されているのではない。喜ぶことでありながら、同時にそれは深い孤独感となって師の足許を崩しているのではないだろうか。

「これから言うことは内密にしておいて欲しいのだが……。」声をおとして宮地博士が言った。

「もし内藤助教授に万一のことがあった場合は、その後任に君を予定している。自愛して慎重を期しておいてほしい。惜しい俊才がみな当局の忌避にふれて学園を去ってゆく。かけごえだけの、学のない者に、だからといって学問の場をあけわたすことだけはできない。長年、講師の位置で辛抱してもらったが、君にはもう充分実力もあり、業績もある。いいだろうね。」

「いま、急には御返事しかねますが、よろこんでうけたまわっておきます。」

「いま勤めている私学のほうには、もちろん、事がはっきりするまで何も言わないように。」

「わかっております。」

「碁でも打つか、久しぶりに。君は碁を打つんだろう。」

「いいえ、知らないんです。」

「たしか君と一ぺん打ったことがあったような気がしていたがね。」

教授は苦笑した。宮地教授が手をうつ相図を待ってでもいたように、静枝――そのころの姓でいえば宮地静枝が夕食の膳を捧げて入ってきた。そのときのそう菜が美味な蟹だったことと、知人から贈られた広島の酒だと教授が杯をすすめたことが奇妙に印象に残っている。

「その後、荻野さんや富田さんはどうなさいましたでしょう?」給仕をしながら静枝は言った。宮地教授に酌をするとき、いちいち頭を下げて「先生」と呼びかける厳格すぎる作法は目ざわりだったけれども、荻野や富田の名を口にするときの口調は、何らかの理由で伯父の弟子という関係以外に、ある親しみをもっていたことを示していた。

「どうしようにも、荻野は未決囚だ。」教授は背後の書架に並んでいる雑誌「国家」のバックナンバーを眺めて言った。その中には、荻野がその職を奪われる契機となった、「法と階級」と題する論文も含まれている。「国家とは、露骨にあるいは隠微に組織された支配階級の政治組織であり、支配階級が自己の利益を防衛し保護し、自己に敵対する諸階級を圧迫し、あるいは他国家を人種的、経済的、政治的に圧迫するための法的秩序である。」その冒頭の一節は、レーニンの「国家と革命」に想をえた、現在からみれば特に独創的とはいいがたい文章からなっていた。しかし、当時にあっては、それは人々を瞠目せしめ、またおびえさすに充分な衝撃的発言だった。それがいかに特異なものであったかは、その後間もなく発足した日本諸学振興委員会・法学会の研究報告提要と比較してみればわかる。日本諸学振興委員会とは、「国体・日本精神ノ本義ニ基キ各種ノ学問ノ内容及方法ニ研究、批判シ我ガ国独自ノ学問、文化ノ創造、発展ニ貢献シ延テ教育ノ刷新ヲ資スル為」に教学局によってもうけられた委員会であったが、その研究報告は、国体の本義について、日本政治の性格、肇国の精神とわが憲法の成立、等々、語りかける本人すら、自分の論理が通っていないことを告白する論文の寄せ集めにすぎない。そこにあるのは論理ではなく超論理であり、国体の明徴ではなく、処世に窮した法学者たちの、追いつめられた悲鳴があるだけだった。現在からみれば、ほとんど公式主義的ですらある荻野の論文は、それが頑固に公式主義的であるゆえに、かならずしも理論にはあかるくない官憲の激怒を買った。みずから雑誌「国家」の編集を買ってで、そしてその巻頭論文に書いた野心的力作は、世間にうとい荻野の目算に反して、学内の他の教授にも累をおよぼす一つの終末努力として終ったのだった。

「法は従来、ひたすらに支配階級の意志のみを表明し、ひたすらに支配階級に有利な生産関係、人間関係を維持し、犟化し、発展せしめてきた。ただそれだけのために法はあった。」と。彼はみずから断定した公法の性格に圧倒され、そしてその生贄となった。

「荻野さんは仕方がなくても、なにも富田さんまで学校をやめられたりしなくたっていいのに。」

ともすれば沈黙しがちな座をとりもつために、彼女は共通の話題を提供しようとしていたのだろうか。お嬢さんも一杯いかがですかとさしだした盃を、彼女は拒まなかった。そのリベラルな主張に反して、おそろしく古風で厳格な宮地教授もそれをとめなかった。

「もしや、兵隊にとられるのがお嫌だったのじゃないかしら。いつぞや、お国からお母さまがでていらしたとき、お気の毒で本当に……。」

「やめなさい。いま言っても仕方がないことだ。」

「そうだわ。一度、失踪される前にここへ富田さんがいらしたことがありますのよ。ちょうど、伯父さまはいらっしゃらなかったし、むちゃにお酒に酔っていらしったから、そのことは言いませんでしたけれど。」

喋りだすと加速度的に癇高くなる令嬢の顔を、そのときはじめて私は真正面からみた。特別の用件のないかぎり師の宅には私はおとずれなかったが、その私の知らぬ空間で、私の知らぬ別な事がおこっていたらしいことを直観したからだった。

「いまから考えてみたら、あの時、富田さんは、なにかきっと決心していたんだわ。しばらく介抱してあげて、お帰りなさいっていったら、子供みたいにしょげかえって帰っていったけれど、それっきり。」

わずかの期間に富田の精神の中におこった大転換を、親しい友のはずの私は全然気づいていなかった。無論、個人の秘密な魂の奥底でおこる事件は、友人といえども超えることのできない垣根にはばまれてある。しかし、恩師の姪が専門的知識のかけらもなく、なお手さぐりしようとするのをみて、反射的に、自分が実は親しい友の精神の遍歴・放浪にはまったく無関心であった冷たい事実を思い知らされた。そして、その苦しい自覚の反面には、一種名状しがたい、他者に関心をもつ魂への羨望と、他者に関心をもたれる存在への嫉妬があった。

「先生がアメリカへ行かれるかもしれないということを聞きましたが、本当でしょうか。」私はにがい酒のあいまに言った。

「考えないでもなかったがね。もう、どうにもならん。」宮地教授はものうげに答えた。「それより、人間、進退に窮してくると、支那人の書いたものが妙に胸を打つね。度重なる戦乱と革命を経験してきた民族のインテリジェンスは、われわれのように甘えたもんではないんだね。」

そういえば、雑誌のそばに、支那人の著述とおもわれる帙入りの書物もならんでいた。かつて、幼年期に、父典之進から私も四書五経の素読を授かったことがある。だが、別段、私は漢籍には興味はなかった。

「清の薙髪令のように、いずれ、われわれもこの髪を丸刈りにせねばならんことになるかもしれんよ。とぼしい白髪などは惜しむに足らんが、命令に従わねば首が飛ぶということになれば、この髪も銀のように貴重に思えてくるだろうさ。」

「一足さきに僧籍に移って、頭をつるつるにしておきますか。」私は冗談を言った。

「仏教までが戦争熱をかきたてるような論議をしているという世の中だからね。無駄だろうね。」

その日、宮地教授の宅を辞して、私は妙に疲労して、途中で酒を飲み加えた。ことさらに場末を選び、焼そばをさかなに、掌をこすり合わせながら労働者がのれんをかきわけて出入する酒場の一隅で自分を忘れようとした。なにも自棄酒をのまねばならぬ窮境がおとずれたわけではなかった。慢性の逼塞感のつづく日々の中では、母校の助教授就任の内示は、生涯に幾度もは望みえない僥倖のはずだった。恩師は私の実力を認めており、私に希望をかけている。それが確認されただけでも、学究の徒にとっては金銭には代えがたい喜びのはずだった。そのうえ、私は従来にない家庭的な歓待をうけた。にもかかわらず、私は薄汚い酒場の安酒の匂いにむせながら酒をあおった。何を麻痺させようとするのか、それを自覚したがる神経そのものを麻痺させるために——。そのとき、酒場でなっていた蓄音機の軍国歌謡が、音楽の嫌いな私の耳を奇妙にもの哀しくうった。個我を群衆の中に埋没させようとするときにおこる、あの内的な軋轢の音のようにレコードはきしむ。その同じ軋轢が、燃焼し、表面にでようとする私の反省を埋没させるのに役立った。

宮地教授の予見どおり、先任者内藤はただ一人の労働組合の運動家をかばったというだけのことで挫折してその職を失い、私はつぎの四月には母校の大学の法学部助教授に就任した。担当の講座は、近代刑法思想史の講義、犯罪構成要件の実体刑法的研究と題する特殊講義、そして外書講読には宮地主任教授との相談の結果、オットー・フォン・ギールケの「ドイツ団体法論」Das deutsche Genossenschaftsrecht——Bd. I.——Rechtsgeschichte der deutschen Genossenschaft を選んだ。これはゲルマン民族の血族集団が近代国家にまで発展した経緯と変遷をとらえた、近代歴史主義法学の秀れた結晶である。私個人としてはイェリネックの「法目的論」をとりあげたかったが、元来、私の専攻が歴史主義法学にあるという宮地教授の指摘には諍うべき理由はなかった。そして、演習はジュニア課程では毎年課する刑法学演習をそのまま踏襲した。私の地位は安定し、私はもと荻野の個室であった研究室をあてがわれた。研究室そのものは北向きの寒い部屋であり、先の私学の建築の方がコンフォータブルだったが、資料的には最も恵まれた環境といわねばならなかった。あとはヨーロッパから学んだ方法の上に、理論を好む私としてはいくぶん手薄であった、日本の、そして世界の諸判例を網羅的に読み、そして実証の上に実定法の体系を、さらに体系のうえに理念を、理念をして未来にも自律的に変容しつつ生きつづけるべき、独自のセオリーを構築することだけだった。

いや、もし、平和な時代、理性が支配する時代ならば、それだけをやることができ、それだけをやれば、刑法学者としての私の任務は果せるわけだった。だが……。

私はみずからにとって喜ばしい事実を、ことさらに否する素振りをしてみせる反俗的俗物根性を好まない。それは乞食よりもなおいやしい自己欺瞞だからだ。栄誉の観念も、それが正当なものであるかぎり、つまり、〈名〉がその〈実〉を伴うかぎり素直に承認されてよいと考える。何故なら、それは何より、人間が社会的存在であり、社会的に有意義な存在でありたい人間の欲望の表明であるからだ。もしかりに、全く栄誉を望まないなら、禅宗の徒のごとく、不立文字の生涯を送るべきだろう。私はわたしが思い射あてた認識を伝えることに誇りをもち、私はそのための絶好の座をあたえられた。私は喜び、また喜ぼうとした。だが、ここでも一つの保留が加えられねばならなかった。もし、それが平和な時代であるならばと。法律の名を冠した、あるいは法律を超えた不法行為に対して闘う方法がはたして法律じたいにあるだろうか？

およそ非専門的な、それゆえに根本的なかたちなき問いに、私はその地位ゆえにより一層峻烈に対面せねばならなかった。勅任官でこそなけれ、私は国家研究機関の一員、広義の官僚の一員となったのであるから。

私の生活にもう一つの変化があった。それは助教授就任後まもなく、恩師の令姪を、生活の伴侶に迎えてやってもらいたいと宮地教授から申入れられたことだった。私にはそれを拒むべき特別な女性関係はなかった。無論、ひとたるの常、青春の一時期には、妹の典代の生花や琴の友がときおり家に集うとき、一種まぶしい視線で華やいだ娘たちをみていた記憶はある。妹がはなはだきさくで、しかも悪戯ずきであったため、その術策にのせられて、華やいだ声の主への関心が、危うく一つの感情にたかまりかけたこともないではなかった。しかし、それは風が吹けば揺れ、凪げばとまる一場の動揺にすぎなかった。みずから是非とも、一つの感情を育てようとする努力を私はしなかった。そうしたことに時間を費すのが惜しかったためでもある。教授から「考えておいてくれたまえ。」と申し出られたときも、じつは、将来、妻となるかもしれぬ令姪の顔を思いおこそうとしながら、遂に何も浮んでこなかったくらいである。しかし生活はなにも、感受性やイメージで構成されるわけではない。

「わたしの性格、さらにはご令姪の性格は、ともに教授がよくご存知でありましょうから、強くお薦めくださるなら、拒むべき理由はございません。」と私は言った。

「君らしい言い方をする。」宮地教授は笑った。

「ま、二、三度、芝居にでもつれていってやってくれ。」

「そうしましょう。」

「わたしのことは、あまり話題にするなよ、君子は内外等しからずというからな。」

「は。」


それから数日後、宮地静枝は盛装して私の研究室をおとずれた。そっと滑りこむようにノックの音もなく、しかし香料と人の気配はあって、私は判例集から目をあげた。

「伯父のところへちょっと用事があってきたものですから。」

幾分いらだたしい声で彼女は言った。白い襟巻きに唇を隠した気取りが、奇妙に人の内心を覗きこむような姿勢にさせていた。

「教授はおられましたか?」

まだ助手をもたぬ一人かぎりの研究室で、私はこうしたときには扉を開けておくのが礼儀かどうかと思い惑った。友禅模様というのだろうか、地味な研究室にはふさわしくない色彩ゆたかな晴着姿だったからだ。私は茶の用意をととのえるために、二、三度、彼女の前をゆきもどりした。コップはいちいち洗わねば埃まみれだったからだ。そして、そのとき、私は宮地教授の申し出でにもかかわらず、一向に彼女を芝居見物にもさそっていなかった自分に気づいた。

忘れていたのだ。

「まあ、坐ってください。」

「うそうそと寒いんですのね、このお部屋。」

彼女は茶器の準備を手伝おうとはせず、最初私が気づいて振り返ったときの位置にたちつくしていた。

「最近、大学のなか全体が殺伐としておりましてね。皆、振り返ったでしょう。その服装では。」

晴着の女性と肩をならべて、大学の構内を歩む表情の訓練を私はしていなかった。困ったことになったと私は周章した。

「ここは昔、荻野さんの部屋だったんでしょう。伯父がそう言ってました。」

「そうです。つぎに内藤君が入り、わたしにまわってきました。荻野の書物がまだその書架の上に積みっぱなしです。もっとも、誰が使っても役にはたちます。」

「富田さんたちもここで御勉強なさってたんですの?」

「いや、それは二階です。宮地教授の部屋です。彼は副手だったから。」

「あの狭い部屋に。」

「ええ、教授は部屋の中に人が一ぱいつまっているのが割合お好きなようです。大学院生の共同研究室は別にあるんですけれどね。最近は段々ひとが少くなります。……それはそうと、お暇ならばどこかへ食事にでもゆきましょうか。もっともどこがいいのかは知らんのだが、宮地教授にきいてみます。」

とりあげかけた学内電話を彼女はあわてておさえた。

「伯父はいませんわ。」

「しかし、いまさっきあなたは……。」

急ぎすぎたため草履の片方がぬげ、彼女はびっこ跳びでそれを拾いにもどらねばならなかった。最初、部屋の中央部で私の茶の準備を眺めながら、机の埃を薬指でなでては、それをもみはらっていた時には見られなかった一つの可憐な表情があらわれた。日あたりをさけ、躾厳しく育てられた少女の、造作の小さな顔が、とりたてて特徴もないままに微妙に動いた。私が後年の妻の表情をはっきりと覚えこんだのはそのときである。

窓外にするどい叫び声が響き、二人は、自然と北側の窓に面して立った。正門から迂廻しながら続く砂礫道と、学部と学部との間の広場、そして囲われた芝生とその植込みを私たちは見た。学生たちがその広場に整列して軍事教練を受けていた。学生服の黒さ、短靴の黒さと対照して、ゲートルのカーキ色が柔らかい日の光の下に一様に浮きたってみえる。何を訓示するのか、配属将校が背をむけて、何かを語りかけ、学生たちの視線は、こちらからは見えない将校の顔の一点に集中していた。中にひとり、ゲートルがないのか、ズボンの膝と足首を草の茎でくくった学生が混っている。教練が必修単位に加えられたことへの、はかない抵抗の姿かもしれない。

ああ、法の理念、と不意に私は思った。理念はつけたりにすぎないのか。たとえ窮極においても、法は法以外の力によって動かされるにせよ、それが、階級の、民族の、国家の利益ではなく理念であるならば。

そのとき、私たちのいた建物の屋上からだろう、ひらひらと数十枚のビラが散り、教練をうける一団の上に舞った。

「あら、あんなに紙切れが。」静枝が無邪気に言った。

「今、外へ出てはいけない。」と私は言った。

整列した一団の学生は銃を捧げた不動の姿勢のまま一様に白片の散る虚空をあおぎみ、配属将校をふりむくと、屋上にむかって叫びながら駆けだした。おそらく解散させられた社会科学研究会の残党が撒いたのだろう。国家権力の不法を訴え、その戦争政策を指弾した文章が書かれているのだろう。ビラは無心に風に舞う。放心してみとれている静枝の目には、散華のように映っていたのだろうか。

「出てはいけない。」

外には、従順と激怒が、そして、出てはいけないと呟く内側には、カントの「逞ましい良心」ヘーゲルの「理性の巧智」が、その本来意味するところとは異って蹲っている。一枚のビラが土にまみれるたびに、もっとも肝要な契機が一つ一つ失われてゆくように小刻みにふるえながら。神を信ぜずして、しかも、「汝等、悪しきものには逆らうな」という戒めのうちに身を融解させながら。

# 第五章

閑散な大道路に面した地方裁判所の建物が楓並木のすきまから見えた。秋の終り、分離して散ってくる光の粉に、ものの形はみな稀薄だった。商家の飾窓はさむざむと雲母色に光っている。颱風のあとで、道路は清潔だった。

裁判所から検事局が分離する以前、その日召喚を受けて歩いた道を、検察畑に入った初めの数年間、私は毎日乗物で通った。電車は通らないが、バスは裁判所前に停留所がある。戦後、最高検察庁に、つづいて大学から教授として招聘をうけるまで、バスの窓から、この国の敗北と、回復の有様を私は見てきた。公園区域になっている裁判所付近は戦災を免がれた。風景の配置じたいはだからあまり変っていなかった。樹々の年輪は、着実に増したであろうが、よそ目には目立たない。しかし、故意に縮小させた私の窓からも、散策するひとびとの服装や態度に、時代の推移は顕著だった。

樹々の影やベンチの傍らに、かつて群がっていたモンペ姿の街娼や靴磨きの姿もきえ、いまは流行の最先端をゆく若い男女が歩いている。どうした仕事に従事するのか、休憩時間とも思えぬ時刻はずれに、腕を組んで歩む華々しい姿は絶えなかった。川が水を閲べて流れを絶やさぬように、どのような困難ののちにも、人の姿の絶えることはおそらくないであろう。

裁判所に入ると、民事訴訟課の受付けの胥吏は爪楊枝を口にくわえて、机に肘をついていた。

定年もう間近であるにちがいない。屈託のない表情には、まだ若さが残っていたけれども、私が地方裁判所検事局検事であったころにも、同じ場所に坐っていた人物だった。召喚状を提示する間に、横の通路を、なにかの裁判の傍聴をするらしい学生の一団が場慣れた足どりで階段のほうへ歩いて行った。菊の紋章のとりさられた、正面の空虚な壁龕にちらりと視線を走らせながら。

受付けの胥吏は、私の顔を見てなにかを思い出しかけたらしく、薄笑いして硝子越しの彼方で立ちあがった。玄関に停車した警察の拘留車のほうに視線をそらせた私の視界に、それでも、召喚状と私の顔を不安げに見較べる老廷丁の表情が映った。

「部屋はどこかね?」

「ああ、あなたは……。」

「どこかね。」

受付け窓から距離を置いていた私の前を、坊主頭の未決囚が警官にひかれてのろのろと歩んでいった。弁護士会のバッジをつけた若い弁護士が黒カバンを脇に、入れかわりに出てゆく。玄関の円庭のヒマラヤ杉は、永遠に変らぬ影を狭い芝生の上におとしていた。裁判所前に開業する代書人の看板の名はおおむね変っていた。毎日見ていても、正確にその一々を覚えていたわけではない。しかし、大道路を距てていても、遠方が不思議とよく見えるようになった遠視の目に、それらが元の名前でないことだけはあきらかだった。

「二階中央の廻廊を左におまがりになりますと、もと予審室だった小部屋がございます。二十号室です。」

もう慢性化し、誰にむかうものとも知れぬ目標なき怒りを抑えようとして、なおしばらく私は玄関口につっ立っていた。

「そう申せば、溝口判事から、先刻こちらに電話がございました。お見えになったら、すぐ知らせてくれるようにと……。」

昔、その廷丁は驚くと、すぐ入歯を吐いてしまうことで、書記官たちの一つ話の種となっていた。より高級な入歯をあつらえたのか、歯茎が自然と隆起したのか、発音は明瞭だった。

「歯は痛まないかね。もう。」

「はっ。」と老廷丁は起立した。

「有難う。」

棕櫚葉のマットレスを敷いた階段を登りながら、自分の足が、ふと右に折れて、もと検事局のあったほうにむかいそうな衝動と私は闘った。

示談のための小室には何の装飾もなく、スチームもまた通っていなかった。空気銃の弾丸でもあたったような穴が洋窓の硝子にあいている。私が入室するとすぐ、反対側の扉があいて溝口判事が姿を見せた。窓際から振り返ると、灰色の背広の裾を神経質にはらいながら、判事は微笑して席をすすめた。

「どうぞ。」

「こちらは君の坐る席だろう。」

「いやあ。」

判事は苦笑して、閉りきらぬ扉を二度三度ひいてとざした。

「大分、お疲れの様子ですな。」

立ったまま、判事と原告は互いの目を見つめ合った。

「本来なら橘判事の手がすいておりますので彼が訴状を受理するはずなんですがね。彼は正木教授のいわば、お弟子さんでいらっしゃる。一種の近親忌諱で、わたしのほうに担当が廻ってまいりました。」

「最初から、示談室に呼ばれたりするところを見ると、裁判所はどうやらわたしの訴状をとりあげるつもりはないようだね。書類の形式に欠陥はないはずだが。」

「そういうわけではないんですがね。」

下座の席に私は位置した。円テーブルのこちら側に椅子が二つ、むこう側にクッションつきの安楽椅子が据えられてある。判事は着席すると徐々に威儀をとりもどして、口調も紋切型になった。

「教授はこの道の専門家でいらっしゃる。予備的な事柄は全部はぶきます。こちらへ廻されました家庭裁判所の調書複写は昨日拝見しました。いずれ下されますでしょう家庭裁判所の調停審判は別にいたしまして、……教授もご承知のように、名誉毀損は、陳謝広告と馬鹿馬鹿しいほど少額の損害賠償にしかなりません。昨日、参考に拝見しました家裁調書を按じますところ、明らかに被告、この場合の被告米山みきの側には、たとえこの場合教授の側の勝訴に判決が決定しましても、損害賠償金の支払いの能力が認められません。ちょうど、それは……。」

「待ってくれたまえ。それは出発点が逆ではないかね。およそ訴訟の成立は、相手側の身分や経済能力とは関係はない。」

「わかっております。専門家として、なにもかもに通暁しておられる教授のことであるから、書類を書記局に廻す前に、一度、非公式にでも事情をうかがおうと思ったのです。他意はありませぬ。」

「しかし、新聞はわたしの不名誉を書きたてた。もうわたし一個人の和議意志では事態は元にもどらない。無駄にした時間だけなら取りもどせても、起ってしまった事態は、いや構成された犯罪は、そのままでは白紙にもどせない。権利や義務などの公式張ったことは言わないでおきましょう。しかし、わたしは毀損された名誉を回復せねばならない。わたしは大学教授としての位置を衛らねばならない。おわかりでしょう。それをまもらねばならない。」

「新聞雑誌にのったかぎりのことは見て知っていました。一時の憤激で告発されたお気持は了解されますし、告訴はまた法的に遺漏はありません。私自身であっても、法律家である以上、教授がとられた処置をなしたであろうと思われます。ですがね。もうすでに大分日数もたった。教授の心境にいくらかの変化があったかもしれない。結局は示談に落着く可能性の多いものなら、世論をこれ以上刺戟しないのが、教授ご自身のためかと考えられる。」

「世論?」と私は大声でいった。冷静になろうとする努力とは裏腹に、せきたてられるように私の感情はたかぶった。「かつて、われわれが、精神の支えとしてそれの支持を渇望したとき、世論はわれわれになんの支えも提供してくれなかった。そして、現在は、それは覆面の暴力と化している。未熟な政党政治の監査組織としてプラスの面のあることを認めるのにやぶさかではないが、だが、結局は金力と政治権力のまえには無条件に屈服し、自由人に対しては嫉妬深い精神干渉の役割しかはたしていない。甘やかされた世論は、論理よりも好奇心で、嗜虐的な好奇心で動く。世論をわたしはいまあてにすることはできない。またそれに媚びるつもりもない。わたしの自由の保証は残念ながら世論の側にはない。宗教裁判の魔女狩りや科学者の圧迫を、戦後の教科書は権力者の弾圧でのみ説いてきた。しかし、断罪せられた者の処刑を、物見高く、遊山気分ではやしたて、人の禍を楽しんだのは誰だったか。悲辛を含むように、口に一片の真理を含んで沈黙するものに、寄ってたかって石を投げつけてきたのは誰だったか。」

動物の、なにか不思議な動作でもみるように年下の判事は私のほうを見ていた。墜落の感覚が私をとらえ、奥歯の鳴る音を遠い彼方の音のように私は聞いた。

「論議はまた、別に機会がありましたらおうかがいしましょう。」

「ああ。」と私は言った。

「これは常識論ですが、もう一つたしかめたいことを、受理するか否かの決定の資料として聞いておいてよろしいですか?」

「ああ。」と繰り返して私は言った。

「教授が告訴される前、といいましても、新聞にでてからわずかの期間だったと思いますが、関係者の言動が色々とりざたされました。法学畑の事件でありますので、その間、いささか注意しておりましたんですがね。……名誉毀損の、ないしは侮辱罪の構成動機が、被告側に明瞭にあったとは申せないのではないですか。なにかの婦人雑誌に掲載された米山みきの手記は、とり乱した、たどたどしい、教授への未練の告白だった。米山みき個人を告訴されます前に、世の中にありがちな男女関係を、興味本位の醜聞記事としてのせた新聞社をまず抗議対象とされるのが順序ではなかったですか。」

「新聞はその点、充分計算をしていた。記事のあとに、わざわざ〈談〉とことわって米山みきの言葉が裏づけとして載っていたのをご存知でしょうな。写真が付載されていたのも、彼女がヒステリー状態であったのではない一つの証拠になる。新聞社にはもちろん、陳謝訂正せよと申しこみました。ただ、この国の従来の判例では、それが事実であれば報道機関は名誉毀損の告訴から免がれることになっている。新聞社側が最初から報道ソースを明示している以上、告訴対象を新聞社や記者には求められない。」

「おおせのとおりのようです。」溝口判事は、背後の壁に一つ掛っている電気時計を見あげた。彼は迷惑がっていた。あきらかに、彼にはくだらぬことだった。私自身もそれに気づいていないわけではなかった。すくなくとも一、二カ月、悪くすれば数カ月を費して、このことの正非の決定を見たころには、もはや誰もそれには注意していないだろう。新聞社は、一個人の名誉毀損訴訟の結果をわざわざ大きく報道などしないだろう。私自身とても、サンドウィッチマンのように、それを人に告げて歩くわけにはいかない。多くの者に向けて傷つけられた個人の名誉は、一握りほどの少数の者に向けて回復されるにすぎない。いや、まったく回復されないかもしれないのだ。徒労感が、判事の示談勧告を待つまでもなく私の胸に湧きおこっては消えた。

「それでは、追って裁判所の方から公判開始の通知がありましょう。その時には日時をお間違いなく。」

時計は十一時前を指していた。

「気をつけましょう。」

「なお、」立ちあがった私にむかって判事は口ばやにつけ加えた。「ただいまの会談は、なんら法的機能も拘束力ももちませぬ。訴状に理解困難な文章が含まれていたことに対する、訴状受理課としての質問であります。公判は誰が担当されるにせよ、訴状受理課と公判課は別でありますから。よろしいですね。」

「わかっている。」

部屋を出ながら、一種不自然な空腹感を私はかすかに意識した。

裁判所の召喚による欠講届けを、整えておいてくれるよう学部事務室に再度連絡して、いったん、私は自宅にひき返した。教職員の欠席届けは普通、学部長あてに書くのが既定の形式だが、現にその任にいる私の場合は、従うべき様式の前例を知らず、それを事務官に一任した。私用に学校の自動車を用いまいとしたかたくなさのために、バスに揺られて帰宅したときには胸が悪くなっていた。

埃をかぶった戸棚の薬を飲みおえて、私の次になすべきことは、近くの駅前食堂に電話をして昼食をとり寄せることだった。電話番号を思い出そうとして、私は玄関のあがりかまちの受話器の前で、しばらく口腔に舌をころがしていた。局番は私の家とおなじ区劃だったから問題はなかった。だが番号は浮んでこなかった。小黒板にはなにも書かれていない。昨日、わざわざ電話帳をくって調べたばかりだった。ことさら書きとどめずとも、私にはすぐ覚えられるはずだった。二、三分の後、名状しがたい情けなさの虜になりながら私は番号係を呼びだしていた。つぎになすべきことは、——久しぶりに他の裁判の傍聴でもしようかと思い、また港近くの海草問屋に嫁いでいる妹の典代と連絡して昼食を外で共にしようかとも思いつつ、結局帰宅したのは、なにかなさねばならぬことがあったからだ。学校へももどらず、急いで何をかたづけようと考えていたのだったろう。何だったたか。私は思い出すことができなかった。

書斎にいて階下にベルの音がしたとき、勝手口のほうへおりていった私は、そこに人影のないのに驚いた。幻聴だったのだろうか。しかし、たしかに人の気配は感じられ、玄関の方に廻ってみると、和服姿の若い女の影がすり硝子の扉に映っていた。私は廊下に踏みとどまり、ありえない幻影をしばらく見詰めていた。

現実的思念と妄想の世界との区切りは、年齢や経験の積み重ねとはかかわりなく、一つの拒絶、一つの阻害にもあるらしかった。一つの事態がその個人にとって望みえぬものとなったとき、人の妄想の世界は一つ増える。考えてみれば簡単な原理にすぎなかったが、私はその幻影に追われるように、奥へひきかえそうとした。そのとき、私をよぶ声がし、それが娘の典子であることを知って、私は安堵した。戸を開けると、もう冬装束をした典子が、敷石沿いの呉竹に身を隠すように立っていた。

何年ぶりかに見る娘は、見事に若さを失ってそこに立っていた。母親ゆずりの皮膚の白さが、力のない頬にいっそう目立つ。

「どうした?」と私は言った。

「帰ってきたの。」典子は顔をそむけて草履をぬいだ。

「腹がすいていたものだからな。寿司屋の女給かと思った。葉書ぐらいは出しておくものだよ。」

「お父さん、ひとり?」スーツケースを置いて典子は振り返った。

「何かあったのかね? ま、話はあとで聞くとして、お前は昼めしは食ったかね。まだならすぐ電話するといい。いまお父さんは注文したところだ。」

「三度三度、そんなことをしているの?」

「急ぐときはね。」

自分の部屋へはすぐ行かず、カーテンをおろしたままの応接室のほうへ典子は入った。姓を異にすれば、父の家も一応他家なのだろう。

「お父さんが電話してよ。わたし、疲れちゃった。夜行に乗ってきて、ついさっき着いたところなの。昔、母さんには家の鍵を一つもらっていたのだけど、もってくるのを忘れたし、……二十分ほど前にも一度きたのよ。どこもかしこも雨戸が閉っていて、家のあたりをうろうろしているうちに、変に気分がめいっちゃった。」

こみ入った話がその場でおこるのを避けて、私は娘の言うとおり電話口のところへ行った。そこで突然、私は怒りの発作にとらえられた。つい先刻かけたばかりの電話番号が思いだせないのだった。黒い受話器の輝きと、受話器の幽かな香料の匂いとが、ひたひたと空虚な脳裡へ侵入してゆくのがわかる。私は惨めな気持になり、そのまま応接室にひきかえした。甘やかし放題に育てた典子は、言いつけられねば何事もせず、自己の心理の襞をまさぐるような濁った瞳で、カーテンの閉ざされたままの応接室に坐っていた。埃っぽい部屋の中で父と娘は、それぞれの想念の中に漬って黙ってむかいあっていた。

嫁いでから数週間後、典子は一度里帰りした外は、母親の生前には、その危篤のときまでよりつかなかった。それ以後、富裕な家の若嫁であるはずの典子が、ときおり、小遣銭を無心する手紙をよこすようになった。私との文通はそれからのことである。外家との交際は、婦家の側から努めねば、おおむねこのようなものなのだろうか。義息は妻の告別式のときに一度顔を見せたきりに過ぎない。私自身も交際好きではなし、仕事を異にする人とあって機嫌をとりむすぶ世智にも暗く、疎遠さはそのままつづいていた。

大阪府下の千里山に居を構えているのを覚えたのも、典子が小遣銭を無心するようになってからである。その一帯は古くからの高級住宅地で、芦屋や羽衣についで大阪財界人の別荘が多いと聞いている。地名については、別に私立の大学があることで知っていたのだが、それ以上には詳しくなかった。一度郵送されてきた典子の写真でみると、家は貝塚の生垣に囲まれ、自家用車の倉庫をも含む和洋折衷の豪壮なもののようだった。しかし、写真には内部は映らずそれ以上のことは知らぬ。茂のいる北海道へは、仙台で学会のあった年、ついでに足を延ばして行ってみたが、典子の嫁ぎ先へはまだ立ち寄る機会に恵まれていなかった。

「お父さんは昼からちょっと図書館へ書物を探しにいくことになっている。今日は一時間ぐらいで、すぐ帰ってこれるだろうが、話相手が欲しければ、港町の叔母さんの所へでも電話するといい。きてくれるだろう。」

「別に話もなんにもありゃしないけど。」

「わしひとりではご馳走もなにもしてやれんよ。久しぶりだから呼ぶといい。わしにも話しておきたいことがある。」

「そう。そいじゃそうする。」

私の妹は海草問屋へ輿入れした典代と、もう一人、山陰の大学で経済を講ずる典次のすぐ下にも生れていた。だが下の妹は、父の懸命な薬法にもかかわらず、早産で、役所に名を登録する以前に夭折した。戸籍面では生れたその日に死んだように記されているはずである。男兄弟の多い中で、生来、素直な性質を稟けて育った典代は、早くから、苛性な兄弟たちの避難所にされるような包容力をそなえていた。家中、その名前には〈典〉の字がついているので、彼女は私のことを「膳兄さん。」と呼び、少しく成長してよりは、弟たちへの呼び方と同様、「膳さん。」となった。八百屋か運送屋の小僧めいた呼び名は、他人が真似ると不愉快だったが、いまも会うと遠慮なく、「ぜんさん。」と呼ぶ。兄をそう呼びつけて、しかも不愉快にさせぬ恵まれたものを賦(う)けていた。

海草問屋へ嫁ぐときには、まるで自分が鬼に食われでもするように一日じゅう泣き続け、世話人をてこずらせたのを覚えているが、嫁いでより以後は、物腰の落着いたよき母となった。私から言えば甥にあたる男の子が三人いる。学問なんてせんでいいわさ、というような教育法をとっているらしい。学問だけが人の仕事ではなく、彼女に何か感ずるところあってそうする以上は、それも立派な教化なのだろう。妻が病みがちであったゆえ、娘の典子の養育にもいろいろと典代の手を借りた。とくに発育盛りの食糧難のころには、たとえ統制されていたとはいえ、食糧品関係の親戚の援助は、家族全体の口を潤すことともなった。典子の中の母のイメージは、多分、痩せ細った静枝の像よりも、典代の丸顔に近いのではないだろうか。

後れ毛を揺らせてけだるげに動きながら、それでも久しぶりに典子が沸かしてくれた風呂に入った夕刻、呼び出しに応じて妹が訪れた。玄関口から聞え始めた典代の声は応接室にも居間にも入らず、そのまま風呂場の前までやってきた。廊下を踏む足音もまるでそこが自分の家であるかのように落着いている。いつものとおり挨拶は抜きだった。無遠慮に風呂場の戸を押しあけ、頬にまだ昔の面影の残っている童顔をつきこんで笑った。

「膳さん。背中、洗(なが)したげようか。」

「馬鹿者。男の入っとる風呂を挨拶もせずに開ける奴があるか。」

憂鬱さや腹立ちなど、すくなくともそのうちの神経的な部分は和らいでいた。全身が適度に温まり、血行が早まった快適さにも消えない部分だけが、そのときの私の不機嫌の因だった。

「二、三日まえには、わたしの方から電話をしたんですよ。それも一度じゃなしに、朝にも晩にも。」

「そうかね。」

「書斎にまでベルの音がとどかないなんてことはないんでしょ。機械みたいな人なんだから、十時には帰ってるはずだと思って。」

「ここしばらくは生活の調子が狂ってるのでね。居なかったんだろう、多分。」

「膳兄さんだけじゃないわよ、調子の狂ってるのは。規典もどうかしてますよ、本当に。兄弟喧嘩を雑誌にでかでかと公表したりしてさ。せっかくおさまりかけてる噂をまたかきたてたりして。」典代は声を低めてつづけた。「それに典子はまたいったいどうしたの。何かあったの？」

「わしはまだ何も知らん。それをお前に受け持ってもらおうと思ってね。こっちは娘のことどころではない。」

「馬鹿よ。本当に。」

戸が閉まり、湯加減はどうなの、と問いながら、更衣場にも使う洗面場で典代は大きな音を立ててうがいした。

「前々から一度注意しようと思ってたんだけど。子供じゃあるまいし。」ぶつぶつ独語する声が聞え、典代の足音は遠ざかった。

初風呂の、まだ稀薄な湯気の中で、兄弟喧嘩という懐しい響きの言葉を私はひとり呟いた。なるほど、そういう見方もありうるのかと感心しながら。内気というよりも、ある種の明晰さ、ある種の頭の良さのために、誰しもが経験する兄弟喧嘩なるものを、私は一度もしたことがなかった。すくなくとも私の記憶の中にはなかった。一瞬、覚えた懐しさは、したがって、憂い少い幼少のころの回顧にはなく、そうした言葉が下されるものの見方のほうにあるらしかった。連想は伸長して、もう二昔も以前の些細な事実に触れた。ある日、たしか富田副手が、親父と殴りあいの喧嘩をしたという話を宮地研究室で洩らしていたとき、ふと私は理由のない羨望の念にとらわれた。そのときは、宮地教授や荻野と共に笑っているだけで自分の心の動きなど注意してもみなかったが、考えてみれば、正木家には、親父と息子がつかみ合いの争いをしたりする温い雰囲気は存在しなかった。父が私たち兄弟の誰かを叱責するとき、父にはかならず叱らねばならぬ正当な理由があり、私たちは正坐を崩さずその理由の説明を最後まで聴かねばならなかった。怒りは静かであり、許しは論理的だった。規典など、子供のころ、父の前ではぴりぴりしていたものだったが、それも、怒りと許しの区別がつかないような冷静な人物で父があったからかもしれない。目には見えず、それと指摘することもできない冷たい風が骨肉の間に吹いていた。医師としてより以上に、道学者として、父は世の尊敬をかち得ていたものだが、一人の道学者が道学者として自己満足するためには、その影にかくれて何人かの自然な感情の犠牲がいるもののようだ。

煩瑣な現実、錯綜する人間関係——息を潜めることでそれらから逃れられでもするように、私は湯船の中でじっとしていた。青年のころから遂に厚みのつくことのなかった扁平な胸、その部分だけ異様にたるんだ下腹、少し湯につかるとすぐ皺だらけになる掌や指の皮膚、浮きあがった静脈。——何故ともなく私は、その極端な潔癖性にもかかわらず、風呂の湯で総入歯をあらう習慣のあった晩年の父を思い出した。父がそうであったように、活動の幅、生活の幅が縮小するにつれて、私も偏執的に歯を磨いたり爪の垢をほじったりするようになるのかもしれぬ。急に立ちあがって目先の真暗になった私は、風呂場の窓枠にしがみつきながら、ある日突然、縁側に枯木のように倒れて息をひきとった父の像を、まざまざと思い出した。

「わたしのほうからも話があったのよ。膳さんは忘れてるだろうけれど、今年は静枝さんの法事をしなきゃならないでしょ。裁判なんて馬鹿げたことをやめて、もっと人なみのことを考えてもらわなくっちゃ。」食卓の向い側から典代は言った。
「たしかに馬鹿げたことかもしれないが、馬鹿げたことだと言っておとしめているだけでは事はすまない。」
毎晩、主人の晩酌の相伴をするという典代の振舞いは手なれたものだった。商家のかみさんらしい気さくさと、小僧や女中を指図するにふさわしい落着きとをあわせそなえている。典子は終始寡黙に、さきに食事をした。ほとんど顔をあげないのは、人を正視できなくなる想念を彼女も知ったためだったろうか。

「十月の六日だったでしょう。あれこれ言ってる間にもうすぐですよ、七回忌は。」

「十月の五日よ。」と典子が俯いたまま言った。

「そうだったかしら。」

妹にたしかめられても、彼女の言うとおり私に正確な記憶はなかった。

「三回忌のときは、お父さんの公用出張で一日のばしたから、叔母さん、思い違いしてるのよ。」

「そう言えばそうだったわね。でも、あのときに米山さんのことも、はっきりどちらかに話をつけとけばよかったのね。わたしは反対だったけれど、兄さんさえはっきりすれば……。」

典子は顔をそむけて仏壇のほうを見た。

もっとも居間にある仏壇には亡妻の位牌はない。彼女が息をひきとるときの奇妙な状況から、葬儀はクリスト教の儀式に従って行われた。それが私の意志と無縁であったように、四十九日や一回忌、三回忌は親族たちの圧力で仏式で催されたのである。

そらされた娘の視線に、写真におさまった母の遺像はどう映っているのか。また、たとえそらされても視角の一隅にはその父の姿も映っているだろう。娘が今度の事件をどう考えているのか、疲れを宿した目尻のかたちからは読みとれなかった。弟の弾劾よりも、私自身の責苦よりも、もっと恐ろしい審判者が——。

「あのお葬式のときだってそうよ。あれは規典がいけないんだけれど、あのときも兄さんの態度がもっとはっきりしていたら、家の中のことですもの、他の人には口出しする権利などなかったのよ。」

「だが遺言は尊重せねばならない。死者の遺志が独立して、生きているものを支配するのはおかしなことのようだが、財産の相続制度が変わらないかぎり、同一原理の上に立っている遺言の効力を疑うわけにはいかんのだ。わたしの態度は何時でもはっきりしている。はっきりしすぎるぐらいはっきりしている。」

「でもどうせ、」突然、典子が濡れた瞳をきらきら光らせながら言った。「どうせそんなには人も集らないんだし、……法事といったって集ってきたひとびとにお酒を飲んでもらってお経を聞くだけでしょう。お父さん、面倒なら何処かへ行ってらしたらいい。」

「何を言うのよ。戸主がいなくって法事ができますか。」

わざわざ典代を呼び出したのは他に頼みたい用件があったからだった。だが、各人がそれぞれ胸に懐く想念が決定的に相違する以上、話に自然な調和が生ずるはずもなかった。私がいらだつように、典代も何事かに失望し、典子はまたみずからの孤独をだけ見詰めつづけていたのかもしれない。話題は嚙み合うことなくばらばらに進展し、私は杯を重ねた。

「どう？　この海苔は美味しいでしょう。」と妹が言った。

「ああ。」

「気のない返事ね。それにそうばりばり食べないでよ。実際、せいがないんだから兄さんは。どんなに上等のをもって来てあげても、育ちの悪い人みたいにぱくぱく食うだけなんだから。」

典子は何を考えていたのだったろう。嫁にいってから一枚の着物も買ってやったことのないこの父親の身の上のことでないことだけはたしかだった。傍で見ると、かつては指で突いても破れそうだった薄い皮膚に、いま部厚い脂肪がのっていた。肉体を知り、肉体に還元されてゆく女の哀れな運命を物語ろうとするように。

「法事のことはお前のやっかいにならねばならんが、その相談はまた別にするとして、米山みきの弁護士に会って、彼女の現在の住所を聞いてきてもらえないかね。」

「いまどこに居るのかも知らなかったの。」

それでもやはり典代は敏感に坐りなおした。

「もし教えてくれなければ、間接になるけれども、残っていた半月分の給料を弁護士にわたしてきてもらいたい。」

「ええ、そうね。ともかくもわたしが一度会いましょう。さし出がましいと怒られると思って黙ってたけれど、わたしもそのつもりだったんだから。それにあの人の勤め口も探してあげた方がいいんでしょうね。市場の事務員の口ならあるんだけれど。といってもあの人がそのつもりになったらの話だけれど。」

「お前がいいと思うようにしてくれ。」

「あの人も少し依怙地になっている様子だから、いまは何も言わないほうがいいかしら。でも、一度もその後、二人だけで会ってないのも事をこじらせたもとよ。」

「いや誤解してくれては困る。彼女の仕事の世話をお前に頼むことも、給料の残りを支払うことも、わたしに示談の意志があるということではない。もし会えれば、そのことははっきりことわっておいてくれ。」

　気まずい沈黙があった。

「規典には会ったの？　あれから。」

「いや。」

「わたしがそれも行ってこようか。」

「規典にはわしが直接会う。」

「わたしが会うほうがいいんじゃない？　兄さんはじっとしてらっしゃい。会ってここへつれてきたげる。」

「いや別に殺気立って会いにゆくわけではない。考えてみれば、ここしばらく規典の教会へもいったことがないのでね。」

「山陰の典次さんからも手紙がきていた。本当に馬鹿ね、規典は。昔はあんなじゃなかったのに。」

「愚痴を言っても仕方がない。」

「膳兄さんなのよ、張本人は。」

　典子が濡れた瞳を大きく見開いたまま不意に立ちあがった。烈しい動作に食膳が動揺し、杯が溢れた。表情が急激に峻しくなり、やがて蒼味が勝つと共に夢遊病者のように頼りなげな顔付きに変った。急に私にむかって帰ると言い出し、典代がいまごろからいったいどこに帰るのとがめるのに答えず、よろよろと部屋をでていった。後を追う典代と襖の所でいさかいあい、典子は洗面所のほうへ駆けて行った。典代がもどってきて耳打ちする以前に、私はそのときはじめて、娘が身重な体であることに気づいた。そしてその身重な体の緩慢な動作は、驚くほど亡妻静枝の姿に似ていた。

## 第六章

思いおこす、もう二十余年も以前。茂がもう二十四になるのだからまさしく二昔。亡妻静枝と結婚してのち、私が最初に驚かされたのは、妻の夜の歯ぎしりと恐怖の悲鳴だった。結婚生活が一応軌道にのり出し、彼女が妊娠して就眠時間が喰い違いはじめてから、妻が発病して寝室を別にするまで、何にうなされるのか、暗い穴に陥ちこむような夜の悲鳴のおこらぬ日はなかった。たとえ儀礼的なものにせよ、恩師や先輩畏友の祝福を受けてうらやまれた私の人生の、それが内実だった。理解あるよき伴侶を得て、正木君の研究もまた一段と進展するでありましょうと、仲人は披露宴の席で語った。すでに失踪していた富田からも、どこで聞き知ったのか、関西から祝電がきた。私は妻にとくに愛の感情をいだかなかったが、私にとって、愛の観念は、罪のそれと同様、避けて通ることができれば避けたほうが賢明な余分の感情にすぎなかった。だが、妻の悲鳴は、逆なかたちでその余剰の観念に接近させた。それが自分の身辺にはなく、今後も訪れないだろう欠如の意識として。

大学の助教授から地方裁判所検事に翻身した、困難な、もっとも蔭の支えを必要とした時期、私の住む都会が日々灰燼に帰してゆくのを茫然と見送っていた期間、そして最高検察庁から元の大学に復帰してのちも、調べものがおわって寝室にゆき、すでにやすんでいる妻の傍の床に身を横たえ、煙草を二、三ぷく吸っているとき、妻はきまっておびえきった呻り声をあげた。揺りおこしても、静枝は、「わたしどうかしまして?」と自分でも不思議がるだけだった。

「何の夢をみていた?」

「夢じゃございません。」

「しかし、たしかにうなされていた。」

「ええ、こわあい、こわい、何かわけのわからない感じがしますのよ。体全体を気味悪い軟体動物にしめあげられるような。」

「ゆっくりやすむといい。しかし、あなたの心の中に住んでる魔物を子供たちに植えつけたりしては困るね。」

苦笑にまぎらして、私は独り寝るのが常だった。

二人かぎりの時はまだよかった。だが、子供たちが大きくなりはじめてから、また不意の客があったときなど、深夜にたてる妻の故なき悲鳴は、困惑よりも私の怒りをかき立てた。

日中、できるだけ疲れさせぬようにし、彼女だけは特別に羽蒲団をしつらえて、グラスに一杯の酒精を共にして就寝する。今夜は大丈夫だろう、なかば気づかいつつ、やがて完成されるべき現象学的法学体系に関する思弁の中に私は半睡状態になる。さまざまの解決困難な問題が私を苦しませ、また楽しませる。自然法の欠陥は実証主義法学がある程度克服している。しかし、実証主義法学には、それ自体の自律的発展運動はなかった。新しい理念の導入がなければ、根本において裁判は大岡政談的な御都合主義をまぬがれず、実証的態度もその尾を追う実りなき解釈から一歩も出られない。また、正義や大衆利益や愛の観念いがいに、法に即した法の目的が存在しないはずはない。一つ一つの課題を吟味し反芻しながら、私は未知の領域に足を踏みいれようと努力する。

しかし、あの睡りと覚醒との間隙、ある人々にとってはもっとも実り多い非現実の世界は、やはり妻のうなり声で中断をしいられた。肺から空気のすべてが吸いとられるような摩擦音をたてて妻は身をのけぞらせるのだった。学会がこの土地で催されるときなど、二階にはかならず知人が宿泊する。日本の家屋は天井と畳に距てられていても、夜にはなおその声が通ずる。意味ある言葉の内容は伝わらなくとも、人間の叫びは、それが叫びだと解る程度には響くものだ。

私はがばとはね起きて妻の口を覆った。汗ばんだ皮膚は、それが生命を失った一箇の肉塊でもあるかのように不気味にぬれている。

「気をつけなさい。」すでに目醒めた妻を私は叱責する。

「そんなことをおっしゃったって無理でございます。眠るまでは気をつけております。もう祈りたいような気持で、今夜はあなたに起されたりしないように、お叱りを受けないですむようにと。でも、どうしようもない事なのでございます。」

「気持が弛んでいるからだ。」

「ゆるんでいてもいなくても……。」

「その反抗がいけない。」

「悪うございました。明日はきっと気をつけますから。」

たしかに主張としては静枝のほうが正しかった。本人に正常な意識のない場合は、殺人犯も刑法適用の対象とはならない。私は、道義や躾や本人の意志力を云々する前に、内科医に、あるいは精神科医に診断を求めるべきだったのかもしれぬ。だが、おわかり願えるだろうか。私は、とりわけ精神科医を好まなかった。法廷にあっては、それはほとんど言い逃れの手段に弁護士が駆り出すものにすぎない。また例えば、アメリカの市民が精神分析学に寄せていると聞く信頼を、不健全なものだと思っている。閨房の言葉は室外に出すべきでないように、どんな人間も神も、踏みこんではならぬ各人の、個人の領域がある。それゆえに、みずから反省してみて、原因らしく見える強迫観念があるならば、それをむしろ顕在的な意識にもちこんで慣れるようにと薦めたことはあっても、妻の過去をほじくるようなことはしなかった。

現在から見て、支那事変から太平洋戦争にかけての間の私の家庭生活がまったくの灰色に映ずるのにはもちろんほかにも理由はある。私たちだけではなく、ある意味では万人の生活がすべて調子はずれな時期だった。眼前に目に見える崩壊はなくとも、崩壊の音は伝わってきた。一切衆生病むゆえにわれまた病むという維摩経の言葉が真実ならば、万人は互いの瘡痍を病み、互いの愚昧に押されて流れていたようなものだ。一時的な戦時景気が徐々に窮乏に連なり、精神的な不自由の上に物質的不如意が加わった。歴史が瘴気に覆いつくされたように、街々の商店や食堂の飾窓も単一化していった。嗜好品は入手困難となり、切符制となり、そのうえ、煙草すら朝早くから行列して買わねばならなくなった。食膳は代用食で変化に乏しく、味気ない盛りめしに家族がお互いの茶碗を覗きこまねばならない。書籍もラジオも新聞も、画一的で楽しくはなかった。人が高度な精神的作業をなすためには、禁欲的な生活よりもむしろある程度の贅沢さを必要とする。坐り心地のよい椅子、美味い煙草、快適な生活、そしてある贅沢さをともなった気ばらしが必要なのだ。みずからの主義によってではなく、強制されたストイシズムほど人の能力をスポイルするものはない。毎日毎日が不満足であり不愉快だった。妻が何におびえていたのかはいまとなっては知るよしもないが、悲鳴こそあげね、私自身も訴える処のない不安に足掻いていたという点では変りはなかったのだ。

私の経歴のなかで、助教授から検事への転向は、他のどんな経験よりも決定的な私の人生の、私の精神の転回点だった。そしてまた、もし研究室の歴史が書かれるなら、それは、荻野の停職、検挙、転向声明、富田の失踪、強盗容疑による逮捕、反乱罪による拘禁とともに、消すことのできない汚点として記録されるであろう。敗戦直後、私の検察官職の経験を荻野の獄中転向と関係づけて、ある暴露雑誌が書きたてたことがある。当時、幾種類も発刊された無責任な暴露雑誌など問題にする必要はないかもしれない。事実、名誉毀損訴訟を提起した人もいなかったし、私自身も黙殺した。記事は本気に相手にするのも馬鹿馬鹿しい見当はずれなデッチあげであったし、無視するのが最上の報復であるような貧弱な雑誌であった。だが、私が地方裁判所検事局で公安関係の仕事をしていたように伝えられている誤解はいま解いておかねばならない。たしかに確信犯問題の局内研究会グループには属していた。私の刑法思想にとってそれが最大の課題であったゆえに、確信犯に関する部外秘研究資料をも執筆している。しかし、それは現在も私の業績に加えられて恥じるところのない学術論文である。

経済統制、思想統制の反動で、戦後性急な自由と解放が叫ばれたとき、警察や検察庁は、一括してファッショの名を刻印されたが、戦時中といえども、検事局には、皇室侮辱罪と治安維持法を対象とする特別公安課しかなかったわけではないのである。むしろ検察行政官である検事長および次席検事から、告訴受理の見習い研修員にいたるまで、検事局が処理する部門は素人が予想する以上に、遥かに広汎なものである。狭義のいわゆる検察職務においても、課毎の室わけはともかく、普通、四十章に分けられる罪状項目に対応する部門専従者が事実上存在する。人手が足りないから助け合っているだけであって、論理的には、相似する罪状を合併しても、すくなくとも二十の課が常時分化独立していなければならぬ。放火や溢水、通貨偽造や文書偽造、窃盗強盗、強姦や猥褻罪など。それらは人の注意をひかなかっただけで犯罪数は増加してもへることはなかった。また第一、教授職経験者といえども、最初から重罪の告発論告にたずさわれるはずはないのである。

私の転職が同時に、隠微な内部の転向をともなったことは否定しない。しかし、検察業務のその一部門にのみ身売りしたのではなかった。また私の内面の転換、——いうならば私のひそかな埋葬の儀式は、荻野の場合に言われるような「転向」とは違っていた。荻野のように保釈を餌に迫られたのでもなく、学者としてのみずからの生命を断ったわけでもなかった。私の埋葬は、荻野が休職命令を受けたのをきっかけに、弱々しい最後の抵抗運動が大学でおこされる以前にすでに準備されていた。ただ、助教授になってからまだ満三年にならず、三年たたねば、無条件に横すべりできない、その時間をかせいでいたにすぎない。それでは、帝国大学の法律学教授ならびに助教授三年の経歴が同様に資格付与となる弁護士に、なぜならなかったのかと問われるかも知れない。大学教授に見切りをつける気持はどうあれ、もう一つ別の現実的な方向があったのではないのかと。だが、血気にはやる青年には理解され得ないにせよ、私は大学を卒業し、特別給与生から助手となって以来、俸給生活にのみ慣れそんできた。私の性格は俸給生活にむいていた。研究継続には、教育職がもっとも適していることは言をまたないが、その最低条件は安定した収入による安定した生活である。父から地盤をゆずられた医師や僧侶は別として、急に収入源のまったく異る職業に転じて、いままでどおりの研究をつづけてゆくのは、極度に困難である。とりかえしのつかぬ賭をするには、私の生活に占める読書の比重は重すぎた。また弁護士には地盤がいり、法律の学以外の才能と世間的智慧がいる。大方の弁護士は、既成の法律事務所で五年十年の下積み作業をして、特定の〈お得意〉をえ、〈顔〉を売ってはじめて独立する。刑事弁護士はまた、検事や裁判官の経験、とりわけ法廷技術を修得してから転ずるのが道であり、独身ならいざしらず、ただちに弁護士を名のって、従来どおりの生活水準を維持するのは容易でない。

そして、そのうえに、私にはもう一つの仕事があった。というのは、事実上、私の責任編集となっていた雑誌「国家」を上質紙が仙花紙になり、A5判がB6判に縮小し、頁数がわずか六十四ページにへったとしても、なお、それを守ってゆかねばならぬ義務である。それは、前任者がつぎつぎと不運の道を歩まねばならなかった事実ゆえに、逆に、私にとって避けえない責任と意識されていた。名義上では遠ざかり、実質的に雑誌を守りながら、同時におのれの身をまもる方策——私に可能な道はただ一つしかなかった。冷静な思弁の後に、なお選択すべき岐路が残るのなら、人は、あの幸せな楊朱の歎きを歎くことができる。だが、私にできることは、涙もなく独り私の夢を埋葬することだけだった。残されてある可能性という、何よりも甘美な青春の夢を。

私の方法は、共感よりも非難をあび、面とむかって、耳を覆いたくなる罵倒を師からすらこうむった。しかし、結果的に言えば、私の方法は正しかったのである。愚かさが誠実さと混同されるこの国では、永遠に正当化されえない正しさであるにしても。なるほど、雑誌に検事総長の雑文と小佐井教授の挟書律の研究が同居し、統制経済に関する法相の談話とフランス人権宣言の解説が目次に肩をならべたりする玉石混淆が生じた。発行所は宮地研究室から離れ、純粋な学術雑誌でもなくなった。しかし、紙背を見透しうる人間なら容易に真意の汲みとれる秦代挟書律の研究の筆者がなぜ、喚問もされず告発もされずにすんだのか。自惚れではないが、それは私の処置が適切だったからだ。法務大臣や内務次官、あるいは検事総長などの雑文が巻頭に飾られた雑誌を、警察が発売禁止処分に付するはずはなかったからである。古代シャーマニズムと習慣法と題する論文が、心ある人には、岡田内閣いらいの祭政一致政策というアナクロニズムへの諷刺であるとわかっても、グラビア写真の大官たちの肖像ゆえに筆禍をまぬがれた。そして、その、実りのない、しかしやらねばならぬ原稿とりを、頭をさげ腰を屈して集めて廻ったのはこの正木検事だった。二股膏薬と罵られ、誹謗と悪意につつまれながら、酬われぬ仕事を私はした。かつて筆禍事件で葬りさられた友人たちの幻影に、反応のない私だけの微笑を送りながら。私を悪し様に罵った宮地教授自身が、最後まで教壇にとどまり得たのは、罵られている当の相手の尽力が、少くとも幾分か与ってのことである。

荻野の逮捕は、時期的に早かったことと、彼がいつしか共産党に入党していたことによって私のなしうる配慮の埒外にあった。筆禍問題はむしろ付随的事件であって、論文のよしあしにはかかわらぬ彼の運命だった。それはすべて私などの力のおよばぬことである。だが刑期決定後の面会の便宜、通信の便宜を、荻野は知らないが、許される範囲内で最大限にとり計らったのもこの私だった。

荻野が学校を追われたときは、人々の感覚は何処までもつづく泥濘に慣らされて、例の天皇機関説が国会の訊問を受けて排撃されたときのように大問題にはならなかった。大学自治運動の抵抗も、その組織自体が解体されていて一種もの悲しい終末努力の様相をわずかの期間衆目にさらしただけだった。しかし、なお貧弱なガリ版で檄文がまかれ、散発的ながら各地で抗議集会がもたれ、そしてつぎつぎと圧しつぶされていったとき、率直に言って私は荻野が羨ましかった。羨望の念を禁ずることができなかった。荻野の歩んだ道を、私も歩むべきだったかもしれないと幾度思ったことだったろう。一人の人間の進退を、力はなくとも全国の良識が憂慮する。これほどの支持、これほどの承認が、私の論理体系に、一生のうち一度でもおこりうるだろうか。私は学の理念とは日々にうとく、一介の司法官として事務的職務の中に埋もれてゆく。いかに執着しようと、また検事局内の研究組織に参加しても、眼は洞窟の影にうばわれがちになり、過重な労働の疲れに意欲を失ってゆく。しかるに、荻野は捕われの身となったとはいえ、その学説は禁止措置を超えて徐々に現実的地盤を獲得してゆく。

佐野学や鍋山貞親の転向声明いらい、当時、下部党員の転向は日に月に間隙はなかった。左翼の文人集団は総崩れになり、あるいは沈黙し無為を誓約し、あるいは極端な右旋回をして出所してきた。政党はその痕跡もなく、労働組合は産業報国会に解消した。荻野の獄中転向も、それゆえに、もはや一般化してしまった一時期の、一人の人間の悲劇にすぎなかったかもしれない。それはありうべきことであったし、現に行われた。しかし、荻野が彼の残骸とすら思えない拙劣な文章で転向声明を公表したとき、あたかもそれをみずからの滅びのように机を打って歎いた人間のいることを人は知らない。

つづいて関西の衛星工業都市に、私盗化したアナーキストの銀行襲撃事件がおこり、その主謀者の中に富田の名が入っていた。全国に緊急指名手配の指令が飛び、一党のうちの逮捕された者が自白して、一週間後、汚れきった緇衣をまとった僧形の富田の逮捕写真が新聞にのった。逮捕以前に己れみずからを傷つけたのだという生傷が彼の頬に額に縦横に走り、絶望的な目がカメラのほうをじっと見つめている。

関係が気まずくなってから、宮地教授が養女の嫁ぎ先を訪れたのは、そのときが最初で最後だった。その日の記憶は、長く尾をひいて私の現在にも及んでいる。何か奇妙にわけのわからぬ家庭の憂鬱が、そのとき一端の真相をあらわした。いや、何が真相であるか、本当は誰にもわからない。証明も証拠もない、漠然とした私の感覚にすぎない。しかし、それが無視できない感覚であったことだけは確かだった。

私が転職して間もなく、宮地博士はかるい脳出血で一度床についた。一時は頭が破れるように痛いといって氷枕で冷しづめにひやしていたというが、幸い軽症だったのと手当てが適切だったゆえに中風にもならずにすんだ。しかし、その日、着流しで訪れた博士の顔は、仔細に見ると、左半分が鈍重でその部分の皮膚だけが表情を失ってたるんでいた。普段には目立たぬ顔面の不均衡は、感情の振幅にそわず、メーキャップをほどこして登場する亡者のように見えた。案内した和室の畳に半身を横たえて、もうだめだ、もうだめだと、老けこんだ農夫のように、博士は一つのことばかりを繰り返した。

「富田の本籍はたしかこちらでしたから、数日中にはこちらに護送されてくるでしょう。お会いできるようとりはからいます。」

失踪してから、強盗犯として逮捕されるまで富田が何をしていたかは、博士と同様、私自身も知らなかった。ありうべき想像を組立てるのは困難ではないにしても、私は実際知らなかったのだ。しかし、博士は何故か、私が富田と連絡があったかのように難詰した。なぜ思いとどまらせなかったのかと。静枝は枕をもってきて養父の頭の下に据え、料理の準備をするでもなく、ぼんやりと横に坐った。発展もなく、話題は不運な時代の不運な想念に破れた者の周囲を堂々めぐりする。

「求刑は？」と博士は言った。

あたかも、富田の断罪者が私ででもあるかのように。課の異るゆえに、望んでも私の関与しえぬことである。また博士にも、新聞の報道が事実だとすれば、強盗ないしは内乱罪の刑罰がどうしたものかはわかり切っていたはずだ。富田自身が手を下したのではないにせよ、新聞記事を信ずれば、逮捕されたアナーキストのうちの誰か一人は銀行の守衛を殺していた。

「無期懲役ということになりましょう。しかし、事実はまだ正確ではありません。本当に彼がその集団の指導者だったのかどうかも、まだわかりません。」

「気安めはいい。」

理由もなく教授は怒った。

「君たちが考えてるだろう以上に、私は君たちに希望を託してきた。君たちは、しかし、皆わたしを裏切った。私の二十年の教壇生活から結局ひとりの後継者もでないのか。」

博士は急に身をおこして卓子を打った。

「特に富田は、富田は、わたしの……。」

自由のきかぬ左側の目からだけ、目やにを混えた老いの涙が頬を伝って流れ、同じ側の鼻から鼻汁が醜く顎にしたたった。静枝が養父の肩を持って身を横たえさせ、だらしなく流れるその分泌物をぬぐってやった。

実力はともかく、弟子たちの中でとくに私が愛されているのではないことは早くから気づいていた。気むつかしい点では私の性格は博士以上に極端であり、愛されるためには矜持が高すぎた。富田や荻野がそうしていたようには、盆正月の挨拶にもゆかず、学生気分で漫然と遊びに行って碁や酒の相手をすることもしなかった。その家庭にとけこんで人間的に交わることもしなかった。だが、私の前で富田への度を過した愛着を口走るのは、私の感情を無視した話だった。そして、その時、養父をなだめている静枝の、もはや二人の児の母である妻の頬にも涙が流れているのを私は発見した。私の家で、私の目の前で、二人は、なにか私の知らぬ絆で結ばれ合って泣いている。心理的な葛藤になれない私は、無視されたまま卓子の上の花に目をそらせた。だが、私の入場を拒否する別な世界から注意をそらせることはできなかった。ひえびえと冷却してゆく感情の動きを抑えることもできなかった。

本籍所在地であるこの土地の警察に身柄を移されてから、裁判までの間、富田はその法律知識を利用して懸命に処刑を免がれようとし、第一審判決後にも、なおその努力が続けられた。もはや法を信ぜず、しかも法網をくぐるすべを知っている奸智にたけた確信犯として、彼のとった行為は、当時検事局内の最大の話題となった。しかし、彼の智慧は、結果的には彼の破滅をはやめただけだった。警察官や拘置所の担当の怒りを買うことが、自白が罪状決定の最大の要因となる旧刑法内で、なんとしても自白を調書にしるそうとする旧組織の中でどんなに恐ろしいことか、彼は計算しそこねていた。法廷で、たとえ拷問による自白をくつがえしても、そのつぎの日には、またそれをくつがえす調書をとられた。外部との一切の連絡をたたれ、未決囚拘置所内で脇腹と肩から逆ねじに両手をしばりあげられ、おそらくはみずから糞尿を処理することすらできずに、刑を免がれるためではない、真正の狂気へと彼はすべりおちていった。突然、墓石のように口を噤んだまま言語を喪失し、法律の知識はもちろん、自己が誰であり、何を希望し何を悲しんでいたのかすらも忘れ去ったように瞳孔を開き放しにして病院に送られた。獄死にいたらず、病院のベッドで死ねたのは、皮肉にも彼の策謀の結果ではなかったのである。彼の経歴が洗いたてられる過程で、博士や妻や私も参考人として警察に出頭したが、彼が関西におもむいてから何をしていたのかはほとんどあきらかにされなかった。何処かの山で、飢餓死の寸前まで苦行をしていたことや、無所属の乞食坊主としてあちこちで人の失笑を買いながら塵箱あさりをしていたこともあるらしかった。事件に関しては、銀行襲撃いがいに、大阪造兵廠爆破の計画が立てられていたことが、他の被逮捕者の自白からあきらかとなり、罪状が強盗殺人から内乱罪に、求刑が無期懲役から死刑に変更されただけだった。一切の欲求を厭脱し、あるいはさせられ、一塊の肉きれのように彼は死んでいった。

病院に移されてから、妻がときおり見舞いにいったが、この前もっていったさし入れすら手はつけられず、糞尿とまざりあって腐っているということだった。誤解を恐れて私自身はゆかなかった。静枝が面会にゆくこと自体、私には好ましくないことだったが、嘘を言ってまで出てゆく妻の、その嘘をあばきたてるのが何故か面倒だったのだ。私の仕事に関して妻は何も聞かなかったように、私は妻の行為に干渉はしなかった。

いつのころからか、睡眠剤がわりに飲む酒を、妻は必要以上に嗜むようになった。私の配給分はもちろん、そのために、妹の婿や下僚の分までも買いあさり、体つきに似合わぬ酒飲みだという有難くない評判まで私はちょうだいした。

寝室に足を入れると、疲れた者の寝息特有の悪臭と、酒の匂いが混淆している。こちらがビールでも飲んでいるときは、嫌悪をかくすこともできたが、ときに夏の宵など、書斎や物干しでやっと涼をとって寝室におりたときなど、蒸し暑さにむれた臭いは、もうそれだけで耐えがたいものだった。何か、人生の本質的な失敗、人間の根源的堕落を感じさせるゆえに、一層の嫌悪感をそそるのだ。結婚してからというもの、私はもっとも身近に、始末におえない落伍者を携えていたようなものだった。

間もなく、妻はもう一つの酒に酔い痴れるようになった。私はそれをも許した。ともかく、金のあまりかからぬ耽溺だったし、賛成はしがたいにせよ、少くとも思想性をもっていたから。

他に活動の場も封じられた末弟が、私の家にひんぱんに出入りするようになったのは、その太平洋戦争の末期だった。茂は千葉県の軍需工場に動員され、典子は学童疎開で長野県にいっている。閑散な家の土曜日、毎週御用聞きが勝手口を訪れるように、しかし勝手口からではなく玄関から末弟規典は入ってきた。国民服の下をひそかに黒装束にかため、胸に十字架をひめ、口もとに不思議な侮辱的な微笑を浮べて。目に見えぬ人の心に、麻酔剤を注ぎこむために。

午後、訪問の日には規典はまず私の書斎のほうにやってきた。私がまだ書斎に籠らぬまえならば茶の間に、その特有の擦り足でおとずれる。

「もう一週間たったわけです。」

そのころ、私は放火事件にかかわっていて暇がなかった。出勤は十時でよかったし、土曜は半どんだったから、まったく暇がないというのは嘘になるが、妻と弟の間に交されることの万事は、私に関係のないことだった。

「わしに入信勧告をしても無駄だよ。何度いっても同じことだが。」

「心得ております。」弟は笑いながら自分で茶をくむ。

「事件の方は片づきましたか?」

「いや、まだだ。」

「長びくようですね。」

「うむ、相当複雑なのでね。」

「判決はいつ下されます。」

「どうする気かね。そんなことを聞いて。」

「兄さんが人を裁かれるところを、一度拝見しておこうと思いましてね。」

「私が裁くのではないさ。裁くのは法律であり、裁判長だ。神でないのは遺憾だがね。私は求刑論告をするにすぎない。」

「しかし段々と空襲がひどくなるようだから、その男が服役するころには、街全体が丸焼けになってるかも知れませんね。」

「わしには何を言ってもいいが、無闇なことは言わないほうがいいよ。」

この前、弟と茶を飲みながら、それを話題にした事件というのは、たしかに人間の闇の部分に触れるような性格をもっていた。

表面上は、単純な放火未遂事件にすぎなかった。いや発火物はじじつ家屋の一部を燃焼させていたから私は放火罪として求刑するつもりだったが、問題は、放火対象が自己の財産であり、いわば一種大規模な自殺行為と考えられる点にあった。定年退職した官吏の犯した罪だったが、風向きの加減でぼやは隣家の家の壁のそえ木を燃やした。彼は頑強に自分の家を燃やすつもりだったと言い張り、また実地検証の結果も彼の供述と一致した。

思い出す。最初、検事室につれられてきたときの名状しがたいその男の放心の表情を。巨大な硝子ばりの扉の外で警備巡査が手錠をはずし、片手にだけ手錠をはめ、その紐をひきずりながら男は私の前に坐った。ちょうど、無銭飲食で逮捕され、警察署でやけに警官に反抗して検事局送りにされ、私が起訴猶予にした青年が父親につれられて挨拶にきていた。私は手を振って、頭を下げつづける父親と傲岸そうなその息子の大学生に帰ってもらった。私の興味はその放火犯のほうにあった。

彼はなに不自由ない生活を送っていたはずだった。退官したときは府庁の保護係の課長だったから、退職金もその後の手当ても、妻との老後の生活には充分のはずだった。

「弁護士のことは相談したかね。」

「いいえ、官選の方で結構でございます。」

返答は狂っているとは思えぬ冷静さだった。

「官選というのは、被疑者に弁護士をやとう余裕のない特殊な場合だということは知ってるだろう。学歴には、××大学の法科出身とある。」

「官選で結構です。」

かたくなに放火犯は言いはった。

それにしても、なぜ、彼は自分の家屋に火を放とうとしたのだろう。彼の妻はぎくしゃくした、高慢で、虚栄心の強そうな女史風の女だった。私の担当になったのを知ってからは、検事局はもちろん、どこで調べたのか自宅にまで菓子や商品券をもってきた。いらだたしい声で自分勝手なことを喋りつづけ、手土産をことわると眉をぴくぴく動かして捨ぜりふを吐いて帰った。俗っぽい豚のようなその女こそ豚箱にほうりこんでしかるべきだ。

規典は、哲学を三年そして神学を学びはじめたころの烈しい情熱を失って、諦めたような微笑で、この日本の末世澆季(ぎょうき)を一しきり歎くと、妻の病室のほうへ行った。もし人間の行為を人間が全的に責任をとらねばならないとすれば、その放火犯の謎も、罪なき次の世代の子等がみずからの重荷として担わねばならないだろうと言いながら。

事実は論告を待たず、神の摂理によってではなく、日本の政治の愚劣さのまねいた戦争の被害によって、その男の家は、一夜にして燃えつくした何万もの家々とともに灰燼に帰したのだったが——。

# 第七章

米山みきが、家政婦とはいいながら、ほとんど家族の一員として正木家に加わったとき、率直に言って私が覚えた感情は一種のはりあいと喜びだった。

例えば、何気なく立ちあがって、いま開けられたばかりの窓際に寄りかかるとき、私は小さな忍び笑いの声を聞く。女性の、故なき健康な忍び笑いが、この正木家でいつ聞かれただろう。振り返ると、古風な襷の紐をほどきながら米山みきは頬を崩している。

あれはいつの事だったろうか。庭に彼女が植えた桔梗が小さな五弁の花を咲かせていた。

「なにかおかしかったかな。」

一瞬、悪戯をとがめられた子供のように瞳を見開いて、米山みきはふたたび唇を袂でおおった。

「ちょっとおなおししますわ。それじゃあんまりです。たもとのところが随分裂けてます。何を入れたってそいじゃ全部おっこっちゃう。」

腕をあげて前にかざしてみると、彼女の言うとおりだった。

「それに本当は今ごろそんな着物を着なさるものじゃありませんのよ。」

静枝が病みついてからは、私は記憶にたよって自分の日常を処理していた。いま自分の纏っている着物の布地を言い当てることなど金輪際できないにせよ、初夏にはたしか霜降色のものを着ていたはずだった。もっとも、たたくべきオルガンのキーを、音にはよらず目で覚えてひく幼女のようなものだったから、どこかで調子が狂えば全部の音階が違ってしまう。

「そうですかね。」

言われてみるとたしかに着物は蒸し暑かった。

「あとでセルの着物をおさがししますわ。ともかく、それはお脱ぎになったら。」

「いや、面倒だから、風呂に入るまではこのままでいい。」と私はつまらぬ意地をはった。淀んだいままでの生活の、しかしそれが正常に感ぜられるまでに習慣化した気配を破るのがこわかったのだろうか。毎日二度は見舞う病室の会見で、妻は私の服装に関してむしろ神経質すぎるほど気を配っていたはずだった。ネクタイの色が背広の色と合わないと言いだせば、洋服箪笥のネクタイを全部もってこさせて彼女が選ばなければ承知しなかった。これがたまたま家の中の普段着であるから妻は看過していたのだろうか。それとも仄暗い病室にのみ生きつづけて、妻はもう季節の感覚を失ってしまっていたのだろうか。

「いけませんわよ。……そいじゃともかくお縫いしますから、先生、じっとそこに立ってなさい。」

小走りに肩を揺って居間に戻り、彼女は笑いながら針箱をもってくる。

彼女はしゃがむ時、まるで男の視線が滲透力をもつもののようにぴったりと股を合わせた。食卓の前に茶瓶をもってくるとき、障子を開閉するとき、着物のときも、スカートのときも、彼女はその小さな足の見えぬ巧みな身のこなしかたをした。街角に氾濫する露骨な看板や、雑誌や新聞の広告欄にも見られる若い娘の水着スタイルには反応せぬ私の感覚は、米山みきの慎ましい身のこなしには奇妙に震えた。そのときも立膝ついて袖口をつくろってくれる米山みきを見下しながら、ふと手を伸ばして触れたくなる衝動と快い闘いをした。少年のように全身硬直のかたちで棒立ちする私の恰好がおかしいと言って、米山みきはまた笑った。

「おやあ、あなたにも白髪があるね。」

女性に向って言うべきでないことを、ぼそりと言ってたちまち私は後悔した。

「いけません、おさわりになっては。」

米山みきが来てから、妻はしきりに里に帰りたがった。病みついてからは、いままでにもときおり、里帰りのことをもちだしたことがあった。だが、それが実現しえぬ夢想にすぎぬことがわかると口を噤んだものだ。しかし、今度は、最初から非現実の世界のこととして、諦めきった表情で何度も繰り返してそれを洩らすのだった。病んで身の自由を奪われた彼女の中には、夢想だけが独立してひたすらに成長しはじめたらしかった。生命力によってではなく、徐々に萎縮して行く肉体に培養され、肉の腐蝕の上に、黴のように幻影の花が咲く。年齢までが逆流して、静枝の夢はたわいもなく子供っぽい非現実の世界に迷いこむ。

正確な意味では、病んだ身を託すべき里は妻にはないはずだった。船員だった父に、そしてその母にも早く死別したゆえに、恩師のもとに身をよせたのだったから。また博士の逝去の後は、宮地家も遠い親戚の一員にすぎず、平凡な会社員となっている恩師の子息に、たとえその気があるにせよ、老いた従妹を養う余裕のあるはずもない。だが妻が激昂して口走る里帰りの場面では、彼女はいぜんとして恩師の愛姪であり、従兄も永遠に二十代の若者でありつづけているらしかった。大学院に通う子供をもつ母が、その子供の地点にまで退行するのは、不思議というより不気味だった。

「庭には黄楊の木と夾竹桃がございました。黄楊はずっと以前から植わっておりましたけれど、夾竹桃はわたしが植えましたんですよ。」

毎日二回、出勤前と退勤後、妻の病室を訪れるとき、調子をあわせるために、私自身もできるだけ現在を没却するように努力せねばならなかった。重い襖を開ける以前に、私は異次元の世界に踏みこむ準備をする。現実の世界のことどもにまったく触れないでおくのが、彼女への、おそらくは最後の思いやりかもしれぬと思いながら。

「夾竹桃もあったかね。」

「なにも注意してみていないから、あなたはご存知ありません。」

醜い皺の塊りとなってしまった妻は、私がある書物の印税で買った木製のベッドの上でいつも同じ姿勢で臥せている。清潔な寝台も部屋にこもる臭気のために黄ばんでみえて仕方がなかった。嗄れ声をだすまいとして気負い、かえって娼婦のような作り声になる。

「近ごろは夜にみる夢が先にわかるようになりました。昨夜は、昔、父の乗っていた商船へ、独りで会いに行ったときのことでした。全然忘れてしまっていたのに、寒々とした港の海や、大きな倉庫の並びや、狭い船長室の模様がみな色つきでできました。父がつれて行った酒場の、父の女の顔まではっきりと夢の中にでてきました。子供のころから、知りたくないことばかり知ってきたような気がします。今夜は多分、伯父の夢をみますでしょう。厳格な伯父の酒乱の有様をみることでしょう。たくさんの人々に尊敬される学者でありながら、妻子からだけは尊敬されなかった人の夢なんて楽しくありませんわね。」

「不健康な夢のようだな。」

「わたくしのお墓のことを相談したかったのです。」妻の発言にはもう前後の脈絡はなかった。

「少女の墓のような、小さな墓をたてて下さいましね。」

「そんなことを約束させてどうしようというのかね。わたしの性格をおまえはよく知ってるはずだろう。墓のために余計な金などわたしは使わない。」

「わたくしの貯金通帳が簞笥の小抽出しに入っておりますから。残りは茂に送ってやってください。」

「その話はこの前聞いた。……今夜は帰りがおそくなるかもしれないよ。」

講演の依頼のあったときには、私はそれが、警察官相手のものであっても、地方の防犯協会の主催であっても、ほとんど選択なしにひきうけていた。上昇しだした名声を支えるためにしいられる加速度的な労務だと冷笑する人もいたが、それは正木家の内情を知らぬ者のいいがかりに過ぎない。講演──それは私の唯一の気晴らしであり、私の自由な旅だったのだ。

「お帰りになるまで起きています。もしわたくしが眠っていたら起してくださいね。外にお泊りになるんじゃないんでしょう。」

「わからない。」

枕もとには手鏡が伏せて置かれてあるのが常だった。朱漆の色は幾分はげ、とくに柄の部分は手垢に黒ずんでみえる。私の前では、さすがに、鏡をとることもなかったが、日々の妻の絶望と向いあって、鏡の面も多分鉛色に濁っていたことだろう。

規典が訪れて鏡を破棄することを私に薦めたことがあった。そのときの規典の理論は青くさく感傷的なものだった。已れみずからとのみ対峙することが罪悪であるなどと誰が信じようか。何よりもそれは妻個人の問題である故に私は相手にしなかった。だが、そのとき初めて、出ていく私を目で送りもせず、鏡を振り返った妻の瞳は、近親相姦者のように不健康だった。

「若い医師を紹介しましょう。」と週に一度、規典と入れかわりに往診に来る井口医師は、そのたびに同じことを言った。責任を逃れようとする素振りでもなく、また自分の勧告を本気に実行しそうにもなく、一週間分の麻酔薬を私に手渡しながら言う。

街医者ではなく、専科大学の教授であり、大学病院では大勢の弟子をつれて臨床に廻る医学博士であったが、むかし、父典之進の恩顧を受け一時正木家の書生をしていたことがあって、週末に帰宅の途次、寄ってくれるのだった。私の方には井口博士が家の書生であったころの記憶はほとんどない。一度、虱をわかして母に叱られ、衣類全部を油罐でたかされていたことのあるのを覚えているが、書生も二、三人いれかわっていたから、他の者のときのことであるかもしれない。苦労性な人柄だが、いまは寄る年波に、その苦労の跡も漂白され、弟子たちにしたわれそうな温厚さを身につけていた。齢は私よりずっと上だが、かつて主人の子息として仕えた記憶のゆえか、ときおり、口調は敬語になり、また度を過してざっくばらんにもなった。しかし、昔の恩義をいつまでも忘れぬ古風な律義さは、私には遠く及ばぬ心の温かさだった。

「はじめて癌科学を専門にやりだしたころ、わたしどもの恩師は、自分が一日遊ぶことが日本の医学の一日の退歩をきたすと言ったことがあって、いまでも耳に残っておりますがね。そのときは、いや、いまも、多少は、なんと傲慢な言い草だろうと思いましたがね。しかし、体は頑強だったですよ。頑強そのものでした、その先生は。およそ疲れということを知らないんだな。それだから、あれだけの自信を持てたのかもしれませんな。また傲岸を恐れるようではしょせん一流にはなれませんな。」

医師は妻の容体については何も語らず、専門の異る気安さであれやこれやと内輪話をした。

「戦後、いかがですか、優秀な研究者は育っておりますか?」

「そうだな。ま、たしかに一時期ブランクがありましたな。しかし、人間の頭脳が戦前戦後で急にどうなるという訳のものでもないでしょう。奨学金制度が完備するとか、青年達の栄養状態がよくなるとか、もっぱら人材の問題も唯物的なもんでしょう。ときおり、どんなに恵まれた条件の下にあっても、また、優秀な素質をもちながら、何故か敗残の側にまわってしまう学生もおりますがね。私の考えでは、それは誰の責任でもなく、趨敗残性物質とでも名付くべきホルモン性の分泌物が、そういう人物には過剰なんではないかという気がしますね。はっは。」

「面白いお考えですな。」

「いや、それは冗談だが、いかめしい科学的名称で、実は科学のお手あげを蔽っているという例も多いんでしてね。アレルギー性体質なんてのがそうです。わからないんですよ、要するに。なぜ少量のペニシリン注射でその人間だけがころりと死ぬのか。何故あの人が癌になり、この人がならないのか。そういうわからないことは、体質という観念にほうりこんでしまう。」

応接室から廊下に出てもまだ機智をふりまきながら、彼は、その都度、絶対に薬品を患者にまかせないよう、一回ごとに、一回分だけしか飲ませないように、その時だけは厳しい口調に背になった徒歩で、彼はとことこと帰ってゆく。

その気になれば使えるのだろう自動車も呼ばず、寄り道した駅から十五分の道を、心持ち猫
「ま、近々、若い医者を紹介しましょう。それでは御大事に。」

戸口のほうに送りながら、つけたりのように私はきく。

「どうですか、あれは。」

もどって注意する。


これまで、公的世界と日常生活の双方にわたって、私がもっともしばしば感じてきた感情は、怒りとそれにまったく背反する憐愍だった。学問という陰湿な競争社会で、あるいはまた国家権力と自己の愚かしい欲望との衝突する地点で、教養と無智、尊大と卑屈、微笑と怒号と、その表れこそ違え、あまりの人間の愚劣さに一日として怒りなしですませたことはなかった。そして、家庭という日々の法廷で、一日として憐愍なしに夜を迎えたことはなかった。収入を私が得てくる以上、私は判事だった。私の収入に依存するかぎり妻は被告だった。彼女が誰のために縫うのか、彼女自身にはあまり似合いそうにない洋服をミシンで縫うとき、電灯の下で子供の手袋を一針一針毛糸で編んでゆくのをみるとき、そして病みついてからは、火鉢の鉄瓶からのぼる湯気と妻の弱々しい頸とを見較べるときすら、私は彼女からよりもむしろ、湧きおこってくる憐愍の情から目をそらせようとした。

毎日、定った時刻に顔をあわせていても、薄いヴェールの彼方に身代りを据えて、かつての面影を追慕しているようなものにすぎなかった。憐愍のとばりを通して、二、三の言葉を義務

的に吐く。彼女の側がもうけているヴェールの種類は知らない。しかし、たしかに彼女の側にもそれは張り繞らされていて、声は滲透するのを許された震動部分だけが伝わってくる。平静な、諦めた、夫の非行をも許す寛大な病妻の役割にふさわしく。

「奥様は近ごろ、一日中ひとりごとをなさってます。」

帰ってきた私に、米山みきがとりすがるように報告しても、病室を訪れたときの各自の役割を崩さないかぎり、正木家は平静だった。

怒りと憐愍以外にも人には感情がありうることを、私は米山みきから教わった。みずからに抑制が足らなかったことを悔むことはあっても、その恩恵のゆえに、本質的には米山みきとの交情を私は後悔はしなかった。また、その交情を妻との生活と較べて考量する気もおこらなかった。何故なら、たとえ同じ屋根の下にいても、それはまったく別な世界の出来ごとだったからだ。

「嫂さんが、病院へ移って手術を受けたいと言ってられますが。」

結局は失敗した、あの世界的な学会開催の一週間後、委員たちの私的な慰労会が料亭で催され、その夕刻、帰ってきたとき、玄関口に規典が立っていた。どうかしたか？　と尋ねる前に、私は弟の黒衣から、その日が規典が毎週おとずれる週末であることを思い出せず、妻が死んだのかと思った。私の顔色はおそらく急速に変化したことだったろう。

「医者をおかえになったそうですね。」

規典は目をそらせて、郵便受けから夕刊新聞を抜き出すと私に手渡した。

「また少々飲みすぎたとみえて、胸の動悸が苦しい。」と私は言った。

「近ごろやっと、何もかも教会にあずけて、神にすがろうという気持になっておられた。急にどうしたんですか。」

「ともかく家に入って話をきこう。」

弟は玄関に入ろうとする私を拒むように立ちはだかったままだった。

「人の無智につけこむ新興宗教とは違います。医者にはいままでもかかっていたのだし、また、よりよい医者と薬品を望むことは病人には自然な気持かもしれません。そういう気持からでたのなら、わたしもそれを喜びこそすれとめだてしたりはしません。しかし、急に医者をかえたり、そのうえ……。」

「医者をかえたのは、いままで診てもらっていた井口博士が強く推薦したからだ。井口博士の若い有能な弟子だということだ。それがどうかしたかね。」

「兄さんはそれだけしかご存知ないんですか。」

「知らぬ。」

「そうですか。」

「わしはざんげ聴聞僧ではないからな。」

「冗談を言ってるときではありません。」

勝手の扉が開き、米山みきが玄関へまわってきた。規典は諦めたように通路を開けた。

「どうするかね。帰るかね。」

「いや。もうしばらくお邪魔しましょう。」

規典は顔を伏せて私の前をすり抜けると、先に家にあがった。

「わたくしが、今日、奥様をおつれして病院へ行ってまいりました。勝手なことして申し訳ありません。でも、だって、奥さまが是非にとおっしゃるんですもの。」

小さな顔に感情を一ぱいに籠めている家政婦の姿は憐れだった。

「いや、いい。話はあとでゆっくりと聞こう。」

「奥様が病室でお待ちになってます。それから、わたくし、やはり、……いいえ、それより、もう一週間も続け様にお酒をおめしになってます。そんなことしていたら、お体が……。」

「有難う。」

指摘されて急にまわりだした酔いに足をもつらせながら、私は家にあがった。

病室へおもむくのは気が進まなかった。酔いを口実にして私はコーヒーを飲み水を飲んだ。米山みきが制止するのも聞かず、私は時間を長びかすためにだけ、風呂に入った。もし心臓麻痺に倒れたとしても、それもまた、それでいいではないか。——しかし、また妻との会見に完全にしらふでありたくもなかった。


「今日はいつもより元気そうじゃないか。頰にも赤味がさしている。」

病室に、永遠にたちこめる薄明の光のために、私は最初、妻の頰の赤味が頰紅の色であることに気づかなかった。近よって、そむけられた病的に赤い唇が粧われたものであることに気づいてから、頰の赤味も本来のものでないことを私は知った。久しく化粧しなかった唇に、紅はのびていなかった。熱に乾燥して小さく裂けている唇に、口紅はまだらだった。おそらく、口紅も頰紅も二年も三年も前のものだろう。枕に肘をついて起きあがり、静枝はにっと笑った。

その醜さにぞっとして、私の酔いは急速にさめていった。酔いのさめるにつれて、あの耐えがたい悪臭が私の鼻にまといつく。

「今日はどうだった?」病院の模様を聞こうとして私は言った。

「規典さんにお借りした本を読んでおりました。その中に、こんなことが書いてありました。」と唐突に静枝は言った。暗誦するような幼い口調で以て。「すべてのものが老衰してゆくわけではないが、すべてのものは必ず死滅する、って。どういうことなんでしょう。」

「何の本を借りたのかね。」

「告白という題の翻訳書です。今も人々に尊敬される聖者の信仰告白なんですのよ。」

深く考えてみる同情心は私の中にはなかった。共苦や受難や復活など、観念として面白いもののあることを認めないわけではないが、それら魅力ありげな観念群の大半は現実的ではない。厖大な従いがたい前提があって、そこから、神秘の糸をたぐって編み出される論理に、いくらかの魅力はあっても、それらはしょせん誤謬にすぎない。

廊下を滑り足で歩む規典の気配がした。

「お邪魔してよろしいですか?」と規典が言った。私は黙っていた。返事がどうであろうと、そう思えば躊躇なく割り込んでくる人物なのだ。続いて伏し目がちに米山みきが香をたいてもってきた。

「病院ではどうだった? 井口さんの紹介した若い医者はどう言ったかね。」

立ちあがって窓際に寄ろうとする私に、あびせかけるように、妻は、

「手術をすることに決めました。」と言った。

「医者の方からすすめる以上、成算はあるんでしょうが、重大なことなんだから。」神父は私のほうを振り返った。

「医者はどう言った?」

「わたしは聞いておりません。米山さんが詳しく聞いてくださいました。」

「どう言うことなんです?」香を枕下に据えると廊下に出て蹲ったまま頭をさげていた家政婦に規典は言った。

「お腰や胸のほうにまで廻っている癌組織はコバルトで照射してその成長を防ぐより仕方がないとおっしゃっておられました。でも、喉頭部を独立の治療対象としてみてくれるならば、いまからでも剔抉することはできるとのことです。今までは頸動脈をはじめ錯綜する神経や血管にメスが触れる恐れがあって、手術は大変危険なものでしたが、最近、アメリカで完成された処理法を日本でも行えるようになったのだそうです。いろいろと詳しく説明してくださったのですけれど、一時切断した血管を別の循環器にくっつけるのだということ以外、どういう風にするのかはよくわかりませんでした。」

おし殺した低い声で語る家政婦の声を、妻は満足げにうなずきながら聞いた。私はいらだっている神父の横顔を見ながら、「解剖」という言葉を思い浮べた。生き身の手術でありながら、何故となく、若い医師が実験台を欲しがっているような気がした。いや、何故となくではない。論理的に、個体の生命は助からないが、部分としての手術は成功させるというのは、まがいもなく実験的解剖である。問題は、妻が、血という言葉すら聞くのを嫌がった妻が、その危険な手術に乗り気になった理由にあった。しかし、それは考えたくないことだった。

「医者はやれと言う。本人はやるという。しかし、……。」規典はあの侮辱的な微笑をおしつけるように私の前へ近よった。

「わたくしは反対でございます。」

小さな、しかし、あたりの沈黙ゆえに、予言者の託宣のように聞える声で米山みきは言った。

「保険もあって半額ですむことだし、静枝がその気なら病院に入るのもいいと思う。」と私は言った。「精密検査をして、それから嫌なら帰って来ても遅くない。」私はたてつづけに煙草を吸わねばならなかった。

妻はいま、自分の呼気が発しつづける耐えがたい悪臭から免がれるために、みずから音声を失おうとしている。その二者択一は誰が考えても苛酷すぎるものだった。またかりに、手術が成功したとしても、すでに定った命数に変りはないだろう。いやあるいはもしかすると——。

「茂や典子には知らせないでくださいましね。余計な心配をさせたところで何もならないんだし。」

もう決定ずみのことのように静枝は言った。

「近く、私は国際会議があってスイスへ行くことになるだろうと思います。」神父はまったく無関係なことを言った。「気がかりですね、嫂さんのことは。」そして、妻が手術の失敗をみずから欲しているとでも言うように、「嫂さんの心は以前にもまして暗黒です。」と付け加えた。

ふいに外の景色を見たいと言い出して、もう帰宅を急ぐ月給取りの足並みもとだえた黄昏の中を、規典の肩を借りて私は妻を戸外につれだした。玄関を出るまでは両方から扶持したが、結局は誰かが抱きあげねばならなかった。樹々の紅葉や甍の色、そして路傍の水溜りにまで、静枝は一つ一つ指さしてその色彩を言った。濃紺の空、すでに没した夕陽のまだ残る七彩の反映、それらは文章の形容としては常套的で陳腐であるに違いない。だが静枝は、電柱の碍子にまでその色彩をつけて感歎した。まるで感傷的な幼女のように。あの杉の樹はなぜ蝦茶色なのかしら、あら、あの椿は貪欲そうね、と。その体は病いに軽やかになっているとはいえ、呼気を直接はきかけまいとして妻が不自然にのけぞる故に、抱きつづけるのは苦しかった。だが、規典は、静枝の指さす方でもない、彼方の丘陵にばかり目を注いでいて、私と代ろうとはしなかった。米山みきが肩掛をもち、数歩遅れてついてきた。人影はまばらであったとはいえ、疏水のほとりに出るまでには、不思議そうに振り返る何人かの人に会わねばならなかった。そして、まといつく一匹の野良犬にも。

河原の雑草に妻をおろすと、待ちかねたように、彼女は咳きこんでどろどろの痰を吐いた。しかし、それでも、彼女は外気を貴重な清涼剤のように大きく吸いつづけた。

「ときおり、こうしておつれしておあげになればよろしゅうございます。」

と米山みきが背後から言った。

規典は塵紙を出して、妻の吐いた痰の上に散らせると、

「少し寒いですな。」と独り言した。

妻は喰い入るように、水の流れを見た。川は何の変哲もなく流れている。ただ都心を流れる川よりは透明な、透明であるゆえにときおり黒水晶のように漣の光る川。この川堤には、五月には卯の花が一面に咲く。あまり人には知られないが、俳人たちは月夜にこの堤を翫賞すると

いう。静枝はそれを記憶していて、病んだ体の、そこだけはまだ崩れない記憶に残る卯の花の有様を語った。話の内容は美化されすぎていて、現実のものとも思えなかったが、人にはそれぞれ異った現実があるのかもしれない。

卯の花はなく、月も出てはいなかったが、疏水べりには片側だけ銀杏の樹が等間隔に植わっていて、黒い樹影だけではなく、その枯葉をも水面に落していた。夜のとばりに影は消えても落葉の音は消えなかった。銀杏が虫に喰い荒されるということは聞かないから、いまも行ってみれば、また違った風に違った葉を散らしているかもしれない。恥らいつつ散るというよりも、むしろ、誇らしげな揺落の様だった。もう形の定かでない落葉の流れを、妻は釣人が浮子をみいるように眺め、他人行儀に「御苦労さんでした。」と謝礼を言った。どうせ帰りも抱くか背負うかせねばならぬ以上、礼をいうのは早すぎた。だが、いま念頭から消えたばかりの彼女の病室、彼女の牢獄を強いて思い出させるのも憐れだった。自己の絶望と、みずからの悪臭いがいに何もない牢獄に誰が帰りたいと願うだろう。――そしていま、私にはわかるのだが、自分の部屋、自分の家に、理由はどうあれ、帰りたいとは思わないということこそは、戦争や厄災に腕を一本へし折られるよりもはなはだしい魂の不幸の形態にちがいない。妻がそのとき、米山みきを傍によび、何をささやいたのかは、米山みきの嗚咽の声ゆえに知ることはできなかったが、何をいったにせよ、みずからのその不幸を覆いえたはずはなかったのだ。

# 第八章

静枝が死んだとき、葬儀よりも通夜客の接待が私には苦痛だった。納棺が手間どり、喪礼の様式について親族がもめている間に、別に通知もしなかった多くの客が詰めよせた。もとの検察庁関係の検事や検事補諸氏や警察の部課長の諸氏も、有難くかつ迷惑な妻の死の弔問客だった。学校関係、友人関係、妻の知人や親族たち、わたしにとって初めてにひとしく、相手にとっても初対面である多くの黒衣の人々が訪れた。私にも妻にも関係なく、ただ宮地教授とのつながりから、面識のない政党人の弔花が贈られたりした。

〈長びいた死〉ゆえに、私の胸に喪失の感覚はなかった。死というものが人の心に呼び醒ます一般的な悲哀と、そして個人的な安堵感が――また何よりもあの吐息の悪臭と怨嗟からの解放が、私をどっと襲う疲労の中にまきこんでいた。

息子と会うのも二年ぶりだった。典代と規典、そして恩師宮地教授の令室と、葬儀に関するいつはてるともない口論をしているところへ、ボストンバッグを携えて息子は帰ってきた。茂を、その幼いころに可愛がった恩師の令室が、喪服の裾をもつらせながら立って行った。全部の襖をはずして、階下は表から裏庭が筒抜けになっていた。何かの劇の開幕のように、通夜客の顔がいっせいに息子のほうに向った。茂はしばらくの間、自分の家の壁を、なにか疎遠な目付きで見廻していたが、義理ながら親しい祖母の姿を認めると、嬰児のような微笑を浮べて近よった。

「とうとう。」と妻の養母が絶句した。

「そうですか。」老成した声で茂は頭を屈した。

普通、通夜というのは、家族の一人が他界したその日の夜に行われるものであろう。だが、説明しがたい奇妙な理由から、それは一日のばされていた。しかも、明日の葬儀の準備は、この家のどこにも用意されていなかった。つぎつぎと連絡の網が広がって訪れる弔問客の不思議そうな顔に、私は説明する気力も尽きていた。

茂もまた、いまは広間のようになった階下のあちこちに手火鉢を囲んで低声に話しこんでいる通夜の客を見廻したまま、ぼんやりたたずんでいた。どこにも祭壇がなく、遺骸がなかったのだ。

「疲れたでしょ、長い乗物で。」

茶をさし出しながら典代が言った。

「電報のお知らせ有難うございました。」

「急なことだったから、誰も死に目に会えなくて。偶然、規典の叔父さんがおそばについていただけだったの。」

「急なこと?」

背後から、恩師の令室が、白髪を揺すりながら、凭れかかるように茂の肩を抱いた。

そのころ、一時は家に入りきれないくらいだった弔問客は、愁傷の挨拶にとまどいながら、一人二人と去りはじめていた。

「お母さんは?」

と茂がはじめて、いまはない母の名を呼んだ。

「教会に安置してあります。」

冷然と、去りゆく客に応対していた規典が言った。恩師の令室は、茂の肩を抱いたまま黙って涙を流した。

「お母さんのなきがらは?」

私のほうを直視して茂は言った。

「典子ももうすぐ来るだろう。待っていたほうがいい。」と私は言った。


静枝は結局、ベッドを病院に移す以前に死んだ。その日、つまりは通夜の二日前、井ロ博士から依頼してあった特別病室に空きができたむね通知があって、私は、午後の講義を早めに終らせると、大学付属病院へ執刀する井ロ博士の弟子、榊助教授に会いに行った。妻の病状については、事あらためて説明を聞くまでもなかったが、事前に病室をみ、直接の執刀者に会っておきたかったからだ。私のその無意味な衝動のうらには、いったん家を出た妻はふたたびは元の姿では帰ってこないだろうという強い予感があった。広い芝生の見晴らせる井ロ博士の研究室で、直接妻の診断には関係せぬ新しい輸入器具の説明など聞きながら、私は博士の推奨してやまぬ新進の外科医としばらくよもやま話をした。人柄は、神経質そうな、人と視線のあうのを嫌う、私とはとうてい馬のあいそうにない人物だった。だが、予想に反した小男の、鋭い風丰は、かえって彼が身につけている一種悪魔的な技術の卓抜さを感じさせた。

その時、看護婦があらわれて、事務室に大学から電話があり、もしおればすぐ自宅か大学の法学部事務室に電話するようにと連絡があった。出しなに助手に行き先を告げておいたから病院のほうへも電話をしてみたのだろう。私の身辺に、連絡に急を要する事態はただ一つしかなかった。私は匆々に辞して、どこにも電話もせず、自宅へタクシーを飛ばした。そして帰りついたとき、妻はもうこの世の人ではなかった。

最初、末弟規典の顔を家の中に見たとき、狼狽した米山みきが教会へも電話したのだろうと私は思った。だが、病室に入って、すでに顔に被せられた白布を持ちあげようとしたとき、規典は、のばした私の手をおさえた。枕もとに蠟燭がともり、組み合わされた死者の胸に十字架が銀色に光っていた。

「ご臨終は午後の三時半でした。書きとることはできませんでしたが、ご遺言がありましたからお伝えしておきます。」

振り返った私の目に、規典の高いカラーの純白が、あたかも死者の側の権威を象徴するように見えた。

「息をひきとるときに、そばにいてくれたのかね。」

「ええ、偶然。今日は土曜日ですから。」

「遺言というのは?」

「こまごましたことは、何かのノートに書いてあるということです。法的には効力はもたないでしょうができるだけ従ってあげてください。それから、葬儀はわたしの教会で行います。」

「口頭の遺言というのはその葬儀のことかね。」

「そうです。」

「しかし、妻はまだ洗礼を受けていなかったはずだ。」

悲哀ではなく、腹立たしさが私の胸をしめつけた。何にむけてよいのかわからぬ腹立たしさだった。週に一度は会っておりながら、久しく真向から見交したことのない弟の目を私は見た。目標の定まらぬ怒りは、死者から弟へ、私の視線の動きにつれて動揺した。米山みきの現われるのがいましばらく遅ければ、私は発作的に、――発作的に何をしただろうかは、現には起らなかったことを人は明言はできないが、すくなくとも私は自暴自棄な発作に自分を忘れていたことだったろう。米山みきは、簡単なお握りだけれども、食事の仕度が整っていると伝えた。食事？ いったい、何故いま私は飯をくわねばならないのか。どうした経験が、米山みきに、米山みきの悼みの表情が真摯なものであっただけに、一層その申し出では奇妙に感じられた。そうした智慧をあたえたのか。たしかに私は腹をすかせていたのだが、とり乱した私はそれを感じなかった。たしかに、どんな悲嘆、どんな大思想の湧出、どんな戦いの場にも、人は食事をし排泄をせねばならぬ。泣きながらでも、怒りながらでも、その泣くことや怒ることのために人は飯を食わねばならぬとは……。

「死を弔う儀式がまったく無意味だなどとは、わたしも思ってはいない。私自身の場合ならば、火葬に付した残り灰を、そこらの道傍にでも棄て去ってくれれば充分だとは思っている。しかし、妻の場合は彼女の方の親戚もあることだし、その流儀に従おうと思っている。儀式は死者のためではなく、生者のためにあるのだろうから。人々の気のすむようにされていい。ただ、私は無駄な摩擦までおこして突飛なことはしたくないのだ。」

にぎりめしを茶でかきこむとふたたび、私はベッドに横たわる死者の枕もとに立った。いつ取りはらわれたのか、見なれた絨毯はなく、ベッドの影は青い畳の上に落ちていた。

「洗礼もうけていなかった者の葬儀を、どうして教会でしたがるのか。」

「嫂さんは洗礼を受けられました。」

「なに?」

「死の直前に悔悛し入信を希望されました。慣例によって、略式ながら私が司祭の資格をもって、また代父として聖水を授けました。」

「本当か、それは。」

「悪魔とその仕業、その栄華を棄て、公教の真理に服されることを死の床で誓われた以上、嫂さんはクリスト者であり、クリスト者としての弔いをせねばなりませぬ。父と御子と聖霊の御名によって洗われましたうえは、私罪には私審を、原罪には死後の公審を受けられるでありましょう。夫といえども、それを阻むことはなりませぬ。」

「お前が来たときにはもう妻は、……意識がなかったのじゃないかね。」

「死に臨んだ未信者に洗礼を授けるときに、教えられねばならぬことが三箇条あります。霊魂の不滅と死後の審判、そして十字架につけられて罪を贖いたもう最も重要な天主のペルソナ。そして己れの生涯の罪を心より悔悟することです。罪の許しをうるかどうかは、なにびとにも……。」

「そんなことを聞いているのではない。」

「しかし、たとえ完全な告白がなしえなくとも、」規典は私の感情を無視して言い張った。「終油によって、病人は、その目、耳、鼻、口、手、足に十字架を印され、クリスト者として、その霊魂は天国への道に旅立ちました。葬儀は当教会が行う義務があります。遺骸は教会に運び、明後日、私の教会において一切をとり行うことをご親戚一同にご通知願います。」

「ことわる。」と私は言った。

それが死の寸前に行われたことの証明でもあるかのように、枕もとに据えられてあった一杯の聖水皿を両方の手で温めるように持って、規典は私の目を見返していた。早くも死臭を発しはじめた遺骸の、組み合わされた手とその十字の鎖が、空しく輝く遺品の鏡に映っていた。

「それでは困ります。それでは嫂さんが。」

「妻はもう死んでいる。」と私は言った。

妻の死が動かしがたい事実であることを、私は、そのときはじめて悟った。

「それでは、兄さんはどうなさりたいのです。どうされようというんです。兄さんは別に仏教徒でもない。一般の習慣に従うまでだとおっしゃるけれども、それは故人の意志ではない。」

「妻は私が弔う。余計な口出しはしないでもらいたい。」

理由のないいらだちがふたたび怒りの念に変った。

「今日はこのままひきとってくれ。お前は隠そうとするが、妻が、お前の信仰からはとうてい許されない自殺であることもわかっている。幸せな光の射すことの少い夫婦だったが、二十何年間、一つの家に住まってきた。彼女の悲しみは私が受け継いでいってよい。葬儀のことは、それが本当に故人の遺言なら、別にクリスト教の流儀でもかまわない。この家の中でやってもらえるなら、鈴の代りに讃美歌があってもかまわない。人の魂を鎮めようとする歌なのだろう、それがどこの国の歌であってもわたしはかまわない。」

「カソリックでは、それはしかし。」

「どんな僻地で死んでも遺骸は教会まで搬ぶのかね。例外も当然あるわけだろう。葬儀の世話をしてやろうと言ってくれるのは嬉しい。誰かに頼まねば、わたしひとりでは出来ないことだし、お前がやってくれるというのなら願ってもないことだ。だが、今日のところはひきとってくれ。」

「しばらくあちらの部屋へまいりましょうか。」

私が昂奮しだすと、逆に規典のほうが冷静になった。夏に焼けただれたままいまだに回復しない、窓の外の椿の無気力な花を私はぼんやりと眺めた。気分が花で落着くというわけでもなかったが、いま、人の目を、人の表情を見たくはなかった。風がかすかに電線に鳴り、窓枠がそれに呼応する。葉の散る樹々はもうその葉をおとしつくして、庭には新鮮な落葉の音もなかった。ふと振り返ると、米山みきが閾の所に立っていて、その頬に、蠟のしずくのように涙がしたたっていた。

夜はひとしお空虚だった。生きていた頃にすら、夜に妻の部屋から特別物音がしたわけではなかったが、いまは深い静謐が階下からじりじりとせりあがってくるように思われた。ガスストーブの噴出音、卓子に向って死亡通知の宛名を書く米山みきのひそめられた息遣いだけが、この家に動く生きた物音だった。とまっていた置時計のねじをまいていたとき、階下に電話の音がした。

「いや、わたしが出よう。」米山みきを制して私は立ちあがった。

「でも、ちょうど、お湯さしも持ってこねばなりませんし。」

「いやいい。それもわたしが持ってこよう。」

暗い階段をおりながら、この階段に電気さえつければこんな手探りなどせずとすむのだがと私は無意味に呟いた。

電話は海草問屋の主婦、妹の典代からだった。

「何時でしたの?」と声はせきこんで言った。

「今日の三時ごろだということだ。わたしは間にあわなかった。」

「規典が来ておりますんですよ。わたしすぐうかがいます。」

「いや待ちなさい。明日の朝きてくれ。」

「どうしてなの、兄さん。」

「今夜はわしひとりで焼香してやりたいと思っている。いろいろ手を借りねばならないから、明日は朝早くきてくれ。今夜はもう電車もないだろうし、しいて来てくれなくていいんだ。」

「でも、なんかおかしいですわよ、自動車を呼べばすぐなんだから。」

「本当にいいんだ。いま来てくれても戸は開けないかもしれない。」

「突飛なことを言いだして、こういうときには人の好意はまともに受けるものよ。相手がわたしだからいいけれど、いつかきっと困るわよ。」

「明日はしかしよろしく頼む。人もくるだろうし、応対もしてもらわにゃならん。大体気のつくところは皆連絡の電報は打ったが、少し遠い親類は住所を知らないから、お前が通知すべきだと思うところは連絡しておいてくれていい。しかし、あんまり派手なことはせんようにな。」

「瀬戸内海の仲兄さんのところは知らせた?」

「いいや、あとで死亡通知は出しておく。」

私の二番目の弟、正木典輔は伝染病学を専攻し、戦時中、応召してニューギニアにおり、軍医大佐だった。戦後は元の京都の府立医大には復職せず、瀬戸内海の小島で癩患者相手に独身生活を送っていた。もともと極端に厭人癖の強い性格だったが、離れ小島の癩研究所に閉じこもって以来、どの兄弟とも文通すらしていなかった。おそらくみずからの経歴も感情も、自分一人の中に埋めてはてるつもりなのだろう。

「そうね。知らせるだけ無駄かもしれないわね。」

「返事もこないだろう。」

「でも葬式のことは結局どうなさるの。規典がぷんぷん怒ってますよ。漢方医の頑固親父に似てきたって。クリスト教のお葬式って一体どうするのかしりませんけれど、そばにいるものをわざわざ追い出さなくったっていいでしょ。いっそのこと規典にまかせたら。」

「そのことも今夜、考えておく。」

「でもお嫂さんは可哀そうな人でしたわね。いいめを一つもみずじまいで。」

死者のことに話がおもむくと、昂奮し易い電話の声は癇高く断続した。かつて、人の不幸や些細な悪行を傍観してすら、すぐわがことのように頬に朱を散らした彼女の、それは変らぬ声だった。——典代は天性の美声に恵まれていて、子供のころからませた小唄などを歌っては父の不興を買っていた。涙声に変ってゆく受話器を、貴重な青春の記念のように握りしめながら、私はいわれもない遠い昔の平和な生活を思った。一度、母の財布から私が小遣銭をかすめとったとき、彼女は、私の閉じこめられた蔵の格子戸の前に坐り込んでしくしく泣きつづけ、私が許されるまで彼女も食事をとらなかったことがある。弱々しく、そして強靭な、らんらんと光るその瞳を輝かせ、父の目を真向から見返していた彼女の幼い姿。あれもまた、過ぎ去った総てのことどもと共に過ぎ去って帰ってこない。

「来てくれるというものを、別に拒むつもりじゃない。しかし、本当に明日でいいんだよ。」

「そうします、それじゃ。兄さんの気持もわからないわけじゃないんだけれど。規典が傍にいるんですよ。代りましょうか。」

「いいや。」

そっと階段を踏む人の気配がした。それに気づいたとき、しかし、足音はおりるのではなく、上へ遠のいて行った。

「気持が変れば、電話するかも知れぬ。だが明日と言っても、もう数時間のことだ。わしは世事にはうといし、お前の世話にならにゃならんから、今夜のところは、ぐっすり眠っておいてくれ。」

「眠れますかどうか。」

「じゃ、切るよ。」

いつまでも向うからは切れない受話器の、幽かな息遣いのように響く電波音を聞きながら、私のほうから受話器をおろした。

妻の病室、いや〈死室〉には朧ろげな月明りがあった。名残りの靡爛臭と死臭は、敬虔な感情よりも、やはり嫌悪の情をそそった。小机の上の電気スタンドをともして、私はあらためて部屋の明暗を見廻した。

なんじ心を尽くし、霊を尽くし、意を尽くして主たるなんじの天主を愛すべし、是れ最大の掟なり。第二の掟もまた是れに似たり。なんじの近き者を己れの如く愛すべし。

誓文でも遺書でもなく、幼いクリストを抱いたマリアの像のあるカレンダーの飾り文句を読みながら、私は書きおきはないかと周囲を見廻した。冠光を頭上に戴いた俗悪なカレンダーの絵が私のほうを見ていた。枕の下にノートらしいものを探り当てたとき、組みあわされていた死者の手の祈禱のかたちが崩れた。左手の手首のところに弟が苦心して十字架で隠した傷痕がある。その傷あとの癒え具合は、その傷が近い過去のものではないことを示していた。以前にも、彼女は自分の勇気を一振りの剃刀で試みたことがあるのかもしれぬ。初めてみる有刃凶器傷だが、肉体がすでに腐化し始めていては、それも無意味な一つのしみにすぎなかった。一種本能的な不愉快さを味わいながら、私はその手首をもとどおり組みあわすのに腐心した。

夜陰に音高くひびく自動車の警笛が鳴り、玄関の石段を踏む靴音がし、それに応じて米山みきが階段を駆けおりる音がした。望ましい静寂はどうしても私のものにはならないらしかった。

静枝の臨終に立ち会った駅前の開業医が、制服の警察官と検屍医、そして主治医であった井口博士を伴って米山みきに案内されてきた。白塗りの警察車で故意に近隣の好奇心をあおりながら。御迷惑はわかっておりますが死亡診断書を偽るわけにはまいりませんのでと、顔見知りの開業医は弁解した。

「すぐ解剖しますから、検屍所まで運んでください。」と検屍官は言った。

「死因は麻酔剤の致死量服用だが、解剖までする必要はないでしょう。薬品が何であったのかもわかっているんだから。」死者の口腔に鼻をよせている検屍官に井口博士が言った。

「二、三、質問に答えていただきたいんですが。」

頬骨の張った顔を手帳に伏せたまま、制服の警官が私に言った。

「この変死人は、正木静枝さんに相違ありませんね。」

「そんなことを君。」

井口博士は火のついていない葉巻の尻を小刻みに噛んでいた。周囲に効果はなくとも、彼自身だけは死臭から免がれていられるのだろう。私自身も仁丹を含んでいた。

「ご関係は?」と常套句を警官は言った。

「正木典膳、この変死人の夫です。」耳ざわりな言葉を故意に私は用いた。

「発見されましたのは?」

「わたくしでございます。」米山みきが進みでた。

「女中さんですか?」

「米山みきと申します。毎日の日課どおり市場から帰りましてお体を拭いてさしあげようと思って、タオルと洗面器を持って入りますと、枕もとに白い液を一ぱいに吐いて苦しんでおられました。それですぐ、お医者さまにお電話しました。一刻も早いほうがいいと思って、駅前の岸先生に来ていただきました。」

「洗滌器を持って駆けつけましたんですがね。長いあいだの闘病の御生活らしく心臓がひどく弱っておられた。発見が遅かったことと、何も食べずに睡眠剤を多量に飲んでおられたことから助かりませんでした。私とそれから司祭さんが息をひきとる場に居合わせました。死因は中枢神経麻痺にともなう心臓麻痺と診断されます。ただ……。」

「その、司祭さんというのは。」

「私の弟です。葬儀の準備のために、いまはおりません。」

「間違いございませんね。」

「ない。」

「ちょっとお尋ねしたいことがあるんですが、どこの教会の司祭さんですか。」

「中央教区××教会、明日ならば多分ここに来ているだろう。」

「それでは死体を運びますから、ちょっと君、運転台にいる川口君を呼んでくれないか。担架をたのむ。」

「やっぱり解剖されますか。」主治医が不機嫌に言った。有難い思いやりなのだが、もうそんなに好意を寄せてくれなくていいと私は思った。

「規則ですから。」

米山みきが声を殺して啜り泣いた。

「いや大丈夫です。切開した部分はもとどおり縫合して引きとっていただきますから。今夜さっそく、執刀することにしましょう。どなたか一緒に来て立ち合っていただけると好都合なんだが、……それからちょっと電話をお借りします。」

最初泣いているのかと思った米山みきが、不意に常軌を逸した嗄れ声で笑いはじめた。居あわせた者の皆が、ぎょっとして振り向いた。淡い電光の下にも、彼女の瞳孔が異常に開いているのがわかった。顔の輪郭が崩れ、目や鼻が全部ばらばらに分裂してみえた。緊張しすぎているのか、まったく弛緩しているのか、顔の筋肉が解剖台の上の蛙のふとものように痙攣する。医師は気弱に、見てはならぬものを見たように顔をそむけ、検屍医と警官は互いの顔を見較べた。担架が運びこまれ、遺骸がそれに揺られてこの家を出たとき、私は米山みきを応接室に押し込んだ。二人きりになると、彼女のヒステリー症状は一層たかまり、肺腑をつきさすような黄色い声であらぬことを口走った。日ごろにはほとんど匂わない、濃厚な女の体臭をふり撒きながら。

「静かにしたまえ。」と私は命令した。

「いいわよ。いいわよ。なにもかもつぶれてしまったらいい。この家の中に、くさあいくさあい奥さんの臭いが一ぱいになるといい。近所まで臭っていくといい。」

「子供みたいに何を言ってるんだ。」声を励まして叱りつけながら、私は歯の根がかちかち音をたてるような恐怖に襲われた。日ごろの慎ましさ、ひかえめな物腰、それが巌に打ちくだける波のように急激に崩れたその変化が恐怖を煽るのだった。親しい者の後姿を見て肩を打ち、そして振り返った顔に蛆の塊りを見るような墜落の感覚だった。

「ずるい、ずるいあなたの顔に血が一ぱいついている。先生の顔が血だらけなのに先生は知らない。人がみな笑ってる。近所の人がみな、後指さして嗤ってる。」

私は激昂して米山みきの頬を打った。空しい音がし鈍い手応えがあって、米山みきは安楽椅子の上に転がった。

「わたしも一緒に解剖をみにゆきます。」なおも狂ったように彼女は喋りまくった。「見たいんです。見てくるの。皮がずるずるめくれて人の血の流れるのを。胃袋がざっくりと裂けて開くのを。奥さまの体にどんな毒がまわっているか、わたしは見にゆくんです。」

　応接に窮した通夜に較べて、規典の教会で行われた葬儀は寒々しいほど簡素だった。教会の門前で散会して、身うちの者だけが、様式が違って結着のつかない感情を家の奥の間にまで持ちこんで、互いの顔を見合わせたとき、米山みきは風呂敷包みを持って末席についた。

「米山さんもいっしょにお茶を飲まれるといい。」鷹揚に典代が言った。何を着ても似合う女性というものがあり、典代や典子がかえって借り衣裳でも着ているように見えるのに、米山みきの喪服は、それを脱ぐのが惜しまれるほど似合っていた。

「いちばん気苦労の多かったのは、米山さんでしょ。二、三日お暇をおあげなさいよ、兄さん。その間はわたしが代りに来ていてあげるから。」

　中年女特有の敏感さで、米山みきが単に家政婦であるだけでないことを見抜いていて、前後のことを相談しようというつもりだったろう。有難い申しいでだったが、米山みきの表情には、妹よりも敏感な悲哀の翳がかすめた。

　温かみに乏しい掘炬燵を中心に、用事で教会に残った規典を除く肉親が集った。私の横に茂と典子が、その前には典代と山陰から講義を休んでかけつけた典次が座を占めている。自然米山みきは、その環からはずされて座蒲団も敷かず閾のふちに畏った。一人の生命の火が消え、その肉が灰と化す。そのあとの空虚を埋めるのは、家族の感情、血のつながる者の悼亡（とうぼう）の念であって、新しい存在であってはならぬとでもいうような雰囲気だった。人の心の動きは、奇妙にエゴイスティックなものなのだ。

「米山さんは、学校の事務室にいたころよりだいぶ痩せたようだね。」と典次が言った。

「先生はいつ山陰へお帰りになります?」

「茂、お前はどうするね?」

「僕は明日かえる。」と茂は酒臭い息を吐いた。

「たまにはお家で、のんびりなすったらようございましょう。」と米山みきが言った。

「そうよ。」と典代があとを受けた。「大学院なんて少々休んだってどうということはないんでしょ。お母さんの悲しみなんだから、しばらく喪に服したいと主任の先生にことわっとくといい。」

「昔の官僚は二、三年仕事から遠のいていてもどうということはなかっただろうけれど、化学の実験は休むわけにいかないんですよ。そんなことをしていたら、友人に追い抜かれてしまう。」

「それでも、北海道は寒うございましょう。」と米山みきは風呂敷包みをほどいた。

「これ、お坊っちゃまにと思って編んでおきました。うまく合うかどうかわかりませんけれど。」

いつの間に作ったのだろう、それは紺色の毛の手袋だった。茂ではなく、典代が不思議なものを見るように、受け取って裏返したりひきのばしてみたりした。

「いいんですよ。僕はあるから。」

茂は座を蹴るようにして手洗いに立った。

「お父さんね。主人が不自由がるものだから、わたしも明日帰りたいんですけれど。」

「病気じゃ、それも仕方ないだろう。」と私は呟いた。

「わたしに講義のあるのは仕方がないが、茂や典子は久しぶりに家でゆっくりすりゃいいじゃないか。」すっかり田舎学者らしく貧相な風采になってしまっている典次が言った。意識してか、あるいは無意識にか、静枝への回顧は誰も口にしなかった。肉体の死よりも先に、もっとも親しい肉親の胸にすら、そのイメージはすでに死んでいたのだったろうか。

掘炬燵の上の掛蒲団の上に、まるで不潔なもののように誰にも触れられず置かれた手袋を見ながら、米山みきが、奥様の四十九日がすめば、私もまたお暇をいただきますと小声で言った。言い終ると直ぐ、畳に指をつき、深々と頭を下げてしまったゆえに、その表情は見えなかった。しかし、古い習慣にすぎぬにせよ、四十九日間の喪を心から哭そうとする者は、米山みきだけだったかも知れない。

## 第九章

スキャンダルの起る以前、迂闊にひきうけてしまっていた法律学入門講座の原稿に、むりやりに自分をしばりつけようとしているとき、典子が裁判所から送付された米山みき側の訴状の写しと、出廷日の通知書をもってきた。他には投書らしい見知らぬ人からの郵便二通、そして学術会議事務局からの選挙候補者一覧表があった。第二回の学術会議委員選挙のときいらい、私は人文科学系法学部門の全国区委員だったが、身辺の雑事にとりまぎれて、私自身、今回の継続立候補の挨拶状すらまだ印刷していなかった。私の心は一瞬、意識のエアーポケットにおちこむように暗くなった。ああ、なさねばならぬことは山ほどあるのだ。こんな訴訟に時間をさいていてどうなるというのか。書きかけの原稿の筆も折り――しかし、私の視線は、米山みき側の損害賠償請求訴状のほうにひきつけられた。一つ一つ片づけてゆかねばならぬ仕事の系列の中で、私の学問、私の将来にとって一番どうでもいい書類のほうへ。うすい和紙の罫紙に、形式どおり、訴状はそっけなくしるされていた。米山みきの新住所は、もう典代をわずらわせて尋ねる必要もなかった。

訴状

住所　東京都杉並区――町一九八六番地
共栄アパート十六号室
原告　米山みき

住所　東京都杉並区――町一三〇六番地
右訴訟代理人　弁護士　並川俊雄

住所　東京都武蔵野市吉祥寺――番地
被告　正木典膳

婚約不履行および共同生活不当破棄による損害賠償請求の訴

請求の趣旨

被告は原告に対し、金六十五万円の支払いをなすことを要求する。かつ訴訟費用は被告の負担とすることとの判決を求める。

請求の原因

一、原告は被告の亡妻、正木静枝の一周忌の法事ののち、婚姻関係に入るとの約束のもとに、昭和二十×年×月×日より内縁関係に入った。原告と被告との同居は、昭和二十×年×月×日より、原告が被告宅の家政婦として住み込んだことよりはじまるものであるが、爾来、実質的には完全なる共同生活がいとなまれたものである。

二、しかるに、以上の約束をはたさぬのみか、昭和三十×年×月×日、原告との話あいなしに被告は栗谷清子との婚約を発表し、一方、原告に近親の身寄りなきことを知りながら、何らの補償なく内縁関係の破棄を申し入れた。

三、昭和三十×年×月×日、原告により家庭裁判所に調停申し立てがなされ、六回にわたる調停がなされたが、終始、被告には誠意なく、被告の一方的拒絶により、調停は不成立に終った。

四、原告のその間における精神的苦痛を慰藉するため、慰藉料六十五万円、および原告の今後の生活を保証する金銭の支払いを要求してこの訴訟を提起する次第である。なお、その共同生活の実状よりみて、財産分与規定の適用をも強く望むものである。

証拠方法

一、甲第一号証書

二、甲第二号証書、被告の昭和三十×年×月×日付け、通知状により、第二の事実を立証する。
三、甲第三号証書、家庭裁判所、調査書および調停記録により第三の事実を立証する。
四、その他、必要に応じて証書および証人をもって立証する。

添附書類

一、――　四通
二、訴訟委任状　一通

昭和三十×年×月×日

右原告訴訟代理人　弁護士　並川俊雄　印

東京地方裁判所御中

私の側からの名誉毀損訴状の写しも、被告法廷代理人並川俊雄のもとに、遠からずとどけられるはずであった。

私は訴訟原因の第一項目に、すでにある誤りないしは虚偽についてしばらく考え、つぎに放心し、そして怒りにとらわれた。この訴状はバカげていると私は思った。私は、原告に精神的損害賠償をなさねばならぬ何事をもしてはいなかった。万人にそなわる人格権、つまりは米山みきの身体、自由、名誉のどれをも傷つけてはいなかった。「未だ権利を侵害したるに非ざれば賠償の責任を生ずることなし」である。なるほど、人間が他者にかかわっては生きえない独立的存在であり、それぞれに異った志向をもって、しかも、各個人の上位に存する共同体の諸目的にそって生きてゆかねばならない以上、なにほどかの不愉快や思惑違いや、感情的な行きちがいは避けえないであろう。だが、日常の中での、そうした無形の、心理的齟齬は法の対象ではない。私には他者の権利をきずつける意図はなく、家政婦としての米山みきに対する義務をおこたったこともなかったのだ。むしろ、名誉と人格を傷つけられ、しかも、それが具体的損害となって不利益にさらされつつあるのは、この私のほうなのだ。

最後に私は、この訴訟の法廷代理人並川俊雄の名をみずからの目にやきつけておいて、封筒もろともに訴状を塵籠にすてた。どうせまたひろいだして皺をのばさねばならないのだが、怒りを投げつけるべき相手が眼前にいない以上、書類を破棄する動作によってでも感情の均衡をとるしか方法はない。

並川がどういう関係から米山みきを知り、あるいは、どういう手蔓から、米山みきが並川法律事務所の門をたたくことになったのかはわからなかった。しかし、消し去りえずして確かな客観的事実があった。それは、並川俊雄もまた、宮地経世博士の門下生であり、私の後輩であり、そして、かつて雑誌「国家」の編集メンバーの一員であったという事実である。

私は並川とはあまり親しくはなかった。富田副手の年代までは、先進、後生の相違はありながらも、ともかくともに机を並べたことがある。だが、並川は、学年がそれよりも下で、学歴上の世代が一世代異っている。かといって、私の講義を聴講するほど下でもなかった。彼が商科大学助教授荒川久とともに、理由なくして検挙され、二ヵ月後、未決拘置所から出所して方向を見失っていた一時期、一度、宮地研究室にもちこまれた就職口を斡旋するために、殺伐な彼の下宿をおとずれたことがある。親しく彼と話を交したのはその時と、そして次は、ずっと後年、太平洋戦争の初期に、彼が応召し出征するのを、駅頭に見送ったことがあるだけだった。

彼の下宿は、たしか、この国の戦死者の霊をまつる別格官幣大社の森蔭の、昔は、休憩茶屋ででもあったらしい、ひっそりした平家建てだった。店先にはなお乏しい駄菓子類が並べられ、ラムネを冷す水槽の水が、人気もなく音をたてていた。たしか、私をそこまで案内してくれた、他学科の大学院学生がつれだっていたはずだが、その人物の顔も名も記憶にはない。近くに、国粋主義団体の事務局があり、砂礫をしきつめた境内のひとすみで、柔道着すがたの青年たちが拳法の訓練をしていた。

案内を乞うても容易には人は現われなかった。人の気配はありながら、応答のないのにいらだって炊事場のほうにまわると、古いのれん越しに、嬰児を背負った駄菓子屋の内儀が疑い深そうな目で刺すように私たちを見ていた。

「大学からまいりました。」

声に応ずるように、廊下を軋ませて並川俊雄があらわれ、寒そうに背をこごめた姿勢で私を自室へ案内した。つれだってきた学生は遠慮して、勝手知った足どりで、廊下の途中から庭のほうへとおり立った。一種、すえたような体臭を漂わせながら、嬰児を背負った内儀は、火うけ皿に炭火を運んできた。並川は二カ月間の拘置所生活が、その皮膚の生気のすべてを吸いとってしまったような土気色の顔をして、万年床を二つ折りにしてその上にあぐらをかいた。

「あんなことで投獄されるとは思わなかったですね。」

就職斡旋を喜びもせず、彼はやがて万年床に片肘をついて寝そべり、私を見上げたものだった。雑誌「国家」の、最初の、理由なき犠牲者であるゆえに、彼の精神的な頽廃が、宮地教授にも私にも、みずからの良心の痛みのように気懸りだったのである。学問よりも、なによりも、まず生活を建てなおさせてやることが急務だった。相変らず、文科系卒業生の就職難時代がつづくなかで、法律事務所の下働きは、満足とはいえぬまでも、喜ばれてしかるべき就職口のひとつであるはずだった。

「本当に、われわれにも訳がわからなかった。いまもわかってはいない。しかし。」

私は後輩に対して、その対し方を知らぬ人間だった。気負い立ち、目上の者を鍛錬台にえらんで、それをのり越えることばかり考えていた私にとって、後輩とは、実は並川に限らず、あまり意味をもたない存在だった。数年の年齢の開きにすぎなかったのだが、彼が何を考えているのかも私にはわからなかったのだ。

「僕がとつぜん検束されたこと自体を、気の毒がってくださらなくったっていいんですよ。あれ以来、業績もあげずに、万年大学院生になってますけれどもね。」

「あるいは不満かも知れないけれども、いちおう実地に法律の仕事にたずさわってみるのもいいんじゃないかね。宮地教授もそれを薦めておられる。立石法律事務所なら数年辛抱をすれば……。」

下宿の内儀は、私たちの話とは関係なく、燃えうつらない火鉢の炭火を下品に吹いていた。案内者が遠慮して庭先にいるにもかかわらず、平然と膝を崩して炭火を吹いている内儀の姿から、並川の生活に対する嫌な予感を私はうけた。閉ざされた部屋の全体に、方向を見失った男の体臭と、具体的な貧困ではないが、しかしやはり一種の貧困には違いない臭気がこもっていた。彼は湯呑を備えておらず、ビール瓶の水をラッパ飲みした。

「僕は実際、なにもしなかった。何をするつもりも、勇気もなかった。それなのに……僕がくやしいのは、罪もなく検束されたことではなくて、自分が罪にあたいする何事もしていなかったということなんです。」

彼は何かを訴えたがっていた。ただしかし、私は、本来なら研究室に呼びだすべきところを、思いやって訪れた私を、まるで邪魔者ででもあるように畳に坐らせたまま、座蒲団すらすすめぬことに腹を立てていた。

「おわかりになりますか？　こういうくやしさの感情があるということを。なるほど、人間は人間にとって狼である。狼である人間が、羊を食い殺し、なぶり殺しにするのに理由はいらない。何をしていようと、何もしていなかろうと、そんなことはどうでもいい。狼は要するに腹がすけば羊を殺し、気が向けば虐げるだけのことだ。力が正義であり、力をともなった正義だけが、悪をなすことができる。そうなんだ。僕がくやしいのは、僕に正義がないことではなく、僕には悪すらもなす力も正義もないということなんだ。」

「君は少し疲れているようだ。」

「ええ、そうでしょう。疲れてますね。もう、どうでもいいんだから。ただ、日本には、醇風美俗な家族制度があり、田舎で、両親が何も理解せず、息子を心配しているという状態さえなければ、とっくのむかしに、僕は……。」

「よく考えて二、三日のうちに研究室のほうへ返事をしてくれたまえ。他に行きたがっている人がないわけではないが、とくに宮地教授が君にまず話してみよ、ということだから。」

そのとき、並川はふいに立ちあがって爬虫類のような肌を怪しく光らせながら感情を昂ぶらせた。彼が何を憤怒し、何に苛立っているのか、私にはわからなかった。壁のほうに目をそらせると、原書はなく、雑然と、円本や雑書が並んでいる書架が目につく。林檎箱で代用したその書架に、意外に、大川周明や北一輝、志賀重昂らの著述が並んでいるのに私は気づいた。生活の支えを失って彷徨しながら、一種、過激なもの、とりわけ、神秘的な妖気に満ちた著述にいらだちをまぎらしているらしい、証拠だった。天皇の絶対不可侵性を、憲法制定権にまでもちあげ、さらに革命権に転化させようとする窮余の思想。天皇の名において、百万円をこえる私有財産を国家に没収し、一千万円以上の企業を国有化し、農民の窮乏を救いながら、西欧列強に対抗しようとしたファシズム理論を、私も少しは読んでいた。当時、皇道派の青年将校を魅了した同じ理論が、並川の心をも支配しつつあったらしかった。

「君の家は農家だったかな。」北一輝の発禁本「日本改造法案」そしてその横に伏せられてあった、久米教授の「皇国国体論」を手にとって私は呟いた。北一輝はともかくとして、久米教授は同じ大学内で宮地純粋法学に敵対し、虎の威をかりて、われわれの雑誌をもつぶしにかかっている超国家主義者だった。並川がそれを知らないはずはなかった。

「正木さんは、北一輝の理論をどうお考えになりますか。」

「さあね。」

「正木さんは、いつも慎重なんだな。」

そして、突如、並川は咳きこみながら立ちあがり、私の顔に唾をあびせかけながら叫んだ。

「あなたは、あなたはずるい。あなたはずるい。」

「何を血迷うか、失礼な。」

「帰ってください。帰ってくれ。ボス根性の、大ボス、小ボスの、恩恵の押し売りはごめんだ。」

炭火を吹きつづけていた、みすぼらしい内儀の背中の児が目をさまし、内儀は火箸をもったまま立ちあがった。虐げられた、檻の中のモルモットのように、内儀は背中の児をあやしながら、並川のほうに身をすり寄せていった。そして、並川と女との四つの目が、印でおしたように空虚に、また猜疑深く、私のほうを見詰めた。

私はふいに立ちあがった。

いかにほじくっても真相のあらわれることのない過去の泥濘にいつまでも拘泥していることはできなかった。私はこの現在にやりとげねばならぬことが数多くあり、また、現に今日この日、出席せねばならぬ大事な会議があった。学術会議がはらむ諸問題のほかに、私の属する憲法改正問題懇談会も、目下、重大な岐路に直面しつつあった。人も知るとおり、憲法改正問題は、新憲法の施行のときからしてすでに存在していた。いや、今ではもう常識となっているように、アメリカの指導による新憲法草案が、かならずしも極東委員会十一カ国の全面的賛同をえたものではなかったために、改正問題はむしろ、日本国議会の検討せねばならぬ義務として課せられていたものである。サンフランシスコ講和以前には、理想主義的な京都学派とやや現実的な東京公法学会の意見が、ある落差をともないつつ、民主主義の原則を徹底させるために改正が叫ばれていた。ところが、独立後は、政府の再軍備政策の強行とともに、世論を指導する知識人の立場は逆転し、新聞・雑誌を通じて、改正反対運動、ないしは反対による保守勢力批判となった。とはいえ、華々しくジャーナリズムに登場する論者は、かならずしも学会の代表、主流ではなく、公法学会のすべてが改正反対であったわけではないことは注意しておく必要があろう。

そして、アメリカ占領下における管理法と日本国憲法の抵触、理想主義的改憲論と政策的改憲否定、さらに自衛隊をはじめとする、作られてしまった現実と憲法の齟齬、等々の、利益と立場の相反する改憲・護憲の角逐の上に、昭和三十一年、内閣に直属する憲法調査会が成立した。その構成委員は、国会の特別委員割当の慣行に従い、自民党国会議員二十名、社会党議員十名、そして学識経験者二十名と決定した。この調査会の設立そのものに反対していた社会党は議員をだすことを拒否し、十名の欠員のまま、発足することとなった。ただ、この調査会は一年余、有名無実なものとして実際活動はしなかったけれども、そこに指名された学識経験者の顔ぶれともからんで、純粋な学術団体である、われわれの憲法改正問題懇談会も、調査会で討議されるであろう主要問題について、事前に統一的見解をだしておく必要があった。私の専門は刑法であって憲法ではない。しかし、私は憲法改正問題懇談会の一員であり、事柄は国家の運命を左右する重大問題である。さらに、「天皇」「戦争放棄」「基本的人権」等の根本問題について、憲法改正問題懇談会じたいの中に、護憲論、改憲論の両極的対立が、目をおおいえずしてあらわれていたのだ。

憲法改正問題懇談会の出す結論が、ただちに憲法調査会の意向を支配するとは限らず、たとえ作用しえたとしても、また、調査会の答申や意見が、政府方針となるとはかぎらない。政府の秘めている意中にそえばともかく、逆らえば、黙殺する手段や術策は山とあるだろう。さらに、それが具体化されるためには、国会における与野党の審議や修正、そしてまた国民の総意を問う国民投票を経過せねばならず、また、そうすべきである。われわれの懇談会がもつ実効力は、それこそ、九重の門にへだてられた微細なものにすぎないかもしれない。しかし、反面、はなはだ間接的ながらも、この国の官僚制的特質によって、それが最高学府の専門的学会の代表的意見であるとき、かつて明治憲法における穂積理論や美濃部理論がはたしたように、解釈面においてなりとも意外な力をもつであろうことも、学者たちが暗黙のうちに知っているところである。

かつて久しく私は法の科学を学び、その研究を積んで、様々の意見をのべ、一つの理論を構築してきたが、それらは、ありうべき理性の栄光として価値を付与されてあるとはいえ、従来、たった一つの具体的法案ともならず、また猪突する国家の方途を是正する、たった一つの力をももたなかった。だが、いま、私は学界の重鎮となり、私が強く、合理的に主張することは、間接的、部分的ながらも、現実化される可能性があった。長年の、汲々たる努力のすえに、私は、私の理念を現実たらしめうる段階に達していた。戦後、一時期、法律用語の口語化、現代化に、私および私たち委員の提案が具体化された経験はある。それを、私は誇りに思っている。しかし、それは法の本質にかかわる問題ではなかった。

私は手帳をとりだして会議の時間をたしかめ、会場におもむくべく着換えようとして、しばらく洋服箪笥の前で立往生した。靴下がどこにあるのか、ハンケチの新たなものがどこにあったのだったか、しばらく考えふけらねばならなかった。やっと洗濯屋がもってきたままの紙包みを破ってワイシャツを着換えた私は、肝心の襟首のところのボタンがとれたままになっているのに気づかねばならなかった。近ごろの洗濯屋はサービス精神にかけている。昔はボタンがとれておれば、それを言わないでもつけてきてくれたものだ。

階下の典子の名を呼ぼうとして、洋服箪笥に装塡された鏡にうつる自分の顔に、私はぎくっとした。見知らぬ者の狂気の相がそこにあった。いくら視線をこらしても焦点のあわない自分の顔が――。こみあげてくるいらだちに、なめらかで非情な鏡の平面に顔を寄せてみると、いらだちにもかかわらず、口もとはしまりなく笑っていた。染めた髪の根本が、泡のように空しい白さで光っている。毛細管のすみずみまで、みずからのことは総て意識し、すべて制禦しえているつもりが、意識せぬところから老衰していく証左でもあるかのように。

「典子、典子、ちょっときてくれ。」

私は救いを求めるように、娘の名を呼んだ。だが、典子は昼寝でもしているのか、返事すらしなかった。児を産むために実家に帰るという古い習慣に従って帰ってきた典子にとっても、おそらく日常の不便さは変らないだろう。典子に八つ当りしたい忿懣をやっとおさえ、そして私は米山みきをおもった。米山みきが居たころには、家をでる前に、こうした不愉快な目にあうことはなかったのだ。三日とあけず、朝に目ざめれば、枕もとに新らしい下着が並べられてあり、一週に一度は、風呂からあがれば、全体を着換える清潔な衣類が受け籠に入れてあった。それは、病弱だった静枝との生活の間にもなかった快適さだった。神経質だった静枝は、風呂敷まで夫のものと妻のものを区別して入れる抽出しを決めていたが、私の衣類は、押入れの長もちに丸めこんであることが多かった。ある夏の日、汗ばんだ下着を、帰宅の直後にぬいで洗ってくれるように手渡したとき、彼女は、いかにも不潔そうにそれを指先でつまみあげて風呂場にはこび、私が顔を洗いにいったとき、偏執狂的に手を洗っていたことがあった。妙なことをするなと、思っただけでとくにとがめることもしなかったが、ボタンがとれていても、私が要求するまでつくろおうとはしなかった。つまり洗濯屋にまかせていたわけだ。しかし、慣れというものは恐ろしい。私はいつしか、それがあたりまえだと思うようになり、下品な話だが、威儀を正さねばならぬ場面も多い職業にありながら、パッチの前ボタンが全部とれてなくなっていても、細細で腰にくくりつけたりしていたものだ。体裁にかまわぬ学者の無関心といえば、ことは簡単である。だが、人間の自信など些少なことで成長したり崩れたりする。思いだしついでに書くことが許されるなら、人は清潔で綻びのない下着をまとっているときこそ、人前で平静でいることができる。たとえ表だって人目にたたずとも、ふと、シャツのボタンがとれていたことを思いだしたりするとき、人は理由もなく自信を失い、それを覆いかくそうとしてかえって不機嫌になったり怒り狂ったりするものだ。

会場である議員会館についたとき、憲法改正問題懇談会の委員たちは、すでに第一会議室の長テーブルに向いあって坐り、公法学会の会長である大野博士が、とくにゆるされた新聞記者や放送記者のさしだすマイクの前で意見書を読みあげていた。廊下の豪華なじゅうたんが日ごろより黒ずんでみえたのは、目の錯覚ではなく、新聞記者や写真班の出入りのためだった。新聞記者の姿をみて、私は一瞬、態度を硬直させたが、それは私の誤解にすぎなかった。そこにいるのは、政治部の報道班員であって、社会部の人々ではなかった。もし、私が、不法行為損害賠償の、そして名誉毀損訴訟にやぶれれば、委員は辞退せねばならないだろうが、いま私にとって米山みきとの紛争が些事であるにすぎないように、懇談会の面々にとっても、すでに会がはじまっている以上、私のスキャンダルや心理の明暗などは問題ではなかったのだ。

「諸君もすでにご承知のように、憲法調査会のための準備資料として内閣法制局によってとのえられた憲法改正資料によれば、戦争放棄を宣言した第九条の削除、内閣の職権を拡大しようとする意図にもとづく第七十三条および第三十一条の検討、そして内閣の議会からの超越を目的とする内閣拒否権の追加、さらに天皇をふたたび国権の中心にすえ、さらに家族制度を法文化しようとする時代錯誤にいたる憲法の大改悪が政府によって準備されつつある。当懇談会としては、従来、つねに進歩的陣営がおちいってきた、おくればせの反対や修正ではなく、事前に、憲法調査会の設立そのものが、合憲か違憲かの問題をまず考慮討議し、その討議の結着まで、調査会へは、その立場のいかんにかかわらず、およそ公法学者たるものの良心において、学者をおくらないよう広く学界によびかけることが必要であると考える。一部において、秀れた理念的特質をもつ日本国憲法も、一方、なお改正されてしかるべき前近代性をも多分に残していることは、諸君周知のところであり、である以上……。」

フラッシュがたかれ、懇談会委員にむかってよりも、報道班にむかって、意見書をよみあげていた大野博士の、流暢とはいえぬ朗読の声がとだえた。

「である以上……。」

出席している十四人の委員の中では、私はなお比較的年少だった。ほとんどが、官立校や裁判所ないしは官立研究機関の定年をおえ、私立組織に転じているか、諸財団法人の顧問や弁護士になっている長老である。例外なく白髪がゆれ、例外なく鶴のように痩せていた。ということは、また、昭和十年、男爵菊池武夫による美濃部達吉の天皇機関説弾劾と、それにつづく、日本の憲法学界の、総転向と崩壊のときに、すでに、一家をなしていた学者たちであることを意味する。各自が、どのようにして自己の憲法学説を枉げていったか、どのように時代に迎合していったか、それは、それぞれの胸のうちにあるはずだった。まず美濃部に代表される近代君主制国家学説がくずれ、佐々木折衷主義がくずれ、在野のマルクス主義法学および自由主義は根こそぎになり、そして最後に、宮地博士およびその門下の純粋法学、解釈学的国家法理論も倒壊した。身の置き所を変えないで学問をかえるか、学問をかえないで身の置き場所を変えるか、さらには、法律家であることをやめてしまうか。もちろん、私自身にとっても、あの時期こそが人生の岐路であり、遂に窮極においては弁解しえない、学者から検察官への転向への時期となった。

「である以上は……。」大野博士の声はつづく、「当懇談会は独自の見地からの憲法問題の研究を継続すべきは当然ながら、まず、おなじ改正問題、おなじ憲法研究の名においてなされるまったく異った志向を峻別し、広く国民にその……。」

「待っていただきたい。」と矢木博士が立ちあがった。「報道班を通しての大野委員長の意見書の公表はさしひかえていただきたい。それはまだこの会の公的意志ではない。よろしいか。会の公開性を拒むものでは毛頭ないが、われわれの討議を経ない意見を会の一員が公けの席をかりて報道されるのは、おかしいとお思いにならんか。わたしは今日、先刻このペイパーを手渡された。だが、まだ読んでもおらず意見をのべてもいない。さらに、憲法調査会なるものが、大野博士が断定されるとおりの性格のものであるかどうかも、すくなくとも、より慎重にたしかめるべき義務が全員にある。また、この懇談会じたい、日本公法学会の一部科的な性格をもつ以上、他の学会ないしは審議会、調査会等に敵対的声明を発表するには、より広い事前の了承手続きを必要とすると考える。」

会はそのスタートではやくもつまずいた。ふいに立ちあがったために、蒼白になって、その灰色のひげを震わせている矢木博士と、そして黒い背広から烏のように首をまえにつきだして目をしばたたいている大野博士の顔とを見較べながら、気負い立って会におもむいた自分の意図が、一種の幻影にすぎなかったことを思い知らされた。茫漠とした悲哀のなかに私はおちた。ここでも、何もきまりはしないのだ。一つの意見の前には長い討議があり、討議のまえに形式が先行し、形式よりさきに手続きがあり、手続きのまえにはまた、その手続きについての空しい討論と裏面の交渉がなければならない。

私は、この会で、世間に注目をあびる第九条よりも、あまり知られない、〈象徴者〉を刑事上の責任の枠からはずすことを明文化しようとする内閣法制局資料案を強く批判するつもりであった。これは私の専門の領域に属する。

周知のように、法は普遍であることによって法としての意義をもつ。それゆえに、刑法もまた、その第一条において「本法ハ何人ヲ問ハス日本国内ニ於テ罪ヲ犯シタル者ニ之ヲ適用ス」る旨、明記している。もちろん、法は現在のところ、世界法ではなく、国家単位であるから、国際法上の慣例による例外があり、国内的にも、立法および最高行政機能のいくらかの超越性による二、三の例外がもうけられている。たとえば、㈠外国の元首・代表者・大統領・それらの家族・随行者、㈡外国の軍隊で日本に派遣せられたもの、㈢外国の使臣・その家族・随伴者、㈣領事など、は日本国の裁判所に起訴することはできず、訴追することもできない。しかし、これは、彼らが完全に刑事責任の外にあることを意味しない。いうまでもなく、彼らは、彼らの国の法のもとにある。高度に政治的な、国家間紛争の場において、それらの国家代表ないし代理者の個人的責任が不当に擁護される事態のおこりきたったことは否めないとしても、政治の優先のゆえに、法を犯した個人の当該国の刑法において規定された刑事責任が消えるということはないのである。国際法上の慣例による適用範囲の問題であって、法の規範と概念をくずす例外者たりえないのである。また国内的にも、憲法第五十一条において、「両議院の議員は、議院で行つた演説、討論又は表決について、院外で責任を問はれない。」という例外規定がある。しかし、この例外規定も、国会法第百十九条、第百二十条による名誉毀損に関する補充、および、第百二十一条、「各議院において懲罰事犯があるときは、議長は、先ずこれを懲罰委員会に付し審査させ、議院の議を経てこれを宣告する。」懲罰規定によっておぎなわれている。さらに、皇室典範第二十一条は、「摂政は、その在任中、訴追されない。」例外規定がある。しかし、これもあくまでその在任中であり、もし、刑事上、責任を問わるべき犯罪をおかせば、道義上の責任によって解任ないし辞任させられ、そして刑法はその人に適用される。旧憲法は、その第三条に「天皇ハ神聖ニシテ侵スヘカラス」と規定し、天皇が法の適用を受けない、いわば一つの無限に広がる闇の焦点とされていた。もっとも、その場合ですら、一方、天皇は憲法の規定により、統治権を総攬すべき、ただひたすらなる統帥者としての義務規定があり、そして統帥する以上、統帥されるはずはないという論理的一貫性はあったのである。新憲法は、それを削り、代りに、その象徴者としての地位は、主権の存する日本国民の総意にもとづくと、規定した。かならずしも、日本国民の総意をたしかめたわけではないこの規定自体、人間の築き来たった諸文化のうちで、もっとも進化の遅れている性と政治の、奇妙に矛盾した、「矛盾それ自体」とでもなづくべき一つの姿であり、それを批判することは易しいけれども、問題の重大さは新たに企図されつつある、法の唯一の例外を置こうとすることの側にあると言わねばならぬ。

実際上の問題として、その特有の資産と補助によって、その生活の保証されている〈象徴者〉が、なんらかの破廉恥罪の被告となる可能性は、戦後いくらかは人々が触れて知っているその人柄から推測してもあまり考えられない。世襲されるその地位の未来はともかく、いま、この面から、内閣法制局資料案にうかつに検討を加えることは、逆に皇室誹謗罪を構成する危険なしとしない。だが、問題はもっと別のところにある。刑法典をちょっとあけてもらいたい。刑法第二編の罪、第一章皇室に対する罪は昭和二十二年に削除されたが、第二章は内乱に関する罪の規定であり、第三章は外患に関する罪の規定である。近代の刑事訴訟法の第一義的特質はその闘争主義にあり、国家と個人とを対立的におき、国家は攻撃者となり、被告人は防衛者として互いに平等の武器をもって闘争し、裁判官はそれに公平なる判断をくだすのが建てまえである。そして闘争主義が、法理念としてもっとも重大な意味をもつのも、この第二章、第三章のあたりにある。ところで、いま、特定の国事にのみ関係し、国政に関する権能を有しない〈象徴者〉が、一方、内乱罪や外患に関する罪の適用から除外されたとするとどうなるだろうか。国事でも国政でもない、クーデター、内乱、革命の、唯一の合法的許容者が誕生することになる。そうなれば——先はもう贅言を要しない。象徴者を利用する秘密結社が擡頭し、しかも、それに合法的名分をあたえ、ふたたび、天皇機関説以前の状態に逆もどりすることは目にみえている。法は人の運用になるゆえに、たとえ、ついに捕ええずして洩らす捜査・検察上のミスは不可避であるとはいえ、明文において、例外のあることを示してはならない。現在の社会機構において、あきらかに、事実上その法の運用がブルジョア階級に有利であっても、実定法上、ブルジョア階級はこれこれの特権をもつと規定してはならない。またたとえば、現在もなお、国立大学の入学生・卒業生の大部分が中産階級以上の階層・階級の子弟によって占められているとしても、国立大学は年収何百万円以下の家庭の子弟の受験を拒むと学則に明示したりすることは断じて許されないのである。

たしかに、日本の近代の社会構造は、その不徹底な近代化と、反面のあせりすぎた近代化の混淆によって、二重三重の重層的矛盾構造をもつ。法の理念は現実とくいちがい、現実の重層的矛盾が法にも喰いこんでいる。だが、私は純粋法学者の名誉にかけて、それがいかに観念的と映ろうとも、法の理念を固執する。戦争放棄の理念は、理念として正しい。それゆえに、そのかぎりにおいて私は護憲の側に立つ。また天皇制は、現代の民衆の意識がなおそれに依拠することによって国民的統一を保つことに役立っている部分があるにせよ、それは近代刑法の理念において正しくない。過去において、天皇の名においてなされた多量の犠牲からする感情論、あるいは、おなじ制度が今なおもちうる全体主義的志向へのおそれよりも、すべて法は万人に対等であるべき理念において正しくない。もちろん、改正の場合には、その手段について私は現実主義の立場に立つ。正しいか正しくないかの判定は理念に、しからばいかに改正するかの方法は現実的に、というのが私の、みずからの性向とその能力の限界をたしかめたうえでの、信条だからである。私は憲法改正問題懇談会を通じて、私の意見を憲法調査会に反映させるつもりであった。いや隠す必要はない。私はその意見をのべたのち、憲法調査会の学者メンバーたれ、との内示がきていることを、この会合であかすつもりであったのだ。天皇の議会開催に関する権限を削除し、別に各地方教育委員会が任命すべき、式部局、国宝・重要文化財管理委員会を文部省内になかば独立させ、その初代式部局長官に天皇の立候補をうながし、以後は──。

私は挙手して声をあげ、そして立ちあがった。

「すみやかに議事を進行させていただきたい。わたしは、大野博士の意見書の早まった公表には反対であるが、矢木博士があまりに手続き上の問題にこだわられることにも賛同しがたい。もはや、すでに時間は一時間を経過している。もし、具体的議事進行に諸君の御賛同をうるなら、わたしはいささか所見をのべたいふしがある。」

「お待ちなさい、正木君。」

立往生していた大野博士が、あらたな怒りの対象を見出して勇気づいた。大野博士をとりかこんでいた報道関係者がいっせいに私の方をふりかえった。

「醜態をさらすのは、いいかげんになさい。」と私は言った。そのとき、私は大野博士の灰色のひげに一滴、水ばなが垂れて光っているのを見た。それは、首をつっこんでいた秣桶から顔をあげた馬のよだれのように、不潔で、そして憐れな輝きだった。と同時に、反射的に私は、Yシャツのボタンの脱落をネクタイを強くしめることでごまかしてきた自分の服装のことを思った。私はつぎに、何を言おうとしていたのかを忘れ、手で襟元をおおった。放送記者がマイクを私の目の前にさしだした。テープレコーダーの回転するかすかな音がする。私は息をすい、磨きあげられた長テーブルに映る自分の影にちらりと視線をおとした。そして——つぎに、私が考えたのは、下着の綻びではなく、隠された内心の綻びのことだった。

## 第一〇章

その日、法学部の第一演習室で、窓の破損部から吹きこむ隙間風にさらされながら、私は長いあいだ、ひとりとどまっていた。いや長いあいだといっても時間にすればわずか十五分ばかりのことに過ぎない。しかし、私にとってその十五分は、様々の感情が、自分の中にこれ程の種類の感情があるのかと気づかねばならぬ長い時間だった。最初、私は摑みどころのない不安に襲われていたと思う。それはまず、自分が入ってゆく教室を間違ったのではないかという滑稽な心配だった。長い教授生活の中では、誰しもがそういう経験を二度や三度はもつものだ。何かの会議の後、特に定例の会議が日延べになったり二日間に長びいたりしたとき、機械的に、定例会議のある曜日におもむく教室のほうへ足がむいてしまう。夏休みあけの一、二週間や、連休や創立記念日のあとなどにも、そうした錯覚が教授者の側におこる。すっかり曜日を思い違えていて、開講の寸前に手帳を開いてみて初めて気がつく。もちろん、教材はすべて研究室に備えつけてあるから、外には何もあらわれはしないが、どのように誠実な教師であっても、人間であるかぎり一度や二度は滑稽な誤りも犯す。そのとき、学生の姿の一人も見えぬ演習室で、私は独り肩をそびやかし、教材の最後の頁を開いてみた。日時と曜日、それにこの前の演習担当者の学生の名と進行が書きこんである。学生時代に購い入れたラッソン版のヘーゲルスベルクの法哲学の欄外には、木曜日午後一時からと覚え書がある。今朝読んだ新聞の日付けを思いだそうと努め、手帳の年間七曜表と照し合わせながら、私は部長室の方へひきかえしかけた。他の演習室ではすでに授業が始まっている。閾のところで私は踏みとどまった。十五日、間違いなく木曜日だった。隣室の開かれた窓から、特殊講義担当の緒方助教授の癇高い声が洩れてくる。なおためらった私は、そっと廊下に出てみた。教壇に立って書物に目をおとしていた緒方助教授が人の気配にちらりと目をあげて、窓越しに私と視線が合った。縁なしの彼の眼鏡が一瞬きらりと光り、私は幻覚におそわれかけた。助教授は如才なく微笑して目礼した。私は不意に理由のない羞らいを覚えて身をひいた。毎週隣室では緒方が授業をしている。間違いのないことだった。滑稽感は消えて、不安は林の中で径をふみ誤ったような淋しさを伴った。私は再び人気のない演習室に戻って黒板のほうを眺めてみた。時刻に遅れて入る教室を見失った受験生のように。学生自治会の会合通知とプリント代の通達記事が黒板のすみに白く光っている。それ以外には何もなかった。教壇の上にマッチの軸と煙草の吸屑がおちている。それは埃をかぶって黄色く変色していた。いったい、学生たちはどうしたのだろう。

ふいに私は限りない瞋恚の虜になった。怒りは胸のうちにひとり爆発し、ほとんど上下動して揺れようとする体を、かろうじて椅子で支えねばならなかった。総員の欠席。

それは学生側にはとうてい理解しえぬ、教授者に与える最大の侮辱だった。もし誰かが居れば、――それは矛盾した考えだが――私は前後の見境いなく、その者に書物を投げつけたことだろう。

しばらくの間、私は怒りを抑えることに私の教養を費した。教壇にむかってUの字型に長テーブルが並び、籐張りの椅子が二十脚、無言の嘲笑のように列んでいる。冷々した風がその机の上の塵を払っていった。かつて苦しんだ痔疾の記憶がふいに浮んだりした。抑制しようとした私の努力には依らず、一つの感情は極ってはつぎの異質な感情へと推移するらしかった。つぎに私をおとずれたのは、夢の世界のような墜落感だった。ひとりでに呼吸の激化するのがわかった。私は腕時計をみ、十五分間、ともかくも待ってみようと決心した。誰も来ないだろうことは既にはっきり実感されていた。沈黙こそがもっとも雄弁に、空虚こそがもっとも厳しく、私に対する受講者の敵意を物語っていた。しかし、学校には学校の秩序と、その秩序維持のための校規がある。学生は十五分遅刻すれば聴講の権利を失い、十五分まって教授者の姿の現われぬときは、休講と解してよい規則がある。教授の側からも同じ規則が適用されるはずである。証人はいない。しかし、十五分待てば、授業をボイコットした責任は学生の側にのみ属する。私はじっと息をひそめ、教室の片隅にうずくまっていた。隣室から笑い声がする。如才ない助教授が何か冗談をとばしたのだろう。

ふいに私は背後を振り返った。誰かが私の名を呼んだからだった。だが振り返ってみて、それが幻聴にすぎぬことを私は悟った。しかし、その幻覚にはどこか奇妙に現実感があった。呼んだ声じたいは消えても、反響はたしかに窓硝子を震わせて残っていた。徐々に恐怖がやってきた。私は自覚したくない私の老いを感じなければならなかった。誰が私を呼んだのだろうか。

――子供は母親の胎内にいるとき、ぴったりと胎盤に囲まれて外気には触れず、臍から生成の糧をえているとき、たしかにまだ独立した生命ではございません。生れることはまず分離することでございましょう。まだ独立した生命ではないから、法律は堕胎を殺人とは認めません。しかし、まだ分離せぬゆえに、堕胎はその胎児に対してよりも、母体に対する傷害罪だとなぜ法律家はお認めになりません。片腕を切れば、切ったものは牢獄に、切られたものは、永遠にはえかわらぬ腕の幻影を抱いて一生苦しまねばなりません。子供が無理じいにおろされたとき、母体の一部はその時滅びるのです。そして、母親の心も死ぬのです――。

ここは家庭裁判所ではないと私はみずからに言いきかせた。部屋の広さや、飾り気のない、気づまりな気配は、事が新聞沙汰になる以前に何度か繰り返された諍いの場に似ていた。だが今こんなことを想い出してなにになるだろう。私はたしかにスキャンダルを起した。それによって私が築きあげてきた名誉の大半は一朝にして崩れた。しかし、私が専門家として貯えている知識とは直接関係はしない。私の脳組織が軟化したわけでも、私の知識体系が伝授に値しなくなったわけでもないはずだった。なまけものの学生たちが、なまけ者であるゆえに事を好む生徒が、私を教室で侮辱してよい法はどこにもない。

しかし、それにしても誰が私を呼んだのだろうか。たとえどのように物見高い非難に包まれていようと、私はまだ錯乱はしていない。私の理性は――。

――正当な手続きを踏み、正当な医師の手によってなされるかぎり妊娠中絶は犯罪ではない。それ故それを迫ることもまた犯罪ではないとあなたはおっしゃる。そうでございましょう。一人の見知らぬ子供が井戸におちかけている。それを助けたくなる惻隠の情は普遍のものであっても、それを黙って看過す人間を犯罪人だとすることはできない。だから、だから、あなたはただじっと手を拱いて見ているんです。

——いまそれを言うなら、何故あのときにそう主張しなかった。あなたの主張が法的に斉合的だとは思えないが、言いたがっていることの意味はわかるように思う。しかし、あのときに、あなたのしたことは、ただ涙をこぼしてうなずくことだけだった。

——失うのが恐ろしかった。そして、金銭ではなしに、心の補償をしてくださるものと思ったからでした。どんな財物よりも女には有難い思いやりをあなたがかけて下さるものと思いこんでいたからでございます。

——矛盾している。合意いがいの何ものにもよらなかった。われわれの間ではあらゆることが相談されたはずだった。

——合意? とそのとき、狭い家庭裁判所の調停室で憎悪に声を震わせながら米山みきは言った。——あなたは、あなたは合意とおっしゃる。命令を合意とおっしゃる。あなたは権威があり勢力があり富があり、そしてわたしの雇主でいらっしゃった。それが本当に契約にもとづいた命令なら、わたくしが何をおうらみいたしましょう。畳が少し汚れているようだが、とおっしゃらずと、もっときれいに拭いておけと厳しくおっしゃってもよろしゅうございました。それは、合意にもとづいたわたしの義務でございました。でも本当は、契約とは関係のないところで、あなたは絶えず命令を繰り返しておられました。産みたいのなら産んでもいいと、冷たい冷たい声であなたは産むなと命令なさいました。ええ、存じております。あなた様がお与えになったテーマを進んで問題にしなかった大学院の学生を地方の大学の助手に左遷なさったこともございました。勧告し、訓戒し、見込みがないゆえに能力に応じたポストを世話したのだとあなたはおっしゃる。そむくことのできない恐ろしい命令でなくてなんでしょう。たった一度でも命令される側に身を置いて物をお考えになったことがあなたにありましょうか——。

書物の背皮を持った私の手はじっとりと汗ばんだ。それは不愉快な記憶、その記憶の中の声のせいではなかった。それとは別に、たしかに聞えていた地響きのような、もう一つ別な影の声のためだった。私に理性の力の残っているうちに、いつか一度は、真向から顔をつきあわせ、その正体をたしかめねばならない。怒りから恐れへ、空虚感から馬鹿馬鹿しさへ、そして名状しがたい恥かしさへと感情は変遷し、十五分後に、私は疲れはてて部長室にではなく研究室のほうへひきかえした。

助手は机に顔を伏せて居眠っていた。だらしないその寝相に、私はほとんど肉体的な嫌悪を感じた。人目につき易い部長室にもどるのを避け、私は足音をひそめて自分の安楽椅子に腰掛けた。あまった時間がまた苦行の種だった。私には何もすることがなかったのだった。弾劾さるべき生徒の仕業よりも先に、授業に興味を失いかけている自分の像がより鮮明だった。

私自身のほうからはなにも言い出さなかった。それは日ごろの私にはふさわしからぬ態度のようだったけれども、疲労を口実にして、自分だけは納得させることができていた。しかし、誰が吹聴したのか、その週末には、すでに全学的な問題として、私の受講生の授業ボイコット事件が燃焼していた。週刊誌がかきたてつづけるスキャンダルのうえに、煩わしい事件がまた一つ私の身辺に加わった。

一般教授会の席上、——そのとき、なぜか私は眠くて仕方がなかったのだが——緒方助教授が二十数名にのぼる私の講座生の譴責処分を提案した。一つの事件、一つの人格に対して各人がとる態度は本来任意であるにしても、学生の義務を、しかも集団的に無視することは、いやしくも法学を学び、将来、社会の、そして国家の秩序と秩序の理念を代表すべき本学の学生のなすべき行為とも思われない。責任を追究すれば、なるほどわれわれの側の教化方針にも考慮すべき欠点はあったかもしれない。反省すべき点がもしあるなら、われわれもそれをなすにやぶさかではない。しかし、当面の責任とその処罰は、学校の、そして法学部の立場として明確に打ちだしておくのが妥当であると信ずる。

緒方助教授の一般論には誰も反対すべき余地はなかった。ただ私法科の主任野添教授の補説どおり、授業の集団的欠席が、各個人の都合の偶然の集積か、全員の共謀か、一部の者の煽動と他の条件との重複の結果かを判定すべき証拠がなかった。ボイコットの〈意思〉が証明されねば、それを処分することはできない。かりになんらかの会合が一部の学生によって開かれていたにせよ、徹底的に追究しようとするよりは、いまは一般的な注意をうながし個人的に善導し、しばらく見送るほうが学校の名誉でもあると野添教授は発言した。その見解に私は賛成だった。ただ一つ、学校の不名誉云々の事柄の起因が、私の存在にあるかのような口吻を除けば。事実、発言を求められた私は簡単に私の意見を述べておいた。これらの審議を、その権限が学部長たる私に属するなら、いっさい却下したいと。

つぎの日の雨の午後、法学部会議室で開かれた学部長会議においても、私の主張に変更はなかった。しかし、私の意志如何よりも、はやくもボイコット学生の処分の噂を嗅ぎとった学生側の早まった決議によって、もう目をそむけてすごすことはできなくなっていたのだった。私はあたかも受難者のように学部長会議に出席し、迫害者のように憎まれつつ学生自治会代表者会議に陪席せねばならなかった。

もし、政府がいわゆる破防法につづく一連の再軍備政策から、一つの悪法を抜き打ちに国会に上程するという事件がなければ、この校内不祥事はふたたび新聞種となり、結着のあり方如何を問わず、私はそのときすでに社会的に葬り去られていたかもしれない。自由民主党内閣による警察官職務執行法改正案の提出と、かつて社会党内閣時代に成立していた学校教職員勤務評定の強行実施が、労働組合、教員組合、学校自治会、そしてほとんどすべての報道機関の関心を全面的に奪った。この大学の学園新聞も例外ではなかった。そして、自治会はその反対運動のために、正木教授講座生の授業ボイコット事件に興味を失い、教授会はまた、徐々に激化する学生の警職法反対運動の取締りと補導に切りかわった。事件はかえって、あたかも、私ひとりの責任ででもあったかのように私の胸のうちにのみ沈澱した。

ほとんど毎日のように日本の各地でデモ行進がおこなわれ、蹶起大会が開催され、部分的ストライキがおこった。国会は議員の乱闘、秘書団の暴力行為で混乱し、日教組と全学連が革新勢力の花形として登場した。ことが教育や言論の自由にかかわる以上、インテリゲンチャの集団が反抗態勢の前面に脚光を浴びて登場するのは当然ではある。だが敗戦直後から大学生の誰もかれもが中国の五四運動における北京大学学生の果した役割をみずからの正当化の糧とし、極左化、分裂、失敗を繰り返してきたのを私は知っている。学生補導委員会は、毎日のように会議を開いて、わざわざ関西にまで出むいてデモ隊に加わり、つぎつぎと検束される学生の保釈や連絡に頭をなやまし、教授会は学内無届集会の鎮静や責任者譴責に時間をついやした。そうした会議にあけ暮れる一日、私は新聞紙上に、ひさしく消息をきかなかった旧友荻野の名前を見出した。人も知るとおり、和歌山・高知を頂点とする勤務評定闘争は、県ごとに形態をいくぶん異にし、大部分は条件付き受理へと妥協して行った。だが、それと共に縮小された闘争単位内で、摩擦は激化し、反政府から反教育委員会という過程をたどった。そして、ある教育委員は辞職し、ある校長は自殺した。長野県でおこった教育委員長のかん詰め事件も、同類のおびただしい事件の一端として、社会面の大半を占領していた勤評問題の片隅に報道されたにすぎなかった。だが、警察が出動してやっと救い出された県教育委員長の下に、荻野三郎の名を見た私は、それがあたかも歴史の縮図であるかのようにしばらく食事の味をも忘れさった。荻野がその思想のゆえに教職を追われ、投獄されてから、私は一度会ったことがあるにすぎない。転向声明ののち釈放されて郷里に蟄居していた彼のもとへ、宮地博士から、法学部図書室内の××文庫の疎開の件を依頼されて、旧家である荻野家の蔵を見に行ったのである。そのときの彼の変りようには、私はしかし、人間の運命は感じなかった。急進的な少壮法学者から村夫子への距離よりは、彼が地主の息子であった以上、村の名士から教育委員への距離のほうがむしろ近い。大きな翻身をともなわず、自然にゆきつく地位ですらあろう。にもかかわらず、かつては感じなかった、人の歴史とその運命を私は感じた。新聞記事は、ただ二日間軟禁され、一時的分裂症状態で県立病院に収容されたとあるだけで、過去の経歴もその二日間にあっただろう押問答の模様も伝えてはいなかった。だが私には、死都を見て火山の噴火を、泥濘と荒蕪地を見て洪水を回想する難民よりも強く鮮明に、その一片の記事に誤謬と悲惨につつまれた人間の歴史を見た。マルクス主義法学者として学会に貢献した彼の業績を知らぬ若い教員たちに、かつて彼がうち立てた理論で難詰される哀れな姿。思想はおそらく、恋よりもまた主君への忠誠よりも人の血と生贄を要求する。一つの思想を仕上げた人間は、その思想をみずから裏切らぬうちに死んだときにのみ美しい。

教授会の再三の忠告にもかかわらず、学生たちは、おそらく他の組織の要請によってであろう、ストライキを決行した。教授会は、おなじ顔ぶれおなじ席順で、校内規約第九号違反の責任者の処分問題を討議しなければならなかった。

「いま国会に上程され、ここ数日中にも決議されようとしている警察官職務執行改悪法案に対して、法学部の先生がたのとられた態度はわれわれ学生自治会としてまことに遺憾と申さねばなりません。」

学部教授会は学長の決裁の下に、ストライキを決議した学生大会の議長以下九名の責任者の停学処分を発表した夜、経済学を専攻する学内自治会副委員長が単身、私の家を訪問した。一言いうたびに、相手の反応をたしかめるように鋭く凝視する目つきは、あたかもみずからに不動の真理がそなわっているかのようだった。正義の分有を許さず、一方が正義ならば一方は反正義であるという、力の論理に支えられている。私はしかし、その紋切型の発言も、彼が掻きあげる油気のない長髪のわかわかしい艶と、衆の力をかりずひとりで訪れたその誠実さのゆえに許せるように思った。

「経済学部の教授会有志の先生がたは、この法案上程に反対声明を出しておられます。また二、三の私学の法学部教授会も同様、学生たち、そして労働者とともに反対をしております。それにこの日本の中心的なと言ってもいい大学の法律専門の先生がたが、ただ沈黙していていいのでしょうか。」

「経済学部の教授がたが反対声明を出したかね。わたしはまだそのことは聞いていない。有志の声明は出された。慎重な審議が望ましいとね。それが反対かね。」

「反対です。」

茶菓子を出した典子のほうなど見むきもせず、政治青年はきっぱりと言い切った。解決できない難題を持ちこんだこの学生が、家政婦との裁判沙汰をおこした私を、舐めるような目付きで見ない最初の訪問者なのか。

「個人的には反対意見を表明されるかたもおられるだろう。それは自由です。」と私は言った。「だが、われわれは私学の先生がたと違って、国家公務員であり、その講義においても、また教育者の態度としても、特定の政党の利益を代表することを法的に禁じられている。」

「知っております。だから教授団有志の声明で結構なのです。いや、わたしは良識ある先生がたが、政治的に微温的立場であることはありえても、あの馬鹿げた反動法案に対して賛成であるはずはないと確信します。にもかかわらず、法案反対のストライキに対して、学校当局はその責任者の無期停学を宣告された。学内通告第九号を楯に、無慈悲に、各学部の学生大会の、その場の議長であったというだけの学生たちを、九人も停学処分にした。学生自治会は政治的に行きすぎており、学内規則への意識的反抗や破法はとりしまらねばならないと学園新聞の記者に対して学長はいわれた。だが、たとえば文学部の大会議長は、自治会の幹部でもなんでもない。共産党員でもない。人望あってその場で選ばれた議長である。議長はその大会の議事を整理し進行係をつとめはしたが、議事を誘導などはしなかったといわれている。彼もまた無期停学を宣告されました。ある特定の政党が、政党政府の文教政策上、好ましくない団体をなにかと理由をつけて弾圧することは、それが不当であるにせよ、彼らみずからの利益の必死の防衛手段としてそうした行為にでるだろうことは、政治の論理としては予想もされうなずけもします。だが、教授がたと学生とは敵対者であるはずがない。また常に、教授がたは政治的には動かないことを表明しておられる。その教授会の決定による処分について、われわれはその理由を聞く権利があり、また処分の撤回を要求する義務があります。しかるに、聞くところによれば、法学部においては、処分撤回運動の先頭に立つ学生をまたしても処罰しようとする動きがあるといいます。」

「その処分撤回運動が暴力的形態をとったり、学内規則に反する行為をとったときは、当然、その処分は教授会の議題にのぼりますよ。」と私は冷静に言った。

研究の都合上、学生に対しても、友人や親しい出版業者に対しても、私は訪問日をきめていた。一週のうちその一日は、最初から机の前に坐ることを断念して、客の種類によっては共にビールを飲んだりして一夕をすごすことを、私は一つの生活の規則としていた。だが、学内が動揺していることと、部長としての私に火急の所用があるとの電話連絡ゆえに、講義準備を一時停止して、自治会副委員長なる者に会った。しかし、こちらが一つ喋る間に十も喋る学生の弁説を聞きながら、まだ完了していない講義準備の作業を、遠い昔のような懐かしさで思った。早く机の前にもどりたいと私は思う。法学部部長の座についてから、急に増大した雑用のために、素直にいって、私の講義は十全の充実を示していなかった。敏感な学生はうすうすそれを感じている。講義時間中にあくびをするのは、礼儀としてあくびをするほうが悪く、また個々の原因は、前夜の不節制やアルバイトの過労など、その個人の生理的条件にあるだろう。しかし総体として、あくびを噛みころす気配の有無濃淡は、やはりこちらの講義内容の充実度のバロメーターである。私の講義は必修課目であるゆえに、試験期日が近づいたおりなどは、大講義室からはみ出るほどの学生が聴講する。だが、数はいくらつらねられてもそれだけで質への転換は生れない。とくに刑法学概論では、卒業していく学生に、これだけは知っておいてもらいたい項目は、一年間に語り得る範囲でほとんど一定している。去年なした講義ノートをそのまま繰り返しても、なんの不都合もおこらないばかりか、内容を変化させることは原則的に許されない。また、教授は詩人でも予言者でもないから、無闇な文飾や、まだ一般化されていない独特な方法論の採用で学生の注意をひこうとすることもかえって不誠実である。しかし、そうした数々の制約にもかかわらず、過去の業績に凭れかかった安易な講義をするなら、それと名指しては指摘することはできないものながら、教室全体にたちまちたるみが生ずるものなのだ。学者は亀を追うアキレスのように、寸刻の休息もなく、走りつづけていなければならない。それが研究者の運命であり、教授者の誠実である。厳密性、客観性、合理性、体系性、それらがいかに観念的であろうとも、その観念、永遠の拷問のようなそれへの奉仕によってしか、学者はその生命を保つことができないのである。数時間かかって一つの判例を検討し、数日を費して一つの課題を考えつづけ、そして何の結論、何の有用性をも導きだすことができなくとも、いまこの時間を無駄に見送るか、勇気をあらたにことを始めるかが常に学の分岐点なのだ。

「先生個人の意見を聴かせてください。……いや、ただ先生が現在われわれの教授であるばかりでなく、戦前そして戦時中、われわれがいま当面しているような状態、それよりも困難な、暗い状態を経験してこられたはずの、そして、ひとりびとりの自由な良心や善意では、結局破滅を阻止しえなかったことを肝に銘じて知っておられるはずの、われわれの大先輩の一人として御意見を聴かせてください。」

「む?」と私は行きづまった。彼の論理にはあきらかに飛躍があった。だが、一瞬言葉をうしなったのは、私が臆病だからでも、その法案に対して意見がないからでもなかった。それは相手の飛躍の多い修辞が、私の内部の扉を打ったからだった。正確な意識をもつ人間にとってなら常に苦しみの蔵である過去の扉を。すでに終ってしまった事件、終ることによって個人の責任から離れ、利害関係や運命や時代の一般的風潮等の別な因果律に動かされる歴史の中にくりこまれている事件ならば、私はいくらでも解説し正邪の判断を下すだろう。だが、第二次大戦中に含まれる私のすべての事柄はまだ完結していない。あたかも信仰者が、解決しえぬ聖主の奇蹟や苦難をなまなましい同時性の上に表象するように、私はまだその時期の過去と秘密な対面をしつづけていた。

「言いたくない。」と私は反射的に言った。

「しかし、先生、日本国憲法は、もう誰もごまかすことのできない明瞭さで戦争放棄を宣言し、信仰・思想・集会・結社の自由を保証しております。かつて反動吉田内閣が警察予備隊は軍隊ではないと、幼稚な見えすいた論理をあやつって武装を再開しはじめてから、政府は真向から国民大衆と敵対し、国民全体を裏切りつづけている。朝鮮戦争への間接的参加にほかならぬ武器の製造運搬を拒否しようとする大衆運動を封ずるために、政府は破壊活動防止法案を公布した。そして今度は、あきらかに思想と学問の自由を弾圧しようとしている。先生もお気づきのはずです。今度の法案がいかに治安維持法を彷彿させるものであるかを。学生たちがそれに反対するのがどうして学生の本分にもとるのでしょうか。」

「君は将来なにになるつもりかね。」と私は言った。話を故意にはぐらかす逃口上とみたのだろう。学生の顔に血の気がのぼった。

「職業革命家かね。」

「いいえ。」と相手は自分の感情を抑圧するように答えた。

「どういう職業につくことを希望する?」

「職業革命家ではありませんが、個別企業体内部での労働組合の運動に従事したく思っています。」

「就職試験は受けたかね、今度の。」

「去年受けました。」

「ほう、そうすると、一年留年したのか。」

「いや、二年です。」

私は微笑した。

「去年はどこを受験した。銀行かね、商事会社か。」

「新聞社でした。二百人に一人のわりの採用率でしてね。コネクションでもなければまず受かる心配はありません。」

「かならずしもコネクションが世間でいうほど力をもつものではないだろうが、その試験のときに支持政党を訊ねられなかったかね。」

「面接のときにきかれました。」

「第二次までは通っていたわけだね。それで何と答えた?」

「社会党と答えました。」

「右派か左派かを尋ねられなかったかね。」

「尋ねられました。」

「君は何と答えた?」

「…………。」

「君の個人的意見として、本当のところ、支持政党は何かね。あるいは、日本の現政党にその人を得ぬとか、現状が君の信頼を託するに難いと思えるとすれば、理想的形態、ないしはその政党が志向する理念からみて、君はどの主義に賛成なのかね。」

「共産主義です。」と相手は静かに言った。

敏感な青年は、私が何を言おうとしているのかを理解したらしかった。嗜虐的にそれ以上、面接試験の場で支持政党の表明を迫られる受験生の心の屈折を言う必要はなかった。部屋に入ってくるなり無礼にも私を反動呼ばわりする学生にも、馬鹿でない以上は、その胸にはインテリゲンチャの苦渋は流れている。私は反射的に息子のことを思いながら、自治会副委員長の、広い明晳そうな額を見ていた。頭のよさではけっしてこの学生にはおとらない息子には欠けている、なにか貴重なものをその青年はもっていた。

「君はわたしにむかって率直に語ってくれた。だから返礼にと言ってはなんだが、個人的にこの法案に関して、あるいは世間があまり注意しない法令や条令についても、わたしがどう考えているかを語ってあげてもいい。最近、就職試験にすら密告者があらわれ、及落線上にある者の、面接の場での公的意見を個人的意見でくつがえすという事件がよくあるそうだ。労働組合の仕事に従事するためには、その会社の入試にパスしていなくてはならない。それ以前に、個人的意見を赤裸々に表明することは、組合運動への参加それ自体からの失格を意味するだろう。そういう困難を身を以て知っている人間としての君に、わたしはわたしの考えを語ってもいい。わたしは、ローマ法ばかりやっていて、尊古卑今の偏見にかたまり、日本の現行法規に何の意見ももたないというタイプの学者ではない。一つ一つの条令の解釈についても、まだまだ君たちにはまけはしない。」

「おっしゃることはよくわかりました。」

学生は目を伏せて黙りこんだ。

「明日の講義の準備が、じつはまだ終っていない。時間をかけてゆっくりと論じあいたいなら、つぎの訪問日に来てくれるのが有難い。しかし、ぜひに……。」

「随分晩くなってしまいました。」夢遊病者のように相手は立ちあがり、扉のほうへ歩いて行った。私は見送らなかった。

「しかし……。」

「何か言ったかね。」

閾の所で振り向いて相手は妙に孤独そうに肩をおとして言った。

「……しかし、それにもかかわらず、わたしは先生を非難します。」

## 第一一章

私は思い惑った。ひとたびはその場を糊塗してすましたとはいえ、私はやがてふたたびおとずれるだろう自治会の役員の設問に、みずから愧ずるところなく答えねばならなかった。教壇外の、受講者の私事にいちいちかかわる必要も義務も教授者にはないが、ことは法の問題だった。

もちろん、私は平静な学究、学園の中立性を楯に外部の騒音を拒むこともできる。だが、この警職法改正案の問題は、ある暗い連想の先端で、私の青春、そして私たちの若かった時代、さらに私自身の生き方への設問にもつらなるものをはらんでいた。自治会の副委員長は、ある種の礼節のゆえに、具体的な指摘はしなかった。ただ、漠然と曖昧に、かつて先生がたが経験された暗い谷間、観念の屠殺場——といっただけだった。しかし、彼が問いただしたがったことは、私にはわかっていた。また、学生運動に好意的な他の教授のもとへはゆかず、むしろ、それに批判的な私の家の門をあえてたたいた理由もわかっていた。今度の法案が、戦前の行政執行法とある近似性をもつ以上、その行政執行法のもとで、一官僚、一検事であった経歴をもつ、私の意見を問いただそうとしたのだった。私の返答いかんによっては、下火になった正木教授排斥運動が再燃することにもなり、また、返答の一部を拡大して、保守派の正木教授すら立ちあがったという宣伝にも利用されうる。

いずれにせよ、また外への波紋はどうあれ、私は私の過去を整理しなければならなかった。過去はつねに、回想するその人にとって都合よく整理されるものであるゆえに、整理されれば個別的存在者の、もっとも奥深い存在論的意味を失う。その空しい整理作業、欺瞞にみちた退行を、必要にせまられて、私もまたやらねばならないのだった。すべての行為者は、その行為を弁明しようとするその瞬間に、行為者としての栄光を失う。法廷というものがもつ、本質的な人間的矮小性、証言というマイヌングの上に判断という架構を重ねる、あの部分性へと自分自身を退行させねばならなかった。

私は久しくひもといてみることのなかった、検事時代の著述「確信犯研究」をとりだしてそのページをくり、また、日々席をならべた同僚たち、さらに、おそろしく宴会の多い検事生活のあれこれを思い起した。戦後さまざまな形で、さまざまな分野の回想録やメモが公表され、あるいは暴露記事が横行しておりながら、あたかも、その部分が、インテリゲンチャの恥部ででもあるかのように闇のうちにすてさられたままになっている、その部分を。

昭和十六、七、八年ごろ、ことさらに当時の紀年でいえば紀元二千六百年代、——当時、検事局を支配していた一般的雰囲気は空虚な上機嫌さとでもいうべきものであった、と記憶する。行政執行法、治安警察法に規定される行政警察の捜査権、刑事訴訟法に規定される司法警察の捜査権もまた、原則としては、地方裁判所検事に属する。また新刑法に比して、旧刑法における法文上の検事の権能ははるかに大きかった。ところが一方、旧刑法においては、「警視総監、地方長官及憲兵司令官ハ各其ノ管轄区域内ニ於テ司法警察官トシテ犯罪ヲ捜査スルニ付地方裁判所検事ト同一ノ権ヲ有」しており、また検事の補佐として犯罪を捜査すべきものには、庁府県の警察官のほかに憲兵の将校、准士官および下士がおり、さらに、巡査、憲兵卒は、検事のほかに司法警察官の命令によっても捜査補助者となることができた。さらに、裁判所の手をへない、捜査判決権が、違警罪即決例によって、警察署長および分署長またはその代理たる官吏にあたえられていた。

もう一つ重要なことがある。元来、捜査とは、検察官が公訴を提起し、それを維持するために、捜査機関によっておこなわれる犯人および証拠の発見・集輯に関する手続きをいうものである。ところが、捜査は、迅速を要するゆえに、大裁判事件でないかぎり、普通は公訴提起前に、公訴提起の準備として行われ、かつ行われてしまうものである。ところで、行政執行法は、犯罪の行われる予測ないし危険察知によって、警察による一日の検束をみとめており、また物件の仮領置は三十日以内にその期間を定めればよかったために、大方の犯罪および、可能性としての犯罪は、一警察ないしは警察から警察へのたらいまわしのうちに、法以前の罰によって決着がつけられてしまえる仕組みになっていたのである。わかりやすく言ってしまえば、本来、地方裁判所検事局がなすべき仕事は、憲兵、警察、内務省警保局及び特別高等警察が、その前近代的手段でもって、そのほとんどを代行していたのである。すべての検察官は、かつての枢密院副議長平沼騏一郎を主魁とする政党内閣蚕食の陰謀によって生れた、検察ファッショなる

〈華々しき汚名〉を冠に戴きながら、ほとんど何もすることがなく、いわば体制内オブローモフと化していたのである。彼らは、警察署から廻送されてくる、たどたどしい調書にもとづいて起訴状を書く技術屋にすぎなかった。形式的には、被疑者に警察で会い、あるいは検事局につれてきて訊問することになっていた。形式的には、捜査機関の中で、検事は、どの警察官よりも上級職であり、どの代行者よりも主格であった。だが、検事の自主的な仕事など、法廷においてすらありはしなかった。巧妙に計画された犯罪や汚職を、警官の手をかりつつ、彼自身の裁量によって捜査し指揮し、隠蔽された犯罪事実を一つ一つあばいてゆくのならば、彼の才能、彼の頭脳、彼の法知識は、法網をくぐる何者かとの対決によって、ためされ、あるいは勝利し、あるいは敗北する生きがいを味うことができる。当時、施行されていた諸法令の批判はいま省略するにしても、その範囲内で、みずから仕事をなしつつあること、一つの組織の一員たることとの存在と任務をそこで実感しうる。だが、検事は、じつは何もすることがなかった。空虚に面して立つ者がおちいる、はてしない沈鬱さと倦怠感、そして見せかけの陽気さが検事たちの一般的な感情形態だったのだ。

私は司法研習生のときにすでにその方向を決定し、第何期生として、いわば科挙的な連帯を結んで一体化する正規の検察官ではなかった。三年以上の国立大学の法学部教授職経験者に自動的にあたえられる資格によって横すべりした、傍系であった。その刑法知識および法理論の蓄積はあっても、実務にはなれないゆえに、最初は、現在の言葉でいえば軽犯罪にあたる罪科の被疑者の訴訟を担当させられ、つぎには、その理論的蓄積がかえって忌避されて、永遠にその場所にとどまることとなった。公安課の職務は私の直接に関与するところではなかったが、検察官は一体であるゆえに、それらの職務の実体をも相当に知るところはあった。だが、その課でも、漂う雰囲気は同じことだった。何らかの強い確信をいだいて拉致されてくる被疑者に対して、一種衒学趣味の皮肉や戯言をもらして高笑いし、相手の思想をちょっとひにくっては、また高笑いする。当時は、あらたに逮捕されてくる国事犯はもうほとんどなく、多くは再逮捕、再拘置であったが、実際上、そうした人物たちを拘置し、公訴提起すべき、当該罪目すら見つけだしがたく、訊問はいささか後ろめたい雑談と、訓戒におわる。そこでも、警察によってととのえられた据膳に、ちらりと箸をつけてみて、前後の辻つまをあわすことといがいに、検事のする仕事はなかったのである。捕われの側にまわった人々の回想録を読んでみられるとよい。現実的な憎しみの対象はすべて警察であり、検事はほとんど例外なく、戯画的な、小メフィストフェーレスのような観念的虚像としてえがかれているはずである。悲しくも、検事たちはインテリだった。気の弱い、出世欲の強い、みずからの知識の優越を誇りたがる小才子たちだった。

「わしゃ、昔、アカでなあ。」同室にいた関西出身の横井検事は、なぜか一向に昇進もせず、窃盗犯やスリの相手ばかりをさせられながら、やけくそに冗談を飛ばし、ろくに訊問もせずに、初犯者はみな不起訴にしていた。

「お前、なんでこんな阿呆なことをやったんや。子供が中学へはいるのに、肩掛けカバンもゲートルもない。それで百貨店で盗んだんやと。阿呆か！　百貨店までゆくのに電車にのっていったんやろ。歩いて行ったんか？　電車で行ったと書いたある、ここに。電車賃をつこうてやな、ちょっと倹約したらやな、買えるもんを盗んで、なにが母親の愛情か。ゲートルぐらいなら、毛布の端っちょか、あんたの腰巻をつぶしてでもできるやないか。そやろ。まあ、今度だけは勘弁したる。二度とこんなことしたら刑務所ゆきやで。ええな。わかったな。」

検事局内でも、横井検事の不起訴処分は一時、問題になったことがある。しかし、彼は会議の席でも、まるだしの大阪弁で滔々と初犯不起訴論をぶっておしとおしてしまった。奇妙に屈折した情熱がそこにはあり、そして、その不定形の情熱は、すくなくとも、検事局内の半数の人々の暗黙の支持をえたからだった。検事局は、みずからの失われた権能の失地を国家一体論によって回復しようとする躁進（そうしん）の人々と、体制内の無風地帯で無気力な自由さをむさぼろうとする分権主義者に分裂していたのである。

局内でもたれていた、二、三の、公式、半公式の研究会にもその分裂は反映していた。そのうち、もっとも有力な研究班は、検察制度改革研究班と、確信犯問題研究調査班であったが、比較的には、前者がより国粋主義的、国体論的であり、後者がより自由主義的であった。そして、その双方ともに、知性と知性をこえた配慮、良心と良心麻痺剤の混淆からなる、非論理的論理、論理的超論理が介在した。

たとえば、検察制度改革研究班の一つの成果として司法研究報告書第×輯として司法省調査部からだされた文献は、つぎのような書きだしの緒論からはじまっている。

「チェザーレ・ベッカリーアの『犯罪と刑罰』から出発した近代刑法は、応報主義と保護刑説に分岐して発展し、近時、わが国においても保護刑説が急速にとり入れられ、行刑制度は相当の発展をみたが、刑事訴訟法の分野ならびに捜査手続きに関する理論は遺憾にしてまったく等閑にふせられている有様である。」

門外の人たちには、その紙背の志向を読みとりがたいかもしれないが、この劈頭の一節がすでに、当時の絶対矛盾の自己同一――ではなく、絶対矛盾の自家撞着を絶望的に表現している。なぜならば、封建社会の諸特権主義に反抗して、罪刑法定主義がベッカリーア以来、近代法の理念としてうちたてられてきたことは確かだが、わが国における保護刑説の採用とは、遺憾ながら、それが本来意味する社会的責任論が曲解されて国体論的保安処分理論となり、具体的には行政執行法、治安警察法、思想犯保護観察法等、当事者の法廷における闘争主義を完全に裏切る立法に利用されたものである。筆者はそれに対し、捜査手続きの改善がなされていないと憤っている。つまり、曲解された保護刑説の暴力的具体化により、検事のする仕事がなくなったと怒っているのである。ではどうすればよいか? 以下を要約すれば、「くに」を法律的概念において理解せず、民族的信仰的理解によって直観し、「司法権ハ天皇ノ名ニ於テ法律ニ依リ裁判所之ヲ行フ」本来の姿に超克的に止揚せねばならない、というのである。何のことか、ともかく、上からのものにせよ、民主的雰囲気が主導的となった戦後の若者たちにはさっぱりわけが解らないに相違ない。その用語は神秘的であり、その論理は呪術的である。だが、これは発狂しているのでもなければ、ふざけているのでもない。大真面目なのだ。学問のもつ合理性、軍部に対して失地を回復しようとする少壮検事たちのあせり、さらに国家の施政にも背くまいとする三つの乖離した志向が、こうした荘重な修辞的粉飾となってもだえているのである。本論の、世界の検察制度の沿革についての記述ははなはだ秀れている。にもかかわらず、緒論と末尾の改革提案は、知性の分裂症状をしめして、非現実的な極彩色にどぎつく彩られているのである。

　そして、私の属する「確信犯問題研究会」も、より年かさの人々の集りであるという気安さ、諦念の自由さにめぐまれていたとはいえ、検察制度改革研究グループとまったく同じ矛盾の上にたっていた。いや矛盾はむしろこちらのほうが大きかった。信管一つの震動で大爆発し、法の伽藍のすべてが瓦解しそうな矛盾のうえに立っていたのである。毎週土曜、局内の有志に、高検の検事や大学教授もテーマによっては加わり、司法省調査部や各裁判所から資料の提出をあおいで会合がひらかれる。アナルコサンジカリズムの思想とその運動の実態、レーニンの暴力革命説、革命権と国家権、プロレタリア芸術運動の経緯、左傾学生の環境調査一覧、諸外国における国事犯刑罰の比較、大逆事件と二・二六事件の公判ないし秘密裁判記録の考察、あるいは、思想犯転向声明の検討や、未成年思想犯の転向観察記録の紹介など。各回ごとに、専門の、あるいは興味をもつ分野の検討記録、あるいは実地裁判の体験を、報告担当者が語り、出席者は耳をかたむけ、筆記し討論する。三・一五の大弾圧以来、マルクス、レーニンの著述を、バクーニン、クロポトキンの著述を、公然と机上に並べ、公然と集会してその思想を論じあった、おそらくはこれが唯一の集団であったろう。これだけでも、すでに太陽を西からあげ、陸地に船を走らせるような大矛盾だった。研究会の運営は自主的なものだったが、資料集輯費、設備費その他は内務省の研究調査費が割当てられており、年一回の各分担者の論文提出の義務が課せられていた。内務省警保局がもっとも知りたがったのは、ソビエト・ロシアの反革命罪の裁判とその刑の執行、およびその理論、ナチス・ドイツにおける確信犯の実態とその対策であった。直接、その意向に沿う必要はなかったけれども、問い合わせに返答をこばむことはできなかった。やっていることは学問だった。だが、結果は——ソビエトにおける反革命者処分の知識は、ソビエト社会を日本にもたらそうと夢みた武器なき人々を、より苛酷に処罰するのに役立ったのだった。学問の名においてする虐殺への賛助――それは、アメリカにいて、第二次大戦中に軍部と協力し、学問研究の名において原子爆弾を作った科学者たち、その原理的可能性を予言し、その計算と理論的根拠を提供した物理学者たちの、苦渋と、改悛しえぬ悔悟におそらくは似る。

　そして、避けようとして避けえず、もっとも恐ろしかったことは、どのテーマをとりあげるにせよ、論議は常に、確信犯とは何か、すなわち法とは何か、という初めにして終りなる窮極的審問にすべてのものが、真向から面をさらさねばならないことだった。

　いつのことだったろうか。日時の正確な記憶はないが、確信犯問題研究会が、公安課の鷲尾検事を報告担当者として、一左翼青年の転向ないし擬装転向を、その書簡および、訊問記録、保護観察記録によって分析していた時だったと記憶する。小会議室の扉に重要事項会議中、禁入室の札をかけ、経費節約でスチームのかよわなくなった部屋の暖を、二人に一つずつの長袖火鉢でとりながら、メンバーは円卓を囲んだ。十三人。鷲尾検事は、窓から忍びこむ黄昏を背にして小黒板のわきに立ち、鸛鳥のように嗄れた声で、その青年の略歴から板書(ばんしょ)した。

　その青年は、甲南高等学校当時、読書を通じて党に接近、三・一五の検挙によって四年の刑をうけ、六年七月、刑期六ヵ月を残して仮釈放され、七年、ふたたび党活動に入り、同年末、東京において検束された。

「すでにご承知のように、昭和三年四月、当検事局において八十二名の共産党活動者の起訴をおこなって以来、内務司法両検事局において各種の統計もつくられ、また当研究会においてもすでに数次にわたって、代表的人物の供述と活動歴についての、判明したかぎりでの紹介、討論も行われたのでありますが、今回の事例は、学問の階級性という問題からシンパサイザーとなり、入党していった、やや特殊なケースとして各位の御注意を喚起したいのであります。共産主義は、その一切の歴史進化を階級闘争の過程とみなし、一切の上部構造を、階級闘争の直接的あるいは間接的反映とみなすものであります以上、学問をもそれがよって立つ階級的立場により価値判断するものであることは当然でありますが、従来、統計されております入党動機分類におきましても、学者たらんと欲していた良家の子弟が、学問の階級性という問題に当面して左傾していったという事例は珍しく、それゆえ、いささか私見による整理をもまじえて、報告したいと思った次第であります。とりわけ学者を志していたと申すだけあって、マルクス主義理論のみならず、ブルジョア政治学……いや彼の申しますブルジョア政治および法学についても相当にくわしく、検事訊問および予審訊問におきましても、〈確信犯処罰不可能論〉とでも申すべき、近代保護刑法理論および規範主義刑法理論の盲点をつく論説をなしており、その点、かつて当検事局において取調べられましたる無政府主義的テロリスト富田司の〈法消滅論〉に拮抗する重大問題を提起するものといえるのであります。本官は……。」

富田の名がでてきたとき、私は筆をおき、胸のポケットからハンケチをとりだし、しばらくその布の白さを眺めてからはなをかんだ。感情には、それが感情になりうる一定の刺戟の幅がある。その幅を超えた振幅は紫外線のように目には見えず、また何らの情緒を生むこともなくすぎてゆく。私は戸外におこっている、自動車の警笛を奇妙な明瞭さできき、それが駆けすぎたとき、平静にもどっていた。つづいて小学生が隊伍を組んで歩む足音と歌声が、今度は幻覚ではなくはっきりと聞えた。
……生命はえある朝ぼらけ、
たたえて送る一億の、
歓呼は高く天を衝く、
いざ征け、つわもの、
日本男児。
「本官は……。」鷲尾もまたしばらく言葉を切った。
いまは夕暮れであるのに、何故、朝ぼらけの歌を唄うのだろうと私は思った。
「さて、各検察官諸君に、いまさら近代刑法の講義をするかたちになるのははなはだおこがましい次第でありますが、しばらく、この青年、A君としておきます。A君の論議を要約してみたいと思うのであります。」
その紹介の要旨はこうだった。
周知のように、近代資本主義社会の発展にともなって、封建社会における宗教的贖罪思想、特権者の専断的裁判にかわるものとして、刑法学の領域には二つの近代的思潮が踵を接して登場した。一つはいわゆる客観主義の刑法理論であり、一つはいわゆる主観主義のそれである。客観主義とは、個人の自由・独立・平等をとく観念論的啓蒙主義をその背骨にもち、ルソー的な社会契約説と提携的な関係にたつものである。各人は生得のものなる自己の自由を、公共の利益のために了承的に社会に供託するところから、社会は公共の一般意志にそむくものを罰する権限を賦与される。供託は平等であるゆえに、その刑に身分や階層による差異があってはならず、罰は、犯した行為、傷つけた価値に等価的な応報・返済でなければならず、また刑の軽重は罪のランクと比例的に対応する性格をもたねばならない。各人の具体的な個別性を出発点とするなら、それは必然的に法の否認すなわち無政府主義におちいらねばならないから、それをさけるために、平均的人間像から出発し、犯罪を、個別的意志による普遍的意志の侵犯であると規定する。これが、近代刑法の理念的グルントである。そしてこの場合、法を犯す人間も自由人であり、その自由意志によってのみ犯罪は行われるものと考えられる。

とすると、少し考えてみればわかることながら、天賦の自由を分割して供託しておきながら、その同じ自由意志でその供託に背くということは論理的におかしい。そのおかしいことが実際には無数におこった。ということは、この客観主義は、ルソーの社会契約説、カントの至上命令説より以前に、なお一つの形而上学を前提としていたことを意味する。それはデカルト的理性主義、つまりは、万人が等しい理性と等しい価値可能性を賦与された人間としてこの世に生れてくるはずであるとする麗わしい信念である。王権神授説にかわる理性天授説——。だが、事実はちがっている。たとえば千人の小学児童の中には、かならず十五人程度の精神薄弱児がおり、百人の成人の中にはかならず数人の性格異常者がまじっている。犯罪統計学、犯罪心理学、犯罪精神病理学は、とりわけ累犯者の大半が、国民的平均からずれる痛ましき無自覚的逸脱者であることを証明した。そのとき、ひたすらに法文とその平等な施行にのみ留意していた刑法は、犯罪者の個性に目をむけはじめ、そして犯罪は、統計的に、自由意志によるよりも、その違法者をしてその犯罪をおかすにいたらしめた諸条件と要素によっており、考察は行為の土壌にさかのぼるべきことを悟るにいたったのである。癩者を隔離し、伝染病患者を社会が治療せねばならないように、かくて犯罪は社会的に予防し、社会的に矯正せねばならぬことを、いわゆる主観主義が説いた。罪刑比例主義ではなく、不定期な保護刑、保安処分がその刑法の中心に坐った。

すべての犯罪は、自然的、社会的現象であると主観主義は考える。そのかぎりにおいて、たしかにこれは近代的ヒューマニズムの延長線上にある法学上の発展だった。

たちおくれて近代化した明治維新後の日本政府は、このヨーロッパに開花した二つの思潮を混淆してとりいれたが、いちおう、刑罰法定主義の客観主義をまず刑法典とし、それに主観主義的保安処分の諸法令をつけくわえたものとして整理することができる。刑法は明治四十年、少年法、矯正院法の制定が大正十一年であることが、如実にそれを示している。また大正十五年の法制審議会によって、「労働嫌悪者、アルコール中毒者、精神障碍者」に関する規定をもうけることが採択された。いや、これ以前に、明治三十三年に制定された行政執行法はすでに、ほぼそれに等しい規定をもっており、この行政執行法が刑法に対して公的にもつ意味も、世界的な潮流であった、主観主義と客観主義の相補性の日本的表現であるはずのものであった。行政執行法第一条はこう言っている。

「当該行政官庁ハ泥酔者、瘋癲者自殺ヲ企ツル者其ノ他救護ヲ要スト認ムル者ニ対シ必要ナル検束ヲ加ヘ戎器、兇器其ノ他危険ノ虞アル物件ノ仮領置ヲ為スコトヲ得暴行、闘争其ノ他公安ヲ害スルノ虞アル者ニ対シ之ヲ予防スル為必要ナルトキ亦同シ」

ところが、その明文化されたヒューマニズムは、まったく相反する非人間的役割を分担するにいたるのである。なぜなら、歴史の脚光をあびて檜舞台に登場したブルジョアジーは、みずからの要求を貫徹したまさにそのとき、みずからの墓穴をほる階級が背後に迫っていることに気づき、恐怖したからである、とA君は主張する。理念的には、各個人の自由の分割分の集合体であるはずの普遍意志は、現実には特定階級の権利を絶対化する国家権力であり、公安をみだすという名目のもとに、自然的異常者をではなく、社会的先覚者や異端者を脅迫し威嚇し、収監したのである。犯人のもつ危険性を改善し、補導し、矯正せしめねばならず、犯人のしめす犯罪危険性が継続するあいだ、不定期的に刑は執行されねばならないという口実のもとに。従来の少年法、感化法にかわって、最近、つまり昭和八年「行刑累進処遇令」「思想犯人ニ対スル留保処分取扱規程」さらに昭和十一年「思想犯保護観察法」が制定されたのが、その具体的あらわれである。

確信犯に関しては、その犯罪の成立を、動機においてみる説、目的を重視する説、さらに社会的影響による客観的判定をとく意見などが併存するが、彼らがその思想を胸にいだくだけで収監されねばならぬとする理由は、いぜんとして、社会より隔絶され、矯正されるべき危険性格者とみる点にある。しかしながら、確信犯は、性格異常者でもなければ泥酔者でもない。それに対する〈矯正〉のためにも、彼らの動機・目的・行為の責任を、彼ら自身の〈自由〉つまり決定し選択しうる意識をみとめねばならない。でなければ、犯罪構成要件の第一項目である行為有責性が欠け、〈保護〉はなしうるけれども、刑法上は〈無罪〉ということになるからである。確信犯である以上、その行為は過失ではなく故意である。である以上、それは既存の義務規範の違反であるに相違ない。思いあやまっておりましたと、確信犯に強制して言わせることと自体、彼を検束したことの意味を失わせしめるものである。また一方、その故意が、持続的な緊急行為、つまり正当防衛ないし緊急避難であり、他の行為の期待可能性が、自由人であるゆえにこそ全くなかったと認められるならば、そこには違法性阻却がみとめられるはずであり、その行為は法律的に罰しえない。

かくかくの通常人としての義務意識をもち、その行為の禁ぜられていることを知り、その行為の結果をも予知する能力をもちつつ、いや、通常人以上の予見力をもつゆえにこそ、それ以外の行為をなしえなかった者を、法は処罰できない。すくなくとも、保護刑説では処理できない。その行為こそが、個人の委託された自由の集計である社会の要請を、啓示的に代表するものでないとの証明は、刑法自身の中にはないのだから。

「あなた方がわたしを裁くのは違法である、とA君は頰に朱をそそいで、叫んだのであります。そのとき、もし、検察官の地位にある以上、その地位の要請として何人もその地位にあるならそうせざるをえないという論理をもって対峙するなら、それはプラス・マイナス零ということになり、要するに確信犯は、その処刑のみならず、取調べもまた不可能ということになりかねないのであります。」

「それはあまりに自信がなさすぎる。」報告の終るのを待たず、世良検事が言った。典型的な秀才気質と、その内なるものの外にあらわれた冷徹な風貌——。検事職についた時期は四期ほど鷲尾検事のほうが上だったが、世良検事と向いあえば彼はやはり田舎者だった。

「党派的イデオロギーの本質は、」世良検事が立ちあがって言った。「自己および自己の属する集団の利益をはかるためにする運動が、同時により普遍的に一般者の利益にも奉仕することになると強弁することにある。したがって、あらゆる確信犯は個人的、集団的、宗教的、政治的たるをとわず、つねに、その個々の行為に関してではなく、そのイデオロギー的粉飾の次元で、現存の実定法に対抗してくるであろう。まったく対等の次元には裁きなし……と彼らは主張し、彼らを裁く法もまた一つの党派的イデオロギーにすぎないと言うだろう。だが、彼らのかかげる目的がいかなるものであれ、目的によって手段を美化する俗論をわれわれは許してはならない。彼らにとっては、体制の側に立つものの、些細な過誤、逡巡、周章も、すべて彼らの大目的のための宣伝、煽動の餌食として生かされる。法廷ですらが、一つの闘争、一つの宣伝の場所であると公言している。鷲尾検事の報告された思想犯A君の言動、なかんずく、その詭弁にみちた確信犯処罰不可能論も、それは法の論理ではなく、宣伝と煽動の論理であることを見抜く必要があると考える。」

「私はA君の代弁者ではない。」個人的な世良検事への反感を露骨に顔にあらわして鷲尾検事が黒板を手でうった。「だが、目的のための手段の美化という点に関しても、われわれにあたえられている捜査権なるものも、いくらかはそういう性質をもつということも反省しておく必要はあると考える。国家の安寧秩序を維持し発揚するという立派な目的のために、とくに内務警察のおこなっている捜査手段に対して、クリミナリストのすべてが寛大でありすぎはしないだろうか。伝えきく様々の噂がもし真実であるならば、それはわれわれ法の使徒たる者には耐えがたいものである。」

論争は、しばしば、相手をあばくよりも自らを暴露する。私はある意外さの感情にうたれながら、鷲尾検事の顔をみた。柔道で鍛えたその頑丈な体軀、そのドラ声、そして従来の研究会の席上での公式的な見解から、彼こそがファシストであると私は思いこんでいたのである。

「国家利益というものが、すべてに優先させられねばならぬ非常時下においては、ある程度はやむをえない。」と世良検事が言った。「西欧列強の植民地化政策に対抗し、われわれのおやじたち、われわれの祖父たちは、この日本を侵すべからざる神聖なる国土として築くために心血をそそいできた。われわれもまたその遺産を子孫に伝える義務がある。内紛は、その芽のうちにつみとることに、私は賛同する。」

「論議をもとにもどそうじゃないですか。」私の隣りの波戸田検事が、胃潰瘍患者特有の臭い息をはきながら言った。「むしろ、A君が再逮捕ののち、予審判事にその法律論を語ったとすれば、彼が昭和六年になした転向声明は擬装だったことになるはずであり、いまはA君の行状に即して擬装転向の問題が論じられるべきだろう。そのほうが実りが多いんじゃないかね。」

「なんの実り？」無作法にテーブルに片肘をついていた横井検事が言った。珍しくその口調は関西弁ではなかった。「もともと、わたしは正木検事にさそわれて、この研究会に加わった。毎週の研究会に参加して、真鍋、佐野、三田村をはじめ、さまざまの判例や行状、そして性格分析などをも研究してきた。しかし、わたしは、ひそかに、われわれがいったい何を究めようとしているのかを、いつか考えねばならぬときがくるだろうと思っていた。誰かがきりだすだろうと思っていたが、誰も言いださぬ。今日はいい機会だ。わたしが言おう。それはこうだ。われわれは取調べの側にあることによって、逆に問われているのだ。われわれの一人一人が、思想とははたして思惟する動物である人間にとって何であるのかと。思想とはその存在にとっていったい何であるのかと問われているとはお思いにならないか？　われわれは人間が猿であることを証明しようとしているのか、人間が苦悩する人間的存在であることを知りたいのか？

それとも、日本の民族の〈血と土〉の特質か。」

すでに会場は、むかいあった相手の表情もよみとれぬほどに暗かった。闇には外と内の区別はなく、黒板も、黒板のわきになお棒立ちしている鷲尾検事も、いまは一塊の影にすぎなかった。しかし、だれも立ちあがって戸口わきのスイッチをひねろうとはしなかった。横井検事の声はつづく。

「学問と研究の崇高性はいったいどこにあるのか。学問もまた人間が人間であることの誇りと明証の一部門であろうが。にもかかわらず、われわれの研究に崇高性の片鱗でもあっただろうか? ある一個の存在が、厖大な、圧倒的な権威の前にさらされ、裸の、二本の足と二本の手と、破れやすい皮膚と体をまもりきれぬ髪だけの存在に還元させられ、最低の、生きてゆく権利を守るために絶叫する。それは絶叫であって、その声の悲しさだけが真実であり、その内容がAであろうとBであろうと、それは、〈生は生を欲する〉という一つの基本的原理を証明しているだけだ。当然のことだ。それを予審訊問の調書や裁判記録や、感想録や手紙から、この転向は家庭愛によっておこり、あれは拘禁中の反省、あれは性格、これは民族的自覚などと分類し、その確信犯の確信内容はかくかく、この国事犯の動機はかくかくと、そんなことを統計してみていったい何の意味があろうか。死者の血にたかる青蠅のように、こんなことを分析し論じあってなんの意味があろうか。正木検事、あなたはこの研究班の理論家だ。あなたは、もっともこの問題に熱心だ。答えてもらいたい。あなたをして、積極的にこの研究会に参加せしめている、あなたの情熱とはいったい何なのだ。いったい何を知りたいとあなたは思っておられるのか。」

「……人間の歴史です。」と私は暗闇の中でいった。ふいに向ってきた戈先に、狼狽した私の表情は、しかし暗闇が保護してくれた。

「君にとって、この現実も単なる歴史なのか。」

「そうです。」と私は小声で答えた。「おそらくはすべてが歴史です。そして、わたしの関心事は、人間には、その歴史を覆い、さらにそれを超える理論があるのかないのかということです。」

「あればどうするつもりなんだ。なければどうするつもりなんだ。」

「おそらくは、ないでしょう。」

そのとき、私はまた一人、敵を作った。

「君は厭な奴だ。」と横井検事は言った。

もう二十年も昔のことである。

## 第一二章

書斎の窓の外に広がる夜景は、敷地が高台にあるせいで展望に富んでいた。夜気はいきり立つ塵埃をおさえ、清楚な、流れるような微風となった。数多い遠くの街の淡黄の灯に混って、点滅している赤い光がある。信号灯か広告ネオンかはつまびらかではなかったが、宵の明星のようにも見える。家の裏側に横たわる丘陵の大半は、住宅公団用地として切り崩されつつあったが、くぬぎの林や雑草の原は残っていて、虫の棲家となった。ちちちと虫が呼びかけてくる。

風呂で濡らした髪を乾かしながら、私は虫の音を聞いた。関西へ講演旅行にでたとき、松阪によって本居宣長の旧居を見学したことがあった。質素なしもたやであったが、壁に貼られた案内書に、西向きの中二階が彼の書斎であったこと、古事記の注釈作業に倦(う)んだとき、宣長は小鈴を振ってその音を楽しんだとしるされてあった。二、三の、硯や筆、書物や書簡の展示されてあるその部屋は、天井が息苦しいほど低く、小さな格子窓が西向きに開いているだけだった。原稿はいちいち朱で添削し、横に自筆の清書定本が並べてあった。想念を噛みしめ、文字を刻むように書き綴った跡がうかがわれた。そのときは、毛筆で清書することの面倒さを思って驚嘆したものだったが、私は虫の声に、その小さな鈴を思い出した。疲れを癒すために酒を飲むでもなく、鈴を鳴らして神経をなぐさめたという――そのふいの回想に私は非現実な鈴の音を聞いたように思った。風が黄葉した書物のページをくる。丸善から寄せられた書籍カタログの封を切るでもなく、私は暫時の安らぎの中にいた。

旅行から帰ってきて、私はさっそく書店から宣長の著作をとり寄せたものだった。専門ちがいのなんの予備知識もない分野ながら、彼の学問の姿に触れてみたくならせるものが、その書斎にはあった。和歌に興味はなかったけれども、「排蘆小船(あしわけおぶね)」と題された評論には力強い論理的精神があった。正確には記憶せず、また全篇を読みきる根気もなかった。しかし、どうした和歌が載道にあい、どうした作品が悪しきものかと、設問した問答体の記述の初めに、人は物に感じて心を詠じ云々にはじまる美しい文章があった。よき和歌もあるらん、悪しき歌も作られるらん、という相対主義が私にある暗示を与えた。日常生活を芸術の地平で論ずることはできぬにせよ、人の行為の指針もおなじことかもしれなかった。人は何事かに感じて事をなす。法に触れることもあり、偶然、法の目的に合致することもあるだろう。だが行為の道義的価値ははじめから計算されている必要はないかもしれぬ。

隣家からラジオの歌謡が流れてくる。虫の声はなおもつづいていた。まぎれもない、それは秋のすがただった。

思いがけず雨が降りだした。洗い流されるように私の思いは休息を打ち切って、いったん断わったはずの新聞に書く原稿のことにもどっていった。激しい政局の変化と対立する階級の闘争に追われてだろう、もういちど連絡するといったきり新聞記者は、その後、研究室にも自宅にもあらわれなかった。もともと、私は新聞に専門外の通俗的な雑文など書く意志は毛頭なかった。長年の準備も専門的訓練もなしに書かれる希望的観測や揚足取り的な批評は知性の恥辱である。そのうえ、困難な論証を省略してなされるコラム記事には、どこにも責任の存在しない架空の視点、大衆を甘やかす〈進歩的〉意見が蛆虫のように満ちている。私は蛆虫などにはなりたくなかった。

にもかかわらず、担当記者が再度くるとの約束を反故にして跡を絶ったことがあきらかになるにつれ、私は依頼された愛の倫理についての課題、いやそれよりも書くことと書かぬこととの利害得失について思いめぐらしはじめた。受験生が問題を投げだす寸前、解けない問題の難かしさよりも、投げだすことによって起る浪人生活の苦渋をまざまざと幻想するだろうように。

考えてみれば、大学の部長クラスの教授に支払われる大新聞の稿料は大体一枚三千円である。

三、四枚書けば、それは小企業会社の従業員や女子工員の月給、男子でも大学卒業生の初任給に近い金額になる。ジャーナリズムは現代のメフィストフェーレスである。一ヵ月間汗水たらして、〈最低文化生活〉の糧を獲得するひとびとに向けて説く無責任な啓蒙記事が、それだけで大半の読者の月給高を上廻る収入を約束する。若さをすら、ある程度は金銭であがなえる社会である以上、ジャーナリズムに魂を売る読書人の出てくるのも不思議はない。非在の観察者、どこかに居そうで誰も責任をとらぬ一般的進歩者の立場でものを言えば、オーバー一着ぐらいは買える金銭はわがものとなり、名声という魂の外套までが景品につく。人は拝聴してそれを信じこむだろう。数年、数十年を費して書かれた学問的労作を理解しようとする暇も金も熱意もひとびとにはない。それら心血の注がれた著述は、多く国家の助成金で、物質的報酬もなしにやっと日の目をみるにすぎず、一夜書斎で筆をひねれば、多額の報酬をえて世の喝采をあびる。ただ発行部数が全国的であるという、量による質への優先のゆえに。

いじけた皮肉な反省を続けながら、私は今度電話のあったときには、申しいでを承諾しようと思い始めている自分を見出した。量の質への優先、——ほとんど恐怖に近い思いで、現代には法廷すらが二つあることを悟ったからだった。国家権力とは独立して、かつて教会が司った精神の審判を、いまはマスコミュニケイションの媒介が司っている。

刑法第二百三十条は、「公然事実ヲ摘示シ人ノ名誉ヲ毀損シタル者ハ其事実ノ有無ヲ問ハス三年以下ノ懲役若クハ禁錮又ハ千円以下ノ罰金ニ処ス」と規定している。また、罰金等臨時措置法により、罰金金額は五〇、〇〇〇円以下にひきあげられてはいる。だがどのような毀損の種類であれ、名誉毀損それ自体に対する、刑法の科する罰は最大限五万円にすぎない。

一行の謝罪公示と罰金、ないしは民法上の基本権侵害に対する慰藉料、――それよりも早く新聞雑誌の気紛れな煽動と雷同によって、人は社会的に葬りさられもし復活もする。しかも職業的身分は、アカデミックな客観性や法廷の判断にはよらず、その社会の信頼の有無によって左右される。片方の手をひきちぎられるよりも、財布をすられるよりも、社会的信望のほうが常に高価である。

ものうげな様子で典子が書斎にあがってきて、しばらくものも言わず私とむかいあった。ひとりする打算は、父親の顔色をうかがう娘の卑屈な目付きに消えたが、いらだちは一段と増した。娘が旅行にゆきたいと言いだしたとき、私のいらだちは極限に達していた。

「急にどうしたんだ。温泉などへ。ぜひゆきたいなら姫崎君につれていってもらったらいいだろう。」

「あの人は忙しいから。」と典子は自分の爪を見詰めて言った。

「男は仕事があれば、誰だって忙しい。それに、そんな躰であまり揺られたりせん方がいいだろう。第一、雪国にいって冷えこんだりしたらどうする。」

「お説教が聞きたくて旅行のことを言いだしたりしたんじゃないわ。」

「それで気分が変るなら、好きな処へ行ってくるがいい。お金ならあげよう。」

「お父さんと一緒に行きたいと言ったのが聞えなかったの。女が身重な体で一人旅にでたって面白いことなんかありゃしない。」

「わしとなら、面白いかね。」

「………。」

私自身は正直にいって休息を欲していた。だから、典子の申しいでは、私にとって本当は胸の衝かれるほど有難かったのだ。なぜ即座に「いいね」と一言賛同しなかったのだろう。私が逃げだしたと思われることが癪だったのか。それとも、なにか娘の申しいでをむげにしりぞけねばならぬ理由があったろうか。先日裁判所から廻送されてきた米山みき側の告訴状の写し、その告訴理由と事項に対して、反証の準備をせねばならないのも事実である。また名誉毀損訴訟に関して可能な限りの知識を一応まとめておかねばならぬことも事実だった。日本の学界では、ただ二人の専門家の数冊の著書と抜刷りがあるだけだった。一応それを読み返し、つぎには索引をくり、見うる判例集の中から名誉毀損関係の事項を抜きだし、目を通しておく必要もある。だが公判開始までには、なお、一週間や二週間の余裕は充分にある。旅行から帰ってからでも遅くはない。ではなぜ——。

「仕事をもつようになれば、そして女なら結婚してしまえば、百人に一人か二人のとび抜けて幸福な人ではない限り、無闇と旅行などできるものではないんだよ。」と私は言った。「だから、お前の学生時代には、危険な登山やスキーでも、お前がゆきたがったときにはわしは反対しなかった。人生の中で、楽しみを楽しみとして味わえる期間はほんのわずかしかない。わしはそれを知っている。だから、お前の同伴者が異性の友であっても、わしは反対しなかった。だが、いずれ同じ泥沼のような日常生活の重みに耐えねばならないんだから、と思ってね。だがね。だが、いったん失った季節をとり戻そうと焦っても、それは徒労なんだよ。」

「それもわかってる。」

眉毛の薄れた顔を伏せたまま、典子は顔をあげなかった。

「退屈なのなら、なにか仕事をみつけてするといい。料理もほとんど習わずじまいで嫁にいったのだから、駅前に料理学校というのがあったろう。そこでも習うといい。子供が産まれるまでの間にでも、いろいろ珍しい料理の仕方を学べるだろう。造れるなら、人形造りであってもかまわない。お金を使ってみたところで、ぶらぶら遊んでるかぎり、楽しいことなどおこりようがないんだから。」

「もういいの。わかったから。」

「明日は音楽会にでも行ってきなさい。誰かヨーロッパから有名なヴァイオリニストがきていたんではないのかね。」

「いいえ、家にいます。」

ゆったりしたハーフコートを羽織っていても、上からその腹の隆起の見える腰部を撫でながら、典子は猫のようにゆっくりと歩みさった。髪の色も気のせいか薄くなり、輪郭がどことなく崩れた顔は、いかにも薄倖そうで憐れだった。襖のところで振り返り、典子は私を呼んだ。

「まだ何か用かね。」

私は内ポケットを探って、ばら銭を取り出した。「明日、郵便局から出してきてあげよう。今はこれだけで我慢しときなさい。」

典子は私の掌の上の皺くちゃの紙幣を見、ゆっくりと私の目を見あげた。

そのかけがえのない成長期が、戦時下の物資不足と重なった典子には、躰の大柄な割にひよわなところがあった。表情の変化の激しいことも、関心をもつ異性にとっては一つの魅力かもしれないが、父の目には世間智の甲羅をまといそこねた虚弱さに映る。まじまじと私の方に注がれた青ずんだ瞳を見かえしながら、わけもなく、戦時中、防空壕の中で、私の腕に抱かれながら、かつての女学生はよく泣いたものだったことを想い出した。奥の間の畳をあげ床板をはずし、妹の世話で専門の大工に作ってもらった、小一坪はある、割合に頑丈な防空壕だった。黴が支柱の一面をおおって長くは入っておれなかった。——後から考えてみれば、木造家屋内の、しかも上に土をかぶせてあるわけでもない防空壕など、逃げおくれる虞れこそあれ、何の役にも立たないものだった。だが、几帳面にも警報の鳴るたびに、寝床から壕へとこの父子は往復した。静枝は不貞腐れたように、この家の焼けるときにはここで死ぬといって起きてこず、茂はたたいても寝返り一つうたぬほど眠りこけていて、結局、深夜、二度も三度も、私はサイレンが鳴ると、しくしく泣き出す典子をつれて闇の穴倉にうずくまったものだった。郊外とはいえ、激しさの度を加える無差別攻撃には油断はならず、なによりも私はまだ死にたくなかったために、どんなに眠くとも自分の体をひきずるようにして壕にもぐった。子が親の体に触れて甘える習慣をもたないこの国で、しかしあんがい、私は初めて己れの娘を慈しんだのだったかもしれない。私の膝の上に横ざまに坐って、典子は私の首に頬をすりつけるようにしてしがみついたものだった。

「こわあい、こわあい。」と寝言のように一つ言葉を繰り返しながら。

面白い話を聞かせてやるほどの如才もなく、私は娘の肩を小さく打ちつづけた。夏は、その狭い空間の蒸暑さに共に汗ばみ、冬は一枚の毛布を頭から覆い、防空頭巾を尻に敷いてもなお伝わってくる冷たさに耐えながら。すでに触れ合っておりながら、空に不気味な爆音が響き、空しい高射砲の炸裂音が響くたびに、体をずらせあってお互いの存在をたしかめた。検事局への行き戻り、そしてまた警報解除後の書斎の窓から、劫火にただれる都市の荒廃を見ているゆえに、この娘が無事に育っても、はたして幸せがこの子のものになるという気持の保証はなかった。まさかのときは、凌辱を避けるためには、父親みずから我が娘の胸を家宝の刀剣でささねばならぬかもしれぬ。不吉な予想が浮び、そしてその不吉な幻影にさいなまれている間、私はたしかに無限の感情を以てわが娘を愛していた。

「調べものがあるから、もうおりてくれ。」私は机の前にむきを変えた。「一時間ほどすれば仕事は終るから、お茶でも持ってきてくれるといい。なにか相談したいことがあるならそのときに聴こう。」

しばらく背後で畳を爪で掻くような音がし、やがて重い足音が階段のほうへ遠ざかり、そして静かになった。

白髪が脱けるように、私の時間は過去へとはがされていった。独りにかえって書斎にじっと坐って煙草を喫うとき、娘と話を交す間も惜しんだ自由な思索時間というものの独立性のなさを私は思い知らされた。いったん崩れた緊張はかえらず、私はぼんやりと書物のページに目をさらした。いまはもう何の働きかけもおこってこない書物、みずからにあまりに厖大な仕事と任務を課しすぎた人間の悲しき放心。誰を怨むこともできず、ひたすらいらだち続けねばならぬ運命。いらだちは何ごとをも結果せしめ得ず、そしてまた私はいらだつ。何ものかにならんとする意志だけが虚空に浮き、私は健康をそこね、人の怨みを買い、そして逆に澄明な洞察力を失ってゆくのであろうか。

生前、妻は夜、先刻の典子がそうであったように、何の用事があるのでもなく寝巻姿で茶を持ってあがってきた。ああ、とうなずいて私はすぐ書物に目を移したものだ。そのとき、静枝はまるで猫のように、部屋隅で絨毯をばりばりと掻く習慣があった。膝を崩して坐りこみ、あらぬ方を凝視しながら、彼女はただ一途に絨毯のへりをばりばりと掻いた。

思索が職業化した人には理解されるであろう。もちろん、そのとき妻のほうに話しかけることも論理的には可能だった。しかし、私は時間に追われており、私の法学に対する誠実さを貫徹するためには、思惟は中断せぬことが望ましかった。端緒についた思弁が、それからもぎ離されることによって、いかに多くの無駄を踏まねばならないか。いまひとときの忍苦が、明日の数時間の努力に匹敵する。私はそれゆえにノートにむかい原書をくる。妻は、なにか亡国の音楽のような、哀しげな吐息をもらして去った。ときおり、可哀そうだと思わぬわけではなかったが、不必要な感情は理性の浪費だった。すくなくとも私はそう信じていた。

私の学の向上、私の日本法学会での権威的位置は、私がその位置を与えられているかぎり十全の努力をもって保たれねばならなかった。なによりもさきに、私は刑法学の専門家であり、専門的作業いがいに私の存在の絶対性を獲得すべき道はない。専門作業の困難さは問題ではなかった。そして一見非情にみえようと、人類の進歩には、常になにほどかの犠牲がともなう。もちろん、犠牲の大きさが直接、成功の質に作用するわけではない。多大の犠牲を払いながらも、なにひとつ価値あるものが結実せぬこともあるだろう。異国の英才に先をこされた発明家、迷路から遂に脱出しえず気の狂った基礎科学の理論家、世にいれられなかった哲人や芸術家、――それらが伝記として読まれるとき、人はその個人の不遇、苦渋、運命に満腔の同情をはらうだろう。いや、不遇なものに限らず、ほとんど本質的に、師に見棄てられ、友に裏切られ、家族からも遠のいて、なお追究されねばならぬのが、あの姿見えぬ〈新しき真理〉なのだ。いろいろな場合があり、不運があるようにまた幸福な環境や性格に恵まれ愉快に真理を追究できた人もいるだろう。だが、ともあれ、一般的な正義感や安逸の夢からは、此岸の者の生あたたかい連帯は生れても、真理の生産はなされない。みずからの手段にふりまわされるのが、進歩すべく運命づけられた人間の宿命である。

観音びらきの窓の外で猫の鳴声がした。もう戸外の植込みも家々の甍も見えなくなった暗がりに黄金色の猫の瞳が二つ光っている。拗音は規則的な間隔をおいて繰り返された。先刻飲んだ牛乳のことを想い出して私はふりかえった。重い抵抗感を身の内に感じながら。背後をふりかえるのが億劫で、かつ懼しく感じられるのはなぜだろうか。牛乳瓶を探そうとして私は、しかし立ちあがらなかった。乱雑に、床の上にまで散らばった書物、書物の上の書類、書類の上の煙草盆、灰皿に堆くたまった吸屑、そして、それらすべてを覆うざらざらの埃。電灯の光も乱反射してみずから光を消すかのようだった。同じ家にいても典子は掃除もしない。私は目を瞬いて腰をおろす。手のとどく範囲内でしか行動を起したくないのだ。ウィスキーは机の上にまだ三分の一ばかり残っていた。グラスは？　グラスはない。しかし、なくともウィスキー瓶のアルミの蓋で代用できる。胃を保護するためには、ソーダーか水を併用するのが望ましい。しかし、痛みを恐れぬ身に、予防措置は無意味だった。なおもつづく猫の鳴声を聞きながら、私はウィスキーを飲んだ。

いま窓の外で鳴いている猫は、もともと野良猫であった。最初まぎれ込んできたときはまだ生れたばかりだった。あれから七年になる。猫ももう、その寿命の限界にきているのではないだろうか。

何時だったか、食事中に猫の鳴声がした。

「昨日の朝、生垣のところに捨てられてありました。」と米山みきが言った。

「あなたが家の中に持ちこんだのかね。」

「いいえ、奥様が飼ってやりたいからと申されましたので。あれ、病室からの鳴声なんでございますよ。」

「わしは猫は好まん。」

「でも奥様にはいいお友達でございますよ。わたくしが行水してさしあげましたあとで、昨日、奥様は猫を行水させておあげになりました。世話をすればするほど、よくなつくもんでございましょうね。」

「二階にはあげんようにしてくれ。」

「猫に申すんでございますか。」

そのとき、掌で口を覆って米山みきは笑った。その笑い声を私ははっきりと思いおこすことができる。それにしても、なぜ、私の身辺から、すべての笑い声が拉致されていってしまったのだろうか。私の生活には、なぜ、ほがらかな笑いごえ、侮蔑ではなく、軽蔑でもなく、たのしく笑い笑われあう関係が育たないのだろうか。

# 第一三章

　それぞれ、人の心の中には、薄暗く、底知れぬ崖がある。人の堕落は、その断崖からの転落であり、みずからの心の中の陥穽ゆえに、他者が手をさしのべるべき手段はない。いったん、足を滑らせれば、もはや悔悟するゆとりすらなく、人は無限の落下を墜ちてゆかねばならぬ。末弟が書いた、「長兄に与うる弾劾文」はこのように書き出されていた。あきらかに不合理な決定論なのだが、その心中の崖という発想は妙に背後から胸をゆさぶるものをもっている。規典がこの一文を書く起縁となった事件よりも、平生の交友の場で、しばしば私はなにに躓くのでもなく、自分自身の影につまずくような絶望感を味わったことがある。かつて読んだプラトンの著述に、良き友との交りこそ、人がこの世でなしうる唯一の贅沢であるという、一句を読んだことがある。私はよき友には恵まれなかったが、人間の交友の幅がもし、逆にその個人の魂の幅であるのなら、それも私の心の中の崖の、峻しさのいたすところやもしれぬ。純粋な認識欲や真理愛の外に、なお私をして〈学〉、あの書斎の中の生活に駆りやったものもまた、その心の崖への慄きだったかとも思われる。

　クリスト教のドグマの中で、法律家にとってもっとも敵視さるべき――そして同時に、もっとも魅惑的な観念は、いうまでもなく、〈原罪〉の観念である。法律、とくに刑法は社会を犯罪から防衛しながらも現に犯罪の行われるまでは何事をもなさず、かつ、犯罪者も人である故にその人間の価値をも保証するという二律背反性をもっている。世に罪刑法定主義と称されるものの論理的根拠は、ほかならぬこの単純な法のヤーヌスコップに由来する。しかも、刑罰を下す法規範は、つねに変転極まりなく、権力に迎合して流動する社会通念に立脚している。一時のずれがおこる場合も皆無ではないにしても、原理的に社会の栄えとするものは法の栄えであり、社会の諱むものが法における罪である。超越にせよ脱落にせよ、社会からの逸脱は原理的に法によって罪せられ、個人は社会に裁かれる。だがもし、生れるや否や、彼個人に由来せぬ原的罪過を背負うのが人間の本性であるなら、たしかに、理論的には社会は人を裁きえない。おなじ蒙昧の中にあって、端的にあらわされた破壊的行為は、それゆえに行為者みずからの未来性の喪失として、彼だけが背負わねばならない。しかも、最後的に下される審判は、社会の栄えを栄えとはしない。堕落、転落は、個人の栄えと世の賛助の真ただ中にこそしばしばあらわれる。論理的には、私の現象学的法学は、もちろん、厳密な意識の学の裏付けによって早くからこうした地平はのりこえている。だが、弟規典の弾劾文を読んだとき、私におこった連想は、世間が非難する事件には結びつかず、五十数年の半生の中で、たぐいまれだった私の祈願、私の夢に結びついた。

　友人の裏切りではなく、またそれを招いたみずからの偏狭さですらなく、本当に私が思い描いたのは、儚なく数少ない私の喜びの記憶だった。私の心の栄えこそが、私の転落のはじまりだった。

　心のなかの崖――。

その日、日曜日、これももう三年も以前、規典から、依頼してあったラテン語の法律文献が上智大学図書館にあったのを借りてきておいたと通知を受けた私は、久しぶりで規典の教会をおとずれた。礼拝が終ってぞろぞろ出てくる着飾った信徒の群とは逆に、横手の小門をくぐって私はまっすぐ、教会裏の司祭の個室へ向った。花壇の手入れをしていた園丁が、追ってきて、すでに規典の部屋をノックしている私に、「あの、どちら様でございましょうか。」と声をかけた。規典は机に向って原稿を整理していた。部屋は明るく、教会の全体を覆う五色かずらの枝が、その窓にも垂れて微風に揺れている。

「あい変らず聖書の訓話をやっているらしいな。」

「クリスト教では人間は救えないとおっしゃりたいのでしょう。」規典は、私の後をついて来た小使に茶を命ずると、窓際にあった応接用の椅子を自分で動かした。

「人類の救済など空しいことを考えんでいい。それより、来るたびに庭の植込みが増えているようだな。そこの砌（みぎり）のところにあった、柔らかい葉の草はなんというのかね。」

歯朶（しだ）にしては繊細すぎる羽状の葉は、なにか連想を誘うものがあった。もっとも、小さな木札がつきたてられていて、アスパラガスと書かれていたのを私は見ていて、別段たずねる必要はなかったのだ。

「兄さんは、幸運な人生を送ってこられたから。」

「幸運？」

「何をも頼りえず、ただ裸の肉、そしてその内にひそむ精霊を見詰めてしか生きることのできぬ経験に恵まれなかった。」

「それはただ自我だけを、他の人間の社会の諸事実から切りはなす非合理を許せなかっただけにすぎない。どんな原始的感情にも、ただわれひとりのみ、というような感情はありえないんだからね。」

「やはりまだ、暗い谷間をお歩きになっていらっしゃる。」

「それなら、それでいい。わたしはそうは思ってはおらず、第一、今日は議論をしに来たんではない。」

苦笑しながら、神父は礼服をひきずって戸棚のところへ行き、書物をとりだした。私は微妙な舞いを演じている葛の蔓の方に立った。窓際はこころよい微風の波だった。そのとき、ひかえ目なノックの音がした。小使が茶を持ってきたのだろう。

「論争をふっかけるなどという稚気はありませんけれどね。本当は一度、真面目にお尋ねしたいと思っていたことがあります。権力、権力、権力、私どもの生きているこの怖ろしい時代を、兄さんはいったいどう考えているのか。……ああ、入りたまえ。かまわないよ。」

扉が静かに開く音がした。

「恐ろしい時代か。そういう魔術的な言い方もわたしは好まないね。」

規典がさしだした書物を受け取ったとき、私は、幽かな香料のかおりを嗅いだように思った。窓際に肩を並べた規典は、朗読するような調子であとをつづけた。あるいは、先刻まで書いていたらしい原稿と関係があるかもしれない。みずからの観念と論理をたしかめるために相手がいるのなら、一時を弟の原稿の完成のために奉仕するのもいとうところではない。

「現に力の支配が行われていることは、どのように狂信的なクリスト者といえども認めねばなりますまい。あらゆる国家、あらゆる組織や集団、そして家族や教会すらも、強権と経済的支配の埒外にはありません。このまま力の支配がつづけば、人間の善性、愛、信義はすべて巧智となり打算となり、徳も美も、踏みにじられる野草のように朽ちてゆきましょう。」――風が庭から吹きこんでくる以上、幽かにかおる馥郁たる香りが花壇からのものだと思ったのは自然だった。だが、その芳香を私はかつてたしかにどこかで一度嗅いだことがあった。――「科学はつぎつぎと神秘的価値を、非科学の名の下に、考察と希求の対象から追放してゆきました。大脳皮質だけが畸型的に発達した野獣の横行が、現に目のあたりに始まっていないとは申されませぬ。一度は清純に、神性に、憧れる青年子女も、ほとんど総てははなはだしい幻滅の末に、快楽主義者となってゆく。貧しい農民が生きるために娘を淫売窟に売り渡すように、その精神の清純と無垢を、人々はどぎつく口紅で化粧して売り渡します。金銭に、権力に、支配関係の網の目に。本来不可能なはずの、あり得てはならない交換が公然と行われています。その交換によって、救われねばならぬ大衆はいったい何を得ておりましょうか。厖大な諦念、それだけです。その諦念の裂け目からふいに噴出する憎悪の哲学、それが人の唯一の頼りだとは私は信じたくありません。」

「状況分析はともかく、言おうとすることは……。」振り返ったとき、ハンドバッグを抱きしめるようにして、黒い瞳を光らせた栗谷清子が立っていた。頬の肉がおちたのではなく、幾分肥えて化粧の厚味が増しているゆえにかえって窶れて見えた。気が進まなかったり所用があったりして、幾度かの招待をことわりつづけて、ピアノのリサイタルの時いらい、私はまったく彼女に会ってはいなかった。挨拶状もとだえるようになってから、彼女の身に何があったのか。

「や、あなたでしたか。」

規典が近よって、手をとるように椅子に導いた。

「お久しぶりでございます。」

「ああ。」と私は言った。

「礼拝日にときおり見えていることは知っておりました。」規典が言った。

「ぼやっと教会へ入ってきて、懺悔もせずに、おかしな女だとお思いだったでしょう。今日、門のところで正木先生のお姿を見たように思ったものですから。」

器量にも家庭にも恵まれておりながら、世間には、結婚話が何故かうまくまとまらない女性がいるものだ。うまくいっていないのだな、と私は直観した。

「お父さんはお元気かな。」

「お話の途中なんでございましょう。別に何も用事はなかったんですの、わたし。」

「まあいいでしょう。」

「規典の悲憤慷慨を一緒に聞きますかな。もっとも、人さえ見れば強引に入信させようとするからあまり薦めるわけにもいかない。」

「昔はたしかにそうでしたがね。」

小使が茶を運んで来た。

ふいの珍客にもこころ動かされることなく、規典は熱っぽい調子で、現代の放逸を、道徳的無政府を、そして、それらを批判すると見せてじつは楽しき世紀末を楽しむ知識人と、その自由の観念とを非難した。人の意識が常に何物かについての意識であるように、思考なるものはつねに何者かに対するものである。彼の思考の弁証の契機には、私がもっとも適しているらしかった。栗谷清子には、もう〈四十にして老ゆ〉という老年の域に達している二人の兄弟の観念的な諍いがどう映っただろうか。ややかたい表情で音楽でも聴くように首をかしげていた。

「力の支配自体が改められぬかぎり、社会構成に位階、差別がある以上、人はのしあがらねばなりますまい。形式的な自由、少しばかりの贅沢、酒池肉林への耽溺のために、人はのしあがろうとする。力のないときは群をなしてでも、暴力ずくででも。そして不信と不安が、権力者と大衆の双方の紋章となります。同僚も友人も信じられない。いつ裏切るか、いつ裏切られるか。汲々として勢力を蓄えようとし、力に媚びようとする。しかも、勢力を蓄えること自体がまた、みずからの腕でみずからの首をしめる条件を作ることになります。……現在の支配の序列を容認する範囲内でならば、手続き上の形式がととのえられているかぎり、何をなしても何を言っても処罰されません。心に姦淫を思っても、人を死にいたらしめても。法には人間の精神的内容は含まれておりません。神の至福、神格の永遠性を破壊したのちに残ったのは、何をするためかを知らない富の蓄積、何の内的幸福もともなわない名誉追究、そしてはてしない権利闘争だけでした。……いまこそ、人は道徳を必要としております。法律学にも、自由や平等や権威などの汎称概念ではない、生きた道徳の内容が必要なのです。賞揚さるべきは、法文との合致ではなく愛であり、指弾さるべきは刑法との衝突ではなくて、憎悪と嫉妬、あくことのない競争心です。そうお思いになりませんか。一世紀いぜんには、無智こそが悪だと新時代の神学者や啓蒙家は申しました。だが現代は、知識もあきらかに一つの悪です。なぜならそれも一つの闘争の武器にすぎないからです。」

「昔、お前が宗教界に回向しようとするのをわたしは反対しなかった。」と私は受けて立った。「人が生きてゆくためには、なんらかの仮定的な観念や目標を必要とする。——進歩とか自由とか、神の愛や正義など。その人の個性にとってその信仰の薦める観念が必要であるなら、それもいいとわたしは考えたからだ。最後の審判を信ずることも、もし、その人の心の慰めになるなら何ほどかの意味はあろう。誤った社会的自意識の転倒であっても、総体的な訂正、あるいは転覆が社会の機構の下部よりなされる以前には、その観念には意味がある。あらゆる観念は、つぎの修正を待って生きのびてゆく。個人主義も自由主義もカルヴィニズムもユートピア思想も、すべて意味があった。そして、その一部分は今も意味がある。産みの苦しみをも含めて、苦しみを欲しないなら、一つの観念に身を委ね、それを固執するがいい。無自覚な人々も、やがてあの世界精神に訂正されるだろうから。知らず知らずのうちに、どのような人も、社会の垢とそれを洗い流す知識の双方の恵みに浴しているのだから。しかし、知性は、自覚は、みずからを育てた観念をみずから返り打ちして進まねばならぬ。一時、彼は不安になるだろう、それはいたし方のないことだ。誠実を出し誤ってついえ去る人もいるだろう。それもいたし方のないことだ。問題がずれているといいたいかもしれない。この日本の現状を難詰する一員に私も加わり、何らかの形而上学をふりかざして、お前に調子を合わせ、あるいは反撥し合うことも易いことだ。だが近ごろの規典のものの言い方、発想法は、本当に価値を生み出してゆく者の言い方とも受けとれぬ。より斉合的な観念を誰かが発見し、反動との間におこるすさまじい葛藤軋轢に、反動の側から参加する仕方ですらない。来るべき光を望みえず、滅びてゆく生命のあるのは仕方がない。良心は犠牲の最少限度を望む。しかし、犠牲のおこること自体はいたし方なく、私もおそらくその一員としていつかは葬りさられるだろう。だが、それを怖れて居丈高に世をののしり、みずからには属さない架空の地点から発言するのは恥ずべき行為だと思わないか。私には特定の神信仰はない。だから美徳も善行も頭の中に項目立っているわけではない。また人間がもの事を判断することと託宣を下すこととは違うのだ。ある行為がかけねなしに善である状況もあり、おなじ行為が厳しい社会的制裁を加えられる場合もある。正当防衛のためなら殺人も罪ではない。罪でないなら、心の呵責が起るはずはないと言いたいだろう。そうなのだ。絶対に罪でない行為などないから人は悩むのだ。絶対的悪と託宣されるなら、それこそ人は悩む必要はない。許される必要すらない。何故なら、それは絶対だからだ。お前に非難されるまでもなく、私の法学理論は戦後、数えきれぬほどの批判や罵倒を受けた。だが性急な進歩主義者が、根底的に私の理論が誤っているとヒステリックに叫んでいるかぎり、私は相手の言うことを聞く必要はない。わかるかね。もし、根底的に誤っているなら、それを攻撃する相手の理論も無意味なのだ。それはそれとして、私はお前がもうすこし率直になることを希望する。本当は、たぶん、自分を今まで支えてきた教義に疑問をもち始めているのだろう。そうだと思いたくない、青春の一時期の方向選択があやまっていたとは思いたくない――それを自覚したくないために、お前は居丈高になる。地味な精神、日々の苦行から逃れてただ威勢のよいばかりの論説家になってもらいたくはない。魔法の杖の一ふりで世界は変りはせんのだ。」

人がこの世において獲得しうるものは、すべていずれは失われるものについてだけである。

もし神が絶対であり、完全無欠な本質であるなら、同時にそれを絶対に人はうることが出来ない。究極においてかかるものは無意味である。こうした簡単極まる事実を、なぜ弟は見抜かないのだろうか。そしてまた善意にして力なき信仰者はなぜいつまでも血迷うのだろうか。

緩慢な私の歩みにつれて、等間隔を置いたまま栗谷清子は、私とむかい合ったまま後ずさりに歩みをすすめた。ナイロンベルトの前に組み合わされた手は、ハンドバッグを両方から捧げるように持っている。上半身はほとんど揺れず、踊りか長刀(なぎなた)の作法のように、彼女は遅疑なくあとずさった。

「ずい分と烈しいことをお言い合いなさいますのね。いつもあんなにむつかしいことばかりお話しなすってますの。」

その白いうなじは心持ち左に、いや右にかしげられていて、微笑はかつてのいたずらっぽさを取り戻していた。

「何か規典に用事があったのではなかったかな。どうも血筋というものは争えず、なにか言い出すときりがなくなりましてね。青年時代には寝言にまで難解なことを口走っていましたな。」

行く手に水溜りがあって、私は注意するためにステッキをあげた。敏感に彼女は停止し、俯いて、やはり後様に跳びこえた。スカートが芙蓉の花のように恥らいながら風に拡がる。典子がまだ幼なかったころ、たまさかに、夜店見物に伴ってやると、嬉しそうに私を下から見上げながら、後様に跳びはねつつこう歩いたものだった。

「何度もお端書をさしあげましたのに、どうしていらしてくださいませんでしたの。私の誕生日だっていらしてくださると思って準備しておりましたのよ。」

「芸のない老人が加わっても座を白けさすのがおちでしょう。若い時は二度ないんだから、華やかにすごされるといい。」

「でも、いつぞやは本当に楽しゅうございました。あんなにたくさんの聴衆の方が集るなんて思ってもみてなかったんですもの。」そして栗谷清子は念をおすように繰り返した。「本当にはじめての経験でしたの、あんな楽しいこと。」

「や、有難う。」

「本当ですの。」

「研究室の若い友人でもそのうちに御紹介しますかな。もっとも検事なんてのはお嫌でしょうな。」

「そんなことはいいんです。」

家庭が平和ならば、あるいは息子の嫁として迎え、娘よりもいつくしむことになったかもしれなかった。彼女の望むものならば、甘い舅は息子に叱られながらでも買い与えることだろう。つねづねは右から左へ書店にもち去られる賞与も、ほしい書物を見送ってでも残す気になるかもしれなかった。その香やかな肉体を包む衣裳、その指を飾る指環、その瞳が輝いて見るものならば、ショーウィンドウの中のすべてのものが買うに値するだろう。

自動車のしきりに往来する道路を避けて、選んだ小路は、路傍の雑草にも生気があった。住宅地に土地をとられた農家造りの家が、裏通りにはまだ残っている。近くの釣池にそそぐ小川で、子供たちが網を持って水遊びに興じていた。

かつて妻と浄水道べりの道を夕刻に散歩したときには、静枝はかならず少し遅れて前かがみについてきた。単純な嘆声や問い掛けも、私が前をむいてそれをするかぎり、彼女の耳許にはとどかなかった。大概はおなじ言葉を二、三度繰り返して妻の同意を得た。私が命じてそうした配置になったのではない。また古風なしつけが妻の日常を縛っていたとも思われぬ。しかし夫婦の会話はおおむね互いの表情とは無縁に交わされた。

「つまずいて転がってもしりませんぞ。」と私は言った。

「大丈夫。」と栗谷清子は笑った。

逡巡せぬ後向きの歩みは、彼女のその場の思いつきだったにせよ、人影の乏しい小径を迂回して行くうちに、つきのめすような欲求を私に植えつけた。それは全的な信頼の表現のように私には思われた。私はありえない幻想にとらわれ、危険な衝動の奴隷になりそうな誘惑にかられた。

勉強のすぎた少年期、机のしみばかりを眺め、絶え間ない神経の逼塞に苦しんだ青年期を私は憶った。夜おそく、ひとり鉛筆の芯を削りその粉を吹きながら身につけた語学。観劇に誘いに寄った友人に体の調子が悪いからと嘘をついてまで覚えこんだ法律の条文、――どこで私は私の人生をまがりそこねたのだったろう。休息なき競争意識、優越への意志、常に後を追いかけられ、ちょっと油断するとつきおとされそうな緊張。いったい誰が私を蹴おとそうとしたというのだろう。

見識ばかり高い、しかし死んでみれば弟たちの学資にもこと欠いた漢方医の長男には、知識いがいに身を守る手段はなかった。私は私の困苦勉励を正しい行為だと思いつづけてきた。知らんと欲するのが人のさがであり、知識への愛がもっとも高い人の愛であるのだから。知識の喜びが、それを身につける苦労に比してあまり小さいことも、私には問題ではなかった。苦しみの幅に比して喜びの量の少いのはなにもこの世界のみにはかぎらないだろうから。しかし、私は栗谷清子の奔放に変化する表情を見ながら、その若い皮膚の輝きを見ながら、何処かで人生の道をまがりそこねたような気がした。いや、まがりそこねて取りかえしのつかぬ悔恨ではなく、当然獲ていてよいはずの栄冠を、その手続きを知らなかったというだけの手落ちで、取り逃していたようなくやしさだった。肌温い休息、学問の労作がひそかなものであると同様に、ひそかに、小さな手によって打たれる拍手を、精進のすえに望んでならぬ理由はなかった。

片側が竹藪で、一方が釣池に面した崖になっている裏道のつきる処で、私は立ちどまった。背後を振り返って栗谷清子は若い驚きの声をあげた。「あら、もう少しでサーカスみたいに、派手にひっくりかえるところだった。」

「幸い今日は暇ですから、この老人を忘れないでいてくださったお礼にお食事を御馳走しましょう。」せき立てられるように私は言った。

「今日ですの?」

「ああ、およろしければ。」

「うれしいですわ。でも。」

「何かお約束がおありかな。」

「いいえ。いいんです。駅前から電話します。それですむことなんですけれど。」

「いや、突然でかえって失礼だったようだ。」軽い眩暈のように失望感が私を包んだ。

「約束なんかじゃないんです。本当は、父が少しでも遅くなるとひどくおこるもんですから。職をしりぞいてから、女みたいになってしまって、いちいち干渉しますんですのよ。」

「お家ですか。」

「いけません？　おかしいでしょ、本当に。いちいち報告しなきゃならないなんて。」

思い出したくない情景を私は思い出した。そして、真近に近づいていた駅を、私の幻影を憐れむように、急行列車が轟音を立てて走りすぎた。

「本当はでも私が悪いんです。父を心配させるようなことをしたもんだから。」

どの駅の駅前にもある小さな広場、その広場に面を向けている大衆食堂や喫茶店の、貧弱でもの悲しいたたずまいが、私を平静にした。

「それじゃ、御心配をかけてはなんだから、また別の機会があれば。」と私は言った。

「電話をかけて、父の許しを得て来ますわ。先生ならなにも。」

「いや。」と私は思わず声をあげた。

玩具をとりあげられた嬰児のように頼りない表情を栗谷清子はした。なおも、電話ボックスに行こうか、どうしようかと惑う栗谷清子との間を、改札口から流れ出した人波が影絵のように流れた。

「またつぎの機会に。」と私は言った。

その日だった。墜落するような不自然な愛の表現を米山みきに対してしたのは。狂気のように、悪魔のように肉を求める私を、米山みきは黙って受け入れた。

そしてその疲れを癒すために、翌日は朝から酒を飲んだ。ビールではなく、ウィスキーを。私が強く酒を嗜みはじめた発端はそのあたりにある。清涼飲料水であったものが、口腔を焼くようなアルコールに、交際の場の潤滑油が孤独な忘我へと変わっていった。欲するのは休息ではなく、忘我となった。夕刻になると、きまって胸騒ぎがし、一ぱいのウィスキーでやや落着きやっと安静になる。しかし、酔いが醒めるころ、消えかかった蠟燭の最後の閃光のように、私の内に怪しい欲求が湧いた。私は節制なく米山みきを求めた。彼女にはかかわらない一つの幻影を追いながら。手のとどかぬ故に、他のなにものにも増して切実な一つの幻影を。

米山みきが、一度、帰省したいという意向をもらしたのも、ちょうどそのころだと思う。彼女の故郷に、彼女を呼びよせる何があったのか私は知らぬ。

## 第一四章

肌にうすら寒さを覚えて私は目をさました。かやが夏の夜の風を妊んで揺れていた。脳裡にくすぶっている夢の残骸が、戸外でする物音に重なった。激しい論争の夢だった。外の物音は雨だれが廂を打つ音らしかった。物音の大きさもまた、どこか窓を閉め忘れていることを物語っていた。

恩師の生前、教授と面とむかって論争をした記憶は私にはなかった。二、三度、剛直な、多少は剛直を気取っていた師に、学生時代、私は衆目のまえで叱責を蒙ったことはあった。理論を好んで、ごく常識的な現行法規の無智を暴露したときにうけた叱責だった。威ばりたがるのは学者の常だが、日ごろの寛大さに似ず、些細なことに怒りだすと、抑制されている人格の欠陥が数倍に拡大されてでた。甘やかされた富豪の息子が居丈高になるのにそれは似ていた。無駄な弁解はせず私は面を伏せて口をきかなかった。師の叱咤よりも、周囲の者の水くさい冷笑がまた耐えがたかった。そうした男たちの集いであることに気づかず、みずからの感情を子供のように爆発させる教授への怨みをも私は嚥みこんだ。だがおよそ恩師との論争などありはしなかった。立場を鮮明に表わせば、学理上、むしろそれは自然におこりうべきことだったが、私はあえて異は立てなかった。しかし、その夜、顔を蒼白にして私を糾弾する師の姿は不気味だった。夢の中で、私もまた内心憤怒に震えながら、最初は論理的に、のちには私情に訴えてなにごとかを懸命に弁明した。だが恩師は執拗に私を難詰し、罵倒し、攻撃して、腕をのばして私の頭をおさえつけた。殴るのではなく、ぐいぐいとどこまでも抑えつけてくるのだった。私はその忍耐の極限で遂に激昂して「おいぼれが何を言うか。」とののしった。いやな夢だった。なにをいったい論争していたのかは思い出せなかった。

米山みきは私が寝つくと、そっと階下におりる慣わしだった。いつの間にか、その慣わしが、定形化されていたのだった。手をのばすと、左にある余分の枕にまだ温味が残っており、かすかな椿油の匂いが漂った。そのとき、人の気配がして私は枕を動かした。

妻の亡霊がかやの外に立って私を見下していた。ぞっと全身に鳥肌が立った。いや、亡霊ではなく、それは家政婦だった。にもかかわらず、呼吸は正常にもどらず、動悸は高まった。

「面白くない夢をみていた。」と私は言った。

「どうしてか、ねつけなくて、二階へまたあがってきてしまったの。なにかうなされて苦しそうな御様子でした。」

「ラジオでも聞くか。」

「いいえ、もう時間はおそいんですよ。」

「なにか寝言をいっていなかったかね。」

「いいえ。」と米山みきは否定した。だがそれはおそらく真実ではないだろう。

「ここで寝るといい。」

「女の匂いが先生の体に移りますわ。」と米山みきは笑った。

私のほうから起きあがってかやの外に出た。起きあがってみたものの、飲物でも飲むより話はなかった。先刻すませたばかりの肉体の欲求が、ふたたび内に蠢くようだったけれども私は黙っていた。なにより、過度の快楽は翌日よそ目にもそれとわかりそうな、頬の深い疲労の皺となってでるのが不愉快だった。戸棚から新しいウィスキーを出してきて、米山みきはテーブルの上に置いた。籐椅子の感触は肌に快い。雨の音が激しくなった。

「電気を消しておいてくれ。ウィスキーぐらいは暗がりでも飲める。」

電灯は消さず、米山みきは彼女が開けたのだろう廊下の窓をしめた。雨音とともに冷気が遠のいた。

「近ごろ、どうも体の調子が少しおかしいようだ。年寄りのくせに妙に足がほてって寝苦しい。」

喉の奥で細く相槌を打ちながら、米山みきは籐椅子に長くなった私の膝に手をおいて甘えた。

「また秋がめぐってきます。一雨ごとに。」

私はしかし別なことを考えていた。

「恐ろしさが、それでも段々と増えてゆきますのよ。今夜も本当は、一度下におりながら、昔の奥さまの病室の前をよう通らないで、またあがってきてしまいました。」

「子供みたいなことを言う。」

私の胸は冷却していった。笑いながら、その笑いが強張ってゆくのを意識するのは不愉快であった。思索にも読書にも持久力が衰えつつある理由は、主に消化器官と心臓のせいだった。だが、胃腸への配慮を無理に無視して私はウィスキーをあおった。

「でもまた、すごく現実的なところもありますんですのよ。」

「あなたは昔の主人の夢はみないかね。」

「え?」

髪をふり乱して米山みきは私を見た。

「どうしてそんなことを。」

「そんなに真剣にならなくていい。」

「そりゃ考えるときもございますわ。」

「子供のことは?」

「可哀そうでした、子供たちは。悪い時代に生れて。流行病とはいいながら、餓死みたいなものでした。栄養失調で体に抵抗力はなし、一人が死んで、また三日後に……。」

「生きておれば幾つだったかね。」

それには答えず、叫ぶように、「やはり子供が欲しゅうございます。」と彼女は言った。

彼女の思弁は、ときおり、及びもつかない飛躍をした。そのときも、まだ回想の涙の消えぬうちに、未来の不安にむけて飛んでいた。いや未来ではなく、あるいは、現在、この今を叫んだのかもしれなかった。私の道義心は、彼女が哀願するように私を見上げるとき彼女を後妻にむかえるのが穏当だと私に勧める。だが、私の慎重さが私の口を噤ませた。ふと、とてつもなく彼女が愚かに思えるときがあり、そうしたとき、私はすべての打算を忘れかけた。だが、打算ではない、みずからの残り少い可能性、学問の世界のそれではない、日々の生活の様式と安楽に対する、どうすることもできぬ俗っぽい祈願がすぐつぎにあらわれるのだった。たしかに、常に従属的な発想のうちに慎ましくとどまる彼女の態度は、気持にむらの多い私の伴侶として好ましいものだった。無激情（アパテイア）が、第一に要求される研究生活の蔭の援助者として彼女は適している。だが、——にもかかわらず、実現するはずのない欲求が、形も定かならぬままその志向を阻むのだった。あたかも老いの残滓のように、私は口外しえぬ欲求に口をふさがれ、たった一語で足りる言葉を米山みきにかけてやることができない。私をはばんだものは、醜い打算ではなく、あの愚かな、実現するはずのない幻影の壁だった。

最初はためらいがちに、機会がむこう側から訪れるのを待ってなされていた栗谷清子との平静な逢瀬は、その意味をあかし合うこととなく徐々に定期的になり、またその周期を縮めていった。それはただ、街角の一つで顔をあわせ、レストランや茶屋の一室で夕食をともにするというだけの逢瀬だった。三度に一度は自動車を走らせて郊外にでることもあった。しかし、時計のように正確に一定の時間には、彼女の乗る地下鉄の、どこかの駅の入口に戻っていた。なにごとも起りはしなかった。だが、どんな突発事故よりも強い牽引力をもつ習慣がいつしか形成されていた。

私につぎつぎと場所を変化させ、如才なく適当な場所を指摘する能力のなかったために、いつしか、場所の指定は清子に従うようになった。年齢のひらきからくる不自然さを、最初は、その位置転倒が余計に意識させもしたが、それも習慣化されると、私にはそのほうがまたいっそう気楽だった。私は文字どおりパトロンのように、しきりに自然に触れたがる彼女のあとに随ってゆけばよかった。あるときは、公園の噴水にネオンの反映を見る茶屋の竹縁に、あるときは、背後に結核療養所の白い建物が光り、前面に灰色の海が限りなく広がる海浜に、私たちの足はのびた。学会や出張いがいには郊外に出たことのない私が、自分の育った街の全貌を、戦いの厄災に滅びたものと残ったものの姿を、そしてまた復興の姿を知りえたのは、そのときだった。街は意外なまでに広く、電車の窓から眺めるときには一様に黝んでみえる郊外の林や野が、こんなにまで変化に富むのを知ったのも、彼女の与えた恩恵だった。

その週末は珍しく、秋立ち、風があちこちの野の花をなびかせつつある野を、細い川の流れを遡って徒歩で行った。別段、名勝も旧跡もあるわけではなく、ところどころ、考古学者の掘りかえした古代住居のあとがぽっかりと道傍に口を開け、野の仏が草叢のかげから微笑しているだけの田舎道だった。

丘陵のなだらかな緑、林の色の移り変りを見ながら、私たちは何を話しただろうか。栗谷博士の健康のこと、栗谷清子の幼時の思い出、この前ともにした食事の料理のこと、そして四節の循環について。語られる内容はすでに一定しはじめていた。「お疲れになって?」と栗谷清子は一時間に一度ぐらいのわりで尋ねるのだった。自動車を走らせているときも、車窓わきの短いつり紐に白い肘をあずけたまま、ときおり彼女は同じ問いを発した。

「お疲れになって?」

「いや。」と私は答える。

はじめ、農家や製材所のちらほらとあった道が狭まり、一面のすすきが銀色に光る道が、川を渡る廻り角で、私たちは休憩した。木橋のすそに、巌が一つ水面につき出ていて、そこは水の流れのゆるやかな淵になっていた。水音が遠のくと、山々のかすかな天籟がよみがえる。鮎釣りの糸を垂れる釣人の麦藁帽に秋の白い陽が輝いていた。水に臨んで、無念のうちに遊びうるなら、退職後の生活もまた歓迎さるべきであろうと、私は思った。私は慣れない田舎道の歩行に疲れていた。暮れに向う光は、青い水面に幻影のように明滅し、風に揺れる熊笹の葉擦れも音高らかだった。山鳩が二羽、対岸の木にとまっているのを彼女が指さした。遠く汽車の汽笛を私はきいた。私は合オーバーを脱ぎ、立ちあがって道をもどろうとした。充分歩いていた。もう充分だったからだ。充分すぎる悲哀が、私の胸のうちに川の流れのように流れつづけていた。

「どこかお体が悪いんじゃありませんの?」

「そう見えるかな。ともかく、もう戻りましょうか?」

「でも、何か悲しんでるみたい。」

「悲しむ？」

そんな馬鹿なことはないと私は言おうとした。嗄れた老いの悲しみなど、私にはまだ縁はないはずだ。私にはまだ仕事があり、むしろいままでの蓄積の上にこれからこそ完成させねばならぬ課題が常に眼前にある。私は私自身によって生きており、今後も生きてゆくだろう。

「男のかたが、そんな悲し気な表情をなさるものじゃありませんわ。」

私はぎくりとして背後を見た。

「どこか、お可哀そうなところのある方ね、先生って。」

背後の山腹の村で山鳩が鳴いた。

思えば、米山みきもいつか同じ意味のことを言った。いや、静枝もかつて、もっと鋭くそう言った。病床にしばりつけられて、人に憐れまれ、その憐愍を露のように食って生きていた瀕死の病人が、かつて、一瞬、ゆたかな慈愛の表情を作って私にそう言った。たぶん、何かが間違っているのだ。その間違った部分が、哀れな電流を発し続けているのだ。


バスの停留所まで戻って、やはり脚下に聞える細流の音を聞きながら、粗末な停留所小屋の、粗末な床几に腰かけた。そのあたりだけ真近に迫ってきている山には、すでになかば凋落した灰色の梢が、常緑樹の間に混ってまだらの模様を作っていた。夕陽は山の影から扇のように日脚を広げ、雲片をその位置ごとに違った色合いに塗っている。バスはなかなか来なかった。農家に電灯がともりはじめるころ、山間の田畑は、埋れた記憶の断片のように、その段々の高低にしたがって輝いたり翳ったりする。

同じように粗末な待合所の柱にもたれて、栗谷清子は急速に紅葉してゆく空を見あげていた。よく調和のとれた色彩ながら、むしろ質素な服装が、寒そうだった。襟元を合わせて彼女は立っている。何か話しかけようとして、必死に空を見上げている、昂然とした彼女の表情に私は胸打たれた。彼女は、そのとき、とうてい手のとどかぬ、充実した美しさに輝いていた。渇望が、初めは熱湯のように、つぎには芳醇な酒のように、喉をかけくだり、体中の血管内に拡散していった。いまそこにいる女性と、生活を共にできるという確信はわかなかった。だが、すべての教授者が英才を身近におきたがるように、彼女を何らかのかたちで身辺に置いて悪いはずはない。やがていずこかへ飛び去るにせよ、いましばらく、彼女の慎ましい体臭と、ずっとすり抜けるときの髪のかおりを味わっていたい。私は空しい狩人のように目を瞬いた。

一種本質的な瞬間がその清涼の際に、舞いおりるように訪れた。倦みはてた職務を放棄せよ、と何物かが囁いた。義務感や名誉欲や、少しばかり心地よい自動車の坐り心地、そして絶えまないいらだちの日々を放棄せよ、とささやく声がした。耳を澄ませ、目を閉じよ。その声がきこえないのか。——ほとほとと、その目に見えぬ小槌の音が、私の薄い胸を打つ。まぎれもない、一つのチャンスだった。みずから捺した烙印を、死の瞬間まで、赦しもなく担ってゆく、その苦しみと徒労から逃れられるかもしれない一つの機会だった。救われたがっている魂、解放されたがっている痩せさらばえた肉体、そして、この肉が造りだし、しかも何の交わりもなく、無限に遠く離れてしまった子供たち。

私は眼鏡に埃のように降りかかった細かい霧滴を拭った。

「額から、頬から、汗が一ぱい流れてますわ。お拭きしましょうね、先生。」

天使のように白い、夕陽の反映をもしりぞけて白く輝く栗谷清子の手がのびて、額に触れた。冷えはじめていた汗が、いまは体中をこごえさせかけていた。私は眩暈を覚え、堕天使の幻を見た。故知れぬ憧れと悲哀がおこり、意気銷沈が踵を接してきた。無駄だった。私はふたたび無駄な行進を始めねばならなかった。

「音楽を勉強しているくせに、近ごろはラジオの流行歌ばかりきいてますのよ。」清子は表情を和らげて言った。

「あなたが誰かと結婚されるときには、仲人役をつとめたいと思うのだが、妻のいない私には、それも無理なようだ。」

私は顔をそむけて言った。

「どうして、そんなことをおっしゃいますの?」

「いままで幾人かの世話をしてきたものだが、妙にわたしには人間関係をそだててゆく能力が欠けている。いま、そんな気がした。誰かの呪いでもかかっているような気がする。若い者たちは皆わたしに背いて去ってゆくような気がする。」

「そんなことをおっしゃる先生は嫌いです。」清子は向きなおって言った。「でも、あるいは、おっしゃるとおりかもしれません。最初に父と一緒に、先生のお宅にうかがったときからして、危険な、本当に危険なかただなあって印象をうけました。肩を痛々しいほど怒らして、確信と絶望、自負と敗残の意識みたいなものの混り合った気配を、それこそ絶望的にふりまいていらっした。じっと椅子に坐っていられただけだけれど、わたくしには、先生のふりまかれる、何も信ずることのできない、救われようのないような雰囲気は嫌というほど匂っておりましてよ。でも、それが、わたくしの感じさせられていた、この世界の、世界といったって、家庭や学校やお友達とのつきあいだけの狭い社会ですけれど、そのやりきれない憂鬱さに似ているように思いました。」

「あなたが、そんなことを感じておられた？　あなたにとって、世界が憂鬱であるはずがないように思うが。」

「ええ、表面はほがらかな娘だってことになっておりますの。父もそう思っておりますわ。家にお友達を呼んでも、冗談を言って笑わせるのは、いつもわたくしのほうですから。でも、本当は、払いのけられない塵と薄闇の中で足掻いているようなものなんです。わたくしにはわかりましたわ。先生の危険さが。そしてわたくしは予感しました、はっきりと……。」

通りかかった農夫が私に煙草の火を借りにきたので、私はそのつぎの言葉をききそこねた。いや聞こうと思えば、もう一度うながすように彼女を振り返るだけで充分だったろう。しかし、私には、彼女の言おうとすることが、彼女をどんなに束縛するかがわかっており、私は聞きたくなかったのだ。

そうした不相応な逢瀬を重ねながらも、なお私は、低迷する生活の上に偶然咲いた蓮華のように、それらの時間を、特別な、私の研究作業とも日常とも直接かかわり合わぬ時間のように思いこんでいた。あるいは私はそう思いこみたがっていた。そのかぎりにおいて、私は今更めいた自責の念や、人の期待を裏切ることの不安と譴責感、その他大仰な感情の振幅のいっさいから免れることができていた。ある意味では、事態を明確にすべきことをもっとも痛切に感じていたのは、私自身だった。だが遅々たる歩みながら、自分の法理論が完成に近づきつつあるのを感じうる書斎の研究生活から、一ときの休息をとる茶の間への行きもどりの間に、火鉢をまえに急須に茶をいれる米山みきを、あるいはまた顔を伏せて裁縫に専念する彼女の横顔を見るとき、私はいましばらく事態をそのままにすることをみずからに許した。年齢と智慧、智慧にもまた年輪と外皮があって、その硬い外皮が、その人が目の前にはいぬときにその人を幻想する力を失わせていた。日日、月日の大半、私の目の前にいるのは米山みきであり、栗谷清子ではなかった。人間関係の錯綜には慣れぬ私には、愚かな週末の遠出や、その動揺の余韻を隠蔽しおおす演技力はなかった。表情に不自然な皺が、皺というよりは、一種の亀裂が米山みきに走りがちなことも知っていたが、私のほうからは何も言わなかった。

喘ぐような中年期の坂から、自分の限界の指標をたしかめるまでの惑いの時期に、男は俗物へ俗物へと堕してゆく。満足よりも満足すべきと思われる位置にあることを重視し、観念も変革力を失って、ただ自己の砦を築くためにのみ動員される。私もまた、着なれた丹前にくつろぐことを好む疲れた一人の中年男にすぎなかった。

私がこだわっているほどには、しかし、米山みきは、私たちの関係が内縁のものであるということには気を遣ってはいないようだった。もちろん入籍を望む気持はあっただろうが、ことあらためてする儀式や披露の宴は、もしなされるとしても彼女のほうがむしろ嫌がっただろう。内縁関係の継続は、彼女の側の法的無智というよりも、もっと根本的な、社会的経験差による発想の問題であるようだった。身分保証のある事務職から、わざわざ個人の家庭の家政婦になろうとすること自体がすでにそうだった。いま従事する仕事のうえの、身分性、――嘱託であるか正社員か日傭いかなどという区別は、彼女の意識にはほとんど問題にならないのだ。道具が眼前にあること、日々の効果を手でつかんでたしかめられること、そして人間関係も、その献酬応報の円環が身近に完結して皮膚に感じられることを彼女は望んでいた。米山みきは、私が書斎ですごす時間も身近にいたがった。私に声をかけるわけでもなく、ただ縫物の手を休めて目をあげたとき、そこにいる私の背を見られるということだけのために。

私の惑いを米山みきは気づいていたようだったが、私が風呂に入れば、週末の夜もいつもと変りなく、襷がけして彼女は私の背を流した。賢明にも彼女は、かすかな波紋は押しつぶすよりも拡散して散るのを待つほうがよいことを知っていたのだ。婚期を逸しているとはいえ、まだうら若い女性がわたしの掌中に軽く乗るとは私自身思っていなかった。極く単純な、ありふれたあの偶然さえなければ、事実、私は私の穴倉へおそかれ早かれ戻っていたはずなのだ。それは、あくまでも惑いであり、その惑いの二度とは訪れないだろうかけがえのなさ故に、その憂愁に心地よく酔っていたのに過ぎなかったのだから。

だが、ただ一つ隠蔽することなく書かねばならぬ変化があった。こまごました日常の茶飯事には変化はなく、またまれに私が感冒に臥せても、看病する米山みきの態度にも変りはなかったが――実際、そうしたとき、米山みきは私の世話をしながら、その感冒が流行性のものであることを全然意識しないようだった。そして、それほど頑健にも見えぬ彼女は、不思議に感染もしなかった。――だが、一つの事柄においてわれわれの関係のあり方は変化した。さきに、米山みきの変節に等しい性格の変化ということを書いたけれども、それ以前に、私のがわに、もっとも隠微な生活の地平での変化があった。

一般に、人間の秘密な欲望の中には人前では言えぬ歪んだかたちが、いや、かつて人間が四足の獣であったころのままの原始的なかたちが残っている。それは本能の部分に属するゆえに、なにが正常であり、どうした傾向が不健全であるかは一概には言えないし、戦後二、三の統計的著述が公けにされたとはいえ、開かれた社会生活の事象に対して効力を発揮する多数者正常の原理もどれだけあてはまるかも疑問である。事柄それ自体としては、ともすれば快楽に溺れがちな人間の愚かな一面というにとどまり、それゆえにまた、ことあらためてこの紙面にあかす必要もない。だが、すくなくとも私自身は曖昧化することのできない明瞭さで、知っていた。全身が霧に洗われて濡れているような米山みきの肉体を、ただ肉体としてだけ愛そうとし、いためつけさせる幻影の存在することを。衝動そのものは自然におとろえてゆくべき年齢にありながら、いつからか、私は米山みきの、うっすらと中年の脂肪に覆われた肉体を官能の満足のためにだけ求めるようになった。内部から光を発する若さを失い、外部の翳を吸いよせてひっそりと息づいている米山みきの皮膚、小さな争われぬ皺とたるみを宿している肉体のやわらかさを、みずからを追いつめる幻影を忘れるために過度に愛した。荒淫というためには、私には明日への配慮がありすぎた。けれども、先に私の心の鏡に映った〈墜落〉のかたちが、不自然な愛の姿態の間にあらわれていた。何が不満なのか、私にはわからなかった。いや不満というよりも、いったい、私はなにをそんなにいらだったのだろう。今ここで、許される快楽を貪婪になめつくさねばならぬように、もしいま見送れば機会が永遠に消えさるかのように――。

いけません、先生、そんなことをなすっちゃ、嫌です。明日、先生の顔を見られなくなってしまいます。

そうした視線を避けあわねばならぬような関係にもちこんだのは私のほうだった。もの憂い、あの名状しがたい嫌悪感を、その罪があたかも相手の存在にあるかのように、私は味わった。しかも、身勝手な私の感情は、米山みきが拒絶のために身もだえするのを止め、あの総てのものをどっぷりとのみこむ習慣になれ、彼女のほうが私の乱れを受けいれるようになったとき、急速に冷却していった。米山みきの、小さかった小鼻に脂が溜って光り、敏捷だった動作に、古女房のような鈍重さが加わるにつれ、私にとって、徐々に、彼女はまどわしい存在となっていった。

「先生。」と人前ばかりではなく、二人きりの床でも米山みきは私をそう呼んでいた。彼女が私を尊敬していたかどうかはわからないが、肉の荒廃ののちにも、なお奇妙にも私を自分よりもより高いものと見ていたことは事実だった。彼女の愚かさというよりは、男には到達できない女の観念構造の不思議さだった。彼女は私をさげすんでもよかったのだし、すくなくとも共犯者の呼び捨てぐらいはしてもよかったのだ。しかも、死んで遺像だけによっておりながら、ときおり話に出る静枝への呼称は、やはり奥様だった。亡妻への毎朝の供物と礼拝と、彼女みずからの性生活との矛盾が、いったいどう結びついていたのか私には理解できない。そのうえに、自分の亡児の命日には、与えられた薄暗い玄関わきの四畳半の経机に、貧弱な位牌を据え、縁のかけたコップに灰を入れ線香を立てて供養するのだった。一度、黄色くなった写真を見せてもらったことがあるのだが、彼女が可愛かったというほどには、死んだ彼女の子供たちは悧巧そうではなかった。無闇と頭が大きく、虚弱そうで、しかも目付きが不安そうにひねていた。その生前のやんちゃ振りを語りながら、驚いたことに、まるで、その死別が昨日おこなわれたことのように大粒の涙を流すのだ。こんな想い出など、先生にはつまらないでしょうと言うだけの心の余裕はもっておりながら、涙はとまらないのだ。亡夫のために供養しているのを私は見たことはなかったが、それも、その死の日がはっきりしなかったからにすぎないのだろう。何処かの寺から経木をもらって来て、亡児の名前を書き、一夜祈って、何処かの川へ流しにいく。私の夕食のための市場通いの途次に、彼女ひとりの儀式は行われ、そして、彼女には、それらの異質な行為のすべてが矛盾しないのだった。

# 第一五章

「人間の社会生活が、政治をとおしてしか統制されえないということは、人間にとって巨大な恥辱である。」

約束を忘れず、勤務評定の強行と警職法改正案問題について、私の個人的見解を問いただしにきた自治会の副委員長にむかって私は言った。しかし、その言葉は、私の言葉ではなく、じつは、若くして、失踪し反抗し、破壊しようとして捕われ狂死した富田の言葉だった。どこか記憶の片隅に、その言葉が残っていて、それが、あまりに政治的な、断定し、その断定を疑おうとする気配をみせない青年とむかいあったとき、ふいに口をついて出たのだった。相手の学生にとっては、はなはだ迷惑な話だったろう。何故なら、富田が怒りをこめて、この言葉を投げつけた相手は、相当に秀れた近代刑法をそなえながら、その起草者たるパリ大学教授ボアソナードにも酬いることすくなく、その法理念を裏切る悪法をつぎつぎと、勅命によってあるいは軍部に支配される議会によって付けくわえ、やがてウルトラナショナリズムへの道を歩んだ、かつての国家権力であったからだ。ふたたび、明治の行政執行法に近似する部分をもつ警察官職務規定の改悪をはかろうとする勢力にこそ向けられてしかるべきであれ、私の見解を問いただしにきた自治会の委員たちに託宣すべき言葉ではなかった。学生たちは知らず、彼らの言う〈保守主義者〉正木典膳の心情告白がいまはじめられるのであるかのように固唾をのんだ。場所は法学部長室、私人としての意見をのべるのには適当ではなかったが、あまりに入りくんだ過去に設問のおよぶのを懼れて、私が指定したのである。その代りに、聴きにくる学生は複数とすることの条件を私はいれた。会議には慣れているらしい学生たち三人は、過剰に緊張することもなく、ゆったりと安楽椅子に腰かけた。戦後のアメリカ式民主教育は、たしかに、ある一面において成功し、目上のものに対しても、全身硬直することなく、自然に灰皿をいじくったりできる新しい世代をうみだした。

「もし他の公用の客人があれば、君たちには遠慮してもらうよ。」と私は最初に念をおした。

「世論の沸騰を反映して、議会は近く、警察官職務執行法改正に関して公聴会を開いて、学者の意見をきくことになり、先生がその一員として保守党がわから招聘されているときききましたが、本当でしょうか。」副委員長がゆたかな長髪をかきあげて言った。別の一人がノートをとりだして筆記しはじめた。

「まだ誰にも言った覚えのないことだが、誰からきいたかね。」

電話が鳴った。事務室からだった。たとえ個人的意見の表明であるとはいえ、かならず何らかのかたちで報道されることが予想される以上、学校がわから事務官の同席のあるのが望ましいのではないかという申しいでだった。有難い申しいでだが、そうすれば会見は公式のものとなり、公式となれば、発言内容はすくなくとも教授会の承認を要することになると私はことわった。

「御用がございましたら、お電話を。」と事務長は言った。板についた官僚ぶりだった。

「わたしたちにも特有の情報網はございましてね。」ついでにガスストーブに点火した私の背中に向けて、私の想念を見透すように冷静な声がかかった。ひととき、その学生に対して覚えていたある親しみの情が冷却してゆくのがわかった。私は窓の外に目をそらせ、しばらく立ったまま、冬支度をする植込みの樹々をみた。松の青さは、変らぬ節操の象徴とされるけれども、学園の松は埃をかぶって醜くくすんでいる。

「日本学術会議第二十七回総会の、学問思想の自由を守るための声明、それから、警職法改正案についての政府への申し入れは読んだかね。」

「読みました。」

「わたしの基本的態度は、だいたいあの声明の範囲をでない。」私は紋切型に言った。

「〈政府はその法案の取り扱いについて、慎重に考慮されたい。〉ということだけですか?」

「そうだ、〈最近暴力・不法行為の横行により公共の安全と秩序が乱されがちであることはまことに憂慮すべき世相であって、なんらかの方策がとられることは、官民のひとしく要望するところであるが、目下国会において審議中の、警察官職務執行法の一部を改正する法律案中には、それが乱用される場合には基本的人権を侵害し、ひいては学問・思想の自由を圧迫するものがある。よって、政府はその法案の取り扱いについて、慎重に考慮されたい。〉そのとおりであり、公聴会においても、ここで一般的に要請されていることを、いささか具体的に、乱用のおそれを指摘し、つよく慎重審議を要求してくるつもりでいる。」

「法案の撤回は要求なされないんですか？」

「日本政治学会、青年法律家協会、国民文化会議、日本キリスト教女子青年会などが、それぞれの立場から、撤回要求ないしは反対声明をしていることは知っている。しかし、わたしはわたしの純粋法学上の立場から、それが、憲法の規定と矛盾するおそれがあることを指摘し、法案を提出し審議する機関たる議会には、その議会の権能と義務において、慎重審議することを強く要望することにとどめようと思っている。わたしは学者であって、政治家ではない。」

「そうでしょうか。主権が国民にある以上、万人が政治家であってよいはずです。いやむしろ間接的な代表制民主主義の社会にこそ、国民の一人一人がみずからの権利を風化させ、化石させてしまわないために、つねに政治的であることを要請されているのではないでしょうか。」

「政治はなにものをも産みださない。それは労働ではなく価値でもない。ただ、一つの調節機関にすぎない。プラトンはそのポリテイアにおいて、国家の階級を支配者と軍人と庶民にわけた。彼はもちろん、もっとも価値高いもの、もっとも厳しい徳性を必要とするものとして支配者を最高の位置においた。だが、価値の生産、物の創造という点から言えば、庶民にこそその価値が属している。近代の機械化はまず、生産部門に、そして闘争武器におこったけれども、実際、もっとも機械化を必要としているのは、支配者の作業部門であり、そして、本当はその部門こそ機械だけで充分なのだ。法律学はその機械化をたすける作業であり、やがて、政治の場からたった一人の人間の姿も消えてなくなる時代がくるだろう。各地の農業、林業、漁業、工業の生産を総計し、分配する電子計算機と、すべての法文を暗記し違犯には音をたてて警告する電子頭脳ができあがることだろう。代表制議会民主主義は、たとえ不徹底であるとはいえ、多くの国民が、本来、機械のなすべき非生産的な仕事から日ごろはなれていることができるという点において、ともかく秀れているのだ。」

喋っておりながら、私は気味の悪い違和感に襲われていた。自分とは異質な何ものかの霊がのりうつり、急に二重人格者になったような気がしたのだ。なぜなら、同じ言葉で聴いたことはなかったとはいえ、この思想はあきらかに富田のものだったからだった。失踪してから、さしだしの場所も明示せず郵送されてきた鉛筆書きの論文にもられていた一種の遺嘱、その模倣だった。長い間、私は富田のことは忘れていた。忘れてしまっていたはずだった。にもかかわらず、共感していたわけでもなかった思念が、私の口をかりて妙に外に出たがった。私はゆっくりと首をねじって背後をみた。衝立てと衣類掛けがあるだけだった。

「先生の比喩的論法を一応受け入れてもよろしいです。」自治会の副委員長は回転早く受けてたった。「政治は本来、機械のやるべき下賤の業だというお考えにも、感情的な典拠はありましょう。しかし、それであればなおさら、ロボットに頭を殴られ、機械に膏血(こうけつ)をしぼりとられないように努力する義務が人間にはあります。機械は陰謀や術策を弄さず、一つの刺戟に一つの反応をしめすときにだけ信頼できます。また機械は予測してはなりません。いやどんなに発達した機械であろうと、確率的な参考資料を提示すること以上の統制の権力は付与されてはならないのです。そうでしょう？　いまかりに機械が、自分の定められた仕事の範囲から逸脱し、法則を拡張解釈して、勝手に歯車やクランクを動かせばどうなるでしょう。結果は生産の調整ではなくて破壊です。そして、われわれが、全力をつくして、いま警職法改悪に反対するのは、放任すればそれは機械の専断、権力の横行を許すからです。政治が機械であり、しかも一つのシャフトで全国をつなぐような大組織に成長しているからこそ、その統制の不正は許せないのです。」

「わたしもかならずしもこのたびの改正案には賛同しがたいことは先刻言った。」

「ではなぜ、われわれと共に闘っていただけないのですか。われわれとともにデモ行進し、反対声明に署名していただけないのですか。」

「たとえ、どんなに秀れた政治も、一人の人生に失敗した浮浪者の貧しい生活の幅よりも広くはない。いいかね。政治はつねに、人間の生活の部分にすぎない。ただ残念ながら、政治がその意志を普遍化するための権力は、どんな豊かな生活の全体をも支配できる強制力をもつ。国家は古今を通じて、そうした強制力の主体であった。だから、一つの不合理な政治的決定が、国家意志となるとき、その強制力が、より幅広く豊穣なはずの個々人の生活の全域を破壊することも充分考えられる。空しく戦場に死んだ兵士たち、戦災の劫火に財産と記憶とを焼きつくされた人たち、その思想ゆえに職を奪われたひとびともまた、それをつぶさに経験した。だから、反対運動には、最悪の事態を予想して、地上的なものの一切をなげうつことを躊躇してはならぬ。たしかに三段論法はそうなる。しかし、みずからの生活の幅を政治にあわせて縮小することは、圧迫され首をしめられる以前に、みずから自殺を準備することになるかもしれないのだ。学生諸君は、一種奇妙に観念的な状況に生きている。親から仕送りをうけ、学ぶことと考えること、そして試みてみることが、その存在の第一義的形態である。それゆえに君たちの間では、受講を放棄してデモ行進に参加することもできるし、学生でありながら労働運動に参加することもできる。全力投擲的に参加しないことが、全然参加しないことよりもなお悪であり卑劣であるかのような論理も成立する。しかし、君たちのあいだで通用するマイヌングが、直接、他の人々にも普遍的に妥当するとはかぎらないのだ。たとえば現に、このたびの法案に反対声明を発せられた方々も、君たちとの会合がおわるやいなや、机の前にもどってそれぞれの専門の作業に没頭しておられるはずなのだ。君たちが、ストライキを決行しても、君たちと政治的に立場を等しくする教授がたすら、人気のない教室でじっと君たちを、あるいはスト破りをしてでも授業をききにくる学生を待っておられるはずなのだ。一人の著名な物理学者が原爆禁止を叫ぶ。君たちは拍手する。だが君たちが拍手しているあいだにも、彼が学者であるかぎり、彼の思念は科学的な原子や素粒子や中間子の世界へと帰ってゆくだろう。そして、それは非難さるべきことではけっしてないのだ。なぜなら、それが彼の生活だからだ。政治的な問題への参与の仕方が片足だけであることを怒るのは、人間の生活を侮蔑するに等しい。むしろ、ある特定の党派の綱領や指針とは無縁に、片足だけで叫ぶ人々こそ信頼しうるのだ。彼の声明は個人的忿懣からでたものではない。一つの階級の退場をうながすにしても、それは憎悪や嫉妬や羨望からでたものではない。なぜなら、生活は、一見質素な知識人や誠実な生活者のほうが、物質的に富めるひとびとよりも遥かにゆたかであるからだ。」

「結局、先生はわれわれ学生がする学生の政治運動というものは信じられないとおっしゃるわけですか。」

「すくなくとも、学校が、学生のストライキを禁じていることは正当なことだと考えている。」

「日本に徴兵制が施かれるかもしれない場合にでもですか。」

「日本には徴兵制は施かれていない。」

「しかしかつては施かれていたし、今後もそうなる危険性は多分にあります。そうしたときの反対運動をまず封じておくために、警職法を改悪しようとし、また日教組を分裂させようとしている。」

「警職法に関しては公聴会でわたしはわたしの見解を堂々とのべてくると言っているはずである。諸君にその法的欠陥をつくのに、わたし以上の能力があると自負するなら、ここで述べれば聴いてあげよう。しかし、そのときは、あやふやな言説では容赦はしないことは心得ておきなさい。演習にも研究にも、君たちの顔はあまり見たことはないが、勇気や情熱だけでは、たった一つの単位もあげるわけにはいかないことも、卒業まぎわにうろたえる前に、はっきりと自覚しておきたまえ。」

　虚をつかれたように学生運動家は互いの顔を見あわした。私は時間を無駄にしたような気がした。しかし同時に、私は急に小さくすくんでしまった学生たちが憐れになった。私の口調が訓戒調になったのも、私にしては珍しい、学生に対するその憐れさの感情のためだった。それは富田の亡霊とはもはや無関係だった。

「たった一つの専門の領域で、たった一つの寄与をするためにすら、多くの犠牲が必要なのだ。いいかね。そして、自分の意志によってみずから選んだ犠牲であるゆえに、その犠牲をはらわずにすんだ人々をののしることはできないのだ。もし君たちが職業革命家を志すなら、職業的に学問を選んできたわたしとはまた別に、多くの犠牲をはらわねばならないだろう。一人の音楽家が死ぬほどの苦しみをなめて楽曲をつくり、それが完成してなされる演奏を、俗っぽい貴婦人たちや酒のみ貴族が笑いながら聴いても、彼には怒ることはできないのだ。同じようなことが、君たちの、真に生きだす社会人としての生涯のうちにおこるかもしれない。いや、それなどはまだいいほうだ。わたしは幸い、努力と能力と、師友と幸運に恵まれて、一応希望どおり職業的に自立した。しかし成功しない者もいた。努力もし励みもしながら、なぜか大成しえない者がいた。だがそれは仕方がないのだ。成功しなかったとき、払った犠牲の大きさが、とりもどせない人生の一回性の重みを加えて眼前に拡大され、その人を怨嗟的人間にする。多くの失敗者が憎悪のかたまりになっていったのをわたしはみている。不幸にして、わたしはときおり、事あって職業革命家を志す諸君にあうとき、その人々の三人のうち二人には、その瞳のうちにすでに失敗者・落伍者の乳濁の色のあるのをみせつけられる。それは一種やりきれぬ感慨である。知っているかね。道を広むるは道にあらず、人なり、という言葉がある。一つの主義は、その主義をまず学びそれを推し進めてゆく人材の如何によって、あるいは輝きを増し、あるいは穢される。焦点がずれていると言いたいかもしれぬ。しかしわたしぐらいの年齢になるとわかるのだ。君たちが理想視している社会にも、落伍者や怠けものや、なに一つ専門的知識も技能も身につけえなかった人間がおり、そして、そういう人々が醜い権力欲にとりつかれて人をおとしめようとするのだ。

　わたしの立場は異る。しかし、もし、その道を選択しようとするなら、君たちは、有能な、つまりは、法律・経済その他の必須部門の秀れた技術を身につけた職業革命家になることを希望する。他の専門分野、直接生産、間接生産にたずさわる生活人が安心してまかせられるような。医者にかかる病人は、医者の技術にたよるのだ。彼の世界観にたよるのではない。そして政治家というものが、なおここ一、二世紀間にわたって成立しうる専門人であるなら、他者の委任を受けて、その責任を充分はたしうる技術者でなければならない。川に一つの橋をかけるのに、これだけの材料と、こうした構造が必要だと工学者が設計図を示せば、人は信用するだろう。何故か。科学者はその専門分野に関しては嘘をつかないからだ。わたしは法律家だ。君たちが心配してくれなくとも、公聴会では学問的にたしかなことのみを述べるであろう。他の職業人が法について何かを語ることはあろう。ちょうど、政治家が文学や芸術についてその好みや希望をのべることがあるように。その人が、その領域において尊敬に値する業績をあげた人であるならば、儀礼的にわれわれも一応は拝聴する。素人の言うことも、専門家が案外気づかない真理をふくむことがあるからだ。しかし、こと刑法に関して、芸術院会員の人々や、外国の元首などが何を言おうと、それは残念ながら盲従しかねる。芸術家や自然科学者にとっても同じことだろう。スターリンが、毛沢東が、あるいはアイゼンハウアーやダレスが、文学論や通俗科学談義を一席ぶっても、大人の礼節として一応微笑しながら聴くだろうが、真の技術者なら、一介の政治家の言うことなどに盲従したりするはずはない。なぜなら、技術には重い技術的責任があるからだ。わたしのいうことは若い君たちの神経にさわるかもしれない。しかし、こうした自信こそ、逆にその道の専門家に関しては、みずからが要求すると同様の尊敬をはらうことを意味するのだ。」

ふたたび電話が鳴った。学外かららしく、交換手がしばらくお待ちくださいと言った。

「法案そのものに関しては、やがて公聴会の模様が報道されるだろう。わたしは忙しい。そろそろひきとってもらいたい。」

「しかし。」ノートに私の言葉を筆記していた学生が頬をこわばらせて立ちあがった。

受話器の声は、はじめ、ほとんど聴きとれなかった。秘事のように響く、目には見えぬ遠方の人の気配に、私はしばらく黙って待っていた。沈黙のおとずれた部屋に、ことさらに古風な柱時計の音が甦える。学生たちは立ちさらず、この電話でストライキ煽動学生の処分撤回運動者の再処分問題でも決められるかのように私のほうを注視している。

「正木先生でいらっしゃいますか?」低い声で相手は言った。「こんな風にお電話したりして、お叱りを受けるかもしれないと思ったんですけれど、でも、その後、幾度、お手紙をさしあげても、先生は何のお返事もくださいません。」

私は息をのんだ。電話の声ははじめてだったが、その伝わってくる息遣いは、まぎれもなく、栗谷清子のものだった。私は受話器の口をふさぎ、学生たちの方を振り返った。

「用件がある。遠慮してもらいたい。」

「しかし、先生、わたしたちの意見はまだお伝えしておりません。」三人が申しあわせたように中腰のまま言った。「先生の御見解にももっともな節はございますけれども、先生はもっとも重大な事実に故意に目をふさいでいらっしゃいます。意見ではなく、事実に。この現実には搾取する階級と搾取される階級とがあり、今度の……。」

「帰れ！」と私は怒鳴った。

「なにか……やはり、学校へ電話したりしてお気にさわりまして?」

「いや、いま、ちょっと客人がありましてね。しばらく、そのまま、待ってください。」私は受話器を置くと学生たちの前へずかずかと歩いていった。

「いま、ご都合が悪ければ、つぎに、できるだけ早く会見できます日をお知らせください。」睨みあうような恰好で自治会の役員は言った。

「君たちは礼儀というものを知らんのか。」情けなさに私の低められた声は震えた。「二度と会わないなどと誰が言ったか。君たちは大学生だろうが、君たちの師であるわたしが、席をはずしてくれ給えと頼んでいる。何故でてゆけないのか。」

「失礼しました。」

三人はようやく席を離れた。私は、ほとんど頭もさげず扉を出てゆくそびやかされた学生服の後を、震えながら見送った。

「一度、やはりどうしてもお会いしたくて。わたしたちの間は、二度と元にはもどせなくても、駄目なりに心を鎮めるための、決着のかたちというものがあると思います。ぽつんとふいにとび散ってしまって、お顔をあわせても、家庭裁判所や地方裁判所で、その場の役割だけで触れあい、役割がおわれば、また顔をそむけあって去るだけでは……。」

私に神経を急に切り換える特技があるわけではない。学生たちになげつける怒りの機会を失っただけで、神経はすでにはりさけそうだった。

「どうして黙りこんでいらっしゃいますの?」

「いま、何処から電話をかけてられます。」と私は努力して言った。ふと、電話を交換手が盗聴しているのではないかという邪念がおこったからだった。

「音楽がそちらにも伝わっておりますでしょう。憂鬱な音楽。カラヤンですのよ。」

一刻の安定もなく、感情は極端から極端へと振動した。関節がはずれ、苦痛をともなった精神的な脱臼がつぎにおとずれた。その放心のなかで、なぜ私は彼女とかかわったのだろうかと考えた。足をふみはずす危険をおかし、墜落の予想を充分にもちながら、なぜ私はかかわったのだろう。政治の善悪を判定する唯一の基盤は各人の平和な生活であると学生たちにも語りきかせた、その生活の規範を、なぜ己れをみずから突きくずすようなことを私はしたのだろうか。

「近ごろは、この音楽喫茶で一日に二度、なんとなくコーヒーを飲むことだけが、わたくしのたのしみになってしまいました。父は不機嫌ですし、わたくしも不機嫌。」

「そちらへ出てゆけるとよろしいのだが。」私は時計をみた。「処理しなければならぬ問題が山積しておりましてね。これからもまた、会議がある。」

「いいえ、今日でなくてもおよろしいんです。先生のご都合のおよろしい日に。また父に嘘をひとつつくことになりますけれど。」

手帳をとりだしてみても、容易に空欄は見出せない体だった。私は日程と日程、時間と時間との間隙を、しばらく孤独に探索した。

「先生のいまいらっしゃるお部屋は日が射してまして？　ここは暖いかわりに薄暗いんですのよ。地下室にある喫茶店だから。わざわざ電車にのって、用もないのに繁華街まででて、コーヒーを飲む。本当に馬鹿ですわね。窓は水槽になっていて、泡と藻のあいだを熱帯魚がゆうゆうと泳いでますわ。このお魚、何を考えて生きてるのかしら。」

ある経済学者が「勉強時間なき苦しみ」と題して随筆を書いていたのを思いだす。その中に、遺伝学者チャールス・ダーウィンのある逸話が紹介されていた。四つになる彼の愛児が、「お父ちゃん。一緒に遊んでくれたら、六ペンスあげよう。」と言って書斎に侵入してきたとき、彼はその申しいでをことわる理由はこの世に存しないといって、それに応じたという。私にはそうした愛の六ペンスに胸を衝かれた経験はなかった。おそらく、茂も典子も、その幼いころには、口に悲しみを一ぱいに含み、私のほうに六ペンスをさしだし続けていたのかもしれない。きゃあきゃあと騒ぎながら、小さな息子と娘が一緒に裸になって風呂に侵入してきたときすら、私はその体を洗ってやらなかった。まどわしかったのだ。風呂に一緒にいれてやり、同じ湯船であたたまるという日常茶飯事すらが、いまとなってみればとりかえしのつかない一回性をもっている。そのとき、その必要に応じて何かしておくこと、それが生活から後悔を追放する最大の方途なのだ。私は無駄なこと、愚かなことはなすまいと警戒しすぎて、何もしなかった。だが、その場がどのようなものであれ、為そうか為すまいかと迷うとき、人はそれが相手にとって有難迷惑であっても、行為する側をえらぶべきではないのだろうか。迷惑ならば、それをはっきりと拒むという個人主義は、まだこの日本には生育していない。しかし、それはやってみなければわからないことだ。他者の考えるべきことを先取りして遠慮してもはじまらない。人の意識は他者には見えないのだから。

専門の領域を離れれば、たった一つの返答をするにすら、私は多くの坂を登らねばならなかった。充分に準備がととのえられ、拍手が私を待っているときにだけ、私は身を動かしたものだ。そして、そうした生活の中にいつしか積る後悔の埃の中から、一度、私ははみだそうとした。自分の息子、自分の娘の六ペンスに対してではなく、その息子と娘に齢ひとしい一人の女性に対して。そして、その結果は——。

一匹の蟻の穴から堡塁が崩れるように、私の砦はくずれたいま、なお、彼女は理由もなく私に電話をかけ、燭を秉って遊べといざなう。

「今日はこれからひとりで食事をします。」

「そうですか。」私はいっせいに蜂起しようとする遠からぬ過去の記憶と闘いながら言った。

「ちかごろ交通事故が頻発するようだから、気をつけてください。あなたは若いのだから。」

ドアにノックの音があり、緒方助教授が入ってきた。「本年度で打ちきられます、綜合研究費の帳尻がどうしてもあいませんので。ちょっとご相談したく……。」

私は思い浮べつつあった過去の残像を通して、下僚のダンディな容姿をぼんやりとみた。かげで私を嘲笑していた人物であることはわかっていても、公式の場では、やはり協力者である彼の顔を。頭をきりかえねばならぬ。内部に何事があろうと、それで職務をとどこおらせてはならぬ。

「いずれまた。」

私は受話器をおき、緒方のほうに向いあった。

「ま、坐ってくれたまえ。」

## 第一六章

これも、もう二年以前、たしか夏休暇のはじめ、ソルボンヌ大学の法哲学教授ソシュール博士が来日し、大学で公開講演が催されたことがある。私が開会ならびに歓迎の挨拶をのべ、講演の通訳はフランス文学科の落屋助教授に依頼した。

公式の会合には文学部の援助をあおぐことができたが、困ったのは個人的な歓迎の宴だった。大学院学生や研究員にフランス刑法の専攻者はいたが、自由にフランス語を喋れる学生は私の研究室にいなかった。博士はいくらか英語の喋れる人だったから、ちょっとした質疑応答は英語でも間にあったが、話題がふいに転換したり、問題が錯綜したりすると、もう激しい身振りにもかかわらず意志は疎通しなかった。交通公社に申しこめば、数少いながら専門の通訳士の派遣されることも知っていたが、研究室にそうした特別の予算は組まれていなかった。一夕、博士を日本料理店に招待するのに、大学が通訳者協会に援助を申しでるのは、第一、大学の面目にかかわる。誰か、教養ある人でフランス語の喋れる人は身近にいないかと、頭をひねったあげく、私は栗谷清子がかつてフランス語を学んだと言っていたことを思い出した。妹尾助手に栗谷博士の宅におもむかせて、一日、都内見物と夕食の間、研究室の者に混って付き添ってくれるように依頼した。フランス語の喋れる男ぐらい、幾らでもいそうな気がしていて準備をしておかなかったため、事は急を要した。もし拒絶されれば、お互い多少ブロークンな英語で、一日神経をすりへらさねばならない。

公開講演が終って、法学部会議室で茶話会のおこなわれているとき、女事務員が入ってきて、私に一片の紙片を手渡した。

栗谷清子様が研究室でお待ちです。

中座して研究室にもどると、妹尾助手が来客用の安楽椅子の前で髪を掻いていた。

「栗谷博士はちょっと腸をこわされたとかで臥せておられまして。」妹尾助手が言った。「どうも、お断わりされちまったんですが、ともかくおつれしました。でないと、私が勝手に決めちまうようになりますので。」

「どうぞ、どうぞ、そのままお坐りになっていてください。」私は言った。

「わたくし、本当に困ります。」思いつめたように栗谷清子は言った。

「女子大時代に、カソリックの尼さんに週一度フランス語の会話をおそわってはおりましたけれど、もう長い間使ってはおりませんし、それに、そんなお偉い方のお相手なんてとうていできゃしませんもの。」

「いや、博士の話相手は私が英語ですますにせよ、奥さんの買物の相談役にでもなっていただけたらと思いましてね。公式の席ではないから、少しぐらい語尾変化を間違われたところで恥じゃありません。」

「助手の方が直接断わってくれとおっしゃるから来たんですのよ。だめなんです、本当に。」

「明日の午後二時から、八時ごろまでの間なんですがね。もう、ここへこられたんだから、承諾していただいたことにしておきます。」

「いや、そんなの。」

　ふいに嬰児のような声を彼女はあげた。机に向っていた妹尾助手が驚いて振り返り、女事務員までが、背のびしてこちらを窺った。扇風機が髪をひるがえらせてあらわす彼女の耳たぶがみるみる赧く染まった。しかし、本当に周章したのは私のほうで、彼女はやがて顔面を真赤にしながら目をそらせなかった。私はかすかな、甘い香料の香りをかぎ、やや汗ばんで上気した若い女の顔を茫然と見た。じっと真正面から、打算も俗気もなく、きらきら輝く瞳を注ぎながら、彼女が今は無言で首を横にふるとき、――ああ、その一瞬の美はどんなにか儚いことか、彼女自身にも、私にも、そしておそらく誰にも所有することのできない一つの状態がそこにあった。あたかも永遠の渇望の象徴のように、けっして固定することのできない一つの輝きが――。

　私は何のために彼女を呼んだのかを忘れ、何を依頼しようとしていたのかも忘れ、周囲の書架にある本の山を、馬鹿げた重荷のように眺めた。そして、そのとき、私は、通訳のために、彼女の語学力を必要としているのではないことを悟った。彼女を必要としているのは、異国の大学教授やその妻ではなかったのだった。急に雨が降り出し、彼女をそのまま帰らせることができなくなった。どこかでお茶でも飲みながら、最初から私がたのみなおせば、栗谷清子は応じてくれそうな予感がした。事実、ある機会に一度、彼女が語るフランス語を聞いたことがあるのだが、卓越とはいえぬまでも、それは素晴らしく美しい発音だった。だが私自身が彼女を呼び出した理由を自覚してしまい、現に彼女の顔を見ている以上、明日のことはどうでもよか

った。急に涼しくなった雨混りの風を受けながら、私は、

「帰りは自動車でお送りしましょう。少しまっていてください。わざわざ出向いて来ていただいたのだから、御都合がよろしければ、その辺でお食事でもしていって下さい。」と言った。

窓硝子に鳴る雨音に耳を傾けるように首をかしげて、栗谷清子は微笑した。

「よろしいですね。妹尾君、少しのあいだ、お相手を頼んだよ。」


もし私が、栗谷清子に通訳を依頼したその翌年の春、医学部門の三名の新博士、工学部門一名、文学部門一名、そして法学部門の緒方助教授らに対する博士号授与式に出席しなかったならば、いやその後の法学部門祝賀晩餐会の主催者をひきうけず、まっすぐに帰宅していたならば、私の人生はいまあるような混沌の森に迷いこむことはなかったであろう。いやかりに、人の運命の空白がいつかはかならず苦悩によって埋められねばならぬものであっても、そのとき、一人の人物に出会わなければ、私の平静（アパティア）は、なお暫らくはそのまま持続していたことだったろう。グラウンドの小さな石ころがバウンドするボールの方向を歪めるように、私の進路はそのときにそれた。前年の初夏ごろから始っていた生活様式のいくらかの変調も、事実、その偶然に出会うまでは、決定的な傾斜はなくつづいていた。内に疼きを懐くゆえに、益々倍加する多忙さにもかかわらず、私の態度は現実回避的になり、どちらかと言えばひっこみ思案になりつつあった。また秋のまどいは冬にももちこされ、私の研究時間が、一枚のクリスマスカードの前での長い放心に浪費されたりもした。しかし、たとえば正月にした訪問や客の応接なども、昨年のそれと別段変ってはいなかったし、私の主宰する季刊雑誌「国家」も順調に号を重ねて

いた。助手にまかされる編集過程が増加し、講義の途中に思考の断絶にときおり立ちすくむことはあったが、すくなくとも、ぼろは外には現わさなかった。その間、一つ、私はしなれぬことをあえてしてひとりつまずいたことがあるけれども、その行為も未完のまま、影響を及ぼしあう〈社会〉には知られず、私だけの動揺に終った。事の順序ゆえに、そのしなれぬ行為のほうからさきに言えば――それもつぎの偶然がそうだったように、事柄じたいはごく些細なことだった。

大晦日も間近なある日、夥しい自動車の列が洪水をなして流れる繁華街の角にある宝石店へ、私は、あたかも盗人のように落着きなく視線を動揺させながら入ったのだった。冬の斜陽が、すでにおおむねは点された外灯と交錯する、うそ寒い夕暮どき、歩道にはしかし散策する人波はまださほど多くはなかった。栗谷清子から贈られたクリスマスカードの返礼を、珍しく世の習慣に従って形あるもので返したいと思ったのだった。時刻はちょうど、人道と車道の交通量の均衡の破れるはざかいらしかった。ラジオは雪を予告していて、雲は低く、冬の落陽を一層弱めながら都会の空を覆っていた。

総硝子ばりの陳列台に、それ自体の輝きと、あてられた照明光との怪しい交錯を誇る宝玉が列んでいた。指環、腕環、イヤリング、ネックレス、そして時計バンドや櫛やかんざしにちりばめられた結晶の数々は、光と色彩、――ただそれだけの価値ゆえに、はかなく、しかし、崩れない美しさだった。私は反射的に、それらが、ただ一片の石片にすぎないのだと思いこもうとした。

気味悪いほど顔立ちの整った、かっぷくのいい中年の紳士が、つれの少女のために装身具を選んでいた。俳優かなにかだろう、色眼鏡をかけた顔は、しかし、肌がざらざらに疲れて焼けている。もし、彼が俳優なら、つれの少女は娘ではなく、若い愛人だったかもしれない。

私は前に立った女店員をぼんやり眺めながら、自分が何故、盗人のように足音を忍ばせて宝石店に入ったのかを考えていた。

「お贈り物でございますか?」と女店員は、人本来のものではない、薬品の香りのする息を吐きかけて言った。甘い声だった。

「む。」

「奥様かお嬢さまに? お正月の、それともお誕生日のお祝いでございますか。」

何もかも顔に書いてあるといわんばかりに女店員は独り合点した。その微笑もまた、やりきれないほど人工的だった。どうでもいいことなのだが、と私は思った。

「指環がいちばんよろしゅうございましょう。厭きませんし、いちばん身につける機会も多うございますから。」

「どうぞ、ご一ぷくなさいませ。」番頭がのれんの奥から姿を現わし、灰皿と煙草ケースを番台に据えた。指を映すのには大きすぎる三面鏡が店の中央に立てられてある。掌をこすり合わせている女性的な番頭、能面のように微笑している女店員、そして鏡に三つに独立して映っているオーバーの襟を立てた自分の姿とを私は見較べた。

考えてみれば、私は今までおよそ人に贈物をとどけたことがなかった。母の生きていた間、二、三の先輩に、中元・歳暮の贈物を届けたことはあったが、それは母の指図であって私みずからの意志ではなかった。じっと思い返してみて、じつに不思議なほど私は〈清廉潔白〉だった。つけとどけも、打算なき好意のみやげも人に呈さなかった。そして、その殺伐な一瞬の回顧から、ふいに私の胸は高鳴りだした。私は道を踏みはずしかけていた。いや、社会の正義や一般道徳からでなく、私みずからがひたすらに築いてき、限界づけて来た人生の幅を、私はそのとき、破りかけていた。

女店員がケースごと宝石を取りだして、小さな毛氈の上に、一つ一つ等間隙に並べていった。ダイアやルビーやサファイアを。

率直に言って、何よりも書物に費さねばならぬ私の嚢中にとって、どれもこれも高価すぎ、その商品の生産にどれだけの労力が費されたかはしらないが、なによりも私自身の欲求の対象ではなかった。いや装飾品は、それを身に着ける者にとってすら常に高価すぎる。おそらくは、母の形見として、あるいはあり得ぬ夢や愚昧な青春の記念として、その馬鹿げた高価さは、はじめてわずかな償いを見出すのだろう。女たちが例外なく身にまといたがる宝石は、彼女たちが孤独でないことの徽章であり、母の日に、子供たちがつける赤いカーネーションのように、自分も人並みであることを示しあう可憐な約定にすぎないのだ。

「服装は勿論、お顔立ちや皮膚のお色も本当は考えねばなりません。お顔立ちやお姿の小ぢんまりした方には、真珠よりも小さなダイアがお似合いになりますし、細いお指にはサファイアが一段とはえます。」

観光バスの案内嬢のように紋切型になされる説明を私は聞いてはいなかった。女店員の頸は病的に細く、高い声がかすれそうになるたびに、喉の軟骨が異様に上下動した。

「お贈りなさいます方の、お齢はお幾つでございますか?」と女店員は言った。

「二十七歳。」私は機械的に答えた。

しかし、そのとき選択すべき言葉を、舌の上にのせ誤ったような不安な気分に私はなった。喉のところまで言葉が出ておりながら、酒かなにかの麻酔作用でその言葉が思い出せず、しいて言葉を発すると人が声をたてて笑い、何故笑われたのか納得のゆかぬまま、自分が言いたがっていた言葉ではなかったことだけはわかる、そういういらだちだった。私は鸚鵡のように同じ言葉を繰り返した。いや繰り返したつもりだった。

「はあ?」と女店員の目にうさん臭そうな色が加わった。

「四十三歳の奥様でいらっしゃいますか? わたくしがお聴き違えしたのかしら。いまさっきはたしか……。」

女店員と番頭が入れ換り、贈られる相手方の年齢などお尋ねするのは大変失礼なようだが、宝石そのものの種類よりも、支える環のアクセサリーが地味すぎても派手すぎてもおかしゅうございますので、と弁解した。私は腹が立ってきた。宝石などを買って贈ろうと思ったそのこと自体が、そもそもふさわしからぬ衝動のようだった。自分で思ったというより、誰かにおしつけられたような気すらした。

いちいち選択しているのが面倒になり、純粋な購買欲も消えて、なにか重大な損失をしたような気持で、宝石のケースをポケットに入れて店を出たとき、人波の満ちはじめた街路で私は緒方助教授に会った。火災警報器の影に、大道路を渡ろうとしているもう一人の中折れ帽の人物があり、気軽に会釈した。私の頬は硬張った。

「お買物ですか。」宝石店のショーウィンドウをちらりと流し目に見て緒方助教授は愛想を言った。

「お互い、講義から解放されるというのはいいものですな。」敏感な助教授の目から狼狽を隠すために、言わずもがなのことを私は言った。女のように噂高い大学の教官室に、また数日の中に、私が宝石店から姿を現わしたことが話題になるだろう。勿体ぶった警句を混えながら、辛辣な穿鑿が、また私の身辺をほじくりかえす。宝石を贈るような人物が、あの堅物にいるのだろうか。玄人女か素人女か。人はみかけによりませんからなと。私は憂鬱だった。

「有賀教授にさそわれましてね。どうです、ごいっしょに。いい酒を飲ませる店だそうです。」

一度見送った信号灯の色の変化を見ていた有賀教授がゆっくりと振り返って中折れをもちあげた。彼はかつて宮地教授と対立した国家主義者久米教授の直系の弟子であり、その見事な豹変ぶりによって、戦前を知らぬ若い学生たちに人気があった。彼が相当の酒豪であることは学内にも知れわたっていたが、緒方助教授が行動をともにしていることはいままで知らなかった。気まずさは消え、理由の説明できぬ不愉快さに私は襲われた。博士論文を提出したばかりだった緒方が、その審査教授の一人である有賀教授におめでとうと挨拶されれば、同行をむげには断われないのは理解できる。しかし、はたしてそうだろうか。連れ立っているその有様は、今日昨日のつきあいではなさそうだった。いや、事柄の事実面だけから言えば、私の感情のほうが、不合理で偏狭で、卑劣ですらあるだろう。しかし、人には、文字どおり筆致に尽せぬ、ある第六感ないしは皮膚のおぞけのような偽われぬ知覚がある。その磁場の中にあってのみ真実である感覚がある。着飾った男女のむれが狭い歩道を濁流のように歩み、軽薄な音楽が流れ、カスタネットを打ちながらサンドウィッチマンが足踏みする繁華街の四つ辻。親しい友と、些細なことからいがみあい、自惚やお互いの醜悪さをさらけ出して別れたような白々しい気配。疾走する自動車の車輪と、その鈍いヘッドライトの線状の残像。私は有賀教授の申しいでを辞し、頬に冷風を受けながら黙って歩いていった。自分の身辺で、自分の知らない変化が起りかけている。何が起りかけているのか見当もつかず、それゆえに態度を決めようのない、しかし、何かうまくいかなくなりつつあることだけははっきりとわかる不愉快感。迷宮に迷いこみつつあるような不愉快感は、バスに乗ってからもまだ私から離れなかった。

翌年の学期はじめ、異例の時期に博士号授与式の行われたのは、二十年間、文学部講師の職にあったフランス人、木南アドリエンヌのプロテスタンティズムとフランス近代文学の研究に対する称号授与を、彼女の三月にせまった退職期限前にくりあげようとした配慮のためだった。他の学部にはまた、医学・工学を先頭に大量に生れだした新制度のプロフェッサーと区別しようとする暗黙の意向があったのだ。午前中、学長、文部次官、文部省称号授与部長、各学部部長、名誉教授、一般教授の出席のもとに少人数ながら、ととのった授与式が行われ、閉会後、祝賀会の行われる学士会館へ私は緒方助教授とともに大学の自動車でおもむいた。新法学博士緒方助教授は、博士号を獲得する前日に、すでに原稿依頼が、いままで書いたことのなかった綜合雑誌からあったことをやや昂奮して語り、それに書くつもりの内容を説明した。それは学問的というよりもむしろ時事的な問題だったが、私は冷たく口を閉ざして相槌だけを打っていた。親身になって相談に応じ、意見を闘わす気持には、理由もなくなれなかったのだ。

「名には実がともなわねばならんわけでしょうけれど、もし称号がそれにともなう実をうる努力をうながす気持をうめば、ま、いまの力不足はある程度許されるわけでしょう。」

予定する時事論文の内容を喋りおわると、助教授は私の顔色をうかがうように言った。

「ま、ともかくおめでとう。」

病院の長いコンクリート塀を後に流して、自動車は、貧弱な、しかし一応は瀟洒な学士会館の門をくぐった。

妹尾助手が名刺をうけとっている祝賀会の受付けをこえ、待合室の入口でいったん緒方と別れてその部屋に入ると、彼の尊父と細君が安楽椅子から立ちあがって、私の前にきて頭をさげた。おどおどした老人と、病みあがりでもあるのか蒼白く痩せた婦人の二人は、祝賀会を迷惑がってでもいるような落着きのなさだった。盛装をしているのだが、全然似あわないで目を伏せ通す細君の顔に、私は日本の学者の悲惨な生活を見たように思った。待合室には他に緒方の友人らしい二、三の紳士がいて、窓際から目礼した。時間は予定より幾分はやく、私は途中でかるい食事でもとってくるのだったと後悔した。どうせ、予定時刻どおり会のはじまるはずもないのだから。

待合室の片隅、部厚いカーテンが束ねられて垂れる前の高い卓子にテレビが据えられて、それを見ながら、年輩の人物が、古風にも燕尾服を着て坐っていた。私自身は、授与式の帰りであるし、主催者でもあるゆえ、モーニング姿だったが、いまどきの知人の祝賀記念に、その人の礼服はいささか大げさだった。テレビはちょうどニュースを報じていて、政党の要人が、ほとんど不貞腐れた姿勢で映しだされていた。

煙草をとりだし、立ったまま一服つけたとき、その人物が振り返って声をかけた。

「正木君だな。こっちへこないかな。」

判事職にいる人々には、大学教授グループや検察官仲間とは違った交際のかたちがあり、またその風格にも独特の味がある。総体に教授たちよりはずっと庶民的で形式ばらない。岡崎判事もまた高裁時代から、書記や新聞記者にも愛される開放的な人物だった。

見知らぬ人々の中で所在なかった私は、久しぶりに会う岡崎判事の呼びかけに、ふっと息の抜ける思いで近よっていった。大学での年次は彼のほうが数年先輩にあたり、したがって学生時代には顔をあわせても、互いの名を知り合いもしなかったが、戦争中、方針を変えて以後、非難されることの多かった雑誌「国家」を支持してくれた関係で知りあった。苦境の中でえた知己は忘れがたい。支持者の数が減り、宮地教授までが恥をさらすよりは廃刊せよと迫って私が動揺したときも、地方裁判所判事だった彼は、頑固おやじの言うことなど放っておけといって励ました。漢学の素養があって、易の思想を高く評価すると公言していた人物だったが、「混乱の時代は決して長くはつづかない。雨と晴とはかならず交替する。遷化にこそ明徴がある。」といった簡単な言葉が、時代の暗さゆえに私の胸をうった。しかも、往々に予想しがちな陰鬱さが彼の遷化の形而上学にはまったくなかったのである。人格そのものが、何を言っても人を怒らせない、とくな風格に覆われていて、普通の人ならば陰口になることを放言しても、彼のばあいは濶達な笑いをうんだ。学生時代、宮地研究室で、教授が書架の後にいることを知らずに悪口をたたいていたとき、普通なら烈火のごとく怒るはずの教授が、書架のかげから、そちらへ出ていってもよろしいかと訊ねたという。代々伝えられて、それが法学部刑法研究室の伝説にまでなっている。

「ありゃ実際、化けものだよ。」と裁判所であうとき、戦時中にも、宮地教授をこきおろすことをやめなかった。「あの顔をじっと見てみ給え。人間の顔をしとりゃせん。上瞼がぼってりと重々しく垂れ下っとってだな。そのうえ、左の目がちょっと外斜視だろ。気づかなかったかな。恐縮してよく見とらんのだな、君は。どこを見とるかわからんのだよ、あの目は。ヘーゲルの北京原人みたいな顔の写真をみたときも驚いたが、おんたいの顔はヘーゲル以上に奇怪だぜ。」

甘いものが好きで、学生時代には、裏門前にあった茶屋のきび団子を一度に三十もたいらげたという。あらそえぬ年齢の髪をおおう霜の色にもかかわらず、顔はいまも童子のようにつやつやしていた。

「ちょうど、今日、裁判所の若い書記に仲人を頼まれて、葬式の、葬式？　いや結婚式の式場から直接やってきた。」

向いあわせの席につくと、岡崎最高裁判所判事は、型の古いモーニングの襟をはたいてみせた。

「齢をとって肥るのはいかんのだろうが、昔の服は窮屈でね。ズボンのボタンが締りゃせん。これをあつらえたのは妙にズボンの細いのが流行っとったころでね。久しぶりに埃をはたいてはいてみると、バレリーナーがはいとるパッチみたいだ。もっとも歴史はめぐるとみえて、最近、若いもんはまた女の児までパッチみたいなのをはいて町をのし歩いとるから、ちょうど、具合はよかったがね。」

話好きで、人と向いあって気づまりということを知らぬ人物だった。

「お元気ですか。」と私は言った。しかし、裁判の〈さ〉の字が出ても、ひょっと顔をそむけて、係属中の審議に雑音の入ることを嫌う岡崎氏に対して、専門のこと以外に話題のない私には言うことはなかった。

「この間はまた雑誌を有難う。最近はどうも読書欲がおとろえて、まだ読んではいないんだが。」読んでいても読んでいないと言う人物なのだ。「ところで、『国家』には、君自身の論文が最近のらんようだね。後進の育成もいいが、一つ大論文をものにされたらいかがかな。君にはその義務もある。近ごろはもう、子供っぽいイデオロギー論争ばかりで、実際、本当にものを教わったという気になれる論文がありゃせん。」

「最近は雑用が多いもんでしてね。」

「大学の学部長というのもうるさいもんなんだろうな。いつだったか、君が部長になった直後、新聞にのっていた面談記事の似顔絵はおもしろかったな。妙に宮地教授に似てきたように思ったな。今も、ひょっと戸口のほうへ行きかけて、こちらへ思いなおして歩いてきたあの肩のふり方なんぞは、宮地教授にそっくりだった。似るんだな、どうしても。」

「顔付きもだんだん奇怪になってきたというわけですかな。」

わっは、と相手は笑った。

祝賀会の待合所に人が集りはじめ、あちこちで名刺の交換がはじまった。早春の日が女の髪のかおりのようにほのかに窓辺にただよう。ボーイが参会者に茶を配り、絨毯をはうようにして、写真屋が会場のほうへ歩いていった。

もうひと昔も以前、あの困難だった時代、客観的にはたしかに後退した、私の、「国家」に対する編集方針を、なぜ支持してくれたのかを、いつかは訊いてみたいと思っていたものだった。しかし、そういうこみ入った話を受けつけない気配があって、私は窓の外に目をやった。他の部屋で同窓会でも開いているのか、女の声も混るほがらかな笑い声がきこえ、階下の喫茶室から音楽が流れてそれに和した。特別な交情もなく、一度も家を訪れたこともないのだが、こういう淡交こそが尊いのかもしれぬ、と私は思った。顔を見あわせ、なんとなく互いに微笑しあっただけでたちまちに莫逆の友となった、古い支那の哲人たちのように——。私もまた、何も尋ねず微笑をだけもらしているべきなのかもしれない。彼がなぜ、見方によれば狡猾を極めた私のやり方を支持し援助したのか、教授職から検事職への転向を何故そのまま認めたのかは、おそらくその微笑の下に永遠に埋めつづけられるであろう。

「君はずっとその後、独り身なんだろ。」と岡崎判事は言った。

「体に悪いよ、それは。」

私は、やあと笑った。体に悪いなどという言い方をされたのは初めてだった。同情の押し売り、事務的な渉面ばかりに触れてきた私は虚をつかれて笑ったのだ。

「媒妁のしついでだ。ひとつどうだね、再婚する気はないかね。いい人の心あたりもあるんだがね。」

「いや、ま、その話はここでは。」

「てれる齢でもなかろう。」

「いや、そうではなくて、私の方にも心あたりがありましてね。」とふいに言おうとも思っていなかったことを私は口走った。

そのときも、自分の口調の浅薄さよりも、羽撃く鳥影のようにかすめすぎた脳裡の二重の映像に、私は凭れている安楽椅子ごと地底にめいりこむような墜落感に悩まされた。煩わしさと安定欲と渇望と自己破滅への欲望とが永遠に交わらない平行線をえがいて飛翔したのだ。二兎を追う後めたさよりも、もっと根源的な、人の意識の、ある奇妙な性質に、そのとき私は気づきかけていた。

簡単に、そして概念的に言ってしまえば、一つの意識は直接には、他の意識の原因にはならないという単純な心理的事実だった。哲学者にとっては、説明を要しない自明の事実かもしれない。しかし、原因結果の因果の系列をたどり、選択し整理し帰納して、〈従って〉〈それ故に〉という繋辞のみを主軸にした思弁をし、講義をしてきた私にとっては、二つの心象が、原因結果の関係なく一つの意識に共存するというのは、おそろしく奇妙な発見だった。なにか別な生物が自分の内部に巣喰っているような気味悪さだった。もし、まず一人の女の像を思い浮べてみて、その容姿や気質、あるいはその立居振舞いが不満で、その像を消し、別のイメージを次に代置したのなら、私は倫理的な狡猾さを非難されても、崩壊感は感ぜずにすんだであろう。また、政治に興味をうしない、荒淫に溺れる皇帝のように、はたされなかった別世界の代償を柔らかな夜の夢に託し、女体から女体へとさすらおうとするのなら、世間的威信の失墜はあっても、渇望の純粋さだけはたもてたかもしれない。ところが、私はまったく無関係に二つの像を思い浮べ、しかも、なんの罪の意識もなく、その重複する像を同時に眺めていたのだ。

排中律が、そのとき私の精神のなかで根拠をうしない、倫理的にではなく、論理的に自分が破滅しそうな危険を感じた。すべてが終ってからも、弟の規典だけが見抜くことのできた奇妙な意識の悖徳(はいとく)だった。

## 第一七章

その日、海は鉛色によどんで、沖あいに浮ぶ漁船も貼紙細工のように動かなかった。まだ海の季節には早い海岸には人影はなく、ただ潮の干いた砂浜に、だれが歩いたのか長い一筋の足跡があった。松原の音もしなかったけれども、晩春の海のかおりだけは、ロビーを越え、硝子障子を透してかおってきた。

食事には形式上、栗谷博士をも招いてあったのだが、栗谷清子だけが時間どおり、海辺に立つこの料亭におもむいてきた。なぜとはなく、私は彼女が来ないものと思いこんでいた。彼女が一種真剣な面持ちで女中に案内されてきたとき、私は名状しがたい悲哀の——あるいはより一般的な憐愍の情をおぼえた。愚かなのは私だけで充分なように思っていたのだった。私は正視にたえず、窓外に広がる白濁した水面をむりじいに鑑賞した。鷺も飛ばなかった。ただ左手に見える入江の白洲には、葦だけが水郷にふさわしく茂っていた。

岡崎判事がどういう手続きをふんで、私の意向を伝えたのか、私は聴いていなかった。事柄が進展するにせよ、その出鼻をくじかれて挫折するにせよ、私には耳をふさぎたい衝動が何よりも強かったのだから。はじらいではなく、それも憐愍にちかい感情の動きであった。だいたいの了承を得た。あとは君自身がいちど栗谷博士父子を招かれて話されるがよかろう、と岡崎判事から連絡があったときも、私は、彼が悪質な冗談を言っているのではないかと疑ったぐらいだった。不様な周章ぶりは見せまいと思いながらも、電話帳をくって岡崎氏の自宅にたしかめの電話をし、不在と知るとまた私は、大学から自動車を駆って最高裁判所までおもむいた。小法廷まえの部厚い扉のかげで、私は法服姿の岡崎氏とあわただしい挨拶をかわした。てれかくしに、雑誌「国家」に随筆を依頼しようとする私に向って、日頃にはない威儀で、

「君のほうのことが上手く運べばお祝いのしるしに一度書かさしていただこう。」と彼は言った。あきらかに役者が私より一枚上手だった。

「よくこられました。」

憐愍の情を隠すために、私は動かぬ海の面に視線をはせつづけた。

「父は所用がございまして、失礼するとのことでした。」部屋隅に中腰に坐ったまま、栗谷清子はふかぶかと頸を屈した。女中がおしぼりと茶を持ってきて、机につくことを薦めたけれども、私も栗谷清子ももとの位置を動かなかった。うがったような女中の視線にせめられて籐椅子から立ちあがった私の脳裡に、思い出したくない息子の顔が浮んだ。

「息子の茂でもおれば、座が賑わうのだが。」と心にもなく私は言った。

「奥様は?」と清子が言った。

「妻?」私は振り返った。

卓子の上を苛立たしい丁寧さで拭きおわると、女中はすり足でしりぞいていった。

「妻はもう七年まえに死んで……。」

「いいえ、茂さんのお母さまのことではございません。」と彼女は冷たい声で言った。

海はいぜんとして、涙のような鉛色だった。島がはるか彼方に幻影のように浮んでいた。一艘のボートが、恋人たちをのせて、ゆっくりと水の畳のうえを滑ってゆく。細い、すぐ消える水紋を背後に残しながら。

米山みきは、私が栗谷父子を料亭に招待するといってでるとき、不意に半狂乱になって私にすがった。具体的な事柄の進展はなにも知らないはずだった。だが、盲目の女が手さぐりで琴をかきならすように、ひたすらな急調で本質にせまるような敏感さがあった。玄関口のところで、通常の出勤時のように手をついて見送っておきながら、では、と扉を開けようとすると、素足で玄関にかけおりて、彼女は私を制した。

「お行きになってはなりません。」

子供のように私の裾をとって米山みきは哀願した。

「先生ともあろうおかたが、そんなありえない夢を御覧になって。わたしは、わたしはよろしゅうございます。けれど……。」

「なにか誤解している。」と私は曖昧に言った。

「存じております。」鋭く、しかし諦めた声で彼女は言った。

「いつものように十時までには帰ってくる。夕飯はいらないが、軽いものを用意しておいてほしい。」

「ひとりで、おひとりで、滅びの道を歩まれるのは嫌でございます。」私の体をずんずん傘たてのほうに押しつけて彼女は叫んだ。もっとも、近隣への体面を無視することのできぬ年齢の智慧ゆえに、声は小さかった。

「どうしてそんなことを言う。ただわたしは……。」

「女を、女を御存知ないにも程があります。」二度三度、吃りながら彼女は繰り返した。とりすがっていた彼女の手に力が加わり、私の体はよろめいて被ったばかりの中折れが土間に落ちた。後ろめたさが、理由のない怒りに変り、——しかし辛うじて私は自制した。

「久しぶりにそばを食べたい。夜食にそばを用意しておいてくれ。」と私は言った。すぐ傍にあるブラシも使わず、埃にまみれた帽子を口を細めて吹きながら、米山みきは黙ってうなずいた。

「では行ってくる。」

米山みきは私の目をとらえ、凝視して、みずから視線をそらせ、あわてて板の間に這いもどると手をついた。

「いってらっしゃいませ。」

「もし急用が起れば、大学のほうに電話をしてくれ。私のほうから夕刻一度、大学へ電話する。」

「早うお帰りなさいまし。」

米山みきが深々と頭をさげたのは、なにかを隠すためだったろう。一瞬、私は躊躇し、無意味に帽子の埃をはらいながら玄関を出た。いつもは、開け放した戸を、後から米山みきが閉じるのだが、そのとき、私はみずから後手に戸を閉じた。

「奥さまは怨まれておりましょうね。わたくしのこと。」と栗谷清子は言った。

法律的には、米山みきは私の妻ではなかった。その時も、そして今も。しかし、——法はともあれ、私の現在の地位は、たいへんな、人々の犠牲の上に成立していることを、そのときに私は悟るべきだった。だが私は、栗谷清子の、その——ああ、そのときからわかっていた。とうてい手にいれることのできない幻影に私はおののいていたのだ。彼女の白い頬、真珠色の唇、そこに浮ぶ微笑。私はそのどれ一つをすら正視することができなかった。見ていると、知らず知らず、心の痛みがよみがえるのだ。人間の生理なら知っている。男性の欲情なら知っている。しかし私の今まで知らなかったもの、今までただ一度も触れることのなかったもの、それが同じ部屋の閾の間際の、そこにいる。透きとおるような脆さでそこにいる。

視線ばかりではない。想念のすべてが、そして体までが傾きそうな幻覚と闘っていることを相手は知っていただろうか。理由もなく、私はふと、公職からしりぞいても生活してゆけるだろうかと計算した。いや、計算とよべるほどの心の動きではなく、漠然と私は書物を買うことを断念し、交際費を節約するつつましやかな暮しを思った。私の退職金は避暑地の小さな別邸を求めるのにはたして充分だろうかと。

その生地の種類は知らぬ。しかし、肩のなめらかさ、胸のふくよかさ、それらを覆いえてなお示す、地味な着物を私はぼんやりと見ていた。礼儀ただしく膝のあたりに重ねられた手の指環の光りをも。女への愛に溺れて自己をみうしなう男の本能を、よわい五十五にして私ははじめて理解した。座右の書を売りはらっても、よりあでやかな衣裳が買い求められるべきだった。その淋しそうな耳朶にも、なにか飾りがほどこさるべきだった。血迷った私の眼を、よりいっそう血迷わすためにも。酔いのひとときを、味いつくしもせず、なぜさめねばならないのか。なぜ私はこんなに寒々とさめつづけていなければならないのか。

「三人分の食事を頼んでおいたんだが、どうしましょうかね。もっとも、たいした御馳走は出ないでしょうがね。」

「わたしの申しましたこと、お聞きになっていらっして?」

「え?」

いままで彼女は私にむけて、何かを語りつづけていたのだろうか。

「話は後ほどにしましょう。わたしははいりました。くつろいで、風呂で汗を流されたらいいでしょう。」と私は言った。

女中が廊下から声をかけ、食膳をはこんできた。料理は私の可能のかぎりをつくした豪華さだった。ビールが一本添えられてあった。私は食事を待たず、女中に命じてビールを飲んだ。渇いた咽喉にそれは救いのように作用した。栗谷清子はいったん部屋を出ていった。しかし入浴ではなかったとみえ、すぐ彼女はもどってきた。

「少しの間、さがっていてくれたまえ。」と私は女中に言った。

「御用がございましたら、その床の間の柱にベルがございますから。」

卓子に料理を並べおえ、小さな漆塗りの櫃を清子のそばに据えると、女中は、海に面する窓の隙間を閉ざした。

「今日は夕方から雨になるかもしれないってラジオが予報してました。ここの障子はそのままにしておきましょうか。」

「うむ。」

「どうぞ、ごゆっくり。」

食卓について、最初に私の言った言葉は、むしろ軽率であさましいものだった。「このたびのことは、諦めねばなりますまいね。」と私は性急に言ったのだ。

自分の茶碗にご飯をよそぎかけていた彼女は、いったん茶碗を置き、顔をそむけたまま、「いいえ。」と言った。

ふいに海の響きが遠のき、私は幻覚の世界におちていった。

「父は反対でございます。」

意外に落着いた声で彼女は言った。

「博士が、本当ですか。とすれば……このことは、岡崎氏を通じて博士にまず話されたはずだった。」

「嘘は申しません。」

「そうすると。」

「わたくしが、今日ここへ来ることも父は反対でございました。ですけれど……。」

「博士は怒っておられる?」

「わたしのようなものでもおよろしかったら、どうかお慈しみくださいませ。」と彼女は言った。

私がグラスからビールをこぼさずにすんだのは、すでにそれを飲みほしたあとだったからだった。不覚にも私の目尻に涙がにじんだ。

食事がすんで海浜を散策するころには、空は雲におおわれ、少し風もではじめていた。そのとき、私がこの目で見た、砂地の芋畑や煙草畑、入江の石や葦などの水辺の風景を、文学者のように克明におぼえていないのが残念である。松原はかすかな音を立てて揺れていたが、その緑の配置も詳細には覚えていない。子供たちがなにかわめきながら、砂を蹴って駆けていたが、何を叫んでいたのかは耳に残っていない。潮風は、日ごろの晩酌よりもなお少量の酒精に酔った頬に、あくまでも心地よく吹き、波音にまざるその音はまさしく天籟だった。松林にむかって歩いているとき、ふと、杖がほしかった。道がわずかながら、だんだらの勾配を成していたからだった。林の中に、誰を祀るのか小さな神社があり、そこにも近在の子供らが、なりふりかまわぬ恰好で跳びはねていた。石段を一つ踏みちがえて、料亭で借りた下駄のはな緒が切れた。

「ひきかえしましょうか。明日の講義の準備も、じつはまだできていない。」と私は言った。

しかし、彼女は、なぜかおびえたように時刻を尋ねた。

私が若ければ、鼻緒の切れた下駄を苦労してひきずったりせずにすんだだろう。砂地の小道を、下駄を両手にぶらさげて駆けてみることもできただろう。私が若ければまた、帰途、海辺の水溜りを飛びそこねて足下を濡らした彼女の足さきを、ハンケチで拭うことも不自然ではなくできただろう。ひとりだけで煙草をふかさずとも、二人で二十円のキャラメルを買って分ちあうこともできただろう。とりわけ、ちょっとした水溜りを飛びこすことができなくて困惑した彼女のおさない表情、水溜りを飛びそこねて裾を濡らして頬に朱を散らした彼女のはじらい、それを真向から受けとめる才覚のなさを、私はどんなに悔んだことだろう。

「あなたは美しい。」あたかも教壇で外国語の文章を翻訳するように私は言った。

「わたくし、このまま帰ります。変な目で見られて料理屋へ帰るのはもういや。」苛立たしい声がほとんど同時に私の耳に入った。そして、私にできたことは、彼女を駅頭まで見送ろうとすることだけだった。いや実際には、それもできず、ぼんやりと足早やに立ち去る彼女の背を眺めることだけだった。私は鼻緒の切れた下駄をひきずり、独り海岸を歩いて裏側から料亭に帰った。駅前のタクシー会社に電話をし、風采を話して途中まで栗谷清子を迎えさせようと私は思っていた。しかし、私はすでに片づけられた食卓の前に坐ると、なにをする気もおこらぬほど疲れていた。


かいま見てしまった一つの幻影。それが私に悲惨を教え、私をかきたて、私を盲目にした。私が動きだせば摩擦のおこることはわかりきっていた。私が栗谷清子との婚約の発表をすれば、もっとも身近なところにこそ最大の摩擦のおこるだろうこともわかっていた。にもかかわらず、私はそれをあえてした。

たしかに川一つ越えれば正義は不正義であり、徳は破廉恥となりうる。法律家はしたがって本来的に相対主義者であり、相対主義者であるゆえに、窮極において行為者とはなりえない性質をもつ。にもかかわらず、私はあえてみずからの境界をこえ、無数の不齐合、無数の私見の餌食となるために外へでていった。理念の屠殺場である、あの現実へと――。決意とも断念ともつかぬ、突然の私の変身のために米山みきは追いつめられ、私を訴えた。目にみえぬ利益と憎しみの川をはさんで、互いの正義と不正義があい対峙する法廷に。そして、いっそう錯綜して規準なき世論に。いや、彼女が私を不法行為者として訴える以前に、数次の家庭裁判所における調停の試みがあった。かつて上京してきたときのままの、縮んだ流行おくれの着物に、風呂敷包みを一つもって、家庭裁判所にかけつけたとき、彼女はどんな表情をしていただろうか。彼女が弟規典のいる教会へ救いをもとめにゆかず、家庭裁判所に相談にいったこと自体に、すでに一つの憐れさがあった。女が、自分をめでてくれた男の思考法を、不思議にそのまま受けいれてしまう、あの受身の姿勢のあわれさが。いや、今から考えれば、米山みきの懇請によってであろう、私の内心の破滅を阻止しようとしてか、一人の人物が私を訪れてきたことがあった。

だが、日時の記憶はなく、家で食事をともにし、時候の挨拶をかわしたはずなのに、季節の前景もない。栗谷清子との会合に関しては、その場所、その情景、川べりの石ころや、庭園の苔の輝きまで意外に鮮明な印象をのこす私が、なぜか、当時の私の意志にそわぬ事には、日時も季節も、前後の関係から推断しなければ、何もうかばないのである。一つの光のために、周囲が虚無化される夕暮れの風物のように、それは朦朧としている。

ある日、まったくの久しぶりに、山陰の某大学経済学部の教授をしている次弟、正木典次が、まるで大旅行でもするように古風なトランクをさげて家の門に立った。この地で学会が催され、その部会での討論の当番校にあたっていたため、仕方なしにでてきたのだと典次は言った。多分それは、司法試験懇談会主催の、模擬試験講習会の講演を依頼されていた日だった。私は玄関先ですれちがうままに一種気まずい兄弟の挨拶をかわして、いったん外出し、夕刻かえってきたとき、典次は、大昔の亡父の着物をきて食膳に坐っていた。こすればザラザラと音をたてそうに濃い髭がはえている。

「やあ。」

と無意味に声をあげて弟は坐りなおした。厳しい長幼の順をつけて育てられた正木家の秩序は、時代が変り、齢をとっても完全には崩れていなかった。

「風呂へははいったのか。なんともむさくるしい顔をしとるではないか。」

「まだ山陰のほうは鉄道が電化しておりませんのでね。」

米山みきが食卓の準備を中断して、私の着換えを手伝った。

「先生がお帰りになってから、風呂へはいるとおっしゃいまして。」

「客人なんだから、遠慮したりせんでいい。」

「いや、どうもこの家はにが手ですよ。」

兄弟のなかで、典次ともう一人、瀬戸内海の癩者の島で医師をしている弟典輔とが母親に似て二重まぶたで背もきわだっていた。顔だちというのは奇妙なものだ。同じ血をうけながら、外貌が異なれば感受性もことなり、ことさらに地方に住み下積みの仕事に甘んずる、一種のピューリタニズムをもっていた。細胞のなかの染色体の配合のわずかな差異が性格を決定するという唯物論は私の哲学に反する。しかし、兄弟が顔をつきあわせてみると、人は奇妙に決定論者になるものだ。

「この間は雑誌をありがとう。専門外の論文を読む機会はすくないので、面白かった。しかし、法学系の論陣は少々貧弱なようだね。」

「ま、田舎の大学ですからね。」

私たちはちらりと視線をかわし、杯をあげあった。

「学生数はそれでも多いんだろう?」

「経済学部ですか?」

「法学部の。」

「いや、同じぐらいでしょう、正確には覚えませんが。ひどいボロ校舎でしてね。学生たちも可哀そうですよ。」

「瀬戸内海の、何といったかな、病院にいる典輔から音信はあるかね。」

「ああ、ときおり。」

私のところには、戦後、軍医としておもむいていた南方から帰還したとき、一度、その通知があったきり、ぜんぜん音沙汰はなかった。

「印度へ派遣されて、ハンセン氏病の調査と医師や看護婦の技術指導にいっていたんではなかったかな。しかし、もう帰ってきたでしょう。」

「ぜんぜん知らなかった。いつのことだ、それは。」

「もう二年も前ですかね、行ったのは。新聞にものってたですよ。」

「いや、知らんね。ま、しかし、元気をとりもどして、活躍してるんなら結構なことだ。」

「いや、印度政府の要請もあって、その任にあてられておもむくときは、どうやら、一生日本には帰ってこないつもりだったらしいですがね。どうしてあんなに、自分を世間からひきはなしたがるのかわかりませんがね。しかし、幸か不幸か、医師を招聘しておきながら、印度政府の伝染病対策というのがぜんぜん、空文でしてね。何もすることがなくて、また、帰ってきたらしい。学会の帰りには、一度、寄ってみようと思ってます。」

「ふむ、ま、会ったらよろしく伝えておいてくれ。」

「あいつは志願して戦場におもむいたんですからね。それだけに受けた傷も深いのかもしれん。もう戦争が終って十余年にもなる。なにを経験してきたのかはしらんが、どうやら一生、隠遁生活でしょ。奴はいつぞや手紙に書いてきてましたがね。今度の戦争には、弾丸と肉体だけでなく、たしかに三つの精神が、この極東でぶっつかりあい、角逐したのだ、と。それは、アメリカ、中国、日本の軍隊が採用した特徴的な戦術に如実にあらわれていると。」

「何かね、その三つの戦術というのは。」

「一つは、アメリカの高度に発達した資本主義に基礎をおく、サイバネティクスの理論と大機動部隊による物量作戦。一つは乏しい資源を、人的資源と精神力でおぎなおうとする、日本の特攻作戦。そしてもう一つは、広大な土地の上に、忍従する土着の思想と革命思想とを結びつけた中国の持久戦論とゲリラ戦術。その三つが真向からぶっつかりあい、そして日本が敗れたのだ、と。戦争中にいわれていたような意味での精神ではなく、語の本来の意味における、それは〈精神〉の敗北であった、と。そして、日本は何を懺悔しようと、いかに仮面をかぶろうと、特攻戦術を一つの必然の思想として産みだしためたものを、根底から変革しないかぎり、同じことを繰り返し、同じように敗北するだろうと言ってましたね。奴はもう少し年が若ければ、特攻機に乗って、火煙をあげながら航空母艦か輸送船に体あたりするつもりだったんでしょう。奴の考え方にすべて賛成するわけじゃないんだが、生きて帰ったんだから、規典より、典輔のような、人を殺しもし、そして殺されかけたこともある人間が、街角に立って人々に辻説法でもすべきかもしれませんね。宗教も、そうすれば、もう少し、人の心の奥底をゆさぶる強烈なものをもちうるでしょう。罪というものの実体を奴は知っているような気がするんですがね。惜しい奴ですよ。」

戦争は倫理の範疇には属さない。ただ一つ、戦争を正当化しうる名目は、不法に対する反動、つまりは正当防衛であり、さもなくば、正当防衛援助としての解放の理念だけである。だが、正当防衛による武力の発動は、その次の瞬間に、敵対者に対してまったくおなじ大義名分性をあたえる。そして、ひとたび戦争状態に入るや否や、法と国家の関係は、常にありうべき理念とはまったく逆の悲しい煩悶の姿をしめす。国家はその目的のために、国内的にすら、ひたすら法を利用し、ほしいままに法を補充し、そして法を蹂躙する。いや、目に見える戦いの以前にも、すでに、同じことはおこりうる。たとえば、日露不可侵条約の締結がその裏面に、治安維持法の施行をともなったように。

「発表はされていないようだが、兄さんなどは、太平洋戦争に関して、いささか普通とは違った意見をもってるんじゃないですか。」

「戦争じたいに対しては、特別な意見はもっていない。良心的な法学者なら誰でももつだろう意識にすぎない。ただ、戦争裁判に関しては、たしかに、私の刑法の理念からして、いささかの異議がある。」

それが、どういう異議であるかを説明する前に、食事の給仕のために米山みきがそばに坐った。

「米山さんとは、この前、静枝さんの葬儀のとき以来だが、大分肥えたようだな。」

目を細め、教え児でも愛撫するように、典次が言った。とくに情熱があってしていたわけではない戦争談義は尻切れとんぼのまま、私は典次が米山みきの紹介者であったことを思い出した。

「日のたつのは早うございます。」米山みきは目尻を指で押えて頭をさげた。

「いろいろとその節はおとりはからいくださいまして。事務室でも、先生にお世話になった方々は多うございました。」

「いや、制度を改めにゃいかんのだがね。しかし急にはどうにもならんし、個人的な善意でおぎなわにゃならんわけだ。しかし、それにも限度はありましてね。わたしみたいな無力なものに、いろいろ頼みにこられる人がやはりいるんだが、どうにもね。」

「いいえ、そんなこと。」

毎年、学会はあっても、常にたち寄るわけではない典次が、なぜそのときにかぎって、私の所に投宿したのか、うすうす私にはわかっていたと思う。

「住みなれるのにひと苦労したでしょう。兄貴には悪いが、この家には一種の怨念のようなものが漂っていてだな、まったく容易なことではなじめはせんのだ。」

「わしが亡霊であるようなことは言わんでもらいたい。」

典次は笑ったが、米山みきは顔を伏せたままだった。そのとき、私の目には米山みきが矮小な存在に映った。女性がもつ、謎めいた、知りがたい香気と愚かさを、急激に彼女が失ったように見えたのだった。小さな耳たぶも、かすかに脂の浮いた小鼻も、それはただ、そこに扁平にあるだけだった。あの充塡感、稠密さ、安定性、そこにあるというだけで一つの問いかけであるような、立体的な存在感がなぜかなくなっていたのだ。私は目を瞠(みは)って、その不意の変化をみていた。茶漬けをいささか下品にかきこむと、典次は米山みきに煙草を買ってきてくれるよう依頼した。

「煙草ならここにある。」と私は言った。

「いや、そんな上等のものではなくて、わが愛用の新生を吸いたい。」

米山みきは黙って立ちあがった。掃除がゆきとどいていなかったのか、彼女が通りぬけたあとに、埃の匂いを私は嗅いだ。玄関の鈴が鳴り、小走りの足音が消えると、経済学者は唐突に未来社会の予想について語った。

学術としての経済学、なによりも厳密な科学であるための事実調査の精神と、その未来社会の構図との間にこんな架橋があるのかと、私はそのときは疑った。しかし、それはけっして巧みとはいえない隠喩だったのだ。私が見棄てようとする女の悲哀を説くための寓話だった。

「かりにですよ、兄さん、」先刻は謝絶したはずの煙草を、すでに典次は吸っていた。「かりに、階級社会がさり、過渡的な中央集権政府も解体され、人間の道徳から、政治的・経済的、強制性が消え、労働も報酬も平均化され、男女ともに美しき余暇を充分にたのしむことができるようになったとします。そうなったとき、倫理的に、人間がまず当面するのはどういう問題だと思われます?」

「法律学がどうなるかというのかね。」

「いやいや、もっと広く、人間関係いっぱん、あるいは、男女や家族の関係についてです。」

「そうだな。まず、人間の根元悪というものに各人が恐怖にふるえながら顔をつきあわすことになるだろう。いっさいの抑圧、強制、そして夾雑物をはらいのければ、それゆえにこそもはやごまかすことのできない人間性の深淵を覗きこまねばならなくなるだろう。つまり分業の枠をこえて、万人が語のまったき意味において哲学者にならねばならなくなるだろう。そして全人類的規模において、性善説、性悪説に関する大討論がおこるだろう。」

「わたしの尋ねた意味は、ちょっと違っていた。しかし、それでもよろしいです。ところで、もしそうであるとすれば、その根元的善悪の問題の一環として、男女関係のあり方も論じられるでしょうが、その場合、群婚ないしは乱婚が是認されると思われますか。」

「思わないね。」

「なぜです。」

「人間関係の基本的なものとして、各専門家集団や生産集団とともに、いぜんとして男女の結合が一つの単位として残るだろうが、しかし、セックスというものが占める、みせかけの重要さは消えるだろうからね。そして、その相互理解には、一定の安定性と長い時間を必要とすること、いや、必要とするのではなく、掛けた時間と努力の量こそが、関係価値を決定することを人々は了承するはずだからだ。勿論、人は無限の時間を生きることはできぬ以上、生理学が人の寿命を途方もなくのばすのでないかぎり、人と人との出会いにはある種の運命性がつきまとうだろう。もっとも、これは人の性が善でありえたとしてのことだ。もし不幸にしてその反対なら、人間はこの地球上から意外な素早さで滅びさるだろう。地球は二度と存在の意義づけを渇望する動物を産みだすこともなく、宇宙の空間を音ひとつなく廻転しつづけることになるだろう。自然の物理的法則のままにね。その双方の可能性は、半々というところだろうと思うね。」

「かりに滅びをまぬがれたとして、人間どうしのあいだに、契約とか誓いとかいうものが行われるでしょうか。」

「いや、そんなことはないだろう。なぜならそれはみずからにかける呪詛であるからだ。宣誓というのは神判の遺制にすぎない。われこの誓約をもし破らば、神よ、われに耐えがたき苦悩と滅亡をあたえよ、と祈る近代的な呪術にすぎないからだ。大切なのは儀式の形式ではなく、絶えざる自発的な努力であるだろう。ヨーガの行者が植物系神経を意志で左右し、射精をも自由にあやつる、というように、愛の感情も合理的な努力のうちに包摂しえたとき、人間は人間いじょうのものとして生きのびてゆくだろうから。」

私はまんまと弟のかけた網にかかった。内輪の気安さと、専門を異にすることとの無責任さで、めったに披瀝する機会のない架空譚を語っているうちに、私は自己の矛盾と対面させられてしまった。私は、なかば典次の意図に気づいていたけれども、しかし、栗谷清子を家にひきいれようとする志向を翻すつもりはなかった。米山みきが煙草を買って帰り、小犬のようにつくねんと食卓のそばに坐ったのちも、私はむしろ、小犬のように思われた印象の上に、もし御馳走のおあずけをすれば、米山みきは、尻尾をふり、三度まわって吠えるだろうかと、悪魔的なことを考えていたのだ。屈辱に頬をひきつらせながら、裾を乱してはいつくばった米山みきの姿は、冷酷な克明さで想像された。それればかりか――サディスティックなその妄想を、私は心の自然な動きとして、驚きもせず受けいれた。そして、その嗜虐的な妄想の拡大が、ごく自然に感じられたことも不思議ではなかったのだ。なぜなら、もし、この世界に悪魔が存在し、ときとして人間が完璧な修羅と化すことがあるとしても、元来、悪魔なるものは非人間なものではなく、むしろ、人間の一部族にすぎないものであろうから。

# 第一八章

「子供は母親の胎内にいるとき、ぴったりと胎盤に囲まれ、外気には触れず、臍(ほぞ)から生命の糧をえているとき、たしかにまだ独立した生命ではございません。うまれることはまず分離することでございましょう。まだ独立した生命ではないから、法律は妊娠中絶を殺人とは認めません。しかしまだ分離せぬゆえに、堕胎はその子供に対してではなく、母体に対する傷害であり、傷害罪だと、なぜ法律家はお認めになりません。片腕をきられれば、きった者は監獄に、きられた者は傷害賠償をもらえましょう。母体の一部はそのとき死ぬのです。傷つくのはその女なのです。」

地方裁判所に隣接する家庭裁判所の家事審判部六号室。審判官が申立書に記載された事件本文および関係者の住所氏名、申立ての趣旨をたしかめおわるやいなや、米山みきは憑かれたように喋りはじめたものだった。時は調停が不調に終って、地方裁判所の人事訴訟手続きに移され、同時にスキャンダルとしてそれが新聞に掲載される二ヵ月以上前。夏休暇のはじまったばかりの、じっと坐っているだけで全身から汗のふきでる炎天の日の午後だった。

ブラインドを、なおつき射して入りこむ日光をさけて水野家事審判官は椅子を壁際によせ、開業女医であると紹介のあった調停委員はしきりに扇子を使いながら調停のはじまる以前からすでにブラウスの脇に大きな汗模様を作っていた。その横に居睡りでもするように陶工師である参与員がうすく目を閉じて坐っていた。最初申立書にかかれた事件の実情を、審判官が私に確かめる形をとって関係の概要があかるみに出された過程では、米山みきはかたくなに沈黙をまもって頭を伏せており、私自身は——妙なことだが、米山みきの申立書の記載が正確で意外に客観的なことに感心していた。事柄は第三者を介在させることによってかえって事務的に、つまりは理性的に解決される可能性があった。心理の鬱屈や後めたさ、憐愍の情や傷ついた誇りの痛みなど、故意に胸をそらせていてもつぎつぎと駆けめぐる感情のパノラマをじっとみずから見つめていた私は、米山みきが彼女の申立書にも伏せられていた事実をあばきだしたとき、不意に理由の説明できない怒りの発作にとらえられた。米山みきの昂奮を制そうとして審判官が膝をのり出すのが見えた。

「今それを言うなら、なぜあのときにそう主張しなかったのか。」と私は怒りにまかせて言った。「あなたのためになした補償はたしかに完全なものとはいえなかったが、あのとき、あなたのしたことは、ただ涙を流してうなずくことだけだった。」

「失うのが恐ろしゅうございました。そして金銭ではなく、もっと大切なおぎないをしてくださるものと思ったからでした。どんな財物よりも女には有難い思いやりを先生はかけてくださるものと思って耐えしのんだのでございます。」

思いかえしてみれば、栗谷清子との婚約発表の取り消しを迫る米山みきの、それが最大の武器だったのだ。彼女の懐妊という事実は二人の内縁関係の深さの何よりの証拠である。女の智慧が彼女をみちびいて真先にそれを言わせたに違いない。だが、その唐突な始め方と妙に陰にこもったその主張の仕方は、なお残っていた、そしてそれ故に苦しんでいた私との絆を逆に粉微塵にした。文字どおり、古傷を掻きたてられ、しかも結局は何処かに妥協を含む人間関係から、人間いがいのある断罪者の前に私はおし出されたようだった。彼女が、長い二人の交りの間にいちど懐妊したことは事実だった。そして合意の下に、その生命の萌芽を闇に葬ったことも事実だった。しかし、それだからといって、なぜ私が永遠の審問、永遠の呵責に面して立ちつづけねばならないか。私の肩書きのまえに、静かに目を閉じていた老いた参与員の睫毛の長い目が憐れむように私のほうに注がれた。蠅のまぎれこんで飛ぶ音がし、女調停員の扇子が技巧的に鳴った。

「矛盾していると思わないかね。」できるだけ冷静に私は言った。「合意いがいのなにものにも依らなかったはずだ。われわれの間では、あらゆることが相談されたはずだった。」

「合意?」側から口をはさむ余裕も与えず、米山みきは憎悪に目を光らせ、わなわなと声を震わせた。「先生は、あなたは合意とおっしゃる。命令を合意とおっしゃる。あなたには権威があり富があり自由があり、わたくしの雇主でいらっしゃした。ですからあなたには命令する権利がございました。畳をもっときれいにふいておけ、もう一度風呂を沸かしてくれ。その命令には、傭われ人であるわたくしには従う義務がございました。そうした仕事をただの一度もつらいと思ったことはございません。病気のとき以外にお言いつけに叛いたこともございません。しかし、逆に仕事とはなんの関係もないようなところで、あなたはたえず命令を繰り返しておられました。絶対に背くことを許さない命令を繰り返しておられました。あなたは、それを指導のつもりでいらっしゃる。あなたが示唆したコースを進んで歩もうとしなかった大学院学生の方をあなたはつぎつぎと遠ざけられ左遷されました。わたくしはちゃんと存じております。あなたはそれも勧告だ、慫慂だとおっしゃる。でも、それを受けなかったお弟子さんはみなどうなったでしょうか。それが命令でなくてなんでしょう。たった一度でも、命令される側に身をおいてものをお考えになったことが、あなたにありましたでしょうか。」

「あまり問題を拡張するのは好ましくありません。」と家裁つきの判事が言った。「家庭裁判所とはいいましても、もちろん、普通の裁判所とは違いまして、わたしどもはあくまで聞き役であり、双方の主張から妥協点を見出す影の役割にすぎません。お腹につまっていることを吐き出してしまうことで気分が和らぎ、お互いの話合いが進展するのなら、たとえ話が飛ぼうと繰り返しがあろうと、わたくしどもはその話を聞かさせていただく。しかし、話しあいということは人身攻撃とは違うんですから、お解りですね。第一、話しあいはまだ始ったばかりです。」

先刻とはうって変ったあどけなさで米山みきは子供のようにこっくりこっくりとうなずいた。裁判所の判事の風格も変ったものだなと私は思った。

「医者としましては、」と女調停委員が言った。「先刻の堕胎の問題はおおいに、興味と申してはなんですが、関心がございます。お二人の間の御関係をそのあたりから実状に即してお話し願ったらどうでしょう。」

「正木家の家政婦として住込まれて以来、その妊娠のころまでに、正木教授はあなたに何事かを約束されましたか。つまり法律的な結婚の意志を表明されましたか。」審判官がたずねた。

「もっとも、実状を整理して知るためで、審問じゃありませんから、お答えになりたくないことは、お答えにならなくて結構です。」

「ええ。」と米山みきが肯定した。

「それでは、確実な証拠として、あなたはそれを提出することができますか。」

「できません。」

「法律的な届けいでがなされていないとき、妻としての正当な権利を法律的に請求できないということは知っておられますね。」

「あの……。」

「なにか？　どうぞ。」

「結婚してくださいと二、三度お願いしたことはございました。」と米山みきは言った。

「いつごろですか。」

「最初はもう五年も以前のことでございます。奥さまがおなくなりになってから一年はたっておりました。月日は忘れました。」

「お認めになりますか。」審判官は私にむかって言った。

「そういうことがあったようにも思います。」

「先生は、あなたは、あの時、はっきりと……。」突然また激しい口調で米山みきは言った。

「よくは覚えていない。」と私は言った。

「一時のいいのがれだったんでしょ。冷たい、世間態ばかり気になさる、あなたの。」

「君が大学教授の妻の座につきたがった気持はわからなくはない。いや、そんな野心はなかったなどとは言われないほうがいい。それが悪いとは私は言っていない。一つの行為に一つだけの意味しかないのは動物の世界のことなのだから。」

「結局、そのときにお二人の間で将来についてのお話しあいはなさらなかったのですか。」女医が言った。

「いいえ、この事について、いえ、このことだけじゃなくて、いろいろなことで、わたくしは何度も先生と御相談しようと思いました。でもそのたびに、先生は忙しいとおっしゃって、とりあってはくださいませんでした。お忙しいことはよく存じておりましたけれど、なにも二十四時間じゅう、学問をなすってられたわけじゃなし、たまにはゆっくりわたくしとお話しくだすってもよさそうなものにと、いく度かわたくしは……。」

「それはいいがかりだ。気負い立っていた弱輩のころならいざしらず、わたしもラジオは聞くし新聞も読む。食事のときなどには、あなたともいろいろよもやま話をしていたはずだった。」

「大切なことを、食事のときの世間話のようにするわけにはまいらなかったのです。しようと思えばできなくはないとおっしゃることと思います。けれども、こちらが胸詰って今こそと書斎にうかがったときにはことわられ、食事の時間に、さっき言いかけていたことは何だった？とおっしゃいましても、わたくしは役者ではございません。急に声色を作って真剣になったりはできないんです。ちょうど、わたくしが身ごもったことがわかりましたときも、書斎にうかがうと茶を持ってこいとお命じになり、茶を持っていって話しかけようとすると、先生はにべもなく話の出鼻をおくじきになりました。」

「そのときのことは、たしかにわたしも覚えている。またあなたにはすまぬとも思っている。しかし、あのとき、わたしは限られた期限のうちに書物を書かねばならなかった。これは一般にも通用することだから覚えておかれるといい。わたしは書肆と期限を限って出版の契約をしていた。契約というものを成立させるもっとも重要な要件は、契約の履行期日、そして売買なら売買の条件なのだ。他にさまざまな付帯条件が加えられても、契約は最低限この二つが取決められはたされねばならない。わたしは弟子たちを世に出すための刑法学シリーズを計画し、わたし自身の書物を中間にはさんでだす契約を結んでいた。その期限に遅れたところで、原稿完成が約束より遅れがちになるというのは、出版界では常識だろうから、別段この企画じたいにひびがはいるということもなかったかもしれない。ましてや契約不履行で訴訟がおこされるなどということは考えられない。しかし、わたしはわたしの良心によって約束に従わねばならなかった。締切期限が迫っている書物を書くという作業から、わたしはひきはなされたくはなかった。ものを書いた経験のある人には無条件に了承されるだろう。それがわずか三十分であっても、高まっている想念からもぎ離されることは、三十分ではすまない、いや、物理的な時間で量ることのできない損失なのだ。わたしが不機嫌になっていたにせよ、それはやむをえないことだったのだ。こちらから約束にそむいて、どうして約束どおりの印税の支払いを要求することができるかね。」

「一人の人がなにか苦しみをもっていても、他の人々の感情はそれぞれ別箇に動いていて、各自楽しんだり騒いだりすることを、悲しんでいるのではございません。わたくしたちは、わたくしたちの生活は、喜びや悲しみを共にすべきはずの生活をしておりました。ちょっと都合が悪いからといって、それを避けるなら、わたくしどもの間は赤の他人だったことになります。それでも、わたくしたちは赤の他人ではございませんでした。あなたが、ときおりわたくしに囁かれた言葉、わたくしたちの間に交りあっていた温味がどうして赤の他人のものだといえましょう。あの言葉、あのおこないが偽りだったとは思えません。忘れよとおっしゃったって、忘れられやしません。」

「おひかえなさい。人の前で言ってよいことと、言うべきでないことがある。」

「人の前とは区別されるわたくしどもの生活がございました。ところが、あなたは一度もそれを育てようとはなさいませんでした。一緒にデパートまで買物に行ってくださいとお願いしても、自分には着物の布地の知識も選択眼もないからとおことわりになりました。散歩にお伴して駅前の花屋に寄ってはいけません？　とおねだりしても、自分はどんな花でもかまわないから、君にまかせる、またの機会に買っておいてくれと独りで家をお出ましになりました。遠くの百貨店や混雑する駅前に出るのが億劫なのなら、区設市場までで一緒に行ってみてくださいとお頼みしました。そんな不細工なことはできないとあなたはおことわりになりました。愛情って、夜のことだけではございませんでしょう。女は馬鹿です、ええ馬鹿でございます。一緒にお野菜やお肉を選んで買い、そばで籠をもって待っていてやろうと言ってくれる方が欲しゅうございます。欲しゅうございました。花屋の前で、色とりどりに咲いた花の中から、あなたが、これがいいと指さしてくだされば、女は、たとえそれがどんなにどぎつい色でも、匂いも香りもなくとも、その花が好きになるんです。お金をくだすって、着物でも買うがいいと言ってくださる心がおありなら、休みの日に、一緒に百貨店にいってやろうとなぜおっしゃってくださらないんです。わかっております。わたくしは家政婦でした。家政婦と肩を並べて歩くわけにはいかなかったのでございましょう。それがお嫌なら、わたくしは影のように、三歩でも五歩でもおくれて歩いてよろしゅうございました。あの長い年月、ただの一度も、あなたは男らしい、男なら女に当然かけてやる思いやりをおかけにはなりませんでした。」

しかし私は米山みきだけを特別に、日蔭のかこい者のようにあつかったわけではなかった。たしかに一緒に買物に出るようなことは一度もしなかった。しかし、それは亡妻静枝に対しても同じことだったのだ。

亡妻静枝と共にした旅行の経験は、伊豆へ旅立った新婚旅行の三日間だけだった。茂や典子の可愛い盛りに幾度か日帰りの遠足に行ったことはあるけれども、おおむね妻は家で留守番をしていた。妹の典代や典代の家の下男や飯焚き婆さんに留守を頼むのは容易だったが、むしろ静枝が神経質にそれを嫌がったのだ。戦後に急にふえた旅行にしても、妻を家に棄ておいて、ひとり孤独な風流の旅を楽しんでいたのでは毛頭なかった。旅行の大半は公務出張であったし、気疲れの多い講演旅行だった。会議にせよ講演にせよ、日本にはまだ妻を伴ってゆく習慣はないし、費用も自腹を切らぬかぎり、どこからも援助されはしない。またそうした条件がすべて整っていたとしても妻は外出を嫌う病身だった。学会や講演会の終った余暇の一日を、通常の観光客がするように、その地方の名勝に足をのばして埋めることもあった。だが別段なにをするでもなし、旅館の一室で次の週の授業の準備をしていた。私の生き方がもし人の道からはずれているというのなら、この人間の文化・文明を支えるのはいったいどういう種類の人物だというのか。故意に私は日々の潤いを避けたのではない。意地をはって孤立の繭にとじこもったのでもない。私の仕事が要求する生活の形式を、仕事を大切にせんとして遵守してきたにすぎないのだ。

「あなたは少くとも一人の人間を完全に支配なすっておりました。」米山みきの声がなおもつづいた。私はその言葉を受けとめ、考えようとしたが、前後に脈絡がなかった。先刻の彼女の非難とはそれは連続しなかった。彼女が感情のたかぶりにまかせて飛躍したのか、私の現実の時間に断絶があったのか。どちらとも私には自信がもてなかった。「あなたは全能の支配者でした。お言葉は常に慇懃でやさしく礼儀ただしゅうございました。解雇のことなどおくびにもお出しになりませんでした。でも感情のもつれがおこったとき、あなたをお拒み申したとき、あなたの素振りと表情には、〈自由〉の押しつけがありありと現われていたことをあなたは御存知ない。気にいらねば、いつ立ち去ってくれてもいいんだよ、とあなたは無言のうちに何度申されたことだったでしょう。身ごもった子供を堕してしまってからしばらくして、おいとま乞いをしようと決心したことがございました。そのときも……。」

そのとき、そう、——慢性化した怒りの中で、やはり私もそのときの状況を思い浮べないではいられなかった。

その日になんの不愉快があったわけでもなく、なんの前触れもなく、米山みきは晴着をととのえ、初めて訪れたときにもっていた質素な風呂敷包みを前に抱いて書斎をノックした。

夕刻、足下を飛ぶ蚊がうるさく、蚊とり線香をもってきてもらおうと思っていたやさきであった。近くに竹藪があるせいで、蚊は蠅の羽音が消えるころにもまだ部屋の中を飛んだ。季節は晩夏、夕立ちあとの幾分の涼しさが蚊のうなりをいっそうあざやかにした。

「冷蔵庫に氷はのこっていないかね。」

　相手の顔を見ずに私は言った。

　いったん階下におり、左手にはジュースをのせた盆を、右手に風呂敷包みをかかえて、彼女は私の背後に立った。沈黙が私の仕事の一くぎりまでつづいた。回転椅子をまわすと、目を皿のように見ひらいた米山みきが、一語一語を区切るように言った。

「おいとまをいただきとうございます。」……あのときもあなたは……。

「わたしは、そのとき、なにも言わなかったはずだ。」

「そうでございました。わたくしを非難もなされず、ご自身を非難もなさいませんでした。ただ、それなら仕方がない、と呟かれただけでした。新しい住所が決ったら連絡するように、なすべきことだけはするからと。あの子供が産れたものとして、その養育に必要だったろう経費に相当する金額は月々送付しようと。そしてあなたは、はっきりと知っていらっしゃった。わたくしには何処にも行くところのないことを。売笑婦にでも身をおとさぬかぎり、わたくしには次の日から泊る場所とてありませんでした。四十のなかばをすごした、身寄りのない女に、どんな職業がありましょう。」

「最初、山陰から上京してきたとき、それではあなたはいったいどういうつもりだったのか。」

「わかりません。」

「別段こうした不愉快を予想したわけではなかったが、契約書もとりかわしてあったはずだ。わたしの手許にあるのと同じ書類をあなたに渡してある。法律家としての処世、あるいはありうべき雇傭関係からみて遺漏の多いことは認めざるをえないが、一応なすべき形式はととのえてある。一個の男性と女性として、わたしたちの相互に、それ以後に生じた関係はまた別の事柄なのだ。わたしの家の家政婦であるかぎり、その仕事に忠実でないとき、たとえばわたしの出勤時にまだ朝食がととのっていなければ、それはあなたの怠慢であり、契約違反であるから、わたしはあなたを叱ることができる。だが、それいがいのこと、それいがいの時間では完全にあなたは自由である。それ故に、わたしは家政婦としてのあなたの仕事いがいのことにはなに一つ口出しはしなかったし強制はしなかった。わたしが他の事柄で沈黙したりしたとき、わたしの表情に不満が表われていたとしても、それは自分が不満であることをあなたに示すためではなく、あなたの自由さを犯すまいとして、立ちどまり自己と闘っていたその苦渋のあらわれにすぎない。調停委員の方々も、この点を注意しておいていただきたい。わたしはただの一度も〈自由の強制〉などしなかった。口に出しもしなかった。もし自由の強制という言葉がなにほどかの意味をもつとすれば、それはみずからが純粋にその人間の意志の場において、たえずみずからの自由に強制されているという自覚のある場合だけだ。」

見ひらかれていた米山みきの目に涙が光った。やつれた表情は、うっすらと汗におおわれ、説明できないなにかの理由によって賤しいものに変化していった。小さな円卓とかたくなな気配が私たちを無限に距てている。目にみえる断層も条綱もなかった。しかし、もう二度と手をさしのべあうことのないだろうことが、はっきりと感じられた。それを感じたとき、一瞬、私のなかに最初からすべてをやりなおしたいという欲求がおこった。

今まで感じなかった、やりなおしたい欲望は、論理的に時間を逆流させせえぬ不可能さによってではなく、いったんその感情を肯定したとき、この事件ではなく無限の拡がりを求めて拡大してゆきそうな危惧感によって、はかなく消えた。もみ消したのではなく、はじけて霧散したのだった。

反動が、早く決着をつけたい欲求となって冷たく燃えた。論文執筆の場合でもそうなのだ。その論文がみずからの祈願する完璧性に照らしてたとえ欠陥を含むものであっても、修正を試みるよりは、いちおう〈完〉と銘うてるまで推し進めて、派生した問題や拾遺は次の機会にあらためてとりあげるほうが、精神の法則にかなった行為である。誤ったな、と思えばひきかえすべきではない。誤謬の環をできるだけ早く閉じて他の道を探すべきなのだ。ひきかえす道程は、立ちどまってする休息よりなおいっそう無駄である。懐疑、不安、自己喪失、そして迷路での自暴自棄は常にひきかえす過程におこる。

「あなたはたしかに何もおっしゃいませんでした、何も。清子様のことも、それをどうにも包み隠せなくなっても、わたくしのほうから口を切るまであなたは黙っていらっした。そして、そのときもあなたあなたはわたくしを解雇するとはおっしゃいませんでした。自由な判断にゆだねると申されました。そのときもはわたくしを家政婦としておあつかいになるつもりでしたの？　え？　新妻をお迎えになり、その方の下着までわたくしに洗濯せよとおっしゃるおつもりでしたの。昔の支那人のようにわたくしを第二夫人になさるおつもりでしたの。あなたが学校へお出になり、会議や講演に出張されたお留守に、昔、静枝奥さまのお世話をしたように、新しい奥様のお話し相手になれというお心算だったのですか。」

「お二人に自由に話しあっていただきましたが。」と水野判事が言った。私が語るときには、ときおり、油に濡れたような上目遣いで私のほうを盗み見る彼は、私が相手の目を見ると巧みにそれをはずした。円い卓子の上の花瓶にその目は威儀ただしく注がれていた。花は凋んでいた。

「受けましたもっとも強い印象は、お二人だけのあいだの談合が、ここにもちこまれる以前になされなさすぎたのではないかということです。」審判官は首をねじって米山みきを見た。「ここは刑事裁判所ではございませんので、ここへいったん問題がもちこまれたといっても、二人でお話しあいのされることはなんの支障もありません。どうでしょう、もう一度、お二人だけでお話しあいになっては。」

審判官は蝶ネクタイをただしながら、調停委員と参与員を振り返った。肥満した女調停委員はしきりに発言したがっている様子だった。身分は開業産婦人科医だということだったが、むしろ新興宗教の説教師にふさわしい風采だった。いかつい体が子供っぽいレースのブラウスにつつまれ、扇子を使うたびに腋臭が匂った。部厚い唇が薄く開かれ、舌がその両端をしめした。俗悪な意見が洩れることだろう。耳をふさぎたいと私は思った。あなた方には関係のないことだ、と私は叫びそうになった。どうでもいいことではないのか。もったいぶった渋面の裏に舌なめずりするスノビズムを秘め、新聞の三面記事の身上相談欄のような無責任な発言でみずからの好奇心を埋める。なにごとも解決せず、盲目の権威、あの世論や一般風潮に追従し阿諛り、嫉妬深く、サディスティックに人の不運を楽しむ。みずから到達できなかった地位ならばそれを呪詛し、みずからの秘められた過去と類似すればやみくもにそれを罵る。生温い同情、仮面をかぶったやじうま根性。——もうたくさんだ。私には仕事が待っている。あなた方にしたところで、食事の間で一杯の葡萄酒を飲み、じゃれつく猫の首をくすぐっているほうがどれだけ気楽であるだろう。

「お二人とも、充分すぎるほどの教養の持主でいらっしゃる。とくに、……」彼女は猪首をひねって私のほうを見た。「正木先生は専門の法律家でいらっしゃる。最高学府の教授でもあらせられる。お二人の理性がこうした些細な行きちがいを解決されるのに役立たないはずはございません。いままでのところ、奥さま、いや米山さんのほうがもっぱら要求し、攻撃……と申しちゃなんですけれど、発言されておりますけれど、先生のほうは感情のもつれはともかく、真向からおしりぞけになるという態度はおとりになっておりません。わたくしは審判官さんのお考えに賛成なんですよ。まだなにか、なにか話しあいの、より個人的な解決の方法の余地が残されているとおみうけするんですけれど……。」

すくなくとも息抜きの役割をはたしたことは認めねばならないだろう。私は煙草をとりだした。数々の郷土美術賞に飾られた陶工師であるという上品な老人は、口をペスミスティックにむすんだまま首を横にふっていた。彼にしたところで煎茶友達と孫の自慢ばなしでも交しているほうがどれだけか愉快な一日であることだろう。隣室から卓子を拳で打つ音がし、審判官の顔に苦笑が浮んだ。

——博士のほうに、しかし栗谷清子氏との再婚を取消す意志がないとすれば、具体的な調停の相談がなされねばなりますまい。人間関係の重みを金銭の額高に換算する不合理も、なにはともあれ生活し生きてゆかねばならぬ人間の世界ではそれもいたしかたがないかもしれませぬ。

私は陶工師を見た。だが幻覚だったのだろうか。彼は椅子にふかぶかと身を沈めたままだった。口髭に夏の微風が揺れていた。しかしその口は動いてはいなかった。

かつて米山みきと床を共にした日々、そこで私は別段の幸福を感じていたというわけではなかった。だがすくなくとも私は安定し、安心することができていた。同床異夢とはいうけれども、夢が異っても同じ床に臥せることができるというのが人間の社会性の秘密であり、現実が一つの均衡をたもっているかぎり、人間の現実はそれで充分なのだ。愛よりも優しさが、情熱よりも秩序の維持が、より根源的な人間の価値である。

異夢はしかし、いずれは床を異にせねばならぬ分裂を生むもののようである。こうして争いあってみれば、私が私の欲望の自然な発散、ものうい倦怠と安心感、それらをとりまぜた日常性の枠に憩っているとき、彼女は苦痛と不安、そして不断の猜疑に身をさいなまれていたこともあきらかになった。いったんあきらかになった以上は、もうごまかすことはできない。

「休憩しましょうか、しばらく。」審判官が言った。

「しかし。」と私は言った。

しかし、不意に私は何を言おうとしていたのかを忘れた。太陽の位置が変って、ブラインドの隙間からさしこむ日光は私の額を射していた。姿勢を崩して一様に不機嫌に黙りこんでしまった、審判官、調停委員、参与員の、胸のむかつくような姿が大映しになった。戸外を俗悪な音楽を流しながら宣伝カーが通った。逃れたいものだと私は思った。あの自分の体臭で温めた書物の並ぶ私の〈荒野〉へ。観念の蜃気楼をみ、虚空に向ってみずからの言葉を吐き、いつはてるともない道を彷徨する私の沙漠に帰りたい。あの沈黙の塔、あの無言の豊穣、それと相対してみずからを虚無化する幸福。それに較べれば、どうでもいいんだ、こういうことは。舌で唇をしめそうとしたとき、私の口腔はからからだった。

　不意に周囲にも聞えるほどに下腹がぐるぐると鳴りだした。特別なものはなにも食ってはいない。あきらかにまた神経性の下痢がおこりかけているのだった。私は灰皿に煙草を置き、失礼と言って立ちあがった。

　扉をあけ、粗末な長椅子に、子供を背負った女や目やにをためた老人、ひとめで特殊な職業のものとわかる婦人、中年の紳士などがぼんやり坐っている廊下を足早やに歩いていった。廊下のリノリウムはところどころ嘔吐のような形に破けている。廊下の廻り角に立ちどまって、扉のかまちに突き出ている標札の列をずっと見通しつつ、私はポケットをさぐった。左のポケットには丸めたハンケチが入っている。塵紙はいつもズボンの後側のポケットに入れておく習慣だった。発見した手洗いの標札にむかって薄暗い廊下を歩みながら、私の手は空しくポケットをまさぐった。上着のポケットにも内ポケットにも、最低の身だしなみを示す品がなかった。米山みきが家を出てから、私の習慣は些細な地点から崩れていた。人知れぬ冷汗が腋の下を流れた。洗面所の前に立ったとき、裁判所の入口の地階におりる階段に売店の標識がかけられてあったことを私は思いだした。もう見栄も外聞もなく駆け出そうとした私の袖を誰かがつかんだ。ふりむくと、どこから来たのか、くたびれた着物を着た米山みきが蒼白い顔をほころばせて、手にもった塵紙を私のほうにさし出していた。彼女は今日着物を着ていたのだったかな、と迂遠なことを、私はひとり呟いた。

# 第一九章

調査官が同席し、参考人として栗谷清子の召喚された第二回家庭裁判所調停は、判事と私いがいがみな女性になった。陪席調停委員の一人の陶工師はおりあしく病気でと水野判事が言った。調査官は女史風の若い女性だった。もっとも、若いというのは私から見てのことであって、通常の婚期はもう逸しているだろう。固い表情とぎくしゃくした身振りは、あきらかに独身だった。それを意識しなければそのますんだにちがいない。しかし妙に女が多いなと冗談めいた感想を懐いたとたん、胸のむかつくような女の匂いが部屋中に満ちているのが感じられた。直接、体臭が匂うのではなく、匂う体臭を隠そうとする香料が交錯して、匂いに敏感な私の鼻腔にねばりついた。女の汗、女の垢、女の髪、女の呼気、女の生理、クリームと紅、おしろいと髪油、艶出しと香水、爛熟して腐敗へと歩みよる女の肉体、狭い部屋に、ありったけのかん高い騒音をぶちこんだようなものだった。調停審議のはじまる前、メモと書類を机上にひろげながら、水野家裁判事はちらっと私を上目遣いで見た。女たちはおそらく気づいていないやりきれなさで、判事の眉は情けなげにさがっていた。私は噴きだしかけた。だが、私はやはり追いつめられた者のように静粛にしていなくてはならない。判事は体をねじむけて背後の窓をそっと開けた。

女医調停委員の顔には、告白をうながし、相槌をうって聴いてやろうとする耐えがたい思いやりの表情が浮んでいた。人の幸不幸など、どこ吹く風という表情がなぜできないのか。裸にされた病者の患部を熱っぽい指で圧えてゆくのが、精神の診断ではおそらくないだろうに。はちきれそうな脂肪に膨らんだ皮膚、丹念にクリームでのばされた目尻の皺、広すぎる額と縁なしの眼鏡。

円い卓子をはさんで、私は米山みきと向いあい、対角に判事と栗谷清子が、そして判事によりそって調査官と調停委員が腰をおろした。

「この前、米山さん側が重婚という言葉を用いられました旨、調査いたしましたが、法的にそのような事実は認められません。正木家戸籍原本には米山みきさんの名は記入されておらず、また栗谷清子さんとの御婚約表示はありましたが、それも結婚にはまだいたらず、したがいまして、重婚事実を構成する要素はまったく認められません。しかし、正木典膳さんと米山みきさんの関係は準結婚と認められうるものでありますようですから、婚約不履行として、調停訴訟は充分成立するものと考えられます。」

きんきんと響く調査官の声は、錯雑しこじれた事件とは関係なく、彼女じしんのなかのコンプレックスのせいらしかった。

「で、栗谷清子さんとの御婚約発表は、いつどういう形式でなさいました?」判事が言った。誰がたずねられているのかわからず、みなが一様に判事の顔をみた。

「結納に相当するものを贈りました。仲人を通じてです。」私が言った。

「職業的な媒酌人の方ですか。」

「いや、友人です。」

「最高裁判所の判事をなすっていらっしゃるとうかがっておりました。」栗谷清子が言った。

「岡崎雄二郎さまです。」

「ああ。」と判事は無意味にハンケチを出して眼鏡の玉を拭った。「法的には遺漏はないにせよ、いわば道義的な問題として、そのとき、米山さんとお話しあいをなすったわけでしょうね。」

「いいえ。」と米山みきが顔をあげた。

「あなたはまったく、そのことを御存知なかったわけですか。」

「いいえ、知っておりました。でも先生のほうからはおっしゃってはくださいませんでした。」

「それで、どうぞ、わたしに向ってではなくお互いのために、また調停委員の方にその前後の事情の知れるように説明してください。」

「おっしゃってはくださいませんでしたけれど、わたくしにはわかりました。女にはわかるんです。」不意に絞るようなかすれた声で米山みきは叫んだ。「先生にはどんなに叱られても、たとえ陰の児でも子供を産んでおけばよかった。」

肩をすぼめてうつむいたままハンケチを拡げたり畳んだりしていた栗谷清子が怯えたように顔をあげた。

「いや、そのことはこの前うかがった。しかし、どうしておっしゃらなかったのですか。」と判事は私のほうを見た。

「言おうとは思っていたと思います。またわれわれの関係は、法的な夫婦関係ではないことはおりにふれて言っておりました。また、あまり幻想を育てられては困るとも言ったことはあると思う。」

何故に、という問いにはまったく答えていないことを私自身はっきりと自覚していた。私自身がわからなかったのだ。その当時も、家庭裁判所の中でも、そして今も。私はむりじいに言葉を継ごうとした。――あなたのために、あしかれと思ったことは一度もなかった、と。米山みきが、理由もなくあらあらしく襖を開け閉めするようになってからも、また、初めて性を知った愚かな若者のように、ひたすらにその肉体を私に押しつけようとするようになってからも。また、偶然の機会から急速に栗谷清子との話が進められた間にも、いまわしいとも、消えてなくなってくれとも思ったことはなかった、と。しかし、それを言うことは、その感情を率直に出せば出すほど、今はよりほのぐらい背徳の影におおわれるに相違なかった。

「変なことのようですが。」と女調停委員が言った。「それで、正木先生のほうはまた、米山さんがそれを知っているということを知っておられましたか。」

「知っていた。」と私は即座に答えた。

調停委員どうしが顔を見あわせている間に、私は、女の感覚的な智慧の恐ろしさを思い知らされた過去の一齣を想い浮べた。

そのとき、私は旅行にでようとしていた。旅行には特別な目的はなく、ただ、ひとたび日常の形式をはなれ、一つの決心をしようとしたのだった。

そして、その旅行の準備を米山みきに命じたとき、茫然とつっ立った彼女の顔には波紋のように痛みの表情が拡まっていった。首を横にふって、それからもう一度繰り返された言いつけを、米山みきはもう聞いてはいなかった。庭に花のない季節だったから、その表情が意外に鮮明なのは、外に雪が積っていたからかもしれない。反射光には、しかし、その明るさに比例するだけの温かさはなかった。風の音が硝子窓ごしに忍びこんでくる。火鉢の中の炭が力なくはじけた。米山みきは裾に気を配りながら立ちあがり、炭をもってきましょうと言った。そのときは、互いに奇妙に気を配って互いに身を遠くひき離していたから、気まずくうつむいてしまえば、部屋は独りきりのように寒々とした。

「なにもお聞きしなかったことにしてください。」

本当に炭をとりにゆくつもりか、障子を開けてから米山みきが言った。廊下の冷たい空気が書斎に流れこみ私の額をなでた。机の影になった部分に、消し忘れて長い灰になった煙草の吸屑がまだ燻っていた。漠然と何時ごろだろうかと私は思った。ずいぶんと長い間、向いあっていたような気がし、また向いあうことがもっとも必要だった時間を久しく取り逃してきたような気もした。襖をほとんど閉じ、廊下にうずくまってその襖の隙間から米山みきは蒼白い顔を私のほうにむけた。

私は背後の書架のほうに目をそらせた。私の収入の大半をそれに費した、しかし、まったく身を埋めるにはなお乏しい書物が鈍く光っている。多くは背文字の金粉もはげおち、専門違いの人がみれば単なる紙屑にひとしい書籍の山だった。読まれることを、理解されることを、忍耐強くまっている精神たち。ときおり、そこからひそかな呟きが聞えるような気のするときがある。金網と鉄格子に閉ざされた牢獄の呟きのように。最初、それは怨恨の呟きであり、しだいに激昂して、呪いのような合唱になる。魔女狩りの宗教裁判に手を拍ってはしゃぐ僧侶たちの拍子のように。私はわれにかえって自分のどん底と向いあった。それは、自分が何を欲しているのかと問うのと同じことだった。もし設問が、何から逃れようとしているのかという型をとれば、解答は山ほどあった。欺瞞を、韜晦を意識せずとも、理由は理由のがわから躍りかかってくる。しかし、存在の荒野にたちどまり、これからおもむこうとしている地点がどこにあるのかを問うとき、私には答えがなかった。名誉の蜃気楼、快楽の夜都、そして疲労のはてに浮ぶ栄光のオーロラなら、なくもない。しかし、それらは、道程を慰める付属物であり、あきらかに目標ではない。いったい、何が欲しいのか。わたしはいったい何を欲しているのか。

私は立ちあがった。襖の隙間からのぞいている米山みきの表情におびえがあらわれた。彼女はかがんだ姿勢のまま化石していた。私は机の抽出しをあけて、原稿料として送られてきてあった現金書留をわしづかみにした。

「何処へいらっしゃるんです？」

米山みきが声をひそめて言った。

「やはり、ちょっと旅行してこようと思う。」私は狭い廊下をすりぬけて通ろうとした。服の裾がひきつれ、振り向くと、米山みきが私の裾をつかんでいた。

「行かないでください。」と米山みきが言った。

「どうしたんだ。」逆に私のほうから言った。目をそらせて廊下の小窓から、廂の上の白い雪の粒子をみた私は、今度は、純粋な旅への衝動をおぼえた。蔵のほうから冬の風が入ってくる。いまは使われない隣室の紙障子の裂け目が、微妙に感応して震えていた。

「おとめしても無駄ですのね。」

「不吉なことは言わないでもらいたい。ただちょっと旅行してくるだけだ。」私は不安定にゆれうごく、穢れた自分の魂をおもった。しかし、いま旅にでて自己と対面すれば、すくなくとも、その不安の根拠はたしかめうるだろう。

　米山みきが顔を真蒼にして手をさしだした。

「そのお金をわたしにください。」

「え？」

「お金なんでしょう。旅先でお酒か女に使いはたしてしまわれるお金なんでしょう。」

「何を言う。」

「いま、わたくしはお金が欲しい。」

「何につかわれる？」

「欲しいんです。」

　しばらく沈黙がつづいた。

　女が金銭に執着するようになるには理由がある。浪費するより貯めることに心を傾けるようになるのにもまた理由がある。わずかな沈黙の間に、私にはそれがわかった。

「半分あげましょう。」私は封筒をさしだした。相手はそれを炭籠に入れて顔を皺くちゃにした。

「半分はかえしてくださいよ。」と私は言った。米山みきは、私の分の汚濁をも引きうけたように喘いで咳こんだ。幽かな女体のかおりがその身振りから漂った。

「先生が何をなさりかけているのか、わたくしにはわからないと思っていらっしゃいますの？」

「人の心は目には見えぬ。」

「なぜ、いま、急に旅行などなさろうとするんです。」

「まだ何もしていない。」

外で滑稽な豆腐屋のラッパの音がした。庶民の平和を象徴するような、一種なつかしくかつ間の抜けた物音である。心を他に移した男と、不安におののく女が、冬の空気に白い息をはきながら、なおしばらく向かいあっていた。その名に背いて立枯れた万年草が窓の手すりで乾燥した音をたてている。その素焼の鉢にもひびが入っていた。寒気が足もとからはいのぼってくる。頬はなぜかまっさきに感覚を失った。

「先生のような方とお近づきになったことを……。」米山みきが絶句した。

「悔まれるかな。」

米山みきは黙って血の気の失せた自分の頬をなでた。

「半分は返してくださいよ、お金。」

「はい。そうします。」

米山みきはすり足で階段をおりていった。

「炭をともかくお部屋へおとどけしますから。」

階段をおりてゆく米山みきを見おろしていて、私は、小さな声をたてた。

「どうなさいました?」階段の中途で米山みきは振り仰いだ。しかし、私はいま見たものが錯覚だったような気がして何も言わなかった。米山みきは私の視線のありかを知ると、手を鬢にやって、首ごと髪をゆさぶった。頬に赤味がさし、その赤味がやがて耳朶をそめた。

「白髪でございましょう。白い毛が光ったんでしょう。」

　米山みきが言った。

「今さら黙ってくだすったってうれしくなんぞありゃしません。」

「いや。」私は踵をめぐらそうとした。旅行しようという気持も、旅先で醜い惑いに決着をつけようとしていた意志ももう消えていた。

「抜いてちょうだい。」とふいに米山みきが叫んだ。

　いわれのない震えが私を襲った。酒に悪酔いしたとき、それが感情の高潮でもないのに、ふいにやってくるあの墜落の感覚に似ていた。震えは抑制しようとする反動でかえって倍加し、廊下ががたがた音をたてるほどに高ぶった。私は意気地なくうずくまって指を噛んだ。何か魔物に魅入られたように、私はそろそろ階段をおり、その中途で腰をおろした。薄暗い光に怪しく光る髪が、私の目の前に迫る。米山みきは顔を伏せ、片肘を私の膝にあてて髪をかざした。

　質素な椿油の匂いがした。

「先生、とってください。」

「ふむ。」と私は痴呆のように答えた。

「先生も近ごろおふけになりました。最初、応接室でお会いしたときには、妙にいらいらしていらっしゃいましたが、隠せない精神力が額に光っておりました。」

「そうだったかね。」

「覚えていらっしゃいます？」

「いや、忘れた。」

青い頭の皮膚から無数の髪が生え、自然のウェーブなのだろう、髪はたわみながら髻でたばねられている。その感触は私の意識を逆行させ、無駄にすごされたみずからの青春、――清純な力が内から鬱勃と充実してくる青年期へと向わせた。汚れきった精神、かきたてようとしても燃焼しない活力、それらもろもろの疲労の形が泮け、ふたたび新しくかつてのエネルギーが湧くのならば、あえて私もファウストに――。

私は髪の房を見ず、着物の襟に深くなだれこんでいる生え際の白さをみた。立てられた私の膝に手をそろえて当て、その上に頰をのせたまま、米山みきはふいに泣きはじめた。

「そんなに体を動かしては、髪が動いて白髪をえらべない。」

炭籠が空しい音を立てて階段をころがりおちた。

「独りじゃ、独りじゃ、何ひとつできゃしませんのよ。」脈絡もなく米山みきが呟いた。

「もう少しの間、じっとしていなさい。」

「そんなことおっしゃったって。」

「あなたにも、そのうちいいことがくるだろう。」

「わかってます、自分で。もう二度とうれしいことなどおこらないんです。そうなんです。ね、お願いです、先生。わたくしを棄てないでくださいまし。」

太陽がかげったのか、薄暗い階段が一段と暗くなった。そのときが、二人が触れあいうる最後の機会だったかもしれない。だが、私は黙ってそれを看過した。私は意志力をかき、なりゆきにまかせる衰弱した精神の持主になっていた。

「お二人が相互に承認されました暗黙の了解の事実……いや事実といってよいかどうか……は

法的に非常に複雑な意味をもつと考えられます。それはお二人の同居生活の〈条件〉の相互承認と密接に関係し、場合によっては原告側の、その約束を信じたために被った有形無形の損害を賠償する婚約不履行の訴えは成立しないのではないかとも考えられ、また見方によっては、被告側の緻密にしくまれた、共同生活者の不当遺棄ではないかとも考えられます。正木教授、その点いかがですか？」

不当遺棄！ と私は大きく息を吸った。そして口先ではいちおうの法解釈を語りながら、私の本質はふたたび眼前せぬ世界へとおちていった。世人がいう遺棄ではない。よりほのぐらい、関係の破損の事実へと——。

たしか、年に一度の会計監査のある前日だった。日ごろ、だらけきった学校事務室がその日ばかりは納税期限日まぢかの税務署のように混雑し、事務官たちはいっせいに殺気だって、各研究室から事務室、学部長室から書庫や備品倉庫へと、書類を片手に走りまわっていた。事務長の指図どおりに幾通もの書類に盲判をおし、事務員がもってくる研究扶助金の支出簿備考欄に、研究の進行状況や担当員の身分や氏名を走り書きしているころ、校内は閑散として夜になった。ちょうど刑法学関係の今年度購入図書に数冊の紛失があって、わずかな金額のことながら、図書整理員、図書係の教官、そして事務長と長いあいだあれやこれやと私は言いあった。紛失した学校図書と同じ書物を、私自身個人でも買っていたから、それを学校に寄付してもよいというのを、事務長が気の毒がって、帳簿のどこかから、そのおぎないを捻出しようとするのだった。文章に表わせば、これだけのことだが、物品が紛失した以上、誰か無断でもち帰ったものがいるはずであり、それを返還しなかった以上、それは窃盗行為である。研究室物品の管理責任は助手にあり、いったん事務室の書籍部に廻された以上は、責任は事務室に移転する。買いいれたばかりで、購入番号もおしてなかった書物ゆえに、責任を追究しはじめると、心理的な責任のなすりあいもおこりかねず、また抑えようとしても、書物を盗んだ学生がいるということが、そうでなくとも憂鬱な帳面の帳尻をあわす作業に、いっそう不毛ないらだちと怒りを加えた。結局、会計監査官の目を、私個人の書物を紛失部分に挿入してごまかすこととし、私は、早くも奪われた安眠の夜の予想に不機嫌になりながら家に帰った。こういうときにこそ自動車が必要であるのに、雇員の運転手は帰宅してしまっていたことも、私の感情をつのらせた一つの要素だった。桜も散ってしまい、家々の垣根沿いのつつじも色あせた五月の末のことである。帰ってみると、家には灯火はなく、玄関の格子戸もぴったりと閉っていた。

そのとき、まったく説明できない不安に襲われて私は駆けあがった石段を、もう一度おりてみた。奇妙なことながら、私はなぜともなく帰る家を間違ったような冷えびえした感覚にとらわれたのだった。私は家の生垣がくちなしではなく、貝塚であることをたしかめ、それでもなお安堵できず、マッチを擦って私の名前のあるはずの表札をたしかめようと思った。私は急に悲しくなり、力なく石段をもとにもどり、向いあった屋敷のかげをふりあおいだ。交際はないが、自動車販売会社の社長の宅のはずであり、界隈にはほとんど同型の生垣の家が並んでいるとはいえ、そこには電柱があるはずだった。電柱は世界中どこにでもあるかもしれないが、私の家の前にはトランスがのっており、したがってその電柱を支える鉄ロープが、溝沿いに左右にのびていた。たしかにには見えなかったけれども、そのロープのあることは感じられ、電柱のかたちも、それが全国いたるところにあるものであっても、どこか親しみがあった。私はうなだれ、表札の下のベルを押した。ブザーが内部でかすかに鳴っている音がもれてくる。私の住みなれた家に間違いなかった。

「どうしたのかな?」ふいにつきあげてくるとりこし苦労が私をいらだたせる。私は格子戸わきの郵便受けを覗きこんで手さぐりしてみた。期待した鍵ははいっておらず、夕刊新聞がしっとりと水分をふくんで手に触れた。米山みきはどこへ行ったのだろう? めったに外出などはせず、無断で私の帰宅時に家をあけたことなど皆無といってよかった。夕刊はだいたい、毎日、五時半から六時までに配達される。私は時計を闇にかざした。すくなくとも数時間、家は空巣の餌食となる状態で放置されていたことになる。

山手のほうから冷たい夜風が吹きおろしてくる。街路にはタクシーも通らず、外灯の並びが詩の脚韻のようにとびとびに光っている。私は隣家にことづけでもあるかと思い、まわろうとして、勝手口に光る淡黄色の、日本的な団欒の光に不意に胸をつきさされた。私は街路に放りだされた小犬のように孤独だった。

私はその日一日のことをふりかえってみた。

朝十時に私は家を出た。何の変ったこともなく、「お早うお帰りになさいませ。」と米山みきは玄関に私を見送った。午前中の講義、そして、午後は会計監査前の書類の整備と、紛失した書物の不愉快な穴うめ。一度、電話があったが、それは外務省からだった。——こんなことなら、不愉快な仕事でも、もう少し事務官たちとつきあってやったほうがましだった。追いつめられて、やけくそに撒きちらす彼等の冗談に多少のユーモアもないではなかったのだから。

誰かが死刑廃止論について語っていて、不意に、人は首をはねられたとき、その首が相手の刃を睨みながら跳びあがるというのは本当かと、疑問を発した。書類に縛られつづける事務員たちが、夜食のとどくのを待つ間、指先のタコをなでつつかってなホラをふく。痛いはずなのだ、と誰だったのか、若い事務員が熱烈に言った。猛烈な激痛でありながら、叫ぼうにも胴体はなく、声帯もつぶれ、二、三秒のうちに血液のすべてを失ってゆく首の悲しみを思え、と。笑声がおこり、人間の神経オルガンについてひとくさり説明する人物があらわれ、なんでも結論したがる事務長が、要するに愚問であると判定した。さらに話題は、結核をわずらったことのある係長の外科手術後の、死をかいまみた瞬間から、一般的な怪談へと移っていった。四谷怪談がこわいか、鍋島の猫がおそろしいか、なぜ幽霊は女と按摩にかぎるのか、等々。

「しかし、なんといってもいちばん恐ろしいのはのっぺらぼうの話だ。」と誰かが言った。旅人が宿をとり、最初はあたたかく待遇され、こころなごんで就寝の前、燭台をもっておやすみなさいを言いにきた女中に挨拶をかえし、ふと振り返ると、そこに目も口も鼻もないのっぺらぼうがいたという、あれほど恐ろしい話がまたとあろうか。誰しもそんな経験をすれば、きっとその人は他人が信じられなくなり遂には発狂するだろう。

私はなおも自分の家の玄関に立ちつくし、その日一日の見聞を整理しながら、この家の中には、あるいはのっぺらぼうがいるのではあるまいかと思った。しばらくして、不意に外灯がつき、鍵が内側からあけられたときも私の足は奇妙に萎えて、しばらく家に入ることができなかったぐらいだった。

生理日特有の酸性の体臭をふりまきながら、「うとうとと眠りこんでしまっていて申しわけありません。」と米山みきはつっけんどんに言った。いつのころからか愛用するようになったネグリジェをとおして、胴長の体と彎曲した脚がすけてみえた。私は火鉢のわきに坐り、神経的な腹痛をともなう空腹を茶漬けで癒した。ちゃぶ台の上の、魔法瓶と小皿の塩こんぶと漬物――給仕してくれる者いがいのすべてはたしかに整っていた。

「今日、茂さまから速達がきました。急な入用があってお金を送ってくれとのことでした。二万円を郵便がわせで送っておきました。」

「ふむ。」と私はうなずいた。

その郵便がどこにあるのか、かつて静枝がそうであったようにそのとき、米山みきは教えなかった。従来、彼女の行為には事後承諾のかたちをとることなど一度もなかったのだが。ところで、その送金したお金はどこから出したのかとたずねようとして、私は抑制した。理由もなく追究するのが私には怖かったのだ。

「お先にやすませていただきます。」

米山みきはきらりと目を光らせて茶の間からひきさがった。廊下を歩む足音には慎みはなく、玄関に近い彼女の居間ではなく、奥のほうへ消えていった。私が帰ってのちの戸締りもまだしていなかったはずだった。

茶漬けによっても口中のねばりはとれず、うがいをするために私も席を立った。洗面所にゆこうとして、私は日常使わない亡妻静枝のかつての居間に電灯のついているのをみた。襖をあけてみると、米山みきは、かつての静枝のベッドに寝て、自分の顔を鏡にうつしていた。

「何をしているのか、こんなところで。」と私は言った。

「今夜からは、ここで寝させていただきます。体の加減が悪いんです。」

「馬鹿げた冗談はいいかげんにしなさい。」

　怒りが爆発した。

「あなたは私をからかうつもりか。家は休息するところであって、神経をとぎすます場所ではない。」

　いぜんとして、様々な表情を映してナルシシズムに耽っている手鏡を奪いとり、私は次にはそのかけ蒲団をもはぎとった。

「本当に病気なんです。」米山みきは手術でも受けるように全身を硬直させて言った。「誰かお世話をしてくださる若い人をやとってください。もう疲れて、雑巾バケツ一つもちあげられないんです。今日もお皿を三つもわってしまいました。きっと自分の身のまわりの整理もできなくなります。押しこめられる前に、ここに自分で入るんです。」

　私は死体のように重い米山みきの体を、胸倉をとってひきずりあげた。

「その言葉はなんのつもりか。わたしを侮蔑するつもりか。」

「いいえ、私は先生に感謝していますし、ひとときは幸福でした。ただ、もう疲れたんです。睡りたいんです。大きな棺桶のような、この部屋が神経を鎮めてくれるんです。」

　そしてふいに般若面のように、その形相が変った。ヒステリーだった。

「へっへっへっ……。」と彼女は笑った。

　私は内部からつきあげられるような恐怖のために後にしりぞいた。彼女の気配に狂気を感じたからではなく、身の危険を覚えたわけでもない。ただ、私ははっきりと自分の家の中に一人ののっぺらぼうが住んでいたことに気づいたのだった。

解決のつかない家庭裁判所の調停が、その後も四度ばかり繰り返された。栗谷清子がある時は出席し、あるときは妹の典代が参考人として陪席した。だが、誰が出席しようと、ひとたび掘られた溝は埋められるべくもなかった。もし、それを埋めえたとしても、その時、ヴェールもなく顔をつきあわせるのは、もはや互いを信頼しえぬのっぺらぼうどうしに過ぎなかっただろう。

## 第二〇章

正午すぎ、教授食堂から中庭を通って部長室に帰ろうとした私は、法学部の新建築、大講堂わきを廻る廻廊で数人の学生たちにとりかこまれた。血気にはやり、一挙にことを解決しようとする青年たちが、審議手続きを無視して、なにごとかを直訴しようとしたのだった。事柄がなんであるかはほぼ推測できた。いままでも校内に政治的紛糾があり、処分発表の行われるたびごとに、勇気ある学生、一つの思想を信奉する学生が、部長室や自宅に訪れて、とうてい解決しがたい難題をもちこんだものだった。筋違いのその行為が、私の怒りを煽ったこともあったけれども、いままでの経験はしかし、回想の中ではむしろ爽快な記憶として残るものだった。なぜなら、訪れる学生は頬をこわばらせながらもひとりでやって来たし、無智ゆえに思いあがったり錯覚したりしている者が多かったとはいえ、彼等は〈話し合い〉という最低の礼節には欠けていなかった。愚かな若者の誠心をみるとき、人はすくなくともその誠心のあり方だけは認めることができる。立場を超えて通じあう精神というものが、たしかにわれわれのうちにはある。例えばかつて、警察署前で行われたデモ隊と警官との乱闘事件の責任をとわれて指導者が検束されたときも、その友人だという学生の一人が釈放運動の依頼に訪れたことがある。その青年は文学部の学生だったが、彼の幼稚な論理、非法律的で、感傷的な発想法も、顔を伏せたまま懸命に語る相手の言葉を聴いているうちに、およそ私がでてゆくべきではない方向違いな依頼に対する怒りもやがて消えていったものだった。逆に、良き友をもった検束中の人物を、よそながら祝福してやりたい気がしたぐらいだった。その善意、その友情は、その場合はまったく意味はないが、別な地平においてかならずや、相手に対して、またその人自身に対して幸いを生むであろうことを、教授者たるものがどうして喜ばないでいられようか。やがてその青年は、単なる友情や好意が、何ひとつ現実を動かすことができぬことを悟るであろう。強い論理が、次には法則が、その解決の手段であることを悟るであろう。その人が知性人であるかぎり、その移行は可能であり、かつまた、情緒への信頼はその移行の後にも消えるものではないことを知るであろう。

だが、その日、私の前につめ寄った学生の集団には、学生が教授者に対してはらうべき当然の尊敬の念に欠けていた。彼等が群の力をかりて、この前のストライキ責任者に対する処分撤回を叫ぶことの背後には、私のあの〈スキャンダル〉があり、いわば彼等は「安心」して強訴にきたのだ。その人の排泄物を目の前につきつけて相手を脅迫するような無礼さに満ちていた。

私はそれを直観し、本能的に避けたいと思った。体を斜めにそらせ、廻廊から中庭におりて、私はポプラの植込みの陰へと歩んだ。

「学部長先生！」背後と前面から、はさみうちにするように学生が駆けよった。

「後で会おう、いまは困る。」

「自治会の解散までが、教授会で論議されているというのは本当ですか、先生。」

「そんなことを誰から聞いたか。」

「待ってください。」と誰かが言った。

「逃げるんですか、先生。」手をつなぎ合い、私の歩みを阻止した学生の一人が殺気立って言った。私は立ちどまった。

「君たちは、自分たちのしていることがどういうことなのか知っているのか！」

「それよりも先生、質問に答えてください。」

「そんな義務はない。」

「卑劣漢！」と黄色い声が背後から私をののしった。

私は振り返った。誰が叫んだのか。卑劣漢とはなにごとか。見ると、栄養状態の悪そうな、黄色い顔の女子学生が、理解しがたい憎悪の目で射すように私を見つめていた。男に愛されることの乏しそうな骨ばった醜い顔が、顔面神経痛のように震えている。しばらくの間、他のいっさいは視界から没して、汚れたセーターの肩を怒らした女子学生と私とは、互いの顔を見つめあった。

「君の名前はなんという。」私は冷静にいった。

制服の守衛が塵埃処理場のほうから走ってくるのが見えた。アーチ型の法学部の裏口からも小使が駆けてき、周囲の数少い散策者の顔が、そのころになっていっせいにこちらに注がれた。

「いま、きみは何と言った？　もう一度はっきりと言ってみたまえ。」

事態の思わぬ変化におどろいた男子学生の一人が、長身の身をひるがえし、スクラムをといて逃げていった。私の怒りは高まった。

「待ちたまえ、待たんか。」

影のように素早く逃げた煽動者のほうに、一歩ふみだした私の体は、それを阻止しようとする残りの学生の一団とぶつかりあい、学生の一人の黒カバンが、偶然のように私の腰部を殴打して芝生にころがった。私は腰をおさえて振り返った。ようやく駆け寄った守衛と小使が両側からはさみうちにするように学生たちにつめ寄った。

「邪魔をしないでもらいたい。誤解しないでください。」顔を蒼白にこわばらせながら一人が叫んだ。「われわれは部長先生にお願いがあっただけなのだ。不当な処分の再考と、不当な自治会解散命令を、その公表の前に、部長職権によって緊急教授会を開いていただき、学長にも交渉していただいて思いとどまっていただきたいと思っただけなんだ。」

どこから流れたデマだろうか。なるほど、警職法反対のため、学校側の勧告を無視して先にストライキを行った自治会の責任者の処分の撤回を要求する再度のストライキの責任者の処分問題は学則にもとづいて論じられたことは事実だった。だが、自治会の解散など、誰も、どこでも考えてはいなかった。それは、学園自治の原則をみずから放棄し、学内集会の自由を学園みずからが放擲することになるからだ。常識で考えてもわかることだ。私はやや落着きをとりもどして、先刻の女学生をみた。女学生は髪をふりみだして泣いていた。しかし、熱病にうるんだような眼で私を上目遣いにみて、はっきりともう一度、それを言ったのだ。

「卑劣漢！」

それは許せない行為だった。

その行為はあきらかに公然侮辱罪を構成する。学生たちを学生部補導課に待機させるよう守衛に命じ、部長室にかえった私は電話をとりあげて警察の番号をまわした。そのとき幻覚がおこった。蛾が群をなして飛ぶ幻影だった。

学派は異るゆえに交友関係はなかったが、遠からぬ過去に、学生を暴力犯として告訴した法学博士のことを私は思った。法律学者としての観点からすれば、その博士のとられた行為は正当だった。人情論はどうあれ、告発すべきものを訴えないのは、あきらかにひとつの怠慢である。権利は、つねに権利を発動することによってまもられる。私も、したがって、いま、一人の女学生を訴えねばならぬ。彼女の生涯にとって、私の報告が癒しがたい汚点となろうとも、汚点となるべき行為を彼女はなした。背中にかすかな痛みが走った。相手方の呼出しベルがとまり、応答の声がした。

「はい、……警察署です。」

「こちらは××大学だが。」

「なにか御用かな。」

「わたしは法学部長の正木典膳だが。」

「はっ。」と相手の声音がかわった。

「署長につないでくれたまえ。」

「はっ。」交換台が署内で番号を切りかえるらしい音がした。

署長が受話器をとりあげるまでに時間はかからなかった。そして署長がでたとき、なぜかわたしはしばらく躊躇した。法学部の事務官がおそるおそる決裁を要する書類をもって入ってきた。あとにしてくれたまえと、私は言った。私は首を無意味にふり、そして声をしぼりだすようにして言った。

「わたしは……××大学の法学部長正木典膳だが、すぐ捜査を開始してもらいたい。数人の学生の暴力と公然侮辱をわたしは受けた。相手の名前はわからないが顔はおぼえているし、守衛もみていた。」

「よろしい。すぐ二課のものにおもむかせましょう。」

言ってしまってから、弛んでいたネクタイのゆがみをただそうとし、室内の洗面器の前に立った私は、自分の頰に老いの斑点が光っているのをはっきりとみた。

人はもし、他者を非難しようと欲するならいかようにも非難することができる。この混濁の社会に生きて、完全な潔白とは無意味と同義語であり、いかなる人物も、あらを探そうとする意地深い視線には、すべて欠点をともなって映るだろう。

私がいままで完全に潔白であったとは思わず、誰にも打撃をあたえなかったとも言うつもりはない。私には公的な法学上の論敵もいるし、個人的に、相手や私の交際上の手落ちで気まずくなった敵対者もいる。道学者ではないから、万人に誠実であろうと勉めもしなかった。いや、誠実が美徳であるとすれば、それは、プラトンのポリティアの中の一人物が言ったように、友の利益を計り、敵に害をあたえるのが誠実というものかもしれない。すくなくとも、一つの事に関して誠実であることで、許されてよい他の不誠実があると私は日ごろから考えている。その反面のみをとりあげれば、私はたしかに非難にあたいするだろう。だが、学生たちよ、人はその欠点と休暇において、個性をもち、価値をもつものではないのだ。私にはみずから選び、公的にも委任されている任務がある。人は多く、自己の使命がなんであるかを悟り、その責任ある位置に到達するためにすら、往々にして、二十年、三十年の歳月と努力を必要とする。私が私であることは、まさにその努力によっている。いま私を、私がそこにいることを必要とするその位置から、他の欠点によってひきずりおろそうとすることは――学生たちよ、なぜ待てないのか、と私は思った。私の定年の時機も遠くはない。定められた義務をはたせば、私はみずからその座をしりぞくであろう。その位置と任務を、十全に充塡した者にとっては、名誉とは、次に来るべきより秀れた者にその座を譲ることである。私が、有能な次の世代の者の進路を一度でも阻んだことがあったか。私が論理においてのり超えられることを望まなかったことが一度でもあっただろうか。近代的人間は何よりもまず職業的人間である。私は私の職業において卓越した選手であったことをみずから自負する。学生たちよ、その側面においてこそ私を超越しようとなぜしないのか。

昂奮が生理のオルガスムスのように崩れるころ、学生部の部長が馳せつけ、法学部の事務長がドアーをノックし、学長から電話がかかり、自治会の代表や学園新聞の記者がおしかけてきた。事件はたちまちに学内全般にひろまり、しかも拡散して薄れるのではなく、不思議な共鳴作用を随所におこして、むしろより強い反響となって還ってきた。事前にことをもみ消そうとする人々が、目白押しに部長室に居ならんだとき、逆にもはや元にはもどせない重大さを事件はもってしまっていた。警察は急遽、捜査を開始した。学生が教授を公然侮辱する道義的なことの重大さによってではなく、おそらくは、日ごろ、敵対し劣等感を感じさせられつづけている学生運動家に復讐する絶好の機会をあたえられたために。捜査二課の刑事が二人、学生課の係員と門衛につきそわれて法学部部長室に事情を聴取しにきたとき、しかし、一堂に会した学内関係者が、異物でもみるように私に注いでいた目差(まなざし)の中に、一種の安堵の色のよみがえるのを私は見のがさなかった。

「緊急教授会を招集するよう、手続きをとっておいてくれたまえ。」と私は藤原事務長に命令した。

「事情をうかがいましょう。」選ばれてきたのだろう。知性的な風貌の私服刑事二人は、警察手帳を示しながら言った。

「しばらく応接室でお待ちねがったらどうでしょうか。」

里井学生部長が、ずりさがった眼鏡をつきあげながら中に入った。

「学生たちは、学生部におあずかり願っておりますね。」

「おりますが、しかし、……。」

「すぐ身柄を拘束したりすることはありません。しかし、のちほど、事情聴取のためにそちらへもうかがいます。」刑事が言った。

扉が半開きになり、茶を盆にのせた女事務員が、あまりに大勢がそこにいるのを見て、とまどった。冷たい風が、女事務員のスカートをひるがえして、部屋に侵入する。もっとも、雑沓してしまった部屋にとっては、むしろ快いひとつの換気だった。つづいて有賀教授、緒方助教授、妹尾助手が、顔色をかえてとびこんできた。学生運動には常に同情的な、職員組合の執行委員長をかねる古志野教授もまた姿をあらわした。

「ともかく、一度にこんなにたくさんの人がおられては困る。」私は本来、私の坐っているべき椅子に坐った。「藤原君と里井君。あのとき目撃していた守衛をよんできてもらってくれ。あとの方々はしばらく遠慮してもらいたい。」

小一時間を費して事件の確認がおわり、検察庁との連絡もつき起訴手続きがおわり、女子学生を含む二人の学生をのぞいては譴責処分ですませることに学生部長との話し合いもついてから、経済学部部長小船教授にひきつれられて、二人の経済学部の学生および自治会の副委員長がうなだれて入ってきた。

「謝罪したまえ、正木先生に謝罪しなさい。」

銀髪をふるわせながら小船教授は学生たちにむかって言った。小船氏とは深い交友はなく、学説上でも接触することは稀だった。彼は基本的にはマルクス主義経済学者だったが、万年反主流派的な位置を占め、漂白されたような孤立をまもりつづけている、ひかえめな人物だった。私をおそった六名の学生のうちの二人が、経済学部の学生であってみれば、小船教授の引率は当然だったが、単に形式上のことではなく、日ごろ、部長会議の席上でも常にひかえめな彼が、珍しく、骨ばった拳をふるわせて学生たちに怒っていた。

「ご面倒をかけます。」と私のほうが小船教授にあやまった。

「ことの運びはどうなりましょうとも、やはりこのたびの学生の不心得は、部長としてのわたくしの教育、および補導の不備であり、学生とともに深く謝罪の意を表したく、うかがいました。」

「お許しくださいい、本当に悪うございました。」頬に小さな瘤のある詰襟の学生がまず頭をさげた。「経済学部六回生、岡森ゼミの梅木省次です。先生のご都合をおうかがいして参上すべきところを、突然、場所柄をもわきまえず直接お会いしようとし、そのうえ、先生の自由を多数で制禦しようとした点、本当に悪うございました。反省しております。」

「梅木省次君といったね。」

「はい。」

「六回生といえば、二年、通常よりは卒業がおくれていることになる。勉強しなければいかんね。……教員は学生にむかってはただ、健康に留意せよ、勉強せよ、としか言わないように思うかもしれんが、実際、勉強に専心できる時間というのは、若いころにしかないということは幾度くりかえしても多すぎることはないのだ。必要な知識、教養、そして考える能力を身につけたうえで、諸君がどうした職業を選択し、どうした道を歩むかは、自由である。知識だけを唯一の資本として生きていかねばならぬインテリゲンチャとしての苦渋を君もまたなめねばならないだろうが、奇妙な偶然にもせよ、君の名を覚えた以上、君の前途を注目していよう。」

　自治会の副委員長が一歩前に進みでて、敬礼した。長い髪が今日はぱさぱさと清潔に揺れている。

「こうした請願の形をとろうと発案したのは、梅木君ではなく僕であります。もし、責任問題が追究されねばならないなら、僕も共同責任者の一人です。そして、先生に強くご考慮ねがいたいことがあることはいちおう別にいたしまして、偶発的だったとはいえ、ことが先生に対する非礼に及びましたことは、自治会としても深く反省しております。」

「君も知ってのとおり、」と私はみずからをなだめるように声低く言った。「知識人の任務や性格にはいろいろなかたちがあるものだ。教室でももう一、二度いったことがあると思うが、普通、それはプロフェッショナルないしはオポーテュニスト、それからインテレクテュアル、そしてインテリゲンチャに分けられる。専門人、一般的教養人、変革志向者の三群に。だが知識人は比重的により多くどの部分に属するにせよ、互いに尊敬し尊重しあわねばならぬとわたしは考えている。わざわざこんなことを言いだしたのは、その三者が信奉する思想も、諸君が性急に思いこみたがっているよりははるかに強く流動性をもち相互依存性をもっているということを、この機会に教えておいてあげたいからだ。革命的な思想は、疎外された一群の人々に支持されファナティックに喧伝されることによって権力に接近するのではなく、専門人の科学性に保証され、教養人の賛同によって政治的条件を作るのだ。文盲というものがほとんどいない日本においてはなおさらである。一握りの学生、一握りの将校によって権力の所在を転嫁させうる時代はよくもあしくもすぎさった。そして、そうした状況が変化したとき、かつて革命的であった思想は硬化し、過激保守思想とでもいうべき矛盾体となり、新たな思想に葬り去られるということも充分におこりうる。急激に変転する二十世紀には、一人の人間が、インテリゲンチャからプロフェッショナルへ、さらにインテレクテュアルへと、自己の意志や打算によってではなく変転することも珍しくはない。そうした変転をも認める器量の大きさをもたなければ、かえって永久の栄光者のつもりの者こそが逆に進歩への反逆者とならないともかぎらないのだ。」

「御教訓は有難いと思いますが賛成できません。むしろ日本は、変革志向者が徹底して冷酷に不寛容に変革者であろうとしないことによって、今日解決すべき矛盾をだらだらと明日へともちこしたのだと思います。むしろ、生温い民衆の日常の神話をぶちこわし、人々を怒らすためには、その日常的平和の根拠を奪ってでも、支配と搾取の実体をむきだしにすべきなのです。立ちどまることはインテリゲンチャにとっては常に悪であり、民衆とすら妥協することはまた裏切りです。僕は先生個人になんの怨みもなく、事柄の本質にかかわらぬ部分でご迷惑をかけたことは申し訳なく思っていますけれども、しかし時いたって必要とあらば先生にむかって銃を向けることもありうることを公言してもよいと思います。」

「それでは、君が必要と認める目的の達成、ないしはそのための有利な条件を醇醸するために、この梅木君たちを利用したにすぎないのか。」

「誰が誰を利用するという問題ではなく、人間の疎外の全体を消滅させるためには、当分、自覚者たちは甘んじて一つの手段たることを自己に課さねばならないということです。」

もう一人いる小柄な、顔一面ににきびをつくった学生は、中途はんぱに終った謝罪の姿勢をもてあましていた。私には、その学生の印象は、彼が謝罪者に加わらねばまったく残っていなかっただろう。

「正木先生の御意見をうかがうのは、また別の機会にしたまえ。」と小船教授が口をはさんだ。

「すみませんでした。」と遅ればせに小柄な学生が言った。口を開くと、黄色い前歯の一本が折れているのが目についた。

「自治会には、委員長というのがいるはずだろう。」私は副委員長のほうを振り返った。

「はあ。」

「どうして君がいつもでてくるのか。」

「いや、それがだいぶ以前から警察にパクられておりましてね。現在、釈放運動をする一方、救援カンパをつのっております。いずれ、先生のところへもお願いにあがることと思います。よろしく。」

「いずれ御利用にあがると言ったほうが男らしくはないかね。」

「それでは、」小船教授が立ちあがり、学生たちに退散をうながした。学生たちは、私よりも小船教授のほうにより鄭重に礼をして出ていった。「それでは、また。」

「いや、どうも。」と私は言った。

つづけさまに訪れた様々の人が、いま立ち去った空虚にむかって、私はしばらく煙草をふきかけた。何かを惰性のように待っていたのだ。だが、私をおそった集団を形成していたうちの、法学部の学生たちはついに謝罪にはこなかった。私を卑劣漢と罵った女子学生も、また。

「先生の講義は今日も休講やったけど、どういうわけでっしゃろ。」

カバンをとりに研究室のほうへ上っていった私に、就職口もなく、仕方なしに大学院に籍をおいている学生の一人が大声で言った。ときおり彼は用事もなく、研究室に入ってきて、妹尾助手と雑談をしている。宮地教授の時代なら、長者への礼儀もわきまえぬ彼など、とうの昔につまみ出されていただろう。戦争と戦後の混乱が育てた、私には理解できぬ学生の一人だった。その口調の無造作さに応じて、目も、肩をたたき合う友達をみるようににこにこ笑っている。その邪気のなさが煙幕になって、彼がかつて落第しかけて追試験をしてくれと頼みにきたときも、罵倒することができなかったものだ。もちろん、慈悲で単位をあたえることなど、私の良心が許さなかった。結局、彼は一年落第したのだが、しかし、それを特別くやんでいる様子もなかった。

「アルバイトが一段落ついて、たまに学校にでてきたら、休講ですわ。はっは。」

「はやくつまらぬアルバイトをやめて、学校のほうにもどらないと、わたしの講義も聴けなくなるかもしれないよ。」と私は言った。

「先生が昼飯を食わしてくれれば、毎日でも来ます。」

「馬鹿者、学生は毎日学校へ出てくるのがあたりまえだ。」

「来週はしかし、授業はありまっしゃろね、先生。」

「土屋君は、学園新聞は読まんのですか?」妹尾助手が横あいから言った。

「ああ、一般に雑文は読まんです。」相手は平然と答えた。態度からして、本当に、私の授業がボイコットされたことも、今日の事件をも知らないらしかった。

「新聞など読んでもはじまらんですよ。何も、書いてないですからね、飯の種になるようなことは。みな架空の国にひらりと舞いあがって、一文にもならんヒューマニズムをいじくっとるだけだ。民主主義はそれじたい無原則であり、その基礎のうえに次に実現すべきことが民主主義を意義づけるはずなんだ。だのに、皆はよってたかって民主主義を固定した生温い目的にしようとしている。」

「次の講義もわたしは休まさせてもらうだろう。」私はゆっくりと言った。

「また、学会ですか。」

「いや。」

「じゃ、まだゴタゴタがつづいてるんですか。」

「君は新聞も読むんではないか。」

「は、そりゃ読みます。」

結婚すればいいおやじになるだろう。何処か崩れて、しかし、人間を知っている者の目で私を見かえした。媚びるでもなく、あざ笑うでもなく、めったには触れられぬ対等な人間の視線だった。

「はやく就職口がみつかるといいね。」

「ま、容易なことじゃないでしょうが、男一匹なんとか食ってゆけます。人間、容易なことでは餓死などしやしませんから。」

「わたしは、帰るが、何か用事があったのではないのかね。」

「いいえ。」

「じゃ。」

「失礼します。」

私は疲れはてて家に帰った。恥も外聞もなく道傍か公園の芝生にでも寝ころがってしまいたいぐらいだった。疥癬病みのように、でなければ犬か猫のように地面に体をこすりつけて転がることができれば、どんなにせいせいするだろう。

ああ、なくもがなの偶然がまた私の墜落に加速度を加えた。偶然というには故意が加わりすぎているけれども、その悪意を中和する手段がないわけではなかった。激昂して警察へかけた電話を、あの逡巡の一瞬にこちらから切ってしまえば、事はうやむやのうちに消え去っていたかもしれない。私にとって、いま大切なことは、家庭の内訌によって揺れている自分の思惟の動揺を、専門の領域、学問の世界にまでは波及させないように努力することだった。俗諺に言う、七十五日の噂の薄れを待って、できるだけ早く、もとの平静な学究者の生活にもどることだった。自分自身にも、やがて、なに人に心をそそられたのであったのかを忘れしめ、諦めてもとのだんだら道にもどることだったのだ。それが分相応で、当然で、平凡な道に——。平凡であり、日々をつつがなく過すことが結局はいちばん幸福なのであり、どんな理論を専門分野で作りあげておろうと、人は生活の磁場においては、人なみに北と南を指す平凡人であるいがいにあり方はないのだと思いつつ。平凡な幸せを願うようになるまでの心の距離は、私の場合、一般の人よりもいくらかは遠かったとはいえ、具体的に現にある状態に、普通の生活との落差がそれほどあるわけではなかったのだ。要は私の心のあり方であり、すこしく身を縮めて我慢しておれば、平凡さは老いとともに、すぐ真近にあったのだから。

顔色が勝れないが、何かあったのかと、自分じしん、臨月まぢかい腹の重荷にあえぎながら典子が言った。

「また反動よばわりされてきたんでしょ。」

近ごろ、彼女の唇は結核患者のように赤味をまし、眉毛の輪郭も不明瞭にぼやけてきていた。

「不愉快になるにきまってるのに、いろんな会議や会合に顔をだすからいけないのよ。」

「不愉快なことがあったのは事実だが、わしは反動ではない。」

私は言った。

「そうだろ。典子はこの父親を反動だと思うかね?」

典子は針孔に糸を通すときのように目を細めて私を見た。この児の母親の静枝は近眼だったが、容姿をおもんぱかって眼鏡はかけなかったために、その瞳はいつも焦点があわず、遠くを眺めながらうるんでいるようにみえたものだ。それが奇妙な魅力にもなっていたことを彼女じしんは知らなかっただろう。娘の典子にも、その特有の目差(まなざし)は遺伝していた。遺伝! 肉親とは奇妙なものだと思う。その人の責任、その人の意識にも関係なく、ある争いえぬ同一性がそこにそなわる。娘の場合には、その同じ目つきが、いつも何かを探しているようにみえた。何か忘れ物をして、きょろきょろする学童、友人たちが皆さきのほうへ走り去ったあとに、ひとりうなだれて不安げに探し物をしている学童のように。

「そんなことは、わたしには何もわかりません。」間の抜けた間隔をおいて典子が答えた。「反動というからには、なにか正道というものがあるのでしょうけれど、何がただしいのかわたしなんかにわかるもんですか。」

典子が茶器を置くために顔を卓子に近よせたとき、私は嫌な匂いをかいだ。何の匂いなのかは直ぐにはわからず、歯茎の痛みがちな自分自身の口臭かとも私は思った。私は子供のように掌を口もとによせて息を吐いてみた。

「お前は煙草を吸うのか？」

腹部の肥大にもかかわらず、痩せて胸の扁平な典子の崩れるような坐り方は、ともすれば二重の像をともなって不愉快だった。

「別に悪いわけはないでしょう。」

顔の輪郭や背つきなど、肉体的には母親には似ていなかったが、声が似ていた。

「いつごろから吸いはじめたんだ。」

「こっそり吸っていたわけではありません。もちろん結婚する前には吸ったりはしませんでした。怖いお父さんですもん。」

「いや、叱ってるわけじゃないんだ。」

小さかったころ、典子は美しい児ではなかったが、女学校に通うようになっても、まだ乳臭い息をしていた。何かのひょうしに、ものをたずねようとして顔をよせるとき、典子は嬰児のように甘い呼気を残した。彼女がとりついだ電話にも、私はその同じ匂いをかいだものだった。匂いなどというものは、いちばんくずれやすいものだろう。健康状態や生理の変調にでもすぐ失われる。処女のころに彼女にそれがあったからといって、その記念がいつまでもたもたれるわけでもないだろう。私が茶器に口をよせる前に、典子の頰のそばで、大きく息を吸ったのは、その消えやすいものが、もしや残っているかもしれないと思ったからだった。だが、それは――。

「誰もわたしのことはかまってくれない。」と典子は涙声で言った。「お父さんだって、孫なんか欲しくもないんでしょ……。」

「そんなことはいいから、新聞をとってきてくれ。」

「わたしのいうことも聞いてください。」

「夕刊をみながらでも、それは聞ける。気がかりなことがあるんだ。もってきてくれ。」

たしかに典子の膨みゆく腹部をみながらも、それが濃密な血のつながりをもつ孫の宿りであると思ったことは一度もなかった。生命がそこに芽ばえつつあるという感じすらじつはもたなかった。それ以前にも、そして、もたらされた新聞の三面を、今日の事件の影を追って眺めまわしている間にも。

夕刊を編集する締切り時刻に間にあわなかったのだろうか。大学教授正木典膳の、侮辱罪による学生の告発に関する記事はのっていなかった。だが、今夕、報道されなくとも明日には世間に知れわたるだろう。そして、解説には、その告発者は、先般、家政婦による婚約不履行による慰謝料を請求された、あの大学教授と同一人であることが付け加えられるであろう。そして、その報道によって、蟻が砂糖に蝟集(いしゅう)するように、禍いをたのしむ無数の投書、論評が掲載されることだろう。私は形式的な学長伺いの進退宛ての文章を毛筆で書き、さらにもう一度、念のために新聞をひらいてみた。そして、そこに、勤務評定の強行とそれに対する抵抗運動の渦中におこった一つの悲劇の報道の中に、ふたたび旧友荻野の名前を見出した。教育県として世評も高い長野県で、ついに一人の教育委員長が自殺したと、新聞は報じていた。その自殺者が荻野三郎だった。

「明日、この文書を書留で出しておいてくれ。それから、」何を探し求めるのか、目を細めて私を凝視している典子にむかって私は言った。「各大学の法学部長会議があって、明日は箱根にゆく。わしの留守中に、わしのことがまた新聞にのったりするかもしれないが、あわててとり乱したりしないように。それから、帰りに長野のほうに寄るから、正式の出張より、帰宅は一日のびると大学の事務室にお前から電話をしておいてくれ。いいね。」

私は荻野の自殺を思った。人間の偉大は人間が自己のミゼールを知ることにおいて偉大であるとパスカルは言うが、その惨めさを知ったとき、なお人は生きつづけるものとどうして断言できたのだろうかと。

## 第二二章

案内されて部屋に入ったときから、荻野の母堂は畳に手をついて頭をさげていた。薄暗い離れ座敷、故人の居間だったと思われる八畳は、二面を幕に閉ざされていた。裏庭に面する障子は開け放たれ、雨は縁側のなかばを濡らしていた。うめもどきの樹が、その落葉もろともに濡れそぼっている。低い土塀のむこうは、雨にけぶる山の紫だった。風の冷たさが、山の高さを黙示する。

そのままもってきてしまった濡れたレインコートを縁側に置いて、私はあらぬことを思い出していた。全大学法学部部長会議に箱根におもむくとき、典子がしきりに傘を持ってゆくようにと薦めた。心配性は妻の気質をうけた娘の持病みたいなものだったから、そのとき、帰途におもむかねばならぬ旧友の弔問の日の天候まで予感していたわけではあるまい。荻野の死を娘が知っていたところで、それは雨とは関係はない。他に人もいぬ正木家では、父と娘の諍いは時間つぶしのようなものであったから、傘はその場の言いがかりだったろう。私はずぶ濡れになったズボンの裾にこだわって、立ったまま頭をさげた。

「この度はまことに……。」

案内して来た少女が、まだ片手に、滴のしたたる中折れ帽をもっている私を見て笑った。目もとが不自然に腫れているのは、哭礼の名残りかもしれぬ。母堂は頭を屈したまま一言も発しなかった。荻野は四年先輩だったから、すくなくとも母堂は八十に手のとどく齢であろう。ちぢこまって外気を避けているようにみえる。悲しみは風のように外からくるのではないだろうが、震えているように見える老婆の白髪が、旧い知己の死を実感させた。帽子から雨の雫がなおしたたって畳を濡らした。

次に少女のほうに視線を移したとき、先刻微笑していた頬に涙が流れていた。死にざまが不自然だったから、悔みの言葉も迂闊には出せなかった。床の違い棚に故人の写真の掛けられてあるのを見て、私は部屋に入った。若いころの写真らしかった。着ている背広の襟は幅広く前がつまった形でゆるやかに彎曲している。眼鏡は縁なしの楕円形で古い形のものだった。ひとむかし以前の典型的な秀才タイプである。髪は私の記憶にある映像どおり黒々としていた。初七日もすぎて写真の前には位牌と簡単な供え物がおかれてあるだけだった。

「お知らせは家のほうへいただいたと思いますが、ちょうどわたしは会議がございまして、家を空けておりましてね。」

葬儀に参列しようとするのは無理だったにせよ、早く訪れようと思えば、二、三日は早くこられていたところだった。学部長会議は二日間にすぎなかったし、出発の前に新聞ですでに私は荻野の死を知っていた。簡単な訃報につづいて翌朝の新聞には、この教育委員長の鉄道自殺を、泥沼に入った教員の反勤務評定闘争と関連させて大々的に報じていた。だが、私自身の前につぎつぎと敷かれる悪意の穽にすっかり厭人的になっていた私は、会議終了後も、親睦会にも出ず、ひとり旅館で酒を飲んでいた。しかもその厭人の幕すら徹底せず、紡績会社の社長をしている高等学校時代の友人の招宴をその翌日に私は受けていた。

葬儀の名残りともみえる幕におおわれた一方の壁は、その全部が書架であるらしかった。以前、太平洋戦争が終末的様相を呈しはじめていたころ、一度たずねてきたときには、荻野は、自分の書斎へは私を通さなかった。ふと、幕におおわれた書物の並びをのぞいてみたい気持に私はかられた。

「戦争中にたくさん本を焼いてしまいましてね。あの庭の真中に穴を掘りまして。あのうめもどきの木はその灰で育ったようなものです。」

老婆は意外に明瞭な標準語で言った。

「以前おたずねしたときには、庭にいろんな花が咲いていたように記憶しますが。」

「ああ、あれはもう。」

荻野がいつ郷里の教育委員となり、中学校の校長となり、また官選の教育委員長になったのか私は知らなかったが、教育関係の書物は別の硝子張りの本箱に並んでいるところを見ると、幕の裏は、彼のはたさずして挫折した専門の学術書にちがいなかった。生前からしてすでにそのように幕に閉ざされていたのであろうか。私はある確信をもってそう推測した。

自分でも条理の立たぬことを認めた感情であるから、人には納得のいくようには説明できぬ。しかし、人には自分といちばん親しいはずのものが、逆にいちばん疎遠なものであることを知らされる瞬間がある。法律の学を荻野が何年学びおさめたにせよ、彼にとってあんがいそれがいちばん縁遠いもの、いちばんどうでもよいものでなかったとは断言できない。もちろんこの逆の場合がないとも誰にも断言はできない。だが、私は前のほうの感情に固執した。あの秀才と謳われた荻野にとって、いまはこの世に存在せぬ不運な同学の旧友にとって、法の学は究極のところ無縁のものだったのだと。重々しい緬紗の幕、——淡い茶褐色の唐草模様がもうほとんど輪郭を失っている、ふるびたカーテンを眺めながら。

もう十有余年も以前、東京地方裁判所検事局検事正であった私は、恩師宮地経世博士より書籍疎開に関する依頼を受け、獄中の転向声明によって仮釈放されて郷里にひきこもっていた、荻野三郎をたずねて、一度この信濃の山村にきた。当時、開通して間もない山中の軍用道路を身分証を利用して軍用トラックに便乗させてもらって二十分、旧街道と交叉する地点におり立って望むと、いまは刈りとられてない竹藪に囲まれた荻野の家は、村全体からも孤立してみえたものだった。家の前面に小さな砦のような恰好で横に長い納屋が建っていて、門はいわば城門をくぐるような型になっていたのだが、その納屋と旧家らしい主屋との間の日野良の部分が様々な色の菊の花でおおわれているのも、農業を生計とする寒村には異様だった。屋敷の広さにもかかわらず、土塀のうち側のどこにも倉はなく、書物を託する土蔵を予想していった私は、表の障子から裏の井戸が筒抜けに見えるいやに土間の広いこの家の、どこに荻野が寝起きしているのかと訝った。表札にはただ荻野とだけあって、彼の名はみえなかった。

縁側に子供用の書架があり、そこに単行で出版された彼の唯一の著書が古びて、小学校の参考書と一緒に並んでいた。彼の家に間違いなかった。クワを小堀で洗っていたモンペ姿の婦人が、「どなたかな。」と声を掛けた。敵愾心を内に蔵した疑い深い目だった。私は数回おなじ来訪の意を繰り返した。耳が遠いわけではなく、直後、姓に「君」をつける呼び方がうなずけないらしかった。警察の者かと疑われていることはわかったが、背を打ちあいながら酒をくみ交すといった経験もなかった間柄では、それいがいの呼び方も思い浮ばなかった。

「そうかな、学校からいらしたのかな。」

居るとも不在とも言わず、婦人は炊事場のほうへ行った。なにか感情を内に含むようにして唇を歪めたとき、私はその婦人が荻野の母堂であることを悟った。薪の松脂の匂いの移った粗茶がふるまわれた。漬物が皿にもられたけれども私は手をつけなかった。眼疾を病むらしく、荻野の母堂はあらためてなされた挨拶の間にも、迫害される流亡の人のように、汚れた手で幾度も目尻を拭ったものだった。

季節は秋、それでも山間の天候は変りやすく、晴れておりながら空気の冷たく湿っていた日は、そこに着いて間もなく霧雨となった。気温は急速にさがり、雨は煙霧のように竹藪を横ざまに流れた。

痩せた農夫が手拭で額をふきながら帰ってきて、軒下から私を見た。人の気配に振り返った私と視線があった。褐色の木綿の服に黒いゲートル、その薄汚い農夫が、内に懐く思想ゆえに指弾され講壇を追われた天才的な法学者の姿だった。陽に焼けていることも、彼を健康にみせるのに役立っていなかった。額は病的に皺よって、そこにあるのは知性でも闘争心でもなく、久しく内部に葛藤した疲労と諦念、自己保存欲と自己放棄の翳だった。

「眼鏡をこわしてね。それ以後買う金がないもんだから、誰かわからなかった。」

私は無意味に立ちあがった。

「ここからでは、顔は、そこに人間の顔があるという程度にしか見えないんだ。だが軀つきと、なんというかな、感じで誰だかはわかる。」

いぜんとして、軒端に立ちつくして荻野は言った。

「おみやげをいただいたぞな。」と母堂がかまどの前からいった。

「その節はどうも、いろいろと有難う。」

「いや。」と私ははじめて口をきいた。

「しかし、君がきてくれるとは思わなかったな。」

相手は鼻から大きく息を吐き、そして苦渋に歪んだ彼の近視の目からふいに涙がしたたった。

家の様子を見てしまった以上は、宮地研究室の図書疎開の件も真向からは言い出せなかった。藁や薪を積みあげた納屋に空間はあっても、書物を保存するのに適した場所はなかったからだった。

井戸端で荻野が顔や手を洗う間、私は竹藪の音を聞いていた。山深い農家には堆肥の匂いもなく、燻る囲炉裡の薪の香りが竹藪のざわめきに添えられる秋の風情だった。日野良の菊は秋の雨に濡れている。

この地方は客人には真先に漬物を茶菓子に出すものとみえて、くみかえられた茶の盆にはまた瓜の味噌漬けがのっていた。

「汽車の窓からみた稲田はたいがいもう穂を垂れていたようだが、このあたりはまだ青いんですね。」私は母堂に言った。

「この辺は水が冷たくてね。」

井戸端から荻野が代って答えた。

「昔は稗だけしか作れなかった。いまは十一年にできた国産改良種の稲を試作している。だが、谷間から流れおちる水の温度だけはどうにもできなくてね。米粒も小さくて美味くないんだ。」

「なるほど。」

「品種改良を研究する農事試験所の技師にでもなっておけばよかったと思う。農家の出身なんだからね。それの研究にどんなに精出したところで、官僚や軍部に指弾されることなど、まああるまいからね。」

「そうとはかぎらないかもしれない。」私は口の中で呟いた。呟きにはなんの論理的根拠もなかったのだが、それとは別に、私にも眼前に実用的効果をみることのできる研究分野の、その研究者の幸福を味わってみたい気持はあった。かつてのミルやベンサムらの政治学者の発言、そしてまたマルクスの研究のように、みずからの理論が、目に見えて現実を変革してゆく有様をみることのできた学者たちはどんなにか幸福だっただろうか。それが芋や南瓜の品種改良であってもよかった。プラスにせよマイナスにせよ、日本のアカデミズムは、特に文化系諸学は、現実の変革から身を遠ざけている。その研究によって、現実の実定法の一行をすら変えうる自信が失われていた。法は法の学問によって変革されるのではなかった。現実の社会の力関係が法文の解釈を偏向させ一定させる。たらぬところは、まったく非学的な新法案の提出によって補強される。法案提出から可決にいたる手続きに関して、法学に多少の容喙の余地はあっても、それは第一義の問題ではない。とすれば、法の学はただひたすら現実の力関係の、しかも正義の側ではなく、優越者の側の気紛れな影の動きを懸命に追うだけの下僕の威儀にすぎないのであるか。

「しかし、よく来てくだすった。」荻野は着物に着換えて私のまえに坐った。

荻野が助教授、私が専任講師であった期間、二人の間に隠微な心理的対立のおこったことがあった。専門領域は違っていたからお互いのあげる業績がちょくせつ比較されるということはなかったが、時間割の都合で選択科目である二人の授業時間がぶつかりあい、しかも隣りあわせの教室で講義せねばならなくなったためである。ドイツの私講師制度とはちがって、助教授はもちろん、専任講師、時間講師といえども、受講者の人数の多寡が給料や昇進に影響するわけではない。だが、どちらを受講することも自由な講座が同一時間に開かれていて、しかも時間の初めと終りに否応なしに相手の教室の模様の見える関係は、理性では割り切れない葛藤の根だった。ヘーゲルに受講者の大半を奪われたショーペンハウエルの怨みを、どちらかが懐かねばならなかった。

結果は私のほうの勝利だった。ただしかし、私の講義が荻野のそれ以上に魅力に富むゆえに、より多くの学生を吸収したのではなかった。直接この論敵の講義を聴く機会はなかったけれども、天才肌の荻野の弁舌、錐で穿り進んでゆくような論理力は、私よりも数段上であることは、研究会をともにすることによって、ほかならぬ私自身がよく知っていた。一元的法学は、その危険さを度外視すれば、法哲学としては、終始、相対主義的な立場にとどまっていた私よりも、当然また論理の一貫性をより尖鋭にもつことができる。だが学生の大半は荻野三郎ではなく、正木典膳の側に流れた。

理由は簡単だった。学生の時代から、優秀な者は高等文官試験にパスしているのがわれわれの学校の常態だった。高等文官試験は単なる肩書きや、一般的名誉のためのものではない。彼等はそれをもって実地に官職につき〈出世〉してゆくのである。そして官僚たるために必要な知識の提供者のところへ学生が集るのは当然のことだった。高邁な理想、峻烈な批判はめしの種にはならないのだ。

「なにか学校の用事でいらしたんだと。」

ランドセルを背負って帰ってきた可愛い孫を抱いて荻野の母堂が言った。話がとぎれて気まずく、甘えた娘の相手になっていた荻野の目がきらりと光り、うって変った饒舌さで喋りはじめた。

「わたしにとって恐ろしい事実というのは、指弾され教壇を追われたということだけではない。たとえ何か奇蹟がおこって、現今の政治体制がその根底から訂正されることになるにせよ、いったん現職を離れ、金銭の余裕も充分の余暇もなく、田畑をかけずりまわっていたのでは、その奇蹟のときですら、わたしにはもう復活の資格はなくなっているだろうということだ。政治家なら、過去の栄光や闘争の経歴によって偶像的位置を占めることもできるだろう。資料の蒐集や計算は助手にまかせ、いやその解釈すら誰か座付きの参謀役にまかせ、自分は一般的な、あたりさわりのないことを言っておれば、用はたりるかもしれない。だが、学者が書物から追放されて、幽閉されたり徴用にとられたりしてさまよっておれば、ただそれだけのことで、彼は第一線から脱落する。頼りにはならぬ将来のことは別としても、いまかりに君がわたしに学校に帰れという内命をもっておとずれたのであるにせよ、わたしの良心はわたしがそうすることを拒むだろう。わたしの過去の学問的水準に帰るためにすら、わたしは無駄にした時間の二、三倍の時間を必要とするだろう。そして、それを待ってまで、わたしが講壇に復帰しなければならぬという学問の側からの要請などありえないのだ。若い新しい頭脳がもっと素早く、それをやり遂げるだろう。同年輩の、教壇に残っていた人々が、数倍もすばらしい地点に到達しているだろうから。」

教壇を離れると、かえって学問の世界を神秘化してしまう一般的な陥穽に彼もおちこんでいたようだった。だが、その言うところに誤りはなかった。自由競争は資本主義の仮面であるかもしれないが、学問の世界ではたしかに不易の真実だった。一人がおくれれば一人に幸いし、一人の人間がのしあがるには一人の人間の失脚を必要とする。同じことを同じ場所で二人が語る必要はどこにもないのであるから。

用件をきり出すきっかけを失ったまま、話題は自然と二人に共通する知人のその後の消息に移っていった。荻野の関心は、一般的な法学会の勢力関係の動きや裁判所の雰囲気の変化よりも、ひたすら同学の二、三の者の運命にむかった。

「失踪してしまった富田君とは、もっと身を入れて話をしておきたかった。ほとんど毎日顔をあわせておりながら、人には他人ってものはどうも見抜けないものらしいな。おれはまた、こちこちの実証主義者だと思いこんでいた。することも地味だったし、とくにその言説に独創的な部分もなかったしね。二流の、まじめ一点ばりの学者の卵にみえていたにすぎなかった。」

保身の方法を誤って失敗した同窓の者の身の上は、いわば明哲さにたけていて成功した私には、妙な後めたさがあって、想い出したくないものだった。とくに富田副手の場合は、アナーキストとしての反政府活動の末路の悲惨よりも、日ごろはいつもうつむいて相手の言うことをふうんふうんと拝聴してばかりいた内気さが、どうしてローマの青年貴族ルクレティウスのような、もっとも高価なものを深淵に捧げる自己犠牲につらなったのか、想い出すのも哀れだった。

「おれなどは、この世界の破滅をじっと睨んでいることで満足だと思っている。だが富田にはそれもできない。ああいう誠実な人物こそが、死んだふりをしてでもいいから目をらんらんと見開いて生き残らにゃならんはずなのだ。」

「失踪する寸前に、突然、すべての私有財産は盗品だと言ったりしていた。フーリエの思想にでもこっているのかと思ったものだが、あんがい、彼が懸命に考えたことの結論だったのかもしれない。まさか、ほんとうに無所有になって苦行僧のようなことをするとは思っていなかったからね。」

「それ以後、彼はほんとうは何をしていたんだ？」

「わからない。」

権力がみずからを追いつめて自動運動をおこし、やみくもに猪突しはじめれば、実際上それに抗う方法はこの現実にはない。発狂した権力には反省の鏡はなく、大量の人血すらその狂気を目醒めさせることはできない。それは逆う者のいっさいを、いやただ足手纏いになるというだけの者すらも無慈悲に踏みにじる。個人にできることは、ただじっと身を潜めて発狂した権力の自己崩壊を待つことだけだ。荻野はそれを待つことができず、蹴散らかされ、富田は一歩さきにみずからの気を狂わせた。幸い私は猪突し始めたデーモンが巨大であればあるほど、そこに大きな盲点のあることを知っていた。敏捷な猫ならば、その体のどこに蚤が喰いついていても手で払い舌で取りおさえてしまう。だが巨大な牛や犀には、走り出した彼にはどうすることもできぬ盲点がある。もっとも危険な牙や爪の近く、目や口の傍に、はたこうとしても尻尾もとどかず、爪でも掻けない地点が。内に叛心を懐きながらついてゆかねばならぬ小市民の身の隠し場所はそこなのだ。何々報国会と危険な名称をみずから名のって、情報局や海外政策審議会の腹中に、多くの哲学者や文芸家が最後の良心の砦をまもったように、法律部門にも猪突する国家権力の盲点があった。それはほかでもない検事局だった。法のいわば最大の泣きどころである確信犯問題を公然と研究し、たとえマルクスやレーニンの著述を机上に並べていても怪しまれることのない、そこが帝国主義日本のたった一つの安全地帯だった。

「病院には行ってやったんだろ。」

「会ってみてもね、彼は一言も喋らないのでね。」と私は言った。

「知っているだけのことは話してくれ。おれが獄中にいた間に何がおこったのか。」

自分よりもいっそう不運な道を歩んだ人間の噂話が彼の慰めになるなら、それに答えてやる友誼をおしみはしない。しかし私の位置は、仔細ありげに富田の発狂の顚末を語るには複雑すぎた。

「いずれまた。」と私は言った。「いまはどうしても話したくないんだが。また病状の経過を報告する以上には、……いま私には彼の行為を解釈する自由はない。」

もっていた茶碗をそのまま唇にあてて、荻野は私のほうを凝視した。

「いや、事実だけを言ってくれ。解釈はいいんだ。」

「言えない。」と私は言った。

「並川君はどうしてるかね。」しばらくしてから荻野は話題を変えた。

先輩、後輩関係の中でも、自然、特定の人物が特定の人物に兄事するということになる。同郷であったり専攻部門が近接していたり、思想的立場が似かよっていたり、また単に互いに酒飲みであるとか、偶然映画の話をしていて調子があったというようなことからでも、それはおこりうる。雑誌「国家」の最初の犠牲者の一人であった並川が荻野となぜしたしいのか、私は知らなかったが、親しくしていたことは知っていた。

「出世主義的なところのある人物のように思えて、わたしは好かないな。」と私は言った。

「出世主義?」

「うむ。」

「それは言いすぎだな、君。」

マッチの軸を激しく庭先に投げつけて彼は言った。

荻野が去ってからの並川の行動を彼は知らなかった。私は二、三分、それを彼に告げるべきかどうかに迷っていた。だが訪問を不愉快にするには、あまりに長い時間、しかも長蛇の列までして切符を買ってきていた。荻野の家庭のもてなしも、食糧に不足する都会人には涙のでるほど有難いものだった。私としても、並川の行為の隅々までも熟知していたわけではないが、嫌なことをぬけぬけとする奴であること、あるいはそのように変ってしまっていたことはたしかだった。例えば――。

「例えば……。」と言って私は口をつぐんだ。

「なにかあったのか。」敏感に荻野は反応した。

「いや、私の思いちがいだろう。」

たたけば埃はだれの体からも出るだろう。つきつめてゆけば、荻野自身の悲惨にも連なることだった。また、誰か内部事情にあきらかな者が、私の手に編集権が移ってからの雑誌「国家」の運営について特別高等警察に投書した人物がいたとしても、そして、それがほぼ誰であるかが私にわかっていたとしても、学会から離れた荻野にとっては関係のないことだ。しいて人間の汚れを、ひとに知らせ広める必要はなく、怒りを他に移す必要もない。おくればせに、食事を共にしながら訪問の目的を述べ、宮地教授が研究室図書の疎開先を荻野家にしたいという希望は、君の学問的才能への、なお消えやらぬ期待の婉曲な表明にちがいないと私は付け加えた。

結局、しかし、その計画は、荻野家が大量の書物を湿気や紙魚を遮断して保存する設備に欠けること、他により適切な候補地の見つかったこと、および予期しない空襲の激化と交通機関の麻痺によって実現しなかった。書物は荷車に積んで学生や職員がかろうじて、ある避暑地の寺院に運びだしたが、教授個人の書物の大半は絳雲に帰した。荻野がどうしているかをみてきてくれというのが、もう一つの内輪の命令であったから、私のそのときの訪問もまったく無意味ではなかったが、ある意味では荻野に余計な夢を植えつけ、戦後、私が宮地博士のあとを継いで以後、まったく文通も途絶する気まずさをつくる原因にもなった。

沸かしてくれているという風呂を待ちながら、囲炉裡で濡れた服をかわかしていると、荻野の未亡人が買物籠をさげて帰ってきた。駅二つむこうにある高等学校の農業科に週二回教えにゆきながら、家ではまた農地改革後に残された田畑を耕しているという。陽に焼けて、固い意志が凝集したような顔立ちだった。おなじ曖昧な愁傷の言葉を繰り返し、未亡人も曖昧に弔問客への感謝を呟いて台所のほうへ消えた。

台所で作られる一人かぎりの饗応の品を、娘さんがうつむいてはこび、耳の遠い荻野の母堂が私の接待をした。目はしっかりしていて、むしろ老婆は相手の口の動きでその意味を読みとっているようだった。あまり話が食い違わないのは、話題が限られていたせいだった。

「あの嫁は農家の出でね、よろしゅうございました。三郎がおらいでも、どうにか食べてだけはいけますもんの。」

「荻野君に御兄弟はなかったのかな。」

「ありましたとも、次郎がいちばん孝行もんだったぞな。でも、戦争で死んでしまいまして。」

「なるほど。」

「海軍にはなかなかに入れんものを、士官になって、そのころは皆に羨まれましたでの。荻野さんとこの息子はみな頭がええって、若いころには皆に言ってもらった。でもの、それが仇じゃ。」

「あの娘さんは?」

「君子かな。太郎の児じゃ。でも育てるのは三郎夫婦が育てました。」

人には触れさせぬ家族間の縺れが匿されているのだろう。田舎なら有無言わさず家督を継がせたはずの長男のことは、一言も語ろうとしなかった。

「田舎に住むんなら、やはり田舎者のおなごを嫁にするにかぎるぞな。」

内容が愚痴っぽくなるとき母堂の言葉づかいは激しく訛った。都会の女性に対する怨みでももっているような口吻だった。もしかすると、長男が、派手な都会の女性の手によって母親の許から奪われたのかもしれぬ。老婆の想念は長い人生の変転の、ある特定の数点に縛られていて、話はいつまでもその周辺に停滞し、荻野の蟄居、戦後の生活、そしてその死の有様にも触れなかった。私の側にもし聴いておくべきことがあるとすれば、荻野が郷里で何を考え、なにをして過していたのかという一点にかかっていたが、死にざまが哀れで、こちらからもちだすわけにはいかなかった。教員組合と教育委員、そして文部省の政策との間に、直接、一人の人間の生命がみずから絶たれねばならぬほどの対立があったとは私には思えなかった。対立が激化し、また闘争が非合法性を帯びたとしても、組織どうしの闘争なのだから、立場を固持するのに苦しければ、かつては強制的にさせられた隠遁を、今度はみずから選べばよかったはずだ。あるいはそう考えること自体が、幾分とも近代化された都会者の身勝手にすぎないのかもしれない。その生活の全域を、筒抜けに知りあった田舎の政治的闘争は、闘争それ自体よりもなお困難な人間関係をひきずっていたのかもしれない。

「むかし、三郎には先生の姪ごさんをくださるという話もありましたがな。亡くなったじいさんは賛成でしたがな、わたしはそのとき反対した。」

「おばあちゃま！」と娘が叫んだ。「いつまでも昔のことをごてごてと言うて。」体全体で祖母の話の腰を折ろうとするように囲炉裡に近よって、彼女はくすぶる薪をかきまぜた。

「わたしのことならかまやせんよ。」

未亡人が盆に酒の用意をととのえてあらわれた。天窓から射しこむ薄明りと、未亡人のモンペ姿とが、私に苦痛の多かった戦争中のことを思い出させた。

「地酒で、東京の方の口にあいますかどうか。」

未亡人は盆を二つ用意していて、母堂の前にもそれを置いた。

どんより白濁した地酒には苦味があって、けっして美味とは言えなかった。だが化学薬品で甘味をつけたとしか思えない市売品にはない、一種古淡な風味が、惣菜の鮭の燻製によく調和した。

「さっき、先生といわれましたが、それは？」と私はたずねた。

「宮地先生です。人の運不運なんてものは些細なことで決りますものな。男には仕事があるから、自分の能力だけが物事をきめてゆくように思う。けれどもが、女はよう知っておりますよな。女は結婚することが、女の一生のわかれ目です。嫁いりさきの人のよしあしが、女の幸福と不幸のわかれ目です。頼りないものじゃきに、それだからこそ、女は運命ということを、この肉に感じて知っとる。わたしはよう考えてみ、と三郎に言った。年まわりもようないし相性もあわん。それに人間がいちばん気楽に過せるところは、なんといったって生れた土地じゃ。いつかは生れた土地に帰ってくる。生れた土地の気心の知れたもんを嫁にもらうのがいちばんええ。」

「もういいじゃないの、そんなこと。田舎でのんびり過せるようになって、これでいいっていつも言ってたんだから。」娘が言った。

「お父さんの負けおしみだったかもしれんわな。わたしですらが、この土地で生れてこの土地で育ったが、若いころには町へ出たかったもの。大学を出て、大学の先生にまでなっておって、野良仕事に満足できるはずがあろうか。正木先生にも聴いてみや。」

未亡人の口調はまるで他事のようだった。長男の子だという娘の顔付きが、あまりにも未亡人の顔付きに似ているのも不気味だった。田舎の旧家にはよくあるように、もしかすれば、長男の嫁を長男の死後、その弟にめあわせたのだったかもしれない。もっとも尖鋭的な思想の持主だった荻野に、そうした古い家族制度への屈服を想定するのは残酷なようだが、残酷な想像がもつ真実さがあんがいあてはまるのかもしれない。荻野の不自然な死がもたらすもの以上の、なにか宿命的な暗さがその囲炉裡のあたりにあった。

くすぶる薪の煙が、つりさげられた鉄瓶と、炉辺の素焼の徳利のあたりを漂い、ためらいがちに板の間全体に拡散していった。煙にはほとんど色彩はなかったが、生木をそのまま燃やす煙には、つよい樹脂の香りがあった。

それにしても、恩師の姪といえば私の亡妻に相違なかった。恩師も静枝も、生前、私との結婚以前に、荻野の郷里との間に写真の交換があったなどということは一度も語らなかった。私には初耳だった。妻はすでに死に、恩師も逝き、荻野もいまはこの世の人ではない。妻への愛や憎しみも、恩師への敬慕やうとましさも、荻野に対する友情も競争意識も、その存在の無化よりさきに私の胸の中で消えていた。また、荻野のアカデミズムからの逸脱も、富田のそれと同様、婚姻云々などとはおよそ無関係だった。論理と観念の恐ろしさを感じえぬ老婆が、その単純な頭で、その矛盾だらけの言葉で、なにを図式化しようと、それは事実ではない。いやたとえ事実であったとしても、いまさら、老いた私の胸になんの反応もおこりえようはずはない。ただ、遠のいてゆく雲の、夕陽に応じて変色する、かすかな、注視すれば見え、視線をそらせば消える一瞬の光芒――そのように輝いては薄れる過去の一齣の影を私は見た。私は舌の先で地酒の苦味をあじわいながら、酔いが急速に体中にひろまるのを覚えた。

## 第二二章

翌朝、郵便局長だという、温厚な田舎紳士が荻野家をおとずれ、奥の間の掘炬燵に、汽車に連絡するバスの時間を待つあいだ、私はほとんど紹介もなく彼と対面させられた。なにか用件があったのだろうが、急ぎもせず、田舎人の気安さで一緒に炬燵に入ると、自然な自己紹介をして、よもやま話をした。私は、荻野の遺族からではなく、その村夫子然とした荻野の友から、彼の惨死の模様を聞いた。彼を死にいたらしめた前後の事情に関しては、新聞報道よりは詳しかったものの、ものの発想が固定している田舎名士の発言からは、事柄の秘密はなにも読みとれなかった。いや、たとえ精神分析医であろうと、聖人であろうと、死んでしまった者の、死への心の傾斜を理由をあげて説明することなどできないには相違ないのだが。

「あの山は棚山と言いましてな。もとはこの荻野さんとこの山林じゃった。荻野君とはずっと昔、もと藩士の子弟の塾じゃったのが維新後、この県下では最初に中学校になった学校で一緒のクラスで勉強しましてね。当時は全校生が寮に入ることになっとったが、たまたま部屋も一緒だった。わたしは親の仕事をついだが、荻野君は学者になるために上京した。荻野君が学者になるために、あの山林は人のものになった。人は死んでも山はある。奇妙なものでしてな。山を売ったりしなさるでなかったと言いたくなります。こうして眺めていると。」

相槌をうつのも張りあいのない常識的な話だと思いながら、私もまた、紙障子の真中の部分にだけ硝子のはめこまれたその透明の部分から、低い土塀ごしに見える山の圧倒的な威容を眺めないではいられなかった。

知識を栄達の資本として頭に注入するためには、目に見える資本が消えねばならない。この此岸の成功というものが、その目に見え手に触れるものを取りもどすことだとすれば、はじめから何もせず、何も決意せず、物をもちつづけるのと同じことになる。目に見えぬ栄誉の頼りなさを些か知ってみれば、そうした考えを無下に荒唐視することもできぬわけだった。

「決して暗い感じの人じゃなかったですがな。しかし、いまになってみれば、荻野さんは、ここしばらく妙に死ぬことを気にしておられた。いや、なにも、その特別な死にざまの話じゃなくてですな。」

「次の教育委員長はもうきまりましたか。」と私は言った。

「ああ、実は今日いっしょに、仏をおがみにくる手筈だったですが、まだ県庁や学校の方にいろいろと問題が残っているようで。」

「若い人ですか、後任の人は。」

「そう、齢はまだ正確にはうかがってはおりませんが、……学校も一つの団体なら、職場の長がいりましょうし、学校がたくさんあればそれを総括する役所もいりましょう。長には責任もあれば監督の権限もある。若い教員の人々もむげに校長に反抗したり、委員会を仇敵のように言わんがいいと思いますがな。わしらの古い考えは通用せんですかな。」

講壇で自己の論理を最高の緊張度をもって語りかけるのが習性となっていて、私は相手が学生でないと妙に自分の意見を述べにくかった。政治的な意見ともなれば、事の厳密性を期するためには、相当な予備的学習のいる諸概念、そして日本語に翻訳しがたいドイツ語や英語の慣用語彙をなかば必然的に採用せねばならない。また、たった一つの言葉、例えば組合とか団体交渉とかストライキとかに対しても、ほとんど対極的に相違する意味内包を人はそれぞれ含ませており、それをたしかめてかからねば、同意と反撥の区別も実質上つかないでしまう。予備的な説明、困難な言語内包の規定、……私はそれが面倒で黙っていた。言説が肩書きゆえに尊敬されても、本当にはわかってもらえそうになかった。

一定の考え方を久しくもちつづけ、彼が意見をもつのではなく、意見のほうに包摂され、それが習性になった人物の、安定力の前にはとうてい組すべき手段はない。ざらざらした灰色の髭と部厚い唇を、私はしばらくぼんやりと眺めていた。煙管（きせる）がとり出され、その真鍮の口金が唇にくわえられる。部厚い唇はめくれあがり、黄色い、歯なみのばらばらな歯齦が露出する。

そして、そこから、煙の幕が朦々と吐きだされた。

「組合の委員長が責任をとって辞任でもするかと思っとりましたが、わたしにはどうもわかりませんです。」

「教育委員会のほうはどうです。」と私はいじわるく言った。「誰かやはり辞職しますか?」

「いいや。」

バスの時間も間際になって、荻野の未亡人がふたたび、私を荻野のもとの書斎に案内した。私が庭の垣根に目をそそいでいる間に、彼女は机の抽出しの鍵をあけ、何かの紙包みをとりだした。

「昨日、申そうと思ってましたのですけれど。」ぴったりと畳の上に正坐し、あらためて髪をおおった手拭をとり、彼女はふかぶかと頭をさげた。

「義母さんがおりますと、また、いろいろ、話がこんがらがりますでしょうから、……気ぜわしい御出発のまぎわになりました。」

「なんですか?」

「荻野は百姓仕事も体にはあいませず、戦後はすすめられて教育の仕事にもついておりました。けれども、どうしても、もとの仕事が諦めきれなくて、新しい資料や文献が手に入らないと半狂乱になりながらも、夜にはいつも原稿を書きつづけておりました。」

「ああ、遺稿ですか。」

「あなた様に申すのは心苦しいことですけれども、正木などにはまけぬと寝語にまで申しておりました。」

　私は微笑した。

「わたくしは、荻野が、そんなに執着するのが、子供のように愚かで、そして、身勝手におもえて、よく争いもいたしました。生きておりました間は、けっしてうれしいことではございませんでした。けれども、けれども死なれてみますと、もし、その値打ちがありますものなら、荻野が口ぐせのように言っておりました書物にして、仏前に供えてやりとうございます。」

「ああ、拝読しましょう。拝見してからのことですけれども、水準以上のものならば、及ばずながらお力を貸しましょう。」私は冷静な編集者として言った。「荻野君に因縁深い雑誌もあることですし、学界に問うことは困難ではありません。」

　だが、なぜ、生前、彼は原稿を私のもとへ送らなかったのだろうか？

「有難うございます。」未亡人は言った。「それから、もう一つおあずかりしていたものがございます。荻野は役所の教育委員会室に組合の方々にとじこめられ、ここへは帰ってこずじまいで自殺してしまったものですから遺書もなく、どうしたものか、わたくしひとりの独断でございますけれども……。ここへ置いておけばいずれは、母さんが焼いてしまうか、反故を売りますときに一緒に売られてしまうかと存じます。売っても、焼いても、棄てても、自分の家のものならそれでよろしゅうございますけれども、人様からのおあずかりものでございます。」

「なんでしょうか？」私は腕時計を見ながら言った。

「富田さまという古いお友達から、昔、保管してくれるよう頼まれた、原稿だそうでございます。それから、先日、調べてみましたら、その方の刑務所からのお手紙が数通、一緒につつんであるようでございます。これもご専門の先生におあずけするのがいちばんかと存じまして。」

「富田君の原稿！　おあずかりしましょう。これも荻野君のものと一緒に発表できるものなら発表しましょう。古い友人への、同学の友への、それが当然の義務でしょう。よく、言ってくださいました。」

「先生、バスの時間のようです。」

郵便局長が大きな足音をたてて奥まで通知にきた。


まだ濡れているレインコートと、土産に包んでくれた山藷の竹籠を未亡人がもってバス通りまで案内し、私のカバンと原稿の包みは郵便局長の自転車の荷台に積んでもらって、私は寒村のあぜ道を歩いた。水が冷たくて収穫が思うようにいかぬと、昔、荻野は言っていた。たしかにせせらぎの水は冷たそうに雪塊をまじえて流れていた。二毛作のきかぬ田は、桑畑をのぞいて、寒々とした土肌を露呈している。露が凝って霜となるとき、それは同時に、人間にとって悲哀の季節のおとずれを意味するというが、いま道傍にあるのは、霜の段階をすでにとおりこした氷と霜の破片だった。私はあぜ道のまがりかどで振り返り、見送っている母堂と若い娘に目礼した。彼女たちがあのように目をこらして見送りつづけるのは、私のスキャンダルを知っているためだろうかと思いながら。

「それからもう一つ。」別離の挨拶のまえに未亡人は口早やに依頼した。「お気を悪くなさいますでしょうけれど、もう一つお力にすがりとうございます。」

「せっかく依頼されましても、わたしには、あまり力は……なくなりそうなんですがね。」私は自嘲した。「ま、できますことならば。」

「あの君子のことですけれども。これも、お母さんのいるところではお願いできず、それに君子も恥かしがりますので。」

「そういえば、お齢ごろのようだが、何か。」

「いえ、そのことではなく、お勤めにでたいと申しますものですから。お祭しのように、お母さんは君子をそばから離したがりませんし、いずれはこの家も、あの児に婿をとらねばやってゆけなくなります。それは、あの児も充分承知していることなんですけれども、利発で聞きわけよく、そうしたことがわかる児ですゆえ、ひとときのわがままをかなえてやりとうございます。」

二度と訪れることはあるまいと思って、先刻振り返った山間の部落を、私はふたたびかえりみた。

「都会へ出たいとおっしゃるわけですな。」

「なにか、会社勤めをしたいと申します。それも、会社での仕事にどうという希望があるわけでなく、音楽会や演劇会など、はなやかな都会の雰囲気に憧れている、少女の小さな夢でしょう。おばあちゃんは、下宿生活などすれば、ろくなことにはならないと申しますんですけれども。」

「わしも、まあ、ばあさんに賛成だがね。」郵便局長がのどかそうに言った。「勤めなら、この村の村役場にだって頼めば口はないわけじゃない。それに荻野さんとこは、御主人がなくなりなすっても、娘を勤めに出さにゃ食ってゆけんというわけでもなかろうが。」

「井戸の中の蛙のように、この、日の出の遅い、夕暮れの早い、狭い土地で一生を送るんです。若いひとときに、広い世間にでてみたいと思うのも無理はないんです。履歴書や、その特技と申しますか、そんな書類はあとで送らせますから、どうぞよろしくお願い申します。」

黄色いバスが、車体を斜めに傾けながら、車轍の深くほれ窪んだ泥んこ道をかけてきた。私はその車体がすりぬけつつ揺する道沿いの樹々の、毛氈(もうせん)のような枝をみながらうなずいた。本当は、いまこれ以上の雑用・俗事はもうごめんだったのだが——。

斜めに身を横たえていることの安息感が、乏しい旅の経験と重なり、また疲労にともなう自責感など逃避欲と混りあった。私は閑散な列車のなかの柔かい座席にもたれて目をとじ、しばらく歯科医の診察室にいるようにぼんやりと口を開けていた。いや、事実、車輪が軌道の継目を踏む単調な響きをききながら、私は理由もなく歯の治療を受ける状況を空想していた。歯は割合に強いほうだったが、かえってそれが禍いして、最近、歯茎のあちこちが痛んだ。いずれ一本抜き、二本落ち、食事のたびにかちかち音をたてる総入歯にせねばならないだろう。防腐剤の、鋭く、純粋に無機質な芳香。閉じた瞼の裏を赤く染めるライト。歯科医が助手に何か命ずる声がして——いや、誰かが顔をのぞきこむ気配に私は目を開いた。顔のなかばをマスクで覆った乗客の一人が目で笑っていた。

「この席、空いておりますか?」

私はあわててだらけていた姿勢をたださねばならなかった。

現実にもどれば、列車が、私の職場、私の家のある土地にむかいつつあるというだけで気がめいった。経験したくない意識の状態である。よきにつけ悪しきにつけ、人にはたしかに定着本能というものがあり、どんな活動家も寝なれぬ蒲団に窮屈な寝不足を重ねれば、奇妙に自分の体臭のこもった部屋、自分の体のかたちに合った窪みのある寝具へもぐりこみたくなる。そして、その気安い安楽感が明日の闘いへの酵素となる。だが、いま私は、できることなら初めての土地、見知らぬ人々の間を永遠にさまよっていたい気になっていた。解決のない感情の荒蕪、学問的業績にはつらならぬ心身の消耗よりは、むしろ野雀の棲にすみ虎狼の窟にめしを食うほうが安楽であろうから。蝸牛（かたつむり）の殻のないのが残念なぐらいだった。学生たち、教授たち、そしてジャーナリストたちは嬉々として、あの公然侮辱事件をとりざたしていることだろう。教授が生徒を告発する、それだけでも、充分、退屈しのぎの話題としては刺戟的である。そのうえ、彼は刑法専門の法律家であり、さらに、まだ日の去ること遠からぬ以前に家政婦に訴えられ、その裁判は係属中である。私は形式上、進退伺いを学長宛てに郵送して旅立ったが、研究室に、部長室に、さらには家へも、何度か電話がかかってきたことだろう。そして、典子は失礼を犯すことなく、それに応対しただろうか？

私は立ちあがり、網棚から、荻野未亡人からあずかった紙包みをおろした。ひき受けてしまった以上、その原稿をよむこともひとつの仕事である。この列車の中のひとときを利用しなければ、時間の余裕など、当分、むこうから訪れてくることは期待できなかった。酒を飲んだわけでもないのに、どんよりと濁った頭をふり、むりじいに私はまず荻野の遺稿を開いた。

定稿ではないらしい原稿は綴じてもなく、膝の上からともすれば散る。その一枚一枚に、女性的で神経質な字が、全体の均斉を無視して並んでいる。主題は何なのか、表題もついていなかった。

「マルクスも言えるごとく、さらにレーニンも強調せるごとく、『資本主義と共産主義社会との間には、一方の他方への革命的変化の時期が存在する。』」と荻野は書きはじめていた。「『だからまた、政治上にも一定の移行の時期がそれに照応するが、この時期の国家はプロレタリアートの革命的独裁いがいの何物でもありえない。』したがって、法も、ソビエト法においてその一部分の顕現をみたごとく、この移行期においては、プロレタリア階級の、ただそれのみの利益を守るための規範、そのための権力行使の斉合的整備としてまず作用する。ただしかし、この時にこそ、法は、それが神学、形而上学から脱却したのちも、その権威のために身にまとった装いである〈永遠性〉をはっきりと棄てさらねばならない。何故かならば、プロレタリアート独裁は、移行のための過渡的政治形態であり、その移行のすみやかな推進のためにのみあり、ある一定の時期の現状の固定化のためにあるのではないからである。

従って法は、生産手段の所有者である、一握りの階級への奉仕から、大多数の、そしてヒューマニズムの真の担い手であるプロレタリアートへの奉仕へと転化せねばならないのみならず、たえずみずからを〈自己爆破〉しては新たに再形相する流動の体系とならねばならない。規範、法規、定理、範疇など、一切の自然科学的、社会科学的関係式が根深くもちつづけた不変性の欺瞞をやぶり、法はその移行段階においてこそ、動態力学それ自体、生科学そのものへと変容されねばならないのである。法は動く。みずから動かねばならぬ。ブルジョア議会主義における、一定議員数の発議、修正等の規定とは本質的に異った、自己変革、自己浄化の要素を法自体がそなえねばならぬ。

『この憲法は固定化されてはならぬ』——これこそがプロレタリアートの国家憲法の前文であり、根本理念でなければならない。」

長く田舎に蟄居していた荻野の文章は、かつて少壮の社会主義的法学者として注目されたころのような、雕綺（ちょうき）の眼に満ちる絢爛さはなかった。だが、そこには、博引傍証にたよるのではなく、ただひたすらに一つの書物を読み、そしてみずからその怨霊と化して胎動しようとする苦心のあとがあった。

法は天下の公器なり。〈変〉は天下の公理なり。

言ってしまえば、それだけの単純な観念にすぎない。しかし、あえてその単純化をなし、さらに法自体の中にその単純化された観念をとりこもうとする、一つの衝撃的な努力のあとがそこにはあった。そして、そうした努力、そうした発想こそ、実定法の枠の中で蠢きつづけた日本法学界にもっとも欠けていたものだった。

かつて、私がうちたて、日本の、そして世界の刑法学界に衝撃をあたえた〈確信犯理論〉は、その発想の一点において、なお〈永遠なる法〉の観念のうちにあり、古風なものであった。保護刑説によれば確信犯の処罰は不可能である。その壁をつきやぶる理論は、期待可能性、忌避可能性、あるいは社会的責任論にはない。法の存在とその必要を何らかのかたちで認めるかぎり、すべての犯罪は、たとえそれが白痴、癲癇者、狂人、嬰児、動物によってなされるとも、すべて確信犯とみなす、というただ一つの道だけである。人の意識そのものが、フッサールも言えるごとく、すべてノエシス・ノエマ的相関体である以上、すべての行為には、所与性とともに能作性がある。何もしないでいることにも、過失の中にも、試行錯誤の中にも。人が自由であることを認める以上、すべての行為の行為責任は、その行為をなした行為者に帰せられねばならないからだ。純粋現象学的法理論、世にいわゆる正木厳法主義は、かくて一世を風靡した。だが、その論理も、ある一つの契機を見おとした誤謬の、やぶれかぶれの拡大ではなかったか。私はなにか間違っていたのではなかったか。

私はいらいらと原稿のページをくり、荻野の未完の論文のうちに、意地悪く撞着をみいだそうとした。一介の田舎の老書生の、もはや専門家のものとはいえぬ、素人臭い発想に首尾一貫性のあろうはずがない。法のユークリッドから非ユークリッドへ。そうしたわずかな思いつきに、私の体系が動揺するはずがない、と思いながら。私はもう内容は読んでいなかった。内なる邪心のために、手にふれるすべてのものを黄金にかえた飢えたマイダス王のように、私はすべての文字を、人生の汚点へと還元しようとしていたからだ。それは下意識の衝動だったが、意識の深層にかかわるゆえに、かえって、淫佚にふけった蕩児のように私は疲れた。私は原稿をもとの包みにもどし、そして呟いた。

何を主張しようとしていたにせよ、荻野はすでに死んだのである、と。

列車が架橋をわたり、轍の音が高まるとともに、窓下を軌道と並行して流れていた本流の位置が接近した。久しい風雪に削られた丘陵の岩層が、複雑な絵模様をえがきながら対岸につづく。ところどころ岩の裂け目から植物がはえていたが、どの木も葉をつけていなかった。むこうからの問いかけはなく、見る者のプリズムによっていかようにも意義づけされる自然の優しさに私は溺れこんだ。どんなに岩の稜角が鋭くとがっていても、つねに自然は寛大である。雷電が鳴り、嵐が襲い、山崩れが人を圧殺したとしても、やはりそれは寛大な殺戮というべきなのだ。事実、氾濫の名残りらしい、決潰が道路にもくいこんでいたが、私は、それを補修する工夫のほうはみなかった。

気をとりなおして、私は別の紙包みをあけてみた。指弾され迫害される以前に、みずからをアウト・オブ・ローの存在とした、富田の遺稿である。荻野のように故郷に、屍を埋める墓場があったかどうか、私は知らない。おそらく、この遺稿によっても、それはわからないだろう。

「法律家の最大の任務は、可及的すみやかにすべての法をしてその効力を失わせしめ、さらにその法をして死滅せしめるにある。一切の強権、一切の束縛、力による強奪の所産である私有財産、および私有財産を維持し合法化する、家族より諸ギルド、トラスト、コンツェルン、国家にいたる一切の強制組織とその法を破壊し、破棄せねばならない。」と富田は書きはじめていた。

「従来、法は三つの観点より、その成立の合理必然性が説かれてきた。

一つは、原始社会における私闘と血債を、人間は、その上級組織の確立ないしは想定によって監査し調停し判定しようと努力したのであり、法はその努力の結晶であると説く。もし、個々の私闘当事者より上位に位置する権力が存在しないならば、かつ、当事者相互に対してある行為が罪であることを教える偶像が存在しなかったならば、たとえば犯された一つの殺人は、永劫に続く報復の連鎖によって、地上を血にまみれさせつづけたであろう、と。

だが、果して真にそうであろうか。

今かりにここに、一匹の乏しい獲物を前にして、狩猟社会における二つの集落の代表者が、互いに毒槍と棍棒をふりあげて向いあい、睨みあっているとする。そのとき、一人は自己の生存のために相手を殺さねばならず、殺された側の部族や血族は、その応報を力によりてなすであろうことが、人間性の必然であるか。さらに、それを和解せしめるためには、より強力な部族が、力をもって仲裁し、あるいは法なる呪術をもって双方をおびえさせねばならないか。果してそうか？

あきらかにそれは誤っている。なるほど、そこに一匹の獲物しかない限り、その争奪のために、人は争い、はては互いの肉を食い、骨をもかしぐにいたるであろう。それを阻止することは、たとえ強権を賦与された法が存在するにしても、できはしない。だが、解決の道はあり、人類は部分的ながら、その道に気づくことによって、手長猿と、そしてゴリラやチンパンジーと糸を分って以来、何千万年かのあいだ人間として生存し続けてきたのだ。ではその方法とは何か？ それは自然に茂り、自然に萎えるにまかせてきた植物を、みずから種まき、水を灌いで育てる智慧である。闘争を解決するものは、法ではなくて生産であり、統制する奸智ではなく、創造する科学である。ここに、かつての荒野を一面にいろどる豊かな稔りがあって、なにゆえに人は一粒の穀物をめぐって争う必要があろうか。飼いならされた家畜の群れがここにあって、なにゆえに、人は弓と槍をもって、食事のたびごとに、荒野をかけずりまわる必要があろうか。必要なものは、ただ慈悲心だけであり、闘争心ではない。礼譲と自己の自発的抑制であって、法や規範ではないのだ。

いま一つには、法と強制の必要を人々は次のように説いた。無限の、法則なき欲望をあたえられた個々人は、常に何らかの形で抑圧されぬ限り、共同の利益と福祉を乱すであろうと。際限なき欲望と、限りある全体と。秩序は全体の意志から生れ、位階制はその秩序のある全体の意志経験的、合理的な配分であり、欲望に比して乏しき愛と相扶の欠如を、規則が補うのだと。だが、果してそうか。

乏しき獲物を前にしたときの幻影を、なぜに人は人間の本性とみとめたがるか。胃袋に限りあり、性欲にもおのずから限りある人間の物質的欲望を、なぜ人は無限であると認めるのか。無限である抽象的次元における追求精神、構築欲は、共同体を物的に美的にゆたかにこそすれ、決して全体の意志を破壊することはないであろうに。ありうべきは、各人が最大限に個性的であることによって、全幅の荘厳を顕現する曼陀羅絵図であり、大合唱、大交響曲であろうに、なにゆえに権力と支配の位階をこの世界にもちこむのであるか。各人が各人の笛をふき、それらの音響は遥か彼方において交わり、一つの諧調となって完成するであろうに、なにゆえにそれを統制する必要があろうか。崇高なるは、芸術であって政治ではない。社会はたまたまあらわれる特異な音曲の奏で手を、その特異さゆえに断罪する権限はもたない。その特異なる者の活動の場を、与えてやる義務をおうだけなのだ。

さらに今ひとつ、明言するにせよ、しないにせよ、法を支え、統治を是認せしめた根源的偏見が存在する。それは、大衆は統治せねばならない動物であり、人は善に向って強制されないとき、かならず悪を犯すという根拠なき命題である。みずからを完膚なきまでに侮辱するこの暗黙の命題によって、人は人の主人となり、人は人の奴隷となった。働かざる者が働く者を支配し虐待し、手段の所有者が実質を強奪した。金輪際生産することなく、ただ破壊するのみなる武器と武人が、なおその間隙に寄生する。そして、すべての法はそれらの特権の粉飾にすぎず、すべて名誉は世襲される特権の外皮にすぎなかった。

たとえ人の智慧に賢愚の差あり、人の性に男女の別あり、人の肉体に強弱あるとも、統治と被統治の別、階級の別を生みだすべき天稟の別はありえない。蟻に女王と雄蟻と働き蟻あるも、それは、一つの蟻塚に住む何千匹かが、一つの生体であるにすぎず、脳をそなえ生殖器をそなえ手足をもつ人間の一人を超える組織体ではないのだ。蟻においてすら一つの蟻塚が他の蟻塚を征服することはない。ここに一人の人間あらば、それは絶対の価値可能体であり、何人に征服されてもならず、何人に侍従してもならず、いかなる手段と目されてもならぬ。悪しきは、教育と能力をためす機会を奪う特権私有の制度であり、大衆が生来おろかなのではない。万人に自発性がないのではなく、万人に誤れる目標をおしつける権力がその能力をつみとり汚しているのだ。

権力を滅ぼし、特権を滅ぼし、私有制を破棄し、世襲制を破棄し、公法を死滅せしめ、私法をも死滅せしめよ。可及的すみやかにすべての法文、人類の恥辱を忘れ去れ。当分、人を殺す者は殺される式の、窮極的〈法三章〉が残るだろう。しかし、それはやがて、『人を殺せる者は、彼の人間としての誇りにおいて自殺することを許される』にあらためられ、やがて、その賓辞たる『人は自殺することを許される』だけが残り、そして遂にそれも消滅するだろう。もし万一にも、すべての法の破棄の後に、人と人が相い食み、あい姦淫し、あい欺きあうならば、人類の全歴史は一片の反故にもおとり、人類はこの地上に生存するに値しない。もし人の本性がかかるものであるならば、私は人類の一員としてこの世界に生れきたったことを、宇宙に対して愧じる。虱に対し、石ころに対しても、それを愧じる。

人よ。いまこそ目醒めよ。恥辱のうちに生きんよりは、むしろ死を——選べ——。」

黄化した原稿紙のあいだから、枯葉のように一枚の葉書がおちた。一見、意味のくみとりがたい漢文調の文章があり、さしだし人は富田、場所は警察病院だった。

古人云う、志意修まれば則ち富貴に驕り、道義重ければ則ち王公を軽んず、と。——冠を棄てて招隠せんと欲するも、何ぞ忍びんや猛虎、農婦をして野に哭せしめ、死石をして夜にもの言わせしむるを。——嗚呼、我れ段干木たる能わず、凝霜は空しく糞土を覆う。接輿となりて高歌すれども、鳳よ、聴く人ありや否や。ついに悲しむ、首を柵上に懸けて都城に荊杞を見るをえざらんことを。

宛先は荻野宅。日付けと消印は——。

富田にとくに漢学の素養があったとは思えないが、和歌や漢詩ならば、家族への通信の末尾に添え書きするのを許した官憲の、目をのがれんがために智慧をしぼったのだろう。もっとも、私自身も、ときに商鞅・韓非の書を必要に迫られてひもといたことはあり、幼時、また祖父に素読を授ったとはいえ、特別な知識があるわけではない。とりわけ、固有名詞をやたらに忘れる、老化の忍びよる頭には、段干木や接輿は一種の暗号のようなものだった。どこかで聞いたことのある名前だな。石がものを言うというのは、どういう典故をふまえるのだったろうか。

たしか段干木というのは、古い、隠遁者の名前であり、接輿というのは——それも同じく中国の先秦時代、どこかの国の政治の混乱期に、髪をふりみだし佯り狂った人物ではなかったろうか。

視力弱った私の目にはさだかでない日付けを読みとろうとして、私はぎくっとした。正確な日付けはいつであるにせよ、文中に凝霜の二字がある以上は、季節は秋たけなわであり、葉書は警察病院からだされている。一度だけ私が富田を見舞ったのは、彼が刑務所内で発病し、身柄を病院の精神病棟に移されたのちだった。そのとき、彼は鉄格子ごしに覗きこむ私に気づきもせず、自分のたれた糞尿の中にまみれながら、その糞の一片をつまみあげ、それをぺろぺろとなめていた。垢は部厚い層をなして鮫肌となり、蠅が瞼にとまっても目は空しく見ひらかれたままだった。それは完全に常軌を逸した狂気の姿だった。しかるに、彼はその同じ秋——。

あれは佯りだったのか？

一瞬、眼前に火花が散り、そして無数の銀蠅が飛びかうのをみた。

あの汚濁にまみれた姿もまた、法網をのがれんがための、佯りだったのか。

## 第二三章

「米山さんがいらしてる。叔母さんと一緒に。」玄関に待っていたように出迎えた典子が言った。その膨れあがった腹にもたれるように立雄が立って、物珍しげに私を見た。小学校の二年生、妹典代の末っ児である。戸を開ける以前、洩れでていた線香の香りですでに誰か過去をしのぶ客人のあったことは予感していた。

「そうか。」と私は言った。「茶菓子でも買ってくるといい。電話でとりよせてもいい。」

小さな甥は、私に頭をおさえられると、何か嬉しそうにばたばたと奥の間へ駆けて行った。常どおり嗽いをし、手を洗って、しかし着物には着替えず、私は線香の匂う居間のほうへいった。仏壇を三角形の頂点に、他の二角に位置するように、典代と米山みきは、互いに斜めに対し合っていた。素早く座蒲団をはずして、米山みきはふかぶかと私のほうに頭をさげた。

「その後、お元気かな。」

典代のほうが私を見上げて、首を横にふった。直接日の射しこまない居間は、雲母の屛風にしきられたような薄暗さだった。日ごろにも増して、空気の淀むのを感じたのは、しかし、私の疲労のせいではない。

「もうお訪ねすることもあるまいと思っておりましたけれども、今日、奥様の御位牌をおがませていただきました。」

過去帳に名前のしるされてあるのは事実だったが、正確には仏葬をしたのではない妻の位牌がそこにあるわけではなかった。だが、米山みきの声は意外に落着いていた。家庭裁判所の円卓を距てて口論し合ったときの、あの鋭さも憎悪の影もなく、漂白されたような姿が胸にしみて憐れだった。人は短いその人生の中で、何度かの輪廻、回帰をするもののようだ。その印象は、はじめて応接室で自己紹介したときの感じに帰っていた。あの、まだ何事も知りあわない、赤の他人の対面に。

「米山さんは、この家に櫛をお忘れになったんですって。それをとりにいらしたの。」

「櫛？」

「じつはさっきから一時間ほど、お部屋を探されたんだけれど出てこないの。兄さん、見覚えはないかしら。」

頭を伏せた米山みきの髪には、たしかにかつて、そのもとどりを飾っていた鼈甲はなかった。私に語りかける典代の表情には、米山みきに対してでも、私に対するものでもない、より一般的な憐愍の色があった。菓子を注文する典子の声、何も知らず、はしゃぐ立雄の声が滑稽な違和感をともなって部屋に響いた。

若者どうしの争いなら、何かを忘れたなどというのは口実にすぎず、その作られた機会が和解のきっかけにもなるのだろうが、四十を過ぎた女の場合には、痛ましい物への我執だけが露骨にあらわれる。私の場合は、法的に離婚ではないが、おそらく世の離婚者のもっとも味気ない瞬間は、共同財産を分配する物品のよりわけのときだろう。典代の真剣な表情も、米山みきの申しいでが、なんらかの口実などではないことを示していた。

「あなたがもと居た部屋だけでなく、家の中を心すむまで探されるといい。あるいは、何かにまぎれこんでいるかもしれない。」

「有難うございます。」

「どなたの形身ですの?」典代が言った。私の帰宅以前にも、おそらく同じ質問はすでになされていたにちがいなかった。

「それは米山さん個人のことだ。」と私は言った。

いったん結びつき、その後に靭帯の切れた関係は、純粋な他人にももどれぬ故にいっそう遠く疎ましい。微笑や思いやりが、ゆきずりの人に対してもつ、無償性や、その無償性から生れる満足も感謝もない。単純な微笑も、過去の共犯関係の恥につまずき、汚れた意義づけにおのずから毒される。

「何か他にも話があるならば、典代に言っておいて欲しい。あとで聞きましょう。」

私は書斎に上って行った。独りであることの平静さ、心をかき乱す人間の視線のない世界へ。書物はただじっと、こちらの呼び掛けを待っている。どんなに無視されても、じっと帙に身をうずめて、〈精神〉は耐えている。だが、胸は苦痛に歪んで、机の前に坐っても、何をする気にもなれなかった。そして逆に、書架の一部に並んでいる私自身の著述の背文字を見たとき、多くの〈精神〉たちのようにただ待っているだけではすまされぬ心のうずきに慄いた。しかも、私は、過去において到達した自己の地点からすら、ずるずると後退しかけている。

もうこれが自分の能力の限界であり、肉体も神経もこれ以上の忍苦には耐えられない、ああもう嫌だと思う瞬間を耐えるのが、学問というものだ。いままで、私はそう考え、息子にも言ってきた。随筆の中にも、そうした学問の主体的意味を説いたことがある。書物の中に定着され、無駄をはぶき汗の匂いを消して合理的方法によって体系づけられた記述がたしかに学問の客観的な徽章である。その意味では、私はもうじゅうぶん仕事をしてきたし、かりにいま病いに倒れたとしても、その論理は私の肉の腐化を超えて存在しつづけるだろう。しかし、学を産み出す生き身の人間の側における主体的な意味は、すでに開拓した平野や、暗記された公式や原理にあるのではない。過去の己れの業績の中にすらあるものではない。絶え間なき精進と忍苦の中にしかないのだ。

運動不足が習い性となった虚弱な肉体を憐れむように、風呂からあがったばかりの薄い胸をぱたぱたと打ちながら、いままでも幾度か、学ぶことを放棄しようとしたことはあった。すでに獲得された学者という身分そのものは、要領さえよければ、その本質の放擲のうえにもじゅうぶん成立するのだから。学を絶てば憂いなしという老子の箴言を、生唾をのむように噛みしめたことも一度や二度のことではなかった。法と正義、刑罰と指導、現にある律法とあるべき理念との解きあかせぬ結び目にこだわって生命をすりへらす。論文を一つ書くごとに、胃病は悪化し、神経衰弱は昂じ、頬の肉はこけた。しかも、その労作、その誠実には、まったく現世的報酬はない。総体としての人類の進歩を信じ、人類の認識の歩みに一石を加えたのだという、まったく抽象的な満足を無理に自分に押しつけて、また次の仕事への勇気をかきたてているのだ。それはほとんど、死後の審判、来世の安楽、あてにならぬ永遠の幻影にあざむかれて、貧困と屈辱に耐える信仰者の運命にすら似ている。直接、自分の生活が豊かになるわけでもなく、「よくおやりになりました。」と誰が賞讃してくれるわけでもなかった。前に恩師が頑張っていた当座は、息苦しい気持もあったけれども、師の賞讃に酬われたような気がすることもあった。だがその地位もほとんど登りつくしたいま、私に返ってくるのは、ただ嫉妬と羨望だけだった。自惚れではなく、私は数年前から斯界の最先端に立った。そして、酬われるのを望むことから、賞讃を他に与える側に移らねばならなかった。だが、天下の英才を養うことに、何故か私は喜びをあまり感じなかった。間断なく気を遣い、頭に霜をかぶって、しかも私は独りだった。楽しみは、酒を飲み、ラジオを聞くともなく聞きながら困難な思弁から解放されて、つくねんとするひとときだけだった。背をかがめ、なめるように盃を重ねる。儚(はか)ない、愚かしい妄念が飛びかい、その酔ったひとときの気安さで、どんな愚かしい想念も、みずから許してやれるその一時の安楽だけだった。こうして死んでゆくのかという寂寞感が波のようにうねる。だが、この事件が表面化するまで、一時の疑惑は疑惑として別に処理することができていた。性が、人間にとってまぬがれぬ本能であっても、四六時中、それにかかずらっているのではないように、疑惑や疲労も、次の日の精進を障げるほどの作用力はもっていなかった。すくなくとも紳士は、そうした内外を区別する分別をもっていなくてはならない。助手にむかって、もう君たちの時代だよ、と呟いたとしても、私の書斎の時間の充実は、まだまだ若造どもの及ぶところではなかったのだ。だが、それも——。

階段をあがってくる人の足音がし、つづいて障子の桟がノックされた。ノックの音はまぎれもなく米山みきのものだった。最初は一度静かに、しばらくの間隔をおいてこんどはいくらか強く二度ノックされる。関係が崩れ、年をとっても、その癖は同じだった。自分の著書の背とむかいあっていた私は、ソファーに身を落してから返事をした。もう何を言いあっても無駄なのだ。これ以上、まだ私の何をせめようというのだろう。米山みきのあずかり知らぬ専門分野で、私はすでに罪のむくいを受けつつある。私の犯した行為に比してあまりに重い反動の波に、私はもう首まで漬りかけている。裁判が開かれぬ以前に、すでに被害者は私のほうになりつつある。中年女の馬鹿気た愛の想念のために、私の仕事は破綻し、私はその職業をすら失いかけているのだ。

「なにか話があるのかね。」

障子がはずれそうに軋んで、米山みきが腰を低めて入って来た。

「なにか用かね。」と私は繰り返した。

「他のお部屋は皆探させていただきましたけれど。」

さい。」

「お留守のときに入ってはならないと思ってお待ちしておりました。この部屋を探させてくだ

「それで。」

かっと血が私の頭に昇った。夢遊病者のように、米山みきは私の承認を待たず、私の坐っているソファーのほうへ近づいてきた。この部屋に、君の櫛が、それがどんなに大事なものかは知らないが、女の櫛が落ちていたりするはずがない。「さがれ。無礼者。」と私は叫ぼうとした。だが、緊張を失って、毛穴のすべてが拡大してしまったようなむくんだ女の顔が私を沈黙させた。

むかし、祖父から漢文の素読を受けていたころ、なんという書物であったか、戦国時代のある国の王が接戦につぐ敗戦のきわに、脱げおちた履を命を賭して拾いにもどったという話があった。君側の下臣が諫めて言う。君主の命と一束の履とをとりかえられるつもりかと。主君は言う。戦におもむく時に私はあの履をはいて出た。いま敗北して帰るときも、またあの履をはいて逃れたい。あるいは、記憶はちがっているかもしれない。何かそうした記憶が私の脳裡によみがえったのだ。いや、その逸話の次に、野原に一人の婦人が慟哭するのを見て、孔子がどうしたのかと問うエピソードがあった。薪を刈っていて簪を落し、探しても探してもそれが見つからないのだ。しかし、簪一本、それほどまでに悲しむ必要はあるまいと聖人は言う。農婦は答える。簪を亡いしを傷むには非ず、吾が悲しむ所以のものは、故を忘れえざればなりと。——いやそれも真実ではない。私の口をつぐましめたものは、わが身にかかわらぬ教養の断片ではなかった。私は、米山みきが思いつめて近よってくる表情を見て、彼女がこのあたりに櫛

が落ちているかもしれぬと思いこんでいる、その理由を理解したからだった。この書斎に、彼女の櫛がおちている可能性はたしかにあったのだ。階下の廊下をかける幼い甥の足音がし、娘の身重な足音が階段にかかる音を聞き、私は身の置きどころのない羞恥にかられて声をあげた。

「この部屋はわたしが探しておこう。この部屋をいまがたがたさせないでほしい。」

ソファーの背後に身をかがめていた米山みきは鈍い反応を示して立ちあがった。

「出てきたらかならずとどけよう。」

米山みきは髪に手をあてて、崩れた微笑をもらした。瞳には憎悪の影はなかったが、なぜか、そのとき、彼女の体臭が強くにおった。生理の調節器官が狂ってでもいるように、彼女の通ったあとには、貧乏臭い不潔そうな女の体臭が残された。

階段を、盆を捧げてあがってくる娘の上から、おっかぶさるように私はおりていった。

「下の応接室のほうがいい。そっちへ運んでおいてくれ。」

「叔母さんが、二階へもってゆけと言うのよ。」

「重い体で、階段をあがりおりせんでいい。」

顔を見られるのを避けて私はひとりさきに応接室へ入った。自分の家が、まるで他人の所有のようだった。いらいらと新聞をとりあげた私は、あの昔話の農婦のように、しかし、問う人もなく、ひとり、私の書斎で啜り泣く女の泣声を聞いた。

予期しない米山みきの来訪が残した感情の沸鼎から立ちなおるいとまもなく、学校から電話がかかってきた。園部学長からだった。帰宅すればまっさきになすべきであったことを、私は怠ったことになったのだ。その自責が受話器にむかう私の態度を萎縮させたようだった。

「先刻、帰宅しまして、こちらからお電話しようと思っていたところでした。」と私はまず弁解した。

「君の提出してくだすった進退伺いはたしかに受けとりました。」実験医学者であるよりは、すでに政治家としての特性を身につけた学長の声は如才なくもの柔らかだった。

「ご友人の弔問にまわられるとかで、出張が二、三日延びるということは事務室から連絡をうけておりましたがね。しかし、君の留守中、学校はなかなか大変だったんですぞ。」

「すぐそちらへうかがえるとよろしいんですが。」

「まだ何か御用件がおありかな。」

「ああ、本日午後、衆議院の警職法特別委員会で所見を述べることになっておりまして。」

「お互い、あいかわらず慢性多忙症というところですかな。はは、……それはそれとして、あなたの、公然侮辱罪による学生の告発は、いまもなお、お取りさげになるおつもりはないのだろうか。もちろん、法的にはじゅうぶん根拠のあることとは聞いている。しかし、学校全体の見地からすれば恥を外部に流す不祥事にはちがいないし、それをジャーナリズムの表面から伏せるだけでもたいへんな苦労だった。その点は園部の功績として認めていただいていいと思うのだな。わたしのその功に免じて、事をこれ以上に荒だてることは思いとどまってくださらんか。自治会に対して火に油を注ぐ結果になるだけでなく、昨日聞いたことだが、法学部教授会内部にも、君がどうしても事を法廷にもちこむなら、自分たちが学生側の特別弁護人役をかってでてもよいと、二、三の教授方が言いだされたということだ。主義主張のうえから、どうしても対立せねばならぬ大問題ならともかく、些細なことで、教授と学生、さらには同僚どうしが法廷で争いあうということは、わたしとしても許しがたいことになると思うのだがね。」

口調はもの柔らかだが、内容は断固たる学長職権による停止命令だった。

「誰ですか、その学生を弁護しようという教授は？」

廊下の下隅、廊下が縁側へひらけるその戸袋のところに甥の立雄が立って物珍しげに私を見ていた。私は小黒板のほうに体のむきを変えた。わざわざたずねてみるまでもなく、私を窮地に追いこもうとする教授の顔ははっきりと浮んでいたのだ。時流に従ってその意匠をかえるカメレオンたち。自己に力はなく、反感に満ちて権威をなしくずしに崩そうとする、語のまったき意味における〈反動〉たち。弱者に味方し、同情をおしつけ、賞讃をかすめとり、漁夫の利をねらう賤民たち。その反感、そのフラストレーションを、みずから行動にあらわす勇気すらなく、機に応じてただ、生温い一般性のうえに価値改竄をする賤民たちではないのか、彼らは。梃子と支点があれば宇宙をすら動かしてみせる学者の良心も峻烈さもなく、ただ君たちはじっと機会を待っている。禍いが発生し、世が昏迷し、世人が方途を見失い、世人が一人でも多く仲間を欲しがるのを待っている。君たちは他人の危機が好きだ。それが自分に火の粉のふりかからぬ他岸の火事であるかぎりにおいて。君たちは要するに寄生虫であり、君たちの腹癒せの哲学は、ついには、君たちの頼りとする民衆からすらも支持されなくなるであろうということに、まだ気づかないのか。

「君の頑固ぶりは困ったものだ。まったく頑固で困りますぞ、君は。」

「公聴会からの帰りに、そちらに寄りましょう。電話では……。」

「いや、二、三日うちにわたしのほうから一度たずねようと思っていた。電話したのもそのためだ。ここしばらく、君は健康上の理由かなにかで休暇をとられるがいい。学生自治会の昂奮がおさまるまで、そうしてくださらんか。学校のほうのことは私にまかせてもらいたい。」

「学長がそうおっしゃるなら、しばらく風邪でもひきましょう。しかし、部長としての職務は放棄できません。たとえ、登校すればふたたび一部の無謀な学生の侮辱をうけることになりましても、わたしの職責ははたさねばなりませぬ。」

「ともかく、ここ二、三日、あらゆる手をつくして鎮静につとめ、ともかく噴出をくいとめて休火の状態にしたところだ。ふたたびそれを刺戟されるのは困る。学長命令として、君にしばらく休養を命じたい。わたしは臨床家ではないが医学者でもある。二、三日うちに行くから在宅していてもらいたい。」

「謹慎ですか。」

「そういうわけじゃない。しかし進退伺いもいちおう受け取っていることだし、それに対する決定をくだすまで、休んでいてもらいたい。」

私は学長が、事件の新聞沙汰になるのを防いでくれたことに対する謝礼をのべる機会を失ったままだった。かかってきた最初のことばのもの柔らかさに似ず、最後には挨拶もなく、ぽつりと電話は切れた。

公聴会は国会議事堂、警職法特別審議委員会室で開かれた。与党がわから招聘された学者二人、京都大学の法学部教授および私。革新党系より、元新潟地方裁判所判事、現在は青年法律家協会に属する弁護士、および九州大学法学部教授が依嘱されていた。正面中央の議長席のそばに、おびただしいマイクロフォンの並べられた講壇がすえられ、法務大臣、国務大臣兼国家公安委員長をはじめ政府がわ役員および警察庁長官、警視総監が並び、四人の講師はその前座に位置した。各党審議委員および公聴人は四十数人。椅子には相当の間隔があるのだが、人を押しのけてでも生きてゆきそうな精悍な議員たちがいならぶと、委員会室はすしづめの感じだった。議長の挨拶ののち、与党側講師京都大学法学部教授矢乃部氏が立ち、この改正案が国家公安委員会で二年も以前から準備検討されていたにもかかわらず、その過程が秘匿されてきたこと、およびこの臨時国会において、与党側議員にすらその内容が事前に知らされることなく唐突に上程された手続きの非民主性を上品に非難したのち、しかしながら、技術的には、あていど現在の警職法は改正されてしかるべき部分をもつと意見をのべた。最近の暴力団、右翼団体、非行青少年、および一部破壊主義的学生団体の暴力犯、集団的な暴力的違法行為には目にあまるものがあり、それらの犯罪が、予知される場合もなお手をこまねいて傍観せねばならぬ現行警職法は、保護さるべき正当な市民権を合法的に保護しない側面をもつと。野党側議員の散発的なやじにさらされながら、つづけて、彼は、いっさいの問題解決を集団的圧力に頼ろうとする悪しき政治主義をなじり、また、そうした傾向の酵醸に一役かっている国会審議の問答無用をなじり、さらに、警察官が独自の判断でとった処置に関して、事後報告を義務づける条項の付加を要請し、また巷間に噂されるその法案の過失、故意による悪用から、良識ある市民をより強く保護するべき人権擁護委員会の権威拡大を訴えた。

つぎに立った九州大学教授土方氏は、まっこうから、警職法改正を計る企図の不当をなじり、とくにその第六条の「公共の安全と秩序が著しく乱される虞ある場合」という抽象的条文の悪用は、治安維持法、治安警察法、行政執行法等、旧体制における悪法以上の、集会、結社、言論の自由に対する弾圧をうむ可能性についてのべた。

「おもうに、警察権のあり方いかんこそが、民主主義の運命を左右する。民主主義社会においては、国家機関はその組織が公開され、その組織員の職務規定と権限が厳密な制限のもとに国民の前にあきらかでなければならない。国家機関がもしそれを遵守しなければ、国民は、国家行為の効力を否認し、対等の立場に立って、法規上の救済を求めうるものでなければならない。しかるに、この警察官職務執行法改正案にみられる、警察官の、警告、制止、捜査、逮捕などに関する権限拡大は、国家機関の側にのみ、自由なる予断、つまりは公示されない意図の介在をゆるし、国民の一人一人をして、国家の不当な権力行使を糾弾すべき基準を曖昧化しようとするものであることはあきらかである……。」

書物を前においてする厳格な実証性はなく、双方ともにむしろ常識的な論議であったが、議員たちの質問に入る以前に、同じ国立大学の法学部教授が示す、論議の対極的な相違を聞きながら、私は、はじめ私の頭を占領していた一身上の暗雲や、なれない会合の緊張も忘れ、ぼんやりと窓外に遠くそびえるテレビ塔の輝きをみていた。あの、テレビ塔も、必要の生みだす美であり、必要が去れば、その力学的構造はどうあれ、撤去され見棄てられるであろうと。学問の自由、研究の政治的中立——と私は呟いてみた。それは、ここにいる講師たち、そしてそれに賛同し、あるいは反対する議員たちが一つの〈恐怖〉を克服しえたときにのみ可能になるであろうと。恐怖？　良心の確立ではなく恐怖からの解放——そうである。この精神の石棺である肉体に対する執着を絶ち、生きても死んでもどうでもいいようになったとき、すなわち政治がふりかざす死の恐怖から厭脱しえたときに、はじめて普遍的真理なるものが、この地上に登場するであろうと。居丈高に罵るものの背後にはかならず、自己が暗闇のうちで何者かに不意に抹殺されそうな恐れがあり、微笑して口ごもる者の精神にはかならず、形の上ではあらわれぬ権力への屈従がある。死を恐れる肉体、闇におののく肉体、そしてそれに屈服する精神の証言は、その本質においてすべて場当りな言いのがれにすぎないのだ。

私は一瞬神経的なはき気をもよおし、不意に浮んだ感想をうち消そうと努力した。——お前はなぜそんなふうに考えるのか。お前は以前には、学問の自律・独立は相当ていどに可能であると考えていたのではなかったか。そう、事実、私は教壇の上からそれを学生に説き、また「私の信条」と題して文章にまとめたこともあった。つたない比喩ながら、そのとき、私は学問をみずから回転する羅針盤にたとえたものだ。激しくピッチングし、あるいはローリングする船体の震動にもかかわらず、みずからが回転し、結論に対する思惑を排除して回転しつづけるかぎり、その地盤にはほとんど影響されぬ認識を示すことが可能であると。客観性はひたすら自己に鞭打つ論理の迫力にかかっている。たとえば天文学が宇宙の学であるゆえに政治に左右されず、政治が人間の学であるゆえに自律性に乏しいのではない。天文学は、対象が遠いゆえに、ひたすら観察の器具をとぎすまし、遂に感覚に頼りえざる部分は、論理にのみ依拠するまさにそのことによって、現実的汚濁をまぬがれるのであり、政治学は対象のみじかさのゆえにかえって遠望し透視することの必要を忘れ、観察器具の誤差計算を怠り、曖昧さを希望で埋めようとするために、学から処世術へと転落するのであると。

だがかつてどう考えたにせよ、ことは観測手段やその誤差の問題ではなく、本当は、いっさいの学もそこに還元される存在論の問題なのだ。人間の存在、われありの確認の仕方と、その存在が、死ぬべくあり、しかも自己の終焉を恐怖するべく本能づけられているという人間存在の問題の枠内にあるのだ。この治安対策特別委員会に、死の影を幻影せしめる何かがあったわけではない。逆に目に映るかぎり、そこにいるのは脂ぎって、額に脂汗すら浮べている議員たちであり、人を裏切っても裏切られることはないだろう強者たちだった。経済的な権力者、組織的な英雄たちだった。議員に比較すれば一様に痩身であるとはいえ、講師たちにも、一般の学者の水準をこえる戦闘的資質、ある頑強さがそなわっているのが感じられる。そこはむしろ、生の氾濫であり、活力の蒸風呂だった。刺客が潜んでいるわけでもなければ、また腕力をふるって誰かが襲いかかってくる危険があるわけでもなかった。にもかかわらず、所信を公表すべき順番がまわってきたときにも、私はその会堂ぜんたいに君臨する死の鳥の影と、その影に指を嚙んでおびえる人々の影絵を二重うつしに見ていた。私は珍しくしどろもどろになりそうだった。

「わたしは国民の名をかりることはいたしません。責任非在的なわれわれという人称をももちいません。学問的な参考意見を述べることを求められた正木典膳個人として、このたびの警察官職務執行法改正案に関する意見をのべるでありましょう。」と私は言った。「最初に申すべきことは、私の刑法学上の立場は、保護刑説一般に対しては反対であり、したがって残念ながら、このたびの警職法改正の理念には賛同いたしかねるということであります。」

保守党系議員たちの頭が一様に揺れ動いたようだった。扉が開き、誰かが入ってきたためか、私の発言が予想を裏切ったためであるかはわからない。

「その説明にはいささか原理問題に立ちかえる必要があります。わたくしが築きあげました現象学的法学の理論体系——とくに刑法の理念を、しいて一つの標語に集約すれば、それは単純な観念、〈すべての犯罪は確信犯である〉という一語につきます。知らずして犯す近代的原罪などというものは存しない。殺意なき殺人などというものは、人間の意識の科学からしてありえない。人間は機械として許されるよりも、人間として罰せられることを選ぶべきである。近代の犯罪学は、心理学や遺伝学、脳髄医学や社会環境への考慮等々、さまざまの科学、非科学の上に成立しましたが、わたくしの考えによればひとつのもっとも重大な基礎学をすどおりしました。それは人間の意識の学であります。人間は通常自己をしばっているもろもろの、道徳や社会倫理、習慣等々を、あたかも、内在的な種子として各自がもちうるもののごとく錯覚している。しかし、本来的な人間の意識構造においては、道徳も倫理も、ただしばしば、彼がその意味表象をおもい浮べるという量的反覆性とその適切さのみにかかっている。道徳も絶望も反抗すらも、それは初元においてはひとつの対象であるにすぎない。絶望を内にもつなどということは不可能であり、反抗的人格などというものも存しない。ひとつの道義が彼の道義となり、他の命令が彼の道義とならぬ理由は、ある行為、意志、情緒、行動の結果の反省時において、彼が採用する意義づけの仕方にあり、その仕方そのものは、彼が志向所与としてかつて対峙したことのある観念の幅に制約される。彼が荒野にただ一人すむとき、したがってなんらの観念をも意識所与となしえないとき、彼にとっては、快不快の感覚が道義である。これに反して、ある観念形態が一般化している社会での習慣的道義意識は、各人の意義づけの仕方それじたいに対する長い強制、教化、薫陶によって、ある程度の個人差をふくみつつも、一定の秩序を形成します。しかし、保ちえている秩序は、それに対応して仮想される本質を人が内にそなえているからではなく、直接間接に、その社会の価値体系にそって一定の観念を表象し、またそれに適した意義づけの仕方を、すばやくとりうるということにすぎない。ヘーゲルが、法は第二の自然であると言うとき、自然もまた、われわれがそれに対して態度を決定すべき対象としてそこにあるものと解されるかぎりにおいて正しい。ただ法は、より普遍化され抽象化されているゆえに、命題のかたちでしか意識所与とはなりえない点が違うだけである。自然の法則を知らずして山に登るものは自然に罰せられるように、法は人に意識されていなくとも、客観的な強制力をもつ。知らないほうが悪いのである。法がそうであるゆえに、ある種の犯罪に関して、法を知らなかったからと弁明することができないゆえに、その犯罪が無意識的に犯されたものとして弁明され救済されることがある。これは背理であり、近代刑法学の汚点であるといわねばなりません。ところで、立場を法の使徒、法の執行者の側におけば、無意識的に犯されようとする行為を予知することなど論理的に不可能であり、また、意識的な犯罪を、その可能性の予測によって検束しうるとすれば、すべての人間を検束しうるという結論にただちに到達することになるはずである。なぜなら、道義や合理がひとつの意識所与であるにすぎないと同様に、いっさいの悪も、万人に開かれてある可能的意識所与であるからであります。刑法は現に犯された行為に対してのみ厳罰をもってのぞめば充分であり、警職法は、自然および自然的災害に対する予防規定と、自然物化した人間の収容、および巡回の範囲規定をもつだけで充分である。たとえば……。」

議員たちは、ことさらに大きなあくびをし、私もまた具体的な改正項目の批判に入る前に情熱を失った。私はやりきれない空しさに捕えられ、不意に旅の疲れをどっと肩に感じ、同時に私の好まぬはずの音楽が高鳴るのを、幻聴した。幻聴は、海岸に立って踵の下の砂を波にうばわれるような幻覚と重なり、そしてこの高座から降りよと私に促した。この死の恐怖におののく者たちの祭壇からおりよと。

# 第二四章

みずから求めたものではない、強制されたぶりょうの中で、私は久しぶりに専門外の書物を手にとってみたりした。最初に埃をはたいて開けてみたのは、古い友人から古い昔に贈られた心理学書だった。贈呈主の名は彼が三十数年いぜん、〈よき時代〉の第一高等学校の同窓生であることを思い出させたが、挿みこみの謹呈カードに年月のしるしはなく、贈られたときの状況は浮びあがってはこなかった。だが、記述された内容には、専門外の気安さも手伝って、久しぶりに私は声をたてて笑った。幼時、母の愛を妹に奪われ、性に目醒めてのちも、その容貌の醜さゆえに愛人に裏切られつづけた少女が、ついに人間の正常な肉体的条件をこえて肥満してしまったという報告例だった。恋に破れてやつれるというのには、あまり科学的根拠がないとみえる。少女はただ食事にのみ阻害された欲求の活路をみ、無意識的な大食と甘味への過度の嗜好が、彼女の肥満をもたらしたものと心理分析は判定している。私自身の慢性の胃腸疾患は、解放されることのない神経緊張の反作用であり、井口医師も、私が机の前にしばりつけられる生活をやめぬかぎりなおりはしないと言ったものだが、心理学的な見地からは、また別な因果が指摘されうるのかもしれない。私は苦笑して、三分の一ばかりを読み、そしてもう二度とひもとくことのないだろう書庫の埃の中に書物を返した。心理学、とりわけ精神分析学というものを私は好まないが、もし私が診断を求めれば、学者は私に何を勧告するであろうか。

私はひとり街にでて、これも随分と久しぶりの映画をみた。二十数年ぶりぐらいではないだろうか。郊外の場末の映画館であったが、かつて私にとって活動写真がいささかの娯楽であった時代とはおよそ様相を異にしていた。画面は素晴しく巨大で、天然色もまた鮮明で華麗だった。物語の非現実性に、最初はにが笑いしていた私は、しかし、しだいにその巨大な画面に魅入られ、そして不覚にも不運な母子の別離の場面で涙をこぼした。抑えようとすると、その努力によってかえって感情は激し、画面が変化し音楽がしずまってのちも、私は小さく区切って息を出すのに苦労した。人々はみな楽しんでいた。私も干渉しあわない暗闇の楽しみの一部を享受して映画館を出た。

夜だった。商店街の電光の交錯の中を、オーバーも着ずに鼻唄をうたい、口笛を吹いて街の青年たちがねってゆく。雑誌を買うために立ちよった書店の主人は、火鉢をわきに常連客の一人と将棋をさしていた。むかいにある寿司屋の主人と思える男が、ねじり鉢巻姿でその将棋盤を覗きこんでいた。玉突場があり麻雀屋があり、どの娯楽場も満員の盛況のようだった。軒下からはみ出し、道路をせばめている自転車や単車の列でそれがわかる。大衆酒場の一軒が私を誘い、私はもう見栄も外聞もなくその誘惑に身をゆだねた。

「お眼鏡のおじいさん、何になさいます?」と女給が言った。自分のことを言われているのだとは、直ぐにはうなずけなかった。

「酒。」と私は言った。

瞬間酒燗器とでも呼ぶのだろうか、銅製のガス器具をとおして注がれた酒は、舌に甘味のねばつくような合成酒だった。貼紙を見廻すと、一級酒も表示されてはいたけれども、ただ酒とだけ言えば合成二級を意味するらしかった。

鼻先を真赤にはらしたざんぎり白髪頭の男が、私に話しかけた。なにかくどくどと孫の自慢をしている。毎日百円ずつ娘から小遣銭をもらうのだというのが印象に残った。大都会の隠居は、居酒屋でその老後をいたわるものなのだろう。つき出しの塩豆を、その男は私のほうにおしてよこした。

「あんたはまだ入れ歯じゃないからな。」

豆にまだたしかにその男の手はつけられていなかった。処置に困って給仕の顔をみあげても、しかし彼女が別段こちらに注意しているわけではなかった。私は曖昧に笑った。酔いは急速にまわり、最後にビールを注文して私は外に出た。私自身、夜道を歩きながらぶつぶつひとりごとしているのをかすかに意識しながら。

茂が北海道から帰ってきたのは、第二回公判のある前々日だった。私は、ほとんど人定尋問だけにおわった第一回公判がそうであったように、誰にもその期日を知らせてはいなかった。傍聴席に誰かに坐られたところで、もっぱら書類提出で訴訟審議の行われる民事の法廷に、特別な恥のあるわけではなかったが、事柄がわたくし一個人にのみかかわることゆえに、誰の援助も誰の干渉をも受けたくはなかった。弁護士をやとわなかったのも、原告側弁護士の並川を、先輩である私が言いまかして楽しもうという気があったからではない。事件の性質からみて、せいぜい十数万円ですむだろう弁護士依頼料をおしんだためでもない。ただ、またしても前後の事情を、あるいは憤りつつあるいは弁解がましく他人に説明することが煩わしかったのだ。

新聞に私のことが報道されてから、はじめて顔を合わす息子であったから、もちろん、私の側に、他の誰にむかいあうより以上の気詰りはあった。世間知らずの若さで難詰されれば、事柄の法的帰結とはかかわりなく、息子にだけは謝罪しなければならないとも思っていた。事実、謝罪すべき理由はたしかにあったのだ。だが、雪焼けしたこの農学修士は、帰ってくるやいなや酒くさい息をあびせかけながら、卓子に足をのせんばかりに応接室の安楽椅子に横たわった。「元気かね。」とたずねた私の問いかけに、茂は、「あなたも元気でよろしいですね。」と悪びれずに答えた。その、あなた、という言い方が雪崩れのように私に覆いかぶさって感じられた。巧みに世間話をする如才なさは、私の想像以上に、この息子が大人であることを示していた。スポーツで鍛えた体は骨格たくましく、黙って対面しておれば私を威圧しただろう。だが、ときおりわざとらしく東北弁を混ぜたりする話しぶりは軽薄で、私はなんとも名状しがたい失望感を味わせられた。いくらか相手も気まずく衒っているのだろうと思い、共にした夕食のあいだは我慢していた私は、しかし、巧みに料理をし巧みに食器を片づけ、食後にはまた酒を飲み出した息子の姿に、遂に怒ってしまわねばならなかった。どうぞ、とさし出した徳利を私は手ではらいおとした。

「お前はいったい、北海道でどういう生活をしとるんだ。いまからそんなに若さのないことで、どうするのか。」

茂は動じなかった。あいかわらずだなと、唇を皮肉にゆがめて、平然とまた盃に酒を注いだ。今度は私にちょこをもたせず、卓上の上に据えてそれに酒をつぐ。

「あなたの言う青年らしさって、いったいどういうことなの？」北海道の冬景色の話も、日々の生活にも触れずに、茂は言った。

「みずみずしい憧憬とか理想とか、そういうものがあるだろう。」自制心によってではなく、失望感と奇妙な悲しみとが私を平静にした。「いずれはつい去るものであっても、消え去るまでの期間には、それが無限の価値であるような若さというものがあるだろう。」

「僕が夢をもってないとどうしてわかるんです。」

顔立ちは似、同じ型の血液が流れていても、遠く距って住んでいた肉親は、もう生活の感情もテンポもまったく違ってしまっていた。

「ただ、僕の理想はかくかくのものでございますって、鼻の下にぶらさげていないだけのことかもしれませんよ。」茂は美味そうに酒を飲んだ。「それに、なにも大理想をもたないからその青年がつまらない人間だとはかぎりませんよ。いやむしろそれは逆なんじゃないかな。はなはだしく野心的な若者は、往々にしてもっとも下劣な奴であることが多いんですよ。誰だってスキーがうまく滑れれば、滑ってる間は結構楽しいんだし、女の子と道を歩けば、その間、擽ったい感じがするでしょう。無理にそれを感じないで、なにか観念的なことを考えているほうが青年らしいというのは可笑しいですよ。憂鬱になったりスランプにおちいったりしたときでもそうでしょう。生理的に抑圧されたり、欲しいものが買えなかったりしたときには、誰だって楽しくはない。だけど、そのとき、世界中が誤ってるとか、社会機構を根本的に変えなきゃ幸福はないなんて考えるのは馬鹿げてる。それよりは、風呂に入ったり、酒を飲んでバーの女給と悪ふざけでもして一夜睡れば、また明日は気分が変りますよ。」

「なんということを言う。」

「それだけでしょう。いけないんですか、それが。なんか、もっと深刻になって髪の毛を掻きむしったり、女の子の股に触りながら神の観念でも思いだして自分をせめよっていうんですか。」

「言葉を慎みなさい。」

「規典の叔父さんにしたってそうだ。滑稽を感ずる神経がないのかな、明治大正の人間には。そりゃね、絶対君主制社会なら、おかしいときも、武士は唇の端をちょっと歪めるだけで、片腹痛いなど言ってるより仕方がないでしょうけれどね。」

「お前は、自分いがいのものごとを考えたことがないのかね。」

「変なことを言ってくれちゃ困るな。こうみえても醱酵学じゃ、日本には二十人といない第一級クラスの専門家ですよ。カビの生態について論議して欲しいのならいつでもしてあげますよ。カビの成長と湿度の関係など知っても仕方がないっていうんなら、そりゃ仕方がない。それが、この世界の人間のいとなみの、ほんの小部分にすぎないことは、ちゃんと心得ております。だから会社の研究所を一歩でれば僕だって普通の男だし、普通の男の楽しみや後悔のあるのは当然でしょう。カビはあまり密生させると自滅するから、人間もそうだとホラを吹けというんですか。違うものは違うんだし、それぞれ個人は個人ですよ。三十近くもなれば、だいたい、自分にできることの限界はわかります。専門の分野でなまけるのは、専門家として、誠実不誠実よりも、自滅することだから、自分が損だし、そんなことはしやしません。しかし、どうにもできないことをくよくよするのは不健康です。数学でも五次元以上の数式は解けないことがわかっている。わかっている以上は、それにいくら誠実をもってであろうと、手を出すのは馬鹿です。」

顔にはでないが、いくらか酔っているのだろう、加速度的に饒舌になってゆく息子の声をききながら、私はふいに、過去の世界におちていった。戦争中、といってもすでにブナ、ガダルカナルは敗退し、アッツ島は玉砕、タラワ、マキン島の日本軍も全滅した終末期だった。当時、私は地方裁判所の検事だったが、発令された学徒戦時動員令、そして学徒徴兵猶予停止令によって、工場に動員され、あるいは出陣してゆく学生を、一日、母校をおとずれて見送ったことがあった。全出陣学徒が神宮外苑に結集する日の朝、母校のグラウンドには、数百人の学生が制服に日章旗の襷をかけて整列し、時計台の下に、学長、部長、各科主任教授、一般教授、配属将校、士官らが対峙し、そして、見送りの列には、事務官や学生、そして出陣する者の父兄や卒業生が加わった。学長の挨拶、陸軍および海軍の将官の挨拶、配属将校の歓迎の訓辞があり、それに答えて、出陣学徒の代表が、威勢のいい、そしてもの悲しげな答辞を、壇上に立って怒号するように叫んだ。雨模様の曇天のもと、出陣学徒の襷の赤と白が夢のように浮きあがり、やがて行進がはじまると、遠まきにして見送る国民服姿の父兄や近在の女学校生徒の振る紙旗が、ひらひらと、その行進に律動をあたえた。教授団は一様に猫背になって痩せ細った手をあげ、校庭を一まわりした隊列は、高く歩調をとって歩んでゆく。足音がわあんわあんと、ユダヤの歌のように虚空にひびき、そして……。

ここ十数年、その見送りの情景などまったく忘れてしまっており、そのとき、出陣していった学徒たちが、現在なにをしているかなど、考えてみたこともなかった。なぜ、息子の顔をみながら、息子にも自分にも直接にかかわらぬ情景が、ふいに記憶によみがえったのだろうか。

「昔、お前はまだ中学生だったが、戦争中、そして戦争が敗戦でおわったとき、どう思ったかね。」

「もう忘れてしまったな。」息子は単純に答えた。感情も会話も永遠に平行線のままだった。

「そういえば、このごろ、またぞろ、あの時代に素材をとったものが流行しはじめてますね。人が自分の一生や半生を反省する場面にはかならず、出征や戦災や敗戦後の混乱がでてくる。ドラマをもりあげるためには、一種の限界状況の設定が好都合だし、それをもちだすんでしょうけどね。怠けた精神ですよ。」

「本当に忘れてしまったのか。」

「そりゃ断片的にはおぼえています。戦争中、動員先の工場で、教師が生徒の弁当を盗み食いしたり、工場の鉄棒の運搬をなまけていて殴られたり、防空壕の中で子供くさい猥談をしたりしたことはおぼえてます。けれど、そんなことを思い出してみてもはじまらないし、とくにそれを意義づけようという気もありませんね。もっとも、軍歌や軍国歌謡は、わりあいはっきりと覚えてますよ。会社の同僚たちと酒をのむと、最初は戦後はやったロシア民謡を唄ってるんですけどね、だんだん酔ってくると、いつの間にか軍歌になってますね。日本には、女性むきの唱歌はたくさんあるんだが、男たちが歌って恥しくない歌がほとんどないんだな。その点、軍歌や軍国歌謡は、ちょっと男性的でちょっと悲愴で、酒にはあうんだな。日本刀と銃剣で、あ千人、万人剪ってやる、ってな、すさまじい歌がある。お父さんはあまり知らんだろうが、あのころ軍歌を唄っていた歌手が、クレイジーな愛の歌など現在うたっているのをきくと、ちょっと変な気がしますね。弾劾すべきかもしれんな、奴らを。しかし、大衆というのは時勢につれて動きますからね。したがって大衆には誤謬というものはない。全体で誤るんだから、どこにも責任はないわけですよ。僕も専門いがいのことでは大衆です。それで結構なんです。ただ、大衆であるから、ひとつだけ智慧はもってます。大衆さまさまと大衆をもてはやしてくれる思想には気を許すまいと思ってます。君たち少国民は国家の宝である、というような調子は臭いんだな。何かかならず下心があるんですよ。」

「そうか、もういい。」と私は言った。

「よかありませんよ。心配してわざわざ北海道から帰ってきたんですからね。」

いかにも酒を巧みに飲んだという顔のほてりようだった。吐く息も、若い肉体から出れば一種の芳香だった。私は息子に対する失望感とともに、圧迫感をも覚えねばならなかった。

「北海道の新聞にも詳しいことはのったかね。」私は目を閉じて言った。

「ええ、読みました。たしかに、米山みきの言動は、客観的には名誉毀損罪を構成すると僕も思います。」

「客観的に？　わざわざなぜ客観的にとことわるのかね。」

「お父さんは、講義や論文や裁判所の検事論告に使うために、自分の言葉を訓練してきたんでしょう。それはそれでいいことかもしれない。しかし、言葉や身ぶりってのは、すくなくとも生活の中では、まず情感の表白であり、欲求伝達のための手段でしょう。情動言語と心理学者が定義している奴ですよ。僕は大衆だから、それが多少わかります。たとえば、女房たちがギャアギャア井戸端で会議している。それを録音テープにとって辻褄をあわせて、皆が誰かをいっせいに非難していた、彼女たちは人格的になっていない、などと言うのは可哀そうなんですよ。なぜなら、その場合は、あーあ、とか、ねえとか、甘えたり歎息したりするのと同じ情動言語だからですよ。井戸端でおかみさんたちは、お互いの存在と親睦さとを、きゃあきゃあ言いあうことによって確かめているだけなんでしょう。たまたま、以前、僕の下宿していたところの婆さんがそうだったから、よく知っている。本気になって聴き正せば、矛盾だらけな、こっちまで腹の立ってくる、くだらぬ誹謗や蔭口をたたいている。しかし、ね、段々とわかってきます。婆さんの欲しているのは、自分は独りぽっちではないという感情的保証なんです。それを認めてやれば、彼女は無類のお人好であり、温いおもいやりのあることがわかる。だから、その人の話は論理的に聞く必要はなく、首尾の一貫性を求めることもいらない。ただ相槌をうち、微笑していればいいんです。」

「それで、お前はなにを言おうとしているのかね。」

「あの米山さんの発言も、非客観的には、情動言語の一種だと認むべきだということです。女の人というものは、ときおり、思いがけない、ひどいことを口走るもんですよ。男の胸に焼ごてをあてるようなことを。ところが、相手の眼をみていると、その言葉とはまったく別なことを求めていることがわかることがあります。体全体を火のように燃やしてね。利発な女性ほど、その落差が大きいんじゃないですか。」

いつ何処で身につけたのか、息子の堂々たるスノビズムに私はしばらく圧倒されていた。茂の世代の者のすべてがそうなのか否かは私は知らない。しかし、たしかに戦争を境にしてなにかが変ったのだ。最初、息子の顔をみたとき、彼が彼の若さがあたかも絶対の正義ででもあるかのように、私につっかかってくることを予想した。いや期待していた。だが息子にとってこの父は、反抗の対象ではなく、思考の産婆役でもなく、またなんらの権威でもなかったのだ。戦争の法的意義、あるいは無意義について父がいかに思い惑おうと、個人の自由、あるいは革命と法律の軋轢について、父が何を予想し悩もうと、息子にはなんの関係もない。父と家政婦との争いをも、とくに醜いものとも思わず、さればといって、どちらに同情するというのでもない。密室を出た研究者が、一種名状しがたい拍子抜けと落胆の思いでみる、あの、なんでもない街角を、なんでもなく歩む人々の姿のように、息子は私の目の前にいる。ただ、それだけ。何を考えているのか。私はそれをたしかめたい。できれば胸倉をとって、お前の精神は何なのか？　お前は自分の将来をどうしたいと思い、どうすることが正しいと判断しているのか、お前の道徳にとってこの父は非難すべきなのか、擁護すべきなのか、と。しかし彼は、世と歌につれて移りかわる大衆だと自分を規定してすましこんでいる。

「裁判はいつなんですか？　裁判が終ったら、皆でひとつピクニックにでも行きますか。このへんには灘の酒もきてるんでしょう。……そうそう、それから汽車の中で読んだんだが、この雑誌が現代思想家批判特集をやっていて、正木典膳批判というのがのっている。法律のことはよくわからんが、なかなか、あなたの性格はよくつかんでいる。手厳しいが、面白いですよ。」

「馬鹿者！」私は小さく、小さく、誰にも聞えないような、自分にも言ったのかどうか疑わしいような小声で言った。はりさけるほど叫びあげたい欲望をじっと我慢しながら。下痢患者が便所の前で順番をまつように、情けなく全身を震わせながら。

私は普段着の着流しのまま、雑誌を懐にねじこんで家をでた。冷たい風がマフラーをつき通して襟元を吹きぬける。雑誌の内容に関する強い関心がありながら、書斎に入ってすぐそれに目を通す気力がなかったのだ。微雨の中の景色のように煙ってみえる古い屋敷の並びを通りぬけ、近くにありながらめったには行かぬ釣池へと足はむかった。場所はどこでもいい。ただ、盗み読むようにして雑誌を読むための場所があればよかった。そして、それはできるだけ寒々した処が好ましかったのだ。

一劃が邸宅の背後の高い石垣に区切られた小さな釣池には、今にも崩れそうな足場の杭があちこちに池面につきだし、波どめの竹竿が張りめぐらされてあった。投げ棄てられた塵芥が風下の一隅にかたまっている。寒風の中に、それでも酔狂な二、三の釣人が、レインコートと長靴に身をかためて浮子を睨んでいた。

池畔の樹の切株に腰をおろして見ひらいた雑誌の目次には、批判対象として六人の名前が並んでいた。物性論の研究によって物質概念に革命的な転換をもたらした理論物理学者、戦争中、最後の議会制民主主義者と称された貴族出身の政治家、そして京都学派の祖である哲学者、次に戦後一世を風靡し、その称揚の頂点で自殺したデカダンティズムの文学者、さらに政治経済学者であり、同時に革命運動に参加して、検挙投獄され晩年には漢詩の世界にのがれたマルクス主義者、そして六番目が私だった。その選択がどういう基準によったのかは知らない。見出しのタイトルが謳うように、それが現代日本の思想的特色を典型的にしめすかどうかは疑問である。おそらく筆者たちの能力のおよぶ範囲内での選択だったのだろう。それぞれの項にサブタイトルが付せられてあり、正木典膳批判の部分には、「日本官僚エリートの思想体系」としるされてあった。筆者の宇津井五郎とあるのは、おそらくペンネームであろう。文体は若い世代に属することを示していたが、法学界におけるその人の名の記憶はなかった。

「一定の体制の確立のためには、その体制を実現可能たらしめる社会的経済的条件の整備のほかに、なお自覚的にそれをおし進める指導者の登場を必要とする。ゾンバルトも言えるごとく、一切の歴史的事象は少数者の強き意志と、その一般化である大量的意志との絶え間ない緊張関係であり、そして、日本および後進資本主義諸国における、その指導者は、商人・手工業者自身ではなく、多く国家官僚であったことは周知の事実である。『国家こそ私人の耳をしばしばつかまえて、彼らを資本主義企業家としてはたらかせ、国家が権力と説得によって彼らを資本主義のなかに押し入れ追いたてた』(高度資本主義)のである。ドイツのみならず、日本においてもまさしく然り。そして、維新開国以来、日本の近代化をおしすすめる推進力であった中堅官僚の、その功罪のすべてが、正木典膳の法学理念の中に包摂されている。従来、正木典膳はもっぱら刑法学者として、その確信犯理論によっていささかセンセーショナルに知られ、ときに正木厳法主義とも名付けられてきたが、それらの諸表徴の背後には、権力によって強引に資本制をおしすすめようとする官僚合理主義イデオローグとしての正木典膳が常に位置している。それは最も峻烈な日本官僚イデオロギーの表現であり、そして、現在にいたるまで、正木典膳の法思想に対する効果的な批判のなされなかった最大の理由は、保守も進歩も、ついに正木典膳が説く職能的官僚主義と、その位階制是認をはみでるいかなる組織も日本に産みださなかった悲劇的事実にもとづいている。もっとも革命的たるべきソビエト国家の法学界において、正木典膳の刑法理念が戦後に評価をうけ、ひとときはじまりかけていた正木批判の火が急速にかき消されたというまさにそのことのうちに、また、組織面のみならず、思想態度における日本の悲劇がよこたわっている。

たしかに、正木法学の、統治機能よりは公共役務、個人権よりは社会的職分を重視し、一切を法的地位に還元しようとする主張は、かつてある進歩性をもっていた。なぜなら、それは天皇機関説の崩壊後における、刑法部門での、一種擬装された一般的機関説であり、職能の体系を、統帥権の体系に代置させようとする企図が秘められていたからである。ただ、職能の体系を、自発的な原始共産制や、手工業ギルドから学ばず、ただただ官僚合理主義に、彼は期待をかけたのであった。

いずれにせよ、それは、統帥権万能論者からみれば、最も激しく攻撃さるべき理論のはずであった。だが、憲兵も軍隊も、純正国家社会主義者も一般右翼も、それを非難しなかった。何故か？　国家社会主義者は、企図するクーデターののちの治世に、まさしく職能の体系を夢みていたからであり、軍隊は正木理論が論理的におしすすめられれば天皇機関説以上の機能主義となることを知りつつ、みずからの体制がまさしく位階の体系であるその弱味によって、正木典膳を弾劾できなかったのである。

正木典膳にとって、人間は、社会的存在として一つの役割であり、それ以上でも以下でもなかった。彼は法の王国から、人間の自然的価値を追放した。それは法以前の価値であり、法原理に作用する規範ではないと。かくて、彼の刑罰のテミトリーは、役割に対する罪、役割に応じた罪、役割の体系全体を否認し顚覆する罪と、構成されていったのである。彼は階級観念を、少くとも通常の意味における階級を否定する。彼にとっては、かりに権力の所在が一つの階級から他の階級に移り、一つの役割を充塡する機能者の出身がどうあれ、その職能の体系そのものが根底的にくつがえることはありえないと思念されたからである。

この認定こそが彼の確信犯理論の根底であり、また、名誉に対する異常な鋭敏さは、彼が権利なるものを、社会的相互関係における一定の地位にほかならないとみていることによっている。敢て繰返せば、悲しいことに、戦後における日本の革新運動者の意識と態度は、正木典膳がひろげた掌のうちから逸脱しえなかったのだ。革新政党のうちにすらみとめられる職能主義以前の、派閥や前近代的人間関係はもはや言わないにしても、一定の議席や地位を競い争うその態度自体、すでに官僚主義であり、どのようにあばれまわる学生団体も、常に目にはみえず、孫悟空がはめられた禁忌の頭輪をがっしりとはめられたままだったのである。

しかし、注意せよ、如何に能率的な職能の体系とみなされようとも、またいかに合理的に整備されようとも、官僚は書類を武器とする支配の軍陣であることを。われわれもまた、ほとんど生れながらに毒されている、この官僚選良主義から抜けださない限り――。」

ほんの最初の二、三ページを読んだにすぎないとき、私は私事暴露的ではない論調への安堵とともに、また限りない不満をおぼえて、その雑誌を切株のもとに放擲した。それは、宇津井五郎なる人物の正木法理論に対する理解の浅さによるのではなかった。いや、むしろ、本質的理解として感謝せねばならない部分を含んでいた。不満は、その点にはなく、批判者が、私の思想、私の労苦を、かつて、一つのものがかくあったと、過去形の文脈の中で判断していることにあった。問題は現在にももちこされているけれども、全体として私は過去の人物だった。それは奇妙な感覚であり、そして、その不満も、日ごろの私の、事実を尊重する法律家としての立場に奇妙に矛盾するものだった。

私は従来、氾濫する、根のない希望を信じなかった。鵺のような〈信念〉も信じなかったし、また、往々にして論文の末尾に付加される、この国の将来に対する憂慮や八方美人的な希求も信じなかった。しかるに、その私がいま、私が為し考えきたった事実によって評価しようとする論者の方法に不満をおぼえている。私にはなお可能性があり、みずから開拓した地平をさらに超えることのできることが考慮されていないと叫びたがっている。過去の思弁より、私の脳が破裂するのでないかぎり、考えつづけうる未来になぜ触れないのかと。

枯葉を踏む人の足音がして、私は顔をあげた。釣竿をかつぎ、びくを携げた青年が、私の顔をのぞきこんでいた。

「どうしたんだい、おじいさん。顔色が悪いよ。」青年は雑誌を拾いあげて私に手わたした。「こんな処でぼんやり坐っていれば風邪をひくにきまっている。早く帰ったほうがいいよ。」

私は脚下の池が急に眼下にせまってくるような幻覚におそわれ、樹にしがみつくようにして立ちあがった。

「何処なんだい、家までおくったげようか。」

「有難う。」私はその見知らぬ青年にふかぶかと頭をさげた。

家に帰ってみると、典代がきていて、掘炬燵で茂と向いあっていた。茂がしたのだろう、およそ節約の観念もなく、ガスストーブは居間も応接室もつけ放しだったが、しかし、この家の寒々しさを消すのには役立っていた。

「のんきなもんね、悠々と散歩したりして。」

「何かあったのかね。」と私は言った。

「典子は病院に入れましたからね。……茂さんから電話がかかってきて、典子の調子がおかしいと言うもんだから。よかったわ、きてみて。もっと早くから病院に入れとけばよかったのよ。」

「疲れた。」と私は言った。

「井口先生のお世話で、救済会病院に入れてもらいました。駅裏の電話局のそば。環境も悪くないし設備もととのっているということだから。十六号室ですからね、明日にでも見舞いにいってあげなさい。あの児も寂しい児なんだから。」

「もう子供が産れそうなのかね。」

「早産するのでなければ、まだ一ヵ月はあるはずです。でもね、人間は犬や猫とは違うんですからね。膳さんみたいに、典子のことを放っといたら、初産で何も知らない典子は、いつまでもこの家でごろごろしていて、哀れな昔話の狂女のように、庭の片隅で子供を産んでたことでしょうよ。」

「学校から電話はなかったかね。」

食卓の用意をととのえる典代に私は言った。昔どおり、襷をかけて、見事な素早さで仕度をする。茶碗が激しく音をたてたりする乱雑さもあったが、住込みの小僧も混る海産物問屋の大世帯のおかみにはかえってそれがふさわしいのだろう。食膳の運び方ひとつにも、女性の個性がある。そんなところにしか発揮しようのない女性の個性が――。

「風呂をわかしたげましょうか？ わかしとくとよかったんだけど。何時かえってくるのかわからない人の気づかいばかりもしていられませんからね。」

「それより、電話は……。」

「いやわかしたげますよ。下宿人じゃあるまいし。」

「しかし、お父さん、顔色が悪いな。どこか体の具合が悪いんじゃないのかな。」

茂が包みこむように温い、それゆえに張りつめた私の肩の怒りをつきくずすような口調で言った。

## 第二五章

停車場わきに狭い川の流れる駅をおり、川沿いに舗装道路を古池の見える樹陰まで登ったとき、戦後急造の公営住宅街を見下すようにしてある教会の長尖塔が見えた。高級邸宅群と料亭との入り混った道は、舗装の絶えるあたりから急速に勾配を増した。公団住宅はいまなお新しく増築中とみえ、ここでも、ブルドーザーに削られて丘陵はあちこちに粘土を露出していた。

ひっきりなしにダンプカーが砂礫を積んで走る。埃は襟元のねばつきとなり、眼鏡を曇らせた。見知らぬ家の石垣の突端に腰をおろした私の胸は、不吉に動悸をうった。高血圧の症状はおおいがたかった。いずれは血管が頭脳のどこかで破裂するだろう。急速に冷える汗が気味悪く背中にしたたった。堂々たる教会の建物が、今日はひとしお権威あるもののように聳えていた。

薄暗い会堂は、とりつくろわれた敬虔さで寒々とし、十字架模様の明り窓を背に、祭壇わきの説教台から、説教する神父の声が陰にこもって反響した。被告のように頭を垂れた信者たちは、抑えがたい各自の想念を、説教のリズムの中に解消させようと努力する。例外なく小刻みに揺れる頭の動きが、その証拠だった。女が多かった。

会堂の入口から脇によって進んだ私は、その教会の静寂に、死刑宣告前の法廷を連想した。説講壇のほとんど真下まで歩いて、私は教会には傍聴席の存在せぬことに気づいて周章した。説教者が、かわらぬ調子でバイブルを訓詁敷衍しながら、私のほうを流し目で見た。一瞬視線があって、はじめて私はその講師が末弟規典であることを悟った。信徒を見下す位置の高みが、その声の性質を変えていた。

「……常に神を否定しつづけ、教会を侮蔑しつづけたその哲学者も、死の間際には、みずから祈りを、……神の教会の祈りを求めたといいます。神は拒みたまわない。教会もまたすべての人々に開かれている。しかしながら、その死の間際にかろうじて許される人生は、許されるにせよ、あまりに遅すぎると言わねばなりませぬ。神が与えたもうた、五十年百年の生の意義を、ただ、死の寸前の一瞬にのみ生きることが、どうして称揚すべき態度でありましょうか。彼がもし、いま少しなりとも早く目醒めておれば、人類がになう罪の重みを人々と共に担う決意をいま少しなりとも早くなしておれば、彼の生はいかばかりか、神の栄光に近よれたことでありましょうか。」

しきりに繰り返される哲学者というのが、誰のことなのか、私に心当りはなかった。「嘲ける者の座」という言葉が私の印象に残った。——「概念の形成過程から類推して、最高の概念は本来無内容であり、神とは空虚に他ならぬと、その哲学者は、根拠律の問題の中で主張しました。ここにいたっては、また哲学もまた、何とむなしき人間のいとなみでありましょうか。最高の概念が空しければ、精神、誓い、共苦、同胞愛、それら従属する諸概念にどのような実体が対応するというのでありましょうか。——」

教会の修辞主義は弟の天稟にかなったものらしかった。神を志向するもの特有の、空しく自信なき、否定形の頻用、疑問形の繰り返しが、末席にもどった私の耳を濁した。かくかくの人事は神の国にいたる道ではない。なぜかくかくの事柄が真でありうるか、と。人はみずからの体系の非合理を隠蔽しようとするとき、しばしば疑問文を、よりしばしば否定形を用いるものだ。担当事件に熱を入れない弁護士の論説、裁判所の温情をねがうより手のない極悪人つきの官選弁護人の口調は、期せずして教会調になる。事実検証に曖昧さののこる場合、検察官の発言も無意識に、命題保証なき修辞的形態をとるものである。弟の才能は空費されていた。かつて食糧に乏しく現実が観念の屠殺場と化し、狂気せる権力のまえに万人が一所不住の徒と化したとき、規典の信仰には意味があった。そのレトリックは、やむをえぬ保身の要求からでるもののゆえに明哲だった。そしていま、反抗の対象を失った彼の発言のどこにも、演技いがいの崇高さはなかった。

弟がみずからの内的欲求から、キリストの生涯を学び、その悲劇的な経歴を、内に生きようとした初期の意図に関して私になにも言うことはなかった。人間に所属するあらゆる偉大さや神聖さが、糞丸（ふんがん）のように唾棄された時代に、一つの偉大さを常に身辺に表象しようとする努力は、その方向づけはなんであれ充分価値あるものである。だがいま、組織のうちに安住し、みずからを懐疑することなく、それが組織の外にあるというだけで、サドカイ派の日和見主義、白き墓に似るというパリサイ人、ユダヤ官学派の律法主義を罵る口舌には、攻撃のための攻撃の焦慮しかなかった。いかに華々しき否定を重ねようと、それはヒステリックな愚痴にすぎない。

会堂の雰囲気に対して、はじめ冷笑的だった私の感情は、焰のゆれる燭台、磔の像、ステンドグラスの極彩色、タイル張りの壁画をながめまわすうちに、一般的な憐愍の情にかわった。かわいそうな虫けらどもよ。虫けらである以上は、空虚のうち、暗黒のうちに叫ぶのも自由であるにせよ、なんという仰々しい粧いであることよ。この世には、なるほど、疾病があり、貧困があり、失意があり、死があり、――なかんずく死刑があるかぎり、宗教は人の心のうちに忍びこむであろう。皿を使ってめしを食うかぎり、皿洗いがいるように。だがそれは、およそ、救済とも審判とも関係のないことだ。

「お前の書いた文章は読んだよ。」説教がおわり、規典の個室で向いあったとき、私はまずそう言った。規典の背後には、鈍く銀色に光る受難者の彫像があり、私のほうを見おろしていた。他に装飾もなく、その首を垂れた磔の像だけが、部屋の光を一身にあつめているようにみえた。

質素な籐椅子をみずから運んできた規典は、黒衣をたくしあげるようにして坐った。いつから飼いはじめたのか、ポケットモンキーが規典の肩にのっかっていた。

「どうも大変ごぶさたしております。」規典はポケットモンキーの頭を撫でながら言った。

「そう。久しぶりに来ていただいたんだから、ひとつ今日は御馳走をしましょう。主任司祭もちょうどでておりましていいでしょう。」

彼は立ちあがって三角戸棚の中から、ウィスキーをとりだしてきた。こぶしほどの小猿が規典の肩から頭、頭から胸もとへと目ざわりにとびまわる。

「この教会のうちに、貧困学生や信者の子弟をあずかる寄宿舎がありましてね。そこからの没収品ですよ。」はっは、と規典は視線をそらせたまま笑った。「門限破りや戒律やぶりで勇気をためしてみたくなる時代があるものなんでしょう。戦争中は皇居を遥拝しないというので、カトリックは仲間はずれにされたものでしたが、今の学生は幸せです。なにをしても自由なんだから。」

しきりに何かをつまんで口にはこぶ小猿の大きな瞳を見ながら、私はここへ何をしにきたのだったかを忘れそうになった。

「お前の書いた文章はよくできていた。」と私は言った。

「兄さんのお気持が、それでなごむなら、名誉毀損で訴えてくだすって結構だったんです。」

自分のグラスになかばを満たし、規典は琥珀の液体を瓶ごと私の前におしやった。

「だが、名誉（エール）という言葉は、語源的には、ギリシャ語、ラテン語においても、貨幣によってはかられる物質的価値からでているといいますね。」

「知っている。」と私は語気を強めて言った。

「そういうつもりで、わたしは言いだしたのではありませんでした。」

「それもわかっている。」

机上の画集を、私は手にとって開いてみた。こまっしゃくれたポケットモンキーの振舞いが私の癇癪玉を破裂させそうになったからだった。豪華な複製画集だった。それは、一茎の百合の美しさにもしかなかったソロモンの栄華を描いたものです、という規典の注釈を聞きながら、しばらく、私は肉親と二人だけで向いあう気まずさを忘れた。様々の部門に様々の人生を生きることを許されてあるはずの生を、視野狭く通ってきたことを、一枚の絵によって私は思い知らされた。

目をそらせて、樹々の影や鳥の羽ばたきを眺めえない狭い部屋ゆえに、私はしばらく末弟の過去を思った。彼にもあった、一つの冒険の時代を。昔の交情が、現在の、とうてい、和解できそうもない二つの志向をいまさら折衷してはくれぬこともわかっていた。簪やネクタイピンのように、とりはずしのきくものなら、弟との和解のために、意見を売り渡してもよい。だが、私はみずからの意見と格闘しながら五十数年の生を生きてきたのだ。人にはそれ以外に生き方はない。

不意に私のひそかな想念を透視したように規典が言った。

「人の一生は一つだけではありますまい。回心によって、恩寵によって、また違った生を生きることもできます。」

「そういうことを聴きにきたのでもない。」

思いおこす。勉強部屋にあてられていた、新築の洋館の一つを、規典がカンバスや絵具で一ぱいにし、悪魔の饗宴や戦争の悲惨の図をむやみにあつめていたころのことを。大学の卒業を間近にひかえていた規典は、卒業論文も書かず、急に長期の旅行をすると言いだして父の怒りをかったものだった。父の典之進は当時、中風で奥の一室で一日じゅう火鉢を抱きかかえていたが、自分の寿命を故意に縮めるように規典の気紛れを罵った。具体的な人間関係の場で自己を強く主張できない、やさしい青年にありがちな、美や旅への憧憬をそれほど真向から否定せずともよいはずだったが、あるいは体面をつくろうことの内部で収支の均衡を失いつつあった家の経済が父を怒らせたのかもしれぬ。

当時は、なお根強い官尊民卑の風潮があり、文士や画工は、白たびさんと称されて、一種秩序破壊的な余計者と目されがちだった。詩経を口に誦し、北宋画を愛する情緒の幅をもちながら、息子の一人が、趣味の領域をこえて美にふけることは、父の容認の限界をこえた。規典は反抗することで、むりじいに情熱をもやし、公的な展覧会に出品した小品がたまたま入選したのを機会に翻然と家をでていった。

だが、幾分甘えた、規典のロマンティシュな行脚は、彼に病弱をもたらしたにすぎなかった。万人が兵隊検査の前に平等であった時代には、病弱にも意味はないではなかったけれども、規典のそれ以降の人生認識は、現実の闘争からではなく、ただわずかな典籍と闘病からだけ獲られることとなった。他に魅力的な観念もない時代の逼塞ということもあろうけれども、一日じゅう、鏡の中をのぞきこむような病臥の空しさが、メシヤへ、メシヤ思想へと規典をひきずったのかもしれぬ。

自立するためには定められた長い学習期間と厳しい訓練のあることを知りながら、神学部への転籍を規典が希望したとき、私もそれを危ぶまないわけではなかった。もし途中で懐疑におそわれたとき、今度こそは生活的に破滅である。人はパンのみによって生きるのではないにせよ、霞と露だけではまた生命をたもてない。だが、一つの観念はそれを執拗に内部に持続させえたときだけ、真実となる。その訓練、異質な規矩に耐える試練をくぐりぬければ、立場はどうあれ、彼も一つの存在となるだろうと、私は父に説いた。むしろ、私のほうが、目標知れぬ弟の航海に賭けたようなところがあった。規典は耐えとおし、修道士から助教、助教から司祭へと、語学力にもめぐまれて順調に〈出世〉した。一つの観念をまもりとおしたのだ。だが同時にその固執が弟のつまずきともなった。絶えまなく前進すべき観念を、聖書からの引用に飾られた固定観念としてしまい、そしてその固定性のうえに自己満足が加わった。

いま眼前にいる規典は、肉体を、肉体の気配すらを黒一色でおおおうとしておりながら、脂肪質に肥満していた。その肥満は、資本家や自足した商人のそれと変らなかった。鋭く厭世的にきりこまれていたまなじりは、いま、たるんで贅肉にゆるみ、微笑は一種計算された俗物的権威を示している。

「姉さんがきましたよ、このあいだ。」と規典は言った。

「お前は一生結婚せんつもりかね。」ほとんど同時に私はまったくちがったことを言った。

「典代姉さんには大変、叱られてしまいました。宗教は人をおとしめるものではないだろうって。仏教的寛容というんですかね。論理や立場の問題じゃなく、兄さんもわたしも、我執すること自体がまちがってるっていうんです。もう少しよく、わたしの文章の論旨を理解してくれたうえで言ってくれるといいんですがね。」

「典代はお前の独身生活のことなどは非難しなかったかね。」

「四十幾つにもなって、首筋にニキビをつくったりしているのは、みっともないし、気味が悪いそうです。女の人は無邪気なようで痛烈ですね。」

「司祭は結婚できないのだろうが、もしその気なら、大学の講師の口ぐらいなら、まだ紹介できる力がある。還俗する気持はないのかね。」

「どういう意味ですか、それは。」

見事なヨーロッパぶりで、肩をそびやかして、規典は部屋を歩きまわった。ポケットモンキーは規典の頭にしがみつき、規典の、さきのとがった黒靴が床をふみならすたびに、しゃくるように身をゆすった。

「その猿は気にくわんね。」

「そうですか。」

「不健康だ、そんなものを飼うのは。」

私はくしゃみをし、風邪ぎみだった自分の健康のことを思った。かつて病弱だった末弟は、それだけ社会人としてのスタートがおくれた。だがいまは顚倒して、肉体の屈強さは弟の独占のように感じられる。父の死後、意外に貧弱だった資産をまもって、兄弟すべてが自立するまで、どんなにか私は気苦労をしたことだったろう。私の神経は、その時期になかばすりへり、繊細さを失った。山陰の大学にいる典次にしても、彼が大学院をでたころには、すでに遺産は零だった。典輔が長いインターンを終るまで、またこの規典が教会が費用を負担する修道士となるまで、その学資はすべて、私の給料とやつぎばやに書かれた原稿の謝礼でまかなわれたのである。危険な時代に、沈黙することがもっとも賢明であった時代に。

　私はウィスキーのグラスをいっきにのみほした。こみいった話をするには、酒の力をかりねばならぬ疎遠さが、この兄弟の現状であった。遠心分離器でふるいにかけられてでもいるような放心におちいり、私は異郷で道に迷ったように周囲をみまわした。いぜんとして受難者の彫像は銀色にくすみ、部屋の空気は流動することもなく寒々とよどんでいる。

「わたしはお前の書いた弾劾文に対する反論は公表しなかった。」自分を鞭うつようにして私は本題に入った。「しかし反論の意志がないではなかった。それは言っておく必要がある。お前の着想、お前の論旨に感服する部分もないではなかった。だが、誤っている部分については、お前の今後の成熟のためにも強くそれを指摘しておかねばならない。」

　部屋が静かなために、自分の声が反響して別人が語りかけるように聞えた。規典は一瞬視線をおとして、靴皮をならせながら椅子にもどった。

「うかがいましょう。わたしのほうからも補うべきことがございます。」

「まず第一に、……」規典の肩の上のポケットモンキーが、私の真似をして身をのりだすようにした。「他の人々の局外論断ほどではないにせよ、お前の弾劾文にも、次元のことなる公私の混同があった。公的生活と私的生活が、ルソーが言うほど対立的なものとはわたしも思わないが、しかし、倫理も論理も、個人から家庭、家庭から共同体、社会、国家、国際社会へと範囲が拡大するにつれて、ある種の変化がともなう。単独犯罪と騒擾罪には法の基本概念にいくらかのずれがあり、ましてや国家間の規制や契約は、個人の誠実の埒外にある。わが身ひとつの修身規範では地方自治体ひとつ運営はできない。そして、各人は自然人として基本的に対等でありながら、それぞれの能力に応じて、範疇のちがった公的生活のどのランクかに位置し、その位置が要求する論理に従わねばならない。人の価値を、どちらを基準にして重視するかで、おそらく唯心論と唯物論ほどの和解しえない差異が生れるだろう。いま、その部分で論議をしようとは思わない。ただ人間にもまた存在と機能、あるいは、使用価値と交換価値があることを互いに認めあえば足りる。」

「兄さんはその公的価値のほうに比重をかけておられた。そうおっしゃりたい?」

「そうだ。そしてわたしの公的価値は法の建設だった。お前は、わたしの人格の冷たさということに触れていた。そのとおりだ。なぜなら、法には常にある冷たさが伴うからだ。それは、法をして効力あらしめるものが、常に神権であり、国家権力であり、個人にとって敵対しようにも敵対しようのないマハトであるためばかりではない。たとえ、それが一定の社会のほとんど総ての成員にとって承認されうる理想的なものであっても、法が漂わせる冷たさは、その理想性によって増しこそすれ減ずることはないのだ。法が論理の体系であるというまさにそのことによって、人間の公的論理が人間の個別的存在に対してもつ冷酷さを、それが理想的であると同時に現実的であらねばならぬ要請によって、もっとも露骨にしめすからなのだ。……たとえば、ヘーゲルの世界精神、そしてそれを顛倒させたマルクスの理論がもつ冷たさにもそれは共通する。法が、また経済が、初元において事実に立脚する以上、その学もたった一つの例外的事実をも無視しないのが本来のあり方である。しかし、理論はひとたび形成されるや、常になにほどかの、個別的事実への敵対性をもつ。論理はそうした意味では本来否定的なものであり、その否定性をおそれてはただの一つの論理もくみたてられはしない。論理は自律的に伸長しようとし、しばしば現実を否定すべき結論に達する。論理はその論理にあわぬものを価値なき偶然とみなし、抽象された結論によって、かれをはぐくんだ土壌を否定する。ヘーゲルにとっては東洋社会は異端であり、その社会で何千年来、崇拝された聖人は白痴とののしられる。マルクスにとっては、その分析の素材を提供した資本制社会は、克服すべき必然的悪とみなされる。未来よりする現在否定と全体の名においてする部分否定は、実は地下において結びついた濃い血縁関係がある。経済学に基礎をおく革命説と、政治の実定化である法の学とは、しばしばそのあらわれがまったく背反するかにみえて、じつは一卵性の双生児なのだ。それが保証するものと、それがもつ冷酷さにおいてもまた共通する。それらが保証し固執するのは、一般者の論理であり、個々の存在ではない。わたしは、その論理の作業に生涯をついやそうとしてきたのであり、その論理の面で糾弾されるならば、それに答え、また凌駕されれば屈伏もしよう。だが、一人の個別者がもつ、人間の本能の弱味につけこんで、公的次元に土足でおどりあがり、人々の視線を奪い、人々をまどわし、人々の価値の尺度を狂わせることは許せないのだ。そしてそれを陰から援助したりすることをも、彼が知性人であればあるほど許せないのだ。愛とは何か、わたしは知らない。しかし、それは個別者の倫理であって、より高次な論理の基準ではない。」

「わたしはたしかに愛の観念を強調し、それによって兄さんを弾劾しました。だが、その愛も、いわゆる愛ではなかったのです。そうした原始的な愛の共同体は、むしろ、イエスの降臨によって確実にひとたび崩れたのだったからです。ルカ伝にもみえます。『われ地に平和を与えんために来ると思うか。われ汝らに告ぐ、然らず、反って分争なり。今より後、一家に五人あらば三人は二人に、二人は三人に分れ争わん。父は子に、子は父に、母は娘に、娘は母に、姑嫜は嫁に、嫁は姑嫜に分れ争わん』と。神はすべてであり、そのすべてなるものへの、第一義的な平等の絆に再編成されねばならぬと説かれたのです。兄さんの言葉をかりれば、人間はそのとき、公人となったといえます。そして公人となってより以後は、愛は神の愛の平等な分配によってのみ正当づけられます。愛はむしろ公けであり、公けの義であります。ただ、分配を超えて兼有してはならず、さらには神そのもののように不当に人を愛することは許されないのです。憤怒にかられて人を傷つけるよりも、なおそれはおぞましい悪なのです。自殺が許されないごとく、神のごとくに人を愛することも断じて許されてはなりません。わたしは兄さんを姦淫者として糾弾したのではありませんでした。個別者の、なにびとにもまぬがれぬいくらかの欠陥を非難したのでもありません。それは、むしろ些細な罪です。神の掌のうちにあり、神の創りたまえるもののある不完全性によって、悩みを通じて、より完全なものへの憧憬にめざめるべきつまずきにすぎません。しかし、兄さんはそうではなかった。なるほど、それと名ざせるのは、嫂さん、米山さん、栗谷さんの三人の方々にすぎなかった。しかし、その関係、あなたが欲していらっしゃることの実体は、もっと恐ろしいものだった。かつての支那の君子たちのように、あなたがお妾をもとうとする俗物なら、おそらくむしろ許された。唯物論者の説く、歴史の一齣の愚劣を反映しているにすぎない乱脈なら、むしろ救われる余地はあった。それなら、多くの人々がそうするように、制度を非難し、めざめざる意識を非難し、階級の差と貧富の差をむしろ非難すべきだったでしょう。だが、あなたは、一般的な愚劣の中の部分ではなかった。あなたは、無限の愛の分配者そのものになろうとなすっていた。皇帝の権力を、その内面において実現しようとなすっていた。わたしたち兄弟に対し、弟子に対し、友人に対し、下僚に対し、そして女性たちに対して、あなたは、法と知識の名において神になろうとなすっていた。そのときどきの感情や欲情のあらわれはどうあれ、あなたが真に欲していたのは幸福ではなかった。幸福を欲しない愛、それこそが、わたしをして沈黙をまもるあたわなくせしめた理由でした。あなたは糾弾さるべきでした。わたしには弾劾する義務がありました。そして、それは今も変ってはいないのです。」

「なるほど、個々の存在の側に立てば、百万冊の書物が焼きはらわれるよりも、一人の人間の夢をねじまげることのほうが悪であろう。共同体の祭祀のために一匹の牛も生贄にされてはならず、不確かな未来のために現在を犠牲にしてはならないと説かれもするであろう。たしかに人間世界のいっさいの価値の端緒はまず、あやふやな塵のようにたよりない存在と、その存在の数に拠っている。存在があり、価値可能性が生れ、努力があり、失敗があり成功がある。まず質量があり、引力が働き、引力法則が発見されるのであって、その逆ではない。しかし、人間の論理は、その法則を第一義として認め、そして法則であり原理であるゆえに、あらゆる存在は万有引力に支配されねばならぬと説くにいたるのである。過去は存在の側からみれば現在の端緒ではあっても、論理の次元では現在に見出された法則に従う。個人と社会の関係もまた同じ。たとえば、女性の膣より頭がでたところで嬰児が絞殺されればそれは犯罪であるが、胎内で搔爬されれば道義的問題はともあれ、法の罪には軽重がうまれ、さらにはっきりした形態をもたない以前なら、現実にそれは罪ではない。存在の側、その時間的因果から言えば許しえない事実も、社会的価値の側では許される。逆に存在の側にたてば当然のことが、論理と秩序によって抑圧されることも充分にありうる。私の名誉毀損訴訟の提起を、お前は律法家の公式主義と罵った。しかし、法律に限らず、公式主義とはまさに論理がもつ名誉ある宿命であり、公式主義的でない、文芸や諸芸術などの精神活動が当然あってもよいけれども、論理や法が公式主義的であるとの理由で、論理や法を非難することは、本来不可能なことなのだ。わたしは立場は違っても、語の秀れた意味における公式主義を尊重する。科学のもつ非情さも、それが個人の憎悪や嫉妬、復讐などとは無縁な、科学の非情さならば、わたしはそれをも許容する。人間を発展させてきたものはその非情さであり、ゴリラから、ともかくも区別されうる文明と文化を築きたった、その高みに相応する犠牲を人類ははらってきたのだ。ひとつの高みのためには……人間があらたな生命を創造したのではなく、ただ現に存在するものの形を変え配置をかえたにすぎない以上は、ひとつの高みのためには、それと等量の深みが何処かに掘られていたことになるのだ。ゴム風船のように、一方をおしてへこませば、他方が膨れるのが、この宇宙の現状である。人間は、この人間の社会を築くために、無数の動物を殺し、肉をくらい、夥しい植物をねこそぎひっこぬいてきた。同じように……。」

「あなたはむしろ自殺すべき人だった。『悪霊』という小説にでてくるキリーロフのように、神をいなまれる以上は、自殺されるべきだった。しかるに、あなたは誠実に生きつづけられた。あなたが偽善者であってくれたほうがよかった。あなたが単なる政治家、裏切者、偽善者であるならまだしもよかった。だがあなたは、リベラルな態度、中正な法解釈、穏健な保守主義を身にまとい、いままで人々の信頼を得、地位を獲、しかも自己に誠実に生きつづけられた。あなたが自己に誠実になればどうなるか？　結果はあきらかだった。あなたは、何人の介入をも許さぬ審判者となり、憐れみつつ人に慈悲をたれる絶対者になった。いや、ならねばならなかった。あなたは、神のごとく薄笑いしながら、いままで何人の心貧しき人々を、何人の使徒を、何人の異教徒を〈試し〉たか。かつて、あなたが検事でいらっしゃったとき、なるほどあなたは寛大な検事だった。担当された部門も、あまり熾烈さをもたぬ軽犯罪部門だった。しかし、あるいは公判廷で、あるいは研究会で、あなたは舌なめずりして、罪人を試されつづけた。特高警察のようにサディスティクに弄虐し暴力をふるったわけではない。しかしそれ以上に許しがたい冷静な試練をさずける悪魔だった。戦争中、カトリック教会で、天皇を郷党の長者、民族の聖者として礼拝してよいのかどうかが問題になり、当時の大勢に逆ったために私すらも投獄されたとき、あなたは、ゆっくりと救援の手をさしのべられた。わたしを全的に庇うでもなく、わたしを見棄てるでもなく、さらに法の命ずるままに行動するのですらなく、わたしの試されるのを、じっと見ていらっしした。わたしが悲鳴をあげるのを見ていたのだ、あなたは。嫂さん、米山さん、さらには栗谷嬢に対しても、一方の手に蜜をもってたぶらかせつつ、一方の手に目には見えぬ鞭をもち、それを振りあげつづけておられたのだ。あなたはつね日ごろ、矮小なものは嫌いだと言っておられた。あなたにとって矮小なものとはなんだったか。あなたがおっしゃらねば、わたしが代って言ってあげる。そこまではあばくべきではないと思ったゆえに、弾劾文にもそれは書かなかった。だがいま、言ってあげます。あなたにとって矮小なもの、それは……人間だった。」

インターフォーンのブザーが鳴り、文献普及会を兼ねる受付けから規典に連絡があった。どこかの雑誌社の記者が規典にインタビューの申込みをしているというのだった。兄を弾劾することによって教義を宣揚し、かつみずからの名声を高めた、才気ある司祭の身辺を大衆に伝えるために。いや、そうではないかもしれぬ。それは歪んだ私の心に浮ぶ幻想にすぎず、規典は彼の徳行とたゆまぬ精進によって、あるいはその慈善運動の代表者として、尊敬されているのかもしれない。そうであってくれればいい。だが、規典は一体なにをなしとげてきたというのだろう。その得意の弁舌は、この教会、この教区の中では精彩を放っていたかもしれず、中産インテリ階層の入信者獲得については、他の司祭や司教より、いくらか多く成績をあげたかもしれぬ。二、三の女信者が、彼の風貌を好もしいものと思い、機智にとんだ話を聴くために、教団をではなく彼を保護したかもしれぬ。だが、それだけのことにすぎなかった。僻地の伝道や医療につくしたわけでもない。奇蹟の実現をしたわけでもない。教会の保守主義に反抗したわけでもない。ただ、兄の醜聞をかさにかかって弾劾しただけだった。

「帰ったほうがよさそうだ。近ごろ忙しいらしいから。」私は立ちあがった。

「え?」インターフォーンに蔽いかぶさるようにしていた規典が振り返った。

はからずも、規典と私は、鼻をつきあわすような近距離で互いの目を見交した。規典の瞳の中に正視するに耐えない濁りが拡まり、なにかを呟きながら、彼のほうが目をそらせた。

「立派な口をききながら、お前はわたしを踏み台にしたな。」

制止できない怒りにかられ、私はやにわに規典を殴りつけた。強い手応えと、鈍い物音がし、規典は臆病な獣のように部屋の隅に逃げた。ウィスキーのグラスが床に転がり、ポケットモンキーがキイキイ悲鳴をあげながら規典の裾にかけよった。

「何をなさる！　気が狂われたのか。」ぜいぜい肩で呼吸をしながら、しかし、手むかいもせず規典は蒼白になってたたずんでいた。

かつてただ一度、何かのときに、中風の父を面罵した弟の、その横つらを殴りに殴ったことがあった。そのように、いま血色よく肥満した頰を睨めまわし、拳をふりあげ、しかし二度はふりおろさず、私はドアーのほうへ歩いていった。私は一瞬たちどまり、銀色に光る受難者の像と、規典の肩にはいあがったポケットモンキーを見較べて言った。

「殴りのこした右の頰をつきだして謝罪に来るのでないかぎり、今後、正木家に出入りすることはいっさい断る。いいな。たとえ道で会っても、挨拶などすることは許さん。」

「わたしはあなたの醜い心のために祈りましょう。」と震えながら規典は言った。

## 第二六章

園部学長は灰色の中折れを目ぶかにかぶり、ステッキをついて玄関前の石段に立っていた。風邪を口実に、休講届けを出して家にいた私は、自動車の警笛を聞いておりていった。昼間からおろされた鍵をはずしながら、私は実際にひいた風邪がふたたびぶりかえしそうな予感を覚えた。体全体が火照(ほて)って熱く、何もせぬ前から額に汗が滲んだ。障子の桟にたまった埃を吹き、私は、後を向いて呉竹の根もとをつついている学長を招じ入れた。

「顔色がよくないようですな。」

オーバーを着たまま、学長はためらいなく応接室にあがった。病院の廊下を、弟子たちをひきつれて回診するように、自信に満ちた歩みだった。顔だけは見知っていても、話すべき共通の話題もなく、私はみずから茶を入れるために、応接室と炊事場を往復した。

「気を遣わんでください。」

「いや、ちょうど娘が病院に入院しておりましてね。」

「どこかお悪いのかな。」

「いや、私にもやがて孫ができます。」

学長を待たせて、ガス焜炉の前で湯の沸騰を待つ間、私は失脚という言葉を思い浮べた。民主的人格と評される、小児科医でもある園部学長が、私をよびつけなかったのも、好意からではなく、懸案の事項を精力的に片づけねばすまぬその気質からだったろう。盆を片手に、煙草をくわえたまま応接室にもどった私を、園部学長は禿頭をなでながら、ちらりと瞥見した。

「ついでに診察道具をもってくればよかったですな。」

私はうずくまってガスストーブをつけた。

「表に自動車を待たせたままだから、挨拶は抜きにしましょう。」

前に坐った私の手首を如才なくとって、本当に私の脈を計りながら学長は真正面から私を見た。感情を排除して、化学者がメスシリンダーの中の液量を計るように。

「こちらから訪うべきところを。」手首を相手にあずけたまま、私は言った。肉の厚い、柔らかく滑らかな指だった。文部省の意向はどうあれ、いま、私の身分の生殺はこの学長に託されている。辞任意志の表明は、一種古風な進退伺いを提出してみる習慣に従ったまでのことにせよ、提出した以上は、慰留するも受理するも彼の意志ひとつだった。もちろん、万事は教授会にはかられて公的に決定する。しかし、学長が特別教授会を招集すれば、そこでどういう決定がうまれるかは、火を見るよりあきらかだった。

――政治家もまた宗教家も、現在この日本においては民衆の信望をまったくつないではいない、と学長は前置きした。この本質的に無神の国である日本、あらゆる職務や地位が政治的利害で毒されているこの国では、辛うじて裁判官や大学教授が道義的尊厳を保つにすぎないのが現状である。専門人の職業的忠誠と一般的信任とは論理的には無関係だが、わたし個人としては、大学の権威とその自由尊重の立場を主張しつづける面目から言っても、大学教授は、世間人の、一般的な尊敬を裏切らぬことが望ましいと考える。

「進退伺いのご提出後、しばらく考えておりましたが現在も君のほうに撤回したいという強い希望がないなら、受理しようと思っている。」

撤回の意志がもしあったとしても、それを封じようとする強い語気だった。私は茶をすすり、すすり終った。

「後任の者は、もうお考えですか。」私は、自分の動悸の高鳴りを隠すために手を引いた。

「部長を空席にはできないが、それは選挙をくりあげましょう。また学部教授としての後任は、君に推薦者の腹案があれば言って欲しい。それは、何よりも君の発言を尊重したいと思っている。」

「いや、別にありません。」

「もちろん、いまただちにと言うわけではない。しかし、やはり候補者一人の名は、すくなくともあげてもらいたい。学派などとは別に、やはり学部には伝統がありましょうし、人材の登用に関しては、専門の君がいちばんたしかなのではないかな。」

「法学部教授会に一任するとお伝えください。」

学長は部厚い上瞼を一瞬安堵したようにたるませた。

「微熱のせいですかな、少し脈がはやいようでしたな。」学長が言った。肩幅に比して顔の大きい、学長の血色のよい顔には、そのときもうなんの表情もなかった。

戦後十余年間の私の教壇生活、私の日常とぴったりと結びついていた大学、私の生活の糧だった研究室勤務との、それが別離だった。

寒々としたゴチック建築、大講堂のシャンデリアと白い廻廊、棕櫚のマットとリノリュウムの廊下。重々しい扉とその中の書籍、文献、判例集。女事務員の忍び笑いの声、学生たちの身をもてあましたような体臭、校庭の一部に鈍く光る瓢箪型の古池、その畔の柳と公孫樹。そして週に一度は小使が塵や枯葉を集めて焼く焚火の煙。——私は、用がすむとずんずんと足音たかく帰っていく園部学長を玄関に見送り、ふたたび応接室にもどってガスを消した。

生涯に二度とはないだろう、個人の進退の決定にしてはあまりに短い時間だった。あまりに簡単すぎる話しあいだった。私は自分が消したガスストーブの温味をしばらくはかっていた。惜しい、と私は思った。このまま彼を立ち去らせてはならぬ。私は中腰から立ちあがり学長のあとを追おうとした。足がもつれ、卓子に腰があたってコップが床に転んだ。一瞬、ためらいが私の心におこった。いまとり乱してはならない。見苦しくいま叫んではならぬ。私は深呼吸して、あとで電話をしても遅くないと自分に思いこませようとした。今のは内密の話しあいにすぎないのだからと。もう一度、学校の学長室で最終的な話し合いがなされるだろう。そこで、後任人事や、係属中の仕事の責任のためにも、いましばらく留任することを希望すればよいだろう。謝罪の意志を表明せよというなら、それもする。平教授に格下げされてもよい。自分の生甲斐はやはり大学にしかないのだから。私は床に転がったコップをもちあげた。自動車の始動する音がした。力をこめすぎたせいか、床に転がったときにすでにひびが入っていたのか、そのとき、私の掌の中でコップが二つに破れた。

その夜からこんどこそ本当に私は床を離れることができなくなった。快方にむかっていたはずの風邪は激しい頭痛と腰痛を伴い、まるで目が膿むように痛んだ。物理的な涙がしきりに流れた。典代の世話で家政婦会から職業的な看護人が派遣されてきて、ときおりマスクに身を保護し、顔をそむけて二階に食事を運んできた。だが、食膳と食後の薬を枕もとに据えおわると、まるでペストを怖れるように家政婦はそそくさと階下におりていった。往診を依頼した町医者は、当然のことのように、熱のひくのに四日間、安静期間一週間と宣言した。私は大学に出むかねばならぬ用件を思っていらいらした。はやく癒って学長に会わねばならぬ。毎週木曜日には教授会があり、また、学部長会議も必要に応じて、この同じ日に開かれるはずだ。幾度か、電話口まで這うようにしておりてゆきながら、しかし、私は電話もしなかった。一週間が無駄に過ぎていった。

その期間、私は孤独に炬燵にあたり、首先だけを水面に出して寝そべる河馬（かば）のように一日じゅうぼんやりしていた。為さねばならぬことを間近にひかえるいらだちや、打たねばならぬ手を山とかかえながら、私は何もしなかった。

かつて総ての男が狩人だったとか、空しき狩人とか、およそ法の科学とは無縁な、馬鹿げた言葉がしばしば口をついて出た。しかし、本気になって物を考え、前途を思量し、そのアレゴリーとして河馬や狩人などを思いついたのではなかった。ただわけもなく使いなれない単語を思いつき、しばらくその言葉の舌触りを、いろいろな文脈に組み入れては退屈をまぎらせていたにすぎない。なんの覚醒もやって来ず、なんの打開策も思いつかなかった。家の中はいぜんとして無風状態であり、私はまどろんでいた。あくびをしようかどうしようかと長い間考える。そして、いやいやあくびをしようとする。だがあくびすらも、多くの場合、一つの拒否的な意志表示であり、まったく独りではあくびをする意味もなかった。私は口を開け、横隔膜の拡大するのを待つ。そして不意に私は虚無の味をあじわうのだった。ぽっかりと目の前に、人生の虚無が口を開けていた。

芝生は枯れて竹の柵の上に露の跡が光っていた。桜と銀杏の樹の裸木が煉瓦造りの校舎により添っている。久しぶりに登校した私は、文学部前から石畳をおりて、淀んだ池の畔に立った。底のぬけたボートが半分水につかって沈んでいる。何年以前からか、その廃船は同じ位置にあった。煙草の吸屑は、小さな音をたてて消えた。

学長の客人が帰るまでの時間待ちを、私は授業中で閑散な文学部の前庭のほうへ歩を進めた。法学部へ、その足ですぐ行けばいけたのだが、いったん道をそらしてしまった以上、自分の研究室に足をむけるのにすら一種の努力を必要とした。私は煙草を吸い終り、寒さが、脚下の枯葉からはい上がるのを感じながらも、池の淀みを眺めつづけていた。心理的な抵抗感が内にあっても、あえてそれに逆らって事をするのが私のいままでの主義だった。だが子供っぽいその主義にも、私はもう従わなかった。嫌なところへはゆかなくていい。

「正木先生。」と背後から声がかかった。

聞えなかったふりをするには、私はきまじめすぎた。水面には枯れた藻が、そして汚れた蓮の茎が凍りついてうずくまっている。

「ちょうどいいところでお会いできました。御相談したいことがあって、お伺いするつもりのところでした。」妹尾助手は珍しくいっちょうらの洋服に、ネクタイピンまで光らせていた。

「御静養中をお煩わせしてもと思いましたが、また急を要することでもありましたので、どうしようかと迷っていたところでした。」

「なにかね、用件は。」

「ここでは、ちょっと。」

「詳しくはあとで聞くが、わたしも学長に用があってね。」

白い呼気を吐きながら馬術部の学生が、馬を駆って走った。乾燥した煉瓦敷きの校内舗装道を、そして枯葉を、馬蹄はリズミカルに蹴って走る。

「東北大学の伊達さんがお骨折りくださいまして、わたしの都合さえよければ来てくれないかという話がありましたのですが。」

「伊達教授が来たのかね。」

「いいえ、手紙をいただきまして。」

「専任講師かな。」

「いいえ、助教授です。」

「うむ。」

「一度、お会いしてきたく思うのですが。」

「気持は動いているんだね。」

　大学には四十になって頭が禿げかかってもポストが空かないという理由だけで万年助手をつとめている者もいるにはいる。しかし、妹尾は来年にも助教授にもちあげるつもりであった。戦争中に、一講座につき教授一人、助教授一人、助手一人、事務員一人という最低のスタッフ編成が崩れたまま、予算の都合で各講座ともどれかが欠けたままの強行開講をしていた。そのうえ、戦前にはなかった必修単位制の大学院を併設している。ほとんど報酬もなしに、大学院演習を私も担当してきた。

　やっと最近、人員強化策が具体的な道を歩みだし、たりない研究室増築案も文部省に提出されている。建物のほうは長びくとしても、来学期から、教養部分校の優秀な若手教官や、手固い仕事をしながら地方に埋れている学者を招聘して、法学部だけでも二十数人の増員がなされるはずになっている。私が部長であるかぎり、妹尾の将来に不安のあるはずはなかった。

　珍しく、妹尾は、視線が合うと目を瞬いた。

「この大学が窮屈かね。」

「いいえ、先生、そんなことでは。」

「一度、他流試合のつもりで地方にでるのもいいかもしれない。しかし、人事というものは故障の多いものだから、受け入れるほうがはっきりするまで、誰にも口外しないほうがいいだろうね。また、たとえ、その席が与えられても、長い目で見て、そうするのがかならず君の幸せになるかどうかはわからないと思うよ。」

「はあ。」

「もちろん、万事は君の意志しだいだ。君さえそのつもりなら、出てゆくこちらのほうは、まだわたしにまかせてもらっておいていいだろう。」

つまらぬ騒動などなければ、叱りつけてでも、彼を私の後継者の一人としてとどまらせておくところだった。しかし、いや私の命運はもうつきている。機械的に言えば、私の失敗は一つのポストを空けることになるわけだが、それは押しあげ式に、後進の道を開くことになるとはかぎらないのだ。私の弟子であるゆえに、私がもししりぞけば、彼の将来は閉ざされることになるかもしれない。根が善良な、一本調子の、そしていくらかは甘やかせてきた彼が、陰険な葛藤に耐えられるかどうかは疑問である。

「伊達君なら、わたしも面識がないわけでもない。推薦状も欲しければ、書こう。」

「二、三日、休暇をいただいてよろしいですか。」

「かまわない。推薦状は緒方助教授との連名がよいと思うが、しかし、当分、緒方君にももらさないほうがいい。それとも、もう……。」

「それより、お体の調子はいかがですか。」

「有難う。」

「それでは、また。帰って来ましたら、お宅へうかがいます。」

「幸運を祈る。」と私は足早に去ってゆく助手の背にむかって言った。心持ち右肩をひきつらせ、ぎこちなく歩く彼の後を追うように、授業時間の終了を知らせる鐘が鳴った。サイレンではなく昔のままの古風な鐘の音である。学長との約束の時間だった。

絨毯を敷きつめた幅広い階段を登り、薄く扉の開かれていた学長室に入ると、園部学長は中央の円卓を囲んで環をなす応接椅子の一つに坐って食事をしていた。名を知らぬ冬の植物を生けた巨大な花瓶のそばに、出前持ちの木箱があり、うどんの椀が二つ並んでいる。日ごろは胸を張り磊落に笑う学長は、肥満した体を貧相にまるめて、かけうどんをすすっている。

「お食事ですか。」

いったん中に入った私は、衝立ての陰に後退した。人が孤独に食事をする有様は、その本能への従属性ゆえに、なぜか、排泄の様にも似てみじめなものだ。気負い立って口論をも辞さぬつもりだった意志は、うどんをぱくついている学長の姿で洗い流されてしまった。

「やあ。」と学長は立ちあがった。「どうぞ、こちらでお待ちになってください。忙しいもので……。」

食べ終って口を拭うとやはり、学校の最高責任者らしい威厳がもどってくる。

「一昨日、事務員に様子を窺いにやりましたが、行きましたか。」

「学長のおいいつけでしたか。」

「もう出てこられるころだろうと思っていました。御機嫌はどうですかな。」

重々しい本箱が三つ、椅子の背後に並び、一つには、なにかの記念のときの学校記念論文集や文部省出版物、それに封筒包みの書類の山、あとの二つには、博士の専門、内科・小児科医学の図書が装幀しなおされて整然とならんでいる。

「はやく、こういう官僚みたいな仕事はやめないと、専門の研究をする暇がありません。先刻もイギリスの数理哲学者から来た平和宣言の呼びかけに答える手紙を考えておりましたんですがね。うまく書けませんな。学術会議の事務局はまず有能な翻訳者を常任にやとう必要がある。」

書が得意だという学長の巨大な事務机の上には、英文タイプの書類のかげに、硯箱の漆が光り、書きあげたばかりらしい色紙が一枚あった。

「じつは……。」進退伺いは形式的に出しはしたが、いま大学をしりぞきたくないと私は言おうとした。しりぞかねばならぬほどのことをした覚えもないと。

「退官演説をなすってくれましょうな。」とさきに園部学長は言った。「いや、定年にはまだ少し間があるから、退官演説ではないが、現に部長の座におられるんだし、公開でなくとも学部の学生たちになにか記念に話してやってください。それに君自身も言いたいことがあるだろう。」

「わたしはまだ、はっきりと退職意志を表明したつもりはありません。」

「ああ、先日、文部大臣に会ったときも、君のことはきいておられた。ひとつひとつの事件はどれも退官せねばならぬほどのものではないとわたしも考える。だが、人との接触のすくない研究所か法務省関係の諮問機関かに、適当なポストをもうけるよう努力すると人事院でも言っている。」

そこまで事が進捗しているとは私は知らなかった。私は一匹の鵜飼いの鵜だった。

「大臣の意向も、血気にはやり、ぜがひでも闘争対象をでっちあげて鎗玉にあげねばすまぬ学園から身をひかれるのが君自身のためでもあるとの見解だった。有能な学者でもあり、まだ充分働ける人だから、正当な官職をあたえられるようとくにつよく希望しておいた。次官秘書あたりからいずれ電話があることと思う。」

さまざまな想念が哀しげに絃音を立てながら、渦を巻いて胸中をかけめぐった。いま私から研究室を奪わないでくれと、私は叫ぼうとした。私は友に恵まれない人間だった。私の生きがいは、いまはただ研究室の中にしかない。

人々にはその地位や名誉を羨まれながら、私はつねに最悪の事態すれすれのところにいたのだ。私は吹きさらしの中にいた。私は寂寞というものと双生だった。だが、それに耐えることができたのは、どのような荒蕪、どのような寂寥の中にもはぐくむことのできる論理の作業が私にはあったからだった。一般者の誹謗、現在時の誤解があっても、かならずや遥かな彼方において明証されうべきヴィッセンシャフトの喜びが私にはあったからだった。研究室、それが私の牙城であり、私の生きがいなのだ。それを――。

ノックの音がして、二、三人の足音が衝立てのむこうに入ってきた。

「お人のようだから、それではまた後ほど。」

新たに加わった客のためにではなく、私は立ち去る用意をした。

「や、ちょうどよかった。有賀君だろう。どうぞ。」と学長は言った。「この前の君の様子から、事がどちらに決るにせよ、当分は部長代理が必要だと思って、法学部教授会にそのむね考慮してくれるよう頼んであった。」

ほんのちょっと渦中から離れ、わき見をしているうちに、学内事務は私をすどおりして処理されていた。流れは、浅瀬にうちあげられた木偶にはかまわず、その流れをつづけてゆく。不思議に病人あつかいされ、自分が居なくとも事が運ばれてゆくことを思い知らされて、恢復しかけていた体力が足もとから抜けていった。いつでも代置可能なものとして、便宜的に一定のポストに人は据えられるにすぎないことを、どうして私は忘れていたのだったろう。個人の存在とその尊厳は、この組織にとって結局どうでもいいものなのだ。

政治、公法、私法、三科の主任教授たちだった。世々田教授、国原教授、野添教授、そしておそらくは部長代理となるだろう有賀教授が、学長の前に立った。私自身、そうとうに長身のほうだが、並んで立つと皆、かっぷくのある、堂々たる体格だった。有賀教授が私のほうに軽く会釈しておいてから言った。

「この前、諮問を受けました件について、いちおうの結論がでましたのでご報告にあがったんですが、正木教授もおられて好都合です。学内には、ちょうど、問題が山積しているときでもあり、本学での経験、年齢、その他からも、前部長の瀬野教授に、きたる三月まで、正木教授の内地留学期間中、代理をつとめていただくのが妥当であろうという結論に達しました。」

「内地留学?」と私は言った。「わたしは、休職ないしは退職願いをだす意志はあっても、そんなことを申請したつもりも、するつもりもない。最近、健康をいちじるしくこわしていることは事実だが、代理を考慮していただくほどのことではないと考える。」

「いちいち細かいことまでの御相談にうかがわなかったことへのお怒りはわかりますが、学長の智慧で、一時、先生の進退が決定するまで、事務所にはそういう形で通してあります。」

しろ。」
「この際、ゆっくり御静養なすったほうがいいんじゃないですか。羨ましいぐらいですよ、む
世々田教授が部厚い二重眼鏡をはずして目を細めた。この人物は善意なのだと私は思った。
やりきれない、そして打算よりも策謀よりもなお決定的に人をつまずかせる善意に満ちている
のだ。恩師宮地博士のおとうと弟子にあたる人物だったが、いまは定年間近く、人に利用され
る好々爺になりきっている。陰謀を陰謀とは見抜けず、ひとたびかつぎあげられ、次には罠の
底に投げこまれる傀儡なのだ。
「それはおかしい。」私は声をあらだてた。「裁判官ほどの明文規定はないにせよ、大学教授
にはその人の信教、思想の如何を問わず、また個人的処世や学生のかってな要求いかんにかか
わらず保護されてしかるべき一定の身分保証があるはずだ。教授たることの最低の資格は学問
的能力であり、世間的な名声のいかんではない。」
「正木君の進退伺いを受け取ったとき、わたしも充分そのことは考えた。わたしが好意でして
いることだ。悪意にとってもらっては困る。」
学長の部厚い唇が皮肉な歪みに見え、そして奇妙に、その唇の部分の動きだけが、拡大鏡を
通した何かの動物の生態のように膨脹していった。
「君自身が考えておられる以上に、学内は紛糾している。つまらぬ投書騒ぎなどおこらぬ以前
に、事態を整理し収拾しておくのが私の義務でもある。君の処遇については、いかなることが
あっても現在の地位、報酬をくだることのないよう尽力することを、この教授方の前で確約し
てもいい。」

「だが、はっきり言わねばならぬ。いつ開かれたかは知らないが、わたしの承認なくわたしの欠席のまま開かれた法学部教授会の決定、答申はすべて無効である。」

「学長の権限で特別教授会を招集したのだ。」と園部学長は冷静に言った。

——私はかつて園部学長と並んで、学校の最高責任者たるべき位置の、最有力候補だった。前投票の際、決選投票になるべきところを選挙委員の意向を尊重して、私はあなたにひとたび学長の座をゆずったのだ。現在の名義はどうあれ、私はあなたの下僚ではない、と私は言おうとした。あなたは、もしや——。

「もし真にそれが、学校のためになるなら、わたしは下手な技巧は弄したくない。わたしは、いまこの現在からきっぱりと隠退してもいい。」私は思ってもいなかったことを口走った。その場で屈辱を覚えたくない、ただそれだけの意地のために。そして、みずからの言葉の響きがまだ消えないうちに、私はそのとおりになるだろうと、はっきり直感した。何物かによって定められた必然の坂をころげながら、ふと偶然のように、その必然性を意識する、あの悲しい人間のさがを、私は悟らされた。久しい歴史の変転のうちに、幾度か、人はこのように自覚し、そのように諦め、またこれからも、同様に自覚しては諦めつづけるだろう。一種形而上学的な明徹さをもって。

# 第二七章

勤務をしりぞいてから、ふいに私の肉体は病巣のようになり、病いから病いへと有難くない遍歴を繰り返した。床につかねばならぬほどの病いではなかったが、故障は癌組織の蔓延のように一つの器官から他の器官へと飛火した。いままで経験のない咽喉炎にまでかかり、それが癒えたと思ったとき、奥歯がじくじくと痛んだ。手鏡をまえに、電灯の位置を加減しながら大口を開けてみる。煙草のやにで黄変した歯なみの奥は原型をとどめないほど蝕まれていた。熱湯も冷水も飲めず、朝の口嗽ぎにも、わざわざぬるま湯を用意しなければならなかった。長いあいだ、月々健康保険金を支払っていて、その必要が自分の側にめぐってきたとき、保険証はきれかけていた。

胃の重みは慢性のものだったが、慢性のカタルは腸のほうにものびていた。どんよりと頭が濁っていて、しかも検便してもらったとき、蟯虫のいることまであきらかとなった。嬰児にわく回虫だと思っていたものが、老後の肉体に寄生している。化学的な炎症とは違って、動物が体内に巣喰っているという自覚は不愉快だった。薬品を買いにいってもらう女中もなく、私は着物の上に二重まわしを羽織って薬局に出むいた。若い女の薬剤師にむかって、子供が夜泣いて困る、などと滑稽な嘘をついて、私は薬品の使用法をたずねた。

一日じゅうガスストーブをつけっぱなしにした部屋に坐っていても、風邪は容易になおらなかった。床につけばそのまま眠ってしまいそうな予感がして、私はぼんやり椅子にもたれて抗ヒスタミン剤の効果を待つ。寒風の吹くなかを、駅前の食堂まで飯を食いにゆくのが、体に響くらしかった。家が高台にあるせいで、徒歩の帰り道は、その勾配だけで汗が流れた。こんもりと蒲団にくるまって、卵酒でも飲み、三度三度熱いうどんでも食べながら養生すれば病気もすぐ征服できたのだろう。独り住いは、弱音ははきたくないが、たしかに不便だった。病臥することと、みずから看護することを同時にやり遂げることなど人間にはできないのだ。

典子のことも気にかかって、一日に一度は電話をかけていた。古風だった正木家の習慣では、弟規典の出産のおりも、母の陣痛が始るや否や、医師の父も弟も書生も、およそ男っ気は全部家を出た。親戚の家で過した数日間は、子供の私には無闇と楽しかった記憶があるが、妻の出産のとき、妹の家に宿りにいって、私は父のいらだちを理解した。いま健康ならば、馬鹿げた習慣など無視して娘を病院に見舞ってやりたい気はあった。だが、私は、じっとしていた。特別な苦痛はないものの、半病人の状態で家を離れることができないのだった。

爪楊枝でひとしきり歯をほぜっておいて、結局、先刻見てたしかめたばかりの口腔をふたたび鏡に映してみる。私は座椅子にもたれかかって顎をつき出した自分の顔に、長い間、風呂にもはいらなかった垢をみた。散髪もせねばならなかった。何年ぶりかで、だれに邪魔される心配もなく些細に眺める自分の仏頂面だった。とりたてて指摘できる変化は認められなかったが、汗腺が疲労と垢でふさがってしまっているのがわかった。そして私は、もう一週間も、娘への電話いがい、誰とも一言も喋っていないことに初めて気づいた。何もせず、一言の挨拶すら交してはいなかった。

典子の舅である関西銀行の頭取から相談したい用向きがあるという通信に添え、料亭に招待を受けたときも、私は風邪を口実に謝絶の手紙を書いた。保守党の議員たちが保養地に選ぶその料亭に多少の好奇心もなくはなかった。だが、私には、急速に肥大してゆく厭人癖とたたかう体力が失われつつあった。

二日後、病院のほうから典子の電話があって、舅の姫崎と会ってくれと形を変えて会見を申しこんできた。

「わたしのほうはいいのよ。お父さんにそばにいてもらったところで、安産するとはかぎらないんだし、それに、……。」

典子とその夫との間に、底流する不和のあることは、はやくから推察できていた。だが典子がくどくどと並べる愚痴を聞いたとき、その溝は想像以上に深いものであることがわかった。私は歯科医を訪れ、いちおうの手当てと痛みどめの粉薬をもらうと、電車に乗った。上京しているのなら、直接、彼のほうから訪問すれば用はたせるはずだった。だが、それを典子に言ってもはじまらない。仕事の領域が異なれば、また別な礼儀の形式があるのかもしれなかった。

案内状には駅前の一本道を小川に沿って五分ばかり、主流の白洲の見えるアスファルトの道路を右に折れるようにと指示してあった。周辺は土が白く輝く別荘地帯である。私は郊外電車をおりると、煙草屋で川のある方向をたずねた。子供に乳房を含ませていた駅前売店の内儀は如才なく指さしてくれたが、考えてみれば、小川が支流である以上、それの注ぎこむ主流の方向を誤るはずはなかった。

手前で、それと知れる旅館街の四辻があったけれども、私はいったん橋まで出て、鉱泉で白濁した河床の夕陽を眺めた。岩は赫くまた白く、酸蝕され漂白されていた。冬の冷たい光が、どてら姿で川の堤を散策する幾組かの男女の影を薄く照している。その中の一人が、栗谷清子に似てみえた。下駄履きでありながら、なおハイヒールを履いているように、岩から岩へと歩いている。そのたびに揺れる若々しい腰つきが、私の意識を過去へひきずった。だがもちろんそれは他人の空似にすぎなかった。

用件は私の退職金を形式上投資して、私を重役の一員に迎えようとする意向が、姫崎の関係する貿易会社にあるということだった。公務員の退職金など投資資本としてはたかがしれている。だが補いに姫崎のいままでの持株を名義上、私のものに書きかえようという。裏切られる心配のない、彼の野心の拡大のための傀儡がいるのだろう。世間知らずの私にとっても些かうますぎる話だった。だが、法的にも穴だらけの説明には、学者たちが会議の席上、ただ主張のための主張をするような、女性的な陰険さはなかった。尻尾を多少つかまれたところで、本体には響かないとでもいう自信のある話しぶりだった。もちろん、私は、その提案を信用しなかった。

「どうです、ひとつ、関西のほうに住んでみられる気はありませんかな。」

剃刀の痕が艶々と光る血色のよい頬を、葉巻を燻らせる手でなでながら姫崎嘉六は言った。川に面した二階座敷には、いましも夕陽の光のたわむれが盛んだった。廊下と硝子戸を距てた外から、水の流れの囁きがし、冬の光は、泳ぐように二枚戸の内障子に明暗の縞を作った。

モルタル塗りの大旅館が、彼岸にクリーム色に染っている。松の梢はつよく凝固しているように見えた。部屋は壁が薄い水色塗りであったから、完璧な暖房装置にもかかわらず冷たく、また光の反映は敏感に揺れた。自分が下座に坐っていることを、私は狭い形だけの床に掛った浮世絵風な掛軸を見て悟った。

「大要をいちおう聞いておいていただければ、東京へはしばしば出むく機会がありますから、こまかい操作や正木さんのご意見はいずれゆっくり聞かせていただきましょう。」

頑丈な卓子ごしに、ふと、子供っぽい笑いを相手は洩らした。また、私の傷を弄ぶ、物見高く、好奇心たっぷりな会話が始る、と私は思った。

「典子はどうです。」と相手はあぐらに足を組み変えて、たんぜんの前をばたばたと打った。

「子よりも孫を可愛がるのは、昔の武士道では儀礼にかなったことなんだそうですな。」

「もう一、二週間と言うところでしょう、産れるのは。」私が言った。

「やはり男がいいですな。なんといっても。女の子はものいりばかりでしてね。」

「……君はやはり仕事に忙しいですかな。」私は娘婿の名前を思い出すのに苦労した。

「はあ、恆造ですか。何を考えとるのやら。」はっはと空しく相手は笑った。情愛の空しさではなく、彼の脳裡には息子のことなど、どんな位置も占めてはいないらしい空しさだった。しかし、それは少し前までの私にとっても同じことだった。

「若いころから奴はどうも人に頼るくせがあっていけませぬ。兄貴のほうは割合にしっかりしとるんだが、次男は責任がないせいか、学生時代にも妙な女に深入りして往生したことがあったですよ。子供まである女と騒動をおこしよりましてね。得意さきの機械工場の社長の家に下宿させておりましたんですがね。実際たいへんなものいりでした。」

物質が人を支配するその支配の側に、生まれたそのときから位置しているその男の口調を私は反芻してみた。どんな大きな声を出して学生を叱りつけるより、小気味よい発想にはちがいなかった。

「子供が産れてもしばらくは病院暮しでしょうから、上京のおりがあれば恆造君にも行ってやるようおっしゃってください。」

典子の性急な、哀願するような声が思い出された。娘夫婦の間に何がわだかまるのかは知らなかったが、相手がそれに気づいていないらしいことが不愉快だった。だが、普段ならすぐ激昂する私が不思議に怒らなかった。

襖が掛声なしに開いて、最初に茶を運んだのとは別の女中が入ってきた。それが合図のように、姫崎は大きな掌を打った。

「こちらの方、お風呂に入られたらよろしいですのに。」と女は立ったまま言った。

「いや、風邪ぎみなので遠慮しましょう。」

見上げると、風呂あがりのように女の髪が濡れていた。刺激的な香料の香りをふりまく女は男好きのする丸顔だった。肉づきのよい体全体が玄人女特有の崩れ方をしている。姫崎は紹介をせず、私は、その女が料亭の仲居ではなく、彼の妾であることに気づくのに暇がかかった。向うには私のことを話してあったのか、女は自然な気候の挨拶をした。

諂諛（てんゆ）と媚がその演技的なかたちのまま凝固した厚ぼったい顔付きに似ず、電灯を灯すために立ち上ってあげられた女の腕は男のように毛深かった。露骨な性を感じて私は目をそらせた。

私の体の加減が悪かったためではない。教養や趣味を飛びこえて、皮膚の肌理や乳房の香りをすら飛びこえて、真先に局所的な性を感じさせるタイプがあるのだ。

女中があらわれて食膳を整え、年増の仲居が一人私の側に坐って、日暮れからは、かたどおりの酒宴だった。ころあいを見てひきあげようと思い、事実、口に出して饗応を辞退しながら、私はずるずると居坐った。帰ってみたところで家の台所には炊きそこねの硬飯があるだけだったから。規律や精神の問題だけではなかった。

「お独りでは不自由でしょう。」と姫崎は言った。不自由……と私は呟いた。静枝が病みついてから、幾度私は問いかけられたものだったろう。妻の死後も、親戚や友人から、そして新聞のすっぱ抜き記事にも、その同じ言葉が用いられていた。

「お世話しましょうか。」姫崎は男たちと同じように盃を重ねている妾のほうを向いて笑った。

「知代ちゃんなんか、いいんじゃない。」

「うむ、おとなしい娘だからいいかもしれんな。」

「あら、あなた自身に気があるんじゃなくって。そうくさいわねえ。」

「わしはもう齢だ。」

「あーあ。たいへんな年寄やわあ。」

私の感情を無視して、銀行家と妾との話は卑猥なほうにおちていった。

「この方お独りどすか。」京都弁を使う仲居が同情たっぷりに私のほうにもたれかかった。昔、中国には、地方長官がお気に入りの幕僚に妾をはらいさげる習わしがあった。さずけるほうも受けるほうも、いったいどういうつもりだったのか。制度と習慣は、個人の自由や感情よりも上位に位するものと見える。不自由――。席を蹴って立つほどの若気もなく、徐々に酒に濁ってゆく意識の中で私は繰り返した。不自由――。失礼なその場の雰囲気とは無縁に、一瞬、米山みきに対する、かつての不自然な愛撫の記憶がよみがえり、つづいてなんの脈絡もなく、検察官時代、私の前で泣いたりわめいたりした未決女囚の顔がつぎつぎと浮んだ。情人を殺した色情狂の女、夫に捨てられて万引きをした日傭人婦。いや捨てられたのではなく、仕事の帰りにはぐれてしまってから会えないのだとその女は、常識では考えられぬことを言っていた。また、空襲のさなかに、言うことをきけば女房にしてやると言いよった薬屋の主人をさし殺した女中。そして――法文の上でのみかかわり、求刑すれば忘れ去った不運な女たち、境遇の苛酷さに敗れ、自己の淫乱や愚昧さに罪を犯した女たちの姿が、そのとき異様な鮮明さで浮んでは消えた。それはもう十年も前になる。私が老けたように、それらの罪人たちも、あるいは監獄の中で、あるいは娑婆に出て、それぞれに年をとっただろう。

美男子でもあり、金もあり、客観的に見ればその保護を受けたほうが、すくなくとも生活は安定したであろう男の手出しに、その男を傷害する女が意外に多いものなのだ。貧しい女には、かえって奇妙に頑固な、もたないほうがよい夢のような観念がある。政治に関してだけではなく、観念が力をもっている特有の階級がある。

いまふいに浮んだこの話をしても、姫崎には理解できないだろう。そして、私がそうしたとき、きまって最低の求刑をしたことも。あの女中の場合も、判決は三年、執行猶予三年だった。だが一カ月後には痩せ細り表情は絶望的になって、窃盗罪でふたたび正木検事の前に手錠をはめられて立った。それも執行猶予、そしてまた窃盗罪だった。いままで猶予されていた刑期が加算されて女はその青春を獄中にすごす。あの女も、罪を重ねることによってではなく、年齢の推移と容色の衰えによって愚かな愛の観念を失ったことだろう。死んでしまったか、人の妾となったか。それとも、法網をくぐり、世を呪いながら街路に立つ娼婦になってしまったか。仲居は戦後朝鮮からひきあげてきたときの話を懸命にしていた。真実味に乏しい口調だった。ただ卓子ごしに姫崎の妾と視線が合うとき、間のびした京都弁に迫力がこもった。一ヵ月ばかりすれば、もういちど東京にでてくると姫崎は言った。

「ご好意は有難いが、わたしのほうにも考えていることがありますので。」と私は言った。

ふいに思い出して、つけたりのように、荻野の娘の就職口のことを依頼して私は席を立った。なんのための招待か、なんのために郊外電車にゆられておもむいたのかもわからなかった。

匆々に辞去して寒風に喉を痛めつつ橋を渡りながらも、酒の肴にして私を侮辱しつづけているだろう、実業家とその妾の姿が頭を離れなかった。六十になっても男はまだ男ですからな、と姫崎は言っていた。たしかにそのとおりなのだ。想念の潤いも美のヴェールも失って、純粋に欲求だけの、紫色の性器をむき出しにしたような男性は残るのだ。橋の欄干に灯籠をかたどった外灯が赤い光を河床に投げていた。粧えば粧うほど醜くなる娯楽街の姿を悲しむように灯火は瞬いてみえた。

帰途には別に女人の影にも行きあわなかった。だがもし、そのとき土産物売場の前にでも女の姿があれば、私は米山みきを思っただろう。たとえその後髪が、その髪型と髪の色が、漂わす香水の香りが、いかに、わずかの期間婚約者であり、そして婚約者であることに終った栗谷清子に似ていたにしても。

日時を経るにつれて、想念の中に占める家政婦の比重は増していった。

もちろん、みずみずしかった婚約者の姿が脳裡からまったく消え去ったわけではなかった。それは、満員電車からプラットホームに降り立ってほっとした瞬間や、公園を散策して冬にも枯れぬ温室の花を見たときなど、ふと意識の淵をかすめすぎた。ある匂いを伴なったり、多くは内臓を内側から嚙まれるようないらだちをもって。しかし、机の前で茶を飲むとき、埃っぽい床に早すぎる夜明けを独りむかえたとき、私はまず自分の死にざまを想像し、次にはかならず米山みきの肉体を思った。彼女の善意、彼女の奉仕ではなく、あたかも呪縛されて滅びの道を歩む囚人のように、私はその肉を追慕した。そして、その肉への追慕が逆に、彼女のちょっとしたしなの温かさや柔らかな気遣いなどの回想の世界を呼び醒すのだった。不自然な夢がしばしば私の床をおとずれた。籐椅子に坐って、笑いあいながら林檎を食べている。米山みきは寝巻姿でぺったりと縁側に腰をおろし、うつむいて林檎の皮をむいている。味のさくいその果物をじっと眺めると、少し腐敗して皮が半ばまくれながらまだ付着している。私は猿のように、それを手でむきはじめる。すると林檎は、らっきょうのように複雑に皮が錯綜していて、ぽろぽろと何処までもはがれてゆく。不思議な、くすぐったい快感を覚えながら私はそれを夢中になってむいてゆく。するといつのまにか、感触は粘着性を帯び、不自然な姿勢で私は米山みきと交っているのだった。快楽を長びかせようとする悲惨な努力がつづき、びっしょりと汗をかいて私は目醒める。

また夢は、もう自分のものとも思えぬ遠いはるかな子供のころの記憶ともつらなってあらわれた。焰のような向日葵のゆらめき、水田の上の陽炎、池畔の無花果のうえに鳴くぎょうぎょうすの啼声。夢によって蘇えるのは、郊外に位置して、周囲は多く田畑であった中学校へ通う日々。二学年をとびこして中学校に入った私は、成績はそれでもなお首席だったとはいえ、質実剛気を尊ぶ校風のもと、すでにうっすらと顔に生髯をはやした年上の同窓生たちに体力的に圧迫されつづけていた。私は放課後しばしばわざと帰りを遅らせて難を避け、学校の裏を流れる小溝に足をひたして蝦や小鮒とりに時間をついやしたものだ。その稚い遊戯に夢中になりかけた一瞬、しかし、きまって私は無限の不安に襲われて周囲を見廻す。太陽が野原に油を注いでいる。無統制な熱気に、かえってもの皆はみずからの悔恨をかみしめるようにうなだれている。私は理由もなく、この世界に私の存在は必要ではないのだと感じながら歩き出す。

学校の裏には、鬱蒼と古木を茂らせた真言宗の寺院があって、その門前の貧しい農家に一人の白痴の娘がおり、なぜか独りうなだれて帰る私にいつも果物を投げてよこした。どうしてなのか理由はわからない。本来ならばまだ小学校で粘土細工やクレヨン画に熱中しているべき幼い中学生と、その白痴の娘には一種の意志疎通があって、微笑しあうと本質的な慰藉を感ずることができたのだ。学校で体操の時間に屈辱を受けたある日、籬のそばに立っていた白痴の娘は手まねきして無言のまま歩きだし、その村落のはずれにある玉葱の乾燥小屋まで案内した。そこが、彼女の根城なのだった。本能的にみつけ出したのだろう、ぶらさがった玉葱の簾をかきわけて奥に入ると、隅に敷かれた麦藁の床は、風通しがよく涼しかった。近くを流れる小溝の水音が秘事のように囁く。裏側を、おびただしい玉葱の乾縄の間からうかがうと、もりあがった畦が台樹のように豪華に輝いてみえ、においあらせいとうがしきりに身もだえして風情を添えようとしていた。白痴の娘は乾燥場の隅の土を掘りかえすと、泥んこの饅頭とサツマ藷をとりだしてきた。部落はずれのそこは、彼女の避暑地であるばかりでなく、彼女の富の宝庫だったのだ。犬のように素手で土をかきわけると、つぎつぎと腐った団子や半腐りの夏蜜柑が出てくるのだ。

「おお、おお。」

いちいち匂いを嗅いでみて、腐敗をまぬがれた一つの夏蜜柑を、白痴は、慈悲ぶかい、ほとんど抽象的な微笑を浮べてさしだした。ただうなずくと、彼女は猿のように巧妙に皮までむいてくれるのだった。部厚い垢と土の汚れにもかかわらず、透きとおるように白い指に、果実のしずくが滴る。私は一つを受けとって口に含んだ。日陰の土中に埋められてあった蜜柑は、冷蔵庫からとりだしてきたばかりのようによく冷えていた。甘酸っぱい、文字どおりの辛酸を、私は声もなくしがむ。幼い中学生を興味ぶかそうに覗きこむ彼女の上半身は絶えず揺れていて、天井からつるされた玉葱の幕に見え隠れする。何処からか牛のなき声がし、無花果の枝にぎょうぎょうすが啼く以外は、大地は平安だった。私が技巧的に満足の意を示すと、一点の疑いもなく彼女は激しくうなずき、自分でも頬張った。

背のびして気負いたち、毎日、大決心をして登校していた緊張、厳しい漢方医の家庭の正坐の疲労が、気をゆるした一瞬にどっと私を征服する。そして、自分が生きるに値しないものだという早熟な感覚が私をふたたび萎縮させるとき、いままで平和そのものだった白痴の表情に雲がかかる。

してきた。

　彼女はおおあわてに、片隅の彼女の倉庫を掘りかえし、今度は泥まみれのかしわ餅をもちだ
「どしたんの?」

「おお、おお。」と彼女はそれをすすめる。

　首を横にふって私は体を地面に横たえた。ひんやりした地面の感触がひとつの安息感となって感傷をやわらげる。白痴の娘は私の真似をして仰向けに身を地面に横たえて、顔をねじむけ、私のほうを見ていた。白痴の齢はいくつくらいだったろうか。一度、特有の臭気をふりまきながら、その玉葱乾燥場でぴょんぴょん踊りはねたとき、膝までしかない木綿地の着物からでている脚は、少しむくんでいて、完全に大人のものだった。しかし邪気のない顔立ちは当時の私の年齢の仲間だった。

「ねんねしなよ。ねんねしなよ。」

　白痴は目を閉じて鼾をかく真似をした。そして本当に私は眠ってしまったのだった。

　その白痴は後年、私が中学校を卒業するころには、忌わしい疾病におかされ、体中に膿を流しながら、寺院の境内や学校の裏門のあたりを彷徨うようになっていた。その白痴が産れたばかりの父親知らずの児を抱いて池にはまって死んだときには、その葬儀の席上、学校裏の寺院の僧侶が烈火のごとく怒って村人たちを罵ったという噂が学校にも流れてきたものだった。

　だが、そんなことなど、私は完全に忘れてしまっていた。白痴のいたことも、中学校の憂鬱も、さらには私に少年期があったということすら、およそ思ってみたこともなかった。だが、悪夢にうなされる夢の中では、その白痴はいぜんとして邪気なく蜜柑を輝かせて捧げもち、そ

して奇妙にも、中老の人となった私は、ほとんど合掌するようにして何かを彼女に愁訴しているのだ。それが、どういう意味なのか、夢にうなされているときも、醒めて枕もとの煙草盆をさぐるときも、私には理解できない。

# 第二八章

「この間御依頼を受けました、御友人の息女の就職の件、さる製紙会社の社長秘書ならば即刻にも受け入れられる旨、出入りの社長の了承がありましたことを御通知申しあげます。なおタイプ、商業英語など二、三の特殊技術を必要としますゆえ、簡単な試験が一応あります。御返答あり次第、日時は直接会社より本人に通知あるはずです。また雇員としてならば弊社銀行の長野市支店において、いつなりとも採用する用意がございます。右、御通知申し上げます。」

荻野の娘の就職斡旋を依頼したことも忘れてしまっていて、秘書が書いたのだろう姫崎からの手紙を読みながら、私はしばらくなんのことかわからなかった。思い出したとき、荻野家には無断で拒否の返事をしようと私は決意した。日ごろ、時候見舞いも交換しない間でありながら、さっそく運動する相手の意向が見えすいていた。饗応を受けたことじたいがすでに、検察官時代、そして教授時代の生活方針に反することだった。私自身いがいのことにまで恩恵を施されるべき筋合いはなかった。また荻野の遺児はもう就職しているかもしれず、また職についていなかったとしても、食うに困るというわけでもないだろう。——だが、ふいに浮んだ荻野

の面影がその考えを翻えさせた。すでにこの世にない旧友のことを、なぜ気にかけねばならな

いのか、私は考えてみなかった。理論を失い、心情の気紛れで動き始めている自分の姿を、し

かもそれをいとおしい過去の追想のように思いやっている自分じしんの像を私は見出したにす

ぎなかった。

人員不足の裁判所、ぎっしりとつまった審議日程、おびただしい係属事件、多忙な相手方弁護士の都合——ほとんど双方の身分をあかし、訴訟提起理由の表明をすることだけに終った第一、第二回の公判があっただけで、審議は早急に決着する見込みはなかった。わずか四十分か一時間、月一度ぐらいしか開かれない訴訟にそなえて、しかし私は六法全書をくり、判例集をひもとき、訴訟法の技術的デテールを研究した。とりかかるまではおよそ煩わしい裁判手続きや証拠書類の複製も、やりはじめてみると、じつは講義ノートの準備作業いじょうに面白かったのだ。いや面白かろうとなかろうと、私のなさねばならぬ仕事はこれだけしかなかった。

その夜、民法の項目をながめていて、私は遺言状の条項に偶然に触れた。そしてそのとき、いままで何度か、何かしなければならぬような気がし、思い立ってあわただしく机に向いながら、そのたびに何をしようとしていたのか思い浮ばなかった義務感が、たちまちに氷解するのを私は覚えた。咽喉もとのところまで出かけていて、痰のようにつかえて出なかったもの。すぐ手がとどきそうで、そのたびに虚空を摑んでしまったあの焦燥感は、じつは老いの足音だったのか。私はあらためて遺言状作成に関する規定を読んでいった。

第千七十六条、疾病其他ノ事由ニ因リテ死亡ノ危急ニ迫リタル者カ遺言ヲ為サント欲スルト

キハ証人三人以上ノ立会ヲ以テ其一人ニ遺言ノ趣旨ヲ口授シテ之ヲ為スコトヲ得此場合ニ於テハ其口授ヲ受ケタル者之ヲ筆記シテ遺言者及ヒ他ノ証人ニ読聞カセ各証人其筆記ノ正確ナルコトヲ承認シタル後之ニ署名、捺印スルコトヲ要ス

前項ノ規定ニ依リテ為シタル遺言ハ遺言ノ日ヨリ二十日内ニ証人ノ一人又ハ利害関係人ヨリ裁判所ニ請求シテ其確認ヲ得ルニ非サレハ其効ナシ

裁判所ハ遺言カ遺言者ノ真意ニ出テタル心証ヲ得ルニ非サレハ之ヲ確認スルコトヲ得ス

遺言作成手続きにおけるもっとも簡単な正統的方法は、言うまでもなく自筆証書を残すことである。遺言全文、日付け、氏名を自書捺印すれば足りる。私にとって、わざわざ火急の場合の想定をする必要はまったくなかった。にもかかわらず、あたかも劇の結末を反芻して楽しむように、冷えてしまった紅茶をすすりながら、私は、死に臨んでもはや朦朧とした立会人の顔をたしかめようとする自身の姿を想像した。一人の息子、一人の娘、黙って死ねばとうぜん遺産は、相続税徴収分を除くすべてがその子供たちのものである。だから、遺言を残そうとする意志を表明することじたいが、親族の好奇心と欲望を喚び起すだろう。何故ともなく、私の辞世の床に居並ぶ顔ぶれは決っており、私の死水のとれる骨肉の名をもはっきり予想できるような気がした。人の世の中における死の意味の重大さをまだ悟れぬ、そしておそらくは気質的に生涯悟れぬままに終るだろう息子は、死後おくればせにかけつける者の中に加わるだろう。そして腐肉にたかる銀蠅のように、連絡をせずとも、あの規典は私の臨終に居合わせるだろう。脈搏が弱まり、静かに黄泉の国に歩みよる私の手を、呼びもどすでもなくおしやるでもなく、温く握るのは妹の典代であるだろう。彼女がもしそのときまで生きのびているならば。——わ

たしを置いて先に逝ったらいけん、と呟きながら。薄情な膳さんや、薄情な兄さんと呼びかけることだろう。典次でもなく、典代でもなく、蠟燭の光のように揺れる薄明の中に、もう一人、じっと私の死を凝視する人物がいるはずだった。退屈しきったような表情、蒲団に包まれた肉体の隅々まで見とおすような視線。それは誰か。誰が来ているのか。私は、最後の恐怖に打ち震えることだろう。

遺言を言う。筆記してくれ。

規典が筆記具を取り出し、典代が声をあげて泣く。だが娘でも孫でもなく、弟子でも友人でもないその人物は、亡霊のように漂いながら、私を見おろしているだろう。

どんな埋葬の儀式も必要ではない。そしていまから指定する金銭・物品および著作権以外は法の定めるところに従って直系卑属の所有とする。

一つ、手稿、手記、講義ノートの類および身のまわりの愛用器具の一切は焼却すべし。手紙その他の他者所有のものとなっている手稿も著作権の本人に属する期間は、それを公表することを許さない。また専門学術関係以外の随筆類の刊行物はすべてこれを絶版とする。

一つ、主著「法と正義——その純粋現象学的根拠づけ」の著作権は荻野君子に移譲する。

一つ、それ以外の専門著述の著作権はすべて妹大同典代に属する。

一つ、すでに娘典子に相続されたるもの以外の亡妻静枝の遺品はすべて静枝方の近親者に与うべし。

一つ、蔵書の、裁判所図書室ないしは大学図書館への寄贈は規典名義によってなさるべし。必要なる書物は規典、典次の所有とするも可。

一つ、恩師より贈られた銀時計一箇を恩師子息に返却する。
一つ、現金、有価証券その他により金三十五万円を米山みきに与う。
一つ、もし典次が我が死後三年以内に外遊の機会あるときは、その費用の半分を贈る。
一つ、——。

幻想からたちもどり、六法全書をぱたりと閉じて、その鞣皮表紙に大日本帝国六法全書とあるのを見て、いまみていたのが明治六法であることに私は初めて気づいた。うかつな話だったが、学生時代から愛用した古い書物のほうに習慣的に手がのびてしまったものとみえる。私は苦笑して、しかしあらためて、今は古書肆でも手に入れがたいという旧六法をくってみた。大日本帝国憲法の全文をかつての私は暗記していた。祭政一致体制をあたかも至上不変の真理のように宣言した文章も、廃棄されれば一片の戯文にすぎなかった。撤廃された法律——それは観光客の好奇の目にうつるポンペイの死都のようなものだ。いや死都も廃墟も、尚古の感傷には芸術化されるけれども、消え去った権力のあとの貝殻は、その栄光をも毒気をも失った、だじゃれにすぎない。どれだけの法律が立案され、どれだけの人を束縛し、どれだけの法律が何ごともなかったように削除されたか。一片の紙屑と化した法律のかげに埋没した人間の悲惨。不合理な婚姻法や家族法、そしてまた兵役法や治安維持法が掘った深淵を、なにがいったい埋めるのだろうか。傷ついた肉体の傷痕、もぎとられた手や足は心のもち方の変革や善意の追加によってはもどらない。隊列を組み、ラッパを吹き、銃を担って消えていった生命は二度ともどらない。——権力の本質、それは権力じたいには、その姿を映し出し反省する鏡がないということにちがいない。イェリネックの権利の闘争は、法こそが鏡であり、権力を制限し監視すべきだと叫ぶ。だが、その叫びも、死都の上に吹く、後世の、かかわりなき風のようなものにすぎないだろう。

けっきょく、荻野の宅へも連絡せず、返事もださなかった私のもとに、一週間後に、こんどは姫崎の自筆で封書がとどいた。先日、小生の関係する私立大学の理事会の席上、偶然貴下の現大学引退の話が出、理事会の非公式の意向では、新設される大学院の教授として貴下を招聘したいということに内定した。齢をとってのち土地を移るということは大変であろうが、幸い息子の家は大学のある丘陵の反対側の麓にあり、歩いて十分ぐらいだから、ひとつ思い切って身を寄せられてはどうか、と文面は古風な、しかし、挨拶抜きの文体で書かれていた。私は最初、妾を当然のことのように横に侍らせていた銀行家の脂ぎった顔を思いだし、つぎに、ほっと救われたような気分になった。過度の反省癖と自尊心が半畳を入れねば私はすぐさま、感謝の返信を出すところだった。だが、習い性となって、自尊心の介入せぬ平和な状態がかえって不自然な状態であるようになってしまっているのが、私の精神の現実だった。

絶え間ない葛藤、闘争、侮辱、反感、それら悪徳の介在せぬ人間関係を、この穢れた地上に私は想定することができなかった。自己満足に崩れるだろう姫崎の微笑を思い、その私学の経営者側にもあるだろう勢力争いの暗闘を思い、そして唐突に、よくも悪しくも自由にはならない己れみずからの運命を私は想像した。私は、たとえ受けかねるとはいえ、申し出での身にしみて有難かったこと、今度上京されたおりには、ぜひ立ち寄られることを希望する旨をしたため、同時に荻野君子あてに直接、職業を斡旋してやろうという人のいることを通知した。都会に出て働くことも結構にはちがいない。楽しみ多く、華やかな生活を希望されるのもうなずける。だが、田園の、山間の、入ってゆく人をけっして裁かない自然、すすきの野原、杉の山、細流、山の霧に包まれて生活することの貴重さを私はさとしてやりたかった。もちろん、何も書きはしなかった。ただ、さむさ厳しき厳冬の候、山は銀一色に染っているのであろうと時候見舞いを末尾にしたためただけだった。

妹尾助手が細君をつれて訪れた。

木枯が窓枠に響く応接室で応対しながら、私は風の音を、麦の穂のゆれる音のように聞いた。麦の穂の音? なぜそう思ったのか。もともとが郊外であるゆえに、新築の住宅に侵蝕されながらも、まだあちこちに畑は残っていたが、一面の麦の穂の波などここ数年来みたこともない。季節は冬、およそこの連想には現実性がなかった。だが私はたしかにそう思って風の音を聞いていた。妹尾の細君が、私の制止をきかず台所にたち、茶をわかしてくれ、たまっていた野菜屑まで戸外にすてにいってくれた。

「もっと早くうかがうつもりだったんですけれども。」言葉につまると妹尾は鼻をくんくんならす癖がある。「昨日、緒方助教授にお会いしまして……。」

「それで?」

妹尾がしきりに気にする背後の窓を見た私は、庭の物干竿に私自身が洗った下着のかかっているのを発見した。正式の物竿台は二階にあるのだが、いちいち階段を上り下りするのが面倒で、昔の竹竿のあるのを知って庭にほしたのだった。来客をよろこぼうとしていた気分が、つまらぬことで沈んでいった。

休職して以来、御用聞きや集金人などのほかには、ほとんど私は人に会っていなかった。家にも、滑稽なほどぴったりと誰もこなくなっていたのだ。多忙さのうちに窒息しかけていた思考は、そのありあまる時間にかえってとまどい、胃は重くもたれ、瞳には鱗が重なったようだった。典子も産院に移り、典代も典子の世話に手いっぱいで、家の掃除も三日に一度のわりで、私自身がなさねばならなかった。それは完全に一日仕事だった。書斎の窓を開け放ち、机上の書籍の山をあるべき書架の位置にもどして、はたきを使う。電気掃除器で絨毯を清掃しおわると、次は客間である。天地有情と書かれた額をはたいていて、私はあやまってそれをおとしてしまった。ふたたび掛けるのも面倒で、ソファーの上に寝かせてある。寝具のあげおろしが煩瑣なので、昔の妻の寝台を書斎にすえて使いたいのだが、私ひとりの力では、二階にもってあがるわけにもいかない。二階の廊下の埃を階段からはたきおとす。茶かすをまいておいても、どこからたまってくるのか、人気のない家に埃はほしいままに舞いあがる。

廊下の拭き掃除だけは、しかし、割合に愉快な作業だった。雑巾バケツの水を掬みかえなくともよいのなら、何度拭いてもよいと思えるぐらいだった。雑巾を二つ折りにして拡げ、それに両手をあててかがみ、気合いもろともに中腰になって走りだす。私はスキーもスケートも知らないが、その快感はおそらくこれに似たものだろう。ぼっかぶりや蟻の死骸も埃とともに隅におしつめられてゆく。私は颯爽とし、死骸どもを庭にはたきおとす。ただ、その快楽も、足の指先にとげがささって一段落した。その傷を放っておいたために、夜、夢うつつで掻きつづけ、歩くのに困難を覚えるほど腫れてしまったのだ。

「お屋敷におひとりですか?」妹尾助手が周囲を見廻しながら言った。

「ふむ、娘はちょうど、病院に入院していてね。」

「お病気ですか?」

「いや病院といっても産院だ。」それより用件はなにかね、と私は言った。わかってはいたのだが、しかし、黙ったまま見送るというわけにもいかない。

「この前、お話し申しました、東北大学への転任の件ですが、あちらの教授会で承認をうけたとの通知がありましたので。」

私は何度もうなずいた。

「わしのほうの隠退も確実だし、それがいいだろう。」

「先生にはこれまで大変なお世話になりました。今後とも、どうかよろしくご教導ねがいます。」

「いや、君には職務いがいにも、長い間、雑誌の編集など、無報酬な仕事をいろいろしていただいた。感謝している。」

「雑誌『国家』はどうなさいますか?」

「若干、予定している原稿があって、それをこの次にのせようと思っている。他に依頼してあった原稿も少くないが、次の号でいちおう廃刊ということになるだろう。ちょうど、雑誌の創世紀のころに、この雑誌に参与していた人の原稿がみつかってね。一種の記念号のような形にしようと思う。それで『国家』第二次は打ちきることにする。わたしも書くが、向うへいってから、早く原稿ができれば郵送しなさい。」

「有難うございます。しかし、なにか惜しいですね。」

「そう、惜しいね。しかし過度の愛惜というのもよしあしでね。わたしはかつてそのために窮地に立ったことがある。もし、愛惜してくれる気持があるなら、君が、その実力を蓄えたとき、第三次の『国家』を発刊してくれればいい。いやむしろそれを強く期待している。」

妹尾の細君が茶を入れてもってきた。緊張していて、手つきは危っかしく、盆の上でコップが鳴っている。

「君のところは子供はなかったのかね。住居を移さねばならんのは大変なことだね。」

「しばらくは、わたしひとりが下宿住いです。」

「早く住いがみつかればいいんですけれど。」細君が横合から口をはさんだ。「この人はそういうことにはぜんぜん熱意がないんだから、いつのことやら。」

「北海道に息子がいてね。そっちへ行くときには寄るかもしれない。住居が決ったら通知しておいてくれたまえ。」

私は顔をそむけて、花のない一輪挿しの花瓶を見た。一時とおのいていた麦の穂の幻音が徐々に高まった。別れにのぞんで、私は何か教訓を垂れねばならない位置にあった。何を語るべきか、その幻聴の高鳴りにうながされながら私は空しく目を瞬いた。

「人類の歩みというのは、みみずのようなものだ。ちょっと前に進むかと思うとまた後退する。」唐突に私は言った。軽い諧謔にまぎらせるつもりだったが、二人は身じまいをただして拝聴する姿勢になった。

「直線的に文明が上昇するとは考えられないね、実際。」

「はあ。」

「弁証法的でもおそらくはないだろう。偏り極まって、はねかえることがしばしばあるのだろう。断崖に面して立って、もう一歩も進めない、……それゆえにと、横にずれてゆく原因結果の関係というものがおそらくある。単純進化や永久革命はおこらず、歴史には、カタッと進展が停止してしまう、長い横ばいの状態がある。論理学ははやく、そういう横ばいの因果律を明確にし、法則づける必要がある。個人の人生にも、横ばいに耐えねばならぬ時期が必ずあると思う。なんのことをいっているのか、いまはわからないかしれんが、辛抱づよく研究をつづけてくれたまえ。いいね。」

「有難うございます。」若い夫婦は顔を見合わせ、そして立ちあがった。

その夜、近所に火事騒ぎがあった。けたたましいサイレンと鐘の音がし、消防車が幾台も駆けすぎ、救急車のうなりがそれにつづいた。書斎の窓から身をのりだして、カーテンを開けてみると、意外な近距離、たぶん、駅前の商店街のあたりに火の粉が舞っていた。つんざくような消防車の警笛が四方から谺する。夜の闇の裾の薄明りに、一条の焔が立ち、その先端があやしく揺れている。近隣の人々が表にとびだし、火もとのほうへ駆けてゆくのが見えた。風の方向を見定め、典子のいる病院のほうへは移らないだろうと、私は安堵した。すくなくとも、突風が吹かないかぎり、鉄道線路が、いま燃えている区劃と、典子のいる産院とを区切っている。妊婦が火事をみると痣のある児が産れるなどという迷信をふと思いだし、苦笑して私はカーテンを閉じた。そして煙草に火をつけてから、私は、典子への配慮とはまったく裏腹に、心の奥底で、火災のより大きく広がることを期待している自分の心理の歪みに気づいたのだった。自分の声とも思えぬ声が、たしかに呟いていた。

もっと燃えろ。燃えてしまえ、何もかも。

# 第二九章

講壇に立ち、卓子の上の豪華な生花の匂いに包まれ――そして儀礼的な拍手の波がおさまったとき、ふいに私はもう二度と講壇に立つことのない私自身の境遇を思った。何百人かの卒業生とその背後の父兄たち、そして左右に末広がりに位置してしわぶきを発している名誉教授と賓客の列が、式幕のかすかな伸縮運動とともに、その輪郭の鮮度を増しまた減らした。常ならばいならぶ聴講者の顔を一つ一つ見分けられる目に、そのとき、群像が不明瞭な入りこむことのできない時間の幕のように映った。私は胸をそらせて草稿を見た。

ここでどんな認識を語ろうとするのか。いささか巧妙な言いまわし、笑声を計算に入れた洒落、いったいそれが私にとってどんな意味をもつというのだろう。人は早く私が講壇からおり、式次が軽快に進行することを待っている。たとえ私の講話のなかに、幾分かの真理が含まれているとしても、それは一場の挨拶を飾る学問的潤色と目されるにすぎない。座席の後方はまったく儀式とは分裂して、なにか楽しげな、おそらくは人の噂や日常茶飯事や、子弟の将来への夢想や不安の話にもちきっている。私を正木典膳として見知っているものも、刑法学者としてではなく、共に愚かな悩みを悩む、そしてたまたま講壇に立つめぐりあわせとなった一老人としてにしか過ぎまい。また語るのは、非人称的な法学部長、この講演を記念にその位置をしりぞいてゆく一学者であり、あれを憎しみこれを憎しむこの《私》ではない。新聞写真班のフラッシュが横あいから閃光を発した。

聴衆の姿も、その反応も消え、私は自身の中にのめりこむように、草稿を棒読みした。これを書くためにも、数日の準備期間と、数時間の苦しい筆との闘いのあったことを空しく思いおこしながら。

「諸君が、あるいは学部の、あるいは研究科の所定の学業をおえ、今日より、独立せる社会人として、学窓より社会に巣立ってゆくにあたり、諸君の先輩として、また老ゆる友として二、三の所感を述べると共に、老婆心よりいささかの注意を喚起してはなむけの言葉としたく思います。……敗戦後すでに十数年をへて、社会は一応の相対的安定をとりもどしたものの、若い諸君の理想が、この国の政治、社会の動向と背反するだろう多くの矛盾は消えさってはおりません。いや、インテリゲンチャの生き方の困難さは、以前にもまして複雑化している。身に一物も帯びず、ひたすら理念と知識によって、みずからの生活を開拓されようとする大部分の諸君の前に立ちはだかるものは、おおむね、策略と打算、派閥争いと階級闘争の、そしてまた諦念と無気力の泥沼であろうと思われる。インテリゲンチャは、その本来の性格からして、善のがわにも悪のがわにも、与することができ、またどのような組織のなかでも参謀的位置と力とを獲得すべき可能性をもっている。身につけた知識を、隣人・社会・国家の前途に捧げることもでき、私利私欲の追求、裏切りや権謀にも資することができる。また社会・国家の否定や破壊にも用いることができる。むかし、中国の哲人が岐路を見て泣き、素絹（しらぎぬ）を見て哭いたように、諸君はどのようにも染り得、どちらへでも進めるゆえに、いま去られる送別の感傷ではなく、教授者たるわれわれもひそかに涙をのむのであります。

ただ諸君は法の専門家として教育をうけた。あるいは国家公務員に、あるいは司法畑に、あるいは弁護士に、あるいは政党活動や外交の分野に、そしてまた民間会社の鋭兵として進まれる諸君の仕事がなんであれ、諸君が語のもっとも正しき意味において法律家であることをつねに自覚されてあられたい。諸君は、華々しい予言者でも煽動家でも宗教家でも、芸術的反逆者でもない。……法はその本質においてある種の現状是認性をもっており、一見それが、誤れる保守主義、頑迷な条文主義と見あやまれることがあっても、諸君は、それが進歩の桎梏でも、退嬰的態度でもないことを知っている。その現実密着性ゆえにまた政治との接触も必然に生じ、みずから求めてうまれるのでない利害打算の場にも身を置かねばならないだろう。解決すべき問題が紛糾して長びくとき、人は単一なスローガンがもつ力強さや、大衆動員力、はてはまた野蛮な暴力に一瞬魅力を感ずることがないとはいえないであろう。だが、また法の本質は、永遠のようにつづく弁論、公開の弁論にこそあることを忘れないでいただきたい。

究極の一語、矛盾なき天国、それら魅惑的な諸観念は、その初源からして法とは無縁なものであることを、いまふたたび肝に銘じておいて出発していただきたい。解決の手段として、つねに法は相対的な満足をしか、当事者にも第三者にもあたえはしない。その相対的立場に、たえず苦行者のように耐えつづけることが、法の運命であり、法律家の栄光である。

法のもつ現状是認性と、諸君のわかわかしい絶対的理想とのあいだの矛盾は、法の対象であると同時に法の執行者となるだろう諸君に、最初におとずれるつまずきの石である。しかもそれは諸君が純粋であればあるほど、つまずきの機会は多く、それを避けて通るべき道はない。しかし、たとえ相対的解決であっても一つ一つそれを克服してゆくとき、単に法の世界のみならず、あらゆる人間の文化的価値は常にそのような相対的克服によってしか作られなかったということを自覚されるにいたるだろう。一見、現状否認の精神から産れたように見える芸術的成果すら、それが真に価値であるかぎり、現実を肯定せんとするゆえにその非合理や醜悪と闘ったのであることを人は知らねばならぬ。研究室や演習室では教えられなかった問題性の、それが第一義である。諸君とおなじく、わたくしどももこの学校のこの学部で法を学んだ。わたくしどもが社会に巣立ったときの現実は、はるかにこの現実よりも暗いものだった。諸君が法哲学概論の退屈な一ページだと思われる正義と法、良心と法律、破壊と法、それらの法の根源的問題が、観念ではなく現実であったからだった。かつては机を並べた親友がしばしば、しのぎをけずる敵対者となった。彼ら個人の責任ではなく、避けがたい権力の流れにおされて弱肉強食の闘いを闘ったものだった。あるものは、法への懐疑から、まったく非法の世界に足をふみはずし、あるものは、拒否的な全否定者となってついえて行った。

　だが、どんなに英雄主義から縁遠くとも、またたといどんなに意見が対立しても、法の範囲にとどまったかぎり、それらの人々の人生にはインテリゲンチャとしての意味があったのだ。わたしはあえて言う。諸君はエリートである。世に言う秀才根性や特権意識とは無関係に、なお諸君はエリートであるとわたしは言う。この組織万能、派閥万能の時代に、なお所属する集団の勢力や利益を離れて、個人の責任において法を反省し、世界を鳥瞰できる唯一の階層として諸君をエリートであるとわたしは規定する。その立場の浮動性、不安定性にもかかわらず、それゆえにこそ、インテリゲンチャには巨大な任務が課せられている。諸君が理性でなく、諸君が統一者でなく、諸君が鳥瞰者でなければ、正義を利害追求の装飾と化してしまったこの世界の、だれが統合者でありうるか。真の批判、真の自由をだれがこの世界にもたらしうるか。

法についてその大要を学んだ諸君も、それぞれの職場で、その職場の慣例や、実際上の技術的適用については、その場の熟達の士に学ばねばならないだろう。経験において諸君が教えをうけねばならない先輩も数多いだろう。しかし、諸君は一分科の経験的専門従事者たちにはできないことを成し遂げる能力をもつ。いわゆる土地屋や総会屋などが土地売買法や株式会社法の細部の適用にどんなによく通じていても、諸君はけっして卑下する必要はない。たとえば、この民主主義社会の鉄則である三権分立、立法・行政・司法は、実際の適用においては、かならずや分離されてあらねばならぬ。だが、その分化は、一部門の担当者が他の部門をまったくかえりみない視野の狭さ、精神の硬直とは無関係である。文学や芸術が、創作され鑑賞され、批評され研究されてはじめて一つの美的価値が完成するように、またそれらの異った側面の働きが一つの円環を形成したときはじめて一定の文化圏を形成するように、法の精神も、またその三権の特殊相が諸君の精神のなかにつねに綜合され、統一されていて、はじめて正しい適用を見るであろう。

悪法が上梓されるとき、行政が弾圧性を帯びるとき、司法が非現実的な細分主義におちいるとき、……そうしたときに突如としてこの世界から良心がまったく消え去ったわけではなかった。だが、その良心が統一的見方を欠き、そして良心としての力を失ったのである。それぞれ専門の教授方から、それぞれの本質的精神を諸君は学ばれた。現実における作業の分化は避けえないし、また避けてはならぬ。だがその分化は精神的統合によってのみ人間性を付与されることを一刻も忘れないでいただきたい。インテリゲンチャの使命はけっして華々しくはない。ときには社会の片隅の少数意見でしかなく、無力な怨嗟の人間とも目されるでもあろう。ときにはふた股膏薬と罵られることもあり、ときには狡猾と怒りを買うであろう。だが、諸君は諦めてはならぬ。諸君までが、この世界が権力によってのみ動くと思ってしまうならば、まさしくそのときにこそ世界はそうなるであろう。猪突せず諦めず、人間の現実に流されずしかも離れず、諸君はこの人間の文化をまもらねばならぬ。それが、そういう言い方をゆるされるなら、それこそが、人間の《永遠》なのであるから。」

最初、私は聴衆へのサービスとして、ここで法律家の七つの大罪について語るつもりであった。傲慢・貪欲・邪淫・嫉妬・貪食・憤怒・怠惰と、クリスト教の七つの罪源にかりて、信仰者にとってよりも、むしろ利害の錯綜するこの世界の法律家にとってこそ、それが誤謬の源となることを語り、同時に七つの薦めをも別の側面から指摘しようとしていた。皮肉やウィットに敏感な青年たちを前にして、法律家の戒めに貪食をも数えあげれば爆笑のわくことは疑いなしであった。

予定された時間の短さよりも、語りかける言葉の反応のなさゆえに、私は、講壇をさる置き土産のつもりの冗談をはぶいてしまった。茫漠と、つかみどころのない悲哀が私の胸にくすぶり、もっとも力を入れて草稿を作った、法と党派性の問題についての考察の部分をも私は触れずにすごした。時計をみ、ぱらぱらとページをくる。聴衆は退屈してざわめき、咳ばらいがあちこちにおこって催促する。私はただ、モンテスキューの法の精神の序文の一節を引用することで、私の講演を閉じた。過去に如何に秀れた絵画があろうとも、レオナルド・ダ・ヴィンチの傑作を前にしても、われわれもまた画家なのだと、人は言うことができるのだと。

不注意な参会者には、なにを言っているのかわからなかっただろう蛇足を、気負い立った学生をひんしゅくさせるにすぎない衒学趣味のような蛇足を、力なくつけ加えて私は壇をおりた。汗が背中を水のようにはい、自分の席にもどったとき、登山のあとのように足はがくがくしていた。

音楽が校歌を奏しはじめ、校歌が終って、シュッド・オールド・アクェンタンス・ビー・フォーアゲットと惜別の歌がつづいた。口ごもりながら、起立して歌声にしたがって口を動かしつつ、私の心は卒業生よりもすばやく、この学校から離れていた。

私の退官を送る昼餐会がおわり、学校が手配してくれた自動車にのって、私はそのまま典子の入院している病院におもむいた。人家のまばらな駅裏だとはいえ、かえって周辺には零細企業の工場や衣類の問屋がならび、典代が言っていたほど清潔な環境とはいえなかった。アスファルトの道路に面して石垣をつみ、やや高台になった病院のそばでは、また住宅公団のアパートや私企業の社寮などが建ちかけ、セメント攪拌器を積んだ大型トラックがしきりに出入りしていた。この都市には、もう十年もすれば、人工的な公園いがいには緑の影はなくなるだろう。しかし、特別な装置でもあるのか、病院の内部は静かだった。普通の病院のようにはホルマリンの匂いもにおわない。長く狭い病院の廊下を案内されて、私は疲れた足をひきずり、階段をあがり角をまがった。

「元気かね。」私は後手にしめた扉に背をもたせて言った。

スチームが温かく音をたてていた。子供は、いや初孫は、やや窶れた母親のそばに、皺くちゃの塊りのように横たわっていた。かすかに息をしている音がし、頬を近よせると、母乳の甘い匂いが粘りつくように漂った。

「子供ができると、当分、もう旅行にもゆけなくなるね。」

「お父さんのほうはどうなの。」

「別にどうということはない。」

「叔母さんは、いまちょうど屋上へ洗濯物を乾しに行っているところなの。お茶は、その戸棚にコーヒー茶碗と茶漉しがあるでしょう。御自分でいれて飲んでください。」

高い三階の窓からは、へしゃげたように広がる瓦の鱗がみえた。私はしばらく、消えさった教壇の幻影を追い、もう一度、別にどうということはないと、呟いてみた。

さらさ模様のカバーをかけたテーブルの上に、典代の飲み残しらしい紅茶があった。新しく茶をいれるのが面倒で、私はその飲み残しをもちあげ、——しかし、何かみじめな気がして飲むのはやめた。

「苦しかったかね、産れるときは。」

「え?」

典子は、驚くほど静枝に似た微笑をもらして、やっぱり産んでよかったと思うと、小声でいった。やっぱりと、断るいじょうは、妊んだ児を、中絶することも考えていたのかもしれない。

ぜんぜん、気づいていなかったわけではなかったが、言葉に出されてみると、父親としての迂闊さが悲しまれる。

「当分、退院してからも、家で静養するといい。」

「姫崎のほうから、何か言ってきたの?」

顔付きはこわれ易く脆い玩具のようだった。笑いもせず、しかめもせず、表情は動いてはいないのだが、少しく枕を動かせるたびの、光の微妙な陰翳によって、表情は変化してみえる。子供が産れたからといって、女が急に強くなるわけでもない。しかし、自分でそう信じたがって、やがて彼女もその小さな信仰によって強くなるのかもしれぬ。

エプロン姿の典代が手巾で手を拭いながら入ってきた。扉をあける前から、私の来ていたのを知っていたように挨拶ぬきだった。

「もう、名前は考えてくださった? 今日明日にでも役所にとどけようと思うんだけれど、おじいちゃんに行ってもらおうかな。そのぐらいのことはしなさいよ。」

おじいちゃん? 私は苦笑した。

その些細な言葉づかいにこだわったために、典代のいうことの真意を理解するのに、私は余計な廻り道をしなければならなかった。典代が蹲って、電熱器のコードをたぐって、ソケットにさしこみ、茶の用意をととのえた。近年、中年ぶとりに肉のついてきた妹は、うしろむきに蹲むと滑稽なほど丸々としていた。

赤ん坊はときおり、くすくすと鼻をならして大きく息をはきだし、小さな唇を〇の字にまるめてむずかっている。

「煙草を吸っても、赤ん坊には影響はないだろうな。」と私は無意味に言った。だれも返事をしなかった。病院の庭、寒々した鉄柵、その外にひろがる、樹々なき木枯の風景。私は窓ガラス越しにそれを眺め、沸騰しはじめた茶の音をきいた。そして妙に黙りこんでしまった典代の背を振り返って、そのとき、私は気づいたのだ。

「もう暇になってしまったことだから、そりゃ、役所に行くぐらいのことはするが、おかしいじゃないか、それは。」私は言った。

「お紅茶をのむ？　それとも抹茶？　携帯用の道具はもってきてるんですよ。」

典代が立ちあがった。

「みてやって、この顔。お猿さんみたい。」と典子が言った。

「出産とどけは、姫崎のほうでしてもらわねばおかしいじゃないか。区役所どうしで連絡をとってくれるのかね。出産とどけはたしか生れてから一週間以内だったと思うが、入籍地のほうの役所でするものだろう。それに名前にしても、考えないこともないが、かってにきめちゃ、姫崎君がおこりゃせんかね。」

けっきょく、簡単な煎茶を急須に入れかえ、典代はゆっくりと茶を配った。

「ことは、あわてちゃいかんね。」

「あわててはいません。」と典代はいって、真正面から私の目を見据えた。

生れたばかりの児のむずかりだすのを見て、典子が妙に嗄れた声で子守唄をうたいだし、典代がぎょっとしたように振りかえった。

「馬鹿ね、この子は、まだ耳も聞えやしないんだし、目も見えないいんだよ。」

典子はちらりと叔母を仰ぎみて苦笑した。しかし、子守唄をやめようとしなかった。

「ほんとに、若いお母さんと子供じゃなくて、ねんねが二人ならんで寝てるみたいだよ。」

なにが気に喰わないのか、典代は目尻をけわしくつりあげて怒りだした。この妹が、怒るなどということはめったにないことだった。だが、怒ってみたところで、こわす器具もなく、投げつける相手も部屋の中にはいないのだ。新聞紙が意味もなくやぶかれもみくちゃにされ、部屋隅にすてられた。


かつて米山みきが突然、いとまをもらいたいといいだしたときのことが思いだされた。なぜかと問いつめると、みごもった子を、日陰の児としてでもいいから育てたいと、彼女はなきながら訴えた。そのとき、申しいでを許しておれば、あるいは彼女もまた、乳房を一吸いするごとくに大きくなる子供の添寝をして、未来に対する不安も忘れて生きてゆく強靭な女になっていたのかもしれない。母親のくりごと、はてしない問いかけは、嬰児が答えられるわけはなくとも、女はその肉の靭帯によって安定できるのかもしれない。米山みきの激しい性格転換も、あるいは、そうしたみずからの財を奪われた怨みからきたものだったかもしれない。

「また明日来てみよう。」と私は誰にともなく言った。「これからは、暇だから、来るなと言われても、でかけてくるかもしれんからね。そして出産とどけのことは、もう一度かんがえてみよう。」


帰ってみると郵便受けに封書がきていた。従来はただ煩わしかった郵便のくるのを、私は早くも心待ちするようになっている自分に気づいた。私は新聞を脇にはさみ、鍵をあけ、出迎える人もいない玄関に立つ。長い休暇、おそらくは生涯つづくだろう休暇に、私はすぐには家には入らず、ふたたび米山みきの住込む以前の状態にもどりつつある荒れた庭を眺める。まだどの花も芽をふかず、かえって去年の残骸が枯れたまま小さな花壇に横たわっている。米山みきは、ひごろ、しばしば私の目を庭にそらさせ、自分が植え、種をまいた草花の一つ一つを指さして、その名を私に覚えさせようとしたものだった。うわの空で聞いていた私は、植物辞典を手にとってみても、どの花がどの科に属するのかもわからなかった。しかし、紫や黄や赤の色彩とその配置は記憶にあり、それを美しいと思う神経に欠けていたわけでもなかった。私はその色調の幻影を追い、幻影のなかに花弁の種々相を復活させようとする。そしてその空しさに気づくとき、私は私の《隠居所》に入るのだ。

まず私は新聞をみた。従来のように政治・経済面をみるのではなく娯楽面を。ゆっくりと隅から隅まで私は眺める。おびただしく、雑多で、便利な知識源がそこにもられてある。積極的な育児の方法、ポリオの生ワクチン接種について、人形の造り方、将棋や碁、受験生をもつ親の心得、そして時代小説など。あるいはややエロティックな女優の写真、催しものの案内や映画の批評など。すべてが奇異で斬新であり、私は舌なめずりするように丹念に読んだ。なるほど、こんなことに懸命な努力をはらっている人もいたのか。こういう悩みを悩んで世を儚(はか)なんでいる人もいたのか。世間の関心はいぜんとして嫁と姑との和解であり、また公団アパートに若夫婦だけで住みたいささやかな希望が、二人を共稼ぎさせたりするのかと。次に社会欄に移れば、そこにも無数の事件、火事や交通事故や、地盤沈下や行楽地の模様など、そして知名人の死亡通知などが──。

私は日ごろ、雑用から解放されしだい、極東国際軍事裁判の、私の法哲学による解釈と批判を書こうと欲していた。いや、いたはずだった。さらにかつて確信犯問題を追求することにより、私が対面し、そして押しすすめることを恐怖して立ちどまった《法の窮極》の姿を、いつかは、いっさいの外飾をはぎとって、公表を意識せず赤裸々な姿であかるみにだしたがっていた。私はそれをやるべき蓄積と実力を充分そなえている。論理というものが、どこまで論理でありうるか。この恐ろしい、危険にみちた世紀に生れたことを、その問題の峻烈たりうることのゆえにむしろ感謝していたはずだった。着手するのは、何ごとにせよ早いほうがいい。過去にこだわるのは、失敗いじょうの二重の過失である。

だが、私はぼんやりと新聞を眺めて感嘆し、一匹の獣のように空虚な座敷を歩きまわり、そして独りでゆっくりと酒を飲んだ。酒を飲み、窓に夜のとばりのおりるのを見、酔がきれるとまた酒を飲み、自分でもわかる酸っぱい体臭を放ちながらさらに飲んだ。私は洋服のまま電気炬燵のなかにもぐりこんで、べったりと汗に濡れながら睡り、目がさめるとまた酒を飲んだ。朝、頬にあてる剃刀の刃には部厚い脂がのった。逆に頬の肉そのものはごっそりとこけ、鏡に面しても、目は霞がかった硝子玉のようだった。私は読書の習慣をはやくも失いそうだった。一種、業苦の苦しみをなめながら、仕事は単なる生活の手段だったのか、それとも生活の欲望だったのかと自身に問わねばならないのだ。私の生活費は与えられるべき年金と退職金によって保証されていた。私はいま生活のために精神をすりへらす必要はなかった。だから、私はいま純粋に私自身の欲望において思惟することができるはずだった。哲学的に、現実的に、私はそれを欲すれば純粋思惟たりうる。にもかかわらず、私は酒を飲んでいた。私の障碍であった多忙さが去ったとき、私は支柱を失い、虚無的になった。ある日の新聞に、大学の学長選挙は医学部の園部博士の再選と決定したことが報ぜられてあった。次席は経済学部長の小船教授三十六票、他に数人の現役学部長に、その学部の教授たちの投票と思われる数票が散在していた。微妙な感情の波が立ちかけたけれども、酒精に海綿のように膨れた私の頭脳はほとんど反応しなかった。またある日、司法試験顧問役の交替通知があった。ながらくご迷惑をかけたが、このたび陣容を一新するにつき、交替すべき適当な人材を推薦してほしいと。私は無感動だった。また、旧友の一人がマラヤの大使として赴任する歓送パーティの案内がきた。私は同封されていた返信用葉書の欠席欄に丸じるしをつけ、健康を祈るとだけ添書きした。山陰の大学の経済学部教授、次弟典次から、時候見舞いの葉書がきた。瀬戸内海のハンセン氏病島に典輔をおとずれたときの模様が簡単にしるされていた。着ていったものをすべて脱がされ、全身消毒され、諸手をホールドアップして診療室にいる典輔のもとに案内されたと。典輔となにを語りあったかは書いてなく、末尾に、退職金でヨーロッパに遊んでこられたらどうですとつけ加えられてあった。齢不惑をこえて、いまだに素朴なヨーロッパ崇拝から抜けきれられないでいる田舎学者の善意だった。異国のことがやたらに珍しい年でもないと私は返信した。

またある日、私とほぼ同年だった元の大学の文学部哲学科教授の死が報ぜられてあるのを新聞でみた。あまり表だって知られてはいないが、私はその哲学教授から、刑法学を基礎づけるべき多くの知的恩恵をうけていた。

彼の純粋意識の研究は本来地味なものだったが、戦後、ひととき実存主義哲学が輸入され喧伝されたとき、その学風の相似性によってふいに脚光をあびて称揚され、また批判された。その根本志向を理解しようとする余裕もみせず、彼の哲学も明治以来の出世主義を合理化したプチブル観念論であり、戦争中は社会から孤絶した遁世者の意識救済の術となり、そして戦後、非政治的な大衆啓蒙主義へと転化したと、批判のほうだけが定式化された。艱難(かんなん)にみちた学的研鑽、さらには人の一生の辛酸を、二、三の主義と政治的座標位から、性急にきめつける批判に、私は当時ひとごとならぬ怒りを覚えたものだったが、その批判をくつがえそうとする意志もないままに、いまその名のわきに黒線がひかれ、二、三の経歴がしるされて忘れられてゆく人物となったわけだ。その主著「純粋意識の研究」に彼は書いていた。「すべて意識は何物かについての意識であり、空しく放たれる志向性によってとらえられて何物かについてのその個別者の意識となり、そしてつぎの瞬間、あるいは記憶されあるいは記憶されざる体験流へと流しこまれる。記憶もまた一つの対象だが、繰り返されて意識所与となったものおよびそれに近接するものが一つの形相性をもって体験流に一つのあるいは複数の焦点をあたえ、あたえ得なかったものは、意識に対するすべての存在がそうである《偶然性》、あることもよく、あらざることもよき存在の闇へと消えてゆく。過去の体験がふたたび志向所与となる場合も、しかし、原理的には、他者、その総体である世界が意識を構成する与件となる場合とかわらず、盲目の志向がそれに向うかぎりにおいてあり、つぎの瞬間には、絶えざる流れの中にくりこまれるのである。かくて、把握と剝奪、現前と背景化が、その個別者の存在するあいだ、無限にくりかえされる。生きているかぎり、志向性(インテンツィオン)は無限で全能であり、自身の身体すらもその対象にすぎないが、その対象の極小的な一部にすぎない身体が滅びるとき、現在の人間の存在段階にあっては、志向性もまた滅びねばならない。生命とは、論理的に、エネルギー転換をなし、一定期間、自己保存し、自己増殖して消えさる一つの機能体系であるが、意識が意識としての論理的生命をもたないかぎり、人類の死滅によって、人類の意識もまた死滅するであろう。」と。彼はいま、相互志向性の修羅場である人間社会から転落し、他者によってその意識所与の一つに加えられるべき対象と化した。規定されることはあっても、規定することのない幸福な、いらだちなき存在となった。

私は、また投函された、栗谷清子からの封書を読んだ。近く《保養》のために旅行するにつき、そのまえに二人の関係を清算したく、従来送った手紙類を自分のほうにかえしてほしいと。私は時間も日付けもほとんど見失ってしまった泥酔の中で、よろけながら、久しぶりに書斎へあがり、申しいでどおり、あちこちの抽出しを探した。二、三通の、四角な封筒、模様入りの便箋がみつかった。わずか二、三通のことだったろうか？　机上の書類を右にやり、右に積んだものを、また左にもどしながらも、何処へいってしまったのか、書簡はそれいじょう発見できなかった。代りに、亡妻静枝が書きのこした日記が、私自身の書きつぶしの原稿の底からでてきた。私は暇つぶしのできたことを喜び、また酒を飲み加えながら、肉体が滅び、あわれにも、死にたがっていた意志だけとり残された亡妻静枝の文章を読んだ。意外にも日付けもなく、ものうい単調なレフレインが繰り返され、はなはだしいときには、まったく同じ描写、おなじ語彙、おなじ感慨のみが反復している文章。その筆蹟に、ある懐しさはあっても、何ものにもしばられぬ境地を彼女が望んだ以上は、その日付けのない日記も灰燼に帰さしめるべきであるだろう。

# 第三〇章

「わたしたちの間は実らないような予感がしておりました。」

汽車が発車し、乗客のざわめきもおさまってから栗谷清子は言った。一等車では、かえって知人と会う可能性があった。だが、スキー客もようやくまばらとなった、冬春の交りゆえに、乗客の数も少なく、議員バッジをつけた人物や、家族づれの外人客がいるだけだった。おなじ方向にむけて腰掛けてしまえば、だれも二人のほうは見なかった。

「急にお呼びだししたりして、慎しみがないとお思いでしょう。」

「いいや。」

「浅間のあたりで降りるか、それともずっと松本のほうへいらしてくださいね。わたくしは軽井沢で下車します。お友達が迎えにきてくれているはずですの。」

「あなたのいいようにしましょう。」

「いつぞや、わたくしの話したことが雑誌にのってしまって、お怒りでしょうね。」

「いいや、別段。」

私は、長く影をおとした木立ちの何気ないたたずまいや、郊外の白い土塀の家やかまどの煙など、窓の外に流れる景色に目を注いでいた。おなじ線路を走る以上は、帰りにも、見ようと思えば、木枯の樹々や畦の露出した田圃の褐色など、おなじ眺めはみられるはずである。わかっておりながら、私はひさしぶりの旅の土地土地、行きずりの変化を目をみはる思いでみた。

「否応なしに家庭裁判所でお会いしたり、……これからも、まだ裁判所に参考人として呼ばれることがあるかも知れませんけれど、一度、どうしても二人だけでお会いしておきたかったんです。とくべつ、お話しすることがあるわけじゃありませんけれど。」

私は黙っていた。

「おかしいでしょ。少女趣味みたいでしょう。今日も父に叱られながら、やっとの思いで、疲れたからってお友達のところへいくのを許してもらったんですわ。父の許しがなければ、……つまり、お金がなければ何もできませんのね。」

「窓を開けられるといいんだが。」と私は言った。事実は開ければ、たちまちに風邪をひくだろう。しかし、道路も家も電柱も、なにもかもが飛ぶように流れて行く。硝子越しには、それはあまりに急に思われた。

清子はボストンバッグから蜜柑を取りだして私にすすめた。遠慮すると、彼女は一つとって丁寧に皮をむき、一つ一つ筋をとって私に渡した。妙に世話女房めいていて、しかも別離を実感させる寒々した動作だった。女というものの単なる優しさなのか、彼女の側にそうすることをうながす過去の想い出でもあるのだろうか。すでに固く閉ざされた私の心には、どうしても、私のためにしてくれる動作とは映らなかった。日々に疎まりゆく感情の荒地にも風雨の痛め残した一叢の草の青さがあることもあろう。だが、それを認める素直さも若さも私にはない。

「どんなことを思っていたにせよ、実らなければ全部、嘘になってしまいますのね。終りが悪いと、初めも不運なめぐりあわせだったということになりますのね。」

栗谷清子はボタンのない灰色のコートを羽織っていた。柔らかそうな毛の襟を立てて表情を隠そうとする。服の触れ合いをすら恐れるように、体を窓際に寄せて縮まっている。

――わたくしって何も知らないでしょ。男女のことも、なにも知りませんの、――どういうつもりか、上半身をくねらせて呟いたことがあった。いつ聞いた言葉だったろう。

結局、私はこの小さな体を、抱きあげることも、ひき寄せることもしなかった。できなかったのか、しなかったのか、今となっては手の届かない存在であることに変りはなかった。そう、彼女の言葉いかんよりも、私にとって彼女は清純な処女だった。快楽にも異性の体臭にも染まない箱入娘だった。それにどんな価値があるのか、私には論証はできない。むしろ、私の人生態度から言って、無垢とは無意味さの同義語であり、知性の業は経験の傷を構成する仕方にあるはずだった。汚れの多いこと自体は自慢にはならないが、強靱な意志力さえあれば、構成すべき認識の傷と痛みの多いほど、生みだされる価値も多かるべきはずである。だが、私は、彼女が無意味なまでに清純であることを確かに望んでいた。

自分で遠まわしに言うのもおかしなものだったが、彼女もそれに気付いていたようだった。――男の人と女の人のことって、なにも知らないもんだから、わたし。なにか、お食事にゆくんでも、本当はお料理屋のお座敷に入るのがこわくって仕方がないの、と彼女は言っていた。また、彼女はこうも言っていた。彼女の友人が誰か恋人と雨に降られて旅館に休憩にはいったとき、女中がでてきて、お部屋をお整えしましょうかと言った。何も知らず、ええ、とうなずくと、女中は平然とその部屋に蒲団を敷きだし、その友人は真蒼になって逃げだしたと。――だから、日本料理を食べにつれてってくださったとき、お用意いたしましょうかと仲居さんが言ったとき、わたし逃げだそうかと思いましたのよ。——いや、あれは彼女の友達のことではなく、自分自身の経験の戯画かも知れぬ。あなたの体を知りたい、という率直な言葉は、遂に私の口からは吐かれなかった。肩書きが何であろうと、年齢に開きがあろうと、女と一つ部屋にむかい合えば、私もまた一個の男性であるはずだ。私が言い出せば、あるいは、完全な愛の故ならずとも、関係は成立したかも知れなかった。その場の雰囲気や、それとは知れぬ本能の命令に服して。自分になんらかの魅力のあることが信じられなかった所為ではない。私もまた、この関係の実りなく終るだろうことをうすうす予感していたからだった。あの憐愍の情が、男性の自然を抑圧したのだった。

「あなたの……。」

　と言いかけて、私は現実に戻った。急行列車は、一つ大きく横揺れして小駅の構内を走った。小さなホームの待合場に、しょんぼり普通列車のくるのを待つ人々。その影も、標識や電柱とおなじように長かった。

「ご存知ないでしょう、先生は。……ちょっと、お老けになったみたいだけれど、いまのほうがずっと落着いていらっしゃる。わたしみたいな、そういう傾向のある女を、ずるずるひっぱってゆく絶望的な雰囲気を漂わしていらしたわ、いつも。何か暗い、頼りなげな、それでいて近寄る者を完膚なきまでに破壊してしまいそうな。はじめて父とお訪ねしたときにもそう思いましたわ。危険な方だなあって。」

「私の地位やお金が目あてだったと言ってくだすっていいんですよ。」

「お自惚れにならないで。」

ふいに周囲をはばからぬ涙がその白い頬をつたった。

「人をこけあつかいになすって、御自分の何がみたされるといわれますの。」

「わたしは……。」

「わかってますわ。女って敏感ですのよ。なにもかも解りますのよ。先生のほうだけが、夢みたいな愛を抱いてらして、わたくしは人形みたいに、ちょっと途惑いながら可愛いがられようとしていたと人も言い先生もそう思っていらっしゃる。でも違っていました、本当は。そうだったら、わたくしはどんなに気楽だったかしら。でも本当は反対でした。わたくしばかりが初恋みたいに熱をあげて先生のことを思って。それを先生は、お金や地位の腐肉にたかる蠅や蛆みたいに言われますのね。わたくしのところも、父は大学教授でしたわ。そんな地位や、教授生活の稀薄な人間関係の内幕をみていて、いいえ見ていなくとも、女にとって、すくなくとも結婚するまでの女にとって、そんなものが大したことでないことをご存知ありませんのね。そのひと自身が思っているほど、名誉や地位は、他のひとに魅力があるわけじゃありませんのよ。」

食堂車に赴いたのは空腹のせいではなかった。無限にたかぶってゆく相手の感情を鎮めようとする智慧からでもない。夕餉の時刻がきて、ボーイが食堂の準備が整ったことを案内するとき、少い客の中から私を選んで、こちらをむいて口状を述べたからだった。

「お友達のところでは長く滞在されますか。」と私は、食卓の上に置かれたコップ挿しの花の、車体につれて動く微妙な振動を見ながら言った。何の花かは名も知らないが、その雌蕊も、わずかな生命ののちに萎縮し、見棄てられて朽ちるだろう。

「いや、尋ねてどうということもないんだが。」

「しばらく山の空気を吸って、白樺の樹皮をはいだりしながら暮そうと思いますの。雪がとけるころには戻りますわ。わたくし、雪どけは嫌いだし、喉にこたえますから。」

「早く帰られたほうがよくはないかな。」

「なぜ？」

温度に相当の差があってだろう、窓には細かい蒸気粒が一面についていた。今はその用もない日よけカーテンが裾を乱して揺れている。向い合わせに坐ると、彼女はメニューから爪先へ、指から床へと視線をおとしつづけて顔をあげなかった。

「ええ、結婚もしている友達が、いつまでもこんなやっかい者をおいてくれやしませんわね。長逗留するつもりになっているのもわたくしひとりの勝手な夢なんですのよ。きっと一週間ぐらいで嫌な顔をされて弾き出されます。段々と居辛くなって独りですごすごと帰ってくる惨めな自分の恰好が目に浮びますわ。」

私への誘いの手紙のなかに、いままでの書簡を持参してきてくれとあったのを思い出し、あちこちのポケットをさぐった。封筒はすべて葉書大の四角く白いものであり、それにも私の名の知らぬ香水の香りがした。わずか数通、それも最後の誘い文には読了後の焼却を依頼してあったゆえ、その指図どおり焼いてしまっていた。片隅に、夫婦者らしい二等客が、黙って自分たちだけの殻に閉じこもって箸を動かしていた。調理台わきに女給仕がひとり、黄昏れてゆく景色の流転に目を注いでいる。私は手紙の束をとりだして返済した。

「わたしのほうからさしあげたものも、どうか焼き去っていただきたい。」

一瞬、栗谷清子の瞳が、もちあげられた顔の中で、血を見るようにみひらかれて、閉ざされた。手袋をとり、米山みきには見られなかった白い、磨かれた手が伸び、その封筒を受けとった。人の涙に触れることの多い月日だったが、そんなに急激に大量の涙が、声もなくしたたるのを見るのは、はじめてだった。表情は動かず、手が恥らいながら封筒の束を覆い、そして、そむけられた頬に次から次へと涙が流れた。

「先生のお手紙なんて、とうの昔に破いちゃいましたわよ。」

「それなら結構です。」と私は言った。

「うそなの、まだ持ってます。」

「今日持ってくると、この間のお手紙にあったと思うが。」

「忘れました。」

「返してくださる必要はないが、焼いておいていただきたい。」

「ご命令を受けなくたって、焼きたくなれば焼きます。」

声を抑圧した短い会話のやりとりの間にも、瞳だけは別の生き物のように、色彩もない涙を流しつづけていた。私の困惑や、傍にいる他人への配慮とも無縁に、あたかも、それが私の理解を超えた、どうしても近寄れぬ別な世界の秘密の象徴のように、涙は光った。

面と向って人が涙を流すのを見る機会など私の人生にはもうないだろう。たとえみずからが鏡に対して、過去五十数年の不安や苦渋や、老いさきの短かさを、どんな暗色にいろどって思い描いたところで、私の頬に水滴が光ることはないであろう。形影あい憐れんでも、そこに光るのは、ただ白髪だけであろうから。

食費を支払おうとして、内ポケットに入れた指先に固いものが触れた。私はしばらく卓上の花を見ながら、何だったかなと考えた。支払いを待つ女給仕には、私が金を出ししぶっているように見えたに違いなかった。先に立って連結機のほうにいったんでていた栗谷清子が、ひき返してきて、食堂車の入口から私を呼んだ。事態が終結する最後の瞬間まで、あたかも幕の下りるその瞬間まで熱演する俳優のように、その声は甘えた、優しい女の声だった。

ボーナスのほとんど半ばを費して、ぎこちない気詰りを覚えながら買った指環のケースであることを、その瞬間、私は思い出した。悲哀はなく、結局、無駄だったのだなという平凡な感慨に私は沈んだ。私の足は自然にもとの食卓の方に戻った。

「もう一本、ビールを持ってきてもらいたい。」

先の分をその場で支払いながら、私は言った。列車は冬の山間を走っていた。列車の内に灯された蛍光灯が、軌道まぢかの礫堤を弱々しく染め、林にも山腹にも、点在する農家の藁葺き屋根にも迫る闇が、列車のあとを追っている。かつての若い婚約者の姿も念頭を去り、私は人目はばからず、買ってから一度もあらためて見たこともない金剛石の輝きを、鈍い電灯の下にかざしてみた。硬い結晶、崩れない結晶。花に花言葉があるように、宝石にも、それぞれにふさわしい語りかけのしるしがございます。御結婚のお祝い、婚約のお取決め、病気からの恢復、誕生日のお喜び、その場合場合によって選ばれる宝石の色をお変えになるのがよいと言われております。と宝石店の女店員は、こわれかけたレコードのように抑揚なく語っていた。くわしい説明をも彼女は説き聞かせたけれども、私は記憶していなかった。大体、そんな説明など最初から聞いてはおらず、断片的なりとも記憶に残っていることの方が不思議なぐらいだった。率直な購買欲も失い、ただあまりに相手に喋らせすぎて、店を手ぶらで出るきっかけをなくして、いやいや買わされたようなものだった。

正札のついている方の陳列台の指環に、私の目にはひときわ輝かしい宝石があり、比較的安価なのも手伝って、私はその一つを指さしたものだ。女店員は気の毒そうに、それは模造品でございますと言った。意地にも模造品でない方を買わねばならぬ窮地に追いこまれて買った品だった。若い女のために宝石を買うなどという俗物根性よりも、一層悲惨な、買うこと自体が損失であるように思えてならぬ金銭欲と闘いながら。——その馬鹿馬鹿しい独り芝居も無駄だった。

栗谷清子のハイヒールの音がして、彼女がそばに立った。何度別離の挨拶をかわせば気がすむのだろう。私にはもう煩わしかった。

「どうなさいましたの。」

宝石の方に目を注ぎながら、彼女は小刻みに咳こんだ。

「いや、どうぞあなたは座席に戻ってください。わたしはここで少し飲んで、適当な駅でおりましょう。今頃の時刻なら、まだ上り列車もあるでしょう。あまり待たずに戻れる所でおりましょう。」

彼女は濡れた目で、食いいるように私の指先の硬玉と私の顔を見較べた。

「もう大分いぜんに買ったものだが、お渡しするきっかけが摑めないままに出しそびれていた。

もし受け取ってくださるなら、さしあげたく思う。」と私は言った。「すぐお売りになっても かまいません。二、三週間の旅をするぐらいの費用にはなりましょう。その役にでも立てば、多少の意味はあったわけだ。」

――「年甲斐もなく、色ものの草履をはきたいと思ったりする女の欲望を、男が自分の仕事を成し遂げたいと欲するように真剣に欲するものであることを、あなたはご存知ありません。そして、その些細な欲望のあり方と満足のしかたが、幸福と不幸との、いいえ生活の潤いのあるなしの分れ目だということをご存知なかった。」ふいに家庭裁判所でヒステリカルに主張していた米山みきの声が響いた。現実の私に向けてではなく、彼女が胸のうちにつちかった別の私の像に向けて叫ばれた声が……。きちきち毎月お給料をくださるよりも、たとえ遅れても欠けても、その給料の一部分で何かを買い与えてくださる人であってほしかった。いつまでもサンタクロースの訪れを待つ子供のように、米山みきは待っていたのだと言った。彼女のアパートを見舞ったときの、髪をふり乱して窶れていた彼女の像が、私の眼前に重なるように映像された。そして、不吉にも、ふいに、私は、米山みきが生活の糧もなく、裁判の判決をも待たず、汚れたアパートの一室に縊れて果てる場面を想像した。

機関車が給水するために停った見知らぬ駅に、戻るための時刻表も確かめず私は降り立った。駅の裏手の間近にせまった山は、半ば闇に包まれて、樹々の動揺が山全体の響きのようだった。待合室とプラットホームの双方にむけて開かれた売店から雑誌と新聞を買ってもとの座席の窓の下にもどると、もう機関車は汽笛を鳴らしていた。

「なにか、なにかお気にさわりましたの。」

窓をもちあげて栗谷清子は口をすぼめて言った。

「さっきの指環は似合いますかな。」

私は買ってきた新聞と雑誌を彼女に与えた。

「こんな処で、つぎの上りの汽車をお待ちになりますの。」

「いいですよ。どうせ、明日までにせねばならぬという仕事も、もう私にはないのだから。」

「だって、あんまり急に。」

汽車に乗った初めには、そのまま旅行に出て大迂回をして、出征見送りのときいらい会っていない弟典輔のいる瀬戸内海まで行ってみようかという気もあった。彼に会う気になれなければ、温い南国、九州のほうをゆっくりと保養旅行してもいいと、ボストンバッグ一つ持たずにそう思っていた。

「寒いわ、先生もお寒いでしょ。」

ひんやりと頬をしめす山の霧が流れてきていた。どこかで川の流れの音がする。水量の乏しいのだろうゆえに、かえって烈しく清冽な水音だった。

一つ大きく前後にゆれ、つぎに小刻みにしゃくりつつ、列車は動きだした。

「楽しい時間をすごさせてもらいました。体をいといなさいよ。」

言葉が終らないうちに、彼女の白い毛の帽子は、ホームの天蓋を支える柱にかくれ、やがて、荷物運搬用の架橋をくぐって、列車は黒い一つの塊りになって遠のいて行った。愚かしい幻影、不相応な欲望との——いや別離なるものの一般のもつ哀感ゆえに、私のうちにもいささかの感傷は残った。

酔いの深まりにつれて私の歩みは早くなった。心臓の動悸が不気味に高まり、ゆっくり歩いていることができなかった。川沿いのアスファルト道路を折れて、迷いこんだ小路の角にどうして取り壊さないのかと思う極端に傾いた家があった。醜いトタン屋根が月光をうけ、積みあげられた瓦や火鉢などの倉庫品をかばっている。駅前の商店街をわきにそれるとすぐ農家になる山間の街の、それが主要産物の一つらしかった。やっとメインストリートに出た私の側に、古い型のタクシーがとまった。自動車などに乗るまでもない、となおかすかに醒めた理性の声を聞きながら、私は扉の開かれるままに、クッションに身を沈めた。

「どこかにいい旅館はあるかね。」

「駅前の商人宿がおいやなら、十分ばかり乗っていただけますと県立公園がありましてね。季節はずれで空いておりましょう。そこへ行くまでの街道の桜が春には美しいんですよ。」

「いや、それより、賑やかな場所につけてくれ。」と私はもつれる舌で言った。そんなことを言うつもりではなかった。

自動車は軽快な警笛を鳴らして回転し、確かに時間つぶしのつもりで夕刻一度歩いた、地方都市の軒低い住宅街を走った。光が交錯して流れ、それに色彩が加わってふたたび駅前の繁華街にもどった。

二人の女給に抱きかかえられるようにして入った酒場には、紫色のシャンデリアが無気力に灯っていた。

「おそいお出ましね。」とマッチを擦りながら女給が言った。

「ここは何処かね？」

「冗談ばっかし。駅前のサロンですよ。間違えようたってこの街にはここ一軒きり。」

照明が暗くて相手の顔の輪郭はぼやけていたが、若さは薄暗がりにもはっきり出ていた。ビールを薦める手の甲に火傷の痕らしいものが目にとまった。酔いは一時的に沈潜して、私は自分に戻った。ふさわしくない場所にいる自覚はあったが、別に、つまらぬことをしているという反省は湧かなかった。女給は玩具の紙幣のような小さな名刺を出して手渡した。

「今後とも、どうぞよろしく。」

「ここに二百十九番とあるのは、どういうわけだね。二百何十人も、この小さなところに勤めている人があるのかな。」

「いいえ。」女給は唇を大仰に覆って、それには答えなかった。

「あなたはまだ若いようだが、齢はいくつかね。」二、三度、書肆の招宴の場で、そばに侍った芸妓にも、私は齢をたずねたものだ。それぐらいしか共通する話題がなかったからだった。そうしたとき、粉黛にぶあつく武装された芸妓たちは、たくみに冗談をとばして、自分の齢はあかさなかった。だが、女給はあんがい率直に答えた。

「昭和十三年生れです。」

私は驚いて居ずまいを正した。

「というと、十九歳か二十だね。」

「はい。」と生徒のように相手は答えた。

姿は見えないが、隣りのボックスに、女の華やいだ悲鳴が起り、人が折り重なって倒れる物音がした。

「ちょっと休憩させてね。大変なお客さんなのよ、私とこは。」もう一人の女給が向いの席にあらわれて坐った。

形のごとくその人にも私は名前をたずねてみた。先刻もらったままテーブルの隅に置いてあった名刺の裏に、なにやら書いてその女給は微笑した。皮膚の薄く、造作の凹凸にとぼしい薄命そうな少女だった。

「わしはもう何もいらないから、君たちで飲むといい。」

二人の女給はがつがつとつき出しを食った。

「二人ともひどく腹をすかせているようだね。」

「ええ、昼間はお勤めがあるでしょう。夕食もとらずにはせつけるんですよ。だから。」

私は目をとざした。それはしかし、危険な動作だった。せっかくの忘我の状態が、視界をとざすことで、かえって反省の地獄に化しそうだった。旅の恥をかきすてているあさましい自分の姿や、私を裏切った肉親や朋友や弟子の姿が犇めきあって浮ぶからだった。

「もっと早くおこしになればよろしいですのに。」

「なにかあるのかな、早いと。」

「いいえ、ここは十一時まででしょう。もう十一時に五分しかありませんもの。」

「よかったら好きなものを言いなさい。おごってあげよう。」

「ほんとう？」

なにか嬉しいことでもあったのかと問い返す如才なさもなく、しきりに「ほんとう？」と尋ねる。そのときの真剣な顔付きが憐愍の情をそそった。懐中の金銭はけっして豊かとはいえなかったが、その金銭のことを考慮する気力を私は珍しく失っていた。

文字通りの一面識、それもただ一時間たらずの知り合いに過ぎぬ二人の女給が、私のあとを随いてきた。

「わたしはどこも知らない。君たちの好きなところへ連れていってくれるといい。」

「お客さんの帰りの最終列車は何時ですの。」

「君たちはどうかね。」

「十二時半ですのよ。」

「じゃ、それまでお付き合いしよう。」

二人は屋台のお寿司屋に入った。その横に並んで腰掛けたころから吐き気が起ってきた。二人はこの粋狂な老人をどう思っているのだろう。金持ち顔をしたがる好色爺と思っているかも知れぬ。使わすだけ使わしてやれと思っているかも知れぬ。金銭のことが念頭に浮ぶにつれ、私は危く気むつかしい日ごろの私にかえりかけた。だが二人がつれこんだ店は、一盛五十円の安価な握り寿司屋だった。いくらか身じまいを正しながら、二人はそれこそ一生懸命に食べていた。お代りを注文するとき、コック帽の主人が、自分はなにもとらず微笑している私の方を訝かしげに窺った。

「旦那もなにか？」

「いや、わたしはいらぬ。」

　気付いてみれば、最初、ほんの一杯のつもりで入った居酒屋のすぐ隣りの屋台らしかった。時間待ちの、二度と来られることのないお客さんがほとんどでございましてね、と嬰児を背負った居酒屋の内儀が言っていた。

　時間に追われながら、二人の少女は、その次にぜんざいを食べたがった。縺れる足を正しながら、大半が雨戸をおろしてしまった駅前の目抜き通り、その夜露に濡れた歩道を私は二人のあとについて行った。客の誘いならば貪欲に利用しようとする一応の世智はもちながら、彼女たちの満たそうとする欲望の、あまりの慎ましさに、私はまたなくもがなの感慨の虜になった。鼻の頭に汗の玉を浮べながら二人が食べおわるまで、煙草を吸って待ち、帰りを待っている母親に土産を買ってかえりたいと申しでた薄倖そうな女給の言葉に、もとの寿司屋にまた舞いもどって折詰めを二つ買った。

「たのしかったかな？」

「お客さん、またいらしてね。」二人は顔を見合わせて言った。

「いや、もう来ることはないだろう。」

「今度の日曜にでも、もっと色々たべさせてほしいわ。」と一方が言った。

「それより、早く気を付けて帰るがいい。」

　なにか素晴しい善行でもほどこしたように、私は微笑し、背後に二人の少女が駅の階段をかけ登る足音を聞きながら、理由もなく電話ボックスのほうに歩いて行った。駐車場に自動車もなかった。吐き気がその限界にきていた。受話器をはずして、機械的に自宅の番号をまわしかけて、見知らぬ土地にいる侘しさを知った。匐うようにボックスを出、公衆便所わきの、誰か先に吐いていったあとのある所へ、私は四つん匐いになって酒を吐いた。酒を吐き食物を嘔き、そして激しく繰り返してこみあげてくる胃液を吐いた。四千円たらずの散財のあとの一種形を究めがたい、茫漠とした後悔を嚙みながら、私は自分の嘔吐物と長いあいだ、向い合っていた。外灯の明りに赤味を帯びてみえる嘔吐は、〈精神〉と言う言葉を思い出させた。回想の中でしか意味をもたなくなり始めているおびただしい観念用語の、それがあたかも現実への復活であるかのように。

# 第三二章

〈静枝の手記〉

この世に生きてみずからの意志によって為すことの初めはこの日記を書くことだった。四十数年のあいだ、ともかくも生きておりながら、なに一つとしてわたしは事を成し遂げえなかった。ただ二人の子供を産んだこと、あるいは産ませられたことと、その子を無事に育てたことだけがわたしの仕事だった。

もう二度とは生きたくはないという漠然とした厭世の思いを抱いて一日のばしに生きてきた。

毎日、とくに病気がはっきりと自分にも救いのないものと意識されてから、死ぬことばかりを考え、それを考えることにのみ僅かな活力を費してきた。生より死への欲求を一日一日と貪っていたようだ。早く死にたいと願いながら、しかし、わたしにはその感傷を訴える相手もいなかった。わたしが今まで生きのびてきたのも、その馬鹿げた告白を、自分だけしか聞いてやれなかったことによっているのかも知れない。そうなの、お前は一途に死にたがっているのね、とあやしてやるためには、他ならぬわたし自身が生きていなければならなかった。若し誰か心優しい人が身近にいて、そんな馬鹿なことを言うのじゃないと声をかけてくれれば、それに甘えて、別段、毒薬を飲んだり舌を噛んだり大仰なことをせずとも、わたしの生命の火は自然に消えていったことだったろう。呪われた人生だったとは思うが、何がわたしを呪ったのかは解らないでいた。今後もたぶん理解できないだろう。そしてもう、解ってみたところで仕方のないことなのだ。

神さまは、人を、わたくし共を侮蔑なすっていらっしゃる。疑ったり渇望したりする能力は与えられたが、真にものを創造する能力を与えられなかった。欲すべきでないことまで欲望するように人間はできていて、また欲すべきでないことを分別できて、それをどうしても諦められぬようにお創りなされた。

わたしがこの世に生きてなした最大の悪は子供を産んだことではないかと思うことがある。無駄な苦しみを、わたしは責任も負わずこの世界につけ加えてしまった。阿鼻叫喚、絶望、徒労、焦躁、……それら懊悩の因を二つまでもこの世に送り出してしまった。子供たちはいずれまた、その子供たちを妊み産むことだろう。それがどんなに懼しいことかも知らずに。産れてくる。時刻の影を満すために産れてくる児もまた、何が待っているかも知らずに、無意味な泣き声で世界を満すために産れてくる。地上の迷妄を愚昧で彩り、失意を狂躁で上塗りするために。

生きていたくない。見倦きてしまった部屋の壁、その一点のしみに視線をそそぎ、時刻の影の移ろいを、一刻一刻、見定める苦しみを、これいじょう繰り返したくない。

一日に二度、夫は義務のようにして、かならずわたしの洞窟に入ってくる。わたしは腑甲斐なくも、それをじっと待っていた。蛆虫のように業病の床に身をまるめてそれを待っている。昨日までは起らなかった何か新しい事態が起りそうな気がして。もしかしたら……、万が一にもと、胸をわなわなと震わせながら。しかしなにも起りはしないのだ。奇蹟も厄災も、恩寵も降罰もこの死の床には下らない。乞食を憐れむように夫はわたしを見る。それでも言葉だけはいつも優しい。ときおりは涙のでるようなことも言う。その短い刹那だけ、わたしはわたし自身から解放される。だから涙を誘う言葉がたとえ罵倒であっても、わたしは夫を許す。人は自分をしか呪うことができないのだし、夫もいずれは、呪わしい自己とだけ対面することになるだろうから。

何のために、何をしに、わたしはこの世に生れてきたのだろうか。一体、どんな正義の証明のために、わたしの生命が必要だったのか。この惨めな命が送りだされねばならない、どんな愛がこの世に欠けていたというのだろう。この苦しみこの蹉跌が、かえって彼方なる天父の招きのしるしだと義弟は言う。我が目の惑うならば我が目をえぐり、我が耳の不徳を聴かんよりは寧ろそれをつぶせと。いまわたしの心はまどいてある故に、またわたしの心の滅びてあるならば、わたしは喜んでクリスト者となるだろう。何ものをも作らず、産み出さず、ひたすら無に帰することを授けたもうなら、それがどんな教義であってもわたしはかまいはしない。

義弟はわたしが聖書の断章を暗誦できることに、信仰の徴しをみている。けれど、本当はただの時間つぶしにすぎないのだ。喉に痰がたまれば、この部厚い聖書のページにそれを吐くこともわたしは躊躇しない。何もすることがない人間にとって、どのような聖典も、もはや、誠心よりする選択の対象とはならないのだから。他にすることもない故に口ずさむことと、回心とは違うのだから。そして、覚えようとせず、覚えたくなくとも暗記してしまう悲惨をあの神父は知らないのだ。

また暗黒の夜がやってくる。微風が搬ぶのか、わたしの呼吸の臭気が呼び寄せるのか、慈悲深そうな、おしつけがましい優しさで夜がわたしを包む。しかし、昼間、苦痛を避けるために神経鎮静剤を飲み、麻薬を打つゆえに、夜は飽和して睡りにも顔をそむけられる。目が夜の油に融けて流れそうな気がする。夜の闇に溶けて流れてゆきそうだ。だが、わたしは声一つたてることができず、魚の目のようにまじまじと瞳を開いて夜気の流動を見詰めている。不安と恐怖と、死への憧れがわたしの友だった。じっとしているうちに更ける夜の厚みに、それが果しない深淵ででもあるかのようにわたしはぶつぶつと私語する。かすかに、時計の秒を刻む音を聞きながら。

もう、軟化して思考力の失せた脳に、わたしは、ラジオのスイッチをひねって、たわいない、非現実な愛の劇を流し込む。あらゆる物語、あらゆる時間つぶしの中に、なぜこんなに男女の性が汎濫するのだろうか。

むかし、遠い遠いむかし、女学生時代、体ごと熱っぽい繭の中に住んでいた頃にも、物語や小説を読むとき、なぜこんなに男女の愛のことばかりが題材になるのだろうかと不思議に思ったことがあった。どれを読んでみても、恋の成就を惜しむように、誤解や行き違いの甘い苦渋がもられてあり、それが最高の美ででもあるかのように崩れゆく愛の悲哀が語られてあった。過去をもつという人物は申し合わせたように愛の失敗者だった。阿呆のように登場人物は、囁き、わめき、しかめ面して同じ行為を反復する。なにを恐れて慄くのか。なにを悟りたくなくて、狂奔するのか。――いま命の衰えの過程にいて、一切に関心の薄れてゆくこの床にいて、逆にそれが解ってくる。哀れな人間には、小さな小さな愛のほかには誇りうる何物もないのだということが。

子供たちが小さかったころ、まだ健康だったわたしは子供たちの教育に無我夢中だった。子供にも教員にも煩さがられるほど、ひんぴんと授業参観に行った。わたしは父兄会の役員を勤め、その雑務にも精をだした。だが子供にもう来てくれるな、恥しいからと宣告されて心の張りはくじけた。じっと家に閉じこもるようになってから、相当の間、音楽がわたしの慰めだった。一日じゅう、痴呆のようにラジオの番組の中からレコード放送の時間をよったものだが、その忘我もいずれは醒めねばならなかった。仕事の合間、休憩の一ときに時間を惜しんで耳を傾けてこそ音楽も美しい。天界からの甘露の雫のような音が流れるのも、ときたま地獄の深淵をかいま見る魂にこそ、そう響くのだ。絶えまなく深淵の泥の中に蠢いておれば、すべての音階は業罪の予兆のように苦しくなる。荘重さは行き詰りの呻吟となり、軽妙さも、胸をつきさす戈(ほこ)の光となる。男女が合唱して黒人霊歌を歌うとき、わたしは耳をふさいでおののいたものだ。健康が衰え、肉体が退化し、心も倦怠に蝕まれて、結局、永遠に進化しない猫撫声やとりつくろわれた苦悩の物語を待つようになった。言葉をたどり行間を想念で埋める努力すら放棄して……。かつては料理を習ったり生花をいけたり、子供達の世話をすることで一度は遠ざかった愚かな幻影にわたしは再び祈るように身を委ねる。四十の坂をこした女が、夜、息をひそめて、ひとりこっそり、毎日毎週、執拗に繰り返される続きものの放送劇をきいている。一人の女が二人の男に言い寄られたり、家や階級や国家の戦いゆえに、陸に水に別離する物語を。思いを寄せるものからはかえりみられず、庇護する者に背いては生きてゆけぬ囚われ人の嘆きを。

こんな物語があった。

四人と、その男の旧友の妻との、ひたかくしに隠された逢瀬である。悲恋であるためには分別がありすぎ、現実であるには愚かしすぎる相思だった。理由もなく、しかしわたしの胸はときめいた。ときめきは、時の波を追って展開される物語によるのではなかった。失われた清純、春の微風のような若さへの一般的な回顧でもなかった。わたしはその理由をうすうす知っていたが、みずからに説いて聞かせるためには、わたしの皮膚は汚れすぎており、わたしは年をとりすぎていた。

その男が、みずから囚われ人となるべき道を歩みはじめる以前、ある五月の、花々の散りそめるころ、月見楼のある古寺の庭園にその男は女をよびだし、自分の声を自分の心に対しても隠そうとする低声で自己の運命について語り、また一つの約束をする。庭の小池に注ぎ込むせせらぎの音が流れ、仕掛けられた竹筒の水梃子の閑散な響きがする。具体的に、今後はどうなるか知れないけれども、いま人々の用いる人間の言葉とはまったく違った、たがいに通じあう言葉をもっておこう、それが死者の言葉であってもいい、と。何かの小説の焼き直しだったかも知れない。女の方は、そんな言葉がもしあるにしても、それを学びおえたころにはきっと私は気が狂っているでしょうという。なんと幸福なことを言う人だろうか。気が狂い、精神病院にとじこめられていて、なお柵をこえて逢瀬の契りを果すつもりなのだろうか。そんな事を言うぐらいなら、そのひとときの、愚かな生者の交りを最後まで燃焼させ、勇気をだして道を踏み誤まればいいのに。それを抑制してまで、守らねばならぬ大事な価値がこの世の中にあるのだろうか。数年間、それがどんなに長い時間であることかは、物語の世界では解らない。蜉蝣や蟪蛄の命のように、僅かな楽節の促調がそこでは四季の見事な代謝だったから。五年、十年の歳月が、人の感情をどれほどまでに荒廃させ枯朽させるかも計算されていなかった。

「やはり今あなたのお体を欲しいと思わないわけではないのだが。」と男の方が言った。その言葉の空しさにもかかわらず、あたかも我がごとのようにわたしは耳を覆った。しかし、そうした偽りの時間の流れに身を漂わせているかぎり、わたしは幸福だった。この物語が終らないで欲しいとわたしは思った。どんな虚偽でもよい。すごすごと悪臭の満ちる死の床に帰るよりは。しかし、設定された物語の経過の長さに較べて、放送される時間はただの三十分にすぎなかった。男は何かの大罪を犯して逮われて死に、女は生活に窶れ、かつて愛を語った同じ唇で、ただ夫の収入の不足を嘆く平凡な中年女になっている。約束だけは覚えていて、おなじ季節のおなじ日に、その古寺に赴くのだが、間近に死者と生者は顔を見合わせておりながら、通じあうべき言葉を忘れてしまって、もう相手が誰だか解らなくなっていたという。それは勿論あたりまえのことだった。どんな秘密な言葉が考えられていたにせよ、死者と生者の間に心の通いあうはずはない。しかしまたその結末は奇妙に悲しい。たがいに会って、どんな真理を、どんな諦念を語らせるより、それは悲惨な終末だった。数年の、いまは朽ち果てた想念をたがいの胸に抱きながら、次元の異るとはいえ、現に眼の前にいる人をそれと見わけることができず、古びた破鏡は合わさらない。女は嗄れ声で独りくっくっと笑い、そんなことを考えること自体の馬鹿らしさに気付いて劇は終る。

本当を言うと、実はこれは物語ではない。自分の力だけでは、もうご不浄にも行けない亡霊のような女の、愚かな過去の一幕なのである。相手は、その名は書くことができないけれども、養父の弟子の一人、何か不運な想念につかれ、養父の期待を裏切って身を滅ぼしていった、〈危険思想〉の持主だった。女性の本能ででもあろうか。その当時、周囲の人々のおだてに乗って父は本当にアメリカに亡命する気になっており、毎日のように家には人がおとずれていた。沢山の養父の門下生を玄関に迎え、養父の書斎に案内するとき、わたしは何故か、もっとも年若い弟子の一人であるその人の急速に崩れてゆく振舞いに、彼を保護してあげたい欲望をしきりに覚えたものだった。結局は養父の出国は実現せず、教会の尼さんに習わせられていた英語の会話の勉強も中断し、やがて、養父のお気に入りの秀才にわたしは嫁いだ。けれども、勿体ぶった学者や自信たっぷりな学者の卵たちには見られない、方向を見失ってぐうたらなその青年の面影は、わたしのうちから久しく消えなかった。大袈裟な約束があったなどというのは、わたしが寝物語に考えついた虚構にすぎないけれども、本当にそんなことがあってもいいような気がした。深刻ぶってお弟子さんがつぎつぎと訪れた昔、養父の進退を決する大事な会合の日、その青年は酔っぱらって遅れてきた。書斎から大声で罵る養父の罵倒がきこえ、その青年は転げるように階段をおりてきた。廊下の柱に頭を打ちつけて子供のように呻いているのをわたしが世話をしてあげた。その青年の頼りな気な、しかし他の秀才たちが決して示すことのない、何か大事なことを知っている人特有の目差しは、わたしの胸の絃に強く響いたことを記憶している。なにも約束など言い交しはしなかったし、それほど親しい間柄でもなかった。だがやはりときおりは思うこともあった。学者への道を、説が分れて様々に貶しめあっていても結局は権力と権威に近寄る法の学問を、根底から絶っていったその人は、その後どういう生活をしていたのだろうかと。

どんなにそのひと個人の情熱の籠められた想いであっても、人に語りえぬ内密のものである以上は、その人の道徳とはかかわらぬように、成就し得なかった関係は、結局は正しくはない。それもわたしは知っている。しかし、その点線でしか書きあらわせぬ、起り得なかったこと共やあり得ない事柄に思いを馳せているあいだだけ、わたしは自分の病気とその苦痛を忘れていることができる。すでに成人した二人の子供を持つ母の考える、これがその茶番劇なのだ。物音一つなく、無言のまま演じられる茶番劇である。早く死にたいとわたしは思う。身動きもとれぬ体である以上は、表面立って恥をさらす醜態を演ずることもないだろう。しかし、醜態をすらさらすことなくて生きていることの方がどれだけ恥かしいことか。そしてまた、一体だれに読んでもらいたくて、わたしはこの拙い文章を綴るのか。

多分、窓硝子そのものに塵がたまっているのだろうと思う。空気も透明なはずの朝方、特に昨夜の雨もやんで、その清冽さが早すぎる目醒めをうながした時にすら、庭の樹々や生垣はいつも埃に覆われてみえた。太陽はわたくししないと言うけれども、あるいは、この窓枠の部分、そこから管見される空の一角だけが輝きからとり残されるのであろうか。世界じゅうが日の光に嬉々とたわむれている日も、この窓枠に限られる部分だけは、白夜の悲しみに埋もれて、雲の霽れ間もないのであろう。しかし、どちらにせよ、埃を積んでみえる以上は、風景もまた汚れているに違いなかった。窓硝子の微細な埃が拡大されて外景を濁すにせよ、景色自体が疲れているにせよ、眺める地点を動かしえぬ限り、わたしに清潔さはないのだ。

鎮静剤が血液のなかに、重く淀んでいるのが感じられる。できることなら、全部血液を入れ換えたい。だが、ここまで喉に痼疾を養ってしまっては、血液が浄化されれば、それだけ疼痛は烈しくなることだろう。意識が朦朧としているあいだだけ、生きていて、ともかくも救われていた。ちょうど、麻酔薬の効果が退潮して、意識が強いられた睡りから解放される寸前、痛みの予感がわたしの神経をくすぐるとき、わたしは何故かしばしば海や川のありさまを想像する。こんなことなら、自由に外出できた頃の散歩にも、もっと貪欲に水の模様を見ておけばよかった。川や海にかぎらず、眼前にそのものがあるとき、その物にはかかわらぬ気苦労にとらわれてろくに見ていなかったのをくやむ。だから今、紫色の牢獄にいて、なにを想い出そうとしても、貧弱な風景しか浮んでこないのだ。ただ、はかない泡沫のような、碧い流動ぐらいしか浮んでこなかった。水にも幾多の色調があり、硬軟の別もあることだろう。様々の流れの状態、満干の様相があるはずだった。だが浮ぶのは、茫洋として広がる、広い青の色彩。その色のためらいがちな舞踊だけだった。不愉快な実父の記憶がからまるゆえに、もともとは、わたしは海を見るのが好きではなかった。あのはてしないおどろな響きも好ましくはなかった。それは醜い欲情、そしてその後悔のように、単なる執拗な繰り返しにすぎなかった。海に意識があるなら、その意識はきっと地獄なのだ。にもかかわらず、わたしはいましきりに海とそれに注ぐ川の入江を思う。

いい齢をしてなんという可哀そうな欲望だろう。理由もなく、入江の波に憧れていて。夫に言えば、また世迷い草と笑うことだろう。別荘でもあって、そこで療養する夢でもみていたんだろう。それとも、むかし読んだくだらぬ小説の情景でも思い出したのではないかね。いや、そうは言わないかも知れない。経済に余裕があれば好きなようにしてあげたいのだが、と言うだろう。する気のないことを正当化する理由は山とある。この家は学者としての夫の収入で支えられている。書物はつぎつぎと購入されねばならない。たとえ借金をしてでも、本はとり寄せねばならない。それが学者であり続けるための、必要最低限度の犠牲なのだから。妻は静かに病院にも入らず、家の奥の間で息をひきとるべきなのだ。

子供たちにまだあどけなさが残っていたあいだは、日々の生活にも張りあいがあった。頭痛がして、家事が一応とも片付けばすぐ奥の間で横になるのが習慣だったが、学校から帰ってくる子供の足音は、他の物音からははっきりと区別することができた。起きて出迎えるのが億劫だったとしても、あの柔らかい子供の声を聴けばまた夕食の仕度に市場へ行く気にはなるのだ。世の母親はみな知っている。それが我が児の声であり、我が児の動作であれば、みな、母親の皮膚にぴりぴりと響いてくるのだ。そんなに遠く離れているのでさえなければ、嘘ではなく、子供が躓いて転がる瞬間まで見ていなくても解るのだ。皮膚は一瞬、痛みを伴って痙攣し、動悸が早くなる。呼ぶつもりのない子供の名前が自然に口をついて出てくる。そんな時、きっと子供の身の上に、何かことが起っているのだ。気をつけてさえいれば、医者よりも正確に、試験官よりも正確に、子供の健康や学習の模様はわかるのだ。この子は大丈夫、なんとなしにそう安心できるとき、子供は試験にも失敗しない。

　だが、その内的な羈絆も失われた。年輪のふくらみと、その外に張る堅い皮質が、いつかその交感を断ち切ってしまう。子供が何を楽しみ何を憂えるのかも解らなくなりはじめるころ、家庭に見知らぬ客が住みはじめる。習慣や経済的理由で、なお共同生活がいとなまれ続けても、もうその時は、互いは互いの盲目の世界を独り生きるに過ぎない。互いに交流がなくなったとき、母親はもうその使命を終って死への道を歩みはじめる。お腹の中にそれを養っていたときの、あの言いようもない不安、臨月が近づくにつれていや増す不安と、それにまったく背反する自信。——それをいくら想い出し、掻きたてても、もう絆は帰って来はしないのだ。あのわたしの子供は。

　その絆を失ってから、はじめて人は〈意義〉を欲しはじめる。自然を失い、安息から遠ざかり、その絆を失って、藁をつかむようにわたしもまた意義を欲しがった。

　たとえこの世になんらかの意義を認めうるにせよ、またそれが個人のものでなく人々のものであっても、できることならそんな意義など意識しない方がよいのだ。あわただしくたがいに猜疑しあい侮辱しあって、儚い意義を求めて懸命になるのが、そんなに立派なことであるはずがない。おぞましい〈意義〉などの忍び込む余地のない充実した生活があるはずなのだ。それとも、その初元において禁断を犯した人間のそれが宿命なのだろうか。

血腥い闘争と無限の渇望……しかも、病気になり耄碌しても、最後まで残るのはその罪の色に染った意義志向なのだ。一片の襤褸布のように床に縛りつけられていて、まだ思い惑うのはそのことなのだ。

わたしの一生に果して意味があったのだろうかと。

みずからの判断を教会にあずけ、神の裁断を待った中世の民の苦渋もまた、それであったろう。土地に縛られ土地に呪われた貧しい農民たち、遂にみずからになんの価値をも見出せなかった女達の、信仰とは、かならずやその不断の問い掛けからの逃避であったろう。おそらくは神は存在しないだろうけれど、理性ある人間の不断の苦しみは、その何者とも知れぬものの問いなのだから。解答の見出せる設問であるなら、思い惑うのもよく煩悩するのもいい。しかし、それは永遠に解けぬわなのだ。手を虚空に挙げ、その名を呼び続けたとしても、神よ、あなたの導かれる処は、みずからを呪い、人を傷つける穽でしかないのか。

神さま。

私をお許しください。善き事を為さんとあせり、意義を求めることがあなたへの歩み寄りだと思い込んでいた、この傲岸な存在を。あなたには頼らず、賢しらの智慧に頼り、あなたを絶対として思い描きえないわたしをお許しください。

神よ。

しかし、わたしは誰よりも強くあなたを呪っています。わたしの不幸ゆえにではなく、絶対なるゆえに、どんな人間関係の間にも、じっとその黒いまなこを注いでいるあなたを。どんな空間にも瀰漫してあり、どんな時間にも常にひたってあった、あなたを詛います。わたしと子供のあいだにも、わたしと夫のあいだにも、その肉の触れ合いのあいだにもあなたはいらした。電灯を消し、目を閉じ耳をとざして、何もかも忘れるべき時間にすら、あなたはこの世界を悲しみ気に覗き込んでいらした。どんな秘密な胸の痛みにも、あなたは手を触れようとされた。そんなあなたをわたしは呪います。

いや、やはり考えてみれば、神などありはしないのだ。わたしにそれを説き聞かす義弟こそそれを知っていたはずだった。彼はわたしの懺悔を耳を覆ってきかなかった。心弱い神父が、あなたに人間の汚れを伝えたくなかったのではありません。このおぞましい人間の世界には、神など存在する余地のないことを彼もまた知っていたからに過ぎません。神さま。

機会があれば、米山みきに、わたしは決して怨んだりしていないことを知らせてあげたかった。なるほど、病的に研ぎ澄まされた神経に、彼女は期待し猜疑することの苦しみをわたしに与えた。二階で行われることのすべてが、死の床にいるわたしには解る。その事のあったのを知る苦しみではなく、今度いつ起るだろうかという救われぬ浅ましい業苦を。

しかし、わたしと夫との、週に一度、思い出しても涙の湧いてくる苦しみの祭典を救ってくれたのは彼女だった。何時もわたしを憐れむ夫が、その時ばかりはわたしに憐れまれながら――いやそのわたしも恐らくは神なる存在に憐れまれながら、わたしたちは暮してきた。

「かまわないかね。駄目ならいいんだよ。」

夫は努めて事務的に言ったものだった。しかし、どんなに事務的になろうとしても、またどんなに慣れようとしても、慣れることのできない懊悩の時間でございました。癌を病んでいても、女でなくなっている訳ではない。わたし達は夫婦である。けれども、痩せさらばえて床に臥せた妻が、その日ばかりは腰湯をして清めた体を、固くこわ張らせながら、掛蒲団の裾をみずからたくるのは、ああ、そのたびにこそ、神よ、わたしはあなたのことを思いました。

閉ざされた硝子窓に重ねて、厚重い羅紗のカーテンの垂らされた蒸暑い部屋。すべての調度が輪郭を失って黒い濃淡のなかにぼやけた暗がりに香の煙がたちこめる。枕もとの一輪挿しをそっと遠ざけ、悪臭を発するみずからの口もとを蒲団の襟で被いながら、わたしは溢れてくる涙をどうしようもなかったものでした。神さま。夫は、狷介な、欠陥だらけの気質の人でしたけれども、真面目な人でした。妻が病みついたからといって、外にすぐ情人を作り火遊びを楽しむという人ではありませんでした。また、たとえ勧めたとしても、出来る人ではありませんでした。冗談一つ言わず、女を嬉しがらせるお世辞一つ言えない人でした。已れみずからの形造った徳義にしばられて、夫のできることといえば、瀕死人の妻に憐れまれることだけだったのです。

「すまないと思う。」

何か断片的に呟きながら、彼は、女の魅力も脂肪も失われたわたしを、抱かねばならなかったのです。そう、夫ももらしておりました。仕方がないのだと。仕方なく、夫は、わたしのすべてではなく、その肉を、その肉のすべてですらなく、わたしの部分を抱かねばならなかったのです。

相互で憐れみ合いながら——それがどんな苦しみであるか、あなたにはお解りにならないでしょう。神さま。どんなにみそぎをしても祓うことのできない、宿命と業の、それが啓示でありました。それが、わたしたちの触れあう、愛の姿でした。

その苦しみの後には、夫は痩せたわたしの指をとり、わたしの呼気を顔をそむけて避けながら、そう、夫もまたあなたに侮蔑されて涙を流したものでございます。部屋に光はなくとも、あなたに侮辱されて屈辱に歪んだ夫の顔を伝って流れるものをわたしは、はっきりと見ておりました。涙を見せぬまでも、わたしの手をとったその指は、いつも、とどめ得ぬ震えを顫えておりました。

「妻の寿命を縮めるようなことをするわたしを怨むかね。」

「これが、わたくし達の定めなら、それでよろしゅうございます。わたしはこれでよろしゅうございます。」

「嫌なら、どうしてもつらい時は、拒んでくれていいんだよ。」

「いいえ、いつも大事にしてくださって感謝しております。足手まといのわたしをよく面倒みてくださいました。わたしが、あなたのお役に立つ、これが、ただ……。」

「もういい。何も言うな。」

「早く、部屋をお出にならないと、癌の悪臭がお嫌いでございましょう。」

「じゃ、お休み。」

「お休みなさい。」

神さま。神さま。ああ、わたしのこの生活は地獄でございました。

でも、本当は、もっともっと生きていたい。手術で治るものなら片輪になってもいい。――

しかし、わたしの命ももう長くはないだろう。医者の表情よりも、神父の祈禱の抑揚よりも、みずからの凍ってゆく感覚でわかるのだ。何枚もの毛布を重ねた寝床が石の床のように冷たく、わたしの血は色を失って、一日一日と石の床に滴って消えてゆく。

　今はもう、かつて背き去った子供を許し、夫を、米山みきを許したように、わたしは、わたしにふりかかるどんな苦しみをも神のように寛大に許すだろう。わたしを蝕む癌組織をも、わたしは優しい慈しみを以って許したい。神さま、いま、わたしはあなたの在り方が解ります。あなたが何故限りなく寛大であるのか。なぜ万人を等しく憐れむことができるのか。また何故に人を裁く権利を持つのかも。それはもうあなたが生きられないからです。退屈な永遠をお持ちになっても、クリストよ、あなたは、一回限りのとり返しのつかない、〈己れひとり〉のこの生をもうお持ちになることができないからなのです。

# 第三二章

膝の出たホームスパンのズボンをはき、重そうな足どりで、米山みきの法廷代理人、並川弁護士があらわれた。判事はまだ出廷していない。ニスの上塗りのはげた壇上の机と、凭れの高い凝った椅子が寒々と光っている。広くもない法廷で、原告席と被告席には、二メートルばかりの間隔しかなかった。特有の咳ばらいをすると、胆汁質の大顔に、象の目のようにくっついている目を敏捷に動かせ、弁護士は頬から下だけをほころばせて、私のほうに挨拶した。

傍聴人が数人、外套にくるまって、ぼんやり窓のほうをみている。息子夫婦や孫たちにもとまれ、音楽会や映画にゆく金銭もおしんで、暇つぶしに通っているのだろう、どの裁判所にもいる裁判マニヤらしい老人。最先端に陣どり、膝に書物をひろげている女性は、おそらく法律学を勉強しているのだろう。次の裁判関係者らしい、農夫か労働者風のみすぼらしい男。あとの二人は、かつての私の大学の学生か卒業生らしかった。背広姿はまだ身についておらず、声をひくめて論議している。論議の素振りは、むしろ視線をさけるためのようだった。

並川弁護士は黒カバンを机にすえ、腕時計をみると、また控え室へとってかえした。

表の大道路を化粧品の宣伝カーが通り、陽気なキャッチフレーズが、歌声とともに暫時、小法廷にしのびこんだ。やがて、戸外の気紛れな物音も静まり、上手の戸口が開いて、肥った書記官があわただしく入ってきた。持ちこんだ書類をくって分類し、写しの一部を判事席にあげ、落着きなく着席する。欠伸をかみころしながら原告席と被告席とをひとわたり見廻して、書記もまた一たん退席した。時間はゆっくりと過ぎていった。

女の歩む裾さばきの音がし、米山みきかと思って振りかえった私は、表情をこわばらせた栗谷清子の姿をみた。裁判所には派手すぎる着物、コートとハンドバッグを携げて、彼女は不安そうに法廷をみまわし、私を見出すと無意味な微笑をもらした。首にシップをあてている。そのガーゼの白さは派手な着物の色彩にそぐわなかった。彼女は身を隠すように、二人の学生の背後に腰かけた。私は立ちあがった。

「どうして、今日であることがわかったのか。」と私はたずねるつもりだった。いや訊ねるのではなく、何をしにきたのかと、難詰するつもりだった。もはや、あなたとの間には何の関係もない。また、この米山みき側の不法行為訴訟、私の側の名誉毀損訴訟は、米山みきの主張する事実、私の傷つけられた名誉とその慰藉に関してだけ審議される。君の名前がでることもあるかもしれないが、それは状況を構成する一端としてにすぎない。そのとき、ばたばたと駆けこんできて、栗谷清子のそばに坐った少女の表情に、難詰しようとした私の出鼻はくじかれた。映画見物にでもきたように少女は清子にせびって飴玉をしゃぶりだした。彼女は家庭のことはあまり喋らなかったが、彼女も人の姉なのだろう。姉さん、姉さんと少女は栗谷清子に話しかけた。身の沈みこむような幻覚をおぼえて、私は微笑をかえすだけで席についた。

いささか窶れているとはいえ、変らぬ髪型をして坐っているこの人物を、かつてと同じ栗谷清子だと思ってはならない。自分に向うのでもなく、傍聴席の隅に身をひそめているかつての婚約者についてでもない、非人称な思考を私はした。共におとずれた山道、その山頂にあった寺院の門、その内庭にはつつじが咲き乱れていた。その花の、年々に咲く姿に変化がないように、残っている限りにおいて、記憶は共通するかもしれない。しかし、その花をさして、植物が踊っているようだと感想をもらした女性では、彼女はないと思う。そして、今そう思いつつある自分ももはや別人にすぎなかった。ある人物がいつまでも同一の人物である、そのような生活は祝福されてあれ。人が思う自分の姿に自己を似せる不断の努力は、また、安定した生活の上では美しいだろう。だが、それももう、自分とは無縁ないとなみにすぎない。

裁判所詰めの新聞記者が開廷まぎわに傍聴席にすべりこみ、廷丁が筆記具と印肉をもって戸口わきの小机のまえに坐った。ふたたび書記があたふたとあらわれて席につき、弁護士並川俊雄につれられて、見るからにみじめな、くたびれたお召を着た米山みきが原告側の席についた。

かたくなに顔をふせたまま、彼女は判事が出廷して全員が起立する際にも、私のほうはみなかった。どこかで見たことのある着物の柄だった。最初、米山みきが、夜汽車の疲れを目もとに宿して、正木家の応接室に坐ったときの着物であることは直ぐわかった。だが、やはり、その時とは同じ着物ではないと私は思った。違う、違っている。

若い判事が額に皺をよせて机上の書類をくり、威儀を正しつつ事件内容を思いおこそうと勉めているわずかの間、私は理由もなく母のことを憶った。人窮すれば天をおもい父母をおもうとはいうけれども、私は別段進退きわまっているわけではなかった。教壇に立つ職を退いた今となっては、数少い聴講者であるとはいえ、法廷に名をかりて自分の学殖のいささかを講ずることが一つの楽しみであるぐらいだった。だが、なぜか、法事の時にすらおよそイメージを伴う回想をしたことのない母を私は憶い、それにとらわれた。

母、松島志摩は父方より封地の多い中級士族の出だった。明治の中葉から没落し、代々村長を勤める家となった。田舎では彼女の家が唯一の読書人階級だった。人に頭を下げられ、村人の世辞に包まれて生長した、頭の高い人だった。ふるい固定観念から商人を蛇蝎のように嫌いながら、しかも、私がまだ弱冠にいたらぬころから、私の嫁に商家の娘を物色していたようだった。実質の伴わない矜持と寄生的な智慧との矛盾した結合が、私たち兄弟への躾の分裂にもなっていた。忘却作用は好ましくない経験の部分からおこるものであるゆえに、私の母への回顧の種はすくない。ただ一つ、薄暗い奥の間で、老いてなお空しく胸をはりながら、生花をくずしていたイメージだけが鮮明に残っている。生花はいけるというべきであって、くずすとはいわない。だが、外見は確かに尋常に鋏をもち、剣山を花瓶に据えて花をいけているようにみえながら、指先はひそかに花弁を茎からむしり取っているのだった。土から切りはなされた傍い花の余生をいつくしまず、嬰児の首をねじきるように、花や葉をむしりとっていたのだ。子供のころ、私は襖にもたれて、ぼんやりと、目に見えぬ死者の棺を飾るように、色とりどりの花弁が、畳一面に散るさまを恐怖のまじった感動でもって眺めていたことがあった。どうして、こんなことをするのかとは尋ねなかった。たずねてみたところで返答はえられず、また無益に怒りをからうだけであることは幼な心にも解ってしまっていたからだった。母の生家には二つの伝説が伝わっていて、後年、私は遠縁にあたる者の一人からそれを聞いた。一つは、母の父が恐ろしく慈悲深い人であって、門前の街道を巡礼してくる遍路者に、だれかれの差別なく食事の饗応をしたという話だった。家はそのために没落したが、母の父はその遍路の一人から、不思議な医術を学び、その無医村では、しばしば人助けをする機会もあったという。いま一つは、一夜のやどを乞うた巡礼を蔵に泊め、その巡礼が小金をもっているのを知って一週間蔵をしめきり、ついに身許知れぬその人を餓死させたという噂だった。母の父の晩年の狂気はその悪業の酬いだと村人は陰口をきいていたという。まったく相反する二つの伝説を同時にきいたとき、私は奇妙に感動したのをおぼえている。なぜ、感動したのか、それはしかし、おぼえていない。

「それでは開廷いたします。」判事の声がした。

「このまえは、原告側の論述があり、つづいて被告側の反論がありましたが、今回は、原告側の証書提示ないしは証人訊問によって、論告事実を証明してください。そしてのちに被告側に反証していただきます。時間があればまた正木さん側から提訴されております名誉毀損の訴にも入っていただきます。」

判事の口調はいらいらするほど鄭重だった。時間はすでに十五分遅延していた。この小法廷まえの黒板には、不動産の賃借について、抵当権について、詐欺事件、破産宣告等々、公設婚礼式場の名札のように審議さるべき事件の名札が並んでいた。おそらく一時間もたてば、また互いの手帳を眺めあい、次回の裁判日を相談せねばならないだろう。判事の提案する日は弁護士に差しつかえ、弁護士の要求する日時には公廷にあきがない。気づまりで、一種和気あいあいとした日程の調停がなされ、何を争い何の判決を求めていたのかも忘れそうになる相談に時間を費さねばならないのだ。

「先回のべました原告米山みきと被告正木典膳の共同生活の事実につきましては、提出書類甲一甲二、および家庭裁判所調査録によってもはや論議の要なく充分に証明されているものと思念します。」並川弁護士は書類をのぞくたびに二重眼鏡を、ぱちぱちともちあげたり降したりした。体が肥満しただけではなく、彼ももう充分に齢をとったのだ。「従いまして本日はその共同生活の不当破棄について、原告側証人として、栗谷清子さんを訊問したいと存じます。」

　栗谷清子が原告側証人？　そんな馬鹿な。私は自分の耳を疑った。

「本法廷にみえておりますか？」

「は、来ておられます。」

「それでは栗谷清子さん、証人台に立ってください。」

　栗谷清子が唇をハンケチで覆ったまま、傍聴席から立ちあがった。蒼ざめた額に後れ毛がしたたるように垂れている。いったい、彼女に何を証言させようというのか。また彼女はいったいなにを語ろうというのか。

「宣誓書を読んで署名捺印してください。」書記が用意された宣誓書を手渡した。栗谷清子は証言台に片手をあずけて体を支え、面を伏せたまま震えを帯びた声で宣誓文を朗読する。私は自分が不利な状況に追いつめられつつあることを直観した。

「良心の命ずるところに従い、真実を述べることを誓います。事実を隠したり、ありもしなかったことを付け加えたりはいたしません。」

そして主尋問がはじまった。

――あなたの住所は?

――あなたの職業は?

――あなたと被告との関係は?

――ここにあります、昭和三十三年×月×日付け、週刊誌「婦人と自由」の三十四ページ、「傷つける心の扉のうちそと」と題する手記を書かれたのはあなたご自身ですか。それとも談話を雑誌記者がまとめられたものですか。

「わたくし自身が書いたものでございます。」

「あなたご自身の自由意志によってお書きになったものでしょうね。」

「さようでございます。」

「この手記に書かれてある諸事実の日付けを思いだしていただくことができましょうか。」

「どの事実のことでございましょう。」

「わたくしとの婚約によって、奥さま、カッコ米山みきカッコ閉ず、が自暴自棄におなりになるのではないかと、その時、わたくしは正木先生にお尋ねしたのでした、とある〈その時〉です。」

「はい。」

「いつですか?」

「昭和三十二年十月一日のことでございます。」

「確かですか。」

「はい、その日はわたくしの誕生日でもございました。わたくしたちはその日……。」

　尋問とその返答のスムースな進行は、下相談があり、練習が積まれたことを物語っていた。おそらく法律事務所の一室で、訊問の順序と解答の要領を、幼児に絵本を読みきかせるように並川は教えたのだろう。忘れてしまうべき記憶に故意に波瀾をたて、明るみにだすことによってその固有の意味を喪わせしめるために。栗谷清子も馴れない役割を一生懸命に演じようとしていた。それは認めねばならないだろう。生れて初めての、目の隈取りのある役割かもしれないのだ。

　思い起そうとすれば、彼女が語るのを待つまでもなく、その背景、その時に底流した自然の糸竹、さらに彼女の表情の変遷や声音のうわずりを現前させることはできた。だが、私の感情の泉は涸れてしまっていた。まったく他事のように、たとえば、路傍に走りでた子供が自動車にはねられるのを、じっと見詰める傍観者の冷静さで眺めていたのだ。

　あなた方は、深刻ぶって一体、何をしているのかと私は思った。愚昧な雁首を玩具のようにならべて、なにを証明しようというのか。一人の男が一人の女と床を共にしたかしなかったか、もし前者なら幾らかの慰藉料、後者なら幾ら……ははは。滑稽だとは思わないのか。恥かしいとは思わないのか。時間を無駄にしているとは感じないのか。あなたたちにとって生きているということは一体どういう意味をもっているのか。あなたたちが、いま私の振りあげる斧によって頭をぶちわられたとしても、それが一匹の蠅の殺されたことと価値的に相違することを明証する根拠があるか、あれば百万言を費してでもいってみろ。その違いは、結局存在するものの形態が、少しばかり蠅より大きいというだけではないのか。そしてまたその血と血漿が少しばかり多量であり、生臭く温かいというだけではないのか。

いつの間にか主訊問は終り、反対訊問の順序がまわってきていた。私の主要職務は研究者たることだったが、私には検事職の経験があり、法廷技術、そのかけひきには相当な自信があった。だが、私はそのとき、並川弁護士の訊問も証人の返答もろくすっぽ聞いていなかった。正木さん、どうぞ、と判事に促されやむなく私は立ちあがった。

「証人が昭和三十二年十月一日の記憶として書かれている記事、つまり、〈奥さま〉が自暴自棄におちいるのではないかといわれた時、正木典膳は言下にその言葉を否定しませんでしたか。」

「なさいました。」

「どう否定しましたか。」

「米山みきは家政婦であって、法的な妻ではないと。」

「あなたはその言葉の意味を了解されましたか。」

「はい。」

「有難う。それだけです。」

私はどっかと椅子に腰をおろした。その動作がシーソーの一端に加えられたように、その時、米山みきが原告席から跳びはねるように立ちあがった。顔面を不統一に震わせ、いま世界のカタストロフを見たかのように、喉をふりしぼって何事かわめいた。意味は聞きとれなかった。それが、茂のいう〈情動言語〉というものなのか。おそらく法廷の誰にもその意味は伝わらなかったに違いない。「お静かに。」と判事が身をのりだしてたしなめた。

この女は遠からず自殺するだろうと私は予感した。一歩ごとに階段のきしむ安アパートの四畳半の部屋で、人生になにかはりがあるように思わせる家具や調度もなく、米山みきは夜更けに独り、梁に腰紐を通し、塵箱に背のびして立って、首をくくるだろう。一度、櫛をとどけに立ち寄った木造建ての粗末なアパートは、表の扉をあけると、すぐ右手に階段があり、階下の土間はずっと奥にのびているだけ、二階の廊下にもおびただしい下駄や草履がマットもなく乱雑にぬぎすてられていた。管理人部屋がどこなのかも解らなかった。柱に貼られた火の用心の守護札や女優の顔をそめだした月暦など。あがり端に、郵便受けもあるのだが、古新聞のねじこまれた箱の名札は汚れ、室号も住居人の氏名も読みとれなかった。いちばん手前の扉が半開きになっていて、髪をふり乱した女が顔をだした。疲れきった、うつろな目で、どちらに御用なんですか、と言った。氏名をいっても通ぜず、入居した期日については私のほうが知らず、容姿の特徴をあれこれと指摘したとき、ああと彼女はうなずいた。

「その奥の便所のわきの右側の部屋だよ、たしか。」

いい終ると、女は私の土足を睨んでおいて、素気なく扉を閉ざした。廊下がざらざらに汚れていて靴のままあがったけれども、上草履らしいものもぬぎすてられてあるのをみて、中途で私は靴を手にもった。男か女か区別のつかぬ和服の人が、鍋をかかえて擦れちがった。血漿のように粘つく生活臭が漂う。ベニヤ板製のドアはノックすると扉ごと揺れ、開かれるとカーテンもなく、四畳半一間の有様は蔽うべくもなかった。肩掛けを首にまいて貧相にかがみこんだ米山みきが、目を瞠って立ちあがった。櫛を手渡すと、それを口にくわえて髪をほぐし、小さな手鏡をのぞきこみながら、髪を梳った。天井の破けた個所から梁がみえていた。おそらく、あの梁で首を吊ることだろう。それを阻止することはおそらくできまい。なぜなら、かつて仕えた米山大尉をうしない、二人の子供を発疹チフスで死なせ、さらに正木典膳にも見棄てられた彼女は、結局、この世に生きて何もしなかったことになるからだ。子供を産んだが、それも死んだ。再び妊んだが、それも堕胎した。彼女にはただ、一つの母体から二つの生命を生みだしたことがあるという記憶と、夫につかえ、また私にかしずいて、時には楽しく、時には慌だしく快楽を味わったこともあるという記憶以外に何もないからだ。昼間、織機をおり夜それを解きほぐし、ただ一日のばしに倖いの訪れを貞節に待っていただけなのだ。たった一枚の美しい布をすら、この地上に付け加えもしなかったのだ。

荻野が欲したような社会、能力の社会、富田が憧憬した社会、自律の社会にも、おそらく彼女は耐えられない存在なのだ。この慈悲深い現在にすら独立的に生きてゆくことができなくて、どうして未来を期待できようか。さようなら、米山みきよ。私もまたいつかは黄泉の国に帰らねばならないにせよ、たとえ来世が存在するとしても、私たちは遂に二度と顔をあわせることはないであろう。何故なら、あなたは淘汰されて死ぬのであり、あなたは宇宙の慈悲によって、おそらく、かつて淘汰されて滅びた爬虫類や深海魚や貝類の充満する天国に住むだろう。そこには、何もすることのないものたちが、許されて、楽しく平和に過し続けるだろう。いま現に生きる多くの人々も、また同じようにその天国に行くだろう。この弁護士も、この判事も、栗谷清子も、そして息子の茂も娘の典子も、私が教えた学生たちも。だが、私は行かない。私は死んでも、私には闘いの修羅場が待っているだろう。私を踏みつけにせんとする悪魔どもがつぎつぎとあらわれ、現われつづける。我が待望の地獄が。私は慈愛よりも酷烈を、奴隷の同情よりも猛獣の孤独を欲する。私は権力である。私は権力でありたい。天国の天使たち、天国に憧れる人間どもの上に跳梁し、人間どもの善行や悪行、人間どもの生や死、人間どもの幸福や不幸、それら一切の矮小なものときっぱりと絶縁し、平然と毒盃をあおりながら哄笑したい。汝ら、法則に従い法則に死ぬものたちよ。人のあとを追うのでなければ、死文にしがみつき、さもなければ互いに牽制しあって、小さな境界のうちに侵しあうことなく住もうとする人間どもよ。いや猿どもよ。磽确とした荒地をきりひらき、これだけの幾何学的な建築をなしうる技術をもちながら、その建築を裁判所と名付け、矮小な希望、いじけた欲望についてとり澄ました論議に憂身をやつすことを矛盾だとは考えないのか。むしろ建物全体を暗黒の宮殿と化し、チェザーレ・ボルジアのごとく大淫蕩に耽ることのほうが、まだしもましだと思わないのか。

富田よ。死せる富田よ。君はいつか、この世界から法を追放し、いっさいの外的規範を死滅せしめよと叫んでいた。君はその法なき地獄の、みずから法を作りなす存在、欲するがままに行って常に法たる超越者たらんとして苦行した。しかし富田よ。いっさいの権力、すべての束縛を棄絶してのち、みずからの力によって、暗黒の世界へ一歩をふみだす人間がここにいるだろうか。過去の判例をその言説にちりばめ、揚足とりに得々としている弁護士、わずかな補償、小さな安息を願う原告、そして業務に疲労し、解放されることを夢見ている書記、背後からあるいは前面から命令の発せられるのを待っている廷丁、さらに記憶した六法全書のページを手さぐりし、ときおり自信なさそうにその解釈を私にたずねたりする裁判官に、さあ、自由だ、君たちは勝手に歩みだせ、と号令したとき、彼らは歩みだすだろうか。自己の影におびえて立ちすくむのではないか。

荻野よ。死せる荻野よ。君が常に夢想することを好んだあの海の白波——遠く地平線のつづく限り一斉に波頭をもたげ、砕けては進み、沈んでは浮び、倒れては起きあがりつつ、ひたすらに押し寄せる波とは何であるか。機関銃をもって追いつめられた一人の独裁者に、スクラムを組んで立ちむかい、弾丸の続く限り血ぬられ殺されながら、なお権力を倒すべく進みつづける群衆を支える力とは何であるか。それが、この人々、この庶民、この大衆、この国民に、はたしてみずからそなわっているものと認めうるか。

私は友情の名において、他の力によってではなく、君たちの苦悩する地獄へと、君たちをたきのめすために赴くであろう。私たちは格闘し続けるであろう。人間が人間以上のものたりうるか否かを、どちらかが明証してみせるまで。

さようなら、米山みきよ、栗谷清子よ。さようなら、優しき生者たちよ。私はしょせん、あなたがたとは無縁な存在であった。

同時代ェッセイ　苦悩教の始祖

埴谷雄高

高橋和巳にはじめてあつたのは、すでに十数年前、私が病床からおきあがつたばかりの頃で、そのときの印象は、蒼白い、痩せた頰をもつた、伏目勝ちな、寡黙な人物であるという印象であつた。知的で、神経質な青年が屢々そうであるように、彼は、どちらかといえば話すより聞いている型で、最初から最後まで物静かに黙っていたが、同席の友人の話につれて声もなく笑う横顔から、恐らく天性持ちつづけてきたに違いない一種の清潔感が覚えられた。

私自身、その頃、四年間の長い病気からやつと起き上つたばかりであつたから、黄ばんで蒼白い顔をしており、不健康で病的に見えたに違いなかつたが、彼と同行してきた大学時代の友人のK君は、私を病人扱いにしていなくて、さまざまな活潑な話題をつぎからつぎへとつづけているのであつた。

私達は、客の前に湯のみ茶碗が置かれたほか何ものつていない一つの大きな円テーブルをかこんで話していた。その大きな円テーブルは、現在は単に物をのせるための一空間となつているにすぎないけれども、それは私にとつてひとつの特別な意味をもつているものなのであつた。私が生れると間もなく、私の父は、当時いた台湾でも容易には手にはいらぬ大きな頑丈な楠の一まい板を探しだし、その一まい板でこの円テーブルをつくらせ、そして、赤ん坊である私をその上にのせて傍らから眺めたのであつた。やがて、這いだすようになつた赤ん坊の私はその厚い、大きな楠の板の上にのせられるとき手にもたせられた棒でその楠板をやたらに叩きながら、ひとりで遊んだのであつた。或いは激しく、或いは緩つくりと棒で叩き、そして、這いまわる遊戯の空間がその大きな楠の板の上なのであつた。その縁から落ちないようにだけ注意しながら、両親は私を絶えずその上にのせた。何故なら、そこは赤ん坊の私が喜ぶ特別の空間になつたのであるから。そして、私が赤ん坊特有のただ手で何かを振りまわすだけの興味をもつてやたらに打ち叩いた厚い楠板の上には数知れぬ小さな窪みが残ることになり、そして、さらにまた、後年、その大きな円テーブルの上で麻雀がおこなわれることになつたので、牌を強くうちつけられた跡は、私が赤ん坊のとき振りまわした棒で叩いた古い黒ずんだ筋のあとと並んで、新しく窪んだ刻みをなおそこにつくりだすことになつたのであつた。

私が、いま、私の生誕と殆んど時を同じくする小さな古い無数の窪みのあとをもつた厚い楠の円テーブルをここにとりあげるのは、その大きな円テーブルをはさんで、はじめてあつた高橋和巳とその友人のK君の元気で活潑な話を聞いていたとき、すでに高橋和巳もK君も大学のなかにおける運動のなかで、深く刻みこまれた拭いきれぬ暗い傷痕をうけていたからである。K君はむしろ楽しげに元気に話したにもかかわらず、それは話しても話してもついに伝え得ぬ種類の暗い背面をもつていたと思われる。

当時の大学内における運動は、自ら保持しつづけた信念の痛ましき全的崩壊という点ではその後における大学闘争の事態とは様相を異にしていたのであつて、そのなかでもちつづけられた暗い情熱とつきあたつた廃墟の荒涼たる眺めのすさまじいかたちは、厚い一まい板の上にやたらに叩きつけられて刻みこまれた数知れぬ黒い斑痕にも似て、終生消えることもない高橋和巳の存在の或る種の根拠となつてしまつたかのごとくである。

高橋和巳が京都の学生時代にうけた苦痛の仔細については私は殆んど知るところがなく、『憂鬱なる党派』などの彼の作品を通じて僅かに推定するだけであるけれども、同時代者である真継伸彦の『杉本克巳の死』をみても、この世代が、血のメーデーを前後とする当時の学生運動のなかでいかに多くの苦悩と荒廃に接してきたかが思いはかられるのである。それは、外部からの抑圧としてではなく、内部からきたので、高橋和巳や真継伸彦の世代の精神の奥深い根底に暗く置かれて、いまだに尽きせぬ類の問いかけを鋭く発しているばかりでなく、さらになおまた、全体として、生涯取り換えがたいひとつの重苦しい気質をさえかたちづくつてしまつた感がある。高橋和巳の記念的な作品、『憂鬱なる党派』をもじつていえば、その同じ重苦しい気質をもつた彼等は、「憂鬱なる世代」とでも呼ばるべきであつて、その精神の志向は「下降型」と規定され、そして、その標識は「苦悩への愛着」とでも名づけられるのであろう。

高橋和巳は、どちらかといえば、何時も黙つているほうであるけれども、それは、もし喋りはじめれば喋つても喋つても尽きない想いが胸裡にはかりしれず包懐されているからであつて、彼が作品に着手したときそれが「必ず」といつていいほど長篇となるのも故なしとしないのである。けれども、たとえ、彼の身長に匹敵する長篇を幾つ書いたとしても、彼の胸裡に包懐されているものが吐露されつくせないところに、彼の特質があるといえよう。

私は、先に、同じ気質をもつた「彼等」は「憂鬱なる世代」とでも呼ばるべきであると記したが、そこに特徴的であるのは彼等が集団的であることである。私達は、ひとりで生れ、ひとりで死ぬ意味ではひたすら個人に終始せざるを得ないけれども、この「憂鬱なる世代」については単に「彼」だけに照明をあてるわけにはゆかないのであつて、そこに「彼等」の集団が現われてはじめて深い意味をもつといえるのである。

高橋和巳は『邪宗門』を書いているが、そうした意味では、この「憂鬱なる世代」の彼等をくくるところの一つの教団をまた「苦悩教」とでも呼ぶことができるであろう。あらゆる宗教の基礎はもがいても、もがいても脱出し得ぬ深い苦悩にあるに違いないけれども、高橋和巳が始祖となるそれは、いわばその深い苦悩こそはじめであり、しかもまた、「終り」なのでもあつて、最後にいたつてもつきぬ苦悩のなかにこそ思索があることを明らかな特徴としているものであるといえよう。

私は、先にまた、高橋和巳及び高橋和巳ダッシュの精神の志向を「下降型」とのべたが、確かに彼及び彼等は、単に運動のなかで声もなく挫折し、崩壊するにとどまらないのである。彼及び彼等は、与えられたそこからさらに下降し、また下降して行きついたところからさらに下降する。さながら、それが彼等の精神の自然であるかのごとくに、彼等はひたすら下降するのである。

私は、ここで、精神の志向として「下降」という言葉を使つたけれども、それは人間存在の肉体の面からいえば、裸かへ戻ることであり、社会的な面について、抽象的にいえば社会的孤立へ向かうことであり、具体的にいえば乞食になつてしまうこととも同義なのである。従つて、この精神の下降型を私達の始源と原始の観点から「還帰型」とも呼び換えることができるのであつて、まさにこの裸かの原始においてこそ思索が本然のかたちでなされるというのが高橋和巳に特質的な精神の志向にほかならない。

社会的孤立を怖れず、却ってそれを喜び、裸かの原始や乞食へ「還帰」することにおいて、われわれの本然の思索がなされるという考え方は、まさに高橋和巳に特質的なものであって、それは彼が属する苦悩する世代、憂鬱なる世代が一般的にもっている或る種の下降感に彼が敢えて積極的な意味と価値を賦与したところの独特な作業といわねばならない。『憂鬱なる党派』の主人公も『日本の悪霊』の主人公も、ともに社会的孤立の極限へ赴き乞食の状態になることによって自己本来の唯一の原点ともいうべきところに到達して、いわば存在が存在の上に重なるごとくに裸かの自己の上に安堵して重なるのである。どのような一歩が踏みだされるか、或いは逆に、どのような一歩が踏みだされないか、という自己の出発も非出発もそのような原始の位置に自己をまず置くことなしには問われないのである。或いは、そのような最初の問いを問うのはそのような裸かの位置にしかないと言い換えてもいいといえよう。『日本の悪霊』は、勿論、ドストエフスキイの『悪霊』の設定をわが国へもちきたった謂いであるけれども、或る政治的徒党がその目的のために殺人をおかすという枠組だけを借りきたっただけで、そこに置かれた設題の方向は大きく異なっている。

『憂鬱なる党派』と『日本の悪霊』は、政治的徒党という点からみて、双生児の兄弟にも似た血縁関係をもった一種の対応作であって、『憂鬱なる党派』において独楽の廻転がとまってしまったあとの政治的徒党のかたちが描かれているのに対して、『日本の悪霊』では独楽の廻転を自らとめてしまったあとの徒党のひとりと政治的機構のなかの同じ「乞食型」の人物との双生児ふうな関係が追求されているのである。つまり、『憂鬱なる党派』では政治的徒党を時間の流れのなかでそのまま直線的に前方へひっぱった縦軸が描かれているのに対して、『日本の悪霊』では同じような時間を遠くへひっぱりながらもいわば時間の停止した地点における横軸が描かれているといえるのである。従って、『憂鬱なる党派』において大きな比重を占めたところの徒党内のひとりひとりが設題に向きあって吐露する見解の対立といった部分は『日本の悪霊』においてはより小さくなり、捕えられた一犯人である主人公と、それに対応するところの双生児的主人公となる刑事とのあいだの逆の位置の差を越えた親近性、同一性の究明が絶えず響きつづける主調音となつているのでる。

高橋和巳は強靭な持続力をもつた作家であるけれども、捕えられた主人公の隠された政治的殺人の実体を追つたやはり下降型の一刑事が、その隠された一つ一つの暗いヴェールを一方でおし開きながら、しかも同時にまた、他方でその機構のなかでひとつひとつ灰色に閉ざされてゆく徒労の場面の少からざる連鎖の持続の強靭さに読者は驚かされる筈である。そして、ついに表面のすべては閉ざされたまま、最後の法廷において、犯人と刑事の二人だけが互いをみて何かを感得する最後の頁まで読み進むのである。そこには、「無限の徒労のあとの一瞬の充実」の時間がやつてくるけれども、その一瞬の交感は無言と空虚のなかのつかのまにすぎず、それがすぎさつたあとは、現実の薄暗い廃墟は二人の上にもすべての上にも依然として拡がりつづいているのである。「苦悩教」の信徒たるものの最後の結末はつねにかくのごときものでなければならないと粛然と告示しているがごとき結末である。

この『日本の悪霊』においては『憂鬱なる党派』より論議は少いけれども、しかし、それが作中に現われてこないことは高橋和巳の本性としてあり得ぬことであつて、彼の胸裡深く据えられて拭いさり難い種類の原理的対立は、いつてみれば、潜在的な主人公群を形成しているところの周辺部の人物達にわけ与えられて、ここかしこに「隠見する」がごとくに現われてくるのである。このような副人物、副々人物の周辺部へ向つて作者の筆がのびてゆくところの「周辺部拡大」とでも呼ぶべき高橋和巳特有の筆触は、さまざまな対立をつねに胸裡に設定することによつて思索を進める論理的な骨格が末端においても決して逓減しないからである。

このような特徴は、彼のエッセイにおいて厳密に生かされており、ここにおさめた『暗殺の哲学』におけるごとく、さまざまな角度に拡大されながら確然と整理されたかたちで読者に納得される理由となつている。私自身、『暗殺の美学』というエッセイを古く書いているが、豊富な事例をおさめたこの『暗殺の哲学』に教えられるところ多かつた。

このような論理的な持続力は彼のエッセイに欠くべからざる強味となつているけれども、さらに望むらくは、強固な持続力をもつたその小説においてはさらに加えて「論理のユーモア化」がほしく思われる。私が先に述べたごとく、裸かの原始へ還つて本然のかたちを思索する還帰型なのであるから高橋和巳の描く作中人物がつねに乞食のごとくなるのは好ましく、また、この『日本の悪霊』に屢々現われるごとく原始のかたちとしての糞尿の場面が「思索と同じように」登場するのも必然であるけれども、なんらかのかたちのユーモアの色彩がほしく思われる。恐らくそのようなユーモアがこのような場面に現われるようになれば、全体としてのきびしい対立のなかにも或る濃淡をもつた「苦悩のユーモア」もまた生れるのであろう。

『散華』をめぐつての往復書簡において、闇に打ちあげられる青白い花火を背景にして党の指導者が主人公の青年と抱きあうようにして銃弾をうちこまれる映画『灰とダイヤモンド』の場面を借りて述べたように、私達の世代が高橋和巳の後代から「殺されるつながり」をもつ「殺しのユーモア」とでもいうべきものもまた是非ほしいので、その方向における高橋和巳の今後をまちたいと思う。同じような執拗な持続力をもつた野間宏にユーモアの強味があるのを思えば、「苦悩教」の始祖である高橋和巳にまた各種の濃淡を備えたユーモアの強味をもほしいのである。

（河出書房新社『日本の悪霊』巻末論文一九六九年十月）

巻末エッセイ　面白くて壮絶で、そして愛しい

松本侑子

『悲の器』は、昭和三十七年に河出書房新社主催の文学新人賞『文芸賞』を受け、高橋和巳の文壇デビューを飾った作品だ。

当時、高橋は三十一歳、立命館大学文学部で講師をしていた。実際には、昭和三十三年頃、つまり二十代後半に執筆されたらしい。

そうして考えると、この作品は、私が生まれる前の時代に、今の私より若い著者によって書かれた小説だということになる。

何と老成した書き手なのだろうと、驚嘆する。二十代でありながら、初老の男の生涯と日本の戦中戦後、そして法の理論を綿密に描いた力量に感心してしまう。

と同時に、主人公、正木典膳の老いぶりが、どうも気になる。正木は五十五歳だが、当時の五十代の男はこれほどまでに爺むさいだろうか。物腰や意識が老けすぎではないかという気がするのだ。

初めて本作品を読んだ時も、そう感じた。

高校時代、国語の問題集や模試などに、時々『悲の器』が出ていた。そこで図書館で手にとって開いてみた。しかし、花ざかりの十七歳。陰気な男が、女に迷妄し、自らの人生に悔恨を

残して破滅する話が愉しいものか。途中で投げ出した。明治大正の日本文学はよく読んでいたので、小説としての古さが気になったのではなく、どうも主人公の気持ちによりそうことができなかった。

しかし今回、きちんと読んでみると、面白いの何のって、数日間、熱中した。

大時代的な階級意識、極端なネクラぶりに微苦笑する意味あいも含まれているが、ほんとうに面白かった。

今だからわかるのだが、正木は、一見すると老けているが、性的には妙に若々しい。そして法学の大家にしては、思い悩むさまが青臭い。実際の五十代の男は、もっとふてぶてしいのではないか、齢を重ねるにつれてとかく自己肯定の易きと諦めに流れ、ここまで厳密に自己を問いつめないのではないか、と思うのだ。

つまり正木にあるのは、若者特有の内省ではないか。

二十代の高橋和巳は、権威ある大学教授を、漢文学の素養をつかって古めかしく気負って描いたが、正木の心性は、むしろ若者のように青くみずみずしい。これは青春の文学なのではないかという気さえしてくるのである。

『悲の器』は、重層的な構成からなっているので、さまざまな読み方があるだろうが、私にとっては、次の五つの点で面白かった。

まず一つは、三人の女性との関係だ。

正木は、妻の静枝と家政婦米山みきとの間で惑い、癌に伏す妻が自殺すると、家政婦と関係を続けながら、若い令嬢、栗谷清子との再婚を考える。そしてどうなったか。結末は、小説の冒頭で明らかにされている。つまり、米山みきは、婚約不履行と共同生活の不当放棄による損害賠償請求で正木を告訴。それをうけて正木は、彼女を名誉毀損で告訴し、それらのスキャンダルによって教授の地位を失う。

だが、この三人の女性と正木の間に実は何があったのか、関係がどう展開したのか、何もわからない。断片的な回想によって、少しずつ明らかになるミステリアスな事実にひきつけられて、読者はこの大長編を読み進んでしまう。そして正木は、スキャンダルという外的要因によって破滅したというより、むしろ彼が抱える精神の暗部、内面の綻びといったものの積み重ねによって崩壊したことを知る。

二つめに面白かったのは、戦中と戦後の体制変化に、知識人がどう対応したか、という点だ。戦争の進展につれて、右翼、軍部が台頭し、思想言論の自由が脅かされていく。そのとき、法学者の正義をすて、時流におもねって自説をまげ、国家主義に迎合した者もいれば、正木の恩師や同僚、後輩のように、学問の良心に忠実であろうとして不遇に墜ちた者もいる。恩師の宮地教授の三高弟の一人、荻野は検挙され、獄中で稚拙な転向声明を書いたあげく、戦後は、保守反動与党にくみした教育委員長となり、教員の勤務評定をめぐって日教祖、学生と対立して自殺する。もう一人の高弟、富田は失踪し、法への絶望から反社会的な強盗をはたらき、獄中で狂気を装って死ぬ。

しかし、正木は、戦中は検察に移って軽微な犯罪を担当し、なりを潜める。だが雑誌「国家」の発行を続けたあたりを見ると、必ずしも保身に固執したわけではない。そして戦後は、最高検察庁までのぼりつめてから再び自由な大学に戻り、警職法改正の公聴会では、与党側への反対意見を述べる。天皇制については「法は万人の前で対等」という理念に反すると書く。

要するに、彼は、良心と保身の両方に折りあいをつけて、その間でうまく立ち回っている。そんな用意周到で如才ない男が、自滅する。そこに謎がある。戦中の思想統制は、正木にとって過去ではなく、終わっていない。死者である荻野と富田もまた、彼にとっては死人ではない。正木は自分の社会的成功に、誰よりもまず本人が手放しで安住できない。過去の自分への疑問、悔恨めいた気がかりが彼を暗く覆っている。

傑作なのは、戦中、国粋主義に迎合した学者が、戦後民主主義が到来すると、むしろ誰よりも鮮やかに転身し、大学や政治の場で名をなしていることだ。こうした戦中戦後の知識人の狡猾さ、変わり身のしたたかさは、学問だけでなく、政治、財界、宗教の世界でも、いくつか思い浮かぶ。そこに、著者である高橋の批判が感じられる。

この、知識人の良心と世俗的出世の葛藤は、本作品の主題の一つであるとともに、高橋自身の問題でもあったと思う。

なぜなら、この小説には、終戦後の新憲法に抵抗した旧勢力の存在、そして民主化が一段落ついた後の保守反動、逆コースも大きな影を落としているからだ。

これが、面白かった点の三つめだ。私は二つの学校で計六年にわたり法律と政治を学んだせいか、とても興味深く読んだ。

戦後、新憲法にもとづいて、下位法である民法、刑法などが民主的に改正されていく過程で、保守勢力が反対して難航する。私は作家になってからも、戦後民法、刑法、国籍法、優生保護法などに温存されている家父長制と男子血統優位制について、女性と同性愛者の立場から反対し、その問題点について書き、話してきたが、今も残るこうした法の不備は、一部の法学者が、民主的改正に反対したためといわれている。彼らは、家父長制の中の男という特権階級から下りることを恐れ、家制度の廃止と個人の尊厳重視を徹底させるという学問的良心よりは、性差別を選んだ。

ついでにいえば、そうした批評眼を、正木も持っていない。彼のいう「法の前で対等な万人」とは、男だけであることを窺わせて、まことに興味深い。

そして『悲の器』は、自由主義の理想が少しずつ変質していく逆コースについてもくわしい。朝鮮戦争への日本の協力、第九条を骨抜きにした「警察予備隊」という名の再武装、集会結社の自由をおびやかす破壊活動防止法制定と警察官職務執行法（警職法）改正、そして学校教員勤務評定の強行をめぐる学生運動などが書かれていて、こうした政治問題とそこにかかわる学者や学生の内面を小説にまとめた力技に、感嘆した。

ともかく、正木をはじめとする知識人は、戦後の保守反動のとき、戦前と同じ選択を迫られた。すなわち、学問の良心に忠実であるか、権力側について保身をはかるか、である。

考えてみると、逆コースが進展していた当時、高橋本人も、若き学者として同じ選択肢の前に立たされていたはずだ。そして、七十年代の学園紛争のときも……。

高橋は、学園紛争を頭ごなしに弾圧せず、無視もせず、逃げもせず、知識人として真摯に対応したとして評価されているようだ。

しかし私は、全共闘そのものに懐疑的なので、今一つピンとこない。なぜなら学生運動家は、大学の民主化、自治、学問の自由、平等を掲げながら、集会が終わってみると、女だけが茶碗を洗っていた。同志であったはずの男子学生への失望と怒りから、日本のウーマン・リブが本格化した。しかし大学紛争に限らず、階級闘争も、民族解放も、人種解放も、すべて男という階級の中だけの平等を目指していた。フランス革命にしても同じだ。変革の前も後も、女は男の下部構造におかれた。

そういえば、一九七〇年代に、大学、新左翼、全国の市民団体などのリブが書いた厖大なビラと小文を集めた『資料日本ウーマン・リブ史Ⅰ』（ウイメンズブックストア松香堂発行）の中で、一人の女子学生が高橋和巳を批判している。

彼の小説『我が心は石にあらず』を分析しながら、男の勝手な母性幻想を女に押しつけて育児と家事にとじこめ、そして主人公の男性が、重役昇進か組合運動かと葛藤しながら、女性と性を排除して切り捨てる筋書きをさして、高橋を「エセ・ヒューマニスト」と弾劾している。

四つめに面白かったのは、関西の気配である。

高橋和巳は、大阪に生まれ育ち、戦中は父の出身地である香川県に疎開、そして戦後は松江の旧制高校に通い、京都大学に学んだ。つまり本作品を書くまで、西日本でのみ暮らしている。私は、松江に近い出雲に生まれ育ち、去年まで三年間近く大阪に住んだせいか、この小説に、関西の雰囲気をつよく感じた。

正木は、おそらく東大教授で、訴状の記載によると住所は武蔵野市吉祥寺だ。正木の家の裏手には疎水が流れているが、吉祥寺に玉川上水はあるが疎水とはいわないと思う。疎水といえば、琵琶湖から京都にひいた水路が思いうかぶ。自宅書斎から町の夜景が見えるという点もあわせて、正木の家は、京都の東山周辺を彷彿とさせる。また、山口出身の米山みきが、「お早うお帰りなさいませ」といって正木を送り出すのも妙だ。「お早うお帰り」は山口弁でも東京弁でもなく、関西弁だ。第十四章で、正木と清子が郊外を歩く場面、「その週末は珍しく、秋立ち、風があちこちの野の花をなびかせつつある野を、細い川の流れを遡って徒歩で行った。別段、名所、旧跡があるわけでもなく、ところどころ、考古学者の掘りかえした古代住居のあとがぽっかりと道傍に口を開け、野の仏が草叢のかげから微笑しているだけの田舎道だった」という風景も、茶屋の一室で食事、というのも、関西らしさが漂う。大学の動向も、関西の話ばかりだ。そもそも、濃密で細やかすぎる人間関係そのものが、関西的だ。

これは、本作品の瑕疵というのではなく、私は関西が大好きなので、親しさ、懐かしさをおぼえた。東大教授の政治的、官僚的な空気が醸し出されてはいるが、それでも隠しきれない高橋の関西的な感性、美意識がたのしかったのである。

五つめに面白かったのは、正木の女性観だ。

正木はもともと、露骨な弱者差別、名誉市民だの名誉教授だのという特権意識と優越感にこり固まった前時代的な法学者だが、性差別は、とくにはなはだしい。

断っておくが、同時に二人の異性を求めるのが問題なのではない。そうしたことは男女を問わずよくあることで、正木という男の女性観が気になるのだ。言葉の端々に、劣等な女への蔑視、嘲笑、女という肉体への憎悪がにじみ出ている。

たとえば、女給仕、女事務員、女店員と、いちいち職業名に女をつける呼称からはじまり、娘が凌辱を受けるときはその前に短刀で殺すなどという極端な処女崇拝、女の脂肪、生理、体臭への嫌悪、そうした汚れた肉体をもつ女は精神も澱んで愚かだなどというステレオタイプな女性イメージが、そこかしこに込められている。

一方で、大学に学ぶ女子学生は「男に愛されることの乏しそうな骨張った醜い顔」と表現し、女の知性イコール、狭量で冷酷で性的魅力に乏しいと、これまた驚くほど古典的な偏見がある。女には、知性や高度な精神活動はないが、もしあるならば、醜くて女らしくない、ということだ。

フェミニズム以前は、こうまで馬鹿馬鹿しい言説がまかり通っていたのかと思うと、この運動も成果があったものだと、つくづく思う。

また正木は、女を人格ではなく、性役割でみる。つまり、肉欲の対象、家事をさせる家政婦（妻はこの二つにかかる）、清純な憧れの対象となる処女、という役割だ。女は、妻か母、処女、あるいは娼婦しかない。男にこうした区分がないことからも明らかなように、これもまた古典的すぎる性差別だ。

彼が唯一、心を許すのが、白痴の娘だ。知的な働きは一切なく、男を批判せず騙されるまま、豊饒の母性を抱えて死んでいく白痴の前でしか安らげない男の心の貧しさが見えてくる。

そうした正木の女性観を、高橋が肯定して描いたとは思えないが、著者本人と全く無縁ともいえないようだ。

高橋逝去二十年を記念して出版された文集『高橋和巳の文学とその世界』（梅原猛・小松左京編／安部出版）の巻末に対談があり、そこで梅原氏は「彼（高橋）の関係のある女性を洗ってみたら、それは彼の言うとおり皆んな玄人だった」と語る。素人と恋愛する男は女たらしだが、玄人相手なら潔癖だと高橋が話した、という文脈だ。

私などは、女を全人格的に愛し愛されるほうが、娼婦専門よりよほど人間的で「潔癖」だと思うが、高橋にとっては、女との恋愛イコール、色恋沙汰、性欲発露で不潔、という発想、つまり女を肉欲対象の娼婦か貞淑な妻か、という二分法でしか見られず、結局は、女を、肉体も知性も精神も統合した一個の人格として見なかったのだと思える。

では、高橋が、つねに女に対して支配的で虚無的だったかというと、そうでもない。

『悲の器』には、モデルとなった同様の事件があるという（『評伝高橋和巳』川西政明著／講談社）。昭和二十七年、離婚歴のある法学教授が肉体関係のあった戦争未亡人を捨て、別の戦争未亡人と結婚しようとしたため、教授は家裁を通じて慰謝料を請求され、新聞沙汰になった。高橋は、この事件を使ったらしい。

と同時に、別のモデルもあった。

先にあげた『高橋和巳の文学とその世界』には、『悲の器』執筆の頃、高橋から恋心を寄せられた女性の文章も収録されている。

それによると、彼女と高橋は、同人誌「対話」の仲間だった。編集作業を彼女の家で二人でおこなううちに、高橋は用がなくともやってくるようになり、愛を告白した手紙をよこす。しかし高橋には妻がいる。彼女が戸惑っていると、酔って電話をかけたり深夜に来訪することもあったという。そしてある日、書きかけの原稿の束を風呂敷からとりだし、「絶対に、誰が読んでも、なんのことが書かれているのかわからんと思う……そういうふうに僕たちのことを書く自信はあるのですよ……」といって手渡した。それが『悲の器』だった。

こうして見ると、高橋は、実際にあった法学者のスキャンダルを使いながら、ほんとうは、妻と恋人という二人の女性をめぐって逡巡する自分を、正木に託して書いたのだとわかる。妻がいながら恋をする不思議、身勝手さ、嫌悪と自己肯定、叶えたいけれど叶わない恋への憂愁は、正木の翳りとなってたしかに全編に漂っている。去っていった彼女への高橋の強がり、まだ残る未練もこめられているかもしれない。

慣れない宝石店で指環を買い、終わりを知りながら栗谷清子と二人で信州へ列車で出かけ、指環をわたして別れ、見知らぬ町の見知らぬ女給仕と酔いつぶれる。妻への冷ややかさとは対照的に、清子によせる正木の思慕はせつない。高橋は、何の実りも生みださない関係を夢見つつ、現実には叶わなかった夢の苦渋を描いた、それが『悲の器』なのだ。なんと愛しい男なのか。硬質な小説世界のむこうで、まだ二十代の男の青い未熟さ、柔らかさがふるえているようだ。

しかし完成した小説は、執筆中の書き手の思惑も逡巡もはるかに乗り越えてしまう。苦渋も夢もとうに終わったことだ。作者がこの世にいない今、この小説が残る意味は、公私ともにさまざまな矛盾と悔恨をかかえた自己の闇を粛然と見すえようとした作家、高橋和巳の原点としてではないだろうか。

小説の最後に、正木は挑発的な独白を、死せる荻野と富田に、そして私たち読者に投げつける。人間がつくり出した法秩序に囚われて右往左往するくだらぬ市民への不信、矮小な正義への拒絶を胸に、そんなものははるかに超越した絶対価値を、絶望を予感しながらも求めて修羅へむかう壮絶な正木の姿に、社会不正からも自己の暗部からも目をそらし安穏をむさぼりがちな私たちは激しく胸を突かれ、ふと自らをふりかえる。

一九九六年三月

本書には、現代の観点から差別的とも見える表現がありますが、書かれた時代背景および、著者の差別の根底を見据える真摯な姿勢を考え、原文のまま残しました。（編集部）

本書は一九六二年に文藝賞（当時は文芸賞）を受賞。続いて単行本として河出書房新社より刊行されました。

悲(ひ)の器(うつわ)

二〇一六年 九 月一〇日 初版印刷
二〇一六年 九 月二〇日 初版発行

著 者 高橋和巳(たかはしかずみ)
発行者 小野寺優
発行所 株式会社河出書房新社
〒一五一－〇〇五一
東京都渋谷区千駄ヶ谷二－三二－二
電話〇三－三四〇四－八六一一（編集）
〇三－三四〇四－一二〇一（営業）
http://www.kawade.co.jp/

ロゴ・表紙デザイン 粟津潔
本文フォーマット 佐々木暁
印刷・製本 中央精版印刷株式会社





Printed in Japan ISBN978-4-309-41480-5

## 邪宗門 上・下

高橋和巳 41309-9 41310-5

戦時下の弾圧で壊滅し、戦後復活し急進化した“教団”。その興亡を壮大なスケールで描く、39歳で早逝した天才作家による伝説の巨篇。今もあまたの読書人が絶賛する永遠の“必読書”！　解説：佐藤優。

## 憂鬱なる党派 上・下

高橋和巳 41466-9 41467-6

内田樹氏、小池真理子氏推薦。三十九歳で早逝した天才作家のあの名作がついに甦る……大学を出て七年、西村は、かつて革命の理念のもと激動の日々をともにした旧友たちを訪ねる。全読書人に贈る必読書！

## 第七官界彷徨

尾崎翠 40971-9

「人間の第七官にひびくような詩」を書きたいと願う少女・町子。分裂心理や蘚の恋愛を研究する一風変わった兄弟と従兄、そして町子が陥る恋の行方は？　忘れられた作家・尾崎翠再発見の契機となった傑作。

## そこのみにて光輝く

佐藤泰志 41073-9

にがさと痛みの彼方に生の輝きをみつめつづけながら生き急いだ作家・佐藤泰志がのこした唯一の長篇小説にして代表作。青春の夢と残酷を結晶させた伝説的名作が二十年をへて甦る。

## 笙野頼子三冠小説集

笙野頼子 40829-3

野間文芸新人賞受賞作「なにもしてない」、三島賞受賞作「二百回忌」、芥川賞受賞作「タイムスリップ・コンビナート」を収録。その「記録」を超え、限りなく変容する作家の「栄光」の軌跡。

## 日影丈吉傑作館

日影丈吉 41411-9

幻想、ミステリ、都市小説、台湾植民地もの…と、類い稀なユニークな作風で異彩を放った独自な作家の傑作決定版。「吉備津の釜」「東天紅」「ひこばえ」「泥汽車」など全13篇。